王蒙与中国当代文学

上

温奉桥　常鹏飞　选编

人民出版社

目　录

上

I

寓言之瓮与状态之流

——王蒙近作走向谈片

王 干

一

"我——爱——你"！

"我——爱——你"！！

"我——爱——你"！！！

这是王蒙在长篇近作《恋爱的季节》的结尾，很有些出人意料。王蒙在当代文学领域里是幽默大师，很少去写缠缠绵绵悱悱恻恻的爱情小说，言情算不上他的"强项"。可他竟如此热烈地呼唤"我爱你"这般古老的话语，显然不只是一种对言情小说的技术性模拟（王蒙喜欢在小说中对各类雅俗小说文体作技术性模拟），而是一种耐人寻味的姿态。"这是与众不同的敲击。这是稀罕的命定。这是神奇。这是旋风。这是突然而起的旋风。这是酝酿已久的旋风。他曾经梦想过各种各样的开

1

头，战火中的青春，舞会上的邂逅，与反革命的肉搏……但从没有想过这样的旋风。这样的旋风直吹得他天旋地旋。"这是《恋爱的季节》里对"我爱你"这句古老的话所作的议论，是人物钱文的议论，也是小说叙事者的议论，当然也完全可以看作是小说作者王蒙的议论。《恋爱的季节》所描写的题材和所用的叙述方式并没有特别的奇异，它在某种意义上是对《青春万岁》的一次"重写"，小说在文体上的创新也并没有像《春之声》、《夜的眼》那么超群卓尔，在某种意义甚至有点远离我们已经相当熟悉的那个王蒙。它所有的用力之处就在于全息摄影地展示50年代青年恋爱的情状。它有时宁可琐碎也避免剪裁地看取生活本相，中心事件被瓦解，中心人物也被分不清主次的七八个人物代替，甚至贯串在这30万字始终的"恋爱"主题也形同虚设，因为小说并不是要去歌颂爱情的纯洁与美好，也不是去论证爱情的伟大的人性的意义，小说的兴趣在于这一连串冰糖葫芦式爱情故事的过程，在于恋爱者的精神状态。王蒙站在90年代这样的时间高度去描写50年代青年的恋爱故事，自然形成了一个"反思"的契机与可能，但王蒙作为反思文学之父在《恋爱的季节》里似乎放弃了这一信手拈来的武器，用小说中的原话就是"所有的感想都可能不想"，与《活动变人形》中的所拥有的那种寓言式的犀利与丰富相比，《恋爱的季节》告诉我们：寓言之瓮破碎了。新时期文学的巨星正走向新的状态。

二

新时期文学的发展速度是令人震惊的，新时期文学在短短的十来年时间内走过西方现代文学近百年来的路程，这种"走过"并不只是对西方文艺思潮的简单剥离，新时期文学在剥离西方文艺思潮、在模拟各种现代文学形态时始终没有背离自己文学的宗旨，有人把这种宗旨称为人道主义的主流，也有人把它称为现实主义的回归与发展，还有人把新时期文学的主流概括为民族灵魂的重铸。不论概括的角度如何变化，但新时期文学从一开始就被置于隐喻性的结构之中。这种隐喻性的文学结构体现在作家的写作方式上势必是一种寓言化的方式。如果把整个新时期文学视为一个巨大的寓言难免以偏概全，遗漏诸多有价值的作品和作家，但新时期文学的发展始终按照寓言化的法则进行运作。卢新华的《伤痕》不只是昭示王晓华一家内心的伤痕，也在洞现"四人帮"给整个民族带来的巨大创伤。刘心武的《班主任》里的宋宝琦与谢惠敏也是一种人物的代码，一位老作家深有感触地说："谢惠敏就是我"，充分说明《班主任》的寓言化特征。曾经在 1985 年前后引起人们刮目相看的青年作家韩少功更是自觉运用符号化寓言写作方式的，他的《西望茅草地》里的张种田就是一位隐喻性的人物，他性格的典型性便是在隐喻的结构之中体现出来，而被视为寻根文学经典之作的《爸爸爸》则直接继承当年鲁迅《阿 Q 正传》的传统，以丙崽的形象去对应整个民族的文化心态。这种寓言化走到极致便出现《女女女》这样抽象而过于符号化的小说，《女女女》虽然引起一些当年肯定《西望茅草地》的评论家的不满，但《女女女》与《西望茅草地》的思维方式别无二致，都是隐喻性的思维格。

　　美国当代著名的文艺批评家和理论家弗雷德克·杰姆逊 (Fredric Jameson，1934—) 在研究第三世界文学时曾指出，第三世界的文本都是必然式的、寓言式的，并呈现为非常特殊的方式，它们将作为民族寓言

(nationlal legories) 解读，"个人独特命运的故事总是第三世界公众文化与社会严峻形势的一个寓言"①。杰姆逊并以鲁迅的《狂人日记》、《阿Q正传，进行文本阐释，阿Q在寓言的意义上就是中国本身，然而还有另一个中国，那就是阿Q的迫害者——那些懒汉与恶霸，阿Q是被外国人羞辱的中国，一个熟识自我辩护的精神技巧的中国；在另一个意义上，迫害者也是中国，是《狂人日记》中可怕的人吃人的中国。鲁迅小说走出了语言表象所提供的形象化内容，进入深层的象征，成为中国的民族寓言。这也从另一个角度说明新时期文学在继承鲁迅等文化先驱开辟的"五四"精神是怎样的不遗余力，又是怎样的一脉相承。

王蒙在1978年12期的《人民文学》上面载有一篇报告文学，题为《火之歌》。由于作品描写的主人公李西宁是1976年南京事件（天安门四五运动的前奏）的策划者，也由于李西宁插队的地方（里下河兴化地区）是我的出生地，当然还由于王蒙在作品中那些充满激情与哲理的警句与箴言，我和同学几乎将全文摘抄到笔记本上。在这样的一部纪实性的作品里，王蒙以一种散文诗的优美与精悍将李西宁的人生片断充分的符号化与哲理化，火是一种寓言，也是一种预言。这种象征的手法在很大程度上强化了王蒙小说的弹性，拓展了王蒙小说的空间。在《蝴蝶》、《悠悠寸草心》、《夜的眼》、《春之声》等小说中，王蒙通过象征本体以及本体的变形将深刻的思考之果隐喻在形象和故事的形象的树叶之上。"蝴蝶"作为庄周的一个典故，在王蒙的小说被灌输了现代生活的时代气息，政治风云的变幻，张思远不知身处何在，海云的飘忽不定，都没

---

① 转引自《外国文学评论》1993年第4期。

有能够动摇小说坚定的隐喻基础。《春之声》在同类小说中虽然打碎情节、人物、结构这些传统小说必备的樊篱，以人物心理情绪的流动来支配小说中出现的一切事物，带有极大的随意性和偶然性，比之那些物象／意识、故事／观念的单向性隐输性的小说有了很大的飞跃，以致在当时引起"看不懂"的呼声，但《春之声》并未真正逃离寓言化的结构方式，王蒙自然而巧妙地以施特劳斯的圆舞曲曲名来对小说进行命名，这一命名使"春之声"像一把巨大的闸门让小说的状态之流牢牢围绕着一道无形的堤岸进行流动，不会有丝毫的泄漏与溢漫，所指与能指之间有了必然的联络——隐喻从具象升华为一种情绪，一种代表时代的情绪。《杂色》作为王蒙个人性的话语可谓发挥到极致，王蒙选择了曹千里这样一个符号化的人物，他的内心独白很大程度上掺杂了王蒙自身的经历和经验，个人／民族，历史／现实，马／人，才华／厄境，生存／升华，这些表象背后隐藏的巨大的社会性的涵义和个人性的内容被富有弹性的结构发挥到一个极致。作为新时期文学长篇扛鼎之作的《活动变人形》以其充沛的气势和深刻的思想和优美的文体完成了我们这个民族的巨大寓言。正像金克木先生指出的那样，《活动变人形》在某种程度上是 80 年代的《围城》[①]，它们都在中西文化冲突的缝隙中来表现人物的尴尬处境，倪吾诚与方鸿渐命运本质上是相似的，但《活动变人形》的民族寓言倾向要比《围城》强烈得多，钱钟书对方鸿渐们的讽刺与批判并没有以此来对应整个民族的文化处境，而《活动变人形》里倪吾诚、静珍、静宜之间的家庭焦虑虽然被暗暗转换为民族的焦虑，穿行在叙述之间的那个

---

① 《〈活动变人形〉读后》，《读书》1998 年第 10 期。

倪藻在某种意义上实际充当着时代的代言人。《活动变人形》在具体叙事形态上深得《红楼梦》的某些真韵，而隐喻的匠心也被巧妙地深匿在语言的表象之下。与《活动变人形》三峰并峙的《古船》、《金牧场》这两部长篇小说也都是以隐喻象征的思维来结构小说的，现在看来，它们无愧于新时期文学的杰作。

三

王蒙虽然擅长这种寓言化的写作方式，并和陆文夫、刘心武、张贤亮、李国文、冯骥才、蒋子龙等人将这种寓言化的小说做到精致绝伦的地步、但王蒙在很多的时候又感到这种写作方式对自己的羁绊，并竭力争取摆脱这种羁绊，他认为这是自己主观性太强烈的结果。他说："你要把它用一种生活的样式串起来，使你的感情有所寄托，不然你这种感情像股气一样，太虚之气，无影无形，无音无踪。这种主观的燃烧，有时很可以影响你去选择一个具体的生活故事。有时还可成为你的敌人，往往会把你自己的、自我的东西强加于人，这毛病至今也没有完全克服，在我许多作品中的人物身上，正面人物身上有我的某种影子，反面人物身上也有我的某种情感的寄托，有时候它的语言大致上是这个人物的，但到某种环节我实在憋不住了，就把我的话塞到里面去了。我明明知道这不符合人物的职业、性格、心理，但非塞进去不可。这样客观上往往形成一章作品不协调的败笔，这种状况是有的。"① 王蒙这段关于创

---

① 王蒙：《创作是一种燃烧》，人民文学出版社 1985 年版，第 100—101 页。

作的甘苦之谈是写于 80 年代中期，寓言化风靡一时成为某种典范成为某种价值判断的标准，被王蒙视为"敌人"、"毛病"、"不协调"和"败笔"的内容其实是与寓言化隐喻结构相抵触的，因为新时期文学的寓言写作的前提是仿真性，而仿真性的特点就是要求人物的语言都符合人物的职业、性格、心理，很多作家在仿真性与寓言性之间能够找到一座巧妙的过渡之桥，这就使作家主观尽最大可能地在作品中隐匿起来，只是充任貌似客观无倾向的叙述者。但王蒙为什么又会"实在憋不住"，又为什么要把那些明明知道不符合人物的职业、性格、心理的话塞到小说里面，而"非塞进去不可"呢？在这样矛盾的写作处境里，我们发现王蒙的主观情绪状态实际是受到某种压抑和束缚，所以他感到"憋"，为了让自己的这种状态完整不受分割地表现出来，有时候他宁可冒着"败笔"的风险，也要"塞"到里面去。但更多的时候，他是控制住自己，不要让自己的情绪流得更远，不要让个体的话语之流破坏寓言的精美通道。

早在 80 年代初期王蒙曾写过一篇题为《风筝飘带》的短篇小说，当时《北京文学》曾为此展开讨论，讨论"风筝飘带"的具体象征意义，虽然很多评论家介入这场讨论，但"风筝飘带"的能指值就像那飘忽不定的风筝飘带一样最终也没有为人们捕获，之后王蒙又写作了题为《相见时难》的中篇小说，这是一次反寓言写作的有力尝试，"相见时难"再也不像"蝴蝶"、"杂色"、"夜的眼"那样成为某种可以进行意象化处理的具象，"相见时难"摆脱所指与能指那样隐喻性的二重对应结构，而是作为一种情绪、一种状态独立地存在。《相见时难》由于选取的是旅美华人蓝佩玉的视野，在当时很容易被爱国主义和民族主义的时代主题所包容，在小说技术所作的革命和实验被忽略，只是大家感到王蒙的小说又好读了，那个意识流王蒙那个象征主义的王蒙又不见了。但当王蒙写出《致爱丽丝》、《铃的闪》、《来劲》等纯粹状态的小说以后，人们又大惑不解，以致围绕《来劲》这么二三千字的短小说的争鸣文字居然达到 20 多万，这实在是一个奇迹。王蒙也在将信将疑地探索自己的小说之路，1988 年他又写作了中篇小说《一嚏千娇》，在这部小说里老坎与老喷的命运以及交往这类客观性的故事已经让位于作家的主观状态，在《一嚏千娇》中王蒙恣意地评说老坎和老喷的同时又恣意地评论文坛知名的作家和知名的作品，以至于引起了小小范围内的小小的骚动。这样一部融建构与解构于一体的实验小说到五年以后才在王安忆的长篇小说《纪实与虚构》里得到了回应，王安忆的复调与反小说的做法很多让我想起《一嚏千娇》。但王安忆的《纪实与虚构》只有出现在 1993 年这样一个文学绝对平静的年头才会引起人们的注意，也只有在 1993 年这么平静的文学环境里王安忆也才可以将《纪实与虚构》写得如此纯粹而平静。现在看来，王蒙的《一嚏千娇》是绝对的超前，超前得有些急躁，超前得让人手足无措。

1989 年秋冬之际，我到北京为《钟山》编辑部组稿，王蒙欣然允诺，离开北京回南京的时候，我拿到了他的短篇小说《现场直播》。这个短篇多少有些急就章的味道。但看得出来，王蒙在努力调整自己的创作状态。在这部小说里，王蒙并没有放弃原有的寓言姿式，他选取生活场景仍然是可能充满寓言可能的载体，一家人在看中国女排的国际比赛，小说便是描写这家人观看"现场直播"的所感所言所行，全是日常生活性琐碎性的。小说的时空是稳定的，缺少跳跃和变奏，是一种线性的推进，但小说行笔处是异常沉着而饱满，并不像《坚硬的稀粥》那般急速地向前跳跃，去完成某种既定的意向，而《现场直播》里有了一种照相现实主义的细腻与逼真，在这种仿真性的生活场景完成以后，小说并没有赋予某种象征的思想观念，而只是给读者一个充分的生活的自足状态。之后，我又读到了他的中篇小说《蜘蛛》，王蒙在《蜘蛛》里进行种种符号的游戏之后，王蒙又以现在时态出现：

> 读完这篇题为《蜘蛛》的所谓小说，我点点头，又摇摇头，评论说："这是一篇夹生饭小说。作者竭力模仿《豪门内外》、《流氓大亨》、《鹰冠庄园》的路子却又学得不象。作者在挖与鞭挞恶的时候又念念不忘于理想的善……作者是谁？他结婚了没有？他有房地产吗？他能不能出点血资助我们搞几次公费旅游公费宴请？至少，他愿不愿意资助我们开一次讨论会，就算是讨论《蜘蛛》"
>
> 海外老者笑着说："好说好说。只要你能扩大美珠女士的知名度，一切都好商量。"
>
> 我心想，什么该死的知名度，让这个知名度见鬼去吧！

"我"对《蜘蛛》"夹生饭"的评价，很快让我们想起前面那段"败笔"、"不协调"和"敌人"的议论，这里的"我"依然是80年代中期的"我"，已不是90年代的"我"，90年代的"我"已经站在小说之外平静地自信地将"夹生饭"和关于"夹生饭"的议论端献给读者，这种新的写作姿势无疑是对寓言的一种反动。这种新的写作姿势到《恋爱的季节》里已经形成了一套完整的话语之流。

这便是通过各种综合小说手法不加意念阉割以完整表现人物的真实状态和作家的内心状态的"状态流"。"状态流"是寓言化的消解。《恋爱的季节》里那种能指与所指的分裂状态被犁平，"恋爱"不再是一种象征，或是一种语符代码，"恋爱"只是一个事实，一个过程。虽然《恋爱的季节》里涉及到"恋爱"各个层面的冲突，政治的、经济的、文化的、民族的、道德的、年龄的，但恋爱本身并不具有深刻的象征性和思想寓意，王蒙站在 90 年代的时间跨度去观照 50 年代的生活自然可能反思，自然可以进行重新虚构，但王蒙却以一种准纪实的笔墨充分显现那个时代青年的生存状态和心理状态，甚至对当时的政治热情也不再简单视为幼稚与可笑。就像他在题记中写到的那样：

> 这是一个恋爱的季节，每个人都觉得自己能够爱了，觉得爱争相自己走来，觉得幸福的花朵已经在每个角落含苞待放，幸福的鸟儿已经栖息在每间房室的窗口……

而在小说的最后一章里，王蒙则干脆以第一人称与小说中的钱文同步进行议论，这已经不是王蒙"塞"给钱文，也不是钱文"塞"给王蒙，王蒙与钱文在同一个频率上发出共同的心声：

> 但是我还是特别怀念 1948、1949、1950、1951 年的日子，一遇到孤独和自由的时刻，钱文就会想。在 1953 年初春的一个傍晚，他漫步走在街巷里。每一条街，每一条胡同，都能唤醒一些记忆，唤醒一些过往的激情。……他知道这些记忆明明正在被时光所冲刷磨平，他通过偶有的孤独和自由的闲暇，来回味它们，巩固它们，延长它们的鲜度，维持它们的热度。

"状态流"的特点用《恋爱的季节》里的话说，就是"延长它们的鲜度，维持它们的热度"，这种"鲜度"和"热度"不仅是一种"记忆"，而且包括生活的鲜度和热度，人物感受的鲜度和热度。只有达到这一状态，作家才能进入真正自由写作的王国，而不被"寓言"的樊篱所累。

王蒙对"寓言"的扬弃，并不意味着"寓言"式的隐喻思维在中国文学界已经失去了生命力，恰恰相反，对象中国这样的第三世界的文化国度，"民族寓言"的写作和被解读，将是一个不可改变的与世界对话的格局。事实上，隐喻式的写作方式在中国自屈原时代起就发展成为源远流长的文学传统，"美人芳草"的夫子自喻，其实是中国知识分子表达心声的曲折方式，意象之所以成为中国文化的重要思维表征，不但是由于汉文化的语言结构方式影响的结果，也是中国古代文人传统（而且被当作一种优良传统）延续的结果。"状态流"的出现，表明知识分子正心甘情愿地逃出主流话语的格局之外，重新回到边缘状态寻找语言自身的乐趣。摆脱"寓言"其实亦即卸下民众代言人的"装甲"，作家只对自己的话语感到有趣味，不再祈求自己的话语在切中时弊时又肩负着意识形态与民众愿望的双重承诺。

四

关于"新状态小说"。

1."状态流"与"寓言流"的区别。前文我们从王蒙创作的嬗变过程的描述粗略了解到"状态流"与"寓言流"的对立，其实应视作两类不同的思维方式。"状态流"有点类似围棋中的"自然流"（有人把武宫正树的棋称为"宇宙流"，武宫坚持自称"自然流"），它是按照棋（文）的自然流向来行棋（行文），并不拘泥于常规和俗法，"行于所当行，常止于不可不止"。而"寓言流"则有些类似围棋的"中国流"，中国流的特点在于事先预设好一个圈套，用请君入瓮的方式引诱对方进入，通过捕捉"攻击目标"来确立优势。在"寓言流"的小说中，作品的寓意便是作者要攻击的"目标"，但这种"攻击"是事先不露声色通过仿真性的描写（通常被当作现实主义的手法）来设好埋伏，待人和物以及故事进入以后便立即产生效应。日本超一流棋手加藤正夫有一本教材叫《中国流必胜法》，新时期文学的作家基本上走的"中国流必胜法"的路子，他们都是通过个体的解剖与描述来制造"民族寓言"的，个人的命运都是时代的缩影，个体的悲欢都是民族命运的折射。而"状态流"由于忽视小说制高点（作品的观念或思想的物化形式）的选择，也由于忽视对材料和状态的剪裁与筛选，更多的时候呈现为零散、边缘和无序的状态，很自然不被当作文学的主流和正宗。"意识流"和"新写实"都可视作"状态流"的一种表现形式，但"意识流"是引进的产物，更是一种哲学观念的文学化，而"新写实"在展示生存状态时往往过多地阻扼人的情感状态的表现，只能成为"新时期"到"新状态"的一种过渡。

2."新状态"的特点。"新状态"小说潮主要形成在 1992 年以后，经过八九风波的反思与惶惑，也经过了市场经济大潮的冲击，作家们在慢慢地调整，慢慢地恢复写作姿势，也寻找到新的状态，到 1993 年已经形成一股涌动欲出的小说潜潮，王蒙的《恋爱的季节》，刘心武的《风过耳》《四牌楼》，王安忆的《纪实与虚构》，刘震云的《故乡相处流传》，陈染的《与往事干杯》以及鲁羊、张旻、海男、韩东等新秀的作品都摆脱了"新写实"那种灰蒙阴暗色调，打破了那种隐喻性的寓言结构，叙述者始终保持饱满的状态，初步形成了以下几个特点。

（1）自传与纪实的混合。人物性格的发展被状态的持续呈现取代。

在王蒙、王安忆、刘心武等长篇近作中，自传和纪实的因素被极大地强化，王蒙的《恋爱的季节》是对自己青春生活一次百感交集的回溯，他自己也不止一次地与小说中的钱文采取"同一声道"叙述50年代的爱情故事。王安忆的《纪实与虚构》则在小说中明明白白出现作家王安忆本人，"我"的成长史和"我"对茹姓的寻根史使小说的叙述整合到一起。而刘心武的《风过耳》则是一部当代新儒林外史，他对文化侏儒许多绝妙的刻画，很大程度上不是在虚构而是在纪实，陈染的《与往事干杯》这种作家与人物的互文性关系异常突出，作家经历与人物命运的相互指涉成为小说阅读的隐形编码。这种自传方式和纪实笔法让"塑造"和"刻划"这类在隐喻小说中经常使用的手段被搁置了，作家叙述本身成为一个事件，成为小说连续向前推动的情节，在这类小说中并不排除故事甚至并不排斥戏剧性的情节，但故事的设置与情节的编排并不是为了完成一个寓言的空间建筑，而是听从作家状态特别是叙述状态的自由支配。这类小说的边缘性成分很多，信息的损耗比之寓言性隐喻小说要小得多，同时随机性、任意性的内涵也要丰富得多。这是小说家的小说，而不是作家的小说。作家在我们这个社会里已经命定地要肩负代言和寓言的使命，而小说家则没有那么多的包袱。

（2）象征的崩塌。象征是新时期文学一个重要支柱，无论是"南方的岸"还是"北方的河"，无论是"本次列车终点"还是"红高粱"、"老井"，都是以具象的丰富性描写来象征一个深刻的伟大的思想观念。即使像《一地鸡毛》这样拆除深度模式的"新写实"作品，也通过"一地鸡毛"这样的物象来譬喻生存的平庸、琐碎和人生的灰色。但在"新状态"小说中，这类人为的象征结构已颓然委地，隐喻被还原成充满灵性和活性的具体语言事实本身，作家的情绪和想象可以自由地流动，不必被象征的结构所阉割和肢解，人物的典型性和情节的连贯性已不显得重要。像王蒙的《恋爱的季节》里的"恋爱"已不是一种象征行为，而只是一种小说行为，恋爱既不隐喻革命也不隐喻建设，意象的多义与歧义在"新状态"小说中找不到合适的例证。刘心武的《风过耳》虽然用典，但只不过故意是设定的伪圈套，在"风过耳"背后并不隐藏真正的谜底。陈染的《与往事干杯》，虽然充满诗的画面与诸多繁复的意象，但它们之间缺少一个强大的象征框架支撑，意象与意象之间是相互消解的，并不合力成为完整的意象群落。"新状态"注重的不是结构本身，而是着力表现流的姿势、流的痕迹，生活流、意识流、自然流、时间流都是非隐喻性的。如果说寓言性小说和"新状态"小说都比作为作家的"白日梦"的话，那寓言性小说要表现梦的解析，而新状态小说则呈现梦呓本身，梦的解析势必是象征的，而梦呓则是一种状态。

（3）元小说方式。元小说（metafiction）是西方文学的一个概念，可解释为"关于小说的小说"，也就是说在小说中自我揭示虚构、自我戏仿，把小说艺术操作的痕迹有意暴露在读者面前，新时期文学当中，有些作家像马原、洪峰曾进行过元小说的尝试，推进小说实验的发展。在纳波科夫、昆德拉等人的小说中，"元小说"也是被熟稔运用的方式。"新状态"小说的作者往往在小说中有意谈论小说是如何写出的，就自我点穿了叙述世界的虚构性、伪造性，小说的基本立足点就不可能再是模仿外部世界或内心世界的制造逼真性。这就好比傀儡戏的牵线班子，本有一道布帘遮盖，现在撕掉布帘，观众就不再可能把演出当作"真实的"，这样读者就赢得一个批评距离。①寓言性小说的基础就在于仿真性，尽可能把故事说得"栩栩如生"，小说家主要力气用在掩盖在叙说故事时留下的破绽与痕迹，力求做到天衣无缝，这是因为作家胸有成"竹"（象征的指向），他必须在小说的叙述缝隙中隐匿起来。而"新状态"小说则公然昭示这种"破绽"，甚至以暴露这种操作过程为能事。王安忆在《纪实与虚构》中原原本本地道出自己写作小说的过程，甚至小说的题目也非常"元小说"化，"纪实与虚构——创造世界方法之一种"。她在小说的最后一章还纵笔去议论小说同行的小说，不但戳穿自己的小说阴谋，还公开表明自己的小说阅读兴趣。王蒙的《蜘蛛》的末尾虽袭用传统小说的路数，但这种反小说的方式破坏了小说的逼真性。早在《一嚏千娇》里，王蒙就曾戏仿当代名作家的笔法和风格进行写作，在语言游戏的背后瓦解小说隐喻的可能。在《恋爱的季节》里他一方面力图戏仿50年代的逼真性，甚至每个细节的可靠性，但另一方面又忍不住来提醒这是过去生活的组合，提醒读者，"我们确实有过非常光明的经验。"这种不协调的写法，王蒙曾为之烦恼将它称为"毛病"，而现在正是"新状态"最常见的叙述行为。

（4）知识分子叙事人。长期以来，作家总是充任一种代言人的角色，为民众代言，为意识形态代言，为国家民族代言，为痞子代言，为企业家代言，为出版商代言，从未找到真正的代表知识分子自身的叙事人。1989年以后商业浪潮席卷了所有领域的神圣性，作家的社会角色在转型时期面临选择，要不加入到市场经济当中去做"码字"熟练

①　参见赵毅衡：《后现代派小说的判别标准》，《外国文学评论》1993年第4期。

工，要不就返回书斋做文化的守灵人，"码字"与"守灵"都逃离中心而屈居边缘。作家在这个时代实际已经死亡，或者说作家已转化为小说家（诗人），而小说家亦可以有闲暇来关心自身的生存状态、心理状态、创作状态，他们不必以自己的写作去对应整个民族的生存，一种摆脱政治文化干系的小说家正在诞生，他们自然可以议论政治、社会，但无需做社会的良知、生活的治疗者和灵魂工程师，因此不必微言大义影射万千，不必向社会提供象征性的真理。他们有时间也有理由为自己写作了，这便是知识分子叙事人的诞生。因而在"新状态"小说中叙事人往往是理直气壮，往往才情横溢，颇有些意气风发、指点江山、激扬文字的味道，诗学和哲学也毫无顾忌地进入叙事人的笔下，有时候"新状态"小说的某些篇章与内心独白的散文和学术随笔甚至论文没有差异，这应该视作是小说的进步。或许有人认为这太随意了，太缺少雕琢了，这实是误解。王蒙说得好："这个随意的'意'却是千金难求、踏破铁鞋无处觅的。没有高屋建瓴的气势，没有超拔卓越的见识，没有积蕴久长厚实的情感，没有丰富的经验阅历，你倒随一下'意'试试，不但鱼虾泥沙冲不下来，电发不出来，连湿润一巴掌地皮的几滴水也流不出"[1]。

3. 王蒙与"新状态。从我们的行文不难看出，王蒙的小说对"新状态"的形成起着开拓性的作用。显然王蒙只是从感性出发觉得小说有"聚"的功能还有"散"的效应，而这种"散"的状态正是传统文学观念视为异端的，所以王蒙的探索也是有保留的，他往往采用"散"一下"聚"一下的交替方式来展开小说创作，况且50年代形成的文学观念以

---

[1]　王蒙：《风格散记》，人民文学出版社1991年出版，第8页。

及 80 年代的文学批评标准也在限制他走向极端。但王蒙所向往的那种"伟大的浑沌"的文学景象，王蒙所祈求的陀思妥耶夫斯基的那种辉煌，又迫使他向新的状态行进。这便有了"新状态"的出现。但依照王蒙的思维方式，他又不会完全沉浸于"新状态"之中悉心完成某种理想的小说模式。他还会拓展小说的思路，还可能去重新拼贴整合已经被他打碎的寓言之瓮，何况寓言隐喻的小说方式仍是有生命力的方式。王蒙是善于运用悖反思维的作家，他不会迷恋一种任何高级完美的小说方式，更不会用一种单调的方式来限制自己。因为他的写作格言是："宁要随意的奔腾与奔腾的随意，不要枯涩的雕琢与雕琢的枯涩。"

（原载《文艺争鸣》1998 年第 2 期）

王蒙散文中"没实现的冲突"

[苏] C.A.托罗普采夫、徐家荣译

揭示历史发展和个人经历的客观现实所形成的人物性格,同人物本身所具备的能力,这两者之间的矛盾的双重性格,现在已经成为最近十年来的中国文学作品的主题之一。但由于客观历史现实阻碍双重性格的发展,人的能力未能实现,在心灵中留下的只是(意识到的,或引起感情冲动、下意识的)懊悔。这两方面在矛盾发展过程中的冲突,产生了某种试图调和矛盾双方的第三种现实。

那种可称之为"没实现的冲突"的内部心理矛盾,在王蒙的散文中占显著的地位。

王蒙在《海的梦》中特别突出地表现出这种风格。故事的情节很简单:缪可言来到经过了半世纪的思恋希望见到的大海边,突然认识到,如此美妙的自然环境不是为他而存在,便在远离限期之前就离开了大海。这里矛盾的双方是人和海。但是,这只是矛盾的外部表象,因为大海不仅作为自然现象，而且是"梦"的一种形式。然而，缪可言的另一种表象，是他觉得自己已经"过时"，是自由的，如同奔向地平线，甚至超出地平线的自在的自然现象。冲突就变成内在的，进入缪可言的心中。

故事以一个隐藏着两重性的简短情节作为开端，主人公来到小站，发现站台又清洁又宽敞又空荡，正等待着迎接客人；"凉爽、安静"和"车厢里的热烘烘，乱糟糟，迷腾腾"形成鲜明的对比。而在不久前，并无安静可言，因为"下车的时候，赶上了雷阵雨的尾巴"（故事开头是这样写的）。对立面是按两条线展开的：过去的恐惧心情和现在的安宁；外表上追求某种新的品质和这种品质的徒劳无益。

主人公臆想的关于海的文学概念，是和不稳定相联系的，一切色彩都付诸于激情的高涨。而现实的海却是另一个样——平稳，安谧，无波浪。这个故事情节的小小冲突，存在于臆想同现实的矛盾之中。首先引进了主人公内心世界一段与过去、与动乱有直接联系的情节，让我们开始理解到作者的意图，并促使我们得出结论：饱受灾难的心灵渴望安宁。缪可言过去的经验教训，是在动乱、恐惧、苦难中积累的，而感情的理性激发他去观赏大海，那正是"绚烂多姿的"、"暴风雨中的"、"发狂式的"充满了响彻《谢赫拉萨达组曲》中那种吼声的大海。但是，（暂时只是一种迹象表明）他要寻求过去生活中没有的安宁。

双重性格的结构在令人高兴的转弯处，表现出自己执拗的性格："笔直的水平线上下时隐时现、时聚时分的曲线"。甚至海本身的现实形象也具有双重性：表面的平静和内部的怒吼。在缪可言对"文化大革命"狱中生活的内心独白里，展示了一个附带的小冲突：那就是黑暗牢房与世隔绝的孤独生活同大海天空的辽阔无垠之间的冲突（这种构思是通过蓝色的海而实现的）。这就给予所形成的冲突一种新的色彩：从根本上说，过去的生活非常孤独寂寞，完全丧失了辽阔天地、生活色彩、人生自由、个人意愿，而那些过去的风暴，不是探索的风暴，也不是前进的风暴，而是阻碍前进的风暴，具有破坏性的、敌对情绪的风暴。所以，实际上大海那永不停息的动荡，就是它在向前发展，它的辽阔无垠，它始终如一的意向。

这样，细小冲突的音叉逐渐引导读者先去领会和海有关的双重性及矛盾性，然后再转向领会和主人公有关的双重性及矛盾性。缪可言同海的相互关系建立在矛盾冲突对立的基础上：他自己想象的海是汹涌澎湃不平静的，而实际上看到的海却是风平浪静极平稳的；海的平静状态，正合乎缪可言内心对平静生活不自觉的追求。但是，此时，不自然却展示了自己的性格，开始卷起风暴。

矛盾的缓和和冲突的解决发展了结局。最后，缪可言终于意识到，生活的风暴损伤了人的心灵，和大自然斗争的时刻来到，可是他却不可能投入这场战斗，因为现在已经晚了。目前，他那新的内心状况与敏感的大海之间和谐一致了。离开疗养所的前夜，他走到海岸上，看见洒满月光"改变了面貌的、变成别的颜色的、变作另一副模样的"海，"一切都失去了清晰的轮廓，浮泛起来，一个向一个靠近，合并在一起，平静下来"。于是，主人公和作为自然界一个客体的大海融洽了，和作为自由自在的自然界的象征的大海融洽了，和物质化了的理想——大海融洽了。他终于喊出了声："海——呀——我——爱——你！"

破坏了过去长期的和谐和双重性、矛盾性的统治以后，很难产生新的和谐。这就是由冲突新产生的、结果调和了矛盾双方的"第三种现实"。为了强调这一点,作者向作品引进了一个斯堪底纳维亚半岛的传说,叙述几个少年在艰苦的跋涉中,经过结冰的海,到达了理想了很久的、"无与伦比的美丽而神奇的小岛。"唉,"他们在那里才发现,小岛上除了干枯暗淡的石头以外,什么都没有。"主人公自己从这个故事里给读者悟出了一个结论:"找到了梦所以失去了梦的痛苦。"

但是,这事发生在缪可言身上,却是另一个样了。"梦"出现在类似于让他做梦的现实之中。这种现实是不受约束的,自由自在的,同时又是和谐的,平静的,并让大自然给人的心灵以安宁。这样,在命运的打击之下,他自己也变样了。而今天涌向浪潮的是另一些年轻人,这好像是他那"没实现的东西",企图在今天要变成现实。缪可言认识到了,他那"没实现的东西"是痛苦的,也是唯一可以掩饰痛苦,并和现实调和的东西。他希望在新的一代面前,不再出现他曾遇到过的障碍,让那"没有实现的东西"自己去成为现实。

必须指出,内心冲突的解决不仅没和外部行动协调起来,甚至是矛盾着的,因为主人公告别了大海,这是外部行动的分歧、不协调。只不过在冲突中出现了矛盾的缓和,然而取得如此的缓和,却付出了失去理想的代价。短篇小说《海的梦》中,靠各种类型的艺术手段所形成的、复杂而多方面的冲突得到了发展,并十分幸运地避免了中国文学那种成为习惯的、公开训人的腔调。这种受人欢迎的对读者的"提示",在细小的艺术结构中实现了。因此,我们说,文章几乎完全失去了色彩。只是在某一段中突然一下出现了"虹的全部色彩",但是这很快就消失了,在这一段的末尾"橙红色"的太阳"沉浸到奔腾的海湾"里去了。这篇小说是一幅黑白相间的格拉费卡素描，有"国画"风格的色彩，富有表现力地描绘出感情的冲突。

在中篇小说《杂色》中，在更广泛、更复杂的材料上展示了"没实现的冲突"。表面上并不精巧复杂的小说，描写受惩罚发配到新疆去的音乐家曹千里到山里的一次活动。在写了将近三个印张的篇幅中，曹千里还没到达目的地，因为他走得很慢，注意观赏周围世界的一切细节。同时，在这一行动中，又闯进了拉得很长的、若不算是内容也算是情节的回忆和思考的成分。

冲突的核心是从自我挣脱出来的人的某种"异样生活"，而结局是返回自我，意识到自己是一个人。曹千里在山上攀登，从而越来越远离可怕的社会现实生活，越来越接近回到自己过去的人的面目，终于在喝了几碗醉人的马奶酒以后，才认识到自己是一个人。

瘦弱的老马，好像是在命运的风暴中变得顺从、安静下来的曹千里本人的另一种形态。在"人马"矛盾发展的第一阶段，老马占领先地位，而曹千里并不突出，他是"假想的"。但是，随着上升到完全不同于他们在山脚下告别的那个世界的"另一世界"，"人马"的作用就逐渐改变了。乘客——曹千里占据首位，把马推到不引人注目的僻静地方去了，提到老马的次数降低到最低限度。曹千里开始仔细体验自己的心情，从那看不见的感情深处，生发出了人的自我意识。作品对折磨着他的饥饿感觉，作了极详尽的、完全是生理上的描写，好像是受到"思想"压抑（或确切些说，是受到"思想"起作用的口号的压抑）的人体器官和本性的觉醒。

接着，出现了那棵"独一松"。在这棵松树的荫蔽下，有一座哈萨克的毡房，这就是曹千里在山里的情节发展的第一站。恰好在此时，使矛盾双方得到缓和，用精神解放和返回自我联合他们的结局就产生了。曹千里并没用绊绳把老马绊倒，而是让它到新鲜的草地上去自由自在地放牧。同时，他为继续赶路，走出帐篷。这一下他看见的已不是瘦弱的老马了，而是"在空荡的、起伏不平的草原上，一匹神骏，一匹龙种，一匹真正的千里马正在向你走来。它原来是那样美俊，强健，威风！"

筋疲力尽的老马面目一新，这除了本身具备的第一个直接的意义外，还具有间接的意义，即象征着曹千里本人面目的变化：他昂起了低下的头，伸直了驼起的背，意识到自己作为人的骄傲——这一切，他在下面（在掀起"文化大革命"的）山脚下统统都失掉了。

但是，中篇小说《杂色》里冲突的结局不同于短篇小说《海的梦》，没有指出通向未来的出路。摆在曹千里面前的是返回山脚下的路，让他那焕发的精神又低落下去。

总之，"没实现的冲突"的实质，就是在获得精神上调和的情况下，作为对没实现的理想、被破坏了的计划、遭受挫折的命运从内心上得到的一种补偿，并没指出通向未来的道路（如《杂色》），或者仅仅只是中介性的道路（如《海的梦》对年轻一代的希望，或喻意性故事《木箱深处的紫绸花服》中，对新衣服的希望，这是用来完成主人公没能实现的愿望）。但是，有时候，如像在短篇小说《风筝飘带》中，主人公成功地找到了改造自己主观命运的希望。由此可知，王蒙没有停留在仅仅确认"没实现"的水平上，而是提出了并非永远克服它、但至少是对内心的一种补偿的办法。人的心灵不可能永远处于双重性的状态，这对心灵来说是危险的。而紧张的情节或者走向悲剧的结局，或者使冲突缓和。

当代中国作家王蒙的艺术解决问题的社会心理学观点就是如此。

（译自苏联科学院东方学研究所、列宁格勒东方学研究所、列宁格勒大学东方语文系联合举办的"远东文学理论问题研究第十二次学术讨论会论文集"第二部分，苏联"科学"出版社远东文学编辑部汇编，1986年莫斯科）

（原载《当代文艺思潮》1987年第4期）

王蒙的通俗小说？

许子东

一度领导"意识流新潮"、常以现代小说技巧反思检讨当代中国革命悲剧、后有"审父杰作"《活动变人形》的王蒙，在《人民文学》一九八八年十月号头条发表了他的第一篇通俗小说《球星奇遇记》，致使该杂志马上脱销，接连重印以应市，读者反应强烈。"王蒙怎么会写通俗小说？""他为什么要自称那是通俗小说？""《球星奇遇记》究竟是不是通俗小说？""到底什么是通俗小说？"……这一连串引发开来的文学界及社会上的议论，其意义已超出小说本身。因而我对这篇小说有了兴趣。

"文化大革命"以后的所谓"新时期文学"，被认为是"现实主义传统恢复发扬"的十年或是"现代主义进入中国"的十年。在现实主义与现代主义的交错消长中，通俗文学像个身份不明内涵飘忽的不速之客，莫名其妙地"崛起"、"繁荣"，既为大家所需要又为人们所讨厌。对作家评论家来说，"通俗文学"近年来一直是个令人难以回避的麻烦话题。有人以"滴水不沾"来显示其高雅姿态；有人在粗制滥造中赋予"通俗文学"以神圣的甚至是革命的内涵；也有人宽容地耸耸肩："没关系，这只是过渡现象！"更有人在津津有味地欣赏之后加倍表达其愤慨："这岂不是'港风北伐'吗？"……

旁观这种种对"通俗文学"的不同态度是极有意思的，因为实际上大家所讨厌所喜爱所宽容所愤慨的，并不是同一个通俗文学。或者说同一个"通俗文学"的概念，人们对它的理解是很不相同的。通俗文学（也包括通俗小说）在"文革"后的中国大陆，是个外延可大可小内涵飘忽不定的术语（这类"飘忽概念"当然不止一个，值得另文专论）。人们在使用该术语时，通常或明或暗、在文章里或在心里都有个对立概念存在——有时将通俗文学对立于严肃文学；有时将通俗文学与雅文学相对而言；有时将通俗文学等同于大众文学，似乎对立面一定是贵族文学（资产阶级文学？）；也有时认为通俗文学的对立概念是纯文学……于是我们看到，在与什么样的概念对立时，通俗文学就被派定扮演什么样的角色，人们也就可以怎么样对待它——在某种意义，我们不禁可以联想到："香港文化"这个概念，是否也碰到类似处境？

比如与严肃文学相对而言时，通俗文学似乎注定是不严肃的。这组被广泛使用的概念在逻辑起点上已成问题。难道畅销通俗的金庸、张恨水、司各特（Walter Scott）等人的小说就一定没有严肃的人生寓意？难道金榜流行曲的嬉闹荒唐态度里必定没有严肃的人生姿态？其实一切文艺（包括通俗文艺）都需以严肃态度来创作来欣赏。有些通俗小说不严肃是因为它庸俗而不是因为它通俗，反观"文革"中及更早些时候很多中国的宣传、"粉饰"文学,虽不通俗却又何曾严肃?"严肃文学"一词大家都在说,其内涵是否值得思考?

将通俗文学等同于大众文学是刘绍棠及马烽等山药蛋传人的主张,这一等同无疑使通俗文学与"为工农兵喜闻乐见"的毛泽东讲话精神挂了钩,这倒是给"通俗文学"概念加神圣光环的良方妙策。只是如此一来其他不通俗的"严肃文学"、"雅文学"顿时都有了"贵族化"、"资产阶级化"的嫌疑,仔细想想,后果颇惨。年头不对,故此挂钩法流传不广。

从学术角度立论,恐怕通俗文学确应与纯文学对立并提,后者坚持追求比较纯粹的文学性,而前者(以及社会文学)以文学性服务于社会娱乐需求(及社会政治需要)。不过最值得玩味的,还是俗文学与雅文学颇有历史渊源又有"新时期特点"的对立统一。在香港谈雅/俗对立及转换尤其有意思。王蒙新作似也有意在雅俗之间踩出若干新脚印。本来在生活领域中,吃喝拉撒是俗,琴棋书画是雅,什么寨某某村落是俗,雅怡阁、蓝屋或"卡萨布兰卡"(白房子)是雅,赤膊光脚丫子是俗,丝袜吊带香水钢琴维纳斯是雅。可是一旦化为文字进入小说,雅俗分野很可能出现微妙的转变:无论内地或香港(甚至美国),大凡通俗小说的主人公多住雅怡阁或蓝屋,多饮雀巢咖啡(或轩尼诗 XO,视制度与经济发展形态而不同),多在钢琴上放尊维纳斯雕像然后纤指轻抚键盘:致爱丽斯……而红高粱黄土地野草野葫芦倒成了高雅人士精英阶层所欣赏的审美意象。撇开透过实物体现的情调品味不谈,仅在文字层面也有雅极落俗或大俗见雅的转化,沉鱼落雁,羞花闭月就是精雕的俗,"喝得满屋喉咙响"(阿城语)便为大俗之雅。宗璞有近作原名《双城鸿雪记》，后觉得"双城"、"鸿雪"等词已被用俗，改题为《野葫芦引》，果然脱俗。更有一种东西方文化"碰撞"出来的雅俗混淆，如西方最通俗的摇滚节奏能构成当代中国新潮小说（如刘索拉《你别无选择》）的"先锋"韵律，而乡下蜡染土布亦能挤入巴黎时装新潮。后者还只是异国情调经长途贩运后的涨价，前者却确实包含民族文化碰撞与时代潮流更迭这两重意义上的"文化落差"。如果在今天的北京王府井大街上，走来一个戴领带着牛仔裤手摇可乐罐用口哨吹出什么小夜曲的青年，你能说这是土或洋？俗或雅？

王蒙没写这么个北京"时髦青年"，却写了这类慕洋趋时青年的一个梦：刚到"斯洲斯邦斯郡斯城"计划打工留学的穷小子恩特，忽然被人误认为是同名同姓的世界球星，身为守门员被迫参赛时又偶然（？）用尻部将球直射入对方大门引起全场（乃至全世界）轰动。从此他便冒名顶替，真的"开始了他的大球星生涯"——

> 真是享不尽的荣华富贵，看不尽的颜色风光，想不到的佳境奇景，受不完的横财艳福。他的照片张贴在大街小巷。税务部门规定，每看一眼他的标准像，收高心理调节税男五分女五五分。一种壮阳药广告使用了他的肖像，并通过广告公司预付给他五万金元，并言明今后全世界每售出一粒壮阳振雄丸就有他的四分之一元报酬。不但得到了汽车的赠予，而且，由于他的"非凡的姿态与风度"，加赠了一条旅游摩托艇。民航公司（民航？——引者）赠送的过期奶油干酪怎么吃也吃不完，他把它们转让给特种手工艺公司，一小块奶油或干酪上可以刻上佛经、圣经、可兰经与读者文摘合订本的全文，比中国鼻烟壶内画还适销对路，创汇增收。对于

他两次守门的殊勋，全市全国全球已经召开了七十三次学术讨论会，成立了一千多个"恩特足球学会"、"恩特效应研究会"、"恩特定律创造会"、"恩特球艺普及协会"、"向恩特致敬退役老球员联谊会"……之类的组织。各种报刊上发表了体育记者、体育教授、体育评论员和业余体育学者的三千多篇论文、特写、专访、报告文学、纪实小说。各语种相互翻译、辗转翻译、互编文摘文萃、盗版出小册子不计其数。世界流行舞蹈立即吸收了"恩特连环势"，即先腾空跃起、斜倒卧地、向前耸鼻孔、转身、跃起、转身向后、撅腚三次。这一姿势风靡全球，北美洲与拉丁美洲的选美大赛上，候选小姐每人都要跳这个舞，成为保留规定节目。恩特被吸收为国际舞蹈研究院荣誉院士，并得到礼金不计其数。随之后起的还有"恩特服装研究"、"恩特幽默探源"、"恩特风格散论"、"作为艺术的恩特球技观照"、"恩特鼻头与臀尻的综合比较分析"等新型学科兴起，并形成了四大学派：天才派、临场发挥派、战略派与技巧派……至于恩特收到的致敬信、慰问信、要求签名照片信和求爱信更是如重片之降高巅。他雇了一位秘书为他整理信件，把包含愿与他做爱的暗示妙龄女郎信件信号贮入电脑，由他一一检索品味并一一亲笔回信……恩特可以说是腾云驾雾、飘飘忽忽。由于不敢相信这不是梦，他屡屡咬自己的两臂，除肘部够不着外大臂小臂俱是齿痕。这个消息不胫而走，一时成为时髦，特别是青年人，你咬你，我咬我，你咬我，我咬你，皆以臂上齿痕自豪。一家日暮途穷、奄奄一息的色情刊物由于刊登了这些齿痕男女而销量疾增，扭亏为盈，大获经济效益，接连三期以不同角度的恩特像为封面。

　　通俗小说的主要使命就是满足大众的白日梦。不要以为王蒙通篇那种开玩笑恶作剧的嘲讽戏谑口吻会影响白日梦的真实性，王蒙没有像别的大陆通俗小说（经常戴着心灵美文学面具）那样由中国男女摘玫瑰弹钢琴表演市民们羡慕的西方式生活美景，不是因为他不能而是他不想。王蒙太知道北京街头青年人的白日梦了——时至一九八八年，这些青年人已不再深情遥望"风筝飘带"（"文革"结束后不久王蒙一个短篇的篇名，也是青年人追求生活理想的一个象征），也已不再痴心渴望豪华"蓝屋"或什么珊瑚岛了，他的白日梦中的一个主要内容，就是对他们焦灼向往而又无法得到的想象中的西方现代化图景，来一番恶作剧式的精神占有。在美梦和作战的双重心理满足后，再能从中回首看见今天中国的种种影子，岂不妙哉？看上去王蒙是梦笔生花，精装"牛皮"不打草稿潇洒纵横，满纸全是洋人异域荒唐美事，大大满足了中国人想看西洋镜的情感夙愿。然而实际上戏谑笔锋（如"创汇增收"、众多协会、互编文摘、幽默探源等等）无一不落在当代中国现实中。当然，王蒙不仅顺手牵羊开了"新概念评论"的玩笑，不仅曲里拐弯抨击了改革中乱糟糟的社会众生相，也不仅飞出冷枪斜刺西方社会腐败，再读下去我们就会发现，这篇通俗小说在迎合北京青年白日梦、满足中国人笑看西洋镜的恶作剧心理以及讽刺各种社会腐败现象等内涵层次之下，还有更深一层的作者自嘲、自审和自白的成分存在。也就是说，小说中有文人自己。

　　　　遇到一个人稍稍静下来的时候——做爱之后入睡之前、睁目以后起床之前、正餐之后咖啡之前、沐浴之后穿衣之前，等等他的思维会陷入不可控制的布朗运动。这一切是怎么发生的？难道他真会踢足球？难道他真的是球星恩特？……这些问题像毒蛇、像火焰一样烤灼着他，折磨着他……

一个坚定的、清醒的声音回答说：不！不！绝对不！他不是足球运动员！他不是球星恩特！他根本不需要、不配、不值得这样受宠……

那么？他是谁？他遇到了什么？他为什么会成为这样？这一切是怎么回事？……

王蒙这是在闹剧中不协和地掺入了正剧的成分。也可以说他是将士大夫式的道德自省诉诸现代主义人性怀疑的语言而硬塞在通俗小说人物的嘴里。当然，这种身份怀疑是短暂的——

而在他生活的大部分时间，特别是在动情之后做爱之前，饮料以后正餐之前，选货以后付款之前，赢球以后输球以前，他并不为这些问题而发痉疾，而冷冷热热地折磨自己……他感到的是从未有过的充实、忙碌、快活、有趣。他还从未过过乃至想过这样美好的生活，不知道生活中有这样多诱人的美好。……突然的奇遇使他发现了一条真理，原来他也可以成为一个重要的人。原来他也很适宜很胜任做一个要人，并且是一个高等人……（他）一个又一个地颇有滋味地回想起近日的艳遇，比较她们的喘吁声的异同……人应该这样生活，我应该这样生活，我适合这样的生活，我压根儿就该这样生活！恩特的眼睛湿润了。我过去过的那是什么日子！人啊，人！啊，人！

如果说王蒙夸张传神地描绘的人在"暴发"、"走运"、"成功"后的这种自我怀疑自我激动，并不完全是他的抚心自问，而是可以容纳各色人等不同意义的"对号入座"，那么随着球星奇遇的继续发展，尤其是随着恩特由一个"踢球的"转向"管踢球的"，王蒙在玩笑愈开愈大笔调愈来愈花哨的同时，严肃的内审自白色彩也愈来愈耐人寻味。

成名一年多后，恩特和一位"红过了劲儿的歌星"蜜斯酒糖蜜结了婚（以后恩特才知道，他的冒名成功及婚姻，都是该酒女与市长幕后策划的）。洞房之夜，真恩特在拉美出现。经过市长和酒糖蜜新娘的策划帮助，恩特终于"正名"，拉美的真恩特反于一个月后死于艾滋病。在这以后的三年中，"恩特兢兢业业、勤学苦练、敬老爱幼、团结队友、勇敢坚定、临危不惧、处变不惊、庄敬自强、攀登高峰、走向世界，成为一名有道德、有才华、有斗志、有技艺、有辉煌战绩的超一流球星"。王蒙颇有用心地写道，恩特本人之所以努力向善，是他需要向人们特别向自己证明，他之所以不肯放弃迄今得到的一切，不是为了贪恋豪华汽车、琥珀色抽水马桶、桑拿浴后涂蜥蜴油或和酒、糖、蜜三种类型娘们儿苟苟且且，"他不能放弃球星的身份，是因为，他就是球星。""他的经历他的作为，不再是荒唐的了。即使尚未完全剥离荒唐的外壳，实质却是悲壮的献身。意识到这一点，他走路迈步的姿态也不同了。"

是呵，除假恩特外，别的忽然幸运成名发财高升的人们，是否也曾经历过类似的身份怀疑到角色认同的心理过程呢？

然而就在球星恩特愈来愈真的时刻，蜜斯（Miss？ Mrs？）酒糖蜜忽然建议丈夫退出球坛：

"……你小子这几年球踢得不赖啦，是不？你这回觉得你妈的成了真球星了，是不？请问你还能踢几年？你还有几个寒暑的球场狗命？你今年二十七岁，你能再踢十年吗？美得你！不撒泡尿照照镜子，……你的那些队友，他们与你朝夕相处，对你最为了解,一旦信仰的狂热冷却下来,他们难道没有能力断清你到底有多粗多细多轻多重吗?他们交头接耳、挤眼耸鼻、皱眉撇嘴、扭臀摆尾,……他们最危险!你和他们一起踢球,比和狮子一起滚绣球还危险!你只有管住他们,做他们的上司,才能稳住局势!……欧,亲爱的,我的宝贝!灯不捻不亮,话不说不透。这不结了!事情很简单,第一步,你先不要踢球了,你要去管踢球的!"

看来酒女是聪明而有远见的,恩特听从妻命,特任"皇家足球协会副会长"。行文至此,读者渐渐醒来,发现白日梦远在天边近在眼前。恩特"不再训练,不再踢球,……不再冲撞个鼻青脸肿腿断血瘀,甚至也不再臭汗如注。而只是出席开幕式、闭幕式、检阅、发奖、握手,说什么'我代表伯爵阁下看望大家'、'我们要再接再厉,扩大战果,务求全胜'、'祝贺'、'踢得好!'"……再往下,随着恩特的活动范围从球场转到官场,王蒙的笔触也就更加游动自如了(不再在开篇初摆西洋镜时夸张得太"做")。酒糖蜜出谋划策劝恩特先"整"掉不太听话的昔日同事麦克和金米,恩特觉得有些于心不忍,于是他领受了前市长现足协会长伯爵大人一段语重心长含义深远的教导:

"恩特君,……你知道为什么最初我不准备提名你做我的副手吗?就因为你是球员出身,你与他们有着千丝万缕的联系,容易徇私情、包庇他们,遇到问题处理起来手软,你不可能受到信任。这就是我一贯主张不宜由内行充当管理者、不宜由内行当老板的原因!外行,这是领导人最宝贵的品质,有了这一条,进可以攻,退可以守,该宽则宽,该严则严,有功不骄,有过不馁,跌倒了很容易爬起来,跑急了很容易收住脚。而内行,是被领导者的绝对特征，一成为内行也就成了被领导人中的一员，还有什么境界？当然，最可贵的是由内行又变成外行，那是最理想的领导！世人只知道外行变内行的可贵，殊不知内行变外行更是金不换！恩特君，请想一想你的不平凡的经历吧。"

在这样的教导和指令下，王蒙笔下的主人公恩特一面唯唯诺诺，一面"又力陈不可操之过急，打击面太大"，拐着弯想尽可能保护昔日同行——

……他说，他愿担保，麦克和金米将会改正自己的过失。这次就不起诉了吧，把他们开除球队，永久收回他们的金蜘蛛黑领带也就是了……（但后来）麦、金两人被开除后对恩特骂不绝口，说他什么"卖友求荣"、"告密求官"……许多球员暗中同情二歹徒，也对恩特攻击甚烈。尤其离奇而又危险的是，一位拒麦克于千里之外的女记者，竟在麦克被开除出队后自动搬到麦克房里。逆反心理而至于送货上门，令恩特抓耳搔腮，大冬天躁出一身痱子。

王府井大街上的青年们大概都听闻过最后这件"实事"，所以他们再迷恋西洋镜里的白日梦，现在也该明白恩特吃力不讨好地在"保"谁了。他们如果细心一点，也该听得懂恩特下面的抱怨：

……高升以后，我仍然未改初衷，与诸位心连心！……我为治球员不严担了多少干系！你们知道吗？你们让我保护，你们所作所为可保护我了吗？你们的处境我理解，我的苦处，你们他妈的理解吗？你们自己不争气，却无中生有造谣生事添油加醋把我说了个不仁不义！好！……从今以后，我也隐姓埋名做寓公吃利息去，我也旁观清谈抨击放炮沽名钓誉不当家不知道柴米贵倒背手说话不腰疼去！……

人们因为"想到恩特如果下台上台的只能比恩特坏百倍"，所以又拥护恩特，不料这又得罪了伯爵，又训斥恩特，气得恩特回到家里伤感至极：

> ……倾轧太多了，阴谋太多了，仇恨太多了，忌妒太多了！……我再也不能强颜欢笑，两头受气，说违心的话，做违心的人了，我受不了了！你抓住我的短处我抓住你的把柄，你咬住我的耳朵我咬住你的球，谁也不考虑事业谁也不考虑大局，谁也不相信宽容谁也不相信仁爱，却满口人权啊正义啊体面啊文明啊传统啊革新啊地唱，一面唱着高调，一面随时把自己的同事友人上司下属蹬到但丁描写过的地狱里！似乎在害人中获得无限乐趣！简直不如粪坑里的蛆！

作者指桑骂槐曲里拐弯出了这口恶气后，马上又用酒糖蜜的闪眸皓齿搔首弄姿来乱洒花露水施放烟幕弹。终于酒糖蜜告诉恩特前市长即伯爵当初如何骗他的真情，两人齐心合力设计整掉了伯爵，恩特再次高升，当上会长兼勋爵了。如果说以上有关恩特初入官场上下为难良心危机的描写里，有王蒙自我辩解自我解释的成分，那么在小说最后部分写恩特如何忌妒新秀勃尔德，则显示了作者更严厉的某种自剖自审意识——虽然通俗闹剧的故事外壳继续荒唐地发展下去。勃尔德是天才却又天真如孩子。恩特一手栽培了他，但不肯承认自己嫉妒害怕他。在一连串潜意识嫉妒与理性自责的心理细节以后，酒糖蜜设巫术以害勃尔德，勃又为救小恩特而负伤。小说结尾处恩特手拿毒药盒走出教堂，他在毒死勃尔德或消灭酒糖蜜或自杀自救等多种选择方案前犹豫祈祷……

看得出最后一些段落笔触匆忙散漫，理性自审与闹剧情节间的裂痕使得小说收束时缺乏"结局感"。

该怎么来看王蒙这次涉足通俗小说领域的哪怕是不太经意的尝试呢？我们已经在解读过程中看到了小说内涵的三个层面，一是给老百姓（尤其是青年人）提供一个既看西洋镜做白日梦又戏谑嘲弄这西洋镜白日梦的恶作剧机会；二是借闹剧细节与玩笑夸张语言讽刺抨击当代中国现实"杂景"；三是在主人公荒诞的身份认同处境危机中掺入作家的自我解嘲自我辩护自我审视。

严格来说，第一层面属通俗文学，第二层面是政治文学，第三层面则有些纯文学的因素。将王蒙这种"三合一"尝试放在近十年来整个通俗文学发展背景中看，可能更有意思，至少有两个因素导致通俗文学在"文革"后的新时期文坛上出现，一是不自觉的内因：人们厌倦了宣传文学的枯燥乏味，主题再正确的"教化"也要求助于娱乐效果的包装才能取悦百姓，当这种娱乐包装反客为主时，教化文学便转化为通俗文学。第二则是被迫承受的外因，即香港武侠小说、西方通俗作品的强烈刺激。老百姓不是喜闻乐见梁羽生、邓丽君、琼瑶吗？"严肃文学"该怎么办？

在反官僚主义、意识流试验及反省知识分子道路等几次浪头里，王蒙总是个"领先一步"的人物。这次他的新作试验，第一说明他对文学读者量、轰动效应仍然极为重视，他无法忍受作品只在圈子里流通，在文学的社会角色发生危机之际他不惜"下海"玩味市民白日梦，也想试探一条既轰动又严肃而且还不惹事的路子；第二我想大家已经看见，王蒙的小说再嬉闹再荒唐再游戏再通俗，一贯的政治热忱还是有意无意地流露出来了。归根结底,重视读者反应正是政治文学与通俗文学的相通之处,可以说王蒙写出的正是一篇有政治色彩的通俗小说。第三我还想补充的意见就是王蒙似乎不宜"玩"真正的通俗小说。真正杰出的通俗小说,是不会让主人公(以及读者)老是静下来"坚定、清醒"地抚心自问或灵魂不安神经受折磨的。当然,说到底,这篇"通俗小说"在王蒙的种种创作之中,只是一次"游戏"而已。我之所以讨论这篇作品,不是因为这篇作品在王蒙创作中有多少重要性,而是由于"通俗文学"在中国当代文坛上自有其重要性。

1988 年 12 月于香港大学

(原载许子东:《当代小说阅读笔记》,华东师范大学出版社 1997 年版)

王蒙：从纯粹到杂色

孙　郁

一

　　二十世纪末中国文化的风风雨雨，似乎都关联着他的名字。不论你喜欢还是厌恶，王蒙在这个巨变的年代里扮演着重要的角色，在八十年代的时候，我几乎熟悉他发表过的所有文章，那是个新奇、驳杂，阔大的世界，新时期作家还没有一个人像他那样具有着那么大的热情和力量，他在以一种激情澎湃和宽容大度的情怀，与众人一起促进了一个新的文学时代的到来。

　　王蒙引起世人的关注，其实并不仅仅是他的小说，坦率说，他的小说缺少汪曾祺那样的经典性，和纯粹性，他的诱人的地方，是其生命形态里系着中国政治风云与文化动态，他的言行折射着这个时代的矛盾，困苦，乃至蓬勃的生命力。从八十年代初开始，他的名字不断地被提起，每一个重要的文学思潮和重要的作家的出现，都多少和他有着千丝万缕的联系。王蒙是一个巨大的影子，在八九十年代，他实际在扮演着茅盾当年的角色：呼风唤雨，推出新潮，提挈后进，指点江山……至少在相当长的岁月里，他被喻为文坛上的领袖，其文风和思路，差不多影响了一代文学青年。

我相信未来文学史对他的描述，可能是另一副样子。他在艺术演进与时代巨变中所承担的文化重荷，使他在观念世界里呈现的价值，恐怕远远超过其内在的审美价值。王蒙与他的同代人，完成了中国文学由浪漫的崇高，向多元的杂色的过渡，仅此一点，他便获得到了一种"史"的意义。倘若了解共产主义文学精神在中国被解构的历史，王蒙提供给人的信息，比他同代的任何一个作家，都要丰富，都要多姿多彩。

无疑，王蒙是八九十年代中国作家中最具魅力的人物之一。他不像平民作家那么单一，也不似先锋派艺术家那么孤独、超然。他身上折射着太复杂的因素：政治的、文化的、艺术的……从五十年代的"右派"作家，到自我放逐于新疆维吾尔自治区；从新时期文学的精神突起，到上任文化部长的要职；从自动退居到逍遥地以写作为生，四十年的岁月沧桑，使他成为共和国文化变迁史的一个标本。阅读王蒙必须学会宽容与忍耐，他不会给你一个确切性的精神话语。他过于机智、聪慧，心灵深处是不羁的热情和俏皮式的反讽。他展示的是另一种的人生，那种对苦难的态度，对恶的态度，对纯粹与永恒的态度，都远远不同于他的父辈，亦有别于他的下一代。他的背景、地位、创作实力，使他成为当代少有的可以居高临下地俯瞰人生的文人。他的每一篇评论，每一种重要言行，都被世人看成代表了什么，"动向"了什么。他渐渐地成了中国文坛"权威话语"的代言人，其语惊四座的咏叹，常常成为被关注的中心……

　　无论这一状况他自己是有意还是无意的，他赢得了自我，但又常常陷入尴尬。他抵挡了什么，抗拒了什么，但同时又被抵挡着，抗拒着。他好像获得了巨大的成功，但同时又失去了一些宝贵的东西。我在写茅盾的时候，常常想起王蒙，在这一点上，他们有着很多相似的地方。文学史上这一现象的延续，是不是可以使人看到文化人内心最隐秘的苦衷？理解王蒙并非易事，不懂得政治、社会结构与文化结构在文人身上复杂的投影，我们对他的单一的情绪化的判断，都会失之偏颇。

　　我准备尝试一下，我相信与他的对话不能停留在单值的价值判断上。

二

　　八十年代初，读王蒙作品的时候，我曾惊异于他的恢宏、高亢、洒脱的境界。那时候，当代的作家，还没有一个人能像他那样，给人以那么动人、神异的感觉。他写新疆牧场，写"右派"，写青年"布尔什维克"，使人看到了民族生活的曲折的历史。我也正是通过他的文字，认识了五十年代，认识了"文化大革命"前后知识分子的命运。王蒙的情感是饱满的，苏联文学中的理想精神，与中国"布尔什维克"的苦难意识，那么和谐地交织在一起。在王蒙那里，很少极其私人化、个体化的自语，这使他显得较为大气。他对个体生命的审视常常透出凝重的历史感和沧桑感。《蝴蝶》、《春之声》、《风筝飘带》、《杂色》、《如歌的行板》

等，并不是以故事取胜，流动在那里的，是诗化的哲思，苍凉而奔放的交响。我觉得他生命的状态是大气与朗然的，那些闪着光泽的迷宫般的语句，把人拽向着混沌、高远而神圣的领地。他怎么那样富有激情和想象力，在历史的苍茫与个体的微凉间，不是将己身引向灰谷、死灭，而恰恰是彼岸与未来？我在王蒙那儿期待到了一丝丝不绝的亮色。他作品中汩汩涌动的想象，把无奈与崇高，均浑然地置于同一个调色板上。但那时他的文字纯粹多于混杂，明快高于抑郁，虽然常可以从中听到颤音，但它的雄厚气息，似乎把绝望、伤感的影子遮掩掉了。

从来没有一个当代作家，在那时明确地把"意识流"引入文坛。王蒙撕毁了流行了八十年的现实主义叙述模式，将一种杂色，掺入了艺术领域。

新时期文学，在文体上的自觉与精神内省的自觉方面，应当说始于王蒙。

这个贡献使他成为那一新的时期文艺革新的带头人。虽然这一革新还是浅层的，但它为文坛后来大规模的艺术解构，创造了前提。

但很难说王蒙的发现与创造是来自深入的文化思考的。他没有一套系统的文艺理论，他的全部创造力，来自于他心灵的感觉，自由的意志。他的心灵深处的冲动所散出的热力，比同他时代的许多理论家，要生动得多，丰富得多。阅读王蒙的文字，总难忘于他那汪洋大海般的激情，它永远在涌动着，澎湃着，没有静谧与恬淡。《青春万岁》是他十九岁时的产物，那时便可以看到他奔放不羁的个性了。直到 1979 年从新疆返回北京，他依然带着青年岁月的余痕。我一直认为作者的结构故事不如其抒情笔致，他并不在意人物、情节的离奇、怪诞，而是要自由而潇洒地表现着一种生命的状态。这一状态，使他无意中消解掉了理性主义模式，而他获得了一种精神的自由。

革命理想，殉道意识，忘我精神，狂热的崇尚理性，这是早期王蒙世界核心的东西。我绝对相信这一切均是真实的。十五岁参加革命，变成地下共产党员，二十岁，成为北京东四区团委的领导人。四十年代末，五十年代初，正是中国发生巨变的年代。共产党的革命风风火火，王蒙便卷入了这一历史的洪流中。他曾甜蜜地回忆道：

> 在建国初期，也许可以说是我们共和国的童年吧，节日的游行、阅兵和焰火晚会曾经怎样地激荡着人们的心！一进入九月份，国庆的准备工作已经使许多年轻人睡不着觉了，应该抬着怎样的图表和模型去向祖国汇报呢？应该穿哪一件毛衣、哪一条裙子来表达我们新中国的新一代的幸福和欢欣呢？要走什么样的步子，做什么样的动作，摆什么样的姿势让毛主席来检阅我们的精神面貌呢？一想起这些，我们简直兴奋得喘不过气来。

> 我们本来是半封建半殖民地，本来是"东亚病夫"，本来是"华人与狗不得入内"，本来是男人的长辫、女人的小脚、叉麻将的官员和抽鸦片的兵将……我们充满了悲愤，高唱着"团结就是力量"，去"向着法西斯蒂开火"，去迎接黎明。……多少先人望枯了双眼，多少烈士梦断了魂魄，终于，1949年在中国人民解放军的摧枯拉朽的进军中，在秧歌和腰鼓声中到来了，中国的上空，从此永远是"解放区的天"、"明朗的天"，到处是飘扬的五星红旗，到处是和时间赛跑的工农，是最可爱的人……而且有游行。在一盘散沙、灾难深重的旧中国的废墟上，巨人般的新中国已经神速地挺起了腰！看

天安门前吧，鲜花、红旗、气球、和平鸽、笑脸。"毛主席万岁！"一个口号表达着亿万中国人民的心，亿万中国人民衷心喊出来的正是这样一个口号。年富力强的毛主席、周总理、朱总司令……向着人民招手："人民万岁！"毛主席呼道。这样的景象可是中华民族的历史上曾经有过和可能有的吗？还有阅兵，喷气式飞机、火箭炮和坦克，海、陆、空三军，那时候，甚至连坦克排出的瓦斯吸到肺里似乎也是香甜的，这是几千年来，中国人民第一次有了自己的强大武装，自己的装甲部队啊！入夜，探照灯的光柱交织在首都的上空，缤纷绚烂的礼花在我们的头顶上绽放，高音喇叭里播送着各民族的舞曲。也许，这些舞曲里最令人难忘的是新疆的迎春舞曲吧？多多多多拉多拉，咳，我们尽情地跳跃在五星红旗下面……太阳一出来，赶走那寒冷和黑暗！所有的交通工具都用来运送参加晚会的人民，快一点去，快一点站在圈子里，和你周围的男男女女拉起手来吧，我们都是亲人，都是同志，都有共同的欢乐和信念。

记得有几次逢上了大雨，人们不带任何雨具，照样参加游行，照样参加晚会，照样从傍晚跳到深夜，从深夜跳到天明。

是的，自然界的风和雨扑不灭我们的欢乐和信念，社会的风风雨雨同样也扑不灭我们的欢乐与信念，虽然在往后的年代里，在我们可爱的国家里也发生了一些令人惊愕、令人大惑不解以至令人痛心疾首的事情，虽然至今我们也许仍然有不少的牢骚和"气"，但是，当我们回忆起人们对新中国的热爱、希望和忠诚，当我们回忆起中国人民已经走过了多少光荣而艰巨的路程，当我们回忆起在我们年轻的时候，在我们的共和国年轻的时候，那盛大的游行和舞会，那阅兵和焰火，我们难道不为我们生逢其时而觉得骄傲和幸福吗？我们难道不坚信乌云终将散去吗？

许多的日子过去了，我们赢得了艰苦的斗争，也赢得了光辉的胜利，我们的国家和我们每一个人都成熟得多了。我们失去的是孩子气，我们保持着、锤炼着、发展着的是始终不渝的热情、信念和忠诚。通过了浩劫，我们的祖国重又屹立在东方，并且开始迈出了更加坚实和巨大的步伐。适应新的情况，在国庆节我们采取了更广泛、更多样、更有效也更经济的庆祝方式，大规模的游行、晚会，也许今后不会再搞了，但是，当年的节日的礼花，仍然在我们的心头闪耀着，永远闪耀着。

那是二十世纪中国大狂欢的日子，我至今仍从自己的父辈那里，感受到昔日的余温。王蒙正是在那时，接受了圣火。他的生命的天幕被照亮了。读一读他晚年写下的长篇小说《恋爱的季节》，便会感到那段岁月的脉脉情致。晚年的王蒙回首往事的时候，虽然掩不住怆然之色，但对已逝的旧梦，还多少带有绵绵眷恋吧？这是他生命的底色，没有这种理想主义时代留下的"纯粹"，就不会有后来的王蒙，在社会变革的风潮中释放自己的生命欲求，和永恒的梦想，这是他，以及他那一代许多"布尔什维克"共有的人生追求。

三

但 1958 年的"右派"帽子，使他的狂热第一次受到冲击，直到去新疆与少数民族的农牧民们生活在一起，在边陲整整生活了十六年以后，他才从另一个角度，懂得了生活。王蒙思想上的成熟，应当说是从新疆那里开始的。他从底层人的苦难中，意识到了什么，感悟到了什么，他的理想主义，用世的儒家情感，开始饱受着风雨的袭侵。但王蒙之于新疆，与张贤亮、从维熙那些"右派"之于农场，并不能相提并论。我一直把此行看成是他的自我"放逐"。独闯新疆，其实对他意味着一种浪漫的逍遥，他其实是为了寻找一种生命的诗意，才到那里的。新疆拯救了王蒙，他后来说："不能简单把我去新疆说成是被'流放'。去新疆是一件好事，是我自愿的，大大充实了我的生活经验、见闻，对中国、对汉民族、对内地和边疆的了解，使我有可能从内地——边疆，城市——乡村，汉民族——兄弟民族的一系列比较中，学到、悟到一些东西。对于去新疆的干部、作家、群众……都对我很好。"读那一代"右派"文人的作品，大多是凄怨、残酷的，那是沦为底层的中国知识分子悲惨的歌哭。而王蒙完全是另一种调子。苦难成了他的财富，他从未神经质或孤独地自言自语着。王蒙的小说中总奔涌着滚滚的生命热力。他将忧郁、多难的历史变成激越澎湃的如歌的行板。在他最感伤的叙述背后，似乎总有一种期待，一种自救，一种洒脱的逍遥。他从不哭哭泣泣，哀哀怨怨地说：我痛苦极了，我绝望极了，我不能活了。王蒙以明快的幻想和狡黠的自嘲，超越了以往小知识分子的烦恼。读他的文字，不能不惊叹于他的达观与豁然，他习惯于自由地抒发胸臆，并不愿陷入狭窄的痛感的吟哦里，写作对他意味着"为了心灵的自由驰骋，为了把哭、笑、痛苦、嘲笑、思索、爱情、平静、宽恕和自信写它个淋漓尽致。"这是自由的心态，是老庄、李白、普希金、法捷耶夫以来，一切显示大气的文人所共有的心态。王蒙承认自己是热爱生活的人，知其不可而为的儒家通达、乐天精神深深地影响了他的人生。他在知识世界里给人的东西是有限的，但他的生命状态，思维方式乃至语言表达式，时常给人以惊奇与爽然的一笑。王蒙最初吸引我的，便是这种诡谲幽默、汪洋恣肆的情致。他渐渐学会了超然于象外，学会了以多样性、复杂性、广博性来驱赶心灵的寂寞。我觉得他的这种选择是机智与聪慧的，他既获得了心灵的抚慰，又因为过于圆滑而失去庄重。一切选择都将付出代价，王蒙在精神的跋涉中，既找到了归宿，又渐离了故有的家园。

选择了杂色作为自己世界的主调，既有与现实的妥协的一面，但更主要的，还是对存在的宽容与理解吧？我注意到他对各层次人的态度，注意到其作品中的党员、干部、农民、知识分子诸种形象，他似乎能从各个角度去理解他们的意义，虽时常夹带着反讽与幽默的调侃，但他不拒绝众生，他在骨子里，与生俱来地具有一种热情，好奇，理解他人的东西。在新疆的十六年，他一方面承受着政治阴影下的压力，但更多的，还是在底层获得了生活的快意。阅读那些关于新疆岁月的回忆文字，我感到他诗意的享受，和无边的眷恋。他将新疆称为"在孤独的时候给我以温暖，迷茫的时候给我以依靠，苦恼的时候给我以希望，急躁的时候给我以安慰，并且给我以新的经验、新的乐趣、新的知识、新的更加朴素与更加健康的态度与观念的土地"。王蒙内心深处的迷茫，常常化解在异地乡俗的迷人的情境里。他在世俗中发现了美，在朴素、自然、开阔的民风中找到快意。他从民间的自娱之中，找到了超越苦难的精神之光，他学会了奔放热情，"自唱自调，如入无人之境"的洒脱。也许，在苦难中跋涉的人，最渴望的是了解、默契、知心，王蒙在"他在"的世界里，好像找到了这一切。五十年代成长起来的作家，大多都在找一个寄托。刘绍棠有他的"运河"，浩然有他的乡土，王蒙呢，有他的理念、他的新疆，他的"布尔什维克"队伍。读这一代人的作品，绝没有"无根的漂泊"的苦涩。在他们那里，"上帝"还没有死，因此，即使像王蒙那么"新潮"，但也绝看不到鲁迅、萨特式的绝望。王蒙曾眷恋过头上的星空，也眷恋过脚下的大地，而更深切的，是眷恋着生命的本体。他永远不会自谴，不会孤芳自赏地躲在书斋里。他时时关切着远方的人们，关注着与自己休戚相关的实在。在经历了多种厄运之后，他学会了忍耐、大度，他能够从另一个角度发现人生，发现美。例如，回忆边疆生活的时候，他叹道：

> 骂"村干部"之风源远流长。至少国民党时候就骂，流风余音至今不止。但谈起"村干部"来我总替他们有点叫屈之感，他们不容易。记得那时有一句俗话，说这些农村干部是春天的红人（择优选中）、夏天的忙人（当然）、秋天的穷人（拿什么分给社员们呢?）、冬天的罪人（冬天搞运动，他们自然是"运动员"）。我特别同情他们，可能是因为我毕竟与他们朝夕相处，同流共事过吧。

许多从"右派"生活走过来的人，都未这样以同情的目光写过"干部"。王蒙早期的单一思路，在现实面前崩解了。现存世界决不像感伤主义文人理解的那么简单。王蒙相信世界是由杂色组成的。那里有黑暗、有陷阱、有美丽、有庄严。但他在那里发现了梦想，他相信人可以在混浊、灰暗的时空中以搏杀、探索而找到升华自我的道路。与那些拘于风花雪月的琐屑的文人比，他拥有了一种磅礴的气度，而这一点，正是许多文人所不具有的。

四

王蒙在本质上是诗人气的，但他特殊的经历，使他温和、坦然的个性里，迸射着一种复杂的情感。我觉得他是较了解中国国情的少数文人之一，他几乎感受过各个层次人的生活。他对世相种种、官场种种、文人种种均有相当的了解。一个深味世态的人，常常不会以一只眼睛打量世界，他越来越感到生活的荒诞，文化的荒诞，存在的荒诞。于是他出语讥人、圆滑幽默，他调侃戏弄世间也调侃戏弄自己。于是有人说他官腔、世故、无持操……其实王蒙在内心深处有着深切的忧患，不过表现方式过于闪烁而已。我常常在他那里感受到一种沉重，一种无言的哀凉。也许，世人对他的许多批评是对的，比如圆滑、中庸等等，但倘看不到他埋在"魔术师"下面的无奈、悲愤，大概也难走进他的世界。

《活动变人形》是王蒙较为成功的作品，我在这里看到了鲁迅的某些影子。他对老中国儿女劣根性的洞悉是入木三分的。在人性的世界里，他看到了那么的丑陋、阴暗，早期记忆中的苦涩，差不多都涌到了笔端。我相信他深味市井世界最残酷的东西，看他写人的尖酸刻薄，已能感到内心的沉重。但他很少把自己燃烧在作品里，他往往跳将出来，以居高临下的目光，抽打着芸芸众生，在那一组组可感的画面里，我读出了杂文笔法，相声段子，魔术师的诡笑。他不是托尔斯泰，所以不真诚地忏悔，不乞求上苍；他不是陀思妥耶夫斯基，所以难见非理性的自语和灰色的痉挛；他也不是鲁迅，所以在最绝望之中不会孤独地肉搏在惨淡的暗夜。王蒙的世界是驳杂的，他在依恋中绝望着什么，在达观中哀伤着什么，他把幽默与严肃，通俗与含蓄，崇高与凡俗和谐地杂糅在一起。他失望于国民劣根性的鄙琐，但却不是直面前行，而是峰回路转。《活动变人形》对中国人性格中丑陋的，无可救药的性格的批判，已显示了他的这一审美风格。在对国民精神深层因子打量的那一瞬，他不自觉地汇入了鲁迅传统。但他的"哀其不幸、怒其不争"的调子并不是沉郁的，在他的笔下，可以聆到一种鲜活的调子，至少"叙述者"本身饱含的激情，常可以把小说的忧郁驱走了。

这是王蒙式的机智。我从未将其作品看成纯粹的艺术来读（如对待沈从文、汪曾祺那样）。王蒙从不会给你闲适中回味，咀嚼，不会像清风一样把你吹到过去，吹到田园之中。他那儿总疏散着对现实、对人生的理性精神，疏散着鲲鹏展翅扶摇直上的人间情怀。读王蒙，我其实更感兴趣的是他的心理状态和审美状态，那种纷至沓来的意象，酣畅淋漓的抒怀，与阴郁、单一、萎缩的国民性格，形成了何等鲜明的对照！王蒙的世界比乡土艺术多了开阔，比市井文学多了野性，比感伤的诗作多了热情，比凄怨的夜曲多了向往。王蒙是粗糙的、感觉的，无雕虫小技而多逍遥之咏，虽伤痕累累，捉襟见肘，但他的吞云吐月、纵横捭阖的气魄，是五四新文学以来少有的景观。

王蒙的诱人在于他的存在状态，以及他的理性达成方式。我以为看他有关政治、文化、艺术的思考的文字，比其小说写作，更具趣味。他对国民性问题，知识分子问题，历史问题，艺术创作问题的见解，都影响着文化的进程。很奇怪，中国有无数的教授，学人，却很少有人像王蒙那样，直接以自己的思想，推动了一种风气的流行。王蒙在解构着一个时代，同时又在为建设着一个新的文化奔忙着，这一点的意义，已超过了小说写作的自身。他不执着于一个主义，一种观点，对虚幻性与实在性，有着较清醒的态度。他把幻想由天上还原到地面，又把世间之乐，推向天空。王蒙在微笑地颠覆着自己的昨天，颠覆着他曾认可，曾履行的事业。他对旧物很少决然的离别，而是温吞的苦辞。例如对毛泽东的态度，对"费厄泼赖"缓行与否的态度，对"躲避崇高"的态度，都是温和而平淡的。他在以肯定的方式否定过去，而不是以否定的方式去建设或肯定什么。例如对"人文精神"的思考，王朔现象的思考，对"不争论"的思考，几乎看不到一丝独断主义的影子。在一篇文章中，他说："我得益于辩证法良多，包括老庄的辩证法，黑格尔的辩证法，革命导师的辩证法，我更得益于生活本身的辩证法的启迪。所以我轻视那种哩哩啰啰，抱残守缺，耍丑售陋，自足循环，只知其一而不知其二其三的死脑筋。"这看似老奸巨猾的变通，实则是对自己的历史、民族的历史反思后无奈的选择。他讥讽"红卫兵"情绪与封建余绪时，是何等语重心长，但对自我深层的东西与文化母体结症的东西，便不免闪烁其词，在心灵深处，还留着一块园地。在这个园地里，他以幽默支撑着空间，他以"从容"、"平等"、"超脱"、"游刃有余"、"聪明透彻"消解着拘谨、失态、仇视、绝望。王蒙的境界确是超出了常人，说其虚伪、假态、失节，都难以规范其内心形态，我认为在他的世界里，交织着形而上与形而下的妥协，平民与贵族的妥协，本土与域外的妥协……中国现代文化的挫折感被他重新调节到一种开放、宽容、多元的态势里。以此来重塑国民性格，在他来说，是不得已的现实选择。

五

但这一选择是痛苦的。他时常陷入"左"、"右"两种势力的夹击。消失了"纯粹"与"确切"的王蒙，不会得到激进主义与保守主义的认同。这使我想起胡适晚年的处境，当一种平和、自由主义的文人用建设性、理解性、兼容性的思路去构建新的文化形态时，当这个民族恰恰缺少建设性、理解性、兼容性的传统的时候，其提倡者的路，是可以想见的。我赞同他对"红卫兵情结"的批评，赞同对王朔的理解，他对"人文精神"讨论中偏执性因素的指责也是中肯、深刻的。但他的"左右逢源"式的话语方式，激怒了成千上万的文人。在"不合理"、"不健全"还司空见惯的年代，居然有毁灭"崇高"和"理想主义"的论调，王蒙是不是成了"渐入颓唐"的老人？王蒙的境遇不免苍凉，他受到各种势力的挤压，误解、痛恨、围剿……他似乎陷入了独战的苦境。

我从他的许多文字中，可以依稀体味到这种苦境。他的文章不免也流出了寂寞之感。他对毕加索的感应，对嵇康、阮籍的理解，对曹雪芹的共鸣，那其间，便有难言的感叹吧？《名士风流》一文叹息"士"的无奈，其中是不是也有自己的影子？九十年代中期他遭受的连连抨击，正是他的价值选择的必然结果。他已深深尝到围剿、中伤的疼痛。围绕《坚硬的稀粥》那一场官司，王蒙似乎有些被激怒后的失态。中庸、宽容对他并不容易。中国文化是向来难容第三种选择的，苏汶当年欲做"第三种人"时，不是也遭到四面的夹击的压力？在一定意义上讲，王蒙的境界是超前的，在世人均讲艺术的功利性或非功利性时，他则展示了艺术多元功能的可能性；在世人慌慌然寻找新理想主义的时候，他说出躲避崇高的价值，在人们纷纷崇拜域外文明，"精英"化、贵族化的时候，他却肯定了中土的某些世俗文明。我相信一个健康的民族应当具有王蒙这样的胸怀，然而不是所有的人都具有王蒙的背景、王蒙的视野、王蒙的先决条件。当他居高临下地直陈胸臆的时候，无数在底层挣扎、困顿的文人觉得王蒙正走向贵族，他正代表着贵族宣读着平民难以忍受的信条。在腐败、堕落尚未根除时难道不需要理想与节操？在知识分子越来越边缘化时，难道不应高唱人文主义的歌调？人们对王蒙的抱怨，正如当年"左联"对梁实秋的抱怨。为无产阶级解放的左翼文人不相信"永久的人性"，王蒙不幸在晚年扮演了"超意识形态"的"永久的人性"鼓吹者的角色。我相信这位前文化部长与自己的对立面水火难容，这是两个不能对话的世界，它无法构成统一的话语场，煤油大王不会懂得捡煤渣的穷人的苦乐，而王蒙所期待的，是捡煤渣者也应有煤油大王的生活。这是一种历史的错位，无产阶级革命的目的是使自己不再是无产阶级，王蒙不幸先走了一步，而后面的人却把他视为远行的叛徒。当他看到自己爱于斯、恋于斯又恨于斯的同营垒者背离而去的时候，我似乎感受到他内心的苦寂。丰富的智慧是痛苦的，他的自言自语中，似乎响着一丝孤傲的哀凉……

鲁迅当年形容自己曾陷入无物之阵，在孤独前行的时候，四面是灰土、灰土……周作人也谈及过这一感受，当左派右派均说他不好的时候，他竟大谈起草木鱼虫。绝望的反抗者如鲁迅，宁静超然的自娱者如周作人，其实都在为高山流水知音少而沉默。王蒙晚年的尴尬，便有这类的苦涩吧？我相信他的选择比激进主义、保守主义更具风险，这是他的价值世界必然的规范。如果不是背负着对一个民族的责任，对一个社会稳定与发展的责任，他完全可以成为单纯的逍遥派或反对派，但他是新式的"布尔什维克"，他既要保存自我，又要发展社会，既要坚持什么，又要放弃什么。他不会彻底地放逐自我，走向人性的荒野，因为这个世界还需要温情，需要游戏，需要友爱。王蒙的复杂性在这里，近半个世纪的风风雨雨，都留在了他的世界中。我从他那里看到了革命的神圣与非革命的洒脱，精神的放浪与道德的保守。中国的计划经济向市场经济过渡时代的文化矛盾，都弥散在他的艺术空间了。他想拆卸什么，修补什么，在两难的困境里，他终于找到了自己的园地。

王蒙身上牵扯着真谛与俗谛的长影，从共产主义到非共产主义，从殉道精神到平民乐趣，这种不和谐的旋律在他那儿竟和谐了。一个杂色的世界会拯救我们么？王蒙的选择具有可行性吗？他会不会像茅盾那样，也走向深深寂寞的命运？这恐怕连他也无法回答吧。

1997 年 4 月

（原载《当代作家评论》1997 年第 6 期）

革命、浪漫与凡俗

南　帆

　　《恋爱的季节》、《失态的季节》、《踌躇的季节》、《狂欢的季节》——王蒙集束地抛出的四部长篇小说似乎并没有引起过多的惊讶。对于许多作家说来，长篇小说无疑是一个令人生畏的重负。不少成功的作家一生的名望仅仅因为一部长篇小说。然而，王蒙总是显得举重若轻。王蒙的写作速度令人咋舌，四部长篇小说算不上多么了不起的记录。另一方面，多少有些遗憾的是，四部长篇小说并没有为王蒙的个人文学史创造出一个前所未有的崭新高度。相对于《活动变人形》的锐利，相对于《杂色》、《一嚏千娇》的奇特，四部长篇小说显得粗糙仓促。尽管如此，这并没有掩盖四部长篇小说的重要性。汹涌如沸的叙述表明，王蒙有许多话想说。小说是一种虚构。可是，熟悉王蒙的人都看得出，四部长篇小说处处存有王蒙个人经历的烙印。这里凝聚了王蒙对于半个世纪历史的总结。许多部分可以视为泣血之作。提到这几部长篇小说，王蒙感慨万千："它是我的怀念，它是我的辩护，它是我的豪情，它也是我的反思乃至忏悔。它是我的眼泪，它是我的调笑，它是我的游戏也是我心头流淌的血。它更是我的和我们的经验。"①

坎坷的人生沉淀为一系列的感喟，惊恐和屈辱终于造就了种种思想，如此之多的故人遭遇纠缠在记忆之中——这一切集结到王蒙的笔端，迫切地渴求倾吐，这大约也是四部长篇小说来不及精雕细琢的原因。四部长篇小说没有复杂的戏剧性结构，王蒙更多地选择了流水账式的叙述。这种叙述基本依附于 20 世纪下半叶的中国历史演变，作家没有从纷杂的历史背景资料之中提炼更有性格特征的冲突，并且将这种冲突重新组织为文学的有机整体。四部长篇小说之中不少相对独立的单元充分显示了王蒙的现实主义文学才能。祝正鸿的家庭关系，犁原的身世，钱文父亲、母亲的素描，以及祝正鸿表舅的插曲均是一些精彩的片断。但是，这些片断未曾纳入一个更大的人物关系网络，许多相对独立的单元之间不存在情节意义上的发展，从《恋爱的季节》到《狂欢的季节》，四部长篇小说的叙述愈来愈明显地收缩到钱文——小说之中的一个主人公——的视角。这种漏斗型的结构表明，多维面的、外部的历史叙述愈来愈多地置换为个人的感想。始于历史风云的呈现，终于个人内心的修炼和顿悟，这种演变无法产生严密的情节链条王蒙的叙述语言气势充沛，雄辩滔滔，同时又泥沙俱下。王蒙无暇甚至也不屑于费神精心地推敲词句。人们无法从粗粝的语言之中发现多少微妙和幽深。王蒙

---

① 王蒙：《长图裁制血抽丝》，湖北省文艺理论家协会编：《文艺新观察》2001 年第 1辑，长江文艺出版社 2001 年版，第 11 页。

十分喜爱排比句，这种修辞仿佛隐含了一种驱遣语言的秘密快意。可是，如果沉溺于这种快意而导致排比句的过剩，那么，一排排整齐的句式就会显出乏味单调的一面。对于王蒙这种声名卓著的作家说来，另一个挑剔也许不算过分——四部长篇小说之中众多人物的语言风格过于相似了。许多时候，不同主人公的口吻、句式竟然如出一辙。他们的能言善辩不由地令人联想到王蒙本人的口气。显然，人们无法避免这些疑虑——是不是因为太快的写作速度，是不是因为过多的感叹，以至于王蒙顾不上各个局部的细密肌理？

尽管如此，人们没有任何理由轻视四部长篇小说的沉重主题。无论是一个政治风暴亲历者刻骨铭心的经验，还是种种引申出来的理论命题，"革命"与"知识分子"始终是两个至关重要的关键词，这两个概念也是大半个世纪中国历史演变的关键词。四部长篇小说不仅再现了"革命"与"知识分子"涵义背后的血肉，并且将这两个关键词视为进入这一段中国历史核心的入口。

一

《恋爱的季节》是上述四部长篇小说的发轫之作。或许人们的期待有些落空——《恋爱的季节》之中并没有多少曲折凄迷的爱情恩怨。人们甚至觉得，这部长篇小说缺乏应有的故事密度，许多恋爱简单地开始匆匆地结束。没有揪人的悬念，没有难舍难分的纠缠和撕心裂肺的离别。相对于琼瑶式的大众读物和风靡一时的电视肥皂剧，这些50年代初期的恋爱情节不免乏味。然而如果撇开琐碎的男欢女爱而回到一个再现历史的高度，那么，人们必须承认，《恋爱的季节》成功地展示了 50 年代初期独有的现实气氛：昂扬，明朗，单纯，欢快。

对于《恋爱的季节》之中的主人公说来，崭新的生活正在涤除种种琐屑、无聊和庸人们的存身之地。旋风一般的日子无不围绕一个巨大的主题——革命。革命的动员令使这一批少年布尔什维克血脉贲张。他们在革命之中寓托了全部的生活激情。环顾四周，他们惊奇地发现，革命如同一根魔杖——"神杖所指，一切人、事、家庭都离开了原来的轨道"。人们纷纷从生活的各个角落走出来，重新集结到革命的旗帜之下。当然，这时的革命已经不是雪山草地之间的摸爬滚打，或者用小米加步枪对抗机械化部队；革命已经大功告成。血与火已经丧失了真实的严酷而转换为一种激动人心的历史记忆和历史想象。

这就是 50 年代初期中国历史即将进入的一个前所未有的阶段：无数的矛盾、战乱、饥饿和灾害终于导致旧社会的彻底崩溃，大规模革命的后果是一个新兴的政权凤凰涅槃式地再生。这个意义上，革命已不是某些人的秘密行动，革命已经声势浩大，并且形成一种炽热的氛围，一种撼动生活各个维面的冲击波。众多的历史脉络汇聚到新兴的革命政权周围，一呼百应。这时，王蒙的兴趣不是《红旗谱》或者《暴风骤雨》式的故事。王蒙没有重复那种经典的革命模式，而是企图再现另一支历史脉络。在他那里革命的主角是一批来自中学生的年轻知识分子。他们不是经典马克思主义理论家描述的革命主力军，他们更像是从边缘地带卷入了革命队列。

所以，考察王蒙小说的众多主人公投身革命的原因是很有趣的。一系列版本相近的革命故事之中，人们没有发现那种不堪忍受的阶级压迫和苦大仇深导致的激烈反抗。钱文之所以倾心于"左倾"、革命和共产主义，首要原因是他父母的吵架斗殴："他恰恰是从他的父母的仇敌般的、野兽般的关系中得出旧社会的一切都必须彻底砸烂，只有把旧的一切变成废墟，新生活才能在这样碎成粉末的废墟中建立起来的结论的"；洪嘉的继父朱振东是因为遇上了一个"豁唇子"的媳妇而跟上了八路军；朱可发——曾经是小镇子澡堂里的跑堂——的革命经历更为可笑：因为窥视日本鬼子男女同浴而被发现，他不得不出走投奔八路军；章婉婉由于学业成绩突出而引起了学校地下党负责人的关注；郑仿因为反感絮絮叨叨的耶稣教义而转向了共产主义思想；饱读诗书的犁原是在大学里的一位青年老师带领之下奔赴延安……总之，王蒙的笔下没有多少人亲历剥削阶级的压迫和欺凌——许多人的阶级觉悟毋宁说来自一批进步读物。尽管如此，"条条大路通革命"仍然意味深长。这时，革命的内容已不仅仅是一个阶级推翻另一个阶级；更大的范围内，革命意味的是投身另一种全新的生活。无论每一个人的具体遭遇是什么，只要他企图冲出陈旧的生活牢笼，革命就是不可避免的选择。当然，人们仍然可以从这些故事的背后发现压抑与反抗的关系模式，但是，这时的革命已经从狭义的政治领域扩张到社会生活的诸多方面。

那么，这一批年轻知识分子的革命动力是什么呢？如同《失态的季节》之中郑仿曾经意识到的那样，维持基本生存所必需的物质不是他们考虑的问题；他们考虑的是生存的意义——"活着干什么，这才是意义重大的了不起的大问题"。这些知识分子无法从死水一般的生活之中发现活下去的价值；只有投身革命，他们才能找到自由呼吸的空间，实现由来已久的理想。许多时候，这就是他们破门而出的理由。这无形地产生了两个特征：第一，与《红旗谱》或者《暴风骤雨》之中的劳苦大众不同，王蒙笔下的主人公不是追求几亩田地和一间安身立命的房屋，他们渴望的是一种更为纯洁也更为理想的生活。他们的革命动机之中似乎没有兑入那么多物质生活的私心杂念；他们革命的急迫性和坚定程度也比劳苦大众逊色。第二，这批知识分子的革命经验之中并没有多少罢工、撒传单、坐老虎凳和监狱暴动；他们时常是一批擅长使用政治术语和革命名词的人。他们对于革命的残酷程序——包括革命队伍内部的权力之争——几乎一无所知。

那个时候，是不是美学的激情掩盖了人们对于革命的观察和分析？——王蒙的小说涉及了革命与美学的关系。王蒙小说的主人公几乎没有意识到权力以及个人利益的分量。他们有意无意地回避地位、荣誉和金钱。这批年轻知识分子憧憬的是一种生气勃勃的生活，憧憬一个放纵青春激情的空间。这不就是美学的意义吗？美学意味了浪漫、激情、奇观，意味了抛开谨小慎微或者循规蹈矩而尽情地欢唱——这一切都与知识分子想象之中的革命不谋而合。所以，人们惊奇地发现，文学和艺术对于这一批知识分子的革命产生了异乎寻常的作用。不论是满莎的诗还是苏联歌曲、苏联小说，他们无不如痴如醉。就此而言，这一批知识分子从事的是一种"载歌载舞"的革命。例如，在绰号为"刘巴"——这个绰号即是来自苏联的小说《青年近卫军》——的刘丽芳身上，青春、意识形态与革命的交汇同时是三者相互需要的证明：

> ……刘丽芳在十七岁那年接受革命是因为革命是她十七年来接

触到的最最精彩的游戏，一下子那么多歌曲，那么多歌舞，那么多腰鼓，那么多红旗和彩旗，那么多掌声和和平鸽……这样的规模世界多少年才能出现一次？中国多少年才能碰上一次？碰上一次也就不算白走一次。碰上一次再死，也就不枉活一生！尤其重要的是，解放军进城以来就动不动地停课让学生参加大活动。革命是青春，也是全民的盛大节日，真是一点也不错！反革命硬是丧尽人心，组织不起这样盛大的节日来，他们只有灭亡！

尽管革命之中的美学内涵并没有维持多久，尽管革命之中摧毁传统秩序的主题迅速地转向为所欲为，目空一切，革命的概念甚至被偷换为大规模的折磨和虐待，但是，这并不能否认50年代初期那一批年轻知识分子曾经拥有的浪漫。至少在当时，钱文以及他的同伴如此地恐惧平庸——"他几乎越来越怕用庸俗这个词了"。生活之中的庸俗充斥了他的视域。这时，"能够帮助他的只有革命，革命、革命、革命，他知道，只有革命才能抵御他不希望的一切。革命啊，再给我一点危险，给我一点考验，给我一点燃烧的热烈的痛苦吧！"这甚至派生出钱文的另一种观念：革命者就是必须在简朴乃至贫困之中苦苦煎熬，这种不同凡俗的生活之中包含了悲壮和崇高。60年代前期，钱文毅然地离开北京而远走边疆，这个决定仍然可以部分地追溯到隐藏于细胞之中的浪漫冲动。总之，美学是钱文们倾心革命的重大原因。美学使钱文们的革命拥有某种夸饰和幻想的风格；他们几乎看不见革命运动之中存在的暗角和杂质，更不可能根据祝正鸿与束玫香的恋爱风波或者苏红的坎坷遭遇而思考革命。因此，猝不及防的政治打击骤然降临的时候，这批知识分子没有丝毫的理论免疫力。

二

如果说，王蒙小说之中的革命与美学曾经有过短暂的蜜月，那么，集体与个人一开始就显出某种隐蔽的对立。物以类聚，人以群分。革命的理论告诉这批知识分子，政治立场是形成各种共同体的首要原则。然而，如果政治立场是成为各种共同体的唯一原则，那么，革命集体组织之中的个人必须是完全透明的。除了共有的政治理想，还有哪些个人隐私需要保密呢？许多时候，隐私被视为一个与政治或者公共领域相对立的范畴①——这显示了隐私的危险性。

必须用革命占领任何个人的空间，革命的集体之中丝毫没有个人主义的地位。这批知识分子唯恐被斥为"向隅而泣"的可怜虫，他们诚心诚意地祈盼淹没于革命集体之中。集体具有一种激动人心的团队精神，一种相互激荡的狂热气氛——这无疑代表了革命的诉求。人们或许会感到某种缺憾：《恋爱的季节》似乎没有深刻地触及众多主人公内心的纵深处。然而，这不就是历史的写照吗？这批革命的知识分子时常自觉地铲除自己纵深处的感觉。"生活在严肃而又热烈的集体当中，每个人的小我都要压缩到最小最小。"

可是，恋爱令人尴尬地出现了。这是一种不折不扣的个人情感。革命能不能征服这一块私人领地？其实，周碧云放弃了舒亦冰而投向满莎即是一个象征：新式的恋爱不再是那种缠绵的卿卿我我，革命的恋人必

---

① 参见〔英〕史蒂文·卢克斯：《个人主义》，阎克文译，江苏人民出版社 2001 年版，第 45 页。

须制造一种崭新的爱情风格。满莎与周碧云之间存在的是一种爽朗奔放的爱，"这才是火一样的，阳光一样的，天空一样的爱情！"周碧云实在看不上舒亦冰那些精致的幽怨，还有他的诗里面充斥的意象："落日、蟋蟀、秋天、眼睛、天使"。这种隐藏在百叶窗和梧桐树叶阴影背后的爱情又能有什么前途呢？

尽管如此，恋爱之后的结婚仍然如期而至。这一批年轻的革命者已经本能地察觉到了结婚的俗气。结婚意味了回到法律规定的私人空间，正视柴、米、油、盐之类俗务。这似乎与如火如荼的革命不协调。正像洪嘉体会的那样："革命者应该恋爱，恋爱本身似乎就带有'革命'的味道，大胆地去追求幸福，勇敢地去接触禁果，沉醉于一种高尚而又热烈的激情。但是革命者将怎么样结婚呢？像旧社会的先生、太太、老头子、老婆子一样地过日子？"《恋爱的季节》之中亢奋的春夜大联唱和"七一"集体婚礼可以视为一种隐蔽的仪式。这是一种特殊的告别，也是一种象征性的拖延——他们不想太快地沉溺于私人空间，至少必须表明这种姿态。

这一切无不喻示了一个前提：革命集体之中的个人是一个多余的单元。如果私人空间拒绝了革命光芒的照射，独特的思想和内心世界就会成为一个幽暗不明的危险渊薮。许多时候，消除个人就是忠诚革命的涵义之一。这终于形成了公开自己的全部内心活动的传统；也形成了无情地揭发、臆测、分析、批判他人内心反动思想的传统。革命历史之中，尤其是一系列大规模的政治风暴之中，这两种传统都产生了无与伦比的威力。无论是揭发还是被揭发，这一批年轻的革命者都没有勇气怀疑上述前提。

当然，彻底地消除个人主义并非易事——个人时常顽强而又隐蔽地存在。赵林突然不想将崭新的自行车借给洪嘉；钱文盼望拥有自己的周末，并且对吕琳琳产生了某种不可告人的隐秘情绪；洪嘉妒忌鲁若与女中学生过于亲密；祝正鸿与母亲、妻子之间产生了复杂而又微妙的纠葛；周碧云与舒亦冰旧情难断；职务变动导致赵林、祝正鸿的情绪波动——这些现象背后的主体均是个人。共产主义的无私还仅仅是一种理论的想象，个人主义仍然在许多场合构成了现实的基础。尽管如此，这批年轻的革命者仍然坚持思想的自我纯洁，尽可能不让个人主义具有立足之地。钱文时刻警觉地自省，生怕自己的种种反感——例如，反感蹲在公共厕所里谈论别人的爱情——来自某种狭隘的甚至剥削阶级的思想；赵林对于人事安排感到了短暂的难堪之后立即作出了自我批评。许多的时候，他们想方设法将种种个人思想纳入革命逻辑寻求解释。李意精明地将他的恋爱成功归因于"革命事业革命理想"，"革命同志的感情"，"无产阶级的阶级感情"；相反，满莎大义凛然地将周碧云对于舒亦冰的留恋形容为"资产阶级爱情观"——这终于让疯狂的周碧云心虚了。如果个人的思想情绪与革命的逻辑产生矛盾，他们宁可放弃前者宁可用革命的热浪冲掉失意之后的不快。洪嘉与鲁若不欢而散之后，她开始为自己的沮丧而羞愧：朝鲜战场上，志愿军正在大获全胜，她又有什么理由垂头丧气呢？如果说，这批年轻革命者不久之后遭受的不公正待遇令人扼腕，那么，王蒙的小说表明，受害者本身也是制造迫害的思想背景之一。某种意义上可以说，这是一种可怕的报应。

三

《失态的季节》开始的时候，钱文和他的许多同事已经被贬为政治异类。这部小说没有详尽地叙述 1957 年"反右"运动的前因后果。或许王蒙觉得，这一段众所周知的历史已经不必重复交代——还能有哪些人为的情节可能比这一段历史更富于戏剧性吗？

考虑到长篇小说与历史叙述之间的差异，这个省略具有充分的理由。然而，由于这个省略，人们不再正面注视一个关键的历史部位——这批被命名为"右派"的政治异类名不副实。他们没有提出一套对立的政治理念，也不存在一套运作这些政治理念的行政机构。所以，人们无法从这一段历史之中发现尖锐的政治观念分歧——王蒙笔下的主人公并没有深刻地甚至痛苦地思考、比较和选择种种不同的社会理想。这甚至产生了一种奇怪的历史景象：这是一种完全不对称的冲突。一方面是横眉冷对，疾言厉色，怒发冲冠，形成泰山压顶之势；另一方面是瞠目结舌，唯唯诺诺，低头伏罪，落花流水而溃不成军。换言之，这里并没有势均力敌的政治集团展开历史性的大搏斗。那些充当反角的政治异类只能在那里惊慌地翻检自己的内心。他们的确有些书生意气的牢骚，但是，他们从未想到向对方的政治纲领表示异议。因此，他们真正困惑而又揪心的问题仅仅是——为什么失去了对方的政治信任？

如果没有一个强大的政治势力充当对手，那么，集中打击的对象只能是十恶不赦的个人主义，打击贮藏了种种资产阶级思想的"自我"和"内心"。通常，个人主义是一个富有冲击力的范畴。这个范畴或显或隐地威胁到民族、国家、政府机构、家族、家庭等一系列至关重要的社会组织。理论的意义上,"政治个人主义与经济个人主义之间存在着紧密的概念联系":个人独立性的"观念同私有财产制度的关系是显而易见的"①。人为财死,鸟为食亡,财富的渴求可能造就极大的震撼能量。另一方面,弗洛伊德精神分析学理论图景之中的"个人"桀骜不驯、无意识包含了种种极具破坏性的欲望,"快乐原则"成为顽强表现这些欲望的巨大动力。甚至弗洛伊德也承认,压抑这些欲望是文明必须偿付的代价。然而,相对地说,王蒙小说之中的"个人"温和得多。对于钱文们说来,经济个人主义与私有财产已经十分遥远;炽烈的情欲根本没有地位——王蒙常常不失时机地对失控的情欲流露出文明的鄙视。其实,王蒙的"个人"仅仅要求一些抒情的空间容纳某些骚人墨客的雅兴,容纳一些无伤大雅的个人志趣,顶多容纳某些短暂的颓废。尽管如此,王蒙的"个人"还是导致了革命的莫大恶感。他们的个人主义——个人的独立和自由——要害在于可能对革命组织的严密性产生致命的威胁。"以个人利益放在第一位,革命利益放在第二位,因此产生思想上、政治上、组织上的自由主义"。个人主义背后的"小资产阶级的自私自利性",必定会形成革命组织之中的阴影和病灶②。

为了纯洁革命组织,钱文们必须从隐匿于自己身体之内的"内心世界"挖掘出凶恶的阶级敌人,毫无保留地将灵魂里的"小资产阶级的王国"敞开在猛烈的火力网之下。虽然钱文们对于弗洛伊德的"无意识"学说一无所知,但是,政治觉悟仍然会赋予极为深刻的分析技术。信

① [英] 史蒂文·卢克斯:《个人主义》,第 60、128 页。
② 毛泽东:《反对自由主义》,《毛泽东选集》第二卷,人民出版社 1991 年版,第 360 页。

件、日记以及个人的房屋均是个人主义藏身的物质外壳，用"太黑暗了"形容停电或者收听外国的轻音乐无不包含了险恶的政治涵义。他们相信，"内心世界"是一个危机四伏的丛林地带，所有的角落都可能隐藏了危害革命的因素。

彻底的内心搜索导致了严重的精神伤害，连环套式的互相揭发拆除了彼此之间的基本信任，甚至诱发了隐秘的快感。打击个人主义的时候，革命的名义如此伟大，如此炫人耳目，以至于遭受打击的对象甚至丧失了反抗的念头。千夫所指之下的钱文只得相信："现在最伟大的事件降临到他的头上了；由于革命由于痛苦由于威严由于恐惧也由于不由分说和实在不好理解，他不能不相信这件事比他已经经历的一切事变都更加伟大，更加深刻。……与革命的大风大浪相比，他实在是太渺小了。渺小得哭都哭不出眼泪来。"于是，这种想法本身就是对个人主义的强烈否定："个人的生死也应该是置之度外的，忘却了个人，忘却了自己的五尺之躯，才有真正的大献身大欢喜！"

相对"无产阶级"，知识分子多愁善感，思绪万千，这无形地为剥削阶级的意识形态留下了席位。郑仿羞愧地发现，自己的内心居然"只有梦幻、温柔、迟疑、敏感、娇嫩、脆弱、善良、小心……这是何等地不相称呀！而自己居然还混入了党内，还成了一个小小的头目！"这个意义上，个人主义与浪漫主义、文艺与小资产阶级之间时常异曲同工。犁原读到一首小诗就会伤感地想到了童年养过的一只小鸟；钱文动不动就是"迷蒙的小雨"，甚至为《洼地上的战役》而感动，美感趣味时常是革命的死敌，种种纤弱而灰暗的情绪理所当然地与小资产阶级世界观不谋而合。这批知识分子的另一个爱好是酸溜溜地谈论爱情。劳动人民爽朗的爱情表白是"我爱他，能写，能算，能识字，我爱他，下地生产，他是有本领……"相反，知识分子的爱情充满了患得患失的试探、无聊的甜言蜜语和装模作样的文艺腔调。追根溯源，这一切无不由于个人主义作祟。不管怎么说，个人的思想、风格、情绪与强大的、统一的革命机器格格不入，过于活跃的个人无法安分守己地充当革命机器之中的一个螺丝钉，相当长的历史时期，革命对于个人主义的清算卓有成效。尼采式的超人哲学声名狼藉，舒亦冰或者钱文式的温文尔雅招来了辛辣的嘲笑。钱文很久之后才震惊地意识到："革命是这样地容不得一丝一毫的属于个人的最终仍然是属于革命的温柔美好的情感。"

清算个人主义的后果之一是彻底摧毁了独立的人格。钱文们从未因为自己的屈辱待遇而产生反抗的冲动，这是最为耐人寻味的一面。"我是抗拒不了组织的"，钱文如此解释自己的处境："要知道这一切是我自己的组织、我自己的党、我自己的革命、我自己的事业所要求于我的呀！我面临的是自己与自己的搏斗，一边是真理是人民是历史规律，另一边是我自己。我需要克服的是自己而不是别个，只有彻底粉碎一己的尊严和反抗，也许我还有光明的前途。除了听领导的，我还能听谁的呢？难道我能听我自己的？难道我愿意自取灭亡？在党和人民面前，我愿意承认我只是一个渺小的可怜虫，也许我的惟一的希望就在我的惧怕和畏缩上呢？""文化大革命"后期，钱文一度企图厚颜无耻地充当御用文人。然而，甚至他的投机也缺乏某种急迫与主动——缺乏某种以自我为中心的气魄。革命之初指点江山的激情与气势为什么会被阉割得如此彻底？这的确是 20 世纪 50 年代的中国历史遗留下来的一个神秘的谜团。

四

王蒙的小说并未有效地释除个人与集体之间的深刻对立。无论是诉诸经典理论还是日常实践，钱文都未曾真正地找到个人主义与集体主义之间的平衡点。到了《踌躇的季节》与《狂欢的季节》，二者的冲突逐渐被悬搁起来了；这个尖锐的问题无法根据叙事的逻辑持续深入，延伸出一个令人信服的故事结局。分析之后可以发现，支持钱文渡过精神危机的是另一种迥异的话语——民间话语。《失态的季节》开始敞开潜入民间的通道，钱文开始遭遇民间话语。民间话语背后质朴的观念体系时常会出其不意地打开知识分子的视域，甚至启发他们反躬自问。"采风"也罢，流放也罢，鲁迅那种对于人力车夫的震惊也罢，走向民间的大众文艺也罢——知识分子将民间视为某种启示、归宿或者解脱苦恼的传统源远流长。王蒙轻车熟路地拐向了这个传统。民间话语之中，王蒙的主人公时刻关注的问题——例如，左与右，进步与落后，个人与集体——均为无稽之谈。民间话语仅仅是一些以柴、米、油、盐为核心的生存常识。这些生存常识打断了钱文看待人生和历史的惯用逻辑。通常认为，知识分子所热衷的理论是理性的产物。然而，王蒙的小说再度证明，如果没有生存常识的制约，知识分子非常可能沉溺于某种理论形式之下的疯狂。

的确，钱文的周围存在一个森严的政治术语组成的八卦阵。一系列理论辞句高高在上，神秘莫测，钱文的思想无法逃离这个八卦阵的控制。这套政治术语背后隐藏了某种强大的、不可抗拒的分析逻辑。这种逻辑几乎成了精神谋杀的利器。曲明风娴熟地操纵这一套威力无比的政治术语迂回包抄，可怜的萧连甲与钱文只能目瞪口呆地束手就擒。如果他们试图挣扎或者反驳，缚在他们身上的绳索就会越收越紧。钱文之所以没有像萧连甲那样绝望地自尽，很大程度上是由于妻子叶东菊的存在。叶东菊对于政治术语的八卦阵以及一系列令人晕眩的形容词与副词提不起精神。她劝告钱文，没有必要被这些辞句感动或者惊吓。叶东菊公然宣称不懂政治，只相信爱情。她的爱情不是浪漫的欢乐，而是困厄之中的支撑。叶东菊甚至动员沮丧的钱文参加舞会，企图借助另一种符号体系短暂地冲开政治术语的包围。王蒙耐心地写出了叶东菊的观念如何引起钱文的惊恐与揪心的隔膜；写出了爱情的温床如何逐渐融化了僵硬的思想甲胄。叶东菊信奉的生存常识终于击破了政治辞句的幻术，将钱文解救出来。钱文意识到，无数平庸的琐事才是生活的真实基础。种种"学生腔"与"文艺腔"仅仅是浮夸辞藻，众多理论口号充满了空洞与虚妄。仅仅因为把社论读得仔细一些就自命为无产阶级或者左派，这种天真的革命是一种危险的游戏。钱文的思想转折信号是——正视日常生活的意义。

正是在这个时刻，钱文遇到了"人民"。革命的目标是解放人民；然而，钱文们一直到被清除出革命队伍之后才真正认识了人民。钱文意外地发现，"人民"并没有教科书或者报纸所描绘的高大形象。他所遇到的人民——一些乡下的农民——住在破旧的土屋里，无言地承受生活的重负。他们只能用"只有享不了的福，可没有受不了的罪"这种民间真理安慰戴罪之身，或者在天凉之际劝一杯薄酒。他们在读报的时候鼾声如雷，或者说一些"荤话"彼此打趣。在他们那里，钱文们感到惊天动地的大是大非不过是一些吃饱了撑的问题。一些人公然表示，如果拥有钱文们的工资，他们并不忌讳顶替种种政治罪名。的确，他们仅仅遵从生存常识而不在乎种种理论的空中楼阁。钱文无法真正与他们融为一体，然而，钱文至少看到了另一种庸常而又博大的生存方式——这种生存方式与钱文曾经热衷的革命相距甚远。

另一方面，日常生活还使钱文发现了自己的生理渴求。王蒙对于口腹之乐颇有心得。他不止一次地详尽地描述可口的食品如何改变落难者的悲怆心情，流落到边陲之地，钱文专心地制啤酒，制酸奶，研读菜谱，烧饭做菜。钱文津津有味地发现，"吃"是生活之中的首要事务而不是某种可怕的罪过。寒冷的冬季，钱文没有太高的要求——一间带有火炉的小房子足矣。日复一日，他心甘情愿地承认自己仅是一个卑微的人。他的渺小幸福就是与妻子生活在一起，生儿育女，养猫，养鸡，偶尔打一回麻将。尽管他还会在半夜惊醒，想一想生活的目的，但是，更多的时候，钱文认同了普通人的日子："做一个平庸的人是多么福气呀！"钱文的周围，高调的革命已经破产，浪漫气氛已经远逝；他仿佛已经看破了世情，解脱了烦恼——活着本身就是意义。

这就是革命的贬值。远离革命中心的钱文成了逍遥分子。风起云涌之际，钱文独自徘徊于边陲之地的山水之间。他不仅察觉了日常生活的涵义，同时也察觉了自己身体的存在——如同王蒙的《蝴蝶》已经说过的那样，繁重的劳动才会令人意识到身体与四肢。钱文没有放弃革命，但是，他再也不会自命不凡地将自己想象成驾驭革命战车的救世主。钱文的一个重大觉悟即是，不能蔑视凡夫俗子的生活之中存在的真理。"平凡的人也能革命，这更显见革命的伟大；革了命也还平凡，这又是革命的艰难。"钱文认可了革命与平凡的辩证关系表明，钱文终于意识到了平凡和常识所代表的生活维度。许多宏大的理论对于这个生活维度视而不见，因此，革命通常被想象为凌空飞舞的烟花。可是，人们又怎么能因为仰望烟花而遗忘了一日三餐呢？

五

多年以前，一个富有见地的批评家已经隐约察觉到，王蒙的思想之中存在双重倾向：

> ……就他的艺术表现而言，他又提供了两个世界：一个是呈现于外的世界——它喧喧攘攘、忙乱变动、光怪陆离、千演万化；另一个是收缩与隐藏其内的精神世界——它凝定着，有着节律，有着步奏，它恒在，它冥冥中支配和注视着人世的变化。王蒙的前一个世界是开放的，接纳所有的印象，他描写它们的时候几乎是毫无偏心，写得草率而又细致、粗野而又优雅；写得诙谐而又严谨、尖刻而又宽容。王蒙的后一个世界则又为自己的观念国土划了疆界，这条疆界使他的思想趋于稳定。他并不随风倒，无原则地接受所有的新思潮。相反，他维护民族传统，强调人的和谐，相信进步，提倡谦让、宽容、勤勉和耐心……①

如果说，以上的描述多少有些语焉不详，那么，四部长篇小说逐渐清晰地显明了王蒙的两方面不无矛盾的观念。首先，王蒙崇尚激情、青春、崇高和诗意，倾心浪漫的冒险，渴求种种生气勃勃的形象；另一方

---

① 吴亮：《王蒙小说思想漫评》，《文学的选择》，浙江文艺出版社 1985 年版，第 147 页。

面，王蒙也常常喟叹、感慨、消沉和伤感，这时的王蒙就会回到了日常世界，尊重世俗，肯定平凡，甚至认同平庸。换言之，革命、激情和明智甚至无奈始终交织在王蒙的思想之中。显而易见，四部长篇小说之中，上述的双重倾向已经被王蒙带入历史的考察。从《恋爱的季节》到《狂欢的季节》，后一种观念明显占据了上风。经历了半个世纪的颠簸以后，王蒙终于意识到，革命和激情是历史上的双刃剑。20世纪下半叶的中国历史之中，革命名义掩护下的非理性冲动暴露出令人吃惊的危害。王蒙宁可相信，理想的社会就是多数人安居乐业的社会。轰轰烈烈的历史功绩背后时常隐含了沉重的代价。于是，这个一度是职业革命者的作家感慨地想到了数千年之前老子提出的论断——圣人不死，大乱不止："世界上那么多伟人、救世主、教主、活佛、英雄、豪杰，那么多秦始皇刘邦项羽拿破仑希特勒，它们是为平民百姓带来的快乐温饱富足多，还是战争屠杀混乱恐怖多呢？世界上究竟是伟人多的国家的人民幸福还是伟人少的国家的人民幸福？风流人物的业绩背后连带着多少普通人的颠沛流离，家破人亡！"这些圣人屹立于历史的巅峰，叱咤风云，然而，他们的伟业往往给蝼蚁般的平民制造了种种劫难。

因此，王蒙不愿意时髦地将革命简单地想象为"狂欢"。的确，除了拟定一套政治纲领，从事种种政治实践，革命还时常伴随了巨大的心理能量释放。革命意味了打开繁琐的秩序压迫，赢得自由的空间，体验彻底解放的感觉。这就是革命的狂欢。然而，时过境迁，王蒙似乎更多地看到了狂欢之后一片难以收拾的狼藉景象。王蒙承认，革命之中隐含了可贵的理想主义；可是，理想主义与偏执、自我膨胀乃至疯狂之间的联系令人心悸。王蒙甚至对于革命时期反复倡导的"壮烈"也深怀疑虑：“壮烈能带来什么？为什么壮烈？为谁壮烈？祖国和人民需不需要你的这个壮烈？”“中国近百余年来，真是够壮烈的，烈士是伟大的。烈士出得那么多出得那么频繁，是国家之福人民之福么？”①这一切显然是革命激情扑空之后的反省。这个意义上，王蒙对于文学的激进姿态表示了异议：“一个国家生活愈正常气氛愈祥和作家就会愈多写一点日常生活，多写一点和平温馨，多写一点闲暇趣味。到了人人蔑视日常生活，文学拒绝日常生活，作品都在呼风唤雨，作家都在声色俱厉，人人都在气冲霄汉歌冲云天肝胆俱裂刺刀见红的时候，这个国家只怕是又大大的不太平了。”②总而言之王蒙宁可明智地保持低调。王蒙已经厌倦了剑拔弩张，咄咄逼人，他对一些言辞激烈的批评家颇有微词。王蒙主张宽容与温和，赞同“费尔泼赖”，甚至委婉地拒绝批评家对于“少年布尔什维克精神”的颂扬③。“我不想充当振臂高呼、惊世骇俗的角色，我宁愿充当一个比较理性的而且是历史主义的角色，用更公道的态度对待一切。”“我已六十有加，我宁愿选择和平的、理性的态度，从各式各样的见解中首先考虑它合理的那部分”④。这个意义上可以说，王蒙的论文《躲避崇高》——这篇论文因为褒扬了王朔的小说而遭到众多非议——的确包含了某些夫子自道的成分。

王蒙的思想是个人体验与历史判断的共同产物。王蒙多次表明，现

---

① 王蒙：《沪上思絮录》，《上海文学》1995 年第 1 期。

② 王蒙：《沪上思絮录》，《上海文学》1995 年第 1 期。

③ 李子云、王蒙：《关于创作的通信》，《读书》1982 年第 12 期。

④ 王蒙、李辉、陈建功：《道德乌托邦和价值标准“精神家园何妨共建谈话录”之三》，《读书》1995 年第 8 期。

今的历史主题已经从"阶级斗争为纲"转移到"经济建设为中心"，急风暴雨式的破坏再也不合时宜了。王蒙看来，盛极一时的二极对立思维是极端主义、文化专制主义的一个重要源泉，"随着二极对立模式的终结，是世界开始结束了以意识形态为中心的运作形态与生活方式而代之以经济活动为中心。这必然带来理想主义的一时式微与务实心态、实用主义的泛滥"①。这将是一种缓和安宁的历史景象。人们没有必要因为某些政治理念的差异而时刻紧张地对垒；大路朝天，各走一边——社会允许人们放手追求种种世俗的利益。这种想象图景与其说源于一个幸存者的厌倦与疲惫，不如说是一个幸存者深刻的总结与期盼。从《恋爱的季节》到《狂欢的季节》，人们清晰地看到了这种总结与期盼如何酝酿，如何成熟。当然，思想并没有就此终结。批判精神是否仍然活跃于上述的历史景象之中？如果放弃了革命的名义，批判赖以启动和持续的正面理想是什么？或许，类似的理论追问不会停止。但是，对于王蒙说来，这些理论追问不再迫切——因为这些追问背后不存在半个世纪惊心动魄的震荡和无数血泪的细节。

（原载《文学评论》2002 年第 2 期）

---

① 王蒙：《沪上思絮录》，《上海文学》1995 年第 1 期。

论王蒙小说的文学空间

[韩] 李珠鲁

一

　　王蒙是"文化大革命"之后广受读者瞩目的作家之一。究其原因，主要有两个。一为其发表于 50 年代的《组织部来了个年轻人》里所表现的现实社会之深刻批判精神，在他 1977 年复出文坛以后仍然持续地发挥着，尤其引人注目的是，其对现实的认识主要集中在对过往历史的反思，这样的特色在 1980 年前后更显炽烈。另一原因为他在书写策略上持续地尝试融合新的技巧，不断开创出新的叙事方式。此和其小说主要运用现代主义的意识流交错手法，刻意地回避传统的叙事结构有关。

　　本文是以王蒙发表于 1980 年前后，描写过往痛苦的历史经验的所谓反思小说为主要观察对象。再次，反思小说的意义并不仅停留在单纯地暴露过去岁月的痛苦。如果对过去痛苦根源的探索有助于未来梦想的开创的话，那么他的反思小说就可以当作理解作者近来几项活动的重要线索，如作为文化部长的政治活动和以作家身份对当代文化现象发表的意见等等。因为"如何解释过去"深刻地关系到"如何展望未来"。从这个观点来看，王蒙作品中的"现在"，就是过去和未来的遇合、充满紧张的战斗的现场；它的意义不但丝毫不比作品中的"过去"逊色，其中还隐涵着作者各种重要见解。

本文以王蒙反思小说中展现的文学意义上的空间形态及其性质作为主要考察重点。众所周知，王蒙反思小说里的事件、行为一般并非依时间顺序，也非按前后因果关系发展。由于他经常使用的自由联想和内心独白，其作品里的事件不再是一种客观的存在，行为的因果关系也消失于无形。实际上，他作品中的"过去"与"现在"是以空间的形态表现出来的，时间也被还原为空间，故而事件被空间化的特征相当突出。正因为如此，我们分析其小说的叙事结构时，与其着眼在叙事结构的时间顺序，不如对其空间所隐涵的意义投以更多的关注。

当我们将重点放在其小说的文学空间的意义上时，可以发现其小说隐涵着几种原型类型（Archetypal patterns）。此即作品中的人物都需要经历"分离—考验—回归"的通过祭仪（the rites of passage）的过程。经由这样的过程，他作品中的人物得以从这个空间转移到另外一个空间。因为此种原型类型在作品的结构和形态上具有重要的作用，所以探索作品的原型就在神话批评的领域里成为重要方法。而与此原型跟王蒙个人潜意识深层中的经历存在着深刻关系，在一定程度上反映着中国人的集体潜意识。本文就着意于探求王蒙小说中此"通过祭仪"所隐涵的意义，以及与作者个人对历史的认识存在着什么样的关系。

同时，王蒙反思小说中另一个吸引我们关注的焦点是他作品里的"道路"这个空间。在他相当多的作品当中，都涉及了"走路"这个类型，并且展现出"在旅途上"的人物随着外部世界的变化而感受到的微妙的内心变化。作者在表现这些层面时，经常使用的技巧就是前面提到的自由联想和内心独白。此正和"公路电影"依靠闪回（Flashback）和蒙太奇（Montage）手法来超越时空的限制，并用以展现人物的行为和心理的手法相似。本文也探索"道路"这个文学空间在王蒙小说中所象征的意义。

二

阅读王蒙小说时，我们可以感受到其对新中国成立前后那个时期极具特色的描写。如《布礼》中在分配食物时丝毫不考虑自己的钟亦成，将自己的食物和钟亦成分享的凌雪，还有脱下还带着自己体温的长毛绒领的崭新的棉军大衣给钟亦成的老魏；《悠悠寸草心》中自告奋勇替吕师傅为人理发、刷洗洗头池、修理扫把，并且为闹眼病的吕师傅买药的指导干部；《蝴蝶》中，举止里洋溢着一种给人间带来光明、自由和幸福的得胜了的普罗米修斯的神气的张思远，他那炯炯的眼神和行为举止所展现的扭转乾坤的力量和丰富的历练；《如歌的行板》中如同"我的一切都是你的，除了牙刷"这句诗所流露的那种不分你我，无私地分享革命情谊和阶级友爱的我们"三克"。李振中深深以身为"一个经受过长期的铁与血的考验的共产党员"而自豪，张思远以"我们不是一般的人，我们是共产党员，是布尔什维克的党员"而引以为豪。对这些共产党员应当持有的态度，《布礼》中的老魏这样表示：

> 一个共产党员，要做到真正的布尔什维克化，要获得完全的、纯洁的党性，就必须忘我地投身到革命斗争中去，还必须在党的组织的帮助下面，运用批评和自我批评的武器，改造思想，克服自己身上的个人主义、个人英雄主义、自由主义、主观主义、虚荣心、嫉妒心……等等小资产阶级以及剥削阶级的思想意识。①

当时社会各阶层的活力与热情、民众对党的信赖和纽带，人与人之间的友爱和平等在字里行间展现无遗。如此一来，这时期就被形象化成了从充溢着恶臭的腐败中长出健康新细胞的充满活力的时期。对钟亦成而言，此时期就是"像战士一样匆忙、粗犷，像儿童一样赤诚、纯真，像一家人一样和睦、相亲相爱"；对张思远而言，它就是"我们要什么就有什么，我们不要什么就没有了什么"一般地洋溢着自信的时期。在吕师傅的记忆中是"解放后的前七八年，光明的像天堂"，"那些年，上和下，左和右，你和我和他，怎么那么平等，那么亲近呢？共产党和解放军简直是天上掉下来的活神仙"。这段时期，人们对社会主义的价值和理想充满了坚定信念的情态，就如同年轻时代初恋一般。党和民众是如此紧密地贴近着，人们坚信理想将在现实中实现的信念成为社会运作的基础。《如歌的行板》中的"我"周克对于此时期是如此回忆的：

> 平等，无私，天下为公，人人为我，我为人人，水滴入大海，胸坦坦荡，将心比心，关心别人比关心自己为重，无事不可对人谈……所有这一些，都具有怎样的奇异的吸引人、提高人、征服人

---

① 王蒙：《布礼》，见《王蒙文集》第3卷，华艺出版社1993年版，第22页。

的力量！它具有怎样奇妙的、绚丽辉煌的光彩！ ①

新中国成立前后的形象，在王蒙的小说中是以如此坚定的团队精神、无上的热情和信赖为基础取得一致的绝对共同体。这里是按照天上的秩序运行的，生命和谐一致的神圣的世界。在这个理想与现实完美结合的空间，所有成员都能超越日常的价值和世俗利害。这个空间就是得到解脱的，又完全自由又有超越性的空间。从这个意义上来说，王蒙小说中 50 年代初期是支配中国历史的现在和未来的"超越性"的空间，是一个带着绝对纯粹性和神圣性的时空，也就是神话化了的时空。王蒙所展现的这个绝对共同体也许可以看成是王蒙对个人历史经历的浪漫化、理想化的投影。因为其作品中和作者本身真实经历的少共精神吻合的部分随处可见，并且和刘少奇的《论共产党员的修养》中的精神有一脉相通之处。但是王蒙笔下所展现的过去，是在一个纯粹性已消逝、神圣性被破坏的共同体里，重新复活成了更辉煌、更高轨的时空。

三

然而在神话空间里的、有超越性的人间的生活不可能于现实当中久存。因为神话空间所强调的纯粹性和神圣性经常是以排斥"不纯粹的、不神圣的"存在的排他性意念为前提的。并且只有在理想和现实完美调和时，它们的存在才成为可能。故而它基本上是基础相当不稳固的抽象性的概念。在这个神话空间的、超越性的世界，为了维持绝对共同

---

① 王蒙：《如歌的行板》，见《王蒙文集》第 3 卷，第 188 页。

体的纯粹性和神圣性，人们必须不断地证明自己的纯粹性、神圣性，并且必须获得别人的承认。如果现实稍微脱逸了理想的话，必定得追究责任的归属。对于纯粹性和神圣性的过分强调，使得他们如同陷身蛋壳似的，失去了活力和无限可能，在坚硬的壳内僵硬、被禁闭着。故而对于纯粹性和神圣性的过分强调造成的是排他性的纯洁和盲目的整齐划一，结果就引发了那些代表超越性世界的成员们的分离，并陷入接受考验的境地。

王蒙小说当中的人物，就算他们在神话空间都是超越的，但还是必须经历分离的阶段。如钟亦成写的诗因有煽动反党、反社会主义的意图而招致了批判；翁式含因为蓝佩玉过去留下的信件背负了通外的罪名；金克由于他自己写的情书而被批评了，使得他们都被从神话空间中驱逐、流放。甚至带头驱逐右派分子的张思远也面临"黑帮、牛鬼蛇神越抛越多，越抛越把他自己裸露到了最前线"的尴尬处境，最后自己也不得不被关进他所建的监狱中。如此，风光一时的共产党杰出党员瞬间沦为右派分子或者反党、反社会主义分子。

而这被流放的空间和充满朝气的神话空间是截然不同的。在这儿"为了表现自己的革命性而加大了嗓门和挑选了最刺人的词句"；"更由于周围政治气温的极度升高，这种揭发批判变成了无情的毁灭性的打击、斗争"[1]，"革命的尊严被粪便和蛔虫所玷污"[2]。此处是"没有革命的理想，没有原则，没有对真理的追求和献身，没有勇气、忠实、虔敬

---

① 王蒙：《布礼》，见《王蒙文集》第 3 卷，第 24 页。
② 王蒙：《悠悠寸草心》，见《王蒙文集》第 4 卷，第 194 页。

和坚贞，没有热也没有光；只有利己的冷酷，只有虚伪、权谋、轻薄、亵渎，只有暗淡的动物式的甲壳、触角和保护色"①的世界。这个空间是在地上的秩序和原理运作下，充斥着死亡和混沌的俗世。在此，极度膨胀的理念，进一步发展成为集团的狂气和盲目整齐划一。所以"红袖章的火焰燃烧着炽热的年轻的心。响彻云霄的语录歌声激励着孩子们去战斗。冲啊冲，打啊打，砸烂啊砸烂，红了眼睛去建立一个红彤彤的世界"（《布礼》），"还有红旗、红书、红袖标、红心、红海洋。要建立一个红彤彤的世界。在这个世界里九亿人心齐的像一个人"（《风筝飘带》）。革命变成如此唐突、不可理解的可笑面貌，"荒唐变成现实，现实变成梦魇。"《风筝飘带》中对红色世界的强调到后来却演变成红色梦想的完全沦丧；《深的湖》中毛泽东主席肖像的颧骨上多了一只耳朵，成了一副可笑的怪样子，这些都是革命的悖反，当革命和反革命的界限消失时，红色革命得来的就是如下的全然相反的结果：

> 强调划清界限的结果是"界限"化为乌有，强调斗、斗、斗的结果是人们悟到了友谊、义气、关系的可贵，强调政治的结果是对政治的厌倦，强调破"四旧"的结果是旧风俗旧习惯的大回潮。②

从象征生命和和谐的神话空间被驱逐出来，进入象征死亡和混沌失序的地上空间接受考验，是如此的突兀而又笨拙，所以在回顾时，"过去"就如同"一种丝毫不逊于把说谎的孩童变成驴子、把美貌的公主变成青蛙、把不可一世的君王变成患麻风的乞丐的法术"③一样，或者"像

---

① 王蒙：《最宝贵的》，见《王蒙文集》第 4 卷，第 145 页。

② 王蒙：《悠悠寸草心》，见《王蒙文集》第 4 卷，第 195 页。

③ 王蒙：《蝴蝶》，见《王蒙文集》第 3 卷，第 87 页。

变戏法，举起一块红布，向左指上两指，这些东西就全没有"① 一般。不论是遭受批判的一方或者是批判的一方，对于过去的自己到底是谁，或者到底作了什么都没有清楚的认识。《布礼》中的钟亦成认为"党对我的批判并不是由于哪一个个人的恶意，没有任何个人的动机"，"让他们回头，重新回到党的怀抱和革命的队伍。"《如歌的行板》中的"我"金克也一样，写批判文章是"写个材料，让组织掌握情况，为了从政治上帮助自己的一个老友，一个同志，这是无可怀疑的天经地义。"

剩下的疑问就是，我们的热情为何造成如此荒唐的结果？就是说，正如《相见时难》里蓝佩玉稳妥地提起的，"你难道为忠于你的理想，为理想的胜利实现而受苦吗？为什么？"对这种疑问的答案是张思远自我述怀时所说的"怕失去他的领导职务"，还有老魏自我告白说"因太爱惜乌纱帽而不敢仗义执言所付出的代价"吗？当然，这些都言之成理，但是更重要的理由恐怕是，当时是"一个看重信仰和热情远远胜过现实合理性的年代"。如《悠悠寸草心》中吕师傅对那个"大喊大叫大干的年月"的"豪情满怀，意气风发，却从不计较代价"的述怀；《如歌的行板》中对自己提出的疑问"你的错误呢？"、"太多的激情"的追述；《湖光》中李振中回顾过去时所说的"激情创造了地覆天翻的业绩，过分的激动也使我们做了不少蠢事"所显示的，所有的人都在过激的热情当中丧失了方向感。他们只一味地热切追求革命的胜利，导致完全被热情所蒙蔽。这就如同陶醉在自我热情，不顾一切奔向太阳而使粘贴翅膀的蜜蜡融化，最后掉落在地上的伊卡路斯（Icarus）的悲剧。

---

① 王蒙：《春之声》，见《王蒙文集》第 4 卷，第 290 页。

王蒙小说中的人物从在神话空间被驱逐后所接受的考验过程中，大都经历象征性的死亡。而这里的死亡并非肉体的死亡，而是为了再生和复活而经历的精神上的死亡。接受劳动改造的钟亦成，在劳动工厂的火灾中奋不顾身地灭火，反而陷入被诬纵火的处境。他觉得"天地在旋转，头脑在爆裂，身体在浮沉，心脏在一滴又一滴地淌血。他知道，他死了"。当张思远弯腰撅腚，站在台上挨斗的时候，儿子冬冬的巴掌迎面而来，"连脑袋都嗡地一响，像通了电，耳膜里的刺心的疼痛使他半身麻木，恶心得想要呕吐"，"等挨了第三个巴掌以后，他已经不省人事了"。他们必得经过这样象征性的死亡才能获得新生。经由这些火灾事件，钟亦成确认了山区民众的关心和信赖，从而获得了能克服苦难的生存的原动力。在山村中寻找儿子的劳动中，张思远也经历到了和劳动大众结合成一体的感觉，经由这些过程，他们发现了自己，从而和自己的过去以及冬冬和海云取得了和解。

那么，使得以他们克服苦难，获致再生的根源是什么？那应是对党的绝无谬误（infallibility）的坚定信心，对社会主义的理想和价值的永无休止的追求。即使是在被当成右派分子遭受批判的时候，钟亦成也仍然坚决高声呼喊着"我相信党！我们的伟大的、光荣的、正确的党！"；张思远在山村劳动时，仍然认定"回顾一生，回顾上下左右，回顾历史和现实，回顾中国的昨天和今天，展望明天，党毕竟是伟大的，光荣的党，而且终将是正确的党"。这样坚定的信念和无条件服从党的利益的一种党员的自豪是他们再生的前提。如此看来，王蒙小说中的分离和考验，以及为了再生而经历的象征性死亡过程，带有从神话空间转移到现实空间时必须经历的通过祭仪的性质。

四

在经历了分离和考验，以及为了再生的象征性死亡之后，王蒙的小说人物终于得以重返现实的空间。然而他们的回归并不单纯地只意味着回到过去的日常生活，他们的回归是从苦难中提炼出来，已经完成存在论意义上的转变的返回。在他们的眼中，现实空间的人民和党是以何种面貌出现的？钟亦成眼中，是"二十多年的时间并没有白过"，"我们的国家，我们的人民，我们的伟大的、光荣的、正确的党也都深沉得多，老练得多，无可估量的成熟和聪明得多了"。《表姐》里的"我"也认为"在付出了许多代价之后，我们的国家，我们的人民，我们自己以及我们亲爱的党，都无可比拟地成熟了和聪明了"。《最宝贵的》里的严一行进一步认识到"要清理废墟，建设起最新最美、防洪防震的社会主义大厦"，都显示了对社会主义制度下的中国之未来保持着相当乐观的态度。

那么，现实空间里成熟、聪明了的党和过去神话空间里的党可以一视同仁吗？王蒙小说人物对党的信赖、对社会主义的价值和理想的高度支持，不管是在神话空间或者现实空间都没有很大的差异。但在现实空间当中并未出现神话空间中所呈现的对绝对纯粹性和神圣性的强调而由此导致的排他性态度。这突出地表示着对于整齐划一性的反对立场，和对于多样性持正面态度的思考模式。特别是作品中出现的对左右概念的形象化，不妨视为作者对过去偏左的教条式政治意识形态的迂回批判。即"岳之峰流把体重从左腿转移到右腿，再从右腿转移到左腿。幸好人有两条腿。"（《春之声》）；"你在马的左边，还必须有一个虚拟的曹千里位于马的右边，然后才有平衡，才能稳定，才能前进。"（《杂色》）；"即使是安排一个人的吃食，想做到不左不右，恰到好处，也是不易的啊！"（《湖光》）等陈述都形象地将"鸟靠双翼才能飞翔"的平凡的真理，以及在历史进程中左右均衡的重要性表现出来。此外，《杂色》里杂色所展现充满生命力和活力的世界，还有《风筝飘带》涉及的绿色、黄色、黑色的世界以及其他各种色彩都可以视为作者暗示，相对于红色世界所强调的整齐划一性，多样性反而才真正具备优越性和必胜性。

如此并非意味着王蒙小说的人物采取和政治保持距离，进行迂回批判的态度。事实上，对于改革开放政策持正面支持态度的立场并不少见。这正反映了王蒙本身对现实的认知态度。如《蝴蝶》里张思远如下的想法："发牢骚是一件最容易的事情。发牢骚不需要培训，而且时髦"，"写文章咒骂一个交通食堂总比办好一个交通食堂容易得多也痛快得多。然而这究竟能解决什么问题呢？"这样的思考到了《春之声》里就以如下的方式表现出来："咒骂是最容易不过的。咒骂闷罐子车比起制造新的美丽舒适的客运列车来，既省力又出风头。无所事事而又怨气冲天的人的口水，正在淹没着忍辱负重、埋头苦干的人的劳动。"类似的陈述在《湖光》里也反复出现："七十年代末和八十年代初的中国，发牢骚已经成了习惯，成了癖，成了日常需要。"对于政府政策的明确支持态度则在李振中的陈述中也可以感受到：

> 他深深地知道，正是现在的党中央，总结了三十余年的经验，制定了比较成熟、比较符合客观规律、已经给各方面的人民带来了实际的好处的一系列方针政策。经过了一场骇人听闻的洗劫，我们又面临这一系列方针、政策、措施的大改革，大江大河，浊流澎湃，怎么可能不呈现一点混乱呢？怎么可能像瓶装蒸馏水一样纯净

呢？又怎么能看到这些就觉得漆黑一团，恨不得时光倒流呢？又焉能知道，老人们看不惯的东西，是不是包含着一些新的变革，一些合理的东西呢？以不变应万变，又怎么能行得通、行得长远呢？我们的眼光究竟是只盯着过去，还是同时盯着现在和未来呢？①

就是这样的一种建立在现实要求上的、面向未来的开放历史展望，使得王蒙的反思文学作品不轻易掉入一般回顾文学经常陷入的感伤主义倾向。如同张思远所强调的"人类历史是一个连续不断的过程，革命是几代人的事业"，以及坚信"幸福的红枣降落到每一个家庭的餐盘里"的态度；翁式含所感受到的"我们的理想已经实现了一半，那就是'翻天'，另一半理想就是'翻地'。改变我们贫穷和落后的面貌"，以及"希望现在比过去更聪明，也可以说更实际一些。为了我们的理想，整个中华民族的理想。包括一代又一代……"

这种从象征着生存和和谐的神圣的神话空间，经历象征着死亡和混沌的俗界的空间，然后回归到现实空间的结构正是王蒙小说经常可见的结构。而这种结构正又符合了"分离—考验—回归"所组成的所谓通过祭仪的原型。在此，这俗界的空间并非必须遗忘或者否定其存在意义的阶段，而是作为神话空间必须克服、必须超越的一个关键阶段。必得经历这一段俗界的空间，神话空间才能转移到现实空间。如此，这三个空间就可以视为是作者对中国历史的辩证法的认识的一种压缩了的形象化表现。

---

① 王蒙：《湖光》，见《王蒙文集》第3卷，第297页。

五

形成王蒙小说，特别是 1980 年前后的作品特色，同时构成其文学时空的是所谓"故国八千里，风云三十年"。此处所谓"八千里"指的，当然是从北京到新疆的空间上的广度，"三十年"意指从新中国成立的 1949 年到"文革"结束的时间上的长度。这时间和空间的交织，不仅涵括了王蒙个人，也涵括了现代全体中国人的生命历程。王蒙在《我在寻找什么?》对于自己的生命和文学的根源和指向为何，做了如下的表白：

> 复活了的我面临着一个艰巨的任务：寻找我自己，在茫茫的生活海洋，时间与空间的海洋，文学与艺术的海洋之中，寻找我的位置，我的支持点，我的主题，我的题材，我的形式和风格。……（中略）然而我得到的仍然超过于我失去的，我得到的是大有作为的广阔天地，得到的是经风雨见世面，得到的是二十年的生聚和教训。故国八千里，风云三十年，我如今的起点在这里。不论《布礼》还是《蝴蝶》，不论《夜的眼》还是《春之声》……都有远远大于相应的篇幅的时间和空间的跨度，原因也在这里。[①]

如同上面的叙述所示，"四人帮"垮台后重新提笔的王蒙，经由写作所要完成的使命是"寻找我自己"，而要完成这个命题，其起点就是他自己和中国全体人民生命中不可回避的沉重的"故国八千里，风云三十年"的历史经验的反省。那么，"寻找我自己"这个命题在小说中

---

① 王蒙：《我在寻找什么?》，见《王蒙文集》第 7 卷，第 690—691 页。

是如何展现出来的呢？那正是"走路"，并且还是"一个人的走路"。这就如同我们在人生过程中，为了追寻什么而独自展开旅程一样。"一个人的旅途"意味着，他具有能够将包围着自己周围的一切客观世界，甚至连同自己本身也予以客观化的能力，也就是说他已成熟得能和过去的自己或者过去的历史保持客观的距离。

王蒙的反思小说中，虽目的各不相同但同样走着路、独自在旅行中的人物经常可见。如《蝴蝶》里的张思远副部长为了再访以前下放过的山村而走路；《湖光》里面的李振中就是处于从北方的都市出发，搭火车前往杭州的旅行当中，《相见时难》里的蓝佩玉是为了办父亲的追悼会而踏上访问祖国的旅程。还有很多作短程旅行的人物。《夜的眼》里的陈杲为了修理汽车而踏上寻找领导的朋友的路；《春之声》里的岳之峰为了过春节搭火车返乡；《海的梦》里的缪可言为了到海边养病而走路；《杂色》里的曹千里为了去供销社骑上马离开等等的例子皆是。

这些"离开"既意味着从一个场所到另一个场所的空间上的移动，又意味着从现在到过去的时间上的移动。换句话说，"道路"是连接现在和过去的缓冲的空间。通过这个道路的空间，张思远得以和海云、冬冬，以及过去的自己相见；岳之峰也得以和过去的历史、自己见面；蓝佩玉得以和过去的自己以及翁式含相见。王蒙借此空间，让过去和现在、过去的"我"和现在的"我"处于同一空间。并且，沿着道路行走时的空间上的移动反映着人物周围的客观世界的变化，同时更重要的是展现着人物的精神层面的变化，有时还招致存在论意义上的转变。如此，与其说王蒙小说中的"道路"只是客观的、物理的意义上的环境，不如说它更强烈地具备了人物的主观的、心理的思维空间的意义。

　　然而，这里的"走路"并不具有作为目的的性质，其实它带着强烈的手段上的意义。所以对于是否到达目的地，作者似乎不怎么在意，作者要引起读者关注的是旅途中人物自我意识的各种感受。例如《夜的眼》里为处理莫名其妙的事而踏上旅途的陈杲，他因游离在群众之外而变得不安的心理。这种心理上的不安，还有因必须勉强自己去做自己不愿意从事的活动而引发的困惑感，就借电灯泡形象化为问号或者叹号。《春之声》里，岳之峰已经有 20 多年没有回过的故乡的空间，就和想要忘却的噩梦一般的过去在时间上相互叠合。岳之峰心理上存在的对过去和故乡的隔绝感，这心理状态表现为"闷罐子车"和"三叉戟客机"的差异。《湖光》里的李振中从旅行中遇见的新婚夫妇身上感受到新一代充满活力和热情，并感受到他们对于旧有秩序的抗拒，对此他虽然表示赞许，但仍然不能轻易而干脆地完全接纳。这样的心理上的隔绝感在他内心世界扩大，延伸成如下所示的，对自身的整体性的疑问。

　　　　那个坐在吉姆牌轿车，穿过街灯明亮、两旁都是高楼大厦的市中心的大街的张思远副部长，和那个背着一篓子羊粪，屈背弓腰，咬着牙行走在山间的崎岖小路上的"老张头"，是一个人吗？他是"老张头"，却突然变成了张副部长吗？他是张副部长，却突然变成了"老张头"吗？（《蝴蝶》）①

　　　　她常常有一种迷失感，不知道方位，不知道道路的选择，不知道蓝佩玉或者佩玉·蓝究竟是谁和究竟要去向何方和正走在何处。

------

①　王蒙：《蝴蝶》，见《王蒙文集》第 3 卷，第 72 页。

有时，像是犯了一种病，一开车她就迷路。（《相见时难》）①

《蝴蝶》里的张思远在张副部长和老张头之间，《相见时难》里的蓝佩玉在蓝佩玉和佩玉·蓝之间，存在着自我同质感的混乱。所以，张思远想到庄周的蝴蝶梦，蓝佩玉经常陷于迷失感。当然，这样的整体性危机来自过去不幸历史带给个人的断裂感。例如张思远曾经一度以为，"他就是城市。他就是市委，他就是头脑，心脏，决策"，但1966年"终于，水到渠成，再往下揪就该轮到他自己了。"1948年那时充满热情和幻想的蓝佩玉对翁式含做了入党的承诺，但她没有实践这个约定就远走美国，造成她因背弃理想逃走而深陷痛苦。

岳之峰和李振中感受到的心理隔绝感，还有张副部长和老张头、蓝佩玉和佩玉·蓝之间的距离，如何才得以治愈？它必得经过对过去历史的严正的凝视，而且必须作批判的反省，亦即能够沟通真正的自我内心世界时才能达成。如此一来，方能超越现在的"我"和过去的"我"之间存在的断裂，重新取得自我连续性。而要让过去和现在，过去的"我"和新生的"我"之间的沟通成为可能就必须有某种中介物，作品中的"桥"正担任了此一作用。《春之声》里"联结着过去和未来，中国和外国，城市和乡村，此岸和彼岸的桥"；《蝴蝶》中"在昨天，今天和明天之间，在父与子与孙之间，……在小石头，张指导员，张书记，老张头和张副部长之间，分明有一种联系，有一座充满光荣和陷阱的桥"。另外如岳之峰在闷罐子车里所听的约翰·斯特劳斯的《春之声圆舞曲》，李振中旅行时遇见的新婚夫妇，张思远梦见的红枣雨，蓝佩玉无法忘却的香

---

① 王蒙：《相见时难》，见《王蒙文集》第3卷，第377页。

袋，这些都扮演着"桥"的角色。借着它们，这些人物将他们充满热情和希望之过去的青春岁月和对未来怀抱着无限期待的现在联系起来。如此，他们才能确认自我的一贯性，而潜藏在他们内心深处的心理上的断裂感也才终于获得了修补。

在克服了自我和外部世界、自我和另外一个我之间的断裂感或者整体性危机的时刻，对全新自我的发现和认识达到最高的境界。如同毛虫的脱壳而出，一变为美丽的蝴蝶一般，作品中人物在道路中目睹自己的新生。《杂色》里曹千里凝视的马是寒伧、肮脏的，不但是"一匹像老鼠一样胆怯，像蚂蚁一样微小，像泥塑木雕一样麻木不仁的马"，还是"一匹疲倦的，对一切都丧失了兴趣的受了伤的马"。而当曹千里踏上马背出发，这马就变成"聪明而又善良"，"俊美，强健，威风"的"一匹神骏，一匹龙种，一匹真正的千里马"。这里的马其实就代表着曹千里的另一个自我。换言之，以新面貌出现的马就是重新认识到自己的曹千里。就是这样，在"路程中"所领悟到的感受激发了反省性的思索，并且进一步使得对于自我和世界的崭新发现和认识成为可能。

为了重新进入已经和自己断裂的历史、社会共同体，还有为了在当中重新确认自我的存在意义、恢复同质性，作品中的人物必须不断地和自己进行对话，并对自己身处的历史有足够的了解。这种对话、面对面了解的过程也就是"走路"。正是经由这种将自我的生活投映到整体的历史当中的过程，现在和过去、现在的"我"和过去的"我"、"我"和"别人"得以和解。王蒙小说里的"道路"所起的正是此种和解与宽恕的作用。特别是《蝴蝶》、《杂色》、《湖光》、《相见时难》等作品中的"道路"是寻求自我整体性的"求道"空间，"一个人的旅途"也就是为了达成自我觉醒、发现世界而达到自我成熟必须经历的过程。

六

上面，我们以"分离—考验—回归"的所谓"通过祭仪"的神话原型，还有"走路"的结构所形成的文学空间为中心，考察、分析了王蒙在小说结构。在神话批评中，"走路"和"通过祭仪"的第一阶段"分离"通常存在着相当深刻的关联，然王蒙小说的"走路"却涵盖了通过祭仪的整个过程。换言之，王蒙的小说在"从离开到返回"的进程当中，将通过祭仪的所有过程借由回忆过去的形式表现出来。并且，作为小说结构上的"走路"经常和自我的成熟以及存在论意义上的转变存在着深刻的关系。一般的"走路"意味着对过去的我、既存的思维方式的告别或决绝，相反，王蒙在"走路"时经由和过去的"我"、历史的和解，达到确认自我的整体性的过程。

就叙事结构而言，王蒙小说中通过祭仪的原型和"走路"两者重叠的并不多，采取这种结构的只有《蝴蝶》、《相见时难》、《春之声》等等。大部分作品具备了通过祭仪的全部阶段（《布礼》、《悠悠寸草心》），另外一部分仅涉及一两个阶段（《如歌的行板》）有关，或者如《杂色》、《湖光》、《夜的眼》、《海的梦》等仅采取了"走路"的结构。王蒙小说的"分离—考验—回归"的原型，带有从神话空间转移到现实空间时必须经历的通过祭仪性质。同样的，走路也是在现实空间里要重新开始生活时必须经历的阶段。通过这样的文学空间，作者表达了他个人对于反右派斗争和"文化大革命"等历史事件所保持的见解，即这些事件的爆发并非突发的，而是为了中国革命迈进新的阶段必然经历的、同时非得克服不可的阶段。并且，作者让读者认识到，崭新未来的开创必然建立在对过去深刻的反省和探索，以及对自我和世界的重新认识的基础之上。

（原载《中山大学学报（社会科学版）》2003 年第 2 期）

人性的海和几何的美

［美］ 刘年玲（Nienling Liu）、郜元宝译

王蒙作品的显著特征是他的人性。这一特征遍布他的几乎所有作品。他的作品通常总是从一个简单的原点开始，然后呈几何级数渐次扩张为人性的海洋。

这个特征在他的短篇小说《坚硬的稀粥》中（该小说已有朱虹的英文翻译）表现得最明显。故事起于和稀粥有关的一个孤立的问题，但它的范围不断扩大，渐次涉及所有家庭成员，全社会成员，汉族乃至全中国人。在概念上，它依次扩张到家庭、社会和国家组织。随后，民主体制、文化遗产、国际关系，都被讨论和解释到了。但王蒙最关心的还是人性问题。这种特征的获得，有赖于王蒙在叙述中所使用的那种特有的微含嘲讽然而极其智慧又非常欢腾喧闹的语调。其潜在的情愫总是怜悯。

《坚硬的稀粥》是甚少怜悯之意的讽刺之作。但王蒙其他大多数作

品则可以说充满了诗意。

王蒙曾经被流放到新疆达六七年之久。他和维吾尔人一起辛勤地劳动。他作为一个"维吾尔人"生活在那里，像维吾尔人一样善良，多情。他学习他们的语言，他们的习俗和他们的文化。他真诚地热爱维吾尔人民，特别喜欢他们的善良和豁达。他和他的维吾尔朋友与邻居一起载歌载舞。他分享他们的悲伤和喜悦。他已经成为维吾尔社会的一分子。反过来，他也受到了他们的喜爱和欢迎。因此，《银灰色的眼睛》，他关于维吾尔人的系列小说，是用他对维吾尔人民的如此丰富的爱的诗情写出来的。

他用非常简单而有力的句子开始。"我回到了这片土地。"他在这片土地上生活、劳动了七年。他看到那些年轻的柳树如今已高大挺拔，他不知道这是否就是他几年前亲手栽种的那些小树苗。他奇怪同样的一些当地人现在都老了，却仍然很在乎那些树。他还记得一位老太太，六年里一直给他喝奶茶，一种特殊的维吾尔茶。他还记得她制作奶茶的方式，她怎样把茶注入水中，怎样往里面加奶。这些都是这块维吾尔土地孕育的单纯的人性。在拜访老朋友的路上——他们从童年起一直就生活在那里——他满怀着对于旧日的留恋，那时候他是一个政治流放者，生活在善良的当地维吾尔人中间。他找到一个老朋友，这位老朋友弄不懂他现在怎么就成了一个著名作家。他不就是那个回北京之前的"老王"吗？他不就是他们这块土地上的一个农民吗？王蒙被这个老朋友的迷惑给深深地打动了。他更愿意他们把他当作"老王"，把他当作他们的土地上的一位老农。他又成了他们中的一个。他一直就属于他们，属于他们的土地。他认为他们把他当作"老王"是他的最高荣耀，这荣耀远远超过了他作为一个著名作家所能得到的荣耀。因为他是他们中的一员，是他们中间的一个维吾尔农民。王蒙的多愁善感总是这种充满着人性的多愁善感。他从来都不是统治他们、优越于他们的汉人。他离不开新疆巴彦岱他的那些朋友，他的那些维吾尔族人民他的朋友们还记得他那辆破旧的自行车，在那些他曾经与他们共同度过的美好时光，他经常骑着它到他们那里四处转悠。他们记得他怎样帮助他们写结婚喜帖，怎样帮助他们修葺房屋。那些回忆他的巴彦岱朋友们的小说充满着对这片土地上淳朴的人民的念旧之情；这也是一片卑微的土地，生活着所有我们这些卑微的生命。王蒙的小说用田园诗般的风格写成。它起于如此简单的人性，然后呈几何级数扩充至所有的人性内容，从维吾尔到我们所有的人。这里面也有哀伤，一种因为关心淳朴的人民而有的哀伤，这哀伤的基调美好而富有诗意。它总是简单而纯洁的。王蒙小说没有极端的心境和情绪。小说的叙述以几何级增长的形式波动起伏着，清晰而富于智趣。

他从他的维吾尔朋友那里学习他们的文学，在一篇小说中，他曾经引用过一首维吾尔人的诗：

> 烛光虽小，满室生辉，
>
> 因为它是正直的
>
> 闪电虽亮，过后却留不下什么，
>
> 因为它是弯曲的。

王蒙的作品具有一种简单的理性推演的逻辑。从人性的一种简单的问题出发，他可以旅行到一个宽广的人的境域。不管它是关于友情、关于家庭、关于爱，或者关于政治，通常都不会带有人类情感中那些复杂而可憎的丑陋。因为他那近于几何式的风格具有如此的理性与逻辑的力量，他的叙述总是显示出理性的清晰。

他的风格是清爽雅致的。

他的短篇小说《海的梦》是其文学作品中诗的形式的一个最好的证明。这部作品十分迷人。形式上它是一个短篇小说，实质上却是一首诗，或者是诗的延展。它有一个情节，但这个情节只是为了它的主题的发展而设置的恰当的理性化情节，一点也不突兀或令人厌倦。也许这种形式就是所谓的意识流吧。不管叫它什么，总之它是诗。

故事是说一个翻译家，他从来也没有出过国。不仅如此，他也从来没见过海。他非常想看海，想接近海。他经常思考着海。他还常常唱一首有关海洋的歌：

> 从前在我少年时……
>
> 朝思暮想去航海，
>
> 但海风使我忧，波浪使我愁……

这是奥地利的歌儿吗？还有一首，是苏联的：

> 我的歌声飞过海洋……
>
> 不怕狂风，不怕巨浪，
>
> 因为我们船上有着，
>
> 年轻勇敢的船长……

这个翻译家五十二岁了，但这两首歌编织了他年轻的梦。这两首歌唤起了他的初恋，他的爱，海，和飞翔。这两首歌带给他灵魂的沉思默想。"A，B，C，D，一切都由此开始"，王蒙这样写道。叙述的波浪也从这里展开。这就是王蒙的风格

　　一浪推着一浪。巨浪翻卷不息。小说的主人公从来就没有得到爱，也没有见到海。他的海是高尔基的，还是安德森的？他的海是杰克·伦敦的，还是海明威的？或者，它是阿拉伯海吗？王蒙在这里其实是谈论着人性的海洋。

　　王蒙写的海平稳，宁静，甚至"叫人觉得懒洋洋"。它翻涌着直到海天相接的地平线。海和天空有时相互融合；另一些时候，它们又彼此分离。遥远的天边有一个小点，黑的，或者白的。那是一艘船。那是一片白帆。这里就可以看出王蒙的几何式思维了。他是在运用他的几何分析来描述海景。王蒙经常这样描写自然。

　　他描写开花的季节。他写道："桃花，枣花，各有各的开花季节。萝卜，白菜，各有各的播种节令，误了时间，事情就会走到自己的反面"，就像《一千零一夜》里讲的那个关在瓶子里的魔鬼，因为等得不耐烦而改变了主意，结果还是被关了进去。王蒙是通过人事来描写时间，但它也涉及人的自然环境。他是在哲学上思考"时间"的要素，就像物理学家关心自然的时间一样。或者说，他是在几何学意义上关心"时间"的问题。

　　在《海的梦》里，主人公终于来到了海边。在那里，他发现大海和海景画中的大海是不同的。当他站在高高的建筑物上眺望时，他看到的大海就不同于站在海边所看到的。他想去看地平线。王蒙以几何的方式再次写到了海景画。主人公的视野被一个框架框住了，这是实际的物理学上的框架。他的视野受制于他观察的位置；他或者以直线观察，或者从朝东或朝西的某个角度观察。以直线观察，他看到了一层层的海浪，看到了单调的大海和地平线。如果从海岸线的另一个角度来观察，他就会看到大海的两边在远方汇聚在一起。角度之外，还有一个距离的问题。或者，还有一个光线的因素。

王蒙描写自然的方式总是这样涉及时间、线条和距离。因此我们有理由认为这是一种几何学的文学描写方法，或者说，一种几何式的叙述方法。

在描写海的时候，他还看到了天空。他观看天空的变幻。他想到天上去，到一千米、两千米或更高的地方去。这里王蒙再次运用了几何学意义上的距离的概念。他所谈论的是垂直距离。他意识到人无翅膀，不像鸟。他甚至渴望飞翔。坐在波音喷气飞机上，他没有垂直运动的感觉；只有当他在地面上，在地平线上，他才能向上跳跃，并且有向上运动的感觉。

王蒙喜欢沉浸于对空间、时间和线条乃至更多的线条的几何逻辑和物理学的探讨。但他并不是在写科学论文。他用诗人的笔触去探索自然中的物理现象。

主人公表达了他想飞的欲望，他想让自己迷失在天空。他经常喜欢抬眼看天。他发现海面上的天空不会使他的眼睛感到厌倦，就像海面上的太阳，不会损害一个人的目力，水蒸气吸收了大量的热和光。因此，主人公长久地看着海。他发现自己有多么渺小。他觉得自己有点儿迷失在空间里。他感到空间无穷，但时间是有限的。一天过去了，但昨天，往事，决不再来。昨天一去不复返。王蒙既看到了空间的无穷，又看到了时间的终结。他再次使自己沉浸于几何式的描述。这既是他的形式，也是他写作的风格。

主人公终于认识到空间和时间的不同。天空是非凡的，大海是无边无际的，只有他正走向衰老。他的时间是有限的。他太老了，不能游到大海的深处。他发现他的生命正在时间中消失。他必须对大海说再见了。时间已逝。他不得不离开大海。

在短篇小说中，王蒙通过对空间和时间的沉思来表达他的哲学。海平面的无穷无际只是从人的角度观察的结果。从某个角度看，线条终结于某个和海岸线交会的地方。人只是有限的空间框架中的有限的时间，

这就是王蒙本已的风格和形式。他那几何式写作的诗意是独特的。没有人这样写。

（原载《当代作家评论》2003 年第 5 期）

青春、历史与诗意的追寻和质询

——王蒙与米兰·昆德拉比较研究

张志忠

本文以比较文学研究中的平行研究方法，选取中国作家王蒙（1934—）与捷克作家米兰·昆德拉（Kundela Milan，1929—）进行比较研究，是出于如下的考虑：其一，两位作家都是成就显赫且具有相当世界影响的。他们都具有长达半个世纪的创作历程，创作生命力长盛不衰，拥有显要的文学地位，具有多方面的创作成就。其二，在生活道路和创作思想上，两个人都有类似经历和可比性：都曾遭受不公正的政治待遇，走过坎坷的生活历程；青春、革命、历史、爱情和抒情性文学，都是他们关注和描述的重要对象。其三，他们都是富有思想气质的作家：在 80 年代，王蒙就被认为是中国文坛最富有思想深度的作家之一，昆德拉的思想之深刻透辟，其哲言妙语在大众传媒中的流传，更是不争的事实。在审视生活现实的同时，他们都长于从哲理高度进行理性的概括，揭示语言和现实中的荒诞和悖论，这样，不但是积极拓展了作品的心灵、情感的空间，还往往形成作品的幽默、嘲讽的喜剧风格，凸显出作家的智慧风貌。同时，他们的创作所具有的差异性和各自的艺术追求，又让我们看到了两个不同国度、不同民族的作家，对生活对时代对文学的不同理解。

以对青春的深刻凝思崛起于文坛

20 世纪 50 年代，无论是在中国还是在捷克斯洛伐克，都是刚刚确立了新的社会制度，都存在着一个如何面对新生的社会主义国家、如何用文学形式表现新的时代生活的新课题；同时，在现实中都受到苏联和斯大林主义的重要影响，捷克斯洛伐克还充当了苏联的"卫星国"，在思想和文学上，也有如何面对苏联文学影响的问题。

时代的巨变和一代新人的成长相重合，青春的认同和时代的认同相互纠缠，使这一问题显得更加迫切。恰恰是在 50 年代，作为文学新秀的王蒙和米兰·昆德拉都在文坛上崭露头角，而且都是以对流行一时的浮泛颂歌和简单化地对人的理解予以反拨和摒弃，而引人注目。22 岁的王蒙在 1956 年问世的《组织部新来的年轻人》因为其鲜明的批判锋芒，曾经引发了从毛泽东到文学界的关注和争论，成为 50 年代文学和当代中国文学的代表性作品。与王蒙相近的是，1953 年，24 岁的昆德拉出版了他的第一部诗歌集《人，一座广阔的花园》，这是一部探讨人的心灵世界的丰富复杂性的长诗。比之于 50 年代初期，在苏联和东欧（也包括中国）所流行的"无冲突论"和只能写"好了还要好"的创作时风，

《人，一座广阔的花园》树立起比较鲜明的抒情主人公形象，鄙薄当时流行的通体光明的无冲突论，针砭浮泛歌颂和美化现实的时潮，被称赞为"一部面对现实、独标真愫的诗集"，昆德拉也由此作为一名善于倾诉心曲的有棱有角的青年诗人登上捷克文坛①。此后，他还创作了叙事长诗《最后的春天》（1955），借著名的捷克民族英雄伏契克与监管他的盖世太保警官的对话，阐发了诗人自己对生活、对社会以及大千世界的哲理性思考。

两位作家都是以对青春的深度凝思崛起于文坛，都具有时代先行者的思想气质，而且，他们的文化评价和文学选择又是富有先见之明的。这里所讲的，是他们对于苏联文学的褒贬弃取有着某种相似性。在两个国家和两位作家 50 年代的文学创作中，苏联文学是作为一个强大的参照系而前定地存在的。米兰·昆德拉在相当长的一段时间里，都是以中欧文化传统的继承者自居，并且以此来抗拒来自斯大林时代的苏联强势文化的压力。《人，一座广阔的花园》中对于人性富有深度广度的审视，就是抵制了斯大林时代文学的"颂歌体"和"光明行"，实现思想深度的突破的。王蒙的这种文化选择就更加复杂一些。一方面，在"五四"新文学传统形成仅仅 30 余年，成果极为有限的情况下，他和许多共和国的同时代人一样，是阅读着普希金和高尔基、肖洛霍夫和西蒙诺夫、《铁流》和《毁灭》等，投身于革命行列的。《组织部新来的年轻人》创作的直接背景，就是从苏联传入中国的"干预生活"的文学思潮的影响。

---

① 李凤亮、李艳：《对话的灵光——米兰·昆德拉研究资料辑要（1986—1996）》，中国友谊出版公司 1999 年版，第 71 页。

可以说，小说是风靡一时的以反官僚主义为旨归的苏联小说《拖拉机站站长和总农艺师》影响下的产物，林震到区委组织部去报到，他的口袋里就装着这本小说，他的耳边回响着的是中国共青团中央所发出的向娜斯嘉学习（《拖拉机站站长和总农艺师》中敢于旗帜鲜明地反对官僚主义作风的青年女主人公）的号召。但是，另一方面，王蒙的聪明过人在于，他在对现实的体验和观察中，认识到这种一厢情愿的良好愿望与复杂多端的现实之间的巨大差距，认识到机关工作的限定性与人们丰富的内心世界的不相吻合，于是，在《组织部新来的年轻人》中，又明确地表达出，在现实中像娜斯嘉那样工作和生活并且轻而易举地取得反官僚主义斗争的胜利，并不是容易做到的，对于当下的时尚表达出审慎和怀疑；同时，对于人物心灵世界的敏锐体察，又使这部作品超出了"反对官僚主义"和"干预生活"文学思潮题旨外露、指向单一的缺憾，在同类题材中别具一格，具有丰厚蕴含。

刚刚踏入社会生活不久的青春时代，需要有两个层面的思考，一个层面是对于人自身，对于自我的确认，一个层面是对于自己处身其间的社会生活的思考和认同。摆在青年时代的昆德拉和王蒙面前的，就是这种认同的困惑。生命的青春期和革命的新时代重合在一起，流行的浅薄单一的思想观念与执着的个人求索发生了撞击。如果说，昆德拉的《人，一座广阔的花园》是从对人的心灵世界的探索，要从各个角度揭示人的精神状态，那么，王蒙《组织部新来的年轻人》则更多地表现在林震对社会现实与理想状态的差距、对人们的社会角色和心灵世界的差异的质疑。

在这里，我们引入埃里克森的"认同理论"（Identity，同一性）对这种现象进行深度阐释。美国著名心理学家埃里克森，精神分析学的重要代表人物，把人的一生分为不同的八个阶段，在生命中的每一个阶段，都有不同的心理认同课题。埃里克森指出，其中最为重要的就是青年时期所面对的"同一性（认同）"／"同一性（混乱）"即所谓"认同危机"的出现。在个人从儿童到成年之间的青春时期，刚刚正式地踏入社会生活，从受保护受教育者到独立成人，需要承担必要的社会职责，需要确认自己的自我形象和社会角色，要进行对自己的人生目标和客观现实的双向认同。埃里克森说，在讨论同一性时，我们不能把个人的生长和社会的变化分裂开来，因为这两方面是相互制约的，而且是真正彼此联系着的。个体的身份认同往往产生于自己的唯一生命周期与人类历史某一时刻片断的巧合之中，同时，社会也可以通过"承认"的方式，承认并且肯定它的年轻成员的身份，从而对他们正在发展的同一性发挥一定的作用。其中，社会的意识形态发挥着重要的作用，"一种意识形态体系乃是参与其中的各种意象、观念和理想的集合体，这个集合体所依据的，不论是一种系统阐释的教义，一种含蓄的世界观，一种有高度结构的世界意象，一种政治信条，或者的确是一种科学观念，或者是一种'生活方式'，都为参与者提供了如果不是系统简化了的，也是在时间和空间中、在手段和方法上表现出前后一贯的全面倾向性"①。众所周知，50 年代的中国和捷克，恰恰也是新的社会意识形态对青年一代熏陶最烈的时期啊！

---

① ［美］埃里克·H·埃里克森：《同一性：青少年与危机》，孙名之译，浙江教育出版社 1998 年版，第 176 页。

在此意义上，青年时代的王蒙和昆德拉，以及他们笔下的人物，就都是面临这一认同性的危机和困惑。在昆德拉来说，通过对人物的心灵世界进行探索，认同于人性的广阔和丰富，这是青年人的自我意识觉醒所导致的一种认同行为，从而实现了青年时代的同一性认同。以王蒙笔下的林震而言，他从相对来说比较单纯一些的学校，调到区委组织部，一心要做一个职业的党务工作者，但是，他心目中的党务工作者，与他所面对的刘世吾、赵慧文等活生生的个体，以及理想与现实之间的差异，给他造成的烦扰，就是这种"同一性混乱"所造成的认同危机的鲜明展现。更为严重的是，这种个人的认同困惑尚未得到解决（王蒙在很大程度上是因为他笔下的人物所表现出来的这种困惑而被主流意识形态判定为异端，被打成"右派"），在旧有的"同一性混乱"之上王蒙自身又增加了新的混乱：原先的林震的"同一性混乱"，主要是指向现实与理想的差距的，是无法确认自己面对的现实生活，此时，落难的王蒙，首先要面对的却是自我角色的混乱：他当然坚信自己是不会反党的，但是，无情的现实却将他划定为党和人民的"敌人"，拒绝"承认"他；这一认同危机，比林震的困惑要严重千百倍，几乎是致命的，也是此后困扰作家终生的一大难题。

叙述青春的各自方式

埃里克森指出，人生各阶段的心理问题，是必须面对、无法回避的；青年人面临认同危机，只有作出某种断然的决定和选择，并且形成自己的坚定认同，才能结束其青年时代，真正走向成熟。因此，从面临青春时代的精神困惑这样的起点，王蒙和昆德拉的答案各自不同，却都没有最终完成，此后许多年间，他们都在继续进行克服他们各自的认同危机的追寻。因此，在他们此后的许多作品中，青春，都成为他们创作中的一个重要情结，主导了他们相当长一段时间的文学方向。

这首先得之于他们各自的坎坷人生。如果说，王蒙是在短暂的"百花时代"，推出了他的代表性作品《组织部新来的年轻人》，那么，不无相似的是，1967 年，在捷克斯洛伐克历史大转折的"布拉格之春"前夕，昆德拉的以斯大林主义笼罩东欧时期为背景的长篇小说《玩笑》，在相对宽松的社会环境下在捷克出版，短期内就连印三版，受到捷克读者的热烈欢迎，并且奠定了昆德拉在捷克乃至世界文坛的重要地位。西谚说，书籍有它自己的命运。那么，在当代社会生活中，作家因其作品而遭遇厄运，似乎也成为东方社会主义国度中特殊而又普遍的现象。王蒙的作品虽然曾经得到毛泽东的称赞，但他仍然不能规避此后被打成右派的坎坷命运，直到 70 年代末期被"改正"后才复出文坛；昆德拉在"布拉格之春"中出尽风头，当苏军的坦克开进布拉格，他的作品也遭到查禁，作家甚至连生存都成为大问题，失去了经济来源，他的一系列新作都不得不首先在国外发表，直到作家自己也流亡法国巴黎，去国三十年，常作异乡人。

坎坷的经历，动荡的青春，成为他们思考和创作的丰富源泉。青春—革命—抒情文学的三位一体，再加上爱情，构成他们一系列作品的内在构架，只是评价和取向各有不同。复出之后的王蒙，从 70—80 年代之交的《最宝贵的》、《风筝飘带》，到穿越 90 年代的"季节"系列（《恋爱的季节》、《失态的季节》、《踌躇的季节》和《狂欢的季节》），对青春的描述，持续了他从 50 年代开始的热烈思考；昆德拉呢，从《玩笑》、《生活在别处》和《笑忘录》中，都可以看到他对青春的冷峻拷问和愤怒嘲讽。两位作家都围绕同一主题做文章，但是，他们对青春的评判和描述，却产生了巨大的差别。

这首先表现在两位作家的视角选择上。王蒙的"季节"系列，带有很强的精神自叙状的意味，而且经常是从贯穿四部长卷的主人公钱文的角度，进行情感的主观倾诉。虽然说，由于作家所采取的相对主义的认知态度和语言方式，亦此亦彼，亦庄亦谐，亦正亦反，亦是亦非，使得作品中的判断性描述不那么单一化绝对化，但钱文的主观性立场却是非常明确的。——这或许是因为，钱文的生命和心灵历程，在很大程度上是与王蒙相重合的，王蒙无法像写作《最宝贵的》和《活动变人形》那样，以冷峻的目光、无情的解剖刀去拷问剖析身为旧知识分子的父亲一辈和比作家年轻许多的因蒙昧和无知犯罪的红卫兵一代，相反却有意无意地表露出作家浓郁的自恋：他在叙述方式上是采用第三人称，全知全能式叙事，但是，一旦进入钱文的生存环境，王蒙就情不自禁地被往事的追忆所吸引，转换为主观抒写的角度。譬如，在这些作品中占据重要位置的钱文的妻子李冬菊，尽管她经常是故事的在场者并且对钱文屡有帮助，但是，作家总是把她作为钱文的陪衬人物来使用，很难让她作为一个独立自足的人物鲜活起来，当然这难以提供有别于钱文的另一种人生尺度。尽管王蒙在80年代就提出了文学的多元化问题①，尽管王蒙能够以开放的目光同时既欣赏王安忆、铁凝也推崇王朔、徐坤，但是，一

---

① 　王蒙：《文学三元》，见《王蒙文集》第 6 卷，华艺出版社 1993 年版，第 323—333 页。

且进入他切身感受甚深的往事，他还是不能自遏地被回忆的潮水裹挟而去。

与王蒙的主观倾诉、定于一尊即定于钱文相迥别，昆德拉的《玩笑》、《笑忘录》和《生活在别处》，都是带有强烈的客观分析倾向的。昆德拉笔下也不时出现作家自己的身影，比如在《笑忘录》中讲到自己被开除清洗，脱离了集体狂欢的圆圈舞的行列，讲到在被苏军占领期间隐身地下匿名写作占星术文章的悲喜剧，还谈到自己和父亲对雅那切克和贝多芬音乐的讨论，但是，昆德拉的小说叙事，却是与他笔下的主人公拉开相当距离，经常持一种批判态度的。他总是以"当局者迷，旁观者清"的姿态，作为一个已经解决了"同一性认同"的过来人，去审视那些懵懵懂懂的青年人的认同困惑和认同喜剧。昆德拉并不拒绝人物心灵的开掘和第一人称叙事，但是，从本体论意义和技术层面同时对复调理论的运用（依照复调理论的命名者巴赫金的阐释，复调理论不仅仅是一种音乐和小说写作技巧，它在根本上是一种多元共存、心灵自由和对话精神的呈现），引发出多人称平行或交叉叙事，在相互的补充或相互的颠覆中，形成了立体交叉的目光，形成各自评价事物的立场，也疏离了作品主人公与读者之间的情感联系，让读者以不断得到调整的视角去考察作品中的故事和人物。比如说，《玩笑》的主人公卢德维克，一直在作第一人称叙事，他的自述占了作品的绝大篇幅，但是，雅罗斯拉夫、海伦娜和科斯特卡的各自诉说，不但补充而且消解了他的情感痴迷和思维误区，映衬出他今昔所为的荒唐可笑；《笑忘录》中采用了多重叙事，用了诸多不同色彩不同文化背景的人物和故事，在现实和幻景中，考察人们在存在中如何面对欢笑与痛苦、记忆与遗忘的两难困境。如果说，在王蒙的情感素流中，我们会不由自主地跟随钱文的心灵波动、情感起伏，在昆德拉这里，我们却仿佛置身于一个心灵的法庭，众多的人都在这里陈述自己的故事，表露自己的困惑，维护自己的权利，我们则得以经常保持一定的距离，经常调动自己的理性进行批判性思考。

两种不同的叙述态度，各有得失。王蒙的作品，激情洋溢，意气纵横，却容易情感过分膨胀而理性思考不足，即所谓情感遮蔽了理性，让我们想到当年李健吾批评巴金的《爱情三部曲》感情太强烈，缺少必要的节制和冷静；昆德拉的作品，经常是热情消退之后的冷峻沉思，故事的头绪万端，也正是作品的思绪万端，过分追求理性和哲学的结果，会使作品缺少足够的感情凝聚力，理性遏制了情感，造成理胜于情的弊端。

另一个比较点在于，两位作家都把小说作为精神的盛宴，心灵的狂欢，从而造成了作品的丰富驳杂、气象万千。学者陶东风就曾评述过王蒙小说的狂欢化倾向，昆德拉对拉伯雷的《巨人传》也有很高的评价。狂欢化的根源，在于两位作家都具有奔放不羁的精神姿态，具有非常开阔的文化视野，占有非常丰厚的文学资源，都是拥有强悍的精神活力和艺术创新精神的"力量型"作家，能够举重若轻地超越常规的文学程式，能够轻而易举地实现他人全力以赴尚且难以完成的艺术创新。王蒙曾说："以我个人的近作来说，有吸收了某些'意识流'手法的，也有吸收了侯宝林、马季的相声手法和阿凡提故事的幽默手法的，在《风筝飘带》和《蝴蝶》中，我还有意识地吸收鲁迅的杂文手法和李商隐的象征手法。虽然，我一个人的能力有限，但我愿意把路子走得宽一些，我希望我的习作在艺术手法上呈现出一种多元的景象。"① 昆德拉在《小说的艺术》中，一再谈到欧洲文学史上的诸多大师，从薄伽丘、塞万提斯、狄德罗、福楼拜、列夫·托尔斯泰，到他尊奉的中欧文学作家卡夫卡、穆齐尔、布洛赫等，他都烂熟于心，如数家珍，并庄严声明："我不以任何事物为归宿，我只皈依于被贬值了的塞万提斯的遗产。"② 取精用宏的结果，给他们以非常开阔的自由驰骋的文学空间。不过，两位作家的芜杂和狂欢化，又是处于不同层面的。王蒙的芜杂和狂欢化，更多地表现为情感和语言层面上，取譬连类，汪洋恣肆。曾经有研究者指出，这是深受了庄子散文的影响。我却更倾向于认为，王蒙语言的铺陈夸张、连篇累牍，与汉代大赋的文风更为相近，甚至落入为文而造情的窠臼。昆德拉的芜杂和狂欢化，主要是在思辨的领域中进行的，面对同一命题的不同思考和不同答案，相互撞击，相互砥砺，迸发出智慧和灵感的火花，并且因此而创造了适应其思想漫游的新的小说体式，其弊端则是因为于叙事中造成的嘈杂有时让人摸不着头脑，找不到路径。

由此引发的一个相关话题，就是两位作家乃至他们所各自代表的两国作家不同的文化背景和哲学追求。王蒙的哲学可以说是从理想主义到经验主义的，在当代中国这样一个具有超级意识形态性的国度，人们为了某些虚妄的观念和政治口号而吃尽苦头，王蒙自己就曾经被打成"右派"而深受其害。因此，积多年经验，他不轻易相信什么，而是以非常务实的态度对待人生。在一篇文字中，他描述了愤世嫉俗者、感时忧国

① 王蒙：《对一些文学观念的探讨》，见《王蒙文集》第8卷，第65页。
② 艾晓明：《小说的智慧——认识米兰·昆德拉》，时代文艺出版社1992年版，第247页。

者、享乐主义者、犬儒主义者等大言炎炎的众生相后，推出这样一种人，他"没有说明他是什么不是什么，他只是做他能够做和必须做的事情。他碰到了好事便快乐，碰到了坏事便皱眉。该思考的时候便思考，没考虑出个结果来就承认自己没有想好。和别人的意见不一致了，他也就只好说是不一致，和别人意见一致了，他也就不多说了。有人说他其实很精明，有人说他本来可以成为大人物，但是胆子太小了，就没有搞成。有人说他其实一生下来就过时了"①。这样一段话，可以看作是王蒙的"夫子自道"，也可以看作是从古至今的中国哲学家思想家所寻求的入世、务实和世俗化的经验主义路径。昆德拉的哲学是西方的形而上学的路径，他曾经就读于布拉格查理大学哲学系，接受专门训练，而且，他受到现象学大师胡塞尔和存在主义哲学家海德格尔的影响，也是非常明显的。在《贬值了的塞万提斯的遗产》中，他引述并且阐发了胡塞尔所提出的现代社会在科学进步的同时所出现的人的生存困境："存在的被遗忘"；在另一篇访谈录中，他又明确地赞同把自己的小说设定为"对存在的诗意的沉思"②。在昆德拉的作品中，我们经常会看到一些具有人类普遍性的命题，以悖谬的方式在笔下展开。软弱，梦幻，媚俗，灵与肉，不能承受之重和不能承受之轻，遗忘，抒情，恶，……这些从具体情境中抽绎出来的形而上思考，如韩少功所言，从政治学走向哲学，从捷克走向人类，这样的思考强度，不但是王蒙，而且是当代中国作家所几乎没有涉及的。

---

① 王蒙：《王蒙自述：我的人生哲学》，人民文学出版社 2003 年版，第 102 页。
② 艾晓明：《小说的智慧——认识米兰·昆德拉》，第 36 页。

　　此外，在艺术构思上，我们也可以发现两位作家的某些相近之处。例如，两位作家都擅长于将宏大的命题与琐细的情节有机地融合在一起，在两者间形成一种奇妙的张力；两位作家都擅长于采用幽默、嘲讽，常常会将气象森然的时代风云与滑稽幽默的小情景拼接在一起，从而产生无穷意味。例如，在人与人之外，两位作家都长于观察和描写人与动物的关系，王蒙在《狂欢的季节》中津津有味地描述养鸡、养猫的逸闻趣事，对其时一直被宣称为"史无前例"、"轰轰烈烈"的"文化大革命"的喧嚣与骚动进行了内在的消解；昆德拉也讨论人与动物的关系，在《生命中不能承受之轻》和《为了告别的聚会》中，他一再断定说，斯大林主义肆虐的那个畸形的时代，对于人的迫害是从对动物的迫害开始的，当人们对身边的动物的命运失去同情心时，也正是他们对周围的人们的遭遇失去同情心的时刻。两位作家的描写异曲同工，相互映衬。

　　至于两位作家的区别，虽然他们都是以写小说著称，在很大程度上却是诗人和戏剧家之间的区别。或者如王国维所言，是"主观诗人"和"客观诗人"的区别："客观之诗人，不可不阅世。阅世愈深，则材料愈丰富，愈变化，《水浒传》、《红楼梦》是也。主观之诗人，不必多阅世。阅世愈浅，则性情愈真，李后主是也。"①尽管说，王蒙在半个世纪的文学道路上，主要是以小说家名于世，但是，他的骨子里却是一个非常富有主观抒情气质的诗人。这不仅是说，王蒙不但能写诗评诗，他曾经以诗歌创作而获得意大利蒙特卡罗诗歌节奖项，他对于李商隐诗歌的品评

---

① 王国维：《王国维学术经典集》，江西人民出版社 1997 年版，第 347 页。

和解读，也曾经令许多诗歌界人士感到耳目一新；更重要的是，他的小说作品中那种主观抒情的气质，也总是不可遏止地倾泻出来，形成滔滔滚滚、泥沙俱下的语言素流。换言之，王蒙在文坛的形象，尽管有多副面孔，但是，在其骨子里，却是一位青春的歌手，清纯的诗人。个中原因在于，50 年代的王蒙，刚刚写了《青春万岁》，写了《组织部新来的年轻人》，就于 23 岁年纪被打成右派，青春的被冷藏和文学梦的被冷藏，造成人生一个重大的坎坷和断裂，"同一性认同"的危机，在林震那里表现为对于在新的工作岗位上自己如何做和做什么，在王蒙自己则是无端获咎被清除出革命队伍之际却更加迫切地变本加厉地要进行革命认同；青春认同和革命认同的双重危机，以此为甚。70 年代末期复出文坛以来，尽管他曾经用各种笔法各种题材，证明了自己的文学才华，但是，只有"季节"系列小说，才是他心目中的最爱，才是他念兹在兹的深刻情结；以手中之笔宣泄那被压抑被沉积的青春记忆，才是他年长日久的心之所至；所以才会有洋洋洒洒 100 余万字的青春喷涌，才会有一旦触及往事就打开封闭已久的记忆闸门而心潮澎湃江河直下。昆德拉自己呢，却是从诗歌出发而走向了小说和戏剧，所谓复调和对话，其本性是属于戏剧的，在每个人各自的陈述、交流和冲突中建构起戏剧的空间。戏剧家不同于抒情诗人之处，就在于他能够从不同角度、从不同人物各自的精神状态入手，获取了观察和评价生活的多重视角。昆德拉的小说都具有相当的戏剧化特征，他还曾经将狄德罗的小说《雅克和他的主人》改编为戏剧文学剧本。昆德拉虽然也遭受过政治的挫折和迫害，但是，他对于青春的思索，对于认同危机的描述，他的写作生涯，却一直是在考察他人的言行中得以持续。如前所述，通过《玩笑》、《生活在别处》和《笑忘录》等，他终于以自己的方式解答了这一命题，得出了别具一格的结论。

青春—革命—抒情诗：信守与否弃

两位作家的文学选择和人生落脚不同，他们的作品中对青春的描述和评判，也具有鲜明的差异。

尽管说，王蒙在复出之后，他的新时期之旅并非一帆风顺，但是，他对于中国大陆的政治认同和民族认同，却是毫无疑义的。一个在 14 岁的小小年龄就投身于地下党的少年布尔什维克的革命情怀，始终在他胸中燃烧。经过漫长的历史淘洗之后，王蒙仍然坚定地声称："我的头一个身份是革命者，这一点不含糊。我 14 岁入党，15 岁北平解放我就是干部。……革命、共产主义是我自己选择的。一个革命者、社会的理想者，在我身上打下了深深的烙印。讲政治，党员的修养、权利和义务，那是我的童子功。我不是书斋型的知识分子。"①昆德拉呢，尽管他在大学读书时就加入了捷克共产党，尽管他笔下的人物萨宾娜曾经声称，她不是反对社会主义，她是反对媚俗，但是，昆德拉对苏东社会主义模式的抛弃和批判，却是毫不含糊的。这样的选择，当然也和中捷两个国家几乎同时走上社会主义道路、最终的结局却大相径庭密切相关。中国革命和社会主义建设曾经走过弯路受过挫折，但是，在结束了十年浩劫的灾难之后，在经过了 80 年代末期的政治风波之后，中国的社会

① 王蒙：《我只是文化蚯蚓》，《羊城晚报》2000 年 7 月 21 日。

现实和经济形势，得到了长足的进步和改善，市场经济的确立，为中国的发展增添了新的强大的动力。昆德拉的祖国捷克呢，先是被苏军和华沙条约国部队占领多年，后来又出现了国家体制的变动和捷克与斯洛伐克的分离。回首往事，昆德拉对于 50 年代的青春狂欢深恶痛绝，对于青年人的盲目性很强的革命激情和抒情气息痛加鞭笞。我们是否可以说，昆德拉对捷克时局的预见，包括他对于将捷克和斯洛伐克拼凑为一个国家的厌恶，都是有先见之明的？

从这一立场出发，王蒙和昆德拉对青春—革命—抒情诗三位一体的综合考察，都注意到了这特定时代的特殊现象。

《踌躇的季节》中以戴罪之身写作表达革命忠诚的诗歌的钱文写在日记中的这一段自白，可以作为理解这种三位一体的引线："这就是我的长诗的主题：永远革命，永远前进，永远改造自己，永远与人民肩并着肩，与党心连着心！往者已矣，光荣已矣，自豪已矣，耻辱已矣，罪孽已矣，除了前进没有别的选择！这就是人生，这就是爱情，这就是脚印与方向，这就是激情，这就是诗。"①排除了在特定环境下的自省自责，革命、爱情、诗歌，再加上虽然坎坷但仍然让作家永远激动不已的青春，构成了"季节"系列的"关键词"，构成了作品的时而慷慨激昂时而低回婉转的主旋律。青春、革命、爱情和诗歌——也包括各种样式的文学作品，的确有着内在的相通之处：它们都是激情满怀的产物，都是对于世俗生活的对抗和叛逆，都是相对于有限现实的一种无限想象，都是有待于完成的理想，都是那么单纯而又深情，或者说，都具有某种

---

① 王蒙：《踌躇的季节》，人民文学出版社 1997 年版，第 125 页。

浪漫蒂克的"乌托邦"性质。这种情调，可以说是贯穿于钱文数十年的人生之中，贯穿于"季节"系列之中。相反地，昆德拉对这三位一体的"乌托邦"，却予以旗帜鲜明的否定。"抒情态度是什么？青春是什么？……如果青春是缺乏经验的时期，那么在缺乏经验和渴望绝对之间有什么联系？或者在渴望绝对和革命热情之间有什么联系？以及抒情态度怎样表现在爱情中？有爱情的'抒情形式'吗？"[1] 在《生活在别处》的序言中，昆德拉劈头就向我们发出了一连串的质问。在小说的正文中，他进一步剖析青年与革命的天然相亲："革命和青年紧紧地联合在一起。一场革命能给成年人什么允诺呢？对一些人来说，它带来耻辱，对另一些人来说，它带来好处。但即使这一好处也是有问题的，因为它仅仅对生活中糟糕的那一半有影响，除了它的有利外，它也需要变化无常、令人精疲力尽的活动，以及固定习惯的大变动。青年的境况要好得多：他们没有罪恶的负担，革命可以接受所有的年轻人。革命时期的变化无常对青年来说是有利的，因为受到挑战的正是父辈的世界。刚刚进入成熟的年龄，成人世界的壁垒就哗哗喇喇倾塌了，这是多么令人激动啊！"[2] 在常规社会中，年轻人作为后来者，必须遵照既有的游戏规则，必须接受前人积累的成熟经验，经常被笼罩在成年人的光环之下，他们资历最浅同时获益最少。革命则意味着既成秩序的破坏和利益的调整、地位的变更，意味着青年人会获得特殊的升迁机会和充当社会的主角（请回想一下从听从社会、学校、家庭多方教诲的青年学生到"叱咤

---

[1] [捷] 米兰·昆德拉：《生活在别处》，景凯旋、景黎明译，作家出版社1991年版，第3—4页。

[2] [捷] 米兰·昆德拉：《生活在别处》，第150—151页。

风云的红卫兵"所引起的身份变化，就可以理解）。与此同时，青少年时代又是充满了叛逆和反抗——叛逆和反抗成人世界，经常希望能够创造出一个与现状不同的、更加有利于青少年自己的生存与发展的理想生活来。因此，颠覆现存的社会秩序，重新进行权力与利益的再分配的革命运动，对于青年人来说是最有吸引力的，青年人理所当然地成为革命的最重要的生力军。青春激情和浪漫气息，则成为青年人投身革命的心理动力。

青年与革命的紧密联系，以及这种联系中所蕴含的抒情色彩和文学意味，王蒙和昆德拉都不同程度地察觉到了。为此，钱文的身份是一个身陷厄运却仍然痴情于诗歌和文学创作的青年诗人，《生活在别处》中的雅罗米尔也是一个深受超现实主义影响的青年诗人，他们的生活与创作乃至他们的作品，都在小说中得到了酣畅淋漓的表现。发人深省的是，在作品对青春—革命—抒情诗三位一体进行的现实运演中，两位作家却背道而驰。王蒙所表达的是青春无悔，革命到底，诗情长在；即使是在遭受不公正待遇的年月和后来对这一段历史波折有了新的认识之后，王蒙也不改初衷。《狂欢的季节》中，王蒙写道："时间和季节永远不可能是单纯诅咒的对象。它不但是一段历史，一批文件和一种政策记录，更是你逝去的光阴，是永远比接下来更年轻更迷人的年华，是你的生命的永不再现的刻骨铭心的一部分。它和一切旧事旧日日一样，属于你的记忆你的心情你的秘密你的诗篇。而怀念永远是对的，怀念与历史评价无关。因为你怀念的不是意识形态不是政治举措不是口号不是方略谋略，你怀念的是热情是青春是体验是你自己，是永远与生命同在的快乐与困苦。没有它就不是你或不完全是你。它永远忧伤永远快乐永远荒唐永远悲凄而又甜蜜。"① 正是这种怀念之情，构成了"季节"系列小说的创作推动力。相反，昆德拉却对这新时代青年的三位一体，对于东欧各国克隆的苏联革命模式，以及主观化绝对化的抒情诗，予以了坚决的否定。与此同时，对于青春本身，昆德拉也绝不轻易放过。在《玩笑》中，流放归来的卢德维克在痛定思痛之际，坚决地抨击青春的蒙昧和青春的丑陋。对于卢德维克的命运以及相关的政治批判，以及在拨乱反正中对错误的政治原则进行历史的清算，这些我们都不算陌生。昆德拉却在进行政治追诉的时候，将其与青春的追诉联系在一起，借助于卢德维克之口，对青春的本质予以无情地揭露："青春是一个可怕的东西：它是由穿着高筒靴和化妆服的孩子在上面踩踏的一个舞台，他们在舞台上做作地说着他们记熟的话，说着他们狂热地相信但又一知半解的话。历史也是一个可怕的东西：它经常为青春提供一个游乐场——年轻的尼禄，年轻的拿破仑，一大群狂热的孩子，他们假装的激情和幼稚的姿态会突然真的变成一个灾难的现实。"② 还有昆德拉对抒情诗人的独特理解。在《生活在别处》中，雅罗米尔成长为一个诗人和革命者同时也丧失真正自我的过程，就表明了作家对当代诗人的批判态度。"在抒情诗的领域中，任何表达都会立刻成为真理。昨天诗人说，生活是一条泪谷；今天他说，生活是一块乐土；两次他都是正确的。这并不自相矛盾。抒情诗人不必证明什么。唯一证明的是他自己情绪的强度。"③ 诗人拥有他的特权，拥有他的独立自主性，只要是真情的抒写，就足以成立，而无需求

---

① 王蒙：《狂欢的季节》，人民文学出版社 2000 年版，第 276 页。

② ［捷］米兰·昆德拉：《玩笑》，景凯旋译，作家出版社 1991 年版，第 89 页。

③ ［捷］米兰·昆德拉：《生活在别处》，第 199 页。

助于其他的证明。但是，抒情诗的缺憾也是非常明显的，"抒情诗的特征就是缺乏经验的特征。诗人不谙世情，但他把从生命里流出来的词语安排成像水晶一样匀称的结构。诗人自己不成熟，可他的诗具有一个预言的定局，在它面前，他肃然敬立。"① （这可以与前文所引王国维论述"主观诗人"相印证）那么，昆德拉如何处理这种抒情的合理性与前面所讲到的三位一体的颠覆呢？作家非常机智地回答说，20 世纪已经不是一个抒情的年代，在诗歌、革命和青春的乌托邦导引下，人们进入了一个相反的地狱，它由诗人和刽子手联合统治！

（原载《文史哲》2003 年第 6 期）

---

① ［捷］米兰·昆德拉：《生活在别处》，第 199—200 页。

圣人笑吗？

——评王蒙的幽默

[德] 顾彬（Wolfgang Kubin）、王霄兵译

一

生活中某些看似理所当然的事情，往往只有随着时间的流逝才会引起疑问。也许我们会说，人类一直都在笑，而笑也始终是各种艺术形式所要表现的对象。但事实并不尽然。我们只要回顾一下当年林语堂和鲁迅的那场有关幽默的争论就知道，中国现代文学之父鲁迅就曾断言，由于生活的过于严酷和残忍，三十年代不应该是一个容许幽默存在的时代。随之而来的便是一种冷嘲热讽，是针对人类自身的、通过揭露他人而容易造成伤害的那种讽刺[1]。或者我们会想起艾可（Umberto Eco）的

---

[1] 有关中国现代文学中的幽默和讽刺的问题，参见孙益风（Yifeng Sun 的音译）：《片断记忆和戏剧性的时刻：张天翼和现代中国激变中的叙述方式》（*Fragmentation and Dramatic Moments. Zhang Tianyi and the Narrative Discourse of Upheaval in Modern China*），Peter Lang 出版社 2002 年版，第 119—158 页。

小说《玫瑰的名字》中的那个情节：笑被看成是危险的行为，以至于因为笑而最终导致了亚里士多德有关笑的书籍的被焚。在这里，笑的反面应该是害怕。宗教势力想利用畏惧和惊吓来约束民众，因而只允许他们偶尔——比如在狂欢节的时候——短短地笑一笑，以释放内心的重负。与此相反，学者们则必须保持严肃。为什么在预言家荷哥（Jorge）的眼中笑有这么危险？因为笑总是有针对性的。被笑事物的权威性、严肃性和恐怖性，至少在一笑的瞬间被置于疑问当中。如果这样的笑成为普通的行为得到首肯，而且笑的人自己甚至成了统治者的话那么结局又当如何呢——人们将会对原有的政治体制产生怀疑，并导致新的社会制度的出现。

> 笑使万物，包括信仰和教会的权威性，都成为疑问。它离怀疑上帝的行为已经不远，而且可能会让这种怀疑变成人们生活的目标和宗旨。[①]

今天的人可能不会理解，但西方人自十二世纪起确曾认真地讨论过，是不是应该允许人笑。艾可在描述本尼迪克特教会的荷哥和佛兰西斯卡教会的威廉（William）之间的意见对立时，并无意去追寻历史的真相，而是就像一般公认的那样，把矛头直接指向了在 1989 年之前一直作为颇有影响的政治势力存在的意大利共产党。荷哥代表了一种观点，认为对于无可争辩的真理，就是在短短的一笑中加以怀疑也是绝对不能容许的事情。而威廉却认为，笑是人在强权面前的一种自我表白的

---

① 雅各伯（Helmut C. Jacobs）：《诺维利诺的愉悦与笑》（*Heiterkeit und Lachen im Novellino*），刊载于塔派特（Birgit Tappert）和荣格（Willi Jung）主编：《愉悦的模仿——希尔特先生 65 周岁纪念文集》（*Heitere Mimesis. Festschrift für Willi Hirdt zum 65. Geburtstag*），图宾根和巴塞尔 2003 年出版，第 66 页。

方式。也就是说，在欧洲的中世纪，并不是所有的人都怕笑，其中也有人是赞成笑的。严厉的教会代言人搬出据说从未笑过的耶稣为证，把痛苦和哭泣解释成是修士进天堂的入门卷[1]。相反的意见则基于亚里士多德，认为笑是人区别于动物的一种能力。因此威廉把对手荷哥索性看成是魔鬼：

> 你是一个魔鬼！……对，就是你！你被蒙在了鼓里，其实魔鬼并不是物质世界的掌管，魔鬼是蛮横霸占他人精神世界的那个人。一种信仰如果没有微笑，真理就永远也得不到怀疑。[2]

综上所述，笑和一本正经在欧洲的中世纪是代表不同阶层的两种对立的态度：笑属于愚蠢的平民，而一本正经则属于学者和修士，也就是统治阶层，是自我约束和制约他人的工具。和一本正经同道而行的则是恐惧和惊吓。这样一来，笑也就使民众从监督和控制中获得解放。从这个意义上讲，把虔敬之心置之度外的笑，也就成了敬畏上帝和律法的对立面。所以荷哥对威廉说道[3]：

> 当然笑也是人的本性，是我们有罪之人的不完美性的标志。像你这种堕落的人却会从亚里士多德的书中得出最浅薄的结论，以为笑中有人类最高的完善！笑只不过能帮助乡民们暂时摆脱恐惧。但法制最终还是会因恐惧心这一畏神的代名词而得到显扬。

---

[1] 参照库尔秋斯（Ernst Robert Curtius）：《欧洲文学和拉丁中世纪》（*Europäische Literatur und Lateinisches Mittelalter*），图宾根和巴塞尔 1993 年出版，第 421—423 页。

[2] 引自艾可（Umberto Eco）：《玫瑰的名字》（*Der Name der Rose*）德文版，慕尼黑 dtv 出版社 1987 年版，第 607 页。

[3] 引自艾可（Umberto Eco）：《玫瑰的名字》（*Der Name der Rose*）德文版，第 604 页。

在现代，笑把人从宗教力量的束缚中解放了出来。为达此目的，文学家们自己得成为准则①。正是根据这一逻辑，试图对一切价值进行重新评价的尼采，才会让那个宣告上帝死了的查拉图斯特拉，以一个善于引人发笑的角色登场，并且在一个神灵们从来都不笑的地方，偏偏让那个会笑的人坐上了神的宝座②：

> 我叫他们把那些只有老旧的黑暗势力坐过的教椅全部推倒，我叫他们嘲笑那些道德家、圣人、诗人和救世者，嘲笑他们阴郁的论调……

在当前的西方文学和文化界，笑已以一种近乎虚无的方式取代了任何神圣的一本正经。笑几乎以白痴的面目出现，就好像在中国当代绘画中天才般的得以表现的那一种③——当然其中的前因后果有所不同。这就走到了另一个极端，并具有后现代的典型性。但在这里我不想对此多加评论，还是让它该怎样就怎样吧。

二

1923 年林语堂曾经说过，中国人不懂幽默。结果他把英语中的 hu-

---

① 参照史比格尔（Hubert Spiegel）：《永远的小丑——笑与死：彼得·冯·马特在慕尼黑》（*Hans Wurst stirbt nicht. Der Tod und das Gelächter: Peter von Matt in München*），《法兰克福汇报》2003 年 6 月 21 日。

② 参照朗格（Wolf-Dieter Lange）：《关于笑》（*Zum Lachen*）的引言或是波齐奥尼（Umberto Boccioni）的《笑》（*La risata*），载塔派特和荣格主编：《愉悦的模仿——希尔特先生 65 周岁纪念文集》，第 255—269 页。

③ 参见舒尔策尔（Christian Schölzel）：《桥梁和断裂》（*Brücken und Brüche*），Hahnsche Buchhandlung 1999 年。

mour 一词译成幽默后导入中文。在和鲁迅的论争中他把幽默和讽刺区分开来。讽刺是一种攻击，是苦涩和愤懑的。而幽默则不攻击他人，是具有人性，正直而忠厚的。概括地说，幽默中所带有的同情和慈祥会让人快乐，而不会灭绝对方。在林语堂之后也有德国的汉学家代表这种观点，认为在传统的中国社会，就和在欧洲的中世纪一样，笑是不被容忍的①。幽默违背了孔子哲学的清教主义精神，是杂耍和喜剧小丑的专利品。庶民爱笑，君子则选择场合而微笑。笑是一种表面的做作和失去自我控制的表现。在中国，人的面子很重要，而且就和欧洲的中世纪一样，面部不该有过多的情感变化的显示。众所周知，从这种狭隘的角度出发就没有什么幽默可讲，而只有随地都可以捡到的粗俗的闹剧和下流的玩笑②。不管怎样，只有道教和佛教在上古和中古时代曾经把笑看成

① 盖格尔（Heinrich Geiger）：《非做不可的事总显得有点可笑——关于中国当代艺术中的笑和传统式的一本正经》（*Das Unbedingte befindet sich immer am Rand der L-cherlichkeit. Zum Thema des Lachens in der chinesischen Gegenwartskunst und zum Ernst von Traditionen*），载艾尔伯非德（Rolf Elberfeld）和沃尔法特（Günter Wohlfahrt）：《比较美学——亚洲和欧洲的艺术与美学实践》（*Üsthetik. Künste und sthetische Erfahrungen zwische Asien und Europa.*），科隆 edition chora 出版社 2000 年版，第 151—171 页。比克（Lutz Bieg）：《买买提处长轶事——维吾尔人的幽默：王蒙作品中的民间文学要素》（*Anekdoten vom Abteilungsleiter Maimaiti. Schwarzer Humor der Uiguren-Volks-sliterarische Elemente im Werk Wang Mengs*），载 die horen 第 155 期（3/1989）。
② 参见比克（Lutz Bieg）：《中国的明清时代的笑》（*Laughter in China during the Ming and Qing Era：Preliminary Comments on Zhao Nanxing's Xiao Zan*），载顾彬（Wolfgang Kubin）主编：《苦恼的象征：寻找中国的忧郁症》（Symbols of Anguish：In Search of Melancholy in China），伯尔尼 Peter Lang 出版社 2001 年版，第 55—75 页。这篇文章中提到的笑，指的是儒生面临危机时的有教养的笑，所以和盖格尔博士的命题相似。

是智慧的标志，随着这两种宗教在宋元以后的衰落，中国人也就被从笑的世界中彻底驱逐了出来。

三

现在再回到我们的出发点：根据艾可的观点，笑在共产党人那里——至少是在斯大林或是毛泽东的时代——也是被禁的。我不知道这是不是事实。不过在中世纪的欧洲、1976 年以前的中国和 1989 年之前的苏联，三者有一点是共通的：那时的人（或者甚至于现在还这样）不可以取笑神圣不可侵犯的东西，如要笑话毛泽东或斯大林几乎是不可能的。可为什么在"文化大革命"期间，所有的电影、绘画、照片和文学作品里都可以找到一大堆笑盈盈的人？我们都知道，在毛泽东和斯大林的时代，忧郁症是被禁止的，只有在 1976 年或 1978 年之后人们才开始又有权利悲伤。我想，在看待"文革"时期的时候我们应该把笑和高兴区分开来。那时人的笑不是取笑什么东西，而是为能得到臆想中的被赐予的幸福而感到高兴。当然，上述的这些艺术形式也大多是些宣传品。

如此看来，在中国只有在"文革"结束之后，当"人"又回到艺术之中、人又被重新作为人来描写的时候，笑话别人才又成为可能。正因为此，王蒙特别强调文学是人学。在招引读者发笑方面，他不仅是最早的一个，而且也是最有成就的作家之一。他的许多令人发笑的小说、散文和随笔也常常引起争议。一个著名的例子就是 1989 年发表的《坚硬的稀粥》。很多人把这篇小说看成是给改革时期抹黑的作品①。可我不认为这篇作品是在攻击国家的权威，而应该是对笼罩中国的无道德无纪律状态的一种批判。

作为例证我要回到刚才讲的一个命题上来：笑是对统治秩序的质疑和内在思维能力的反映。1980 年的《买买提处长轶事》就是一个例子②。小说的副标题是"维吾尔人的黑色幽默"，听上去好像在说，只有不是汉人的维族人才懂得幽默。《买买提处长轶事》发生在"文革"中间，但既不属于伤痕文学，又和 1979 年前后改革时期的时代背景不一致。看上去作者似乎不需要通过描写"文革"给他心灵上造成的伤害来重新找到内心的平衡。由此我想起了早年和王蒙交往时他说过的一句话：北岛太爱盘根问底。这句话肯定可以广义地来理解，因为就像小说里边写到的文学界那样，《买买提处长轶事》这样的作品会因不够严肃认真而遭到拒绝。我们或许可以这样来阐释作者：他所需要的只是心灵的和平。而他获得这种和平的方式不是通过伤痕文学式地重新理解历史，而是借助于幽默，用智力来向一个不人道的体制示威。所以买买提把幽默看成是维持生命的六个要素之一，是防止衰老的工具。《买买提处长轶事》开头一句便是："幽默感即智力的优越感。"结尾一句又说："爱笑，才是爱生活！"其间有很多关于幸与不幸的相对性的小故事，以至于我们有时会联想到阿Q的那种精神胜利法。由此我们不得不问，王蒙的内心平衡是从哪里来的？为什么他能把他的主人公买买提写得那样心平

---

① 参见沃斯勒（Martin Woesler）：《中国的政治文学 1991—1992：王蒙的早餐改革》（*Politische Literatur in China 1991—1992. Wang Mengs，Frühst üclksreform'*），波鸿 Brockmeyer 出版社 1994 年版。

② 《王蒙小说报告文学选》，北京出版社 1981 年版。

气和呢？哲学家阿多诺（Adorno）不是说过，当人类面临灾难的时候，艺术也会失去它的快活面目吗 [1]？

四

王蒙在表达幽默的时候经常采用的文学技法是重复。举一个最简单也是最近的例子来说在他的以字词游戏为主的诙谐文集《越说越对》中，有一篇《不如酸辣汤》。其中写道：

> 烹调学教授 O 博士在品尝了冰激凌后指出："缺乏酸辣汤的味儿！"在吃了鱼香肉丝以后批评说："一点也不清爽！"在吃了拔丝苹果以后指出："缺乏动物性蛋白质！"在吃了红烧海参以后摇摇头："比老豆腐贵得太多！"喝完豆汁以后叹息说："哪里比得上茅台酒！"吃完涮羊肉以后他大发雷霆地质问道："为什么不把它做成冷食呢？" [2]

像这样以同一句型的反复运用而写成的随笔，从篇幅上可长可短。O教授是否真的像这里写的那样六次或者是五次对中国食品发表了评论，这对于读者来说并不重要。因为读者在第一句话中就已经品出其中的异味来了。但重复还是必要的，其目的是为了丰满这位教授的形象。他虽然看上

---

[1] 参见辛克（Walter Hinck）有关这一问题的论述：《眼泪中的快乐——论海涅的后期诗作》（*Heiterkeit unter Tr-nen. Zu den sp-ten Gedichten Heinrich Heines*），载塔派特和荣格主编：《愉悦的模仿——希尔特先生65周岁纪念文集》，第637—645页。阿多诺的评判当然是针对德国的纳粹时代而言的，但由于中国的文学家们经常把"文化大革命"谴责为法西斯主义，所以这种比较也可以成立。

[2] 王蒙：《越说越对》，文化艺术出版社2002年版，第28页。

去像权威，实际上却代表了一种爱发牢骚的类型，一种总以为比别人知道得多的人，而他自己的观点却又常常变来变去。这里王蒙把他的一个经常使用的主题，即事物的不可把握性，处理成了负面的例子。比如他常常把自己比作蝴蝶，认为来自他人的定义都不能束缚和影响他：

> 我的一篇小说取名蝴蝶。我很得意，因为我作为小说家就像一个大蝴蝶。你扣住我的头，却扭不住腰。你扣住腿，却抓不着翅膀。你永远不会像我一样地知道王蒙是谁。①

我们可能想问，谁是这位 O 教授？当然作者本人和这位美食家是有明显区别的。这个故事的背景应该是目前的中国，一个不知是规矩太多还是太少了的社会。1976 年以后，一个统一的规范被打破了。从那以后总有很多不同的观点存在。有人称这种现象为多元化，可是多元化的结果却好像变成了每个人都有自己的一套意见，并敢于把它公之于众。因此便出现了意见的混乱和没有逻辑。文学批评家们总想对某一作家下定义，但作家却不希望被单方面地定性。在这方面王蒙举了很多具体的例子。专家们不想接受现成的意见，就在夏日里没完没了地拉扯什么真正冰冷的饮料，并通过把小木条说成小木棍的逐渐扩大的做法，最后变成了"越说越对"②。

中国很早就重视对人的称谓。孔子的正名之说，就是其中最有名的理论。如果名不正，国家的秩序就会乱。这当然是题外话，但我们通过鲁迅和王蒙的例子可以知道，随便冠名会导致支配权和控制权的成立。

---

① 王蒙：《蝴蝶为什么得意》，见《王蒙文集》第 7 卷，华艺出版社 1993 年版，第 705 页。
② 王蒙：《越说越对》，第 25 页。

不论西方还是东方都是这样。我们也知道，哲学上的意见分歧是永远也争不出结果的。就像索科拉特斯（Sokrates）在一个研讨会的会末发言中讲的那样，正当我们刚要在某件事情上达成一致的时候，往往突然会闯进一个人来，提出一套完全不同的观点。在现代和后现代社会，这种情况屡见不鲜。对此像王蒙这样有幽默感的人便以胜利者的姿态一笑了之。他让我们看到了意见多元化的可笑之处，但并不表示自己的态度。无论在西方还是在东方，都是公说公有理，婆说婆有理。而王蒙的缄口不言看上去就像是一个智者的沉默：他并不对这个世界的种种错误做出裁决，而只是在一旁微笑地观察。

（原载《当代作家评论》2004 年第 3 期）

论王蒙的李商隐研究

黄世中

学术贵在原创，王蒙的李商隐研究具有许多原创点。本文从三个方面，选择其六个问题加以论述。王蒙曾呼吁过"作家要学者化"，得到许多作家和学者的支持。这不仅是王蒙自身创作生涯的经验，亦总结了我国古代及现代名家创作和学术一体化的普遍事实。作为学者的王蒙，其研究领域非常广阔，涉及中国古典诗词、戏曲和小说，而相对集中于"两翼"："一翼是《红楼梦》，一翼是李商隐的诗。"[①] 其李商隐研究的文章主要收在《双飞翼》和《心有灵犀》两部论集中，共十余篇论文。

本文论述王蒙的李商隐研究，并不足以概括其研究的深湛和超前性，其片面和错误之处，祈学界同仁有以教之。

---

① 王蒙：《双飞翼》，生活·读书·新知三联书店 1996 年版，卷首"小语"。

李商隐研究的当代性

李商隐（812—858），字义山，号玉溪生，原籍怀州河内（今河南沁阳、博爱），是我国唐代后期最为杰出的诗人之一。他的诗抒写了那一时代知识分子的悲剧命运与苦痛生涯，深刻反映了晚唐的政治斗争和衰亡破败的社会现实，揭露统治阶级的腐朽无能，同情人民的疾苦，于文、武、宣三朝，堪称"诗史"。但是，他的诗歌创作的主要成就并不在此，他所独创的以无题诗为代表的文人恋情诗，掩盖了他的政治诗、咏史诗、咏物诗和感怀诗。李商隐的恋情诗含蓄蕴藉，音调谐美，深情绵邈，沉博隐秀，且富于象征和暗示色彩，将我国古代诗歌的抒情艺术推上了一个新的高峰。但是，一千多年来，人们有意无意地将李商隐只看作一位爱情歌手，认为他的诗作"儿女语"、"伤于淫"，乃"邪思之尤者"①。王蒙在前辈学者研究的基础上，揭开了笼罩在李商隐头上的这团迷雾。王蒙认为不仅是爱情诗，李商隐的政治诗也写得恢宏、卓绝。他说："李商隐的政治诗的特点是气象恢宏、嗟叹深沉、见识卓然。既有一种旁观者的清醒冷峻，又有一种旁观者的无可奈何的悲哀。"（《对李商隐及其诗作的一些理解》）王蒙以其作家和学者的深刻与敏锐，落笔擒题，以"清醒冷峻"及"无可奈何的悲哀"概括了李商隐政治诗的情感特征。他首次指出李商隐政治诗的几个特色：一、李商隐政治诗多"思兴衰、探治乱、问成败、念社稷、忧苍生"，"不是那种只涉侧词艳

---

① 语出张戒：《岁寒堂诗话》、王士禛：《居易录》，见刘学锴、余恕诚、黄世中编：《李商隐资料汇编》，中华书局 2001 年版，第 38、347、348 页。

曲的作者所能具备的胸怀"；二、从《重有感》的"急切有余而从容不足"，悟到李商隐"有政治激情而未必有政治手腕"；三、从《筹笔驿》对蜀国终归灭亡的感叹，指出李商隐政治诗多对失败英雄的歌颂与怀念，显示一种悲剧性格；四、发现李商隐之没有获得政治上施展的机会，使他那种"无益无效的政治关注与政治进取愿望，拓宽、加深、熔铸了他的诗的精神，甚至连他的爱情诗里似乎也充满了与政治相同的内心体验"①。当代一些学人将义山哀怨的爱情诗解作政治上的失落与企求，看成向令狐绹的陈情，正是将其爱情上失意的"内心体验"混同于他政治上失败的"内心体验"，将爱情失意和政治上失败的"同构对应"，误认为是一种"寄托"。可以说，王蒙提出的"内心体验同构"说，为我们解读"无题"诗找到一把钥匙。当然，王蒙并不完全否认某些诗或者有寄托，但那必须有"过硬的与足够的材料"作为立论的依据，可惜"许多见解中，推测、估计、论者一厢情愿的想象的成分有可能大于科学的、合乎逻辑的论断的成分"（《一篇〈锦瑟〉解人难》）。

究其实，诗人写不写政治诗，他的诗是否反映社会现实，对于评价诗人来说，并不是最重要的。恩格斯指出："人与人之间的、特别是两性之间的以感情为基础的关系，是自有人类以来就存在的。尤其是性爱在最近八百年间取得了这样重大的意义和地位，竟成了所有诗歌都必须环绕它旋转的轴心了"②。虽然恩格斯说的是欧洲的诗坛，但中国似乎也不例外，自温李及韩偓、韦庄之诗，至南唐二主及花间之词，又至宋元

---

① 《对李商隐及其诗作的一些理解》，见王蒙：《心有灵犀》，人民文学出版社 2002 年版，第 222—238 页。

② ［德］恩格斯：《费尔巴哈与德国古典哲学的终结》，人民出版社 1996 年版，第 23 页。

的词曲，其核心题材，恐怕也是男女爱情。爱情诗（晚唐），尤其是爱情词曲（宋元），不亦曾成为其他题材"环绕它旋转的轴心"吗？（南宋初宋金对抗时期是其例外）只不过儒家诗教不愿意承认罢了。

王蒙认为李商隐诗歌成为当代古典诗歌研究的热点，有着非同寻常的现实意义，"标识着文学观念的变化"。这种变化，表现在当代对诗歌功能多元化的认可。"中国人在文学价值的判断上是很独特的。自古以来就偏重文学的教化功能、兴观群怨的作用和对于'修齐治平'的影响"，"重教化，当然没有什么不好，但另一方面，就比较轻审美"（《李商隐的挑战》）。王蒙指出"诗的价值并非一元，经世致用恰恰不是诗歌功能的强项"（《混沌的心灵场》）。晚近出版的袁行霈主编之《中国文学史》，对于文学的教化功能，有着类似的论述，指出必须"把文学当成文学来研究"，"应立足于文学本位，重视文学之所以成为文学并具有艺术感染力的特点及其审美价值"；"一些文学作品反映现实的广度与深度未必超过史书的记载，如果以有'诗史'之称的杜诗和两《唐书》、《资治通鉴》相比，以白居易的《卖炭翁》与《顺宗实录》里类似的记载相比，对此就不难理解了"[1]。

王蒙指出："李商隐的被贬低，是一个历史现象，并不是自新中国才有的，不完全是左翼文学理论所造成的"，而是"自古就有"，只是解放以后，我们"继承了这样一个传统"（《李商隐的挑战》）。20 世纪 80 年代以来，许多学者参与了李商隐的研究，1992 年成立了"中国李商隐研究会"，并且每两年举行一次会议，学术界能够"用更深刻更宽广

---

[1]　袁行霈主编：《中国文学史》第一卷，高等教育出版社 1999 版，第 3 页。

的观点来研究中国古典文学"，不仅重视李商隐诗歌内容、诗歌反映现实功能的研究，也重视对"诗艺上的成就、诗学上的成就，特别是其对仗的工整、用词的雅致、感情的丰富、表现内心生活的浓度和探索诗歌与诗歌语言的可能性方面，予以充分的发掘和推广"。

王蒙认为学界重视李商隐研究，表明当代对于诗歌风格多样性的认同。王蒙指出："中国的传统是重阳刚、进取、乐观"，"但是轻阴柔、伤感"，而李商隐诗歌风格正是阴柔和伤感；中国传统重"豪放"、"阔大"，如李白的诗。至于像李商隐的"细微"、"悲凄"，理论界则"往往倾向于存其一格，聊备一格，不可没有，也不可多有"。今天对李商隐诗歌风格的认可和重视，表明"我们的文学观念更加广阔了"（《李商隐的挑战》）。

王蒙将当前这种"李商隐热"，概括称为"李商隐现象"，指出这是当代对"文学传统的一个挑战"。首先是对文学创作的一个挑战，对于当前一些比较平庸的诗作，"在李商隐的诗歌面前，应该感到非常惭愧"。其次，对当前某些教条主义的创作方法，也是一个挑战。他说："现实主义，浪漫主义，神秘主义，象征主义等等，李商隐的诗里，好像什么都有。"他认为"李商隐的诗中有一种唯美的成分"，"是唯美主义的"。指出李商隐"不搞审丑"，他以"女性化的眼光来审美，用相当女性化的词语来写诗"。他的"女性意识"使他的爱情诗不流于轻薄和玩弄，他的爱情诗是"美的世界"。王蒙特别指出李商隐并非泛美主义，他用"美的节制"来调整他的忧伤，所以他的诗并不颓唐。再次，王蒙认为研究李商隐对于当代文艺心理学也是一个挑战，可以研究他的"创作心态，他的性意识、性心理"，"他有时候甚至有点性错乱"，认为这些都很值得我们去研究。第四，王蒙指出对李商隐诗歌形式美的研究，有助于新诗形式美的创造，"它的整齐、对仗和音乐性"，很值得借鉴。第五，"李商隐对接受美学也是一个挑战"。王蒙从毛泽东文学生活的"三重组合"得到了深刻的启示：从文艺思想看，毛泽东无疑是革命功利主义的；从文学创作上看，毛泽东诗词无疑是"言志，豪放，当然也不废婉约"；但从毛泽东对诗的爱好来看，他爱"三李"，爱读李商隐的诗。王蒙指出："这种爱好是对他的文艺思想、文学创作的一种补充，三种并不完全一致"。这就牵涉到文学指导思想、文学创作和文学感受的矛盾统一，从而深刻地指出了文学功能的多元化和文学阐释、文学接受的多样性。最后，王蒙指出"李商隐的诗对文学史也是一个挑战"，指出研究文学不能只用苏联式的、西方式的，也不能"回到金圣叹（评点派）的路子上去"，我们应该将李商隐研究作为一个契机，把我们的"理论水平"，"文学史水平，诗歌创作水平，推进到一个新的境地"①。

学人式的，或者说纯学者型的学术研究，往往只论题中之义，而未能通视古今。作家型的学者既回视往昔，更重视当代。王蒙关于李商隐研究的当代性，李商隐的挑战的论述，对学术界将产生积极的影响。

无题诗研究的多层次性

王蒙对李商隐无题诗，提出"多层次研究"说，指出无题诗可以多侧面、多角度、多层次地开展研究，从而起到互动互补的作用。这样可

---

① 参见王蒙：《李商隐的挑战》，见王蒙：《心有灵犀》，第170页。

以对无题诗作较为全面的把握，使研究向纵深开掘。他在《一篇〈锦瑟〉解人难》和《雨在义山》中对此有精辟的论述。

李商隐《锦瑟》是中国诗歌史上(除作为经书的《诗三百》)解人最多、争论最大，聚讼最繁的一首诗。依笔者检索所列，自北宋刘攽至于清末民初之张采田，共七十余家、一百多条笺释文字，大别有十种解读。(《文史》第30辑)去年在《类纂李商隐诗校注笺评疏解》中又集腋新的资料，其诠释至少在十四解以上，一曰："令狐青衣说"，有刘攽、李颀、计有功、洪迈、胡应麟、冯舒、施闰章等七家之解；二曰："咏瑟"说，有邵博、苏轼、黄朝英、张邦基、胡仔、张侃、方回、姚燧、郎瑛、王世贞、冯班、吴景旭等十二家；三曰："令狐青衣"和"咏瑟"调和合一之说，有许顗、刘克庄、都穆、屠隆四家；四曰："咏瑟以自伤身世"说，有廖文炳、徐德泓二家；五曰："情诗"说，有元好问、释圆至、胡震亨、周珽、钱龙惕、杜诏、胡以梅、陆鸣皋、纪昀等九家；六曰："悼亡"说，有朱鹤龄、钱澄之、朱彝尊、王士祯、钱良择、查慎行、何焯（后转为"自伤身世"说）、杨守智、徐逢源、陆昆曾、孙洙、姚培谦、程梦星、袁枚、汪存宽、许昂霄、翁方纲、冯浩、梁章钜（后转入"自伤身世"说）、姚莹、陈婉俊、章燮、程韵篁、张采田(后转入"自伤身世"说)等共二十四家，为清代最多的一种解说；七曰："自伤身世"说，有王清臣、陆贻典、何焯、徐燮、汪师韩、田同之、薛雷、姚燮、梁章钜、张采田等十家；八曰："自伤兼悼亡"说，有杜庭珠、宋翔凤二家；九曰："令狐恩怨"说，有吴乔、沈雄、史念祖三家；十曰："诗序或自题其诗"说，有程湘衡、王应奎、纪昀（两说并存）、姜炳璋、宋于亭、邹弢、马长海等七家；十一曰："伤唐祚或感国祚兴衰"说，有方文翰、吴汝纶二家；十二曰："寄托君臣朋友"说，有屈复、林昌彝二家；十三曰："情场忏悔"说，有叶矫然一家；十四曰："无解"说，有孙绪、胡薇元二家。以上十四解八十八家，约二百条诠释，真是言人人殊，莫衷一是。王蒙总结了这一纷纭现象，提出了"多层次研究"说。

第一层，研究诗字面上的意思，每个字、词、语、句和上下文行文联结的含意，包括文字的谐音、转义、语气、典故。王蒙认为这是"起码知识和判定"。大约可以说，这是解诗的第一步，也是最表层的不可或缺的一步。但不是说表层就是最容易，其实"字面解释亦殊不易"。如《锦瑟》诗题，末句的"可待"，为什么是从锦瑟写起，为什么归结为"惘然"？更不用说中间二联征典的意思了。只就这一层的诠解，便是一种研究。

第二层，研究作者的背景与写作动机，从创作及作家的角度来解诗，这就需要历史、作者生平、文化背景、创作资料方面的积累，需要考据查证的功夫。王蒙指出，自清代至今，学者们爬梳了许多历史资料及李商隐年谱、传记等，确有助于"知人论世"，但"往往缺少过硬与足够的材料"，因此"推测、估计，论者的一厢情愿的想象成分"居多。如说《锦瑟》是政治诗，仅据其一生政治坎坷失意，"兴"到政治上或别的什么失意呢？即使是李商隐死而复生，讲述自己的创作缘起和过程，那也只是传记史事的意义大于文学的意义，当然，王蒙仍认为这也是一种研究，至少对"知人论世"还是有一定作用的。

第三层，研究诗的内涵，诗的意蕴，即对文本作独立的研究，虽然与作家的创作缘起有关，但又独立于作家意图之外。王蒙对这一层次的研究发挥得最妙，最是入情入理。他对《锦瑟》文本进行解构之后，引用《文心雕龙·神思》关于"思接千载"、"视通万里"的论述，以自己创作的切身体验，指出从"锦瑟之无端"、"蝴蝶晓梦"、"望帝杜鹃"、"沧海月明"、"鲛人珠泪"、"蓝玉生烟"等意象里如何困惑、失落和幻化为一种"内心体验"，一种无端的惘然之情。指出文学史上不乏创作初衷由于创作过程情感的转化、融渗而变更、弥漫的情况。李商隐《锦瑟》或以锦瑟作为触发的契机，但是创作过程中召唤出的不只是身世之感、悼亡之痛、仕途之悲，它有着更加深广的内涵。

第四层，研究欣赏者、诠释者个人独特的补充与体会，或者在某种情况下的特殊发挥。王蒙不无调谑地指出："情种从《锦瑟》中痛感情爱，诗家从《锦瑟》中深得诗心，不平者从《锦瑟》中共鸣牢骚，久旅不归者吟《锦瑟》而思乡垂泪"；"知乐者认为此是义山欣赏一曲锦瑟独奏时的感受"，甚至"可以设想它成为一个旅行家、一个大地与太空的漫游者在他晚年的时候对他的漫游生活的回忆"，"科学家从这首诗中获得做学问的体味——何自然万物之无端也，以有涯逐无涯，何光阴之促迫！"这就形象地从接受美学的层次去看待和理解学者的阐释，因为"八句话如八根柱子，八根柱子间留下了一片片的空白"，读者可以自由地去填补。

第五层，对《锦瑟》做学问的研究。兹不赘述。

"多层次研究"说不仅指出了李商隐无题诗的解读方法可以多角度、多层面地去诠释，而且指出李商隐无题及类似于无题的一些具有含蓄朦胧、混混茫茫的"心灵诗"，其诗歌意蕴必然具有多义性，而在多义之间，应该而且是可以"通境与通情"的。

"诗无达诂"，而"多层次"说或进行多重旨义的解释，诗又可"诂"。

《文心雕龙·隐秀》云："隐也者，文外之重旨也；秀也者，篇中之独拔也。隐以复意为工，秀以卓绝为巧。"王蒙对李商隐无题诗之"隐"，之"重旨"、"复意"，有深刻的理解。他指出层次与层次之间并不是并列的，而是可以一层深入一层。他在论述李商隐的"雨"诗时，即以多层次解读法去发现作者的"诗心"。在《雨在义山》一文中，王蒙通过解读，发现"雨"诗"最表层的特点"是细、冷、晚的"自然特征"。第二层即深入李商隐对于雨的"主观感受"，那便是漂泊感、阻隔感、迷离感和忧伤之感。第三层，即深入李商隐的审美体验、审美过程、审美形式，层层剥离，揭示李商隐的审美趋向和审美定势在细小、柔弱、寒冷、枯残，在不幸者、失败者，在悲哀和无奈。最后又深入一层探讨李商隐的气质、个性及其身世的性格根源。如此环环相扣，层层深入，令人信服地揭示了李商隐的心迹及其特征 ①。

李商隐心灵场的混沌性

王蒙借用物理学的磁场、电场，提出诗人存在一个复杂的"心灵场"的理论，并将李商隐归属于一种叫"混沌的心灵场"。

早在 1991 年，王蒙就将《红楼梦》称为"伟大的混沌"，他从《红楼梦》创作方法的难以单一归属，题材非一人一事一景的"全景式"，主题思想的复杂性和多重性，结构的弥漫型和发散性，而作者和读者均迷失在曹雪芹自身丰富的人生经验和他创造的艺术世界的所谓迷失性等

---

① 本节所引主要据王蒙：《雨在义山》、《一篇〈锦瑟〉解人难》等。

诸多方面，提出了《红楼梦》是一部"伟大的混沌"的小说。

从《伟大的混沌》到《混沌的心灵场》，王蒙的"混沌"理论似乎是指一种无边无际，无始无终；亦此亦彼，非此非彼；似真似幻，亦真亦幻；混混茫茫，朦朦胧胧；可名无名；既明确可解，又模糊似不可解；可以强解，而又不可以一解或确解；它是主体的，多维的，非单一的，非线性的，说不尽的，无限丰富性的等等。《红楼梦》确实称得上"伟大的混沌"，那么李商隐的心灵场的混沌，是否亦呈现这样一种迷离扑朔的迷宫似的灵府呢？原王蒙之意，应该说是相近的、相似的。他说："李商隐的这一类诗，称之为'混沌诗'要比朦胧诗贴切得多。朦胧是表面，而混沌是整体，是主体。人的内心，被称之为内宇宙，确实是扑朔迷离，无边无际，无端无底，只有用'混沌'二字才好概括。"他借用道教养生关于"小周天"、"大周天"的理论，来说明人的内心是一个"内宇宙"，是客观世界的"移入"：

> 心灵是能量的源泉，意象与典事是心灵能量的对象、载体与外观。心灵的能量受到外界即身外之物的影响，宠辱祸福，人们是无法全不计较的。但人的心灵能量又不完全是外界的投影，它还包含着人类固有的与生命俱来的欲望与烦恼，快乐与恐惧。而且这种能量是长期积累乃至无意识积淀的结果，常常是自己也不自觉，自己也掌握不住。说它是一个场，是由于场的本质是一种能量，而能量在没有遇到接受能量的物质对象的时候它是看不见也摸不着的，例如电磁能，谁能看得见呢？但是如果有铁屑一切便排列起来了，图案化了，图形化了，从而清晰可见——有了它自己的风景了。同时众铁屑毕竟不是一个整体，它没有固定的形状，不具备不可入性。

> 正如这一类诗，道是无形却有形，道是有结构却又似无结构，非此非彼，亦此亦彼，它们的风景具有极大的灵动性奥妙性。这里，心灵是能量的来源，而各种形象意象典事则是可见的"铁屑"，是风景的表层对象。

这是一段非常重要的论述，也是王蒙对文学的深刻认识，是王蒙对机械反映论的一次重要突破。王蒙指出诗人有三个世界：一是"心灵场"或称"内宇宙"的心灵世界，这是能量的来源；二是"外宇宙"，即自然与社会构成的物质世界或客观世界；三是客观世界因映象而成的"心象"所展示的"图案"、"图形"、"现场风景"即艺术世界。王蒙通过对李商隐无题诗的形象、意象、典事等"现场风景"的解读与多层次分析研究，直指其心灵世界，发现其心灵场的混沌性，从而形成了无题诗艺术世界的混沌性。它具有"一是贴切，二是距离，三是无（主）线无序又恍若有线有序，四是放射而又回归，五是纯粹"等五大特征。

其所谓"贴切"，体现在无题诗建构了可以感知的人生场人生风景，既是客体物象的移入，又是"心生万象"的外化，虽"貌离神合"而"传心传性"。这就指出了无题诗的可读性与可解性。

所谓"距离"，第一是作为客观世界的"人生风景"与内心世界的"心灵场景"的距离，亦是亦非，亦此亦彼；第二是风景、典事、形象、意象之间的距离，故能言不言之意，抒不言之情，得意而忘言，得心灵而失"风景"。这就指出了无题诗之可解而又不可强解，可强解而不可划一以解的混沌性。

所谓"无线无序非矢量"，指的是无题诗的非线性结构，它是一种"活质"，意象之跳跃，诗句之跨度大而无序，具有可"重组性"，可以顺行，亦可以"倒背、横插，皆有无比的情致"。如王蒙对于《锦瑟》的重组，一种仍然是七言体，一种是长短句，一种是对联体：

【其一：七言体】锦瑟蝴蝶已惘然，无端珠玉成华弦。庄生追忆春心泪，望帝迷托晓梦烟。日有一弦生一柱，当时沧海五十年。月明可待蓝田暖，只是此情思杜鹃。

【其二：长短句】杜鹃、明月、蝴蝶，成无端惘然追忆。日暖蓝田晓梦，春心迷。沧海生烟玉。托此情，思锦瑟。可待庄生望帝。此时一弦一柱，只是又珠泪，华年已。

【其三：对联体】此情无端，只是晓梦庄生望帝。明月日暖，生成玉烟珠泪，思一弦一柱已。春心惘然，追忆当时蝴蝶锦瑟。沧海蓝田，可待有五十弦，托华年杜鹃迷。

如此绝妙的重组，最好不过地说明无题诗的"无线无序非矢量"，它是一种"活质"，它是一种情绪性的，情感性的，是一种心灵的体验，正如许多乐章，只有音阶的高低，旋律的跳动，节奏的快慢、起伏、强弱，听众在一种和谐的情感中可以作各种各样的联想和组合。

所谓"放射与回归"，即潜气内转。有放射后直接的回归，景象投射为心象，又虚转为心象中之景象，所谓往复回环如"巴山夜雨"，如"水晶如意五连环"；放射之后有间接的回归，往往是首联的放射与尾联的回归，尾联与首联又"联结直通"，形成首尾贴切、明白，而中间的诗句"心生万象"而混沌。

所谓"纯粹"，指的是"洗干净了语言的心灵之隔"，有诗歌"本事"而不须"本事"，也找不出诗之"本事"，只能在言外、象外去寻觅诗人混沌的心灵世界，超越语言的世界。

王蒙分析了李商隐混沌的心灵场，指出读无题应"拥混沌而拒凿窍"，"得潜气而弃明白"，始能不损诗情诗意诗美。他说："混沌是抓不住的，动不动企图为混沌做出明晰的考证，便如给一个深度精神病人作出简单的气质性病变判断，然后去头痛医头，脚痛医脚地做皮肤科或外科手术，也恰如《庄子》里的混沌故事，为混沌凿出了七窍，也就把混沌杀死了。"他认为种种分析，既可有又不必一定有，在诠释史上，某种分析解读自可备一格。然在感悟作者之诗心诗情诗美上，实不必有。他说："以感觉体贴徜徉于义山的心灵风光之中，转此一念，去去皆活，应能如行山阴道上，美景应接不暇也。而到了彼时，种种分析，连同这篇旁门左道的文字与图形（按：指《混沌的心灵场》及《锦瑟》心灵场结构图），对义山的极生动极有味的诗篇来说，便都如佛头着粪，弃之如敝屣可也。"① 这使我们很自然想起闻一多对张若虚《春江花月夜》的评论："这是诗中的诗，顶峰中的顶峰，在这种诗的面前，一切的议论都是饶舌！"

王蒙以其诗人的敏锐，在李商隐研究领域做出了重要贡献。王蒙的李商隐研究具有六方面原创性：以爱情失意和政治失意的"内心体验同构"说，取代清人的"无题寄托"说；指出李商隐政治抒情诗见识卓绝，清醒冷峻，但急切有余而从容不足；李商隐心灵世界（心灵场）的混沌性；发现无题诗结构的无主线、无序、非矢量及诗句的可重组性；提出李商隐无题诗研究的多侧面、多角度及多层次性；指出李商隐研究之成为热点标志新时期文学观念的变化和对文学传统挑战的当代性。以上六

---

① 本节所引主要据王蒙：《伟大的混沌》、《混沌的心灵场》等。

论皆为王蒙先于其他学者提出。而在李商隐研究方法论上，王蒙给予学界许多有益的启示：他是历史与逻辑的统一，宏观与微观的并举，感悟与理性的和谐，传统与当代的相融，语言与意蕴的直通；文字的解读，美学的审视，心灵的曲探，环环相扣，层层剥离；摒弃学院式的繁琐考据又不离文献，引进新方法论又自出机杼；纵谈阔论，意趣横生，使人有会心如悟之妙。

（原载《文艺研究》2004 年第 4 期）

"胜过"现实的写作：王蒙创作与现实的关系

陈晓明

在王蒙的写作中，总是有一种东西超出他置身于其中的现实。这多余的某种意念、思想，某种情绪，经常闪现，或一闪而过，或随意流露，然而，这种东西真正显示了王蒙的敏感性。他是一个如此深刻地领悟他所处的现实的人，又是一个努力超出历史的人。多年前，罗朗·巴特曾表述过这样的思想："最大的问题是去胜过所指、胜过法律、胜过父亲、胜过被压制者，我不说驳倒，而是说胜过。"[①]这是唯美主义的美学理念。在另一种意义上，这种说法用来理解王蒙的写作，也不无恰当。作为一个天才式的、智慧而敏锐的中国作家，王蒙始终处于非常特殊的历史情境，他的身上汇集了传统士大夫文人、社会主义的文学开创

---

① ［法］罗朗·巴特：《符号学原理》，李幼燕译，生活·读书·新知三联书店 1988 年版，第 203 页。

146

者、文学的现代主义者所具有的所有品性。他既肩负着历史重任，又怀着倔强的个人性格和记忆，这使他的书写始终与现实构成一种深切的紧张联系。理解这种联系，是理解王蒙写作的深层次的意义所在。

一

王蒙在新时期的写作，大体上可以划分为三个阶段：新时期前期的"春之声"阶段、本体转向的"来劲"阶段和后新时期的怀恋"季节"阶段。这三个阶段，王蒙都以特殊的方式与他所处的现实构成紧张的内在联系，或者说，他始终以他独特的方式超出、胜过他所面对的现实。这种说法也许令人奇怪，但任何人都处在他生活于其中的现实，都与他的现实有着紧密的联系，没有人可以脱离他所处的现实而存在。然而，作家与艺术家——具有历史敏感性的作家和艺术家，却往往是有能力超出、胜过他所面对的现实，甚至与他所处的现实相悖。这种描述用在那些过分保守或过度超前的作家艺术家身上也许可能，但用在王蒙这样的现实主义经典作家身上，用在他这样的主流作家身上，如何合乎实际呢？这也正是我们要进一步探讨的问题。

王蒙超出他所处的历史，也就是说，王蒙是如此深切地沉浸在他所处的历史之中，又始终超出了历史给定的界线。他与他置身于其中的现实的主流思想意识形成了一定的偏差，这种偏差是如此的微妙，以至于我们不经意几乎觉察不出，这正是这种偏差的真实性所在。王蒙一直凭着他的那种执着和他真挚的个人记忆来写作，这使他总是处在一个特定的个人视角，而这个视角与主流历史其实已经产生了冲突，从而使他与历史／现实构成了一种超越性的紧张关系，当然也与同时期的文学构成了一种紧张关系。

在新时期伊始的"伤痕文学"阶段，在那个庞大的伤痕书写部落中，王蒙似乎与众不同，他的这点不同却一直被人们忽略了。"伤痕文学"逐渐汇聚成主流，反思"文革"，声讨"四人帮"的罪恶，把历史过错全部倒在了"四人帮"的头上。人们都从历史中解脱了，而且声讨的声音越是响亮，人们的解脱也就越是彻底，并且越为自信。解脱的人们就迅速开始反观人们的崇高品质，这既成了证明其忠诚品格的依据，也为历史的正确延续找到了确凿的线索。到了张贤亮那里，伤痕甚至透示出美感①。至于王蒙，看上去好像始终是"伤痕文学"的弄潮儿，但却与"伤痕文学"的主流貌合神离。那个"组织部新来的年轻人"依然保持着他的态度，只是更加沉稳和深刻。"文化大革命"后复出的王蒙，当然也写有《在伊犁》和《新大陆人》等正面突出主人公乐观情绪的作品；这个"新时期"他所写的《歌神》，虽然也放开歌喉歌唱过，但在更多的情形下，他的声调并不那么高昂，而是浅吟低唱。王蒙这一时期的作品

---

① 张贤亮似乎从"反右"和"文化大革命"的这种磨难中体会到独特的收获，他更乐意于发掘伤痕的美感。他说："劳动人民给我的抚慰，祖国自然山川给我的熏陶，体力劳动给我的锻炼，马克思恩格斯著作给我的启示……始终像暗洞中的石钟乳上滴下的水珠，一滴、一滴地滋润着我的心田。我，也是凭着这些才幸存下来的。"正因为此，对于张贤亮来说，重述"文革"历史不再是单纯呈现苦难，而是要展示出伤痕的美感："怎样有意识地把这种伤痕中能使人振奋、使人前进的那一面表现出来，不仅引起人哲理性的思考，而且给人以美的享受。"由此也就可以理解张贤亮的伤痕小说是如何展示苦难美感了（参见张贤亮：《从库图佐夫的独眼和纳尔逊的断臂谈起》，《小说选刊》1981 年第 1 期）。

基调，是对经历过历史劫难的个人如何进入另一个历史阶段所可能发生的变异的探究。例如，老干部复出的权力再分配并不会使历史天然地具有合理性，因而，质疑历史的必然延续性是他坚持的主题。这种主题，在当时的现实语境中，无疑是极其另类的。

从 1978 年到 1980 年，王蒙先后发表了《最宝贵的》、《悠悠寸草心》、《夜的眼》、《春之声》、《布礼》、《海的梦》、《蝴蝶》等作品。在这些作品里，王蒙并没有以他的书写使历史合理化，也没有竭力去展示苦难或竭力表达人们的忠诚，而是关注这些人的内心世界，以此来表达"文革"后依然存在的当权者与人民的隔膜问题。他在这一时期思考的主题是这样令人奇怪地游离于当时的"伤痕文学"主流。可以说，王蒙虽然延续了他在《组织部里新来的年轻人》里的思想，但在新的历史条件下，这些思想既有着极强的现实针对性，同时又与主流思想保持距离。这些主题在当时的超出历史之外的意义指向——潜在叛逆性基本被忽略了，因为没有人具备王蒙那样的怀疑精神。《悠悠寸草心》是王蒙最早注意到复出后的老干部是否能为人民谋利益的一部作品，唐久远对领导生活的热心与对平反冤案的冷漠不过是一些老干部复出后的写照。王蒙对官僚主义永远采取怀疑态度。他的怀疑思想不过是欲说还休，并且掩饰在一些眼花缭乱的意识流一类的小说技艺之下。

《夜的眼》（1979 年）讲述了一个到北京参加文学作品讨论会的作家，受当地领导之托，请求一位"朋友"批条子提供汽车零配件的故事。小说着力表现的是人物在那种处境中的心理意识，表现人物不断对周围环境的反应和他对自己行动的思考。小说人物对城市之夜的恍恍惚惚的感觉，不过掩饰着作者对"文革"后干部队伍的特权，以及对权力与利益构成的关系网络的批判。而这里又隐藏着城市与地区差别的主题。边远小镇的人还在为"羊腿"操心，而城市的人却在公共汽车上喋喋不休地谈论"民主"；边远小城的领导对于城市官僚的儿子来说，不过是不足挂齿的外地人而已。很显然，这篇小说巧妙地谈到"羊腿"与"民主"的对立，表面上看去是在指出民主与羊腿的对立，而实际上却是作者寄希望于务实的民主，"但是民主与羊腿是不矛盾的。没有民主，到了嘴边的羊腿也会被人夺走。而不能帮助边远小镇的人们得到更多、更肥美的羊腿的民主则只是奢侈的空谈"①。王蒙居然把民主看成是获取羊腿的手段，他当然不太可能超越主导意识形态关于"民主集中制"对民主的理解的范畴。但在这里，王蒙却表达了民主应该关注中国现阶段所面对的实际问题。如果联系《悠悠寸草心》来看，则更可以看出这一时期王蒙思考的焦点。

《春之声》（1980年）在发表时曾引起过强烈争议，批评者对这种过分侧重于心理活动，并且叙述随意跳跃的方法持怀疑态度，这与传统现实主义小说相去甚远。《春之声》整篇小说所描写的不过是一个出国考察刚刚回国的知识分子在火车上的心理活动。火车上拥挤不堪，秩序混乱，敌对情绪浓厚，这与干净整洁的德国街道相比，至少落后半个世纪。对家乡的眷恋与眼前拙劣的现实构成尖锐矛盾，理想与现实的距离更具有讽刺性，正如王蒙所言："在二十世纪八十年代的第一个春节即将来临之时，正在梦寐以求地渴望实现四个现代化的人们，却还要坐瓦

---

① 王蒙：《夜的眼》，见《王蒙小说精选》，太白文艺出版社1995年版，第46页。

特和史蒂文森时代的闷罐子车！"①这辆闷罐子火车如同一个象征，上面挤满了人，这正是当代中国的寓言性的写照。王蒙当然没有放弃希望，火车头是"崭新的、清洁的、轻便的内燃机车"，并且，火车上出现一个抱着小孩还在读德语的年轻妇女。这同样也是一种象征，一个怀抱新生命的母亲，显然是被动乱年月耽搁了，现在却在急起直追。希望可能就在这里。他写道："他觉得如今每个角落的生活都在出现转机，都是有趣的，有希望的和永远不应该忘怀的。"②这就是王蒙，既揭露现实的困境，又不失时机给出希望。

被认为意识流色彩较重的《蝴蝶》，当然也重新讲述了"文革"的经典故事③。但王蒙在其中所寄寓的是对中国政治运动史的深刻反省：个人的生活大起大落，完全被政治所支配，以至于似真似梦都恍惚不定，有如"庄生梦蝶"。这篇作品最深刻地显示出王蒙对当时的现实政治的深刻质疑。他没有去写那些老干部的历史合法性和现实的合理性，他关注的是这些权力拥有者是如何自觉地而后又是如何被迫地卷入历史的，他们开始是极"左"路线的合谋者，后来又成为受害者。由此看来，这里的主题相当警惕权势者与人民的距离。张思远后来想与秋文修秦晋之好，遭到秋文的拒绝，这似乎很不合情理，但对王蒙的小说叙事来说，却是绝对必要的。因为王蒙需要借秋文之口说出这种距离，即权

---

① 王蒙：《春之声》，见《王蒙诗情小说》，漓江出版社 1998 年版，第 41 页。

② 王蒙：《春之声》，见《王蒙诗情小说》，第 148 页。

③ 小说的叙述限定在主人公张思远坐在吉普车回城的路上。在这里，展开了过去几十年的风云变幻：个人家庭的生活变故完全被卷进时代的政治运动中，夫妻离异，儿子反目，个人从高官厚禄坠落为阶下囚，后来沦落为偏僻山区的一介草民。

势者与人民是永远不同的。王蒙在那个时候就看到历史的裂痕，看到历史与个体的存在并不是理所当然统一的。尽管如此，人民依然希望权势者能考虑到人民的利益。"文革"的结束，并不意味着中国的一切政治问题都解决了，掌权者就站到了人民的一边，王蒙对此是深以为虑的。这就是王蒙与同时代作家的不同之处。他没有重述老干部和知识分子的忠诚的历史以论证现实的合法性和延续性，而是怀疑，重新发掘断裂。

在当时，王蒙的质疑深刻而隐晦，他在运用艺术形式来掩盖他的思想质疑时，获得了一个艺术性的意外收获，他率先把历史叙事和个人的内省意识结合起来。"意识流"手法的运用，使王蒙的小说迅速跃到一个较高的艺术层次。人物的心理刻画，小说的时空和结构，富有色彩和质感的语言，给小说叙事提示了一个多样化的世界。由此可见，王蒙运用意识流手法，并不是出于纯粹的形式变革的需要，而是出于表现他意识到的复杂的内容，以及在当时的政治语境中难以直接表达的那些意义。他采取人物心理活动的方式，把那种复杂性呈现出来。有时候，形式本身也就是内容，在王蒙刻画的那些"文革"劫后余生的人们时，他们那种恍恍惚惚的心理，表明他们本身对现实就存有犹疑。《夜的眼》与《春之声》中的普通人是如此，《蝴蝶》中的副部长张思远也同样如此。现实并不是断然地拒绝了过去，而是像人们想象的那样——现实是一个划时代的开始。在王蒙的叙事中，人们可以很清楚地感觉到，一个所谓完全与过去决裂的时代，不断地在人们意识中，在想象和回忆中，在质疑和辨析中，被过去所侵入，或者说，过去还是那样深刻地卷入现在。

二

王蒙作为新时期最敏锐的一个作家，却奇怪地与历史总体性有所偏离。正是这种偏离，使他的作品具有了长久的历史边际效应。他在意识流小说系列中，已经试图去揭示个人与自身的历史可能分离这样一个独特主题。王蒙的这类小说总是在末尾出现光明的希望，而在小说大多数的主体叙事部分，主角又总是处在历史的焦虑之中。平反的张思远绞尽脑汁如何与秋文修好，秋文的拒绝令人奇怪地勉强，这不过表明，他们对面前的现实都没有把握。他们还是一个被历史构造的人物，被历史给定的人物。王蒙的历史主体并没有在新的历史篇章翻开时就宣告完成，他们并不是天然地属于未来的，而历史正是困扰他们的根源。王蒙为什么要他们反省历史？要他们对历史负责？是为了更有力地承担起未来的使命吗？这一切依然是未知数。思考的文学一直在思考着历史主体的命运，思考着民族／国家／人民的命运，但这一切在王蒙的意识流小说中始终是一个悬而未决的方案。这也许是王蒙真正区别于同时期其他作家的地方。

80年代中后期，王蒙的写作又一次发生了变异，他再次进行了艺术上的积极探索和思考，并对文学面临的重大转折有着清醒的意识。他在这个时期写下的一系列小说，如《冬天的话题》、《来劲》、《一嚏千娇》、《十字架上》、《球星奇遇记》等，拒绝关注任何的现实重大主题，故事的情节仅仅成为语言自由播撒的内在线索。他在尽可能地嘲弄现实的同时，也毫无顾虑地展开了语言的修辞学游戏。这些作品机智幽默，无拘无束，显示了王蒙惊人的语言才能。王蒙在意识到"文学失去轰动效应"

（1988 年）的时候突然选择了语言修辞策略，在老辣的幽默中播放着无尽的快慰。他把流行隐喻与政治笑话、抽象概念与学究式的陈词滥调、毫无节制的夸夸其谈和词语游戏混合在一起，在尽可能现实地描写的同时，也毫无顾忌地玩弄着语言。王蒙无疑是极有才智和艺术感觉的。现在，他把自己的才智和感觉转变成语言修辞风格的神韵，把语音和语义相关、相反、相成的语词汇聚一体，叙述成为一个语言场，每一个词都有可能唤起一群词。出场的词的后面隐藏着一连串不出场的词，王蒙也就把过去隐匿在文本背后的能指的海洋挪到了本文内部。

确实，人们对王蒙困惑已极。像王蒙这样一位名作家、大作家，何以会走激进的语言实验之路？他把先前的老辣和幽默变成语言策反的游戏，把他那一向认真关注社会重大问题和聚集问题的叙述，变成东拉西扯、指桑骂槐的文体。在这里，笔者确实难以妄自揣测王蒙的写作动机，当然也不能对王蒙小说中的故事隐喻和某种可发挥的主题视而不见。但是，笔者更感兴趣的是去追问王蒙，何以在这样的时刻选择这种过分夸张的叙述方式和语言修辞策略呢？当然，我们可以说，王蒙对那种变化多端的修辞风格的捕捉，对各种流行趣味展开智慧性的运用，以及夸大其词的冷嘲热讽，本质上就是一种拐弯抹角的政治评论，一种不知不觉地凝聚而成的有针对性的现代寓言。王蒙小说的主题并不是先天就缺乏的，而是故意被卷进叙述中被语言的播撒活动淹没了。但是，在这样的历史时期，这些隐晦的政治隐喻或寓言还是太脆弱了，它甚至不如前期的意识流式的政治无意识的表露。但是，退回到语言本体，王蒙又超前而机智地契合了文学史转向(语言的和形式本体的转向)的潜流。

王蒙回到文学之中，但却走在了历史之外，这回却是大彻大悟后的妥协。如果说王蒙过去的主角还承载着历史重负的话，那么现在，他的主角已经是一个摆脱了历史（反抗历史）的此在符号。他们在某个情境中突然产生强烈的表达欲望，这些话语没有真实的历史所指，只有能指自我呈现的快乐。摆脱历史的王蒙获得了前所未有的轻松，在语言的系列修辞策略中，他暂时重新获得了一种艺术上的超越。他几乎是突然与自己、与他的同时代作家、与同时期的整个文坛相离异。王蒙处在一种历史的边界上，处在某种特殊的政治权力位置，甚至暧昧的政治派别或直接的政治体验，这些都使王蒙对现实有了更为深刻的洞见。所有的完整性的叙事，所有的现实化的表述都是多余的和荒诞的。只有纯粹的语言表述，看上去满含思想机锋，其实是不得不采取狂欢式的自言自语。他"来劲"了，如此充足的劲道，只有在语言的游戏和狂欢中发作。语言把他抛到文学的飞地，他自己也就不得不从历史中疏离而出。

在 90 年代——我们所理解的后新时期，年轻一代的作家，如"晚生代"与"新生代"女作家，带着激情讲述当代中国突飞猛进的神话，那些光怪陆离的城市迷幻空间，那些充满欲望奋斗激情的资本原始掠夺者，还有那些怪模怪样的新新人类……这些书写既夸张离奇，又激动人心。另一方面，经典现实主义也以数驾马车的华丽阵容驰过世纪之交的坎坷之路。然而，我们的王蒙——这个时代的"歌神"，他本来可以引领时尚，引领潮流，却退回到现实帷幕的一侧，沉入了深切的历史记忆之中——那些与他的青春岁月血肉相融的年代。这个年代对于这个时期大多数的中国人来说，已经是依稀朦胧的遥远往事。但王蒙却记忆犹新，并怀着如此高昂的热情孜孜不倦地探寻，写下了洋洋洒洒的鸿篇大著"季节三部曲"①。真不知他的"季节之旅"有多么漫长，他如此执着而快乐地重归故里，又重新回到历史之中。这个时期也有其他的作品书写这段历史，但都显得勉强而冷漠，只有王蒙是如此的热情四溢、慷慨激昂、欢欣鼓舞，而且更加认真而真切地书写着他自己的历史。王蒙的努力不只是眷恋，同时也是蓄谋已久的补课和还愿。事实上，在整个新时期，王蒙对置身于其中的现实始终保持着警惕和怀疑的距离，那些"意识流"的手法，实在是他与现实间距的真实再现。这个新时期的"歌神"，其实在唱着自己的歌，唱着自己的调，但并没有怀着"激情"拥抱那个时期，而是被一大堆问题和质疑所阻隔。

在80年代后半期，他所处的历史位置使得他借助语言修辞策略飞出了现实之外。只有五六十年代的那种历史，才是他生活于其中的历史，并确立了他的全部的原初质朴的记忆，形成他写作文学的那种态度、那种情绪和思想。新时期的到来和后时期的变异，实际上压制了王蒙的那种态度和情感。他的意识流、他的语言快感，是对这种压制的反抗，也是自我变形的超越。在90年代，王蒙终于可以回到他的历史之中了，他从现实中完全抽身而出，这是他的青春重现，他又回到1976年的秋冬，1977年的春天，"他哭了……他热泪长流如注……"这一切是多么亲切，多么固执，多么真挚：

> 钱文身上的火种远远没有熄灭。……不论有多少歪曲……这个时代是我的时代，不只是你的时代，这个历史是我的历史，不只是

---

① 这一时期，王蒙接连写下了《恋爱的季节》、《狂欢的季节》、《失态的季节》三部作品。

你的历史。也不论他确实已经看得多么开、透、通、明、逍遥、飘逸、老谋深算、料事如神、刀枪不入、半仙之体……他钱文仍然是钱文，他的感情性情观念中仍然包含着那么多革命的理想，政治的关切，党人的信念，忧国的深思，入世的抱负，献身的热望。他其实从来没有绝望过。哪怕没有人接受他的热泪也罢，哪怕认为他的热泪一文不值乃至有害无益也罢，认为他是自欺欺人别有用心也罢，认为他是装模作样讨好某一个力量也罢[①]。

在如火如荼的"新时期"，王蒙没有做这样的表白，那是他在顽强地掩盖过去的历史。那时，他胜过了现实；多少年之后，他并没有释怀。他是真正生活在他的历史和时代中的人。当人们都抽身离开的时候，当人们如此狂欢地存在于现实中时，他又走进了历史。因此，很少有人能够理解他，包括他的绝望似的诚恳，甚至无望式的虔诚。他又一次胜过了他的现实，胜过了现实中的人们。他的书写，以如此不合时代的风格，以如此不顾一切的倔强，强行地夺回了自己的青春记忆。

三

在整个 90 年代，王蒙的笔力始终矫健、敏感、尖锐，甚至尖刻依旧。关于"人文精神"的讨论，他的言说曾引起多方误解，但他始终能看透问题，甚至比年轻人还看得更为清楚。在一大堆的观念面前，在知识分子重新建构的文化场域，他能看到事情的真相，人们当然会质疑

① 王蒙：《青狐》，人民文学出版社 2004 年版，第 462 页。

他。但他能够怀疑中心，怀疑人们再度历史化的可能，无论如何，以他的历史位置，他是坦诚的。

他的"季节之旅"是记载他的那些历史的，但不能算是很成功，这有一半要归结于人们的世故，比王蒙更加世故的世故。90 年代的王蒙已经很不世故了，甚至带有孩子气的童稚与顽皮，否则，他怎么会那么迷恋历史家园呢？实际上，那是他的恋父情结，他几乎是突然间又变得年轻，并回到他的历史之中——经过季节之旅，回到父亲的怀抱，或者说那是他的归乡。2004 年，他的归乡显得更为大胆，更为直接而自满。他穿过那么多的季节向我们走来，始终那么生气勃勃，那么令人惊异与兴奋。从 17 岁到 70 岁，谁能保持如此旺盛昂扬的创造力？谁能保持始终如一的敏锐与犀利？谁能对语言、对人性、对美和丑保持如此的敏感与热情？只有王蒙。2004 年——一个花样的年月，一部《青狐》给我们提供了多么新鲜的刺激！一样的热情、一样的智慧、一样的尖刻、一样的得理不饶人——这就是王蒙。

漫长的"季节之旅"略有点沉闷，而《青狐》则像一道闪电掠过文坛，让人们大惊失色。这是怎样的一只狐狸呢？王蒙在《青狐》中说："不是说青色的皮毛，而指她置身于月光沐浴之下，并代表着表达着一种淡淡的青光、一双幽幽的眼珠、一曲幽幽吟唱。"[1]"青狐"是一个永远的他者，又是一个绝对的自我。这是一次照妖镜式的书写，那里面看到的是半张脸的神话，一半是人，一半是狐。不管王蒙这次是多么彻底，多么尖刻，多么不留余地，但对于"青狐"，他并不是一味将其妖

---

[1]　王蒙：《青狐》，第 91 页。

魔化，那里面也有他的投影，有他的自况。他并不都是尖酸刻薄，也不都是冷嘲热讽，他还有那么多的怜爱，那么多的迷恋。因而，青狐是一个他者，又是一个自我。这里面融化的是青春依旧的激情，反射出来的是一片一片的青光，令人心醉的闪亮。

实际上，王蒙就有一点"狐性"。他神出鬼没，机智敏捷，但决不狐假虎威。时代把他推到主潮的中心，他也被人们想当然地认为处于时代的中心。但王蒙与他置身于其中的现实总是有那么一点错位，他始终怀着他的个人记忆对历史／现实发问。正如笔者在前面指出的那样，"新时期"的他对"伤痕"的书写就与众不同，相比那些表达忠诚与伤痕之美的写作，他的作品更多地表达了质疑。80年代中期，在他如日中天的时候，他却热衷于语词的修辞游戏。90年代，人们已经在蓬勃旺盛的现实面前挥洒自如地表达欲望时，他却沉入漫漫无边的季节之旅。21世纪，人们已经忘却了"文革"后那一段如火如荼的岁月，王蒙却把它如此清晰地展现出来。这就是王蒙，他一直在为"忘却"做纪念。在《青狐》这本书中，作者不失时机地强调了"忘记过去就意味着背叛"①。这也许是随意牵扯到的，书中像这样信手拈来的例子俯拾即是，也许不足为据。但纵观这部小说，笔者还是想说，王蒙把一段几乎被遗忘的历史突然推到人们的面前，令人措手不及，也让人兴奋不已。前者是因为我们在遗忘中已经麻木，《青狐》几乎就有了醍醐灌顶的功效；后者则是这段历史被如此地激活，以至于显得无比的鲜亮与刺激。

---

① 王蒙：《青狐》，第276页。

其实，进入 90 年代，王蒙一直在重新书写历史。他怀着如此真挚的情感，保持着当年的青春记忆，从五六十年代一路写下来。不管怎么说，他过去的书写还是保持着充分的文学性虚构，在他与历史之间还是存在着距离。但这次的书写却比以往任何时候都要真切，这倒不是说里面包含着充足的真人真事，或是有着足够多的影射暗喻（只要回到历史中，企图复活那段历史，就难免不会让人想入非非，更何况像王蒙这样第一手材料与直接经验多得溢出来的当事人）。但真正对历史的复活，是历史的那种氛围、那种情状、那种格调《青狐》确实把"文革"后（俗称粉碎"四人帮"后）那段已死的历史复原得活灵活现，那种现场感，那种心理和心态，那种性格和脾气，给人以如临其境的现场感受。这是对一段奇特历史的书写，也是对一代（或二代）中国文人的历史及文化性状的书写。王蒙这次通过一个奇异的女性形象卢青姑（"青狐"）来表现，就使这段历史具有了一点怪异神奇甚至妖魔化的意味。卢青姑在中国的社会主义革命历史中被边缘化，成为一个从身体到精神都被严重压抑扭曲的女人。她从一个善良、纯洁、有理想的少女，变成了一个自卑、怪诞且有点狭隘的女人。很显然，是当时的政治运动起了决定作用。"文革"后，卢青姑发表了一篇叫《阿珍》的小说而一举成名，她的名字也由土里土气的青姑变为神奇怪异的青狐，她也从此进入文坛，并且目击了那些拨乱反正的左右动荡的历程。卢青姑／青狐的形象，就是他这辈作家和知识分子的历史写照。这部小说的非同寻常之处可能就在于创造了这样一个女性形象和女性视角，从而把一个文人（或知识分子）的经历和青狐的成长历史与文坛的意识形态斗争历史结合在一起，通过青狐这个本来就有点怪诞的视角，把那段历史怪诞化了。一方面是亲历现场，一切都那么逼真；另一方面又怪诞化，通过这个视角使历史变形，也使历史现形。历史的变形记与现形记达到如此完美的重合，令人不得不佩服王蒙惊人的叙述才能。多年前，王蒙就写过《活动变人形》这样题目的小说，现在我们就更真切地看到在他所亲历的经验中的历史现形的本来面目。

小说从多个角度展示了这段历史，并且真切而令人信服地看到了文人们被政治异化的性格心理。青狐、钱文、雪山、米其南、王模楷、袁大头……不论好坏，他们都被政治决定了人格、言行，他们想超脱都超脱不了，政治就在他们脚下，就在他们眼前，就在他们身上。小说不留余地揭示出，刚刚结束"文革"的中国文坛是如何仍在延续"文革"及前十七年的政治斗争，白部长、白有光、紫罗兰等人，始终保持着高昂的政治斗志，并拥有高超的政治斗争手段。在文学与政治之间没有自由的余地，因为领导文学的人就是玩弄政治的人，文学不过是玩弄政治的一块次一等级的地盘，就像白有光老觉得自己在其他的场合不被重视一样，但这并没有妨碍他（们）在这里放弃政治。《青狐》讲述的就是在特殊的一段历史时期，文学场景中的人们如何再次被卷入政治，他们永远无法摆脱被政治化的命运。王蒙这次显然是带着反思，带着洞穿了过去的历史本质来重新书写这段历史的。因为他是亲历者，所以他把那些历史事实、那种历史场景留给了我们，这是一笔宝贵的历史财富。除了他，还有谁能把这种历史、这段历史写得如此的淋漓尽致，如此的美妙又丑陋呢？与其说他在嘲弄，不如说他在哀悼，只有他还对这种历史保持着如此的认真态度。

王蒙的叙述一如他过去的风格，带着相当强的主观性，这使王蒙的小说叙事在时空和语言修辞方面都具有强大的自由。小说的主导时间是 1979 年左右的一段时期，但王蒙却写出了青狐、钱文、白有光、紫罗兰这些人的一生，包括这些人经历的全部的政治化的历史，也写出了当代知识分子荣辱沉浮的全部过程，这是令人惊异的。在王蒙的叙事中，这些人物的生活——精神的、身体的，无不为政治所渗透。特别需要强调的是，王蒙这次也如此热烈地写到了女性的身体（欲望）。但他显然不能单纯地描写欲望，他还是深入到了欲望异化的历史场景中。那些欲望已经被他的主观化的视点嘲弄和歪曲了，正如被政治所异化一样。王蒙的切肤之痛，或者说他孜孜不倦地探求的是，这代人的身体与欲望又是如何被政治全盘地异化的。对于王蒙来说，这并不是一个单纯批判性的主题，他同时是在欣赏、在赞叹，在哀悼和炫耀。他对于这种生活状态，对于这样一种命运，内心肯定也是矛盾的。那是他的命运，他的人生遭遇，既融合了酸甜苦辣，又汇集着美丑善恶，迸发着绚丽暗淡。他总是能看到任何一个行为、一个事件、一个词语连带的多元性含义，多样化的关联，他可以随时在不同的时空里把它们联系在一起。王蒙通感式的叙述在这部作品中已登峰造极。他的通感是一种"超验式"的通感，既不按照感觉，也不按照事物的性质和理性的逻辑，而是超验式的超级智慧，完全按照叙述所建构的审美情境来书写。在这样的情境中，他可以自由地把那些事物组合在一起，从而使不同的时空事物，甚至不同的历史年代结合在一起。这使他在一个叙事情境中经常包含着相当丰富的时空要素；同样，在他的整体文本建制中，就更自由地把不同时空的历史结合在一起。他的主观性视点直指人物的内心，直接叩问事物的本质及真相，从而使人物变形，使历史现形。就像使青姑（青春的姑娘）变成"青狐"一样，他也使那段历史带有了神奇怪异的狐性。这既是历史的现形／变形记，也是我们的变形／现形记。

（原载《河北学刊》2004 年第 5 期）

"跳舞"的启示："欲望话语"的崛起

张颐武

　　王蒙写于 1985 年的小说《活动变人形》,很多人已经看过许多遍了。其中知识分子倪吾诚的命运非常地触动我。倪吾诚的尴尬和局促,他的宏大的理想和卑贱的日常生活的尖锐对比都似乎画出了现代中国知识分子的灵魂。倪吾诚永远追求一种超越,一种宏大的改造中国的"现代性"的宏愿。但他最终发现自己无法控制的日常生活如同梦魇一样纠缠着他。理想被日常生活征服了。他的家庭是传统的日常生活的象征,他的妻子静宜与他的岳母和妻子的姐姐是倪吾诚的噩梦。倪吾诚在话语领域的无限的优越和他在日常生活领域的无能和压抑成为这部小说的最为尖锐的反讽。小说的最后结尾是在作品中出现的"我"和倪吾诚的儿子倪藻在一起的场景。这是一个饶有兴味的场景。这部小说带有相当的个人回忆的色彩,倪藻在小说叙事中的角色一直是一个直接的观察者,他的视角对于小说是至关重要的。叙事者"我"和倪藻之间有一种微妙的自我反思的缠绕关系。实际上，"我"和倪藻乃是一体两面地提供了在故事内外进出的角色。"我"更多的是一个反思者，倪藻则更多的是一个见证人。二者的微妙关系是这部小说的有趣之处。有一个场景是描写"我"和倪藻参加了一个舞会，王蒙在这里回顾了中国交谊舞演变的历史：

……解放前，跳交谊舞的多半是一些个坏人。一九四八年，国民党政权覆灭前夕，武汉发生过一次大丑闻。国民党军政要员的太太小姐们陪美国军官跳舞，突然停电了，据说停电后发生了集体强奸案，国民党所有报纸都登了，还叫嚷要彻查。也就是四八年，上海的舞女还有一次革命行动，游行示威请愿，捣毁了市政厅。我小时候总听人家说舞女是不正经的女人，但到了一九四八年，舞女也革命了。

至于革命的人也跳舞，这是我读了史沫特莱女士的《中国之战歌》之后才知道的，这本书里描写了毛泽东、朱德、彭德怀等革命领袖的舞姿。我当时还有点想不通，怎么能在延安跳舞呢？在延安只应该挽起手臂唱'这是最后的斗争，团结起来到明天……'我记不清了。是不是王实味攻击过延安的跳舞？

解放以后五十年代前一半，交谊舞在全国推广。那时我做团的工作，我们团区委与区工会共用一个办公楼，楼前是水门汀地。每个星期六晚上，工会都组织舞会。青年人自由地跳交谊舞，这是解放了的中国的新气象，是解放以后，人们能够更幸福更文明更开放地生活的表征之一。……

五十年代后期就没有什么舞会了至少没有什么开放型的舞会了。也许只有极少数的精华才能有跳舞的机会，往后就更甭说了。

直到一九七八年冬季，交谊舞忽然恢复了，风靡全国。然后据说出现了种种不好的风气，不轨不雅的事情。跳舞跳出了小流氓，崇洋媚外，有失国格，道德败坏，第三者插足……到一九七九年春夏，忽然又都不跳了。八十年代开始以后跳舞一直是起起落落。也怪，并没有什么决议、决定、指令、计划、法令、条令、红头或一般文件，但跳舞一直成了气候的显示计。

陈建功的小说里描写过一种有组织的舞会。青年学生跳舞，退休工人巡边。巡边员用低沉的声音警告年轻人：注意舞姿！注意保持距离！连各公园也发愁。一九七八与一九七九年一度有许多年轻人在公园跳舞，到了净园的时间他们不肯走。他们违反制度，他们破坏公共财物、文物、绿地花坛，他们动作猥亵、语言粗鲁，最后发展到辱骂殴打公园工作人员……

　　……

一九八四年，各地舞会如雨后春笋地涌现。而且都是公开售票的。也出现了一些大胆的肯定"迪斯科"的报纸文章。但"迪斯科"还较少公开地与大规模地跳。不久，例如《解放日报》第一版上就登载了上海市公安局关于取缔营业性舞会的通告。后来据说又有一种解释，说是营业性舞会原指有专人伴舞的舞会。

这些心理、举措、风习的状况变迁，不是值得一写吗？　①

王蒙在这里考察了交谊舞在现代中国的演变。这里，交谊舞与宏大话语之间的矛盾和冲突被王蒙描写得淋漓尽致。一方面，宏大的话语总

---

① 王蒙：《活动变人形》，人民文学出版社 1986 年版，第 353—354 页。

是和跳舞这样的日常生活的娱乐活动格格不入，无论是以坏人的名义描写跳舞者，或者50年代后期的禁止，还是开放初期对跳舞的欲迎还拒，都凸显了一种宏大的话语对于跳舞的压抑。跳舞所表征的日常生活的欲望和乐趣在宏大的话语中一直找不到合法的表述。跳舞的快感一直被宏大话语所排除。但另一方面，跳舞却依然充满了诱惑和吸引。它被排斥，却仍然无法消逝不见。它总要冒出来，在宏大话语的缝隙和边缘一展身手。无论是叙事者"我"感到惊奇的"革命"主流中的跳舞，还是50年代初的那个难得的自由跳舞的岁月以及80年代有关跳舞的争议，跳舞总是会浮现出来，变成一种快感、欲望、乐趣的象征，一种无法被压抑的日常生活的象征。于是，跳舞不断地被排除和压抑的同时，也如同幽灵般地不断地浮现和游走，不断地吸引人们的关切和迷恋。

在这里王蒙揭示了中国"现代性"的最为令人困惑的矛盾和冲突，也透露了中国"现代性"转型的某种信息。跳舞所表征的日常生活的话语和中国现代性主流的宏大话语之间的冲突别有意味地显示了一种戏剧性的冲突。这种冲突就直接嵌入到中国"现代性"话语的内部，成为这一话语运作的关键的部分。这涉及中国"现代性"内部矛盾和冲突的复杂关系，有必要加以分析。

在王一川、张法和笔者写于十年前，曾经引起过相当的讨论和争议的论文《从"现代性"到"中华性"》中，我们给予了中国"现代性"一个简单的表述："它是指丧失中心后被迫以西方现代性为参照系以便重建中心的启蒙与救亡工程。"①这个描述来自李泽厚有关启蒙和救亡双

---

① 罗岗、倪文尖编：《90年代思想文选》第1卷，广西人民出版社2000年版，第234页。

重变奏的经典的命题。这个"李泽厚命题"对于中国现代性的研究具有重要的意义。这种中国"现代性"正是以西方为参照建构起来的，它的基本形构乃是一种宏大的话语。这里所描述的实际上是中国现代性的经典的"五四模式"，这一模式被普遍地视为中国现代性的经典，但这种宏大的话语的登场和发展，却是在直接与西方丰富的物质文明的接触中受到巨大的刺激之后产生的。而这种物质和日常生活的具体而微的诱惑却是中国现代性发源的一个重要方面。中国的"现代性"一方面拥有启蒙／救亡的宏大的叙事，另一方面却始终旋卷在一种强烈的对于物质和感性的丰富性的震惊和艳羡之中。这种对于西方的日常生活快感的寻求确实在晚清就集中在一种欲望的发现中。而伴随着近年来中国全球化和市场化的进程，所谓"晚清现代性"则在最近的批评阐释中突然崛起，成为引人注目的文学现象。

它被王德威称为"被压抑的现代性"。对于这一"现代性"的探讨是 20 世纪 90 年代以来在海外和中国内地非常流行的方向。王德威的名文《被压抑的现代性——没有晚清何来"五四"》中就系统地标举了这种另类的"晚清现代性"。他指出："中国作家将文学现代化的努力，未尝较西方为迟。这股跃跃欲试的冲动不始自"五四"，而发端于晚清。更不客气地说，五四精英的文学口味其实远较晚清为窄。他们延续了'新小说'的感时忧国叙述，却摒除，或压抑其他已然成形的实验。""我以晚清小说的四个文类——狎邪、公案侠义、谴责、科幻——来说明彼时文人丰沛的创造力，已使他们在西潮涌至之前，大有斩获。而这四个文类其实已预告了 20 世纪中国'正宗'现代文学的四个方向：对欲望、正义、价值、知识范畴的批判性思考，以及对如何叙述欲望、正义、价值、知识的形式性琢磨。奇怪的是，'五四'以来的作者或许暗受这些作品的启发，却终要挟洋自重。他（她）们视狎邪小说为欲望的污染、侠义公案小说为正义的堕落、谴责小说为价值的浪费、科幻小说为知识的扭曲。从为人生而文学到为革命而文学，'五四'的作家别有怀抱，但却将前此五花八门的题材及风格，逐渐化约为写实／现实主义的金科玉律。"① 他认为这种"被压抑的现代性"在"五四"之后仍然存在于诸如鸳鸯蝴蝶派、新感觉派及张爱玲等人的小说之中，只是一直受到压抑。

王德威的讨论其实引发了中国现代性研究的另外一个方向，也就是"晚清现代性"与都市消费文化相联系的一面。这一面正好是正统的"五四现代性"一直加以排斥和压抑的方面。它并不强调"启蒙"、"救亡"的宏大叙事，而是注重现代消费中欲望的满足。这种满足被晚清的文化表现得淋漓尽致。这种"现代性"实际上今天也被视为是一种和中国"现代性"的"五四模式"，即启蒙和救亡的现代性不同的东西。这种"现代性"被认为是和欲望直接相关的。如周作人就曾经对上海的文化发表过一种明确的概括："上海文化以财色为中心，而一般社会上又充满着颓废的空气，看不出什么饥渴似的热烈的追求。结果自然是一个满足了欲望的犬儒之玩世的态度。"② 周作人提出的观点当然明显带有来自"五四"现代性传统的贬义，但他指明的现象却是有根据的。他提及的"欲望"一词也可以概括这种来源于日常生活的现代性的一般特征，我们姑且将之称为"欲望的现代性"，以区别于启蒙和救亡的"现代性"。

---

① 王德威：《想像中国的方法》，生活·读书·新知三联书店 1998 年版，第 16 页。
② 陈子善编：《夜上海》，经济日报出版社 2003 年版，第 313 页。

王德威的分析明显地对于晚清的消费性的欲望现代性表达了更多的肯定。欲望的现代性反而被视为对于当下有价值的文化要素，成为"中国现代性"的被压抑，却亟待解放和浮出水面的重要的东西。

这种新的对于"欲望的现代性"的发现，几乎贯穿在最新的种种文学想象之中。通过对于上海晚清史的再发现接上了目前有关上海民国文化想象的热潮，如李长莉就明确指出："在上海开埠二三十年后，随着商业的繁荣发展，货币流通量增大，消闲娱乐业发达，物质生活和消费生活内容的丰富以及新兴商人的炫耀行为，金钱在人际关系中地位上升而形成的崇富心理，在这种种因素的作用下，出现了追求享乐的消闲方式和崇奢逗富的消费方式，它首先由商人阶层兴起，而后向社会各个阶层广为蔓延，形成了弥漫于上海社会上下的享乐崇奢风气。人们的消闲消费观念也随之发生变化，出现了一些带有浓厚的商业化色彩的新观念。"[1]上海的这种特殊的现代性已经变成了一种关键性的文化想象的重要资源。它所凸显的是"都市性"日常生活欲望的特征。这些特征其实都凸显了对于"欲望的现代性"的肯定。这是中国现代一向被压抑的东西的突然释放。这种释放其实和当下中国的全球化和市场化的历史情境有直接的关系。王蒙的有关"跳舞"的表述，其实就是这种"欲望的现代性"的一个表征。这里的有趣之处在于中国 20 世纪 80 年代的所谓"新时期文学"的复杂性。实际上，按照我们前述的"李泽厚命题"，人们一般认为，新时期文学是一种对于"启蒙"的宏伟的叙事，一种对于宏大的主体性的寻求。其实，现在看来，80 年代远比这种描述更为复杂。

---

① 李长莉：《晚清上海社会的变迁》，天津人民出版社 2002 年版，第 235 页。

80年代和"启蒙"一起回到中国的恰恰也包含了有关"跳舞"的欲望解放的含义。和启蒙的理性相对的恰恰是一种强烈的日常生活的解放的含义。当时在启蒙的宏大叙事之下,实际上包含着更多的和日常生活相关的命题。无论是有关"第三者"的慷慨激昂的讨论,或是关于"人"追求快乐和幸福的正当性的讨论,其实在宏大话语的背后,仍然包含着高度日常生活的欲望的表现。由此看来,80年代一方面表现了"启蒙"现代性的回归,但在这个宏大叙事的背后,一种欲望的现代性也悄然而至,通过宏伟的叙事获得了相当的合法性,为20世纪90年代的"后新时期"和今天的"新世纪文化"准备了基础。由此可见,在"五四"时代所形成的启蒙/救亡的"底层",这种"欲望的现代性"一方面一直被压抑,另一方面,却不断从中国现代文学制度的控制之下"漏"出来,变成一种不可忽视的文学要素。我们其实可以借用弗洛伊德的精神分析概念来解释中国不同的现代性选择。弗洛伊德的心理学当然相当复杂,但他认为人的精神活动包含了三个层次:"本我包藏着里比多即性欲的内驱力,成为人一切精神活动的能量来源。由于本我遵循享乐原则,迫使人设法满足它追求快感的种种要求,而这些要求往往违背道德习俗,于是在本我的要求和现实环境之间,自我起着调节作用。它遵循现实原则,努力帮助本我实现其要求,既防止过度压抑造成危害,又避免与社会道德公开冲突。人格结构的最高层次是超我,它代表社会利益的心理机制,总是根据道德原则把为社会习俗所不容的本我冲动压制在无意识领域。"①这些介绍当然相当简略,但有助于我们理解中国现代性的结构。我们可

---

① 张隆溪:《二十世纪西方文论述评》,生活·读书·新知三联书店1986年版,第22页。

以将"救亡"的现代性视为一种"超我"，启蒙的现代性视为一种"自我"的展现，而这种"欲望的现代性"则可以认为是"本我"。这种类比可以说明为什么"欲望的现代性"在中国整个文学中一直受到压抑的特定原因。因为它就像"本我"一样乃是沉浸在"现代性"的中国文学深部的一个不断浮现又不断被控制和压抑的部分。而启蒙的现代性的"个人主体"观就包含了一定的在救亡的现代民族国家的总体意志和欲望满足之间的含义。而建构现代民族国家的宏伟的"救亡"意识则是类似"超我"的宏伟的社会要求。所以，在王蒙有关"跳舞"的讨论中实际上就包含着通过"启蒙"的外表获得被压抑的欲望的复杂含义。这说明中国的启蒙现代性在当时已经充分地展现了在市场化过程中向欲望发展的过渡性特点。这其实是 20 世纪 90 年代之后的"后新时期"和近年的"新世纪文化"中，对于"欲望"合法性的张扬的最初表征。

实际上，这里的讨论是由于原来被压抑的"欲望现代性"的崛起，导致了"五四"以来形成的一整套以"李泽厚模式"为中心的现代性的文学制度的结束。所谓中国的全球化和"后现代性"其实可以从这里得到一个关键性的阐释。今天人们对于晚清以来一直被压抑的"欲望现代性"的发现，其实也是原有的一整套和启蒙/救亡相联系的、以知识分子为中心、以个人的表现和现代民族国家的想象建构为基础的经典现代性模式衰落的结果。以全球化为中心的新的格局对于民族国家的穿透和冲击，以及伴随市场化秩序的消费主义的合法化造成的"纯文学"的衰落其实正是经典现代性模式衰落的文化后果。这一 20 世纪 90 年代以来开始的消费娱乐文化和"欲望"表现的风靡与人们哀叹的各种"失落"，其实正是一种必然。因为，中国"现代性"的"李泽厚模式"已经无法解释今天的现实。我们的确已经告别了百年的现代性历史，进入了新的文化阶段。今天的大众文化的崛起就是对于经典现代性的压抑的释放。我们可以对于它的状态进行深入的批判性的反思，但却无法否认这一历史转型的意义。20世纪90年代开始的"大转型"到了今天已经趋近于完成了。

而王蒙关于"跳舞"的描写正是这一转型的开端的象征。

（原载温奉桥编：《多维视野中的王蒙——第一届王蒙文学创作国际学术研讨会论文集》，中国海洋大学出版社2004年版）

论王蒙的寓言小说

严家炎

　　王蒙是中国当代最活跃、最有创造力的小说家之一。他复出以来，几乎一刻不停地在进行着多种小说文体和不同表现手法的试验，既不重复别人，也不重复自己。他是我国新时期意识流小说的最早尝试者与开拓者。他既写了不少新潮作品，又对传统的情节小说、性格小说不断地花样翻新，演化出具有独特风格的诗情小说、讽世小说、文化小说等多种形态。20 世纪 80 年代末以来，他又对幽默小说、荒诞小说、寓言小说发生了很大兴趣，创作了一批引人注目的作品。在王蒙身上，仿佛有一颗"永不安定的灵魂"，即使年岁大了，看透了种种世情，他依然是个"老顽童"，保持着一股旺盛的顽皮劲儿，愿意去闯荡和体验文学上的各种新鲜事。

　　上面并列提到一些小说品种和形态，只是为了方便，严格来说也许不尽科学。像荒诞小说和寓言小说，逻辑分类的标准并不相同，其实很

174

难并列。荒诞小说着眼于事理、意象的非现实性或超现实性，寓言小说则着眼于作品的具象表现和抽象意义的关系（所谓意在言外），两者并不一定具有相互排斥的性质，恰恰相反，有一部分作品完全可能交叉重叠、兼跨两类：既是荒诞小说，也是寓言小说。寓言小说越是具有荒诞色彩，其所寓之意往往越是显豁，但有时也会留下特有的神秘感；寓言小说而荒诞成分少、现实色彩浓者，其所寓之意看似平实，却可能更为深邃，更能令人玩味。

王蒙作品的情况，正是如此。

两种类型：重体验与重理智

王蒙笔下的寓言小说，似乎有两种类型：一种是体验型、抒情型的；另一种是说理型、智慧型的。前一种起步较早，但作品数量相对来说不算很多；后一种数量不少，而且有些作品的影响很大，甚至引起过争议。

王蒙小说中最早具有寓言象征特色的，也许是 1980 年秋天写的《杂色》。作品以主人公曹千里和他的杂色老马一天中的经历和体验为因由，象征性地概括了人物前半生的遭遇。主人公那天在人烟稀少的边疆少数民族地区经受了旅途的种种艰险、困顿、颠簸、疲劳不说，还遭受了个人难以抵御的暴雨、冰雹的袭击和饥饿、寒冷的威胁，几乎倒下了就站不起来，然而在得到少数民族老人帮助后，终于闯过了这一切难关。小说包含着某些荒诞成分，例如其中一段：

　　"让我跑一次吧！"马忽然说话了，"让我跑一次吧"，它又说，清清楚楚，声泪俱下，"我只需要一次，一次机会，让我拿出最大的力量跑一次吧！"

"让它跑！让它跑！"风说。

"我在飞，我在飞！"鹰说着，展开了自己黑褐色的翅膀。

"它能，它能……"流水诉说，好像在求情。

小说结尾处，果然，"老马奔跑起来了，它四蹄腾空，如风，如电。好像一头鲸鱼在发光的海浪里游泳，被征服的海洋被从中间划开，恭恭敬敬地从两端向后退去。……耳边是一阵阵的风的呼啸，山风、海风，高原的风和高空的风，还有万千生物的呼啸……"此刻的杂色老马恢复了自己的雄姿，像一匹真正的千里马在草原上奔驰。马与名为"千里"的人，此时重合在一起，合二为一，暗示了马的诉说与成功奔驰，正代表了曹千里的内心要求，这一天的生活就是主人公前半生从无端陷入劫难到终于发生转折的一个缩影。《杂色》开头有两句题辞："对于严冬的回顾，不也正是春的赞歌吗？"可见小说写的正是作者自身的一种体验，一种感情的抒发。

同样属于体验型的，我们还可以举出《神鸟》——虽然它具有较多荒诞神秘的色彩。小说的主人公是音乐指挥家孟迪，作品写了他在一场决定一生命运的演出过程中所遭遇的心理波折与最后获得的辉煌成功。"为了这一天，他等待了许多年。"然而演出之初却并不顺利，阿勃罗斯的交响乐曲《痛苦》毕竟气魄太宏大，结构太繁复了。第一乐章才演奏了头两个乐段，孟迪就开始产生心理障碍，感到乐团里所有的演奏家今天似乎都"喝了迷魂汤"，对他平时一再讲解过的那些细腻的要求和独到的处理竟然在音响上体现不出来。连第二乐章也只在平淡麻木状态中滑了过去。孟迪有了输到家的沮丧感，不禁冷汗淋漓。到第三乐章，情势突然发生意外的变化：舞台上飞来了一只黑鸟，沿着低低高高的曲线飞翔，自由而潇洒。它扑扇翅膀的声音融进了忧伤的音响，使孟迪的心热了起来，感动得想哭。而全体演奏人员的乐器，也随着鸟飞的高低疾徐而发出声音，时而低回盘旋，时而伸展高扬，时而摇曳不安，时而有历尽沧桑之感，显示出繁复丰富的千姿百态。第四乐章的演奏更转向情绪激昂，仿佛连番血战，千军万马厮杀，又似火山喷发，岩浆轰然而鸣。黑鸟快飞似梭，乐曲也如疾风，瀑布，闪电。最后，黑鸟像子弹一样冲向指挥头上的顶灯，玻璃灯罩砰然炸裂，整个交响乐曲也戛然而止。观众掌声如雷，演出获得空前的成功。孟迪从此名声大噪。后来的每次指挥，他都想起了这只鸟的活泼有力的飞翔。然而，这只鸟儿本身——无论是活着的，受伤的，或是死了的尸体，都踪影全无。指挥家孟迪事后为寻找这只鸟儿，几乎到了发疯的地步，甚至被人送进精神病院，治疗了很久很久。弥留之际，他仍然把枯瘦如柴的胳臂伸向天空，哭喊那只鸟，激动地说："我看见了，我看见了。"王蒙直到小说终结，并未明确点出那只鸟的由来以及它象征什么，而只是为作品保留了一个神秘的开放的意味深长的完整结构。然而读者根据自己的阅读体验，仍会猜测，那黑鸟也许只是主人公的一种幻觉，它真实存在与否并不重要，重要的是它象征指挥家突发的电光石火般的艺术灵感，代表着指挥家对阿勃罗斯交响乐《痛苦》所包含的强烈激情经过反复把握、体验、契合而达到的一种痴迷的境界。所谓"神鸟"，正是艺术家的杰出才华、长期辛勤劳作，此刻又高度投入的综合体现。小说抒情性强，写得十分精彩，通过寓言，揭示了艺术创造活动中某些看似神秘却具有普遍意义的经验。

王蒙的说理型、智慧型的寓言小说写得更多，如《虫影》、《冬天的话题》、《来劲》、《没有》、《坚硬的稀粥》、《郑重的故事》以及总题《欲读斋志异》的微型小说八篇。甚至连较早写的《莫须有事件》、《风息浪止》、《赛跑与摔跤》，我也倾向于将它们作为寓言小说来读。这类作品更加显示了王蒙的创作个性与艺术上独到的长处。

《虫影》、《冬天的话题》写的都是过去年代较盛行而后来却未必不再发生的故事，都有若干言外之意。《虫影》写某单位中人们流行的一种莫名其妙的总爱疑神疑鬼的心理。他们怀疑一位准备提升为局长的工程师头发有问题，该花白了却仍然乌黑，怀疑他是染的，是假的，怀疑他在搞鬼，在欺骗组织和群众。最后，连这位工程师自己也弄得六神无主，真的怀疑自己得了什么怪病，到这个医院、那个医院去做健康检查，吃够了各种各样的苦头。提升为局长的事，当然也吹了。事极荒诞，却又发人深思，令人想起"千万不要忘记阶级斗争"年代发生的数不清的根本莫须有的悲剧和闹剧，以及那种思维方式所留下的某种阴影。

《冬天的话题》里对阵的双方，争吵的竟然是洗澡应该在晚上还是在早上的可笑话题，并且因此几乎闹得势不两立。据说那位沐浴学权威朱慎独老先生认为晚上洗澡才科学，而经他推荐到加拿大留学归来的年轻学者赵小强，则在当地晚报上连载一篇《加国琐记》，其中提到了一句："我国多数人的习惯是晚上入睡前洗浴。但这里人们（指加拿大人——引者）更喜欢清晨起来后洗澡……"于是，经常出入朱老先生家的女青年余秋萍，在"更喜欢"三个字下面画上着重点，神情激动地向朱老报告说："小赵公然跳出来反对您！"还说："说实在的，早上洗澡与晚上洗澡，这并不是一件小事。他赵小强有什么？不就是去过一次加拿大吗？加拿大的月亮就比中国的圆吗？……为什么去过一次加拿大就以为自己了不起呢？为什么认为加拿大的沐浴方法就一定是正确的呢？……难道加拿大人不孝敬父母我们也不孝敬父母吗？"朱老先生高姿态地摆摆手说："很幼稚的小孩子嘛，不必理他……"然而两天之后已是满城风雨，人们都传言"朱慎独生气了"，"朱慎独说赵小强不知天高地厚"，"朱教授说赵小强品质不好"……这些消息传到赵小强和他那帮"哥儿们"的耳朵里，他们也激动起来，有的甚至骂对方愚顽不灵，只配进"火葬场"。赵小强还清醒一点，制止了"哥儿们"的议论和攻击，肯定了朱慎独的业务成就和在当地提倡洗澡的功劳，认为朱是自己的"恩师"，有点误会，解释开了就行了。谁知朱慎独连赵小强的电话都不愿接。原来"哥儿们"背后议论的那些话，朱老都知道了，因而大光其火，把赵小强训了一顿。随后，当地的好事者都添油加醋地分析朱、赵之间的"紧张"关系，称此事有复杂的背景，是"少壮派与元老派"、"新党与旧党"、"洋风与土风"难以调和的尖锐矛盾。社会上的流言，使朱慎独产生了一种悲壮情绪，他挺身而出，以"权威"的姿态找各方面的领导阐明这是一场大是大非的原则争论，是举什么旗、走什么路、迈什么步的问题！有些报纸、刊物还发表文章，暗中批评赵小强的说法，说："我们决不能跟着洋人口味亦步亦趋"，"越有民族性才越有世界性"。一场事实上并未展开的争辩，却已闹得风雨如晦，鸡鸣不已。小说临结尾前，"赵小强觉得自己被放到了一台'旋转加速器'上，越转越快，身不由己"。他想：

为什么有意义的和没有意义的争论最后都变成人事关系之争、变成钩心斗角之争、变成"狗咬狗一嘴毛"呢？为什么这种争论遇着你搞形而上学与绝对化呢？为什么只要一挨上这种争论就像粘上胶一样地躲也躲不开，甩也甩不掉呢？

……

也许明天就好了吧？……

小说里这场近乎荒诞的所谓夜洗派和晨洗派的争论及其引起的风波，难道不正好概括和针砭了长期以来我们许多所谓"大是大非的原则性争论"（包括那些人为地制造的"学术批判"）所面对的状况和暗含的天机吗？

多义性与丰富性

王蒙的寓言小说所提出的问题多从现实中来，这点与赵树理的"问题小说"有些相似。然而赵树理的"问题小说"虽也充满幽默和风趣，却未免过于单一，过于就事论事，真切而失之简陋；王蒙的寓言小说则不但常带荒诞成分，而且概括面广，让读者联想和思考许多东西，具有"寓言"所特有的多义性与丰富性。一篇《没有》，用"你"来隐喻哲学上的"无"，竟从正面、侧面、背面启示出了多少道理和智慧！以《冬天的话题》为例，它告诉读者的，就不仅是夜洗、晨洗两派争论的荒唐与绝对化，并启示人们去思考：地位高是否就意味着真理多？所谓"权威著作"是否等于终极真理？可否再提出不同意见？真正平等的学术争鸣应该怎样进行？小说还涉及形形色色的世态人情以及对人性庸俗、无聊、狡黠的深刻展示。朱慎独家的客厅里，就常聚集着一帮年轻人，"叽叽喳喳，嘻嘻哈哈，说来说去，离不开'朱老'的七卷集（《沐浴学发凡》）。有的以善于背诵、诵起来一字不差而引人注目。有的以善于神聊、聊起来天南海北、云山雾罩，乍一听还以为跑了题，但最后都能归结为七卷中的某一卷某一页某一行某几个字（包括标点），因而亦赢得朱老青睐。有的结结巴巴，嗫嗫嚅嚅，但表达了一种对朱老的虔诚愚忠。有的口若悬河，难免油腔滑调，但绝未越雷池一步……"总之是众星拱月，百鸟朝凤，人们的时间、精力和智慧，都用到了拍马屁的"点子"上，仿佛此举是"人生战场上取胜的一条捷径"。而其中"处于率领群芳地位"的，就是那位"年龄似大似小，说话奶声奶气"的余秋萍女士。她似乎将搬弄是非当作了生活的乐趣。赵小强仅仅在纪实性文章里客观地提到一句加拿大人"更喜欢清晨起床后洗澡"，好事的余秋萍就断章取义给朱慎独打"小报告"。王蒙用皮里阳秋的笔法，点出了夜洗、晨洗两派论争得以兴起并且不正常地扩展的背景，从而针砭了中国（其实又何止一个中国！）的国民性，使寓言小说具有了更加浓厚的文化批评色彩。《冬天的话题》还通过主人公之一赵小强阅读报刊上暗中批判他的文章，触及了某些舆论的混乱、不合理、自相矛盾、貌似爱国其实狭隘排外的逻辑：

> ……拿来了省一级的一本指导性刊物，刊物上有一篇文章是讲越有民族性才越有世界性的。文章说布鞋已经风靡北美，而某些中国人却非穿皮鞋不可，其实皮鞋是从西方传来的，在西方已经落伍了，目前在西方最走红的是"小圆口"、"大方口"、"千层底"中式布鞋，我们决不能跟着洋人的口味亦步亦趋。

文章还举了一个例子，说是"好莱坞"到中国来采购故事片，看了许多"新浪潮派"的电影，都不予理睬。因为在中国视为新的东西在人家那儿早就不新了，最后人家只看中了《七品芝麻官》，用重金买走了。

赵小强越看越糊涂，究竟是批判惟洋是瞻呢？还是提倡？究竟是要别人仿效洋人，还是反对人们跟着洋人的口味亦步亦趋呢？

这就把朱赵间一场沐浴学上的无谓之争，提到了思维逻辑和思维方法的高度来认识，既显示了作者头脑清醒、视野开阔、思维圆融通达的特点，也大大丰富了作品的思想艺术内涵。从 20 世纪 50 年代批判胡适时起，"外国的月亮比中国的圆"就成了人们爱用的嘲讽"崇洋媚外"者的一句代用语。仿佛介绍一点外国人的看法，就等于"惟洋是从"。小说《冬天的话题》曾经别有意味地改名为《加拿大的月亮》，用意也许就在这里吧！

更有代表性的当然是《坚硬的稀粥》。小说借一个四世同堂大家庭兴起膳食改革，可是改来改去依然回到原点的生动故事，隐喻了改革之艰难及其种种经验教训。儿子作为四代人中最年轻的一代，最易于接受新鲜知识，他提出的"彻底消灭稀粥咸菜"、增加蛋白质和脂肪摄入量、"让大家过现代生活"那套高论，自有某种合理性，却终因脱离实际、好高骛远而招致失败。"稀粥"在这里象征各种传统因素、习惯势力和古老生活方式等多层内容，它们由于其历史久远而具有不容忽视的坚韧性质；儿子让全家吃的牛奶面包西餐，则象征一切愿望虽好、却昧于历史、急躁冒进、只知搬弄洋式教条、忽视客观具体条件的改革举措。小说借深知儿子弱点的父亲之口，发出慨叹："四二一综合症下的中国小皇帝,他们会把我国带到哪里去?"这正是对那些主观莽撞、轻举妄动的变革行为的责备和提醒,它并没有嘲讽改革本身,更没有"影射"什么具体人物。那种把象征隐喻式寓言小说等同于特指的"影射"的看法,实在是尚未走出阶级斗争年代阴影、没有摆脱"文革式"思维烙印的表现。小说通过儿子主持家政期间一场改吃西餐的风波,借第三代人父亲的思考,得出改革不能脱离具体物质条件的想法,这同样颇能给人启迪。吃西餐,"三天便花掉了过去一个月的伙食费",长久这样做行吗?吃西餐失败后又实行四组分开做饭,这在十二口人只有一个灶的家庭内,又行得通吗?"各置一灶"吧,煤气罐供应不了那么多,连买个蜂窝煤炉都必须经过申请,加上住房狭窄,怎么可能做到?于是父亲恍然大悟:"不盖房子而谈现代意识、观念更新、隐私权云云,全他妈的是站着说话不腰疼的扯淡!"一点最平常的认识,要让上上下下全社会都认同,看来又是多么不容易!

小说里还有一个寓意颇深的竞选主持家政的场面,它由出国留过学的堂妹夫倡议。据说这是推行家庭民主改革的重要措施。每个参加竞选的人,都以"我怎样主持家政"为题做一番演说。而结果是:"无人响应。一派沉寂。听得见厨房里的苍蝇声。"人们"不约而同地心中暗想,竞选主持家政,不是吃饱了撑的吗"?徐姐更是十分反感,说:"做这些花式子干啥嘛!"选举的成果是:"发出票十一张,收回票十一张,本次投票有效,白票四张,即未写任何候选人,一张票上写着:谁都行,相当于白票,白票五张。选徐姐的,两张,爷爷三票。我儿子,一票。怎么办?爷爷得票最多,但不是半数,也不足三分之一。算不算当选?事先没说。……堂妹说既然爷爷得票最多自然是爷爷当选,这已经不是也绝对不可能是封建家长意识而是现代民主意识。"这个极有意思的结果告诉人们：改革中摆花架子，实在是扰人害己，毫无益处。所有这些，都体现了王蒙思想的清醒、切实、圆通、深刻，也显示出作品犀利而多层次的批判锋芒。

幽默反讽透纸背

在寓言小说中，王蒙不仅充分动用了他人生经验乃至神异想象的丰富资源，而且也将他特有的诙谐幽默的个性和调侃反讽的才能发挥到了极致。他自由挥洒，率性而行，或寄谐于庄，讽而不露；或寓庄于谐，正言反用；或有意夸张，令人忍俊不禁；或一针见血，却以温厚幽默出之；可谓灵活多变，意兴无穷。微型小说《欲读斋志异》中的《讲演术》、《摩光尼国轶事》、《奇才谱》诸篇，其寓意均在若有若无之间，有为而似无为，尤显得充满幽默和谐趣。

王蒙的讥讽有些只是微讽，不仔细体味甚至不易察觉。

《冬天的话题》中，这样介绍《沐浴学发凡》的作者、权威人物朱慎独的现状："V市的日子越过越好，朱慎独的日子也越过越好，越过越有规律。他的七卷集很快要出新的精装本了，他用四个月的时间细细从头至尾校改了一遍，一共改动了七个字六个标点符号，同时对版式和字体字号提出了一些新的设想，还请余秋萍代为起草了一篇七百五十二字的重版后记。他的兴致很不错。余秋萍表示，《后记》完成以后她要开始《朱慎独评传》的写作，并要求朱慎独整理他从少年时代至今的系列生活照片，搜集他的手稿墨迹。朱老欣然而笑，口里却说着：'算了，算了，有什么意思！'"这里的叙述仿佛庄重认真，不动声色，连四个月"一共改动了七个字六个标点符号"也都作了交代，藏而不露的讥锋恰在其中，写尽了主人公意得志满之态。

赵小强在朱家碰了一鼻子灰，路上心不在焉几乎被汽车撞上，回家看了国家领导人接见外宾的电视新闻，心情才稍觉舒展稳定。第二天上午，同事们与他谈起有关"沐浴学"的争论，赵小强此时已驱除心理阴影，较能应付裕如，小说用调侃的笔墨写道："赵小强从容地一笑，那笑容几乎赶上了(国家领导人)接见外宾的水平。"调侃之中还略带同情。

在说明朱、赵两边都有一些人将"站队"当作押宝，"好比在旧上海或者现今的香港的跑马地把赌注押在某一匹马上"之后，故事叙述人又改换一副声调说："另外有些比较机灵的人，他们不搞'站队'，而一心搞平衡。见到朱老是笑容满面，见到小赵是满面笑容。见到小赵是寒暄一番，见到朱老是一番寒暄。见到朱老是亲切愉快，见到小赵是愉快亲切。半斤八两，不差分毫，小心翼翼，不偏不倚。"作者用轻松简单的更换词语次序的方法，寄托了自己的幽默和对人性弱点的讥嘲。

《坚硬的稀粥》由于是家庭生活题材，诙谐、幽默、调侃、风趣之处更多，反讽之味亦浓。儿子在家庭会议上发表的那番高论，尤其因夸张变形而几乎令人喷饭。他从"咱们家吃饭不但毫无新意，而且有一条根本性的缺陷，碳水化合物过多而蛋白质不足"，"发达国家人均日摄取的蛋白质是我国人均日摄取量的七倍"谈起，一直说到"稀粥咸菜本身就是东亚病夫的象征！这是慢性自戕！这是无知！这是炎黄子孙的耻辱！这是华夏文明衰落的根源！这是黄河文明式微的征兆！如果我们历来不吃稀粥咸菜而吃黄油面包，一八四○年的鸦片战争，英国能够得胜吗？一九〇〇年的八国联军，西太后至于跑到承德吗？一九三一年的日本关东军敢于发动九一八事变吗？一九三七年小鬼子敢发动卢沟桥事变吗？日本军队打过来，一看中国人人一嘴的白脱——奶油，他们能不吓得整团整师的休克吗？"儿子的结论是："稀粥咸菜不消灭，中国就没有希望！"于是，做父亲的"我"，"一则以惊，一则以喜，一则以惧。惊喜的是不知不觉之中儿子不但不再穿开裆裤不再叫我去给他擦屁股而且积累了这么多学问，更新了这么大的观念，提出了这么犀利的见解，抓住了这么关键的要害，正是天若有情天亦老，人间正道是儿强！真是身在稀粥咸菜，胸怀黄油火腿，吞吐现代化之八方风云，覆盖世界性之四维空间，着实是后生可畏，世界归根结底是他们的。惧的是小子两片嘴皮子一沾就把积弊时弊抨击了个落花流水，赵括谈兵，马谡守亭，言过其实，大而无当，清谈误家，终无实用。积我近半个世纪之经验，凡把严重的大问题说得小葱拌豆腐一清二白，千军万马中取敌将首级如探囊取物易如掌都不用反者，早晚会在亢奋劲儿过去以后患阳痿症的！只此一大耳儿，为传宗接代计，实痿不得也"！儿子与父亲的话都用了一连串的排比句，而其意却相反：前者属有意夸张，类乎大话套话；后者虽一针见血却近乎玩笑，但玩笑中又包含着严峻的真实，既显示幽默，亦发人深省。这在荒诞性的寓言小说中，也增添了另类的趣味。

值得注意的是，《坚硬的稀粥》从头至尾，又贯穿着调侃的意味。小说在批评儿子的大话方面，虽带点玩笑，却又有实质性的尖锐。而在肯定稀粥咸菜方面，虽确是真话，却不免又包含着调侃。"只有稀粥咸菜永存。即使在一顿盛筵上吃过山珍海味，这以后也还要加稀饭咸菜，然后口腔食道胃肠肝脾胰腺才能稳定正常地运转。如果忘记了加稀饭咸菜，马上就会肚子胀肚子痛，也许还会长癌。我们至今未患肠胃癌，这都是稀饭咸菜的功劳啊！"像这样的话，难道我们能百分之百信以为真，而不认为含有一点调侃和自嘲的成分吗？

最后我还想讨论王蒙另外一篇非常重要的寓言小说《郑重的故事》中的幽默反讽内容。该篇小说讲述了这样一个故事：厄根厄里大公国（严按：大概地球上没有这样一个国家）的诗人阿兰，有一天突然接到朋友从飞机上打来的越洋电话，说根据可靠消息，他将是本年度戈尔登黄金文学奖的得主，奖金 250 万美元。越洋电话被国家反间谍情报局录下音，报告到了首相府，于是首相代表执政党召集会议研究如何应对。鉴于阿兰有过某些同官方不合作的表现，智囊团分别制定出三种方案供首相选择：一为"积极欢迎"（即抢先授予阿兰本国文学大奖和名誉爵士头衔），二为"坚决否定"（即向 X 国的戈尔登学院提出强烈抗议），三为"低调处理"（即若无其事并淡化戈尔登文学奖的影响）。此时反对党也得到同类情报，制定了先拉阿兰加入反对党、抢先发表本年度戈尔登奖预测并借此打击执政党声誉的措施。阿兰自己却采取超然独立的态度，不受执政党与反对党任何一方的拉拢；首相虽然设盛宴款待阿兰，阿兰却仍然不买这位首相的账；反对党想拉他入党并利用他去攻击执政党，他也拒绝。达不到目的的两党，后来都在各自的报纸上攻击诽谤阿兰，棒喝派诗人也发泄自己的妒忌心理大骂阿兰；首相更指示外交部向 X 国政府和戈尔登学院提出严正交涉，谴责给阿兰授奖。终于，该年度的戈尔登黄金文学奖授予了与厄国持敌对态度的 P 国戏剧家 W。整篇小说读起来确实有不少荒诞色彩并曾被编入《王蒙荒诞小说》集内，然而正像王蒙自己在这本集子的"自序"中所说："荒诞大概可以算是幽默的孪生兄弟。"在这本集子的"自序"中《郑重的故事》因此也趣味横生，并且令人深思。小说的叙述过程充满了调侃、幽默、反讽的意味。像首相宴请阿兰一事，不但事先双方斗智斗力费尽心机，争着以迟到来显示身份，而且在宴席结束前以及各自返家后还出现了这样的极有意思的场面：

> 首相问道："阿兰先生对于今天的晚餐满意吗？"
>
> 对于这种具有某种施恩暗示的问话，阿兰老大不快，他悻悻地说："满肚子的杂七杂八，满脑子的空空洞洞。我想自杀。"
>
> 于是首相带头鼓掌，赞叹诗人出口成章，妙语如珠，振聋发聩，醍醐灌顶。全场随之鼓掌。
>
> 午夜，阿兰与莉莎（乃阿兰之女友——引者）回到了自己的住处。莉莎问阿兰对于首相的印象，阿兰回答说："一头蠢猪！"
>
> 秘书与局长助理把首相送到了官邸，秘书问首相对于阿兰的印象，首相叹了一口气说："唉，我这一晚上好比在耍一只猴子！"
>
> 助理说："大人治国平天下还不就是耍猴子！"

这里的对话真是妙不可言，然而更妙的还在言外之意是如此深长。同样有趣的是，戈尔登黄金文学奖颁给 P 国戏剧家以后，厄根厄里大公国舆论和国民有些什么反应？小说介绍道：

> 厄国公众是以对待国耻的心情来记住这一天的。特别是知识界，怒火中烧，
>
> 口诛笔伐，重炮猛轰横扫，恨不得原子弹爆炸 X 国，将戈尔登学院夷为平地，干脆灭掉他们并重创 P 国才能出心中一口恶气。

包括那些压根就对戈尔登黄金文学大奖采取严厉批判态度或对阿兰采取一笔抹杀态度者，那些签名要求不要给厄根厄里人授奖的知名人士，也都愤怒起来。他们说："戈尔登奖发给某个厄国人，是别有用心；不肯发给厄国人，则是对于厄国的歧视，也是别有用心！发给P国人，尤其是别有用心！他们是多么坏呀！他们居然把大奖给这个也给那个，就是不给我们的同胞，暴露了他们歧视敌视无视厄根厄里的狰狞面目。"

同时人们嘲笑责骂P国，P国的W的作品有什么好？还不如厄国的阿兰阿猫阿狗呢。不就是仗着他们有钱吗？他们为了给本国争取戈尔登奖进行了多少活动！太可耻了。戈尔登也太势利眼了。

反正道理全让厄根厄里这帮巧伪之人占了：当初出于嫉妒或某种政治目的而反对戈尔登文学奖授给阿兰的是他们，而如今拼命攻击戈尔登学院不肯把奖授予厄国人的也是他们。引出这些文字段落，就足以见出其中的嘲讽意味是多么辛辣，多么强烈！最后，小说通过厄国真正的民族英雄、伟大的老作家迪克的遗嘱，对厄国国民性进行了批评。迪克在遗嘱中说："我们的罪孽太大了。我们的罪孽还要一个？半个？四分之一个世纪才能罢休？我们什么时候能够做一点反省而不是只会怒气冲冲地咒骂旁人呢？什么，什么时候冷静和理性能够代替少见多怪一触即爆？……"这大概也正是作者王蒙发自心底的声音。记得两三年前的一个小型聚会上，当谈论到诺贝尔文学奖的评奖引起的种种复杂反应时，曾有人问王蒙有什么看法？王蒙笑着回答："建议大家去看看我在五年前写的一部小说《郑重的故事》，因为那里面已经表示了我对评奖的看法."可见他是多么敏感，对人性的病态和政党政治本身的问题了解得多么深刻！正是从这个意义上说，《郑重的故事》应该是王蒙很得力的一篇代表作。

2003 年 9 月 21 日写成初稿，12 月 9 日改毕

（原载温奉桥编：《多维视野中的王蒙——第一届王蒙文学创作国际学术研讨会论文集》，中国海洋大学出版社 2004 年版）

论王蒙杂文的雅与俗

徐仲佳

　　王蒙的杂文主要创作于他复出文坛以后。和其他文体一样，王蒙的杂文承载着他的文学理想，体现着他的文学个性。如果我们把王蒙的文学创作简化一下，他的文学理想可以视为雅与俗的杂糅。所谓雅，指的是其中蕴涵的信仰力量，包括他的崇高的革命信仰、坚执的生活信念、清明的实用理性。所谓俗，指的是他对现世生活的推崇和肯定，对日常生活诗意的发掘。杂文作为一种犀利深刻的文体从一个独特的角度体现出王蒙的这种雅俗杂糅的文学理想。

一、文学理想：雅与俗的交融

　　坚执的信念、清明的理性与对日常生活的肯定是王蒙杂文的交互为用的两个方面。这一特点几乎贯穿于他的杂文创作的全过程。众所周知，王蒙是怀抱着坚定的革命信仰和对生活的强烈激情开始走上文学道路的。但是在最初的文学活动中，他显然不知道如何处理自己的信念和现实生活之间的关系，毫无疑问，王蒙的激情是同时指向这二者的。[①]经过 16 年的新疆生活，他有了足够的经验使这二者和谐。这一点从他复出之后所发表的最初几篇小说，如《布礼》、《最宝贵的》、《夜的眼》中得到了证明。但是，杂文是一种现实性更强，理性更突出的文体，因此在他的杂文中，这种关系的和谐相对要来得晚一点。

　　王蒙开始写杂文的时候，正值"文革"的噩梦初醒。作为文化批判的主要武器，他的笔锋所向主要是国民性批判，这在那个还没有从"文革"巨创中完全醒转的时代是很深刻的。他在 1979 年写的几篇杂文，虽然还不免时代文体的拘牵，但是已经露出这种可贵的批判性。例如《论"眼不见为净"》、《激动与沉思》、《关于"自成一派"与"一鸣惊人"》诸文，从弱者的怯懦和愚蠢哲学批判了普通民众在专制统治面前的迷信、苟活。他把这种弱者的怯懦、愚蠢哲学视为"我们的心灵上积蓄着"的"古代和中世纪的尘垢"，"几千年的封建制度的因袭的重担。"由此，他认为"文革"的发生是与这种国民性中的尘垢和因袭紧密相关的。在最初的这几篇杂文中，我们可以看到，王蒙虽然深刻地意识到了自己杂文的使命，但是他的批判没有摆脱当时惯常所见的峻急，尤其是对弱者哲学的批判失之尖刻。

---

① 参见《倾听着生活的声息》（1981），在这篇文章中，王蒙写道："年轻的时候，我的最大的苦恼是自己对生活——文学的热情，不能和一定的鲜明而又完整的、具有相当的社会意义的生活样式结合起来。"见《王蒙文存》第 21 卷，人民文学出版社 2003 年版，第 42 页。

同时，我们也可以看到，王蒙杂文已经像他的小说一样露出了对现实生活诗意的兴趣，而且他试图"从现实生活中看到理想的萌芽和光辉。"① 从《论"费厄泼赖"应该实行》（1980）开始，王蒙杂文中的雅与俗谐和成为他有意识追求的目标。在这篇杂文中，王蒙对"费厄泼赖"的解释可以看作是他的清明理性在杂文中的第一次通俗化："'费厄泼赖'意味着和对手平等竞争，意味着一种文明精神，一种道德节制，一种伦理的、政策的和法制上的分寸感，一种民主的态度和公正、合理、留有余地、宽宏大度的气概，意味着'三不'主义和'双百方针'。"这是王蒙理性和信仰的生活化阐释，在王蒙后来的杂文中，他总是把自己的信仰、信念化成一种清明的实用理性渗入到生活的诗意中。首先，一种融合着信仰、信念的实用理性贯穿在他的杂文中。王蒙杂文的目标之一是批判国民性，这是五四新文化运动的赓续。王蒙的独特之处是，他在批评国民劣根性的时候，总是把自己的共产主义信仰和由此产生的生活信念作为潜在的或显明的理性标准。而且越到后来，他的这种理性标准越化为血肉渗入到他笔锋的深处。在《我们三十岁》、《历史在庄严地行进》、《从这些不愉快的事所想起的》、《点名与署名刍议》、《皮实的诗》等，这些早期杂文中，我们可以清楚地寻到王蒙的这种实用理性的痕迹。而在他后期的杂文中，虽然很难再寻到这种理性的清晰痕迹，但是，这种清明的实用理性却又实实在在地存在着。《诫贤侄》、《名单学的花活》、《"左爷"不左论》、《也算下情》、《说团结》、《爱国主义的内容》……像这样的杂文大多从现实生活中的点滴入手，或抨击时弊，或

---

① 王蒙：《创作得失杂谈》，见《王蒙文存》第 21 卷，第 142 页。

讥弹丑类，常见忠言谠论。这与王蒙的理性精神对这些生活点滴的照亮有很大关系。甚至他在宣扬自己的《无为》、《逍遥》、《不设防》的生存哲学时，仍然可以使人感到这些古老的生活智慧在他的清明理性照耀下所显示出的新意义。例如，他对"无为"的阐释："无为是一种境界。无为是一种自卫自尊。无为是一种信心，对自己，对别人，对事业，对历史。无为是一种哲人的喜悦。无为是一种对主动的保持。无为是一种豁达的耐性。无为是一种聪明。无为是一种清明而沉稳的幽默。无为也是一种风格呢。"①

其次，对现世生活的肯定，对生活诗意的发掘是王蒙杂文最重要的目标。王蒙曾经说过："生活对我的冲击，当代的'日子'对我的引诱是太强烈了。"②"当初我拿起笔来写小说，我追求的是生活的诗化。"③追寻现世生活的诗意也是王蒙文学作品的魅力所在。王蒙文学作品中充溢着的革命激情和理性精神常常使他的作品不免主题先行之讥，但是他的作品之所以同时也充满着感人的魅力正是因为这种对世俗生活的诗意发掘。而他的杂文虽然贯穿着他的信仰、信念和理性，但是它们并不是以一副"马克思主义老太太"的面目出现的。肯定现世生活的合理性，以审美的态度寻找日常生活的诗意同样是王蒙杂文的主要旨趣。他把"认同文化的此岸性、人间性。认同人类的世俗性"称为自己的"经验和常识"（《经验和常识》）。因此，他的杂文在处理日常生活中的问题时常常独出机杼。例如他在谈到爱国主义教育的内容时，在肯定盛行的

① 王蒙：《无为》，见《王蒙文存》第 15 卷，第 323 页。
② 王蒙：《倾听着生活的气息》，见《王蒙文存》第 21 卷，第 53 页。
③ 王蒙：《如诗的篇什》，见《王蒙文存》第 21 卷，第 120 页。

革命理想主义和英雄主义的合理性的同时，又提出"我们尤其需要提倡一种建设的精神，敬业的精神，理性与务实的态度，献身经济活动及科学与艺术的志趣，热爱生活与善于生活的品质，点点滴滴、不拒绝小事、不拒绝平凡的工作的精神……"他认为，"一个社会愈是正常和健康，愈是光明和大有希望，要求人们做烈士的机会就愈少……在更多的情况下，更多得多的人他们有权利乃至有义务过太平的、安定的、逐步提高、不断提高的正常人的生活。"① 从这种肯定现世生活的旨趣出发，王蒙希望他的读者《珍惜生命》，少一点"违背理性的亡命习气"；《珍惜家庭》，不要对家庭"木然淡然处之"；希望他们"做一个普通人，多一点普通的乐趣"（《恭喜声中话轻松》）；希望人们"民主地、人间性地平视"那些"大师"（《大师小议》）。可以这样说，王蒙从现世生活中发掘出来的诗意应该视为另一种雅。与此相应，王蒙在杂文中提倡为人应该宽容、幽默、与人为善，以一种审美的态度体察生活中的诗意。

雅与俗的交融互渗使得王蒙杂文达到了超越性与人间性的统一。一个理想坚执者是值得钦佩的，而一个理性清明、不为信念所拘泥的智者却让人亲近。

二、笑的力量：雅与俗的互见

在王蒙的小说中，他的雅俗交融的文学理想是通过感性形象表现出来的，雅与俗很自然地通过感人的人物、故事以及叙述语言交融在一

---

① 　王蒙：《爱国主义的内容》，见《王蒙文存》第 15 卷，第 390—391 页。

起。而杂文是一种战斗性的小品文，它如鲁迅所说"必须是匕首，是投枪，能和读者一同杀出一条生存的血路的东西。"①因此，王蒙杂文中的雅俗交融有其独特性，即以理性烛照生活，在幽默和讽刺的笑声里使雅俗互见。

以理性烛照生活的琐碎，从日常生活的平庸中寻找理性和诗意是王蒙杂文总体特征。他可以从中外人士对高楼和彩电的不同态度，找出经济发展与文明进步的不同阶段，判断中国的历史进程（《高楼与彩电》）；也可以从接触与碰撞这样的小节中看到我们社会文化的种种欠缺（《接触与碰撞》）；从喜悦、烦恼、嫉妒这些常见的生存状态中生发出独特的生存智慧。而且他的这种烛照总是给人以分寸感。他把宽容和理解奉献给普通的人们，对他们身上的弱点常常报以幽默的调侃，同时他更多的时候把他"神圣的憎恶和讽刺的锋芒"毫不留情地赠给生活中的丑类，以讽刺揭去他们的假面。

幽默是一种健康的、理性的笑。它常常以贴近人情的轻松和含蓄诙谐揭露生活中的乖谬与荒诞，以理性的力量带给读者会心的微笑。因此这是一种联系着理性与现实、愉悦与感悟、轻松与严肃的手法。幽默是王蒙最喜欢的手法之一。这也是与他雅俗交融的文学理想紧密相连的，因为只有"有相当的人生观，参透道理，说话近情的人，才会写出幽默的作品。"②王蒙对幽默的偏爱应该是他有坚定的信仰、坚执的信念、清

---

① 鲁迅：《小品文的危机》，见《鲁迅全集》第 4 卷，人民文学出版社 1998 年版，第 576—577 页。

② 林语堂：《论幽默》，见孔范今主编：《中国现代文学补遗书系·散文卷二》，明天出版社 1991 年版，第 109 页。

明的理性以及对人情物理的大悟大彻之后的一种自觉的选择。他认为幽默是从容、超脱、游刃有余、聪明透彻的表现，也是平等待人、少一点气急败坏，少一点偏执极端的需要。① 幽默的本色是轻松自然的，在王蒙的杂文中，当他的笔指向比较空泛的社会人生时，幽默的这种特色表现得特别鲜明。《看电影》、《说团结》、《黑马与黑驹》等篇什都是从轻松的笑声中给人以启迪。而他那些反躬自笑的调侃则在彻悟之余使人感到一种含泪的笑。例如他写自己在不被允许写作时所感受到的"不写作"的好处："不写作"能"有益身心健康"、"有利家庭和睦幸福"、"有利人际关系和谐"、"有利于食欲"、"有利于安全"……"不写作有利于自身修养，含而不露，晕而不眩，和众尚同，随波逐流，如智如愚，若存若殁，大肚能容，开口便笑，随天地而周旋，寄日月以消长……这是何等的境界！何等的功夫，何等的太极阴阳八卦！"这种劫后余生的调侃完全不同于王朔的游戏式调侃，分明在笑声中寄予着作者的沉痛与悲愤。

现实生活并不都是诗意的，当王蒙的雅离开他所欣赏的日常生活诗意，指向现实生活中的庸俗时，他的笔变得尖刻和泼辣。他幽默轻松的笔调也因为他的憎恶而犀利起来。但是他的憎恶并不总是义正词严地宣泄，更多的时候，他以不屑、鄙夷的笑来表现自己的憎恶。此时的俗与王蒙所称许的现世生活的俗是截然不同的，它们常常是我们民族性格深处的劣根性。对它们的鞭挞，王蒙是毫不留情的，在这一点上，他是自觉地延续着鲁迅杂文的传统。从"同义反复的演说"、"践踏草地"、"吹牛"这样的生活细节到"诬告"、"左爷"这样惹人厌恶的丑行，无一不

① 王蒙：《我喜欢幽默》，见《王蒙文存》第15卷，第409页。

受他的理性的审判和戏弄。《诬告有益论》、《话说"一口咬定"》、《说"吹牛"及其他》、《"左爷"不左论》都是这方面的名篇。他最擅长的是通过对丑类的戏拟，揭去它们道貌岸然的假面，达到反讽的效果。他的讽刺性模仿常常通过从模仿被讽刺对象表面的语言形式进而深入到模仿其语言更为深层的组织原则。《诬告有益论》的开篇就是："诬告无罪，诬告无害。诬告有理，诬告有益。"这既是对"文革"的口号文体的戏拟，也是对诬告者常见的"言者无罪"护符的戏拟。在下文对诬告的益处的罗列、戏拟中，他的戏拟更是从诬告者冠冕堂皇的表面深入到诬告者丑恶的内心。诬告者的这种冠冕堂皇和丑恶卑劣形成了巨大的反讽，让人在开心一笑中，感受到理性的光辉。

由此，我们可以看到，王蒙杂文中的笑是一种健康的笑，无论是调侃、反躬自笑还是不屑、鄙夷的笑都是从他那清明的理性中发出。他的信仰，他的信念在现实生活的海中游刃有余地穿梭，欣赏着生活的雅，也戏弄着生活的庸俗。

（原载《海南师范学院学报（社会科学版）》2005 年第 1 期）

大师的批评

——王蒙与随笔式批评

周海波

20世纪80年代以来，中国作家打破了与文学批评隔阂的状况，许多作家与批评家之间建立密切的联系，这不仅表现在作家批评家可以在同一位置上进行对话，坐在同一圆桌上讨论文学问题，而且一些作家创作之余也进行了文学研究，自己动手撰写评论文章，以作家的姿态和思路，参与到文学批评的行列，并形成了新的批评一族：作家批评。在作家批评族中，我们可以发现王蒙、刘心武、李国文、王安忆、张炜、李庆西等人的身影。这些作家的批评活动，虽然还没有构成强大的批评态势，但却以其别致、新颖的文学批评引起了批评界的注目。近年来，这一批评群体开始向深层次发展，不仅有王蒙、刘心武对古典文学的重新解读和研究，而且也有王安忆、韩少功等人的文学理论研究。这里，王蒙的文学批评可以被视为他们的代表，并成为新时期文学批评一体。

　　王蒙的批评文字主要见之于他的《漫谈小说创作》（上海文艺出版社 1983 年版）、《创作是一种燃烧》（人民文学出版社 1985 年版）、《文学的诱惑》（湖南文艺出版社 1987 年版）、《风格散记》（人民文学出版社 1991 年版）等。此外，王蒙的《欲读书结》和散文小品集子中，也收录了他的部分评论文字。从数量上来讲，身为作家的王蒙的批评文字不比任何一位新时期以来的专职批评家少。

　　王蒙的批评文字大致有三种：一种是为他人作品作序的批评文章；一种是"漫话"式的对某几个作家或某一类型、某一年度创作的综论；一种是对某一作家或作品的细读式批评。这三种批评文章各有特点，口味不一，但它们都体现了王蒙对解放文学批评文体的努力。王蒙曾在《把文学评论的文体解放一下》中，谈到他对文学评论的理解。他认为："不要一写评论文章就摆出那么一副规范化的架势。评而论之，大而化之，褒之贬之，真实之倾向之固然可以是评论，思而念之，悲而叹之，谐而谑之，联而想之，或借题发挥、小题大做，或独出心裁，别有高见，又何尝不是评论？"所以，"评论应该是创造性的"，批评家"写出来的文章，可以接近于散文，可以接近于诗、散文诗及至小说、故事，自然，也可以是逻辑井然的论战。总之，尽量去摆脱那种分文体、总结体、表态式"。[1] 从这一认识出发，王蒙非常赞赏八十年代中期一批青年批评家的批评文章，认可那是"一种站在更概括、更有高度的也更富思辨性的理性基础上的那种相当切实又相当精练透彻的阐发"。[2] 实际

―――――――――――

[1]　王蒙：《漫话小说创作》，上海文艺出版社 1983 年版，第 254—255 页。

[2]　王蒙：《文学的诱惑》，湖南文艺出版社 1987 年版，第 21 页。

上，王蒙本人在探索赏心悦目的批评文体的过程中，也同样是在试图以思辨性的理性为基础，努力接近批评对象的同时，使批评文章接近读者。就他的三种类型的批评文章来看，序跋体亲切、自然，"漫话"体潇洒、灵活，细读式批评则优美、舒畅。它们成为新时期批评中不可代替的、更具有发人深省的意蕴。

第一，对文学的灵性把握与感知。王蒙首先是一位作家，是中国当代文坛上一位著名作家，他那些充满人生智慧与生命灵性的作品，显示出他的卓越的才华和对文学的挚爱。正如他所说的那样："二十岁的时候，生活和文学对于我像是天真烂漫、美好纯洁的少女，我的作品可说是献给这个少女的初恋的情诗；而现在，生活和文学对于我来说，已经是一个庄严、干练而又慈祥的母亲。她额头的皱纹，述说着她怎样在风暴中挺立，在烈火中再生，也述说着她怎样遭受娼妓和巫婆的欺凌；她宽广而又温暖的胸膛，却仍然是那样圣洁、温柔，充溢着生命的乳汁，充溢着博大而又深远的爱，我希望我不要成为生活和文学——这庄严而又慈祥的母亲的不肖子。"① 王蒙对文学的这种理解，也同样表现在他的文学批评活动中。作为作家的王蒙与作为批评家的王蒙在这里取得了一致。他阅读批评作品，不是从既定的理论出发，不是以理性的姿态观照作品，而是从阅读感受出发，从他本人的写作经验出发，去感受作品的美，去感受作家创作的甘苦。因而，他能站在作家的立场，发现文学的美。

"五四"以来，中国现代文学批评就有鉴赏的或艺术的批评和理性或科学的批评，王蒙的批评无疑是属于鉴赏的或艺术的一族。在王蒙那

① 王蒙：《我在寻找什么?》，《文艺报》1980 年第 10 期。

里，创作是一种燃烧，文学批评也是一种燃烧，这种燃烧需要批评家对文学的热爱与批评的激情。对文学的热爱体现的是批评家对文学的细腻感受与把握，强调文学批评活动中对感觉的准确把握；批评激情则需要作家全身心的投入，以创作点燃批评的激情，以激情照亮文学的思性之维。在《漫话几个作者和他们的作品》一文中，王蒙阅读并批评了王安忆、张承志、铁凝等作家的创作。那些充满的赞赏与情感的文字，体现出王蒙对作家的理解与尊重。例如他这样评价王安忆的创作："她入世很深，体察很细，对于各式各样的人情世态，她作出了惟妙惟肖的摹写。"这是建立在对王安忆的理解基础上的评论，也是他本人文学感受的真实写照。

第二，随笔体式的叙述方式。作为作家的王蒙，在进入文学批评这一行当时，呈现了与职业批评家极为不同的风格，这就是他从来不受文艺理论或批评著作行文方式的制约，而是任其对作品的感受与理解，随意写来，娓娓而谈。王蒙称自己的批评文章是"随笔式的'评'与'比'"。① 这个概括应该是很准确的。王蒙以及其他作家如刘心武、韩少功、李国文等参与文学批评行动，是近似于蒂博代所讲的"大师的批评"一类。所谓"大师的批评"是指那些已经获得公认的作家、诗人的文学批评。蒂博代在《六说文学批评》一书中论述"大师的批评"时，特别强调了作家艺术家在文学批评中的意义。在他看来，"职业的批评"认为作品是观念的实现，它的任务是建立一个观念的、联系的、智力的世界，它有一整套自己的批评术语和批评方法；而"大师的批评"则要

---

① 　王蒙：《创作是一种燃烧》，人民文学出版社 1985 年版，第 164 页。

求批评与创作之间的会合。重视创作实践，夏多布里盎把大师的批评称为"寻美的批评"，蒂博代将这种批评追溯到狄德罗乃至费纳龙那里，并在费纳龙那里发现了"那种对艺术创造力巨大的好感，我们应该视这种好感为艺术家批评的实体"。文学批评在作家们那里首先是一种理解和同情的行为，它"贮存着批评的灵魂，一种在职业不可避免的自然规律中经常遭遇死亡或麻木的危险的灵魂。"作家就会在阅读批评作品的过程中因为发现了美而兴高采烈。蒂博代对大师的批评这一认识，已经包涵着作家从事批评的鉴赏、直观感受的特点。

王蒙的随笔体式来自于"大师的批评"。那种阅读直观感受和鉴赏式批评方法，使王蒙在把握文学作品时不像一般的批评家那样注重作品的理论形态，而是比较关注文学本体，大多从文体上进入作品的艺术世界。王蒙不是以职业批评家的眼光来阅读作品，他是从作家创作的经验和感觉来阅读作品，这就读出了与职业批评家不同的味道，也有了与职业批评家不同的表述方式。张承志的《北方的河》发表后，在文坛上引起了广泛的注意，批评文章随后也接连出现。下面是王蒙批评《北方的河》的开头部分：

> 他怎么找到了一个这样好的、我要说是非凡的题目？你羡慕得眼珠子都快燃烧起来了！三十挂零的小伙子张承志竟有这样的气魄，这样的胸怀，在一部六万多字的中篇小说里，一口气写了四条北方的河，黄河、天定河、湟水、永定河，还有追忆中的新疆阿勒泰地区的额尔齐斯河与梦想中四月的黑龙江。……在看完《北方的河》以后，我想，完啦（作者在用"了"字的地方几乎全部用"啦"，这赋予张承志的颇经过一番锤炼的语言以一种亲切和利索），您他

妈的再也别想写河流啦，至少三十年，您写不过他啦。

——王蒙：《大地和青春的礼赞》

王蒙使用的多是散文化的语言，几乎没有运用批评术语，那种极为朴素又亲切的感受性语言，是一个作家对另一个作家的阅读感叹和阅读心情的描述。到处都是王蒙的"漫不经心"，到处又是王蒙本人的真实感受。那些批评文章可以说是由于王蒙的阅读而引发出的生活感受，那不是文艺理论所能概括的，不是美学理论的、社会学的、心理学的，更不是为他人咀嚼过的，而是他在阅读鉴赏作品时的记录。

王蒙的随笔体式达到了"随"的炉火纯青的地步。他从来未受任何批评法则的约束，撰写批评文章也没有一定的框架，他似乎是把自己感受最深的那些内容写出来，则不管是否对作品品评得全面和符合批评的要求。《〈牌坊〉的技巧》并没有深入、全面地探讨陈洁的短篇小说《牌坊》的写作技巧，而是先用了一多半的篇幅欣赏作品中的一些片段描写，之后才提出"一篇描写心态的小说，但没有一个字描写心态。又似乎字字在写心态"的问题。《且说〈棋王〉》则更是一篇散漫的文章，那些叙述、分析，很难用批评文章的"层层深入"等去衡量。他把作品中精彩的文字、人物、场面、细节一处处写来，以评点式的方法逐一批评，不但显出了王蒙把握作品的功力，而且也可以看到他对批评体式的创造性运用。这种"散漫"更表现在他的"漫话"和综论一个作家的批评文章中。王蒙似乎从来没有很条理、有秩序地探讨问题，他既不对作家作品分类整理，也不去按照问题的异同去批评作家，而是读到哪里就写到哪里，很像是一些精彩的读书笔记。王蒙作为一个作家也许不能像职业批评家那样去整理材料，提出一系列问题，并且构造逻辑严密的批评，他只是在批评中发现了"美",并且把这"美"告知读者,其任务也就完成了。所以,他在这类批评文章中总是以最简洁的语言,把他所读到的优秀小说推荐给读者。如《读一九八三年一些短篇小说随想》、《漫话几个作者和他们的作品》、《一九八四年部分短篇小说一瞥》、《青春的推敲》、《香雪的善良的眼睛》等,以他的别具慧眼再现了作家们的风采。

实际上,王蒙的随笔体批评也并不是毫无限制。总观王蒙的批评文章,基本批评思路是从作品的艺术手段、风格特征、场面细节以及人物的塑造等方面着眼,或者说,王蒙主要在这几个方面体会作家的创作。这样,当王蒙以鉴赏的目光来批评作家作品时,他能自然而然地进入作品的内里,然后游刃有余地表达出来。《葛川江的魅力》对李杭育小说的人文地理特征以及葛川江的艺术表现作了多方面的描述。王蒙把握了李杭育作品的内在特点,因而可以泰然自若地进入李杭育的小说世界,轻松自然地传达出李杭育作品的艺术魅力。

第三,个性化的批评语言。作家的批评语言不是理论化的,而较多地运用富有文学色彩的语言。读王蒙的批评文章,无处不感到他的批评语言的个性化及其风度和力度。王蒙超越了那种枯燥无味的生硬的批评语言,而以文白杂糅、土洋皆有、雅俗兼济的形象语言表述自己的基本观点。这里不妨引述几段王蒙的批评文字,仔细品味:

> 王朔等一些人有意识地与那种"高于生活"的文学、教师和志士的文学或者绅士与淑女的文学拉开距离,他们反感于那种随风向改变、一忽儿这样一忽儿那样的咋咋呼呼、哭哭啼啼、装腔作势、危言耸听。……他厌恶激情、狂热、悲愤的装神弄鬼。
>
> ——王蒙:《躲避崇高》

　　　《我的遥远的清平湾》是小说，更是优美的抒情散文，是诗，
是涓涓的流水，是醇酒，是信天游，是质朴而又迷人的梦。

　　　　　　　　　——王蒙：《读一九八三年一些短篇小说随想》

这些批评语言没有一定的成规，更没有套用生硬的理论批评术语。
他写自己的感觉、理解、心情，语言正是他的感觉、理解、心情的流
露，当然，也是他那种"随笔体"的写作方式和思维方式的表现。

在王蒙的批评中，我们看到了蒂博代所说的"批评包含一种比喻
的艺术"。而且王蒙也正像一位"浪漫主义者"，"把批评浸润在形象比
喻的澡盆里"。① 作为一种修辞手段，王蒙从来不特别使用明显的比喻，
他主要是把比喻化为一种通俗的生活化的语言艺术，借助于某些感觉效
果，完成其语义的表达。其实，一位优秀的作家有丰富的词汇，也不乏
运用比喻等修辞手法的能力，但是，语言并非仅仅是一种手段，特别是
文学批评语言，它是批评家心灵的透视，是心理痕迹在语句上的一种投
射。因此，王蒙不用特别去寻找修辞手段，他的批评语言就构筑了语言
大厦。这是王蒙在评述王朔小说时的一段："抡和砍（侃）在他的作品
中，起着十分重大的作用。他把读者砍得晕晕乎乎，欢欢喜喜。他的故
事多数相当一般，他的人物描写也难称深刻，但是他的人物说起话来真
真假假，大大咧咧，扎扎刺刺，山山海海，而又时有警句妙语，微言小
义，入木三厘。"由于叙述主体明显的修辞意识，使得这段文字具有极
强的表现力。但王蒙又没有滥用比喻，而是将比喻姿态化、现实化，在

---

① ［法］蒂博代：《六说文学批评》，赵坚译，生活·读书·新知三联书店 1989 年版，
　　第 90 页。

他似乎平平淡淡的叙述中，表现出批评家对作品的理解以及批评思维的活跃。这种语言的运用特别适合于王蒙的作品批评，他在以自己的心灵感受作品的同时，也是在用自己的灵魂与作品对话，用他自己的话说："创造是一种燃烧"，批评也是一种燃烧的火焰，是阅读激情的具体化。比喻也仅仅是他的语言的一个方面。他批评《围墙》"搔到了生活的痒痒筋"，《北方的河》"写了生活的河，生命和青春的河，源远流长的中华文化的河"。这类修辞在王蒙的批评中强化了批评语言阵势，使生硬的、理性的语言鲜活、形象起来，具备了"寻美的批评"的美文特点。

还需要指出的是，王蒙在其批评中也喜欢运用大量的排比语句，或者使用排比式的定语。王蒙不是在卖弄自己的丰富语汇，那实在是他在寻找一种方式，将阅读作品后的心情表达出来。那是一种有层次感、力度感的语言，也是一种激情性的语言。"承认不承认，高兴不高兴，出镜不出镜，表态不表态，这已经是文学，是前所未有的文学选择，是前所未有的文学现象与作家类属，谁也无法视而不见"。① 这是典型的王蒙式的语言。"她掩饰不住一种上了男人当、上了正人君子的当，也上了自身的'古典'式'生的门脱'（sentimental）的'小资产'温情主义当的心情"。这也是王蒙式的语句类型。王蒙批评的语言失却了职业批评家的纯粹理性化语言的归纳、概括，也没有法官式的评判，而且，他同样不善于运用文学评论的习惯用语和短语，而是用一个作家对作品的艺术感受，那种连串性的排比语句也因此是王蒙对作品的感受性描述。我们发现了这种批评语言的容量，简单的语句排比却是一位语言素

---

① 王蒙：《躲避崇高》，《读书》1993 年第 1 期。

养十分见功底的作家的"漫不经心"的叠织。他在评论刘心武的《曹叔》、《蓝夜叉》时，发现了刘心武作品中的"新的调子"。他在描述这"新的调子"时使用了这样的句子："他告诉我们人生发生了，还在发生一些这样的和那样的事情，有的令人悲哀，后来也就不悲哀了。有的令人雀跃，后来证明没有什么可以雀跃的"。① 评论的"套话"被感性的描述所代替，但这其中又包涵了王蒙对作品的深知，语句中又似乎深含着一些供我们仔细品味、欣赏的东西。评论的价值和意义也在这样的批评语言中显示出来，并让人感到韵味无穷。

　　以王蒙为代表的作家型批评，表明了一种批评形态存在的可能性。当然，我们已经在"五四"时期看到了周作人、鲁迅、茅盾、郭沫若等作家的批评，看到了 30 年代沈从文、李健吾等作家的批评。他们的批评成为中国现代文学批评重要的文学成果。新时期以来的作家批评已完全不同于五四时代，现代文学批评已经走过了七十多年的风风雨雨，已相当成熟并成为一门独立的学科，而作家批评则成为了文学批评的旁门别类，在这种情况下，作家批评的再次出现，无疑是对正统的职业文学批评的冲击。文学批评的发展现状已经表明，作家批评已越来越显示出它的重要性，其灵活多姿、感悟印象式和随笔漫话的批评文体也丰富了批评，促进了批评。不过，需要说明的是，作家批评也并非全是随笔式，他们也往往尝试向学者化的方向发展，刘心武在 1988 年发表的《近十年中国文学的若干特征》则显示了作家批评的另一种努力。李庆西则是既是作家，又是批评家，还是编辑家，他的批评则进一步论文化。如

---

① 　王蒙：《清新·穿透与"永恒的单纯"》，《读书》1992 年第 7 期。

《寻根：回到事物本身》等已表现出了某些职业批评家的特点。实际上，任何一种文学批评都没有成法，谁也没有规定作家一定要写随笔体式，而论文体式一定属于职业批评家，但是，作家批评所显示出来的批评态势，已使我们需要冷静地思考和对待这一批评的发展。

（原载《中国海洋大学学报（社会科学版)》2005 年第 6 期）

王蒙晚年小说变异

贺兴安

王蒙的小说不以细节戏剧性、影视剧改编率高见长，而以小说艺术形式变异的活跃著称。即使是改编成了电影的他的最早的《青春万岁》，也不同于"个人命运始末"式的传统长篇小说，较为类似法捷耶夫的《青年近卫军》那种"铁流"式（绥拉菲莫维奇的同名小说，或称"集体奔赴"式）。他复出（从新疆归来）之后，由《布礼》、《蝴蝶》牵头，转向了常说的意识流，即由小说艺术表现的客体性向作家主体性的转移。王蒙此后小说的艺术形式，在多种多样的同时，又都体现了这种转移。

他的《春之声》注重听觉，《夜的眼》注重视觉，《风筝飘带》又兼有象征。《说客盈门》、《一嚏千娇》是讽刺作品。《球星奇遇记》属通俗逗乐型。还有他称为"试验"性的《来劲》等，列荒诞作品。长篇小说《活动变人形》和新疆小说系列又基本回复到了传统写法。

从 1993 年起、花了七年时间完成的"季节"系列（《恋爱的季节》、

《失态的季节》、《踌躇的季节》和《狂欢的季节》），是以他的个人经历为蓝本的巨型长篇，从建国前写到粉碎"四人帮"。在写作方法上是编年史的结构充注着意识流。此作发表后，读者都替他犯愁，往后再怎么续呢？用他自己的话说："我完成了'季节'系列的最后一部《狂欢的季节》，我就想着这个书啊怎么写下去"。他用《青狐》这个新的长篇（人民文学出版社 2004 年出版），作了"后季节"的续篇，在晚年小说中，出现了新的变异。

一、"唯'典型环境典型性格'是从"论被颠覆之后

谈及晚年小说新变异，应从这一论题说起。恩格斯 1888 年 4 月初给哈克奈斯的信①，最早于 1932 年作为俄文译文在苏联得到传播，在中国，周扬在 1934 年的文章②引用了信中关于典型的论述。当初，恩格斯认为，哈克奈斯的《城市姑娘》把 19 世纪 80 年代的伦敦工人写得十分消极，对于所表现的环境，就不那样典型，"据我看来，现实主义的意思是，除细节的真实外，还要真实地再现典型环境中的典型人物"。应该说，恩格斯当时要求作家笔下的人物反映他的时代环境，表现生活新的态势，这是完全正确的。然而，在后来的苏联和新中国，把恩格斯对一部作品的批评变成了整个文学领域里一律性、一元化的要求。而且，把人物性格的个性和共性的统一中的共性仅仅界定为阶级性，阶级

①　《马克思恩格斯选集》第 4 卷，人民出版社 1972 年版，第 462 页。

②　周扬：《现实的与浪漫的》，见《周扬文集》第 1 卷，人民文学出版社 1984 年版，第 126 页。

的本质特征。这样，用政治学、社会形态学模式（阶级形势图）统制文学模式的公式化、概念化就长期盛行了。

王蒙就深受其害。他最早的反对官僚主义的《组织部来了个年轻人》，就有人批评林震是"小资产阶级的狂热的偏激和梦想"，不属于无产阶级，把"在党中央所在地"的领导干部刘世吾等人写成官僚主义者，"在典型环境的描写上"、"歪曲了社会现实的真实"。用这种先验的社会形态的"典型环境典型性格"模式来匡正一切作品，唯"典型环境典型性格"是从，一直延续了下来。改革开放后，王蒙在 1982 年 12 月撰写的《关于塑造典型人物》① 一文中，提出了不能把塑造典型性格的要求"单一化和绝对化"。他一方面肯定了塑造"典型环境中的典型人物"这个命题对于现实主义叙事文学创作"总结性很强，意义很大"，"但它毕竟不是无所不包的、更不是唯一的创作规律，它并不具有排他性，并不能成为主宰全部文学史和文学现象、衡量一切文学作品的独一无二的'核心命题'。它的适应性和有效性，仍然是有限度的"。他举出，作品体裁多种多样，小说描写对象太多(不仅人物，还有着重写场面、情绪、感受、故事、动物等)，还有神话、传说、寓言和童话，不都是塑造人物性格。王蒙的这番论说，是中国当代文坛上对"唯'典型环境典型性格'是从"论的最早的、最有力的颠覆。如果考虑到改革开放后仍有极左的教条主义学人坚持这种论调，动辄用"不许诬蔑恩格斯"来钳制学术言论，就可以想见迈出这一步的艰难了。

---

① 王蒙：《关于塑造典型人物》，见《王蒙文集》第 7 卷，华艺出版社 1993 年版，第 187 页。

新时期的文学业绩，包括王蒙自己一系列作品，都为这种"唯'典型环境典型性格'是从"论的颠覆作了有力的证明。到了 2000 年 7 月 20 日接受的一次采访中，他更是谈到了文学创作的广大空间，包括小说的"文字游戏"作用这个底线："对我来说，写实和意识流这是可以互补的呀，抒情和幽默，这是可以互补的呀，我可以写抒情的小说，我也可以写幽默的小说，我还可以写文字游戏的东西，我觉得文字游戏也无罪呀，知识分子喜欢弄文字，他拿文字游戏游戏，怎么啦？这有什么罪呀？你以为我天天游戏呀，那可能吗？"①

到了 2000 年开始写长篇小说《青狐》的时候，王蒙琢磨出"小说"这个概念。他在一篇访谈②中说："我写《青狐》的时候，把她当作小说来打扮，脑子里就有一些前人小说的样子，有前人写狐女的小说的样子"。这篇访谈过了两个月，他又说到《青狐》"比较充分地小说化"，如果《青春之歌》写得"最青春"，《组织部来了个年轻人》写得"非常激愤"，《坚硬的稀粥》写得"很讽刺"，"那么这个《青狐》呢，写得非常一个小说"③。在一些谈话中，在《尴尬风流》里，他都提到《聊斋志异》的狐仙故事，人狐不分、人狐亲和的民间传说。我们可以回顾这样一个事实："五四"以来的中国新文学，小说体裁和方法基本上是学习西方的模式，中断了同中国古代志怪传奇小说的联系。王蒙在自己长达半个世纪的、由青年而中年而晚年的小说写作历程里，不仅批评了在苏联文学和中国文学历史上长期占统制地位的"唯'典型环境典型性格'是从

---

① 王蒙：《王蒙新世纪讲稿》，上海文艺出版社 2005 年版，第 374 页。

② 王蒙：《王蒙新世纪讲稿》，第 385 页。

③ 王蒙：《王蒙新世纪讲稿》，第 392 页。

论"，还提倡和开辟了小说创作另一新的天地，在西方传来的、讲究细节真实的现实主义之外，试验加入"狐狸"、"狐女"的中国"小说化"。

二、青狐的"狐"性

青狐的塑造，在王蒙的小说人物中，占有新的、特殊的位置，放置在当代文学的人物中，她的意义也非同一般。

这种特殊性，王蒙自己拿《青狐》同其他作品做了比较："如果和《青春之歌》和《恋爱的季节》比，甚至和《蝴蝶》比，和《夜的眼》比，多了一些 x 光，多了一些解剖刀，而少了一些所谓的脉脉含情。"[1]这也就是我们常说的人物刻画上更多的视角，更多的侧面，更为立体感，更为"圆形"。而且这一切又都是同中国文化传统、小说的志怪传奇传统，乃至民间传说绵延不息的关于"狐仙"的说法结合在一起的。小说封面称"这个女人就是一部交响乐"，我们不妨把它综称为人物的"狐性"。

过去，在文学作品中，常常出现这种现象：作家要有一个代言人，作为自己心灵和理想的寄托。"典型环境典型性格"强调到极致的一个必然后果，也就无条件突出主要人物的正面化、英雄化、中心化，成为作者理想的替身。王蒙与王山谈《青狐》时，就提到："许多人的作品中有一位悲剧英雄，充当叙述者、控诉者、批判者的上帝的角色"，"当前很多作品的不足往往是作者与自己的人物同谋，或者是一人独清而世界出奇地混浊"。王山说："起诉自己的人物，审判他们，然后赦免他们

---

① 　王蒙：《王蒙新世纪讲稿》，第 381 页。

并为他们大哭一场，这需要有相当的勇气，也需要极高的境界，同时也需要读者的配合"①。我们看到，像钱文这样一个重要人物，从"季节系列"进入"后季节"《青狐》，对他施加解剖刀、x 光透视更多了，对他的"脉脉含情"渐渐少了。钱文越来越自我审视、自我批评，"桥梁"作用的反省，夫妻关系之外的性爱意识的遐想与迁移，看人看事的不能"简单化"、"不限于两分的黑与白的对照"的感悟，都看出人物写得更为立体圆形了。

人物的多侧面、多角度，应该涉及人的内宇宙和外宇宙的全部丰富性和复杂性，比如社会性（社会关系的总和）与自然性，显意识与潜意识，自我、本我和超我，同性意识与异性意识，政治表现与生活作风，普遍心理与民族心态，历史观念与现实观念，真实与梦幻，等等。王蒙谈到青狐的个性时说："这种独特的个性你不能够从政治上、从社会学或历史角色上给它定个性。但是我们从它身上也可以感慨这几十年我们国家的历程，她的变化，她的沧桑。"② 对于这种"狐性"，我们可以看看它的多视角、多侧面。

先看看青狐名称的确定。作品的开篇，就有人物详尽的肖像描绘，脸部轮廓，特别是眼睛、下颚。钱文判定像狐狸，白部长私下说她是"狐狸精"。她本人倒觉得"狐仙的青辉，多么迷人"。20 世纪 60 年代，她作为小干部，买服装的首要标准是"把自己捂严实"，但是，性情中，做梦又"会把自己脱得光光"。按照当时的"交心、放包袱、灵魂里爆

---

① 王蒙：《王蒙新世纪讲稿》，第 381 页。
② 王蒙：《王蒙新世纪讲稿》，第 391 页。

发革命、狠斗私字一闪念"，她多想"交代"出来，"作一个干干净净的女子"，待到又做了"光溜溜的丢丑"的梦，"她终于铁了心，就叫青狐"。

青狐的性意识也不一般。她申请入团长期不批，检查自己的错误思想是"她说她喜欢男生，她常常想象与男生单独在一起的情形，想到男生有的而女生没有的那话儿。"她恨自己"为什么老是注意男人"，甚至"希望有一次机会抱住一个雄壮的男人，抱一次就行"，她从小又知道"男人没有一个是好的"。她曾经恋爱两次、结婚两次，均不感到满意和幸福。"她仅有的性经验却使她觉得与男人的那种关系她得到的差不多只是强奸，和她发生过性关系的男人到了那个当儿全都恶俗不堪，丑陋不堪，挤鼻皱眼，口角流涎"，"像是谋杀，像是抢劫，像是强暴。她没有得到过诗意"。

她确有过爱的向往。对于那位高度评价她的作品、肯定她的才华、长得高大英俊的"思想家理论家"杨巨艇，他讲出的民主、人道、智慧、文明等辞令，令她"心颤"。她梦见杨像一匹马，高飞入云，向她微笑。她时年三十八，对于这位有妇之夫，她愿意她和他"热烈忘情地拥抱在一起而不涉淫乱"。他们确也抓着手，热拥过，或竟夜长谈。她甚至"快意"于杨妻的"说三道四"，说"她不配他"，自己神往他们的"精神爱恋"。她还移情于那位思想深邃的王楷模，醉心于他的海的夜泳和他写的《夜之海》，在访问欧洲的一个午夜，她甚至要求同他幽会而遭到拒绝。在同一个英俊的混血儿欧洲记者雷先生的邂逅中，想实现"少女的幻想"。或者说，在如此这般爱的纠葛中，她守住了边界（未能失去边界），又放纵了爱的狂想。她悟出自己的"玉面狐狸"，觉得天下的男人或者她不喜欢，或者不爱她、不敢爱她，自己像是狐狸膜拜月亮没有结果。

在事业上、问题见解上，青狐也个性突出、信念坚定。她才华出众，创作上一鸣惊人。作品冲破"左"的禁锢，遍地开花，受到广播，还有争获诺贝尔奖之说。她真有点鲁迅先生说《聊斋》那种"花妖狐魅，多具人情"、又"偶见鹘突"的味道。在北戴河海边那次同欧洲作家对谈中，当外国人百般挑剔中国作家"不反抗"、缺少"抽屉文学"，她作了一系列从历史到现实的反质问："你们教给我们斗斗斗，再斗几年又剩下喝西北风啦。我们有主意，什么该说什么不说，什么该斗什么怎么斗，什么可以等一等什么不能等，什么要写什么怎么写，我们知道！"她的"爱国激情"令人吃惊。在后的欧洲之行，她被草地、晚钟和教堂感动之余，面对洋教师爷和假洋教师爷质问中国作家干什么去了，她说："我们在做我们想做的事。您在做什么呢？""只要世界上还有种种的不公正，就永远不要期望人们会忘记马克思主义。"

她是一个精灵。真可谓汲日月（特别是太阴）之精华，投胎于自然，生长于社会，在一个动荡多变的时代中摸爬滚打。终于，她从一个入团长期不批的、戴着洗得发白袖套的小职员变成一鸣惊人的党员大作家。她有过婚姻，又不曾获得爱情；她驰骋风情万种的想象，却使她感到终身爱情不幸。在狂放之外她不失去执着，坚持自己的信念。然而，她的自主爱国的欧洲之行，到后来的一次文艺整肃中反而成为揭露的对象。她退隐了。与《红楼梦》写人物从太虚幻境中来不同，作品写青狐归入太虚幻境似的深山"狐狸沟"、"狐狸墟"，进入小说家言的"自我修炼"、"练气功"、"自我否定"了。作品在人与狐、真与幻的转化和连接上，作为小说，如何处理写作得风趣而又自然，是可以斟酌讨论的，毕竟，人物形象完成了。

三、既善"尴尬"，又能"风流"

王蒙进入老年之际，写作文字已逾千万。他将自己的积累，分门别类地载录于除剧本之外的、从小诗到长篇包括论文的各种各样文学样式之中。然而，还有一些碎片，丰富而又驳杂，包括场景、梦境、独处、交往，季有春夏秋冬，年届老少中青，一见、一闻、一思、一情，如同纷飞的花絮，他把它们集纳起来，于去年底出版了约三十三万字的《尴尬风流》。

在体制上，它把"短"与"长"统一起来，是微型和短制的大集锦，是长篇的大喷洒，每篇几百字，几分钟可以读完，通书贯穿着"老王"这个并非实指的人物。封页介绍作者"用五年心血写成"，如果看看书里写着"老王"上个世纪五六十年代看乒乓球赛、小时候在故乡玩"蛐蛐"，书里汇集了作者的毕生阅历无疑。王蒙同意这是"老年作品"，写的是"日常生活中的事，有点意味、趣味、滋味的事"①。作家之间，余光中盛赞王蒙"丰富的人生阅历"，铁凝说王蒙是以"高龄少年"的兴趣撰写此作，作者到老年出了《我的人生哲学》，又执笔人生万象集纳，是顺理成章了。

大凡人生在世，如能敏于观察，勤于设问，善于思索，生活质量就会比较高。在日常生活中，就会产生一些灵魂的爆发点，也就是有所发现。当他们遇到溢出自己经验的现象而产生诧异、出现爆发点时，就"尴尬"了。于是，他们寻求解释，或者不便解释笑而不答，或者解释

---

① 《王蒙就〈尴尬风流〉与评论家、媒体对话》，《文艺报》2005年12月20日。

有误存以待考，或者无法解释发出天问，甚或不可知不可解，这就会"风流"起来。窃以为，"尴尬风流"是王蒙的书中最有趣、最有概括力的书名。一个人，既善尴尬，又能风流，该多好啊！

书中列出一些常见的自然物象，里面的生发却令人不忘。"老王"看见《骆驼》[1]，觉得它高大、冷漠、沉静、孤独，即使是两峰，彼此也"没有任何交流"，于是想，骆驼是"高人"、"思想者"、"观察者"、"启示者"，"是一种境界，是一种象征，是意志也是智慧，是榜样更是神话"。神问老王："你愿意变成一只骆驼吗?"它突然发出的怪声"含义何在"? 看见"片片凋秋风"的《落叶》[2]，使人联想"人生的悲哀"，彼树叶不是此树叶，又同于此树叶，但"树叶虽然是短暂的，树林的生命""会保持自己的绿色"。如果一个人成天懈怠，习焉不察，心如死水，他就不可能有新鲜的感受，不会"尴尬"。文坛朋友谈起一生《作品》[3]时，一位朋友的妻子说，"我的作品是"，"十九岁交上男友"，"二十九岁时，生了一个儿子"，三十九岁养鸡，六十三岁打保龄球，六十九岁学画画，其间，四十九岁写过一本小书，一直压在抽屉里。她如数家珍，不觉"尴尬"。还有，那种用唯我《正确》[4]的观点覆盖一切事物的人，总觉得那次会议、这个观点、一个朋友得肝病如何治疗，"事实证明我是正确的嘛!"甚至"除了我别人"拉的屎橛子"老是拉不正确"。他的思维结了一层茧子，挡住任何异己的新事物，他不产生"尴尬"。

---

[1] 王蒙：《尴尬风流》，作家出版社 2005 年版，第 84 页。

[2] 王蒙：《尴尬风流》，第 71 页。

[3] 王蒙：《尴尬风流》，第 152 页。

[4] 王蒙：《尴尬风流》，第 46 页。

作品还切中某些国人的共同心态，加以曝光。这里有对电话号码数字"发不发"（6和8属发，1和4属不发）的诘问①。还有"如果"型②：老王"心事重重"，问他，他说："如果我是美国总统的话，我会有什么新政"，"如果我是萨达姆，我早就自杀了"，如果他是日本首相，去不去参拜靖国神社。这是主体"如果"型。还有客体"如果"型，长江暴雨成灾，"这些雨如果降至干旱的华北该有多么好"，如果降一降豪华招待会的规格，用省下的钱救济穷人该有多么好，如果药物没有副作用、身体健康百病全无该有多么好。对此，他太太说："别胡假设了，你就告诉我你是你自己，如果你就是老王，你有什么新政、新策略、新计划？"他一愣。社会上一些人争好《时尚》③，"穿意大利的华伦天奴，戴铱金镜架蛤蟆眼镜，蹦'迪'（斯科），喝法国干红和讲论法兰克福西（方）马克思学派"，是"时尚"，老王大惊自己"穿中式衣裳，农家粗布"怎么也"时尚"？对此，他的孩子们解释，不时尚，"反时尚，独立特行，正是当今最大的时尚"。至于那位哲学家④，对老王买回一包混合粽子，让人挑不着想吃的那种所发的赞赏言辞："老王的实践与思想是对于偶然性、随机性、或然性、神秘性尤其是不确定性的召回，是对于冥冥中的神祇——如果你是无神论者就是对于无所不包的物质本源的敬畏，是对于人的主体性的谦逊反思，是对于价值偏执价值排他价值单一与价值愚昧的一剂苦口良药"，哎呀呀，难道你不觉得这也是一种"时

---

① 王蒙：《尴尬风流》，第159页。

② 王蒙：《尴尬风流》，第156页。

③ 王蒙：《尴尬风流》，第234页。

④ 王蒙：《尴尬风流》，第232页。

尚"？难怪老王听完此段"哲学精义"，"两眼上翻，黑眼珠不见，白眼球僵直"了。

日常生活中，人们存在一些隐秘的心理，或者难以捉摸，或者不便启齿。"老王"看了几十年《乒乓球》①，产生一种"不喜欢老是一个人或一个队胜利"的心态。当初王楠同张怡宁、牛剑锋比赛，"总是盼着王楠的对手赢"，国际比赛中，"多半会窃自祝愿外国运动员赢"，是"爱国情绪出了问题"？作者把这种"期盼新格局"，叫作"天道无常"，对于老冠军，"天道——民心，真是残酷啊！"老王参加老同学聚会②，当年一位最美丽的女同学拉他跳舞，他罗圈腿磕磕绊绊，浑身出汗，"一面躲着女同学的脸特别是眼睛，一面盼望着这支曲子早点结束"。在终于结束、聚会完了之后，"他回忆起来，觉得与一位迟暮的美人共舞是一件颇惬意的事儿"。"老王"在书中难得有如此肯定性的结论啊！"他会把这美好的记忆保持下去"，直到不能跳舞和走路那一天。还有一次③，老王在春节团拜聚会碰到一位多年未见的朋友，他说话"劈着腿"，而且"不断用食指指着老王"。这"站姿与手势令老王深感别扭"，当天晚上睡不好觉。老王去看心理医生，留美博士告诉他，"不许用食指指人，是西俗，这与弗洛伊德的心理论述有关，他们认为食指代表阳具，用食指指人有猥亵与侮辱的意味"。应该说，撇开弗洛伊德论述，用食指指人不礼貌、不文明，是世人的共同心态，在电视上看到国际领导人聚会，有谁说话用食指指人特反感。但是，接着，这位博士发表高见

---

① 王蒙：《尴尬风流》，第 181 页。

② 王蒙：《尴尬风流》，第 28 页。

③ 王蒙：《尴尬风流》，第 196 页。

了：中国"根本是不讲性不性的，不会有这种习俗"，你不要"神经过敏"，如果不能释然，"下次你见到什么人，你就用食指指着他说话"，说完"哈哈大笑"，而老王"觉得笑不出来"。书里揭示了不少这类微妙心理，它隐秘，又心照不宣，没有明文臧否，又潜存普遍认同。如果是这样，那位博士的"以牙还牙"对策，又会使人联想到国人的某些共同心态。

书中所述所列繁多，有主题，无主题，又无主题不涉，可解释，不可解释，又太多解释，好提问，难回答，又多种回答。就是对设问本身，又可以提出设问。《电梯》①说老王上电梯发现陌生人就问电梯工是谁，"你管他是谁呢?"、"如果他是小偷呢? 恐怖分子呢?"、"如果他不是呢?"有物业、保安、派出所，你老王不是"吃饱了撑的"? 然而，老王还是忍不住想："他是谁呢?"至此，读者也会假设，如果真是漏网之鱼的坏人，老王不成了英雄吗? 如果他在电梯不问，会不会列入"嫌疑人"呢? 书里撇开这一点，继续写老王还想："我为什么要想他是谁呢? 我难道不能根本不考虑他是谁吗? 我为什么每天要想那么多毫无意义的问题呢? 我能控制自己吃什么或者不吃什么，我能控制我去那里或者不去那里，我能控制我说什么或者不说什么，难道我不能控制我想什么或者不想什么吗? 但是，但是，我为什么要管自己想什么或者不想什么呢?"读者会感到"老王"进入老年那种"较真儿"的"尴尬"，难道不是一种可爱的"尴尬"吗? 书里太多感时伤世、悲天悯人式的天问，仅《天问》②一则就列出玄学问题三十七道。有些问题，如"是地位高了才

---

① 王蒙：《尴尬风流》，第 304 页。
② 王蒙：《尴尬风流》，第 238 页。

威信（水平、学问、知名度）高，还是什么什么都高了才地位高？"等，常常存在形式逻辑和辩证逻辑问答的差异，但是，在阅读中，读者会感受到全书那种上下求索和穷天究地的好奇之心，真善美和忧国忧民的不断追求。全书三百多小故事，王蒙答记者问 ① 时说，这种"开放式"作品还会继续写，每天写三则没问题。我们读者会受到激发和启发，联想我们自己生活碎片的万象纷呈，我们不妨也"尴尬风流"起来。

2006 年 2 月 26 日

（原载《文学评论》2006 年第 3 期）

---

① 《王蒙就〈尴尬风流〉与评论家、媒体对话》，《文艺报》2005 年 12 月 20 日。

略谈王蒙的诗

叶嘉莹口述、张红整理

在中国，一直有一个说法，认为"诗"可以反映、表现出一个人的性灵、志意。

王蒙先生在写《题画马》这首诗时，不过 10 岁，但其中诗句"千里追风孰可匹，长途跋涉不觉劳。只因伯乐无从觅，化作神龙上九霄"却写得很有气魄，表现出他这个人才气不凡、志意高远。

他 10 岁写的诗，还有一些很好的句子，比如《感遇》（七律二首）其一中有句：

> 枉使清谈迷目耳，全无良策助妻儿。

这二句很有宋人诗的意味，平仄对得都很不错。而且真是用了诗的语言，反映现实生活，写出了生活中的一种非常切实的感觉。

《感遇》其二中有句：

> 可哀最是未觉前，置死方生意转欢。

他引用古人的成语"置之死地而后生"，可是他写的不只是古人说的"置之死地而后生"，而是他有一种真正的感觉，写得很精警，体验了一种人生的境界。

还有，后边《赴新疆》七绝三首之三：

死死生生血未冷，风风雨雨志弥坚。

春光唱彻方无恨，犹有微躯献塞边。

是说我们一生，要用我们的生命来完成我们的一个理想，一个志意。为了理想，要尽我们最大的力量，把我们的一切奉献出来，"春光唱彻方无恨"，春天当然是要消逝的，可是在春天的时候，我们要尽量把它完全地发挥出来。

这很像欧阳修的一首小词：

直须看尽洛城花，始共春风容易别。

既然有春天在这里，我们就要尽量把春天的好处都掌握，都欣赏了，把我们生命上所有的力量应该发挥的都发挥出来。

"春光唱彻方无恨，犹有微躯献塞边。"这真是对于生命的一种尽我之所能的奉献。

后边的《即景》七绝二首，有的表现他的理想、他的志意，有的反映了熟悉的生活。如：

濯脚渠边听水声，饮茶瓜下爱凉棚。

犊牛傲客哞哞里，乳燕多情款款中。

生动地描绘出一种农村的生活画面。"哞哞"是牛叫声，也许有人写词，不肯用这种形容声音的字，认为把牛叫的声音写进来，词就不典雅了。可王蒙先生这"犊牛傲客哞哞里"写得非常生动，而下一句"乳燕多情款款中"又对得非常文雅。

上句写得浅俗，可是很生动，很生活化；下句对得非常文雅，很工整，也很自然。所以，他的"雅俗"结合得很好。

《听歌》是一首七绝：

> 胡语胡歌亦动人，苍凉一曲泪沾襟。
>
> 如麻旧事何堪忆，化作伤心万里云！

"如麻"这后两句，虽是表现悲哀、悲慨，但意境非常高远。

王蒙先生不是中文系出身。看他的诗，会发现，他对诗的平仄格律不是很认真，有时格律上有些问题。但这不影响他写出好诗，因为有时诗的真正好处，在于它的意境，而不是只在于字句。

我前几年给台湾大学中文系系主任台静农先生的诗稿写过一篇序言。台先生虽然是中文系系主任，可是他有时也不大在乎平仄。我就在序言中说，台先生的诗，不是斤斤于字句的这种小家的、在字句上雕章琢句的，而主要是他的意境好。王蒙诗作也有自由体的，如他翻译的德国短歌《译德国俳句十二首》。我不懂德文，没有看过原诗，但从他的译文来看，是很流利、很生动的，同样有很美的意境。

王蒙先生还是一个才思非常敏锐的人。看他的小说会发现，他把很现代的意识流之类的写法，都融汇在他的小说里了。他写诗，也能够把现代的东西，融汇在中国古典诗词之中。看他的《商品意识》这首诗："使君且为商，财源似大江"，"书生数老九，爬格夜未央。"词句很浅显，但写得很好。他还把李商隐的《锦瑟》诗，重新组合了，有时组合成七言诗，有时组合成长短句（即《锦瑟重组三首》），变化自然，又常常闪现出他那些独思妙想。

再看他的《自嘲打油》诗：

> 潜心创作当然好，偶受撩拨亦意中。

> 小试身手成一笑，且尝米粟煮香羹。

首句中的"当然好"三字，纯是白话的语句，但用在这里，很好地表现出一种浓郁的生活情趣。他写自己煮粥——本来是要"潜心创作"的，但受到"粥好吃"的思想"撩拨"，所以"小试身手成一笑，且尝米粟煮香羹"，可见作者本人的生活情趣，是很丰富的。

还有，他的《夏日杂咏》五首：

> 夏阳似猛虎，蝉噪如擂鼓。大块火炉红，苍茫海欲煮。

> 岁心甲戌盈，击浪八千亩。我有长生丹，凌风抱月补。

写得多么生动、形象！古典的诗，不是这样写的；可王先生却用这么现代的语句来写，表现了他的情怀。骄阳似虎，海水欲煮，但他不在乎这些"大块火炉红"、"蝉噪如擂鼓"，因为"我有长生丹，凌风抱月补"。他的胸襟如此开阔，超越于世俗的一切艰难困苦之外，这是很难得的。这正是他了不起的地方。

下面，看《咏蝉》八首之五：

> 蝉公本树仙，薄翼何飘然？知蜕通渊道，无宅任自然。

> 玄机未可语，幽默唯清言。略惹尊听恼，相容应未难。

就是说，蝉在树上，翅膀那么薄，所以"薄翼何飘然"，接着写蝉要蜕皮，要变化，它"知蜕通渊道"，而且"无宅任自然"，不造房子，就随意落在树上……这首诗，虽然是写微虫的生理，却让读者悟出非常深刻的人生哲理。

还有《咏蝉》其六：

　　　　想哭恁痛哭，要叫便欢呼。鸣止皆天籁，律节岂计谋？

　　这恰好成了"夫子自道"。他的诗不就是"鸣止皆天籁，律节岂计谋？"所以那些拍子、节奏、韵律，都不在他的话下，更不能束缚他的情感抒发。

　　他写微小的蝉，以小见大，充满感情，而且那么细腻；他对大的事物，又是怎样的感情呢？看他的《响泉》：

　　　　何必天公怒，清泉自有声。劈石猛虎啸，炸浪惊雷鸣。

　　　　水溅三山外，风摇百尺旌。游人喜复惧，俯首赞无穷。

　　看他笔下这泉水是何等的气势！冲破了山石，声如虎啸，激荡起"炸浪"，如"惊雷鸣"！瀑布飞落，又"水溅三山外，风摇百尺旌"。让满山的"游人喜复惧，俯首赞无穷"。他把泉水惊天动地的气势，表现得淋漓尽致，让读者都如身临其境，不寒而栗！

　　他能欣赏微小的蝉，也能欣赏雄浑的泉。面对各种各样的物态，他都有自己独特的体会。当然，他体会最深刻的还是他的写作生涯。他多次写，也多有心得。

　　看他的《秋兴》：

　　　　忙里偷闲闲里忙，小说小说恁断肠。笑里有哭哭里笑，疯疯傻傻谁知道？梦里寻文文里梦，嚼文掉句已成病。完了又写写了完，我乘小说如乘船。挂帆揽胜到天边，山外仙山天外天……得失寸心殊堪悲，谁解千年是与非？

　　这首诗，真把他创作小说的感觉、感受，非常生动细致地写了出来！一般写小说的人，有时只是在某些字句之中说理；可王蒙先生是在写小说的整个过程中，写人生的哲理。所以"笑里有哭哭里笑……嚼文掉句已成病。……我乘小说如乘船",这是他写小说时的体会。那种自在,那种成就感,和其中的甘苦,都写出来了。

再看《投稿》:

> 一稿刊八报,声威赫赫凶。文心宜淡淡,法眼莫匆匆
>
> 不若归山坳,何妨醉晚风?短长争即日,高妙叹平生。

写作时,"文心宜淡淡",不为世俗所惑;而读书,观察,欣赏,则要认真,"法眼莫匆匆"!

他对写作过程,更有独特体会:

> 为学苦上苦,创意难尤难。摘句风人趣,寻章学士闲。勾调鸡尾酒,兑配冷荤餐。书海茫无际,望洋愧小船。(《夜读之三》)

他的比喻很妙,他的联想也非常快。因为他社会经验非常丰富,所以写作时,就可随心所欲地选取各种材料,像调"鸡尾酒"一样,把这些材料"兑配"成口味不同的"冷荤"、"热炒"。他把写作跟调酒、配菜等作比,是他自己的感受,非常形象、自然,也很难得,没有深刻的体会,是说不出来的。

《写作》一诗也强调了这种独特:

> 独坐深山忆旧时,心如明月笔如痴。……流水高山未可期。

独自回忆自己的写作,达到"痴"的程度,就是"钻"到里边去了。"心如明月"毫无挂碍,虽然"流水高山未可期",也要坚持写"自己"。这是一种理想的境界,其中既有对自己的透视,也包含着对人生的感悟。

他对人生,对世事,都已经看得很透彻。如《国庆五十周年》其三:

> 人生难再五十年,且唱天高月正圆。日暖风急秋似锦,兵强炮壮气如磬。因逢盛世多期待,既遇同心敢放言。

"胜负兴亡有定数，民心天理应无偏！"在这里，为了直抒胸臆，他以散文的笔法入诗，歌颂当今的盛世，并强烈地表现出对祖国前途的坚定信心！

王蒙先生真的是个大家。他写什么都有自己的体会，自己的心得。

看他的《盛夏杂咏》：

> 聚散薄云意，沉扬巨浪心。弄湖九万里，不负未凋身。

"聚散"、"沉扬"两句，是说人生的起伏、哀乐；"弄潮"这句，更表现出他的身手之豪。弄潮九万里，就是不管他创作小说，创作诗歌，都有"弄潮"的才华和志意。（"弄湖"似应是"弄潮"。他写的是"弄湖"，可能当时是在"湖"之中，现实是写"湖"，可是，一般都是说"弄潮儿"。）"弄"，表现出其中有享受、有快乐。是一种有余力的"弄"，不是很吃力的。凭着"十八般武艺"，不管是生活，还是写作，他都可以"运斤如风"，"舞动自然"。这样，才有"弄"，才能"弄潮"或"弄湖"。

再看《羡鱼》：

> 已无奔马志，犹有羡鱼情。戏水汪洋里，观潮起落中。

小时候，他写过"化作神龙上九霄"（《题画马》）；现在，虽然"已无奔马志"，可是"犹有羡鱼情"，对于人世并没有完全放弃。能够"戏水汪洋里，观潮起落中"，是他人生的体会：任凭世事如大海汪洋，我可以在其中从容戏水；不管潮起潮落，我也可以在旁边做从容地观照。

还有《七绝》：

> 天地不仁桑化沧，瑕疵万象未堪伤。
>
> 潮消潮涨珠无恨，花谢花开果自香。

这首诗是说，尽管沧桑变化，潮消潮涨，但蚌壳里长的珍珠，不受影响；花谢之后还会花开，照样有果子结出来。

这些，充分表现出他对于自己事业、成就的信心。正因为自信，他才能欣赏生活，才能有体会，有心得。

也正因为如此，所以他在日常生活中，能够完全排除干扰。见《风铃》：

> 不知风何自，镇日响铜铃。红果果方赤，秋山山更青。
>
> 几番晴雨后，一季炎凉中。电脑敲孤叟，三生未了情。

外边风铃在响，他在屋里照样专心打电脑，写文章。他潜心于写作，要表达出自己的不同感受，所以遣词造句，也常常与众不同；哪怕是别人常用的词语，他也会赋予自己的个性色彩。

如《山径》：

> 攀缘无路踏山石，滚滚楞楞各有姿。

他不用古典文学的成熟的套语，却用"滚滚楞楞"四字来描写石头，既有滚滚的，圆圆的；也有棱角分明的，"滚滚楞楞各有姿"，不同于古人词句，是他用自己的观察，自己的感觉，写出来的句子，"出人意外，入人意中"，恰到好处。

再看《咏黄山》六首之二，也是这样：

> 俊秀应自赏，云雾似衣衫。

云雾在山上像山穿的衣服一样，这种想象很微妙。接着说，"衣衫常变幻，黄山更飘然"。因为云雾在山上时聚时散、时浅时深，就如同黄山在不停地更换衣服，五彩缤纷，所以使得"黄山更飘然"，把黄山拟人化了，写活了。"进退皆奇景，内外信可观。亭亭复袅袅，隐隐更连连"。这里更进一步用中国古人常常形容女孩子的"亭亭"、"袅袅"两个词，来形容黄山，直立的是"亭亭"，绵延的是"袅袅"，"隐隐更连连"，似乎是一群仙女在翩翩起舞，多美呀！他写的是山，可有时用旧词语，赋予新意；有时用新词语，既让人觉得出乎意料，却又在情理之中。

王蒙笔下，对人生、对自然都有透彻的理解和把握。但他并不因此而"看破红尘"，冷眼旁观。相反，他更加热爱生活，热爱自然。

我们最后再来看看他写的《山居》：

> 出门百十里，叠嶂有山峦。水库水长绿，山坡山径弯。遍地核桃树，满山花椒田。春来山桃绽，春去楂花鲜。夏至黄杏熟，秋起白梨酸。采柿在深秋，柿子是主产。男子爬高杈，攀登似猴猿。妻儿展布接，柿落整而圆。一车复一车，收购付现钱。山民多纯朴，教育亦发展。你会开汽车，我会拉电杆；你盖淋浴室，我砌白瓷砖。

我们不知道他写的是哪座山，但大段都是百姓熟语，亲切、生动，而字里行间，又充满了他对这山及山上人的由衷喜爱。接下来："村名曰刁窝，疑自雕之原。崇山亦雕憩，并无人刁蛮。"崇山，即高山，为何村名叫"刁窝"呢？他特意解释，那是因为有老鹰在那儿栖息，并不是说村里的人刁蛮。这种特意解释，不也正反映出他对村民的感情之深吗！

在他笔下，连鼠类也充满了情趣："偶有老鼠客，或来松鼠玩。杏核叼入室，存我枕席间。"而且，他为它们设想，松鼠、老鼠把杏仁叼到他房子里，"想是为过冬，入枕好度寒……倏忽亿光年。"

他还把青蛙啦，蛐蛐啦，蝈蝈啦，都写进来了，不只是写物态，其中都有他人生哲理的境界：

> 通灵便妖魅，快乐自神仙。今日喜幸会，何日再重逢。忽而云略散，夕阳对彩虹。怅惘大自然，无往不感铭。无伴亦可也，孤独情有钟。多食方便面，再写季候风。山高日偏少，山脚冬来早。

他随意、信手拈来的句子，却有妙趣：

> 天寒难取暖，一冬未光顾。梁上君子来，窃我家电去。

> 我曾枕无忧，虚掩窗与枢。木质有缩胀，实难严闭户。

更难得的是，他把极为日常的生活，写到诗里，也蛮有诗的情趣。比如他写的吃饭：

> 山村装路灯，山下农亦贩。枕头绣老虎，野菜团子馅。

都是些什么样的饭呢？

> 凉拌花椒芽，热炒香椿蛋。烧烤虹鳟鱼，贴饼手擀面。

甚至，有"梁上君子"偷他的东西，他也高兴："失物成一笑……不怕与'君'晤"。

他对山村的一切，都是处之"安然"的。不管是小偷，不管是虫子、老鼠，都"安然"相处。因为他相信"邪不压正气"，所以"我不避小鼠"，也不避其他。

正是在这样的环境下，他才能赏爱生活，产生灵感："老王独居此，又得心灵感"。

"岁月常不羁，时代恒嬗变。当写后季节，当开新生面"。这是他的理想，他热爱生活，常常要为开拓新的生活而努力。他有能力开拓。他的小说，他的诗，都在不断开拓新生面。

"当悟新哲理，当出新手段。写写再写写，挥洒凭君便。其乐可想知，不晚亦不慢"。

通达的王蒙，热爱着，开拓着，享受着……

（原载《王蒙研究》2006 年 10 月号总第 5 期）

心之声

——听知觉与王蒙作品里的音响世界

徐　强

一、"听知觉"型的小说家

"要有耐心，要有善意，要有经验，要知觉灵敏。"

这是《春之声》的主人公岳之峰置身于嘈杂拥挤的闷罐子车里的一句内心独白。其实这也是作家王蒙借人物之口对于自己，对于小说家们的一句重要的提醒。

是的，"要知觉灵敏"。作家面对的生活，也和岳之峰的闷罐子车一样，是一个五色缤纷、五味杂陈、五音俱全的喧嚷世界，作家凭借感知觉从生活这个闷罐子车里汲取艺术素材，感知觉对于艺术的重要自是无需多言的。

王蒙无疑是一个"知觉灵敏"的小说家。关于王蒙的艺术感觉，曾镇南曾断言："与其说王蒙是偏重于思考型的作家，不如说他是偏重于感觉型的作家。甚至可以说，他作为小说家的主要魅力，越来越表现为他是凭借对活泼泼的流动的生活的惊人准确绝妙的艺术感觉进行写作的。"①这是符合事实的，但还是稍嫌笼统。仅此还不足以全面地显示王蒙的"知觉灵敏"的全部特点——不同作家的具体感知方式也是有差异的。

知觉心理学关于普通感知和艺术感知的一般结论，将为我们的研究提供一个坐标。当代心理学析出的感觉类型有几十种，但无论普通人的日常感知，还是作家的审美感知，都以视觉和听觉为主体。而在这两者中，居于绝对优势的当然还是视觉。研究表明，人的感知信息约有百分之八十来自视觉②，而且其他感知觉在相当程度上要依赖视知觉。对于形象性的文学写作来说，敏锐的视觉之重要性自然更是不言而喻，因为可视性形象是文学形象的最重要的组成部分，描画能够看见的"画幅"是作家的首要任务。就像苏联作家 K. 费定所说："视觉的感受更经常成为创作动机，因为在多数情况下，形象是在所见到的印象的基础上构成的"③。因此，许多作家在总结创作经验的时候都强调要"看着写"④。

而不同作家之间在艺术感知方面的首要差异就在于：他们对不同的

① 曾镇南：《王蒙论》，中国社会科学出版社 1987 年版，第 6 页。

② ［美］R．F．汤普森主编：《生理心理学》，孙晔等编译，科学出版社 1981 年版，第133 页。

③ 转引自［苏］科瓦廖夫：《文学创作心理学》，程正民译，福建人民出版社 1983 年版，第 119 页。

④ 参见钱谷融、鲁枢元主编：《文学创作心理学》，华东师范大学出版社 1987 年版，第264 页。

感知觉途径的依赖程度有所不同。要真正把握王蒙的感知觉特点，就要比较他和其他作家这方面的差异。

首先，在主体感知结构和创作动机方面，听知觉对于王蒙有超出常人的地位。王蒙似乎有一种"声音崇拜"："声音是最奇妙的东西，无影无踪，无解无存，无体积无重量无定形，却又入耳牵心，移神动性，说不言之言，达意外之意，无为而无不有。"①"同样一种声音，同样一种启示，经过不同的作家的手，会成为面貌颇为不同的小说。"在将自己和冯骥才相比时，王蒙说："他是画家，他善于构想和写出一种非常鲜明的、也许是惊心动魄的视觉形象。而这是我最不擅长的。与画面相比，我宁愿写音响、旋律、节奏。与肖像相比，我宁愿写人的扑朔迷离的内心。"②他交代过自己多篇小说的写作动机，其中缘于"听"而产生创作冲动的不在少数。典型的是《如歌的行板》：一九八一年，阔别近三十年后重听柴可夫斯基的同名作品，"听完以后，我告诉我爱人说：'我要写一部中篇小说，八万字，题目就叫《如歌的行板》'"③。

比"夫子自道"更有说服力的莫过于对创作效果，也就是文本表现的比较考察。也许张爱玲是一个合适的比较对象，张爱玲同样是因感性内容的丰赡而有名。夏志清就说："凭张爱玲灵敏的头脑和对于感觉快感的爱好，她小说里的意象的丰富，在中国现代小说家中可以说是首屈一指。"④但综观张的小说，她的感知觉方式的发达程度并不均衡，显然

---

①　王蒙：《天街夜吼》，陕西人民出版社 1993 年版，第 34 页。

②　王蒙：《王蒙谈创作》，中国文联出版公司 1983 年版，第 59 页。

③　王蒙：《王蒙谈创作》，第 63 页。

④　[美] 夏志清：《中国现代小说史》，复旦大学出版社 2005 年版，第 259 页。

偏重在视觉方面——造型、线条、色彩等等可视景象常常是张爱玲描写的重心，而对于抽象对象，转化成为视觉意象传达出来，也是她突出的胜场。夏志清说："她的视觉的想象，有时候可以达到济慈那样华丽的程度。"但在听觉方面，张爱玲似乎就没有那么得心应手了。试拿《金锁记》为例，洋洋三万言的中篇，描摹人生的虚实场景可谓穷形尽相，但通篇寻来，写到声音意象只有八处。

王蒙的情况就相反。以《春之声》这部最典型地代表着王蒙感知特点的作品为例，我们试把作品中涉及的全部意象按照感知途径加以分类统计，得到下表①：

意象类型	出现次数	比例
听觉意象	65	38%
视觉意象	47	27%
嗅觉意象	4	2%
味觉意象	6	3%
触觉意象	11	6%
内觉意象	2	1%
运动意象	19	11%
综合抽象	4	2%
单纯名物	24	13%
共　计	172	100%

其中，视听觉意象之和占到百分之六十五，而就听觉意象的比例来

---

① 重出意象重复统计；连续出现的名物群算作一个；一般的对话描写不计入听知觉意象，但黑暗中的对话，一组算一个听觉意象。

看，居然超过视觉意象近半。小说对于"耳朵"的倚重于此可见一斑。

也许有人会说，《春之声》题材特殊，未必代表王蒙的一般状况。那我们再来作另一个比较。一九八四年，十几位作家相约创作同题小说，陆文夫出题"临街的窗"。次年，十一篇《临街的窗》在《小说家》陆续发表，作者包括陆文夫、李国文、从维熙、邓友梅、张贤亮、何士光、冯骥才、张弦、张洁、王蒙等。这一次"文学试验"为我们对同时代、也大致同龄的作家的创作构思进行比较提供了难得的材料。十一篇小说中，感知觉在总体格局中占据突出地位的有三篇，作者分别为何士光、冯骥才和王蒙。其中前两位都基本依赖视知觉：何士光的作品写"我"因拣拾一叠草稿而与居室临街、喜爱写作的姑娘小玉结一段奇缘，满怀爱意的"我"对于各种场景的视觉印象构成了小说的血肉；冯骥才的小说写一个落魄画家，居室没有窗子，只好在墙上画一扇窗子聊以自慰，全篇的中心线索就是窗上不断变换的奇异画面。王蒙的整体构思则完全建立在听知觉的基础上。他写了两扇窗，不知是否有意为之，这两扇窗都避开了"看视"功能：第一扇是早年家乡的一个邻居的窗，作者把这扇窗安排在高高的顶部，根本窥不见室内情况，而只能通过"听"猜知，由此写尽了窗里传出的谜一样的说话声和音乐声；第二扇是主人公放逐新疆后居室的窗，这仍是"声音"之窗，他写每天拂晓前车轮轧轧与马脖子上的铜铃叮咚，深夜醉归的男人从窗下走过时压抑而又舒缓的歌声，春天女孩子成伙成对的说笑声……"我"外出劳动，妻子一人在家，"整夜，她听着清晰的脚步声、说话声、车轮声、马蹄声、歌声、笑声……"后来是顽童破窗的"砰"声，"我"深夜回家偷偷入室，听见屋外邻居警惕的谈话声和乞讨者的敲门声，所有的情节都围绕着窗外声音组织起来。不管是有心还是无意，给"听"以更显要的地位，这在王蒙作品里绝非偶然。

至此我们可以得出一个结论了。和其他作家相比，王蒙以其听知觉方面的突出敏锐，频繁、大量地调动声音的表现功能，显出自己艺术感知的特色。他不仅"看着写"，而且"听着写"。可以说，王蒙是一个听知觉型的小说家。

二、音响世界的构成

王蒙的听知觉朝向生活中一切有声对象敞开。从来源性质看，回荡在作品里的声响主要有：乐音、天籁、人语（人的言语或其他声音）、市声（社会生活的声响，如劳动、钟声、车声、街声等）、杂响（上述几类的混杂之音），而以乐音和天籁尤有特色。

音乐是王蒙声音世界里的第一重要因素。他的作品，有的直接以音乐作品或乐句为题目（内容当然和音乐有相当大的关系）如《春之声》、《如歌的行板》、《蓝色多瑙河》；有的只是借用音乐术语为题，如《音乐组合》（七首，分别命名为"交响诗"、"钢琴协奏曲"、"花腔女高音"等）；有的以音乐为形象或主题，如《歌神》、《梅花朵朵绕梁来》；而只作为情节的"小插曲"不时地写到的音乐生活细节就更多了。可以说，在王蒙的众多小说作品里，很难找到哪一篇不涉及音乐的内容。音乐已经成为人的不可缺少的存在空间，人物皆生活在音乐的世界里。代表性的人物如：《如歌的行板》中痴狂迷恋着柴可夫斯基的周克，音乐简直就是他的生命、爱情、理想、命运之所系；"季节"系列中的钱文，"即使在押赴刑场的路上，只要能再听一次柴可夫斯基的音乐！"在严峻的政治形势下，他仍顾念着电影和音乐，收集着旧唱片，忙里偷闲地聆听苏联歌曲；还有周碧云，这个在反右斗争中人格扭曲的极左人物，也不放过难得的亲近音乐的机会，当钢琴曲《牧童短笛》在她手中响起，不但全场动容，她自己也被感化得仿佛变了个人，"她的声音有些发抖，她的眼里充满了泪花。她的眼神里充满了迷茫。她从来没有这样动人过"。

音乐在王蒙小说里占有如此重要的地位，首要原因在于作家的个性禀赋。"我喜欢音乐，离不开音乐。音乐是我的生活的一部分，我的生命的一部分，我的作品的一部分。有时候是我的作品的一个非常重要的、头等重要的部分。"①无疑，是对音乐的迷恋培养了作家灵敏的耳朵，音乐渗透到了作家生命深处，自然处处流露。其次，王蒙笔下的人物，无论是青年学生、知识分子还是官员，都明显有着王蒙的影子。他们具有和作家相近的成长环境（如俄苏文艺的熏陶、领袖雄文的教化）和相似的精神气质（如同样的"少共情结"，对集体氛围的共同迷恋，对浪漫情怀的共同追求），相似的历程在他们的生命里沉淀下相似的气质因子，包括嗜好都相同。就此而言，音乐也是真实再现特定时代精神风貌的必备条件。

天籁是音乐之源。相对于乐音对特殊条件的要求，自然之音的存在更为广泛，与人的关系更加密切。对于音乐感兴趣的人，没有理由不对自然音响感兴趣，王蒙也不例外。只要是涉及有声音存在的情境，他很少会放过对天籁的描绘。他小说中的天籁大致有三类，一是气候物象

---

① 王蒙：《音乐与我》，见林非主编：《话说音乐》，四川文艺出版社2000年版，第158页。

(风雨雷电)，二是花树虫鱼等动植物的声音，三是水声，特别是大海的声响。

作家的"善感"赋予了人物"善感"的素质，作家的听觉特长也使人物获得同样的特长。王蒙笔下的主人公一旦面对大自然，全都拥有超常的声音辨识力，而最出色的当数《听海》的主人公"盲老人"。在熙熙攘攘的海边，他的存在是最独特的"这一个"——形容枯瘦，步履蹒跚，且双目失明，"他引起来的是一种凭吊乃至追悼的情绪"。但他的自信和聪敏，却使那些枉长了两只明亮眼睛、对生活里的美熟视无睹的游客们自惭形秽。他虽乏视觉，其他感官却超常敏感。"用不着计算阴历，他的皮肤能感觉月光的照耀。""在晴朗的月夜，他会感到一种轻微的抚摸，一种拂遍全身的隐秘的激动……他的皮肤能觉察到月光的重量。"他的听力尤令人叹为观止。甚至从轰鸣的海涛伴随下的、"混乱的、急骤的、刺耳的"虫鸣中，他也力图辨识出不同寻常的某一只！他终于捕捉到了那细若游丝的声响："抖颤，像一根细细的弦，无始无端，无傍无依。"像深秋的最后一根芦苇，在秋风吹过的时候，发出的颤抖。随即，徐缓的潮声成为遥远的幕后伴唱，这虫声便显得不再凌乱——

> 叮、叮、叮，好像在敲响一个小钟，滴哩、滴哩、滴哩，好像在窃窃私语，咄、咄、咄，好像是寺庙里的木鱼，还有那难解分的拉长了的嘶——嘶——嘶，每个虫都有自己的曲调、自己的期待和自己的忧伤。

这已不是纯粹的"天籁"，是生命的潮音，是主体力量的对象化。似乎是在炫耀自己灵敏的耳朵，又似乎是要考验自己的辨识力和想象力。王蒙舍弃大海的浩瀚壮阔的视觉形象（他在别处已经多次充分、精彩地写过海的形貌了），专从声音方面（而且是细弱之极的虫鸣），来写大海，让人物穿越若有若无的音响去和一只虫子进行心灵的感应。仗着他自然阅历丰富，广识山川草木，特别是有十六年在边疆亲密接触自然的经历，积累下无数知觉表象，所以面对这样的高难任务，王蒙胜任愉快。

从感知来源与存在方式上看，王蒙写到的声音可分为现实的声音和幻听两种。前者是物理实存的声音，无须赘言，倒是幻听值得一说。这里不是病理学意义上的幻听，而是平常人在特定心境下幻想遐思的结果，是内心奥秘的一条特殊表现渠道。王蒙小说中的人物以热忱、冲动的"多血质"、"胆汁质"类型为主，往往有强烈的道德感和激情，一经挤压极易陷入矛盾、困惑、反思、玄想，每每此时，辄有幻觉产生。在《深渊》、《蝴蝶》、《布礼》中，幻听都所在多有。如《布礼》中钟亦成在备受折磨之后听到了冥冥之中自己的名字被呼唤（也许是他自己的呼唤），这声音忽而是"呼啸着的狂风，来自无边的天空，又滚过了无垠的原野，消逝在无涯的墨海里"，忽而"苍老而又遥远，紧张而又空洞，好像是俯身向一个干枯的大空缸说话时听到的回声"，忽而是"黑夜在旋转，在摇摆，在波动，在飘荡，狂风在奔突，在呼号，在四散，在飞扬"，忽而又变成闪电之后彻底的黑暗，寂静无声。

> 多么微小，好像一百个小提琴在一百公里以外奏起了弱音，好像一百支蜡烛在一百公里以外点燃起了清辉，好像一百个凌雪在一百公里以外向钟亦成招手……

这来源不明的声音，那么微弱，却又那么强劲，伴随着闪电、地光、磷火、流星，伴随着桅杆在大浪里倾斜，雪冠从山顶崩塌，地浆从岩石里喷涌，头颅在大街上滚来滚去的绚丽又恐怖的视像，淋漓尽致地刻画出主人公对命运的恐惧、敬畏、迷茫无助的复杂感受。

三、声音的审美功能及表现技巧

心绪的陪衬和潜意识的外化是王蒙声音描绘的第一功能。相同的对象，在不同心绪的观照下可以呈现出迥异的韵味。以雨声为例，《夜雨》中的春雨，是清凉的"滴滴答答"，伴随着乒、乒、乒的急促脚步声、笑声，表现出秀兰的欢快情绪。而《失态的季节》中西山的雨给主人公带来的却是不安："像是催促和呐喊。像是一片乱哄哄的喊叫：哇啦哇啦哇啦，淅沥淅沥淅沥，滴答滴答滴答，斗啊斗啊斗啊，打啊打啊打啊……"恰到好处地衬托出物的惶惑心绪。

声音既是氛围的要素，也常常用作情节暗示的手段。《失态的季节》第一章写钱文和新婚的妻子甜蜜而又伴着隐隐恐惧地在山上享受片刻的奢侈逍遥。登山时，他们做豪迈状，又是喊又是笑，突然雷电交加，"他们互相看到了在悬空的强光下各自的脸孔。那脸孔就像庙宇里的金身泥胎佛像一般，反差强烈，神情严峻。他们一惊。就在这个时候，一声噼里啪啦把世界几乎炸成碎片的响雷引爆了，群山跟着轰鸣，群树跟着颤抖，他们紧紧地抱在了一起"。山雨欲来风满楼，即将到来的狂暴的政治风雨已经可以预感。以突如其来的风雷声暗示人物前途的险象，虽不算独创，却也贴切自然。

《听海》里海的声音描写，则典型地体现着天籁的"人格象征"的作用。对于"盲老人"，作者并未交代他的身世，只在不经意间泄露出些许往事。但完全可以猜测，这是一个饱经了人世风霜的老人，他一定有着不寻常的经历，一定经受过命运的磨难。虫鸣涛声对他不是无关乎己的自然之音，而是映照心灵的镜子。他从浪花打到岩石上的嘭嘭声中感觉"决绝的、威吓的、沉重的击打"；从"曲折婉转但毕竟是转瞬即逝的细小的水滴声与水流声"，他知道大浪的失败；而从新的大浪的隆隆之声，他觉察到更悲壮、更雄浑的英勇搏击。他终于领悟，"哗啦啦——哗啦啦"并不是大浪的粉身碎骨，而是"大海的礼花，大海的欢呼，大海与空气的爱恋与摩擦……大海的才思，大海的执着中的超脱俊逸"；而"蝈蝈啾啾，窸窸窣窣，叮叮咚咚"不是弱者的嘤嘤而泣，而是"返老还童的天真，返璞归真的纯洁，这更是每一朵浪花对于大海的恋情"。海音的消长呼应着心潮的起伏，海音的轨迹也正与老人的人生轨迹同构吧？无怪乎回去的时候，"老人面色红润，气度雍容。下车的时候，他竟没有让女孩子搀扶他"，"他走路的样子好像还看得见许多东西"。海音的力量竟大若此！我们从中听到的是生命力的崇拜，是虽经沧桑却绝不服输的人格面影。

有时王蒙把声音当作结构的依据和情节的动力的时候，这时声音又占据了主宰全局的地位。如《夜雨》，作家自称这是一个"钢琴小品曲"。全篇是以"窸窸窣窣"、"窣窣窸窸"、"滴滴答答"、"答答滴滴"、"哗哗啦啦"这样五次互相颠倒与重复的象声词来作每一段的起始，"这是风声、树声和雨声，这也是钢琴声"[1]。借助声音，小说尽呈剪裁之妙。与雨相关的细微声响的交替变化，既推动着情节的有节奏运动和情绪的微

---

[1] 王蒙：《音乐与我》，见林非主编《话说音乐》，第 159 页。

妙起伏，又有效而贴切地展开了人物的纯洁灵魂——一个十八岁少女可不正该有这样细腻的听力和谛听自然的热情吗？声音之为用可谓大矣，可谓巧矣。

这里有两点值得注意。一是不管声音被派作何种用场，永远是人耳折射出的声音，声音描写处处都为表现"人"而存在；也只有在为"人"服务的过程中，它才呈现出自身的审美价值。二是声音虽然地位突出，但它从来不是单独存在的，而是王蒙整个感知世界的一个有机组成部分。感知系统并非各种感知觉的机械相加，正如王蒙多次强调的，要让自己的眼睛、耳朵、鼻子都看得、听得、嗅得宽一点、远一点，这样才能"和整个生活联系在一起，然后我们才能够从生活中得到文学"①。以声响为主组织融合多感官印象是王蒙感知运动的常态，其多知觉融合的具体方式又不一而足。

在声音描写手段上，王蒙既继承了古典摹音名作中的赋、比、兴等传统技巧，又吸收印象主义、意识流等现代艺术中的手法；既不乏拟声、通感、博喻等常规方式，又屡见非常规方式的运用。多手法融会，共同造就了王蒙听觉想象的旁通、杂陈、辐射的鲜明特征。

即使在常规手段中，王蒙也有许多独到的创造。例如拟声，他首创了许多能够有效唤起读者听觉的新象声词，博喻中也往往可见联翩而来、令人目不暇接的"陌生化"喻体。非常规手法的运用则集中体现着王蒙的独创性。多数的声音描写是人物情节为主，声音为宾，音响是"人"之创造物抑或"人"之环境的一部分。但王蒙有时候反其道而用

———————————
① 王蒙：《王蒙谈创作》，第2—3页。

之，把生活的全部内容组织到声音形式里来表现。这是对于音响的特殊运用，可姑且称之为"情节音响化"。《狂欢的季节》第二章写身陷政治困境的钱文要求调离北京远赴边疆，就是一段精妙的"情节音响化"——作家别出心裁地组织了一个规模宏大的"天歌"歌队，来叙述钱文为激情所鼓舞着做出人生抉择的过程。"那些激越的日子好像是高天飘落下了一个合唱队的演唱。"他听到了那赞美诗般的从天空笼罩而下的声音：

> 他听到一个女声领唱人生的奇妙多彩，一个男声领唱人生的自尊自爱、歌唱人的力量的蕴藏，一个童声独唱在抒发不可救药的诚挚、天生的忘我痴情、永远的等待和盼望。一个低沉的无调性呼喊在询问人生的秘密：怎么了？什么？为什么？

钱文的反思、畅想始终伴随着这精彩激越的天歌——男高音随编队的飞机启航，女高音抛起彩练织出一条条彩虹，男中音骄傲地裸露着打铁的臂膀……女中音覆盖了收割后的土地，他想起了伏尔加河和童年高尔基；男低音正在铺设铁轨、拉动纤绳、掘开了矿井和运河；女低音颤动着呼吸、拥抱着红旗；几个声部同时歌唱祖国大地，歌颂青春，歌唱毛泽东。合唱变成了有节奏的敲击，这是锄头，是大锤，是镰刀的挥舞，然后休止，"一声摧肝裂胆的高音把你推向云端，然后高音变成遥远的呼唤"。钱文在心底与"天歌"一齐唱响，在歌声中钱文做出抉择，去应和那远方的呼唤。他脱下累赘的服装，赤条条进入了负重的行列。"你唱我和，你叫我应，你伏我起，声如金石，歌如潮浪，人民移山倒海。"

此处充分调动了音乐欣赏经验并以之为叙事的统领，人生变成了音乐，音乐融化了人生，二者奇妙交织，亦此亦彼。这种独辟蹊径的"音响化"处理，带来浓郁的浪漫诗意，其叙事构思直追罗曼·罗兰的《贝多芬传》，而其大开大阖之气势更有过之。最大限度地以虚驭实，高度浓缩生活的艺术概括，铸成这美妙的华彩乐章，再次表现出王蒙非凡的文体创造力。

四、听知觉的潜在意义

敏锐的感知觉是一切文学创作的起点和基础。正像法国批评家理查在评述司汤达的时候说的："一切始于感觉。没有任何先天的观念，没有任何内心感知（此指非经主客体接触，而纯粹生于主观的意识——本文作者按），没有任何道德意识预先存在于向着物冲击的人身上。"[1] 感觉的丰富、细腻本来就是王蒙创作的重要特点，如果站在新时期以来的文学史角度看，也可以说，王蒙的一大贡献就是较早克服了此前文坛盛行的主题先行、抽象概念化等不良写作倾向，恢复了感觉在文学中的地位。他以其对听知觉的极富个性的发挥，创造了一个丰富的音响审美世界，这在当代文学中尚罕有其匹。这个音响世界，既是作家与生活世界的独特联系方式与交流渠道的表征，又集中地反映着王蒙艺术感知与想象的心理定式，为我们考察艺术创造的奥秘提供了一个难得的样本。

但这还不是王蒙式听知觉的全部意义。作家有一副善于倾听生活之音的好耳朵，就必然善于捕捉心灵之音，这是他的宝贵艺术经验；同

---

[1] ［法］让-皮埃尔·理查：《文学与感觉》，顾家琛译，生活·读书·新知三联书店1992年版，第5页。

时，王蒙超常敏锐的语感和独特的语言创造力也一直令人瞩目。这两者是相互关联的。听知觉对于小说家的意义不只在于音响素材导致的独特风格，更在于其能影响作家的语言创造力。这种影响虽然是潜在的，但却具有普遍意义。随之而来的问题就是："耳"的灵敏和"舌"的灵活之间有多大的相关度？语言学家认为："就语言作为纯粹的外表工具来说，它的循环起始于并且终结于声音的领域"①。文学语言也不例外，其最终极、最本质的表现方式，不是语词的"概念"，也不是语词的"书写形式"，而是其"音响形式"。换言之，一切语言艺术都趋向于听觉的艺术。王蒙的小说正典型地代表着这一趋向。"王蒙注重的是流畅可读（当然也有拗断脖子的时候如《来劲》，不过这与流畅可读并不矛盾）。他并不想叫读者在他呈现出来的小说世界里低回往复，流连忘返。"②相信读过王蒙的人都会有这样的体会：他的小说语言更适合以"朗诵"的方式"读"；也只有将实现了的"声音形式"诉诸听觉，才能更深刻微妙地"读"出小说的神采韵味。无疑，作家的听知觉影响了其"言语知觉"这一中介环节，并最终转换为语言创造力——那其间究竟有怎样的作用机制？这正是王蒙带给我们的一个深层次的话题。

（原载《当代作家评论》2007 年第 2 期）

---

① ［美］爱德华·萨丕尔：《语言论》，陆卓元译，商务印书馆 1985 年版，第 16 页。
② 郜元宝：《特殊的读者意识和文体风格》，见《拯救大地》，学林出版社 1994 年版，第 129 页。

论王蒙文学研究的发现逻辑机制

朱德发

最近拜读了王蒙在 2005 年与 2006 年之间发表的文学演说，主要有《文学的期待》、《文学的挑战与和解》、《文学与生活》、《政治家的文学与文学家的政治》等。这些演说既是王蒙对当下文学创作的思考与评论，又是他对全球化语境下中国文学态势的探讨与研究，思维活跃，纵横开阖，新见迭出，令人耳目一新，显示出作家、评论家和学者集于一身的智慧丰采和思想风貌。从这几篇演说中，可以感受到王蒙长于在古今中外文学中发现问题并形成"问题意识"，且能旁征博引地对发现的文艺问题作出自己的阐释，形成有个性色彩的学术话语，从而显示出发现逻辑机制的出色运作及其所取得的新颖独特的思维成果。

文学研究虽然有别于其他科学研究，但是发现的逻辑规律却是都要共同遵守的，没有发现就没有突破，没有突破也就谈不上创新，所以对于文学研究主体来说，是否具有敏锐的发现逻辑机制，直接关系到文学研究或者文学演说的学术质量。所谓发现逻辑机制人皆有之，只是开发的程度、运用的频率、收获的效果有所差异；凡是致力于文学评论或文学研究的人须臾离不开发现逻辑机制，唯有它才能使评论者或研究者从被掩盖、被遮蔽或者尚未触及的"视线"外的现象中去发现新的东西，或形成新问题，或形成新的思路，达到探求创新之目的。王蒙文学研究所运用的发现逻辑规律有三个明显的功能特点：

其一，从现实经验中去发现当下文学的症候所在。由于王蒙扮演的社会角色及其特殊地位所决定，他不仅经多见广，积累了丰富的文艺经验，既有国内的，又有国外的，而这些直接的或间接的经验对于其文学研究是一笔宝贵的财富；同时他对中国当代文学动态又极为关心极为敏感，作家和评论家的双重身份使他对当下文学创作现状又非常熟悉。因此他能及时地运用发现逻辑机制从其丰赡的现实经验中发现文学的新症候或者新苗头或者新经验，并提升到理论上予以思考和解说，这就使他的文学研究既有强烈的现实感，又有鲜明的问题意识。王蒙对自己所经验的文学现象或所感受的文本世界的经验层面，都能以本身的特有经验和独到感知，从不同角度去阐释经验世界，既能用政治的、文化的、道德的、宗教的经验，又能用社会的、人生的、哲学的、美学的经验去引领、去阐释文学的经验世界，从而引发出种种不同的问题，或者作出种种不同的结论，折射出形形色色的发现逻辑机制的思维火花。例如，一般人看电视剧都是为了消遣娱乐或获点新知识新信息，而王蒙却能从观赏电视剧的日常经验中发现"中国媒体的语文水准在急剧下降"这一个大症候，就连《汉武大帝》这样叫得响的电视连续剧也错用了"守株待兔"这个成语。不仅如此，电视小品近 20 年有了长足发展，创新繁荣，名演员辈出，深受观众欢迎，赵本山、宋丹丹、蔡明、黄宏等家喻户晓，人人皆知；正在人们陶醉于审美的怡悦与欢快的傻笑中，王蒙却凭其丰富的艺术经验发现了电视小品已经泛滥，导致其最基本特点就是揣着明白装糊涂，看戏的人也不傻，然而戏本身则是"白痴对白痴"。不过王蒙非常赞赏赵本山表演的《卖拐》，这是因为"它的心理暗示相当的深"，所以他"期待我们的精神生活，我们的精神产品，我们的作品，多一点智慧的含量，多一点文化的含量"。王蒙对这一症候的发现带有普遍意义，文艺作品不只是电视小品，也包括其他文学作品，大多缺乏"智慧的含量"、"文化的含量"和"思想的深度"，甚至有些作品靠瞒与骗的艺术手段把观众变成"白痴"，这是消费主义时代文学艺术的重要症候。王蒙不只是在电视小品的泛滥中发现了因商业炒作和主创人浮躁致使文艺作品的浅表化庸俗化，并且他从书市上或影视上充斥的帝王将相武士侠客的小说或影片中发现了帝王意识的普遍性与根固性；又援引鲁迅的话来说明"中国几千年的帝制，很精细很精致的封建帝制，中国人讲究愚民之术，愚官之术，将欲取之必先愚之"。不过王蒙并不反对写帝王小说或演帝王戏，他所批评的是那些美化帝王而将其写成或演成勤政为民的先进性典型的文艺作品；至于武侠既可以写又可以演，他很欣赏金庸的武侠小说《笑傲江湖》，而对大量武侠小说所反映出的落后的东西、愚昧的东西以及与现代科学现代技术相疏离的东西则采取质疑的态度。尤其可取的是，王蒙从大量司空见惯的习以为常的文娱生活经验中发现一个美学理论命题即"精神生态"，提出怎样才能达到"精神生态"的"平衡"这个令人深思的问题。他认为这种"精神生态"既可以有包括一切文艺作品在内的帝王戏、武侠戏，又可以有三角爱情戏、侦破犯罪戏等，应该与自然生态一样大致有个精神生态的平衡；而精神生态的平衡不仅有利于当下中国文艺的健全发展，而且也有利于满足整个社会各阶层的审美和娱乐需求。因此王蒙做了如此的设想："我们的社会尤其是港台非常欢迎这样一种具有良好配方的伪作品，良好配方是什么意思，有一些文化但绝不坚实，有一些感伤但绝不是沮丧，有一些愤怒但绝不激烈，有一些知识但既不十分生僻也不十分流行，有一些爱心但是并不疯魔，既不是基督教式的爱也不是我佛的那种爱"。这样的作品特别容易被现在一个时兴的词叫什么小资、白领、中产所接受，而这种现象就跟《泰坦尼克号》电影一样，能使不同层次的人都可以观赏，因为它们都贯穿着一种平民意识与平民精神。也许这样的文艺就是王蒙所期待的已达到"精神生态平衡"的作品了。王蒙具有常人所不具备的日常生活经验、文学创作经验和阅读审美经验，同时又特别关注现实文艺创作；因此他能敏捷地从既广且深的生活经验中发现文艺创作的重要症候和亟待解决的问题，且上升到一定的理论高度予以评析或对症开出药方。黑格尔曾这样评说亚里士多德："他的经验是全面的；就是说，他没有漏掉任何细节，他不是抓住一个规定，然后又抓住另一个规定，而是把它们同时把握在一起了——他不像普通理智思维那样，以同一性为规律，只能借它之助来思维，常常由于注意一个规定就忘掉和拒绝另外一个规定。如果我们从'空间'抽出了那些经验的规定，这就变成为高度思辨的；经验的东西，在它的综合里面被把握时，就是思辨的概念。"①

---

① ［德］黑格尔：《哲学史讲演录》第 2 卷，贺麟、王太庆译，商务印书馆 1959 年版，第 308 页。

作为一个著名的作家和文艺评论家王蒙的经验是丰赡的全面的，当他对自己的经验进行综合时，能够抓住每个细部经验的规定性并升华到思辨高度而获得一些真知灼见。也正如康德在《作为一种能够作为科学出现的未来形而上学导论》中所说的："经验就是现象（知觉）在一个意识里的综合联结，仅就这种联结是必然的而言。因此一切知觉必然被包摄于纯粹理智概念之下，然后才用于经验判断。在经验判断里，知觉的综合统一性是被表现为必然性的，普遍有效的。"王蒙的知觉经验极为充实多面，而这些知觉经验在他的脑海里并非杂乱无章、混沌一片，乃是有序地有机地联结在一起，所以他能经常地从其经验判断里发出理性的思维光亮，形成鲜活独到的文学见识。

其二，从古今中外文学的阅读感悟中发现文学真谛。拜读王蒙关于文艺问题的演讲，给我的突出印象则是，他的知识结构极为深广，并能不断地以新信息来充实或更换其知识装置。这不仅表明他是个博览群书的著名作家，而且也是位锐意求新的现代学者。虽然在作家队伍里博览群书的作者大有人在，但是能够从大量阅读中外文学作品中去感受并发现文学"史识"或文学真谛的作家并不多；一般的作家阅读古今文学名著，或停留于欣赏借鉴的层面，或关注于仿效艺术技巧层面，不可能像王蒙这样：透过文学的可感知可体验的形象世界而进入其美学意蕴较深或带有神秘哲学意味的底层，凭借敏锐的发现逻辑机制去把捉一些理性联系或原创思绪，从而将其提升为一种"史识"或一种文学原理。通过浏览中外文学作品或文艺现象，王蒙发现了文学创作如同人类社会的演变一样是"从金字塔型向网络型过渡"，越来越民主化，越来越大众化，任何人都挡不住，你哭天抢地你哭爹骂娘也无济于事。这既是一种文学

"史识"，又是一条文学原理。所谓文学创作的"金字塔型"，就是创作要高度地典范化、精英化即贵族化，只写给少数人看；而写作的人也有"一种精神贵族的感觉，中国人过去写作的时候要求明窗净几，要焚香沐浴，红袖添香，跟下了大神一样，凌驾于万代之上人民之上，为圣人立言，字字千钧"。这就是少数人统治多数人的"金字塔"社会里，具有精神贵族倾向的少数作家创作的为少数人服务的贵族文学。所谓"网络型"文学是为大多数人或全体民众创作的平民文学。越到了商业社会这种民主化、通俗化、大众化的文学越昌盛，这是文学演化的不可阻挡的大趋势。所以王蒙"一贯不主张排斥（文学）商业化"，他从美国文学或香港文学的阅览中发现文学的商业化并不妨碍文学大师的出现，也不影响文学创作获得诺贝尔奖；美国是商业化最厉害的国家，却涌现出那么多文学大师、二师、三师，获得七个诺贝尔文学奖，则是极为典型的例子。没有深广的文学阅读视野，不进入文学深层世界，王蒙怎能发现如此有雄辩力的文学发展真谛与文学创作民主化大众化的原理呢？可见，文学的真知是源于文学创作实践，而对诸多隐伏于文学创作实践里的卓见能否抽绎出来，则取决于研究者于广博的文本阅读中能否出色地运用发现逻辑机制。不止如此，从古今文学的阅读感受中王蒙深切体悟到当下文学的挑战，即"文学是在各种门类当中，最讲创造的，而创造性本身对于随大流、对于安全系数、对于跟着走，就造成了挑战"。文学贵在创造，这是颠覆不了真理，但从对它的价值能有新的体会或新的充实中却可以见出王蒙的独特之处。他不仅于唱歌、民乐与小说的比较中发现文学的创造尤为重要，不仅从当代小说作者的经验中发现"创新就像一条疯狗一样追着我们，追着我们跑，跑啊，停不下来"；而且于中外文艺的观览中发现了"和创造性分不开的就是文学的个性和作家的个性，人类社会总是需要不止一方面特点，个性化的好处就是能够充分释放一个人的潜能，使他自己得到最完满的自我的释放，也使社会和集体能够做到所能做到的贡献"。这里触及到作家的个体性与团体性、集体性的关系问题；而在王蒙看来，文学家的个性化与社会所需要的团队性或集体性并不完全矛盾，文学的个性化对社会"所能做到的贡献"是它"变成了对一个时期的某一个群体的公认的一个价值观念或者是一种习惯的认定"。况且，"个性化可以达到非常细致的程度，个性化有时候也使作家有一种精英意识，有一种自我感觉良好的意识"；所以"精英意识越强的人，他的孤独感就越强，非常孤独，天才就是孤独"，"越伟大越孤独，越孤独就越伟大，进入这个孤独和伟大的怪圈里，尤其是外国的作家，很多自杀的。"对文学的创造性、个性化、集体化与孤独性之间深微复杂的学理关系，王蒙能够如此生动深切地给以概括与表述，有赖于他对中外文学的广博阅读感受与深度理性洞见。基于这种丰盈的阅读感受与审美经验，王蒙又发现了文学理想化或浪漫化与审美化、批判化之间的必然性。这是因为文学总是要追求一种理想，作家总是有一种怀旧心理或做梦心理，而这种理想诉求或做梦心理与社会现实人生并非完全同质同构，其中的异质性或差距性还是相当大的；因此怀着理想追求和做梦心理的作家不能不对现实社会人生进行指斥和批判，然而这种指斥和批判并不是要丑化人生，也不是要否定现实社会，更不影响他是位至真至善至美的作家。法国作家雨果的《悲惨世界》把社会描绘得暗无天日，"显然这里边有雨果的浪漫激情，和有现实的批判，这种批判带有激情，带有发泄，带有狂热，带有狂热的发泄，但是他是非常好的作家。"因为他"用一种浪漫的激情来衡量生活",既看到与其理想相悖的一面,使他失望苦闷,又看到与其理想相吻合的一面,使其在审美中感到振奋;所以怀有浪漫理想的作家既要批判现实社会人生的假恶丑,又要写出它的真善美。"文学有时候变成对作家自身的挑战,是作家思想和感情没法掌握没法控制,自己对文学的激情想象处于失控状态",所以作家的个性化理想化甚至浪漫幻想不要太膨胀太出格,应该有一种理性自觉来调适;当然如果真的被浪漫幻想所毁掉也是成全了作家,"是凤凰涅槃,是一次辉煌的爆炸"。若对中外作家作品的阅读缺乏如此深刻的感受与体验,那王蒙是难以抽绎出如此多的闪烁着辩证思维火花的文学卓见;要是发现逻辑机制匮乏或迟钝,即使具有广博的文学阅读感受,也不能从中发现新的文学原理或文学真谛,只有将两者有机结合相互为用,方能获得更多的颇具创意的"史识"或文学原创之见。

其三,借助辐射思维功能去发现文学规律。辐射思维也就是发散型思维,它的根本特点是从一个信息源中寻出不同理路的思维方式,如同一个轮轴有无数根辐条发射开去。这种思维运作于文艺研究,则担负着开阔思路、拓宽视野、自由发射、勇于创造的任务。因此文艺研究主体的发现逻辑机制可以借助发散型思维的独特功能,它如同插上翅翼一样更有力地在文学时空飞翔,发现更多更深的文学规律或文学原理或文学规范。王蒙的发散思维极为活跃,常常环绕一个中心论题展开自由联想的翅膀,在自己有着丰富艺术实践经验和深广文学阅读感受的时空发射开去,劈开条条新颖别致的思路,构成一个形散神凝的思维网络。《政治家的文学与文学家的政治》是个极有难度的论题,它既牵扯到政治家与文学的关系,又涉及到文学家与政治的关系,既牵扯到政治家文学的功能特点，又涉及到文学家政治的功能特点及其他们之间的异同关系，归根到底它是文学与政治关系的老话题，也是新话题。而要研究这个跨学科的论题最绕不过的也是最敏感的是何谓政治，又是什么性质的政治，但是王蒙却偏偏超越了它或绕开了它。首先从"政治家的文学"这个子论题发散开去，从中外文学史来搜寻，开拓了一条条渠道，既不管是什么政治，又不顾是什么政治家，只要这个政治家确有文学天才或文本问世，都可以纳入自由发射的学术视域。中国历史上的曹操或者世界历史上的希特勒、丘吉尔、国际共运史上的季米特洛夫、当下的萨达姆，都是政治家的文学；而且文学成就之高也是难以企及的。王蒙特别推崇曹操和毛泽东：曹操"作为一个像山一样高，像海一样深，要做一个天下归心的大政治家"，从他的诗作中你会感受到"他才华横溢，雄筹大略，视野开阔，忧国忧民，又能指挥大战，这人简直是世上少有"；而"曹操以后，文才风流的领导人没有人能和毛泽东主席相比"，并从而探讨了政治家热衷于文学的多种缘由，以揭示政治家与文学的关系。王蒙从发散思维中发现了各式各样的政治家之所以结缘于文学，既因他们借用文学手段来传播其政治观念、主张、追求和愿望，又因他们利用文学的文采来助己动员大众、说服犹豫者和彷徨者，既因文学手段及其功能对政治家的形象有所裨益，又因文学对人的精神能力、智力、情感、人格以及想象力、创造力、创新力皆有促进作用，特别对政治家的精神能力的推动和促进更大。其次，从"文学家的政治"这个子论题，主体发散思维辐射于中外文学史，进行探寻与搜索。既发现中国古代文学家韩愈、诗人李白和李商隐，他们虽热衷政治却都是政场的失败者，又发现了现代左翼作家"左联五烈士"，他们都为政治献出了生命；

既发现了南非革命作家戈彼谟，曼德拉曾将他作为支持黑人斗争的一面旗帜，但现下他又面对新问题心情欠佳，又发现苏俄高尔基积极参与政治，尽管被苏维埃称为模范作家，却与列宁发生过严重冲突。从这多维度的辐射与考察中，王蒙发现了文学家关注政治成功者少失意者多，虽然目前时兴的看法是"文学家的你就不要管政治就好了，你那样的话才是最好的作家。政治并不是你的特长，最后文学也没有搞好，政治也没有搞好。"但是他并不完全赞同这种看法，而主张具体情况具体分析，他认为"一个关心人民，关心祖国，关心人类，关心自己民族的这样一个作家，他写作的东西比较大气，很有气魄，很有境界。"这是王蒙以发现逻辑机制对文学家与政治关系的具体透析。通过上述两个子题目的由个体例证到普遍抽象的辐射与发现，最后王蒙总括地发现了文学与政治的悖论关系，但最大的悖论则是文学家"他偏感情，他偏于想象的色彩"，而"政治太现实"，政治中有很多不和谐因素，与理想的差距很大。所以"无论是从政治家的文学，还是文学家的政治，我们都可看出，政治社会不可能完全脱离开文学，文学的作用非常的大，但是反过来说呢，我们又会清楚地看到，文学不能和政治完全等同起来，它有自己的特点，运用得当，它会起很好的作用，运用不当，它会起负面作用。"这就是王蒙借助辐射思维的发现逻辑机制对政治与文学的复杂关系所作的探索与理解，显示了辐射思维与发现机制合力所产生的创造能量与思维成果；而且这种合力所生发的潜能还体现于王蒙的《文学与生活》一文的探索中。"文学与生活"之关系这本是文艺研究的老话题，但由于王蒙能借助活跃的辐射思维的能动发现逻辑机制，从深切的生活积累与丰盈的创作经验中探寻到五个维面而展开对文学与生活关系的勘察，故而获得了一些不同凡响的理解和认知：即"文学是我们的一个记忆，是我们对生活的挽留"；"文学是我们的精神家园"；"文学是我们修建的一座精神桥梁"；"文学是我们智慧的实验场所、训练场所"；"文学是我们的精神的游戏"。这五个判断是论者出色运用发现逻辑机制所获取的具有新意的思维成果，不只从新的维面上颇有深度地探询了文学与生活的关系，而且也赋予何为"文学"以新的思想内涵。

解读王蒙有关文学问题的思索与表述的演说，我的最深切感悟则是他的发现逻辑机制极为活跃，极具穿透力，极具整合力，也颇富创造性。然而他的发现逻辑机制在运作过程中所呈现的穿透力、发掘功能和创新潜力，既不是从抽象到抽象的逻辑推理，又不是从概念到概念的逻辑演绎，完全是穿越于具有实证性与可靠性的经验事实或中外古今文学的阅读感受中而进行的发现和透视，力求超越经验或感受层面而洞见带有规律性的文学思想或富有真理性的文学原理。黑格尔曾说："当我们说一本书或一篇演说包含甚多或内容丰富时，大都指这书或演说具有很多的思想和普遍的道理而言"；但是决不因为书中或演说中"堆集有许多个别的事实或情节等等，就说那本书（或演说）的内容丰富，由此可见，通常意识也明白承认，属于内容的必比感觉材料为多，而这多于感觉材料的内容就是思想。"① 王蒙文学演说的思想性强或新见解多并非因为旁征博引的感觉材料丰盛，而是由于丰盛的感觉材料所包涵的思想内容被机敏的发现逻辑机制透视出来，抽绎出种种不同的文学新见；可这诸多凝聚于思想逻辑链上的文学见解，乃是"打破感官事物的锁链而进

---

① ［德］黑格尔：《小逻辑》，贺麟译，商务印书馆 1980 年版，第 125 页。

到超感官界的飞跃"①。在我看来，文学研究主体王蒙的思维越超是离不开发现逻辑机制的，从感性的现实经验和阅读的审美感受中而抽绎出文学原理或文学规律，遂之升华到理性的哲学层次，不借助发现逻辑机制是难以奏效的；不过在由现实经验和审美感受中抽绎出合乎真理的文艺思想的过程中，王蒙的发现逻辑机制总是伴随着形而上学的思辨。尽管这种思辨不够深刻也不够严密，但它毕竟把发现逻辑机制透析出的知性判断或悟性判断升华为理性的文学"史识"或文艺法则；假如王蒙的形而上学思辨能力再强一些，或发挥得再出色一些，那他的文艺研究演说的创新意义和思想威力就会更大一些，可见形而上学思辨对于发现逻辑机制能否从资料的感性经验世界或阅读的审美感受世界飞升到"史识"或"文论"的理性思想世界是至关重要的。值得说明的是，我引用的形而上学概念，既不是与辩证法相对立的世界观和方法论，也不是把它仅仅局限于古典形而上学的基本范畴，而是一切超经验的纯思辨，它面对的是一个抽象的无法触摸到的本质世界（包括人的本质、灵魂），它所苦苦思索的大多是属于人的本体性的基本问题。因此形而上学并不属于经验世界，它需要一种超常的想象力，形而上学作为一种想象乃是一种渗透了哲学精神的对人与事刨根究底的想象；而这种想象是经验所无法证实的，试问谁能用经验去回答《浮士德》关于人的终极意义的追询？王蒙《放谈〈红楼梦〉诸公案》的演说，罗列出近百年对《红楼梦》研究的见仁见智的诸多看法，众说不一，各持己见，而大多见解并未出离文本的感性经验世界；但这足以证明文学史上的优秀文学经典之作所蕴

① ［德］黑格尔：《小逻辑》，第125页。

含的繁富信息量能激发我们的发现逻辑机制辐射出五颜六色的思维火花，而这其中有一个媒介将永远激发或活跃我们的发现逻辑机制，它就是形而上学的思辨。王蒙有关文艺问题的演说也许考虑到听众的需要，并没有过多地进行形而上学思辨，而是注重以现实经验或阅读感受来归纳来证明，往往把文艺问题的探索终止于文学现象或文学作品的经验世界；其实，文艺现象深层次或文学作品抽象世界的发现和开掘只有借助形而上学思辨的机制和触媒，才能在经验主义对文艺现象或文本世界解释终止的某一玄妙之处进行超经验的纯思辨，以研究主体的形而上学思辨功能来发掘或阐释文艺现象背后的神秘密码或文学创作主体用形而上学所建构的超经验的抽象世界，使文学研究获取更多的规律性认识和原创性文学真理。这就是我解读王蒙文学研究演说所受到的深刻思维启示。

（原载《中国海洋大学学报（社会科学版）》2007 年第 3 期）

"狐狸" 王蒙

李 钧

美国学者伊塞亚·伯林在一本题为《刺猬与狐狸：论托尔斯泰的历史观》的小册子中认为，知识分子大体分为两种："刺猬型"执着一事，长于高蹈务虚；"狐狸型"则足智多谋，敏于经世致用。从这一视角出发，王蒙可谓典型的狐狸型知识分子——他不仅兼做诗文小说，而且涉及古今文学研究；不仅融通中外学识，而且是一位具有穿透力的思想者；他下得修罗地狱，上得人间天堂，嚼得菜根，享得大福，不仅是一个创作量惊人的作家，而且是一位睿智的高级官员；最重要的是他从没有将自己完全融入主流或民间意识形态中去，从而确立了自身作为经验主义者的清醒立场……他以自身的创作实绩和影响，命名了当代文学史上的一个"王蒙时代"。

"骚体小说"：王蒙的自叙传及其文学史意义

在 20 世纪后半叶的中国，在这个没有大师的时代，王蒙堪称文学巨匠。文学史反复书写他，评论者不断追捧他，王蒙自己也写下"人生哲学"和"自传"供人们传阅。因此，他的生平早已为人耳熟能详：1934 年出生，1948 年加入中共；1949 年春天迎接中国人民解放军进入北平城，当年 8 月入中央团校学习；1954 年底完成《青春万岁》初稿；1956 年发表《组织部新来的年轻人》；1962 年调入北京师范学院中文系现代文学教研室任教；1963 年主动要求去新疆"深入生活、改造思想"，此后在新疆工作生活了 16 年；1979 年平反后曾任《人民文学》主编、文化部长等职……

历数王蒙生平，是为了印证他的小说从未跳出"少年布尔什维克的自叙传"这一范畴。他在小说中书写着对党和人民、对祖国和生活的热爱。在《青春万岁》、《小豆儿》、《春节》、《冬雨》等作品中，他是一个纯真的理想主义者、一个以社会主人翁自任的革命者。他感到"生活和文学对于我像是天真烂漫、美好纯洁的少女，我的作品可说是献给这个少女的情诗"；他热情召唤"所有的日子都来吧"，他要用青春的璎珞编织这些美好时光。在《组织部新来的年轻人》中，林震满怀革命理想地同刘世吾的"革命意志衰退症"作斗争，表现出对革命的坚定和对理想的热烈追求。《蝴蝶》通过张思远的反思告诫当政者：只有心中永远装着人民，才能架起一座"永远与人民相通的桥"，才能防止权力异化。《布礼》重申了少年布尔什维克钟亦诚的誓言……《杂色》通过主人公曹千里的那匹杂色灰马，拟人化地表达出"让我跑一次吧，我只需要一次，一次机会，让我拿出最大的力量跑一次吧"的心声……对照《王蒙自传》就会发现，他小说中的绝大部分内容都有生活原型：《活动变人形》有他父辈的影子；从《青春万岁》到《暗杀——3322》，从《春之声》到"季节系列"，则记录着王蒙"故国八千里，风云三十年"的人生经验：通过个人的理想激情与现实环境的冲突，表现叙述人心智成长的精神历程，书写着"革命人永远是年轻"的信念，而革命、爱情、激情、理想、青春则是其叙事中的关键元素……王蒙的小说就是那一代知识分子的精神笔记和心灵备忘，表达出一种遭逐而无怨的"第二种忠诚"，因此被研究者命名为"骚体小说"①。

在 20 世纪最后 20 年，王蒙担当了文学启蒙者和领路人的角色。他续接、深化和发展了从赵树理到浩然的现实主义文学传统：从赵树理、浩然到王蒙，有着"细节现实主义"、"两结合"现实主义与"经验现实主义"的区别。此间看似细微的变化却标志着中国当代文学从封闭到全方位与世界接轨的过程，也显示出王蒙小说的文学史意义：

首先，意识流手法的运用丰富和深化了王蒙的现实主义写作。《夜的眼》写感觉，《布礼》写心态，《海的梦》写情绪，《春之声》写联想，《风筝飘带》写情感波流，《蝴蝶》写心路历程……王蒙仿佛一位心灵探险者，使文学进入了丰富而真实、隐秘却一度被遗忘的"内宇宙"，中国当代文学从此开始建构崭新的审美观念。但是，将王蒙的小说与《尤里西斯》、《追忆逝水年华》等西方经典作品比较就会发现，王蒙的手法是典

---

① 何镇邦：《简论王蒙"季节"系列小说的文体特征——兼论骚体小说》，见《多维视野中的王蒙——第一届王蒙文学创作国际学术研讨会论文集》，中国海洋大学出版社 2004 年版，第 140 页。

型的东方意识流：他的心理描写被控制在"超我"与"自我"之间，而没有进入"本我"的潜意识层面。正如王蒙所说："我们也不专门去研究变态、病态、歇斯底里的心理。我们搞一点'意识流'不是为了发神经，不是为了发泄世纪末的悲哀，而是为了塑造一种更深沉、更美丽、更丰实也更文明的灵魂。""我们的意识流不是一种叫人们逃避现实走向内心的意识流，而是一种叫人们既面向客观世界也面向主观世界，既爱生活也爱人的心灵的健康而充实的自我感觉。"[1]也就是说，王蒙的意识流不是"为艺术而艺术"，而是具有强烈的现实指向的。其实，王蒙的心理主义描写完全可以达到相当深度。比如《踌躇的季节》，写钱文与叶东菊欣赏意大利神童鲁贝尔金诺·鲁莱第演唱《鸽子》的片断，就堪称神来之笔：艺术家的演唱在钱文听来，顶多是寂寞、忧郁、凄苦以及音质奇特，而叶东菊却捂住耳朵惨叫起来："我害怕，我怕听这声音。这声音是灵魂的哭泣呀，这不是人的声音，这是鬼魂，是冤魂的歌……它让我想到人生真是太惨了……多么不幸，多么不幸……"王蒙在这里达到了"思"的境界。但这样的片断在王蒙的小说中可谓绝无仅有。——这告诉人们，王蒙不是达不到心理主义的极致，而是不想将文学变成形式主义实验；技巧对于别有怀抱的王蒙来说庶几雕虫小技，他的目标是对现实的关注和对历史的反思，正如"季节"系列及其自传也一再表明，他的写作重心是经世致用、反思历史。正是在此基础上，我们说，王蒙的小说总体上是现实主义写作，"意识流"手法将其丰富和深化为"经验现实主义"。

---

① 王蒙：《关于"意识流"的通信》，《鸭绿江》1980 年第 2 期。

其次，王蒙小说语言形成了独特的"语言流"风格。不论叙事描写还是议论抒情，王蒙的表达都喜欢采用排比、铺张的语调和句式，常常十几个、几十个词汇排列组合在一起，甚至连标点符号也省略掉，从而形成一种像奔腾的江河、汹涌的潮水、直泻的瀑布一般汪洋恣肆的"语言流"。这种杂体语言吸收了中国传统相声、现代杂文和新疆少数民族语言的某些手法，与小说的狂欢化书写形成了同构。许多学者已对王蒙独有的语言风格进行了研究 ①，在此不再赘述。

再次，王蒙的创作是充满政治智慧的智者小说。中国不缺少智者，但缺少智者型的小说家。王蒙以他的机智幽默将丑恶化作笑谈，而更多时候是将一些重大发现以一种举重若轻的语调表达出来。在《蹀躞的季节》中，犁原在听到"阶级斗争要搞一万年"的口号时，潜意识里立即反应道："这么说，一万年也搞不成共产主义了！你总不能到了共产主义还大搞阶级斗争呀！"这些地方，恰恰显示出王蒙敏锐的政治智慧。有时候，王蒙会在时空的蒙太奇中揭示历史的荒诞。比如在《暗杀——3322》中，冯满满的生父也就是逃到美国的大地主顾康杰，在半个世纪后重回 G 市，迎接他的是冯满满的干爹（当年审判他的人）以及冯满满的继父和母亲等，当年的"革命者"与"反革命"握手言和；此后，冯满满的丈夫侯志谨这个"老革命"不断否定革命的意义，倒是顾康杰不断称道"革命"的伟大；顾康杰热爱故国家园，想落叶归根，却遭到冯满满及其女儿的坚决反对，冯满满母女也移民到美国……王蒙就这样在一个场景中消解了"革命"，意义在此发生了错位。这种历史的错位

① 郭宝亮：《王蒙小说文体研究》，北京大学出版社 2006 年版。

感是任何历史学家都难以言说的，但王蒙却驾轻就熟地做到了——就像崔建在《盒子》里唱道："告诉那个胜利者他弄错了，世界早就开始变化了"。王蒙的经验历史主义的力量由此可见。

复次，王蒙的部分小说具有了复调主题。这不是《来劲》之类的形式探索作品，而是《坚硬的稀粥》这样的经典寓言。小说之所以引起广泛论争甚至被海外评论者称为"讽刺大陆改革"和影射"老人政治"的文本，原因就在于它具有丰富而深层的多义性。比如中国传统家庭伦理的复杂意义及其积淀成的集体无意识、中国社会"长者本位"道统与超稳定结构、中国人的品性能否用"优劣"来简单区分等等。《活动变人形》及"季节"系列里的人物也因为多义性而具有复调色彩。但王蒙既非揭出精神创伤以引起疗救的注意，也没有塑造脸谱化、类型化的典型，反而使读者在小说中看到了罗素式的"常识"：参差多态才是幸福之源——参差多态也是美的本源、生活的常态。这是王蒙小说与鲁迅、赵树理、浩然小说的区别。

质胜于文：王蒙小说的局限

当下的王蒙研究存在着二元化倾向：一方面，追捧之论近乎华而不实大而无当，过度阐释达到肉麻谄谀的程度；另一方面，某些"恶评"则从概念出发，攻其一点而不计其余，但因批评者在思想上无法与王蒙比肩，因而难以形成对话。笔者认为，王蒙研究必须置于全球化和历史发展的双重语境中展开，既要看到其成就也应看到他的局限。因为，一切都是历史进化链条上的中间物。

　　文学史将证明，王蒙小说如《活动变人形》和《坚硬的稀粥》将成为文学史上的经典文本。但这样的经典性作品相对于王蒙卷帙浩繁的文存，所占比例相当小。这并非苛求作者字字珠玑篇篇经典，但人们由此可以看到王蒙创作的局限。

　　首先，王蒙小说的自叙传特点使他的写作具有潜在的雷同模式。从《青春万岁》到"季节"系列长篇小说，王蒙所表现的是一群集革命者和知识分子于一身的"少年布尔什维克"在共和国的风雨历程中的命运沉浮和悲欢离合，堪称大手笔的历史画卷。但是这些书写基本上没有逸出革命、青春、爱情、诗歌这四个关键要素①；王蒙的知识结构和经验认识也使他的创作是以政治为中心而非文学为中心的。换言之，王蒙的"骚体小说"深具政治怀抱：这些作品反思政治对人的异化，即主人公的"痴诚若癫"。例如在《蹉跎的季节》中，祝正鸿的表舅说："……我的命是爹妈给的，可我这个人的觉悟呢，那是共产党给的呀！我的魂儿是共产党给的呀！有命没有觉悟，那和一只老鼠有什么分别呢？我真想见到共产党就扑上去叫一声亲爹！"小说还写到青年作家赵青山笔下的农民说："让我掏心窝子叫一声亲爹，咱们的党！"而"一位国际知名的大科学家"称学习了马克思列宁主义毛泽东的哲学思想以后立即用到了科学研究上，而且立即有了学术成绩，"于是他的心情像是一个在海滨捡拾石子和贝壳的小孩子，刚刚捡到一点东西便急于向妈妈——亲爱的党报喜。"总之，全民变成了"高来喜所说的'骗净'了的大大的良民"

---

① 张志忠：《追忆逝水年华——王蒙"季节"系列长篇小说论》，《文学评论》2001年第2期。

了。语气有些自嘲，但更多的却是自豪和炫耀。正因如此，有评论者说，王蒙的小说存在着过重的历史印痕、过浓的庙堂意识和过亮的光明情结，始终存在着一个自信地微笑着的叙事主体。他侃侃而谈、藐视痛苦、满怀自信、大度超脱，将历史镶上美丽的金边，给现实衬以绚烂的花环；这种凡事往好处想的光明情结是其"生活多美好"的审美观的存在依托。但是，这不正是另一种形态的模式化写作吗？评论家吴炫进一步指出："无论是早期的《组织部新来的年轻人》，还是中期的《春之声》、《活动变人形》，抑或晚近的《坚硬的稀粥》、《恋爱的季节》，王蒙都没有一部能真正称得上是经典的作品，也没能刻画出非常典型独特的人物——王蒙写得越多，这个希望便越是渺茫，因为王蒙总是用自己的机智和语言卖弄将它们给模糊了；这种模糊甚至体现在他对人物的刻画中。"① 话虽尖锐，却道出了王蒙难以"穿越"的壁障。

其次，"思"的缺席。王蒙小说虽然掺入了"意识流"手法并开创了杂体话语，但并未逸出现实主义范畴。他引入"意识流"是为了更安全而稳妥地表达心声而非为了文学自身的发展。因此，王蒙的"意识流"是海水表层的洋流而非深海的潜流，过分关注"此在"以及文学的"用"，已经成为他无法穿越自身的障碍。当他历经劫波并在政治上老成油滑起来的时候，作品中多的是生活阅历、秘闻轶事、人生智慧乃至政治文化，却唯独少了"思"。比如《蹉跎的季节》第 11 章，王蒙有一段关于"回忆"的抒情："回忆是一份悠闲。回忆是一种宽恕。回忆是无可奈何。

---

① 吴炫：《穿越中国当代文学》，江苏教育出版社 2007 年版，第 103 页。

回忆是多余的温存。回忆是一切学问、艺术、宗教、爱情、道德、建功立业和犯罪的基石。回忆是地平线上的帆影。回忆是一切经验中的经验，是一切味道中的至味。回忆是一笔永远不能实现其价值的财富。"①王蒙在这里努力营造一种诗境、哲理或禅意，但遗憾的是，这些铺排只让人觉得言浅意淡，是语义的平面复制。这是一种青春型的抒情而不是沉思默想，他停在了《青春万岁》的时代。这种青春性格和"少年布尔什维克思维"决定了它必将附黏在政治激情中，只能弹奏出轻浅、高亢和明快的节奏。人们还可以从他的"季节"系列里发现越来越多的掌故，比如有关老舍、丁玲、周扬等人的轶事秘闻，小说越来越具有"以诗证史"的价值，也越来越缺少行进在林间小路或面对星空时的"思"——在应当停下来思考的地方，他甚至不如史铁生、迟子建这些晚辈。由于缺少"思"，缺少想象与虚构，王蒙的小说变得像历史一样真实、干燥、质胜于文——即使狂欢化的杂体语流，也没有带来比林语堂或钱钟书更值得夸耀的幽默感。

再次，他的作品存在跨语境翻译的困难，这使他很难跻身世界级大师的行列。王蒙的杂体话语及其特有的幽默感只能存在于本土语境中，一旦进入国际语境便会失去大半内涵。王蒙早在1988年的《一嚏千娇》中写道："张辛欣曾经劝告过我，不要写那些中国特有的政治术语和政治事件背景。类似的意见我在一九八八年第一期的《文学评论》的一篇文章中也看到了。"这说明他也意识到了政治术语过多对小说国际化的影响。伟大的汉语艺术只有在与思想情感的和谐交融中才能成就其独特

① 王蒙：《踌躇的季节》，见《王蒙文存》第6卷，人民文学出版社2003年版，第202页。

性，任何对语言的滥用就是对语言的亵渎，是将语言当作玩弄于掌股的婢女。事实上，王蒙的杂体语流对于消解主流意识形态的话语霸权和语言暴力，的确具有某种价值，也在深层上反映出集体无意识中积淀着的主流（政治）话语，从而揭示出传统（政治）对人的异化。但是此举的负面效应是，王蒙在消解政治话语的同时，将语言与政治捆绑得更紧了。

最重要的是，王蒙是一位十分理性的作家，即使在制造狂欢化语调时，读者也能感到他的冷静和严肃，以及不经意间流露出的高人一筹的优越感；他笔下的人物不是来自想象和虚构，并被赋予某种象征性和符号性意义，因而过于真实，给人观念大于形象之感。有时人们在阅读王蒙时恍如面对另一位"部长作家"茅盾。但王蒙不及茅盾处在于，他对语言的玩弄、对事物的油滑态度，以及对人的不信任感，有时会令人感到他正在失去真诚。另外，他的作品外热内冷，让人思索，却难有"不亦快哉"的感觉。

政论随笔：王蒙的思想高度

如果说王蒙小说重在反思政治异化，给人提供了一种经验主义历史观，那么他的随笔如《论"费厄泼赖"应该实行》、《话说"红卫兵遗风"》、《人文精神问题偶感》、《躲避崇高》等，则重在重申"常识"，使人真正领略了思想者的智慧，也标划出这个时代的思想高度。

王蒙是一个渐进的改良主义者或左翼自由主义者。"'左翼'是其思想的政治立场，而正是'自由主义'使其比一般左翼作家在思想上具有更多的自由空间和感觉上的灵敏性。"①从这个角度分析王蒙，更有利于发现他招致诸多批评的原因：无论从纯粹的"左"或"右"的立场来看，他都不是一个极端化的人物。这显示出他深谙政治游戏规则——妥协。思想家认为：妥协"是金色的，它不仅是美的，也是善的，真的；得到的是共同需要的东西，而将各自不想要的东西搁置一边，因此妥协的各方都是胜利者，没有失败者。在社会的两极之间，存在着一个非此非彼、亦此亦彼的中间地带，或者可以称作模糊地带。一切矛盾冲突都在这个地带通过交流、对话、较量、互相渗透、融合、转化……可以说，中间地带就是促进妥协的地带，促进合作而不是分裂的地带，中间地带越扩大，两极地带越缩小，社会也就越稳定，越安全。"②王蒙的高明就在于他要的是中间地带。他看透了整体主义、根本解决、建构主义、纯而又纯的理想主义等理念所内含的乌托邦性质，这些"崇高"的庞然大物无论对国家、团体还是个人都是极为危险的。因此他反对一元化、神圣化、绝对化、唯一化，主张多元性、多面性和多层次性。

王蒙在《人文精神问题偶感》中明确反对"伪人文精神"，为市场经济的货币原则辩护，并主张"费厄泼赖"。这似乎是向鲁迅的"费厄泼赖应当缓行"叫板，实际上这正体现了鲁迅时代与王蒙时代的巨大差别，即非常态社会与常态社会的区别。特殊时期要求纪律的严明、舆论的一律、物质的配给、生活的禁欲等等，但对于非常态标准的过分强调会使所谓"公意"走火入魔，使人失去日常性和生活性。因此，我们在

---

① 吴立昌：《文学的消解与反消解》，复旦大学出版社 2004 年版，第 275 页。

② 何家栋：《灰色的民主和金色的妥协》。

常态社会中应强调"常识"而非"特例"。"就是说，一、不要企图人为地为人文精神奠定唯一的衡量标尺。二、不要企图在人文精神与非人文精神中间划出明确无疑的界限，非白即黑，非此即彼。三、不要以假定的或者引进的人文精神作为取舍的唯一依据。"这显然是针对非此即彼的二元论和战争思维，而这种 20 世纪最堂皇流行的革命思维极盛于"文革"。

王蒙的随笔大都围绕"反乌托邦"这一中心展开。《话说"红卫兵遗风"》穷举至今仍大量存在的"红卫兵式的思想与行为意识"，并入木三分地指出："红卫兵意识的核心是破坏意识，是政治或业务领域中的胡作非为乃至流氓意识，是抹去一切突出自家意识"。他在《反面乌托邦的启示》中以扎米亚京的《我们》、奥威尔的《一九八四》和阿道斯·赫胥黎的《美丽新世界》三书为例，对建构主义的反面乌托邦造成的"反人类性质"进行了批判。其他如《社会主义初级阶段的文化刍议》等也属于这样的随笔。可以说，王蒙对极端化行为和意识的批判比巴金《随想录》更具有概括性也更深刻一些。讲常识、讲中道、反乌托邦，是王蒙政论随笔的核心命题，这一点在王蒙与"二张"的论争中也表现出来。那次论争看似由王朔引起，但却不仅是为了争一个宽容的舆论环境，更是为了改变人们非此即彼的二元思维定式方式，从而走向多元、开放、发展、兼容、宽容、辩证和创新。这是一种建设性的经验主义态度，而非建构主义的乌托邦精神。他的"躲避崇高"以及反对"人文精神"，曾引起了激烈的争议，但历史会证明：王蒙是一位深刻的思想者，而很多炒作"人文精神"的人却是最市侩最懂得沽名钓誉的人。将 1980 年代以来的随笔进行宏观勘察，巴金、王小波与王蒙代表了 20 世纪后半叶中国文学的思想高度。

王蒙在《文学：失却轰动效应以后》中说："作家正像油井，不可能总是喷涌。即使有的作家如王蒙、刘绍棠每年仍是新作不断、持续旺盛，但也有一种实际上的危机或者'颓势'在等待着他们——他们的新作有可能只是旧作的平面上的延伸与篇数字数的递增，而平面延伸与字数递增并不值得任何作者与读者羡慕。"①王蒙是清醒的。通过对他小说和随笔的考察，人们可以发现：王蒙虽是狐狸型的智者，其思维却更长于随笔政论，在小说创作中就不免留下了"观念大于形象"的缺憾。当王蒙将"季节"系列放置在读者面前时，人们说：王蒙与他的读者有了代沟。——也许"王蒙的过时"预示着一个新时代正在来临。

（原载《徐州师范大学学报（哲学社会科学版）》2007 年第 6 期）

---

① 王蒙：《文学：失却轰动效应以后》，见《王蒙文存》第 23 卷，第 182 页。

王蒙小说在八十年代叙事中的意义

徐　妍

在当代文学史上，作家王蒙一直都是一个引人注目的存在。过去的五十多年以来，他的创作力丰沛，中、长及短篇形式无不擅长，小说、散文、诗歌、评论及学术著作也颇丰赡，而他以小说的形式对不同时代的承担和进入，足以调动研究者的绝大兴趣。他以具有时代意义的题材和文本的形式探索，引领我们回返又前行于当代文学的历史图景。从这个意义出发，当"八十年代"渐行渐远，考察王蒙小说在八十年代叙事中的意义，既呈现了王蒙小说路径的演变，又反观了"八十年代"文学的意义。

一、激情与梦想的集体记忆

文学本身是一种"乌托邦"，但仅仅"乌托邦"之梦不能够承载王蒙的文学理想。或者说，在王蒙的"乌托邦"写作中，政治是一个必须被书写的议题。正如王蒙在一次讲座中强调："很多政治家喜欢文学，也有很多文学家对政治表态。什么原因呢？政治和文学都是社会活动，都是语言的艺术，都有一种激情，由于有了这些原因，政治与文学的关系怎样撕扯你也撕扯不开。"①但是，在王蒙的小说中，政治的议题不是压迫于文学之上的权力话语。它不是"被强加或需要解决的"（萨义德语）成分。对于文学"乌托邦"性质的负面因素或者限定，王蒙具有清醒、深刻的认知并一直心怀警惕："文学很容易变成纸上谈兵、无病呻吟，在现实生活中一事无成。一辈子写美人，连个对象都找不到。"②这样，从文学与政治的关系上，王蒙小说的"八十年代"叙事一方面构成了与主流文学界同构的宏大政治理想，另一方面又浸润以文学的真挚情感和深厚经验以及艺术感受力。而且非常神奇的是：文学与政治——这在中国现当代文学史上通常冲突与分裂的两个因素，在王蒙小说中一直和谐地相处。现当代中国作家大多强调政治对文学的压迫性一面，王蒙则肯定政治对于文学的提升作用。在政治和文学的关系中，王蒙更心仪的还是那些伟大政治家写就的不朽之作，譬如王蒙曾经赞誉中国政治领袖毛泽东的词。但是，与此同时，在自我选择上，王蒙宁愿自己成为一位有政治关怀的文学家，因为王蒙认为："一个政治家不能按个人的情绪和兴趣办事。"③所以，王蒙并没有因为个人兴趣而让二者关系对立起

---

① 王蒙：《政治家的文学与文学家的政治》，2006 年 6 月 2 日王蒙在中国海洋大学演讲稿。

② 王蒙：《政治家的文学与文学家的政治》。

③ 王蒙：《探寻中国文化更新与转换的契合点》，见《王蒙文存》第 20 卷，人民文学出版社 2003 年版，第 97 页。

来，或者舍弃政治议题。

王蒙小说对于政治与文学关系具备高超的处理能力，这从王蒙的第一部长篇小说《青春万岁》开始，就确立了政治与文学相互生成、和谐拥抱的革命与青春的小说主题。1984 年，王蒙曾经追忆《青春万岁》的写作动因："我怀恋革命运动中慷慨激越，神圣庄严，我欢呼大规模的、有计划的社会主义建设的绚丽多彩、蓬勃兴旺，我注视着历史的转变当中生活与人们的内心世界的微妙变化与万千信息，我为我们这一代人——经历了旧社会的土崩瓦解、全国解放的欢欣、解放初期的民主改革与随后的经济建设的高潮的一代少年——青年人感到无比幸福与充实，我以为这一切是不会再原封不动地出现的了，我想把这样的生活和人记录下来。"① 这段自述不仅是解读《青春万岁》的切入点，而且也是进入王蒙整个小说世界的入口。在这些话语的表述中，虽然王蒙极力规避"五四"一脉现代小说的启蒙者的居高临下的叙述者身份，但也从来不曾将自己的小说降格为凡庸之辈的写作。甚至可以说，在现实的意义上，以《青春万岁》为起点的王蒙小说比启蒙一脉的现代小说更具智性的经验和力量。为一个时代立言、为一代人代言的文学传统与现代知识分子的价值观，一直有机地构成王蒙小说的写作目标和恒久的写作动因。

由这个目标出发，王蒙小说"八十年代"叙事回眸了反右时期和"文革"十年的荒谬历史，并将当代中国"八十年代"隐喻为天堂中的政治。所谓"天堂中的政治"，是借用了普林斯顿大学教授、著名书评人迈克

---

① 王蒙：《我的第一部小说》，见《王蒙文存》第 21 卷，第 88 页。

尔·伍德的说法。迈克尔·伍德将"天堂中的政治"比喻为批评本身的理想形态，用伍德的话说，就是"我试图做的批评的形态"①。但是，对于王蒙小说而言，"天堂中的政治"则有特定的所指。即 80 年代的王蒙小说仍然坚持以文学的方式关注政治议题，而且政治与文学的关系仍然处于和谐、理想的小说世界中。

从这个意义上讲，王蒙小说的"八十年代"叙事与八十年代其他当代作家创作一样，将"激情"、"浪漫"、"理想主义"、"乐观主义"、"社会主义"、"历史"、"文化"、"使命"作为其关键词。其中，"激情"位居首位。其中原因，一方面源自八十年代整体文化氛围的影响，当时的文化情状恰如作家李陀的回忆："八十年代一个特征，就是人人都有激情。什么激情呢，不是一般的激情，是继往开来的激情，人人都有一个抱负。这在今天青年人看起来可能不可思议。其实那种责任感和激情是有由来的，是和过去的历史衔接的。……那时候人人都相信自己对历史的责任感。"②但另一方面也源自王蒙自身的特异经历：八十年代，复出后的王蒙虽然告别了青春岁月而步入人生的中年时代，虽然经历了升降起伏的生活变迁，但政治与文学结伴同行的"天堂"毕竟失而复得，王蒙倍加珍惜这个"天堂中的政治"而重新燃烧起生命的激情。无论是复出后最早引起争议、发表于 1979 年 12 月的《布礼》，还是随后如集束炸弹一样引起文坛轰动效应、发表于八十年代初期的《夜的眼》、《风筝飘带》、《蝴蝶》、《春之声》、《海的梦》、《深的湖》、《心的光》、《杂色》，

---

① ［英］迈克尔·伍德：《沉默之子》，顾均译，生活·读书·新知三联书店 2003 年版，第 5 页。

② 查建英主编：《八十年代访谈录》，生活·读书·新知三联书店 2006 年版，第 252 页。

或者发表于八十年代中后期的激情、锐气不减的《焰火》（1984 年）、《来劲》（1987 年）、《坚硬的稀粥》（1989 年），都反复出现激情燃烧的诗句。这些句子的微妙和力量主要显现在：在主流文学界看来根本无法避免伤痛的地方避免了伤痛，在主流文学界难以逾越的地方进行了逾越。当主流文学沉湎于历史的伤痛性记忆而难以自拔之时，王蒙小说却以理想主义情怀叙述自己的无怨无悔。当主流文学界徘徊于故事小说与性格小说之时，王蒙率先开启了意识流的心理小说。

但是，王蒙小说"八十年代"叙事从来没有纵容激情，或者说，充沛的激情始终配合以强大的理性。对于这一点，同是作家的曹文轩分析得非常透彻："八十年代的中国心理小说，既不夸大本能和直觉，也不轻视客观现实，理性的光辉始终照耀着心理王国，而引起心理产生各种变化的又正是客观现实——心理是客观现实的聚光点和光的折射棱柱。《蝴蝶》、《春之声》、《海的梦》莫不如此。"[①] 正是由于理性的把握，王蒙小说的"八十年代"叙事如是看待"八十年代"：我们付出巨大牺牲不是为了倾诉伤痕，不是为了以文学的形式唤起人们怜悯的情感。恰恰相反，在这个失而复得的"天堂"中，"政治"被解释成一种重新焕发的生命激情，一种与主流文学话语同构的承诺。

也正是由于理性的把握，王蒙小说的"八十年代"叙事不仅认同，而且先行于八十年代文学界的主流话语。譬如：1980 年 8 月，王蒙在中国社会科学院文学研究所、当代文学研究会等单位联合召开的王蒙作品讨论会上的发言中，描述了"八十年代"未来图景："我觉得随着生活

---

① 曹文轩：《中国八十年代文学现象研究》，北京大学出版社 1987 年版，第 117 页。

的复杂化，随着人们文化水平的提高，它会越来越多要求多线条、快节奏的结构。"①这样的观点，在政治刚刚解冻之时，不能不令人叹服其预见力。可以说，八十年代文学界的诸种文学现象，王蒙大多前瞻性地有所预见、有所实践。其身体力行的文学实绩正如王蒙在九十年代的回顾：从现实主义的回归到现实主义的开拓和超越；从突破题材的禁区到改变题材的观念；从主题的丰富和实在到主题的化解；从风格的被承认到风格的难以捉摸；从语言的生活化到语言的艺术化②。其中原因固然很多，但王蒙的自身经历不可忽略。王蒙一路从"高处"走过（14岁入党，解放初期就立下了"职业革命家"的志向。1978年以后历任作协副主席、文化部长），王蒙小说的"八十年代"叙事自然有一种一般意义上的中国当代作家所少有的高度、力量和目光。这种"高处"的视角，使得八十年代王蒙小说的"八十年代"叙事虽然与大多数八十年代作家一样，书写改革开放的主旋律，但正如"政治家和思春的人写星星月亮不一样"（王蒙语），王蒙小说的"八十年代"叙事在认同于八十年代文学界主流话语之时又有所疏离。

王蒙小说的"八十年代"叙事除了激情，还有梦想。因为激情与梦想原本为一体。或者说，"天堂中的政治"之于王蒙，与其说是一个充满激情的"信念"，不如说是一个神圣的"梦想"。王蒙小说的"八十年代"叙事固然关怀现实世界中的政治，但也同样追求理想世界的梦想。这样，"天堂中的政治"一方面指向意识形态层面的大叙事，另一方面

---

① 王蒙：《在探索的道路上》，见《王蒙文存》第19卷，第40页。

② 王蒙：《新时期文学面面观》，见《王蒙文存》第19卷，第269—276页。

也指向理想主义层面的大梦想。不过，这两个方面并不冲突，而是互相生成。短篇小说《风筝飘带》主人公佳原的一段心理活动体现了王蒙小说的"八十年代"叙事立场：将国家意识形态的理想与个人的梦想统一起来。"佳原明白了。佳原也笑了起来。他们懂得了自己的幸福。懂得了生活、世界是属于他们的。青年人的笑声使风、雨、雪都停止了，城市的上空是夜晚的太阳。"①一对情侣没有获得房子的现实性失落被梦想所填充。这样的例子在王蒙"八十年代"叙事中随处可见。其实，"政治"和"梦想"的和谐关系不仅属于王蒙小说，而且属于那个时代的共鸣。张颐武的一段话语颇能传达 80 年代的集体记忆："八十年代是中国改革开放的'起点'。当时大家对于未来并不完全清晰和明确，却有一种对于变革的强烈的共识。当时人们对于文革时代的痛苦和压抑记忆犹新，大家都愿意寻找一个不同的未来。尽管人们的思想和意识千差万别，但对于变革的渴望，对于新的生活的期待，对于未来的承诺都是没有疑义的。那个'起点'确实是让中国人获得了新的可能和新的希望。这恰恰是八十年代最为可贵的一点。那时的物质生活仍然很匮乏，那时人们对于外部世界的理解很天真，那时的思想和价值很简单。但那毕竟是我们对于未来的信心的一部分。整个国家和它的人民都沉浸在一种变革的氛围之中，大家做事可能简单和片面，却有一种自信的力量和面对未来的勇气。其实，今天想来，那个时代的共识就是今天的'中国梦'"②。

---

① 王蒙：《风筝飘带》，见《王蒙文存》第 1 卷，第 278 页。

② 张颐武：《"八十年代"的意义》，《北京青年报》2006 年 9 月 3 日。

但是，王蒙小说的"八十年代"叙事与 80 年代主流文学界所不同的是：大部分文学作品只是对现今、眼前的发展变化进行肯定，而对过去的伤痛性记忆进行否定，因此拒绝对过去的记忆进行梦想。王蒙小说却不仅将梦幻作为小说的结构，而且将过去的梦幻作为一种真实。这些差异意味着冒险。因为按照当时主流意识形态的观点：梦想意味着虚空和反动。然而，王蒙小说坚持以文学的本体论解释梦想的本质，即在王蒙看来，梦想是主观的真实。正如王蒙 1980 年 8 月 27 日写成的一篇文章中指出："人们的理想、愿望、激情、想象、梦幻……都是生活中确有的，都可能是真诚的，而对于主观世界，真诚的东西都是真实的。"①这种对梦想的理解或许由于过去的生活在王蒙的记忆中不够惨烈，但更主要的是王蒙宁愿以梦想化解过去的苦痛。这种梦想叙事的写作立场，很容易让人联想到 50 年代王蒙小说的写作，仿佛《青春岁月》序诗中的梦想重新复活。但是，如果说 50 年代的王蒙小说只是对梦想的形状进行单纯的描述，那么 80 年代王蒙小说则是对梦想的功能做出现实的回应。这一点，在中篇小说《如歌的行板》的结尾有深刻的体现。当女主人公萧玲历尽磨难，终于听到以往青春时代如痴如醉的乐曲时，竟然心静如止水。不过这种平静不是死寂，而是生发一种新的梦想："现在，仅仅听这种透明而又单纯的音乐，是太不够了啊。我们需要新的乐章，比起贝多芬的第九交响乐，它应该更加雄浑、有力、丰富、深沉……"②梦想不是逃避现实，而是提升现实。这是王蒙小说"八十年

---

① 王蒙：《是一个扯不清的问题吗——谈文学的真实性》，见《王蒙文存》第 23 卷，第 71 页。

② 王蒙：《如歌的行板》，见《王蒙文存》第 9 卷，第 237 页。

代"梦想的形式。

当然，由激情和梦想构成的"天堂中的政治"首先是以文学的形式为前提的。但是，它也来自一种强大的文艺思想的支撑。80年代早期的"八十年代"叙事，王蒙小说主要忠实于马列主义、毛泽东的文艺思想。王蒙自 11 岁半开始，就接触马克思主义、毛泽东思想——艾思奇的《大众哲学》、毛泽东的《新民主主义论》①。解放后，他一直将毛泽东的《在延安文艺座谈会上的讲话》作为"伟大的起点"。新时期后，他的一系列创作经验谈、理论谈、思想谈都紧紧围绕马列主义、毛泽东文艺思想的框架而展开。如《"反真实论"初探》、《睁开眼睛说话》、《生活、倾向、辩证法和文学》等文章，都以毛泽东文艺思想为指导回应了当时的一些热点问题。可以说，马克思主义、毛泽东思想支撑了王蒙小说的"八十年代"叙事的信念。如《布礼》主人公钟亦诚在历尽劫难后仍然发出誓言："即使谎言和诬陷成山，我们党的愚公们可以一铁锹一铁锹地把这山挖光。即使污水和冤屈如海，我们党的精卫们可以一块石一块石地把这海填平。"② 不过，王蒙的文艺思想即便在忠实于马克思主义、毛泽东文艺思想之时，也在寻找另一种参照。1982 年发表的《谈我国作家的非学者化》、《人性断想》等文章透露出这种寻找。当然，这些思想尚处于零散化状态。

---

① 王蒙：《敞开心胸，欣赏与接纳大千世界》，见《王蒙文存》第 20 卷，第 126 页。

② 王蒙：《布礼》，见《王蒙文存》第 9 卷，第 66 页。

二、阳光和忧伤的个人记忆

王蒙小说的"八十年代"叙事固然认同、承当并先行于当时主流文学界的宏大主题，但与此同时，它也书写了王蒙阳光与忧伤相混合的个人记忆，尤其是那些远去的五十年代的青春记忆总是在"八十年代"政治与革命主题的缝隙中渗透出来。可以说，王蒙小说的"八十年代"叙事从来没有单纯地建立在八十年代文化环境之中，它始终与五十年代的黄金时代交错、叠加在一起。以"八十年代"的叙述视角追忆五十年代，是王蒙小说"八十年代"叙事的特异之处，也是王蒙小说所依托的生命的福地。

从某种意义上说，五十年代生活只有在"八十年代"叙事中才真正存在过。同样，反过来说，"八十年代"叙事只有和"五十年代"的记忆相互参照才能真正叙述。那么，五十年代的生活为"八十年代"叙事提供了什么样的支撑？或者，反过来说，王蒙小说的"八十年代"叙事让哪些五十年代的记忆浮现出来？从总体上来讲，那些与"八十年代"主流话语差异的地方，正是王蒙"五十年代"个人记忆的复活之处。换言之，正是王蒙的"五十年代"的个人记忆为王蒙小说的"八十年代"叙事提供了精神支撑。王蒙小说在八十年代的伤痛处怀念五十年代的阳光，在八十年代的乐观之时渗透着五十年代的忧伤。阳光与忧伤的小说品质，与其说接续了王蒙五十年代的叙事风格，不如说保留了五十年代的个人记忆。如果说"阳光"是革命浪漫主义精神的一种体现，忧伤则是王蒙对个人情怀的眷恋。二者的结合不仅使得王蒙小说产生了动人的情调、景致，而且建立了一个类似巴什拉所描述的"梦想的诗学"。譬如：《青春万岁》的充满梦幻与激情的序诗 ① 与巴什拉的诗句颇为相通："孩子是在自身的梦想中发现神话的，发现他不向任何人讲的神话。那时，神话即生活本身：我体验了生活，却不知我生活在我的神话中。"②只是，王蒙小说的"八十年代"叙事中，阳光与忧伤的成分更为复杂。面对曾经失落的过去，面对现实的生活本身，人们是否能够追寻那些飘逝的梦想？能否在自己身上发现那阳光或忧伤的本体存在？《布礼》、《蝴蝶》、《如歌的行板》等小说中的主人公曾经被抛到世界上，被抛到消极无人性的世界里，重新获得的世界是否能够让他们回到信任的世界、有自信的生存世界、梦想飞翔的世界？

由此，王蒙小说"八十年代"叙事的代表作大多呈现出一半阳光、一半忧伤的精神气质。八十年代前期的作品《蝴蝶》、《如歌的行板》、《海的梦》的色调、人物性格都是阳光与忧伤的组合。而且阳光与忧伤的组合处于一种平衡状态。它是理性对激情的掌控。如果忧伤滑向了颓废，那将是王蒙小说"八十年代"叙事所批判的对象。这种叙述的平衡在王蒙的八十年代早期的作品中得到完美的表现。无论主人公有过多少伤痛和犹疑，王蒙小说的"八十年代"叙事都竭力展现人物新的形象的光辉。《布礼》中的钟亦诚夫妇尽管蒙受冤屈，但一经平反昭雪，便不约而同地手拉手走上钟鼓楼，鸟瞰全城一派春光。《蝴蝶》中的张思远曾经在政治运动中有晴天霹雳之感，平反之后时有悲凉之气，但最终还是怀着

---

① 《青春万岁》的序诗写道："所有的日子，所有的日子都来吧，让我编织你们，用青春的金线，用幸福的璎珞，编织你们。"见《王蒙文存》第 1 卷，第 1 页。

② [法] 加斯东·巴什拉：《梦想的诗学》，刘自强译，生活·读书·新知三联书店 1996 年版，第 149 页。

期待迎接明天。特别是《如歌的行板》通篇都回荡着柴可夫斯基的小提琴曲，这首名曲不仅构成了小说的主题和结构，甚至它就是一种超力量的存在，正因如此，篇末小说结尾处主人公的"小资产阶级"的忧伤让位于"更加雄浑、有力、丰富、深沉"的新的乐章。这样，"五十年代"和"八十年代"两个不同的时代统一在生机蓬勃的个人记忆中。开放的"八十年代"唤醒了黄金的"五十年代"。"五十年代"再次生活在"八十年代"中。

　　但是，随着文化环境的变化和王蒙对于人性探索的深入，王蒙小说的"八十年代"叙事有时出现了阳光与忧伤失衡的倾向。譬如：80年代中后期发表的长篇小说《活动变人形》中的主人公倪吾诚是一个越界于阳光、忧伤之间乃至堕入颓废的复杂人物。他热爱生活、追求生活、渴望爱情，充满了对浪漫、阳光生活的向往，然而时代与性格的因素，他的生活总是处于忧伤之中，乃至颓废、绝望得不可自拔。小说对于这种人生价值取向选取了爱恨交织的批判的立场。这种批判的立场既有王蒙对小说美学层面的理解，也有王蒙的世界观的规定，还有一个男人对于一个男人的要求，借用王蒙的话语表达："我注意意境和情致，注意语言的音韵、节奏和色彩，胜过了用心谋篇布局、编排故事"①，"我反对非理性主义，我肯定并深深体会到世界观对于创作的指导作用"②，"一个男人一定要咬得紧牙关，不论什么处境，自己起码要扛得住自己"③。

　　当然，对阳光与忧伤的描述还是停滞在王蒙小说"八十年代"叙事

---

① 王蒙：《撰余赘语》，见《王蒙文存》第21卷，第84页。

② 王蒙：《关于创作的通信》，见《王蒙文存》第21卷，第58页。

③ 《王蒙自传》第一部《半生多事》，花城出版社2006年版，第98页。

的现象层面，归根结底，王蒙小说的"八十年代"叙事试图在集体记忆之外保留一份个人记忆。迈克尔·伍德说过："文学则是一种自由，不是因为它可以处理想象的题材，而是因为它在心智中重构现实，而心智是一个可以保护的游乐场，一个（有时候）可以躲开政治控制的地方。"① 王蒙也表达过类似的观点。"个人记忆"从某种意义上在王蒙的"八十年代"叙事中可以等同于个人自由。"八十年代"叙事从 80 年代中期以后以《来劲》为代表的作品，最来劲的地方就是尽情地享受了一位个体写作者的叙事自由。而这种自由的追求主要体现在文本的营造上。可以说，小说的世界为王蒙提供了无限探索的可能性。在这个自由的世界中，他可以将他的丰富、智慧、自然的生命状态过瘾地表现出来，不必正襟危坐、疑虑重重。如果说，作家王蒙的世界有许多个，那么这个保有个人记忆的写作世界则是他生命的福地。

　　而且，对个人记忆的忠实与对集体记忆的忠诚，传达了王蒙的文艺思想的另一个维度。如果说从社会学的层面王蒙小说的"八十年代"叙事坚持了马克思主义、毛泽东的文艺理论，那么在美学层面上则蕴涵了各种富有创造精神的艺术原则。其中有左翼理论资源的革命浪漫主义，苏联的社会主义现实主义，中国古典诗学理论，俄苏文学的情调和美感以及革命青春主题，西方批判现实主义、现代主义理论。但是，无论多么驳杂，王蒙小说的"八十年代"叙事的文艺理论思想始终服从于现实主义的理性精神。即便王蒙小说所推崇并实践的意识流，王蒙也没有照搬西方的理论，而是保持自己的理性认知："因为意识流首先是人的构

---

① ［英］迈克尔·伍德：《沉默之子》，第 61 页。

造，是人对自己的意识流动的一种反省、自省、自己对自己的觉察。所以意识流的因素远远在意识流的学说之前就存在。"①

三、悖论如何转化为"清明"

由于王蒙小说的"八十年代"叙事将最有共名性质的集体记忆从复杂的个人记忆中抽取出来，而那种或阳光或忧伤的个人记忆与谜语般的语境和历史连接在一起，这使得其所叙述的集体记忆与个人记忆都没有被简单地浪漫化。而且王蒙不只是一个小说家的身份，他还曾经是一位主管国家文化领域的政府官员。八十年代中后期，随着多元文化环境的确立，个人际遇的变化、叙事理论的吸取与探索等因素，使得王蒙的"八十年代"叙事发生了从悖论到"清明"的转换。

论及王蒙文学立场的转变，学界大多将注意力集中在九十年代以后"人文精神论争"之后的"二王"之争。事实上，在八十年代中后期，王蒙小说已经开始从忠诚的确信转向反思的悖论，由单纯的理想主义转向复杂的世俗化理想。于是，刚复出时王蒙小说在激情与理性之间的平衡日渐倾斜，阳光与忧伤的缝隙逐渐加大，"八十年代"叙事的悖论不可避免。而这种日渐冲突的悖论主要体现在八十年代后期的小说叙事中。

王蒙小说"八十年代"叙事充满悖论话语的是长篇《活动变人形》（1987 年 3 月出版）。这部小说强有力地表现了我们或可称为扭曲的悖论：理想成了一种虚妄的爱的形式，而对理想的偏执追求则是痛苦最深

---

① 王蒙：《我的几点感想》，见《王蒙文存》第 19 卷，第 228、226—227 页。

刻的表达方式。主人公倪吾诚自少年时代就因为"想不清人生的目标、人生的意义、人生的价值"而难以入睡，为人夫、为人父之后，由于更加执迷于西方文明而落得众叛亲离，直至生命即将终结时仍然困惑于："彼岸的世界，你是有，还是无呢？"一生一事无成、灵魂无法平静。对于整个悖论的逐渐加剧过程，我们固然可以理解为中西文化冲突的结果，但更意味着王蒙"八十年代"叙事陷入了理想与现实的不可调和的悖论漩涡。小说结尾，叙述者黯然地说："这热烈的痛苦的冲击毕竟把天空荡得摇滚翻覆，以及一再的垂落，终于还是没有飞的重力的威严，终于破碎了的心的梦……原有的位置。又加速，又抛起，又竖直和飞快地旋转。又平息，又下垂，又恢复了位置，一次又一次地飞起，一次又一次地落下，我们怎样结语？是说我们终于飞起，终于实现了人类的永远的热情和愿望，终于唤起了山河和大地吗？还是说我们的热情，我们的幻想，我们的御风而飞翔的梦终于是徒劳，终于还得停下，下到地面来呢？"① 这纠结的思绪正显示出王蒙小说"八十年代"叙事的纠结。通过深刻描述理想的扭曲——温柔、可怕、激情、暴力的扭曲，《活动变人形》做到了一方面既毫不留情地描写理想造成的人性的变形，另一方面又不至于使理想的追求者看上去只是精神不健全的变形人。爱与恨、理解与怜悯纠缠在一起，《活动变人形》打破了理想的神话。

不过，打破理想的神话，并不是放逐理想，而是由以往单向度的理想主义反观人生和自我。1988 年，王蒙发表了五个中短篇《一嚏千娇》、《球星奇遇记》、《夏之波》、《组接》、《十字架上》。它们一同传达王蒙对

---

① 　王蒙：《活动变人形》，见《王蒙文存》第 2 卷，第 324 页。

于单向度的理想主义写作立场的消解。其中，《一嚏千娇》犹如《蝴蝶》的续篇，但显然区别于《蝴蝶》双重视角下人物心理由分离到统一的协调过程：在张指导员、张书记、张副部长、老张头之间虽然有庄生梦蝶的恍惚之感，但分明有一种内在的联系，这联系"便是张思远自己"。《一嚏千娇》则选取多重视角，戏谑的叙述语调，让人物心理始终处于分裂之中。大人物老喷和一介书生老坎相互对比、相互作用却没有相互转化。人物的性格和命运充满叙述的不可靠性，或者无限的可能性。叙述的多重视角超越了叙述学的意义，并关涉王蒙对"八十年代"政治的态度和对知识分子的反思，借用小说叙述者的话语表达："我们是要思考一个问题，坎与喷，他们的相互作用到底是怎么回事。其次，坎与喷，到底哪种类型对国家和社会更有益、有用。"①

　　这样，王蒙小说的"八十年代"叙事抵达了始自于悖论的"清明"。即王蒙小说的"八十年代"叙事没有让人物在悖论中坠落下去，而是在悖论处重新上升。当人物在悖论中陷落得越深，叙述者的意志和理性就越强大。意志与理性的强大足以弥补悖论的巨大裂缝，正如《一嚏千娇》的叙述者所说："意志和理性可能成为一种压抑，制造出种种的虚伪和变态。但意志和理性也可以成为一种安排，成为一种光照，成为一种合情合理合乎智慧的聪明而又快乐的引导，制造出种种美和善的果实。"②可以说，正是意志与理性的强大逐渐让悖论转换为"清明"，而这种"清明"之境在曾经卷入沸沸扬扬的"稀粥事件"中表现无遗。《坚硬的稀粥》

---

① 　王蒙：《一嚏千娇》，见《王蒙文存》第 10 卷，第 124 页。
② 　王蒙：《一嚏千娇》，见《王蒙文存》第 10 卷，第 93 页。

（1989 年）可以作为多重意义的文本进行解读，因为它将政治、经济、文化、家庭伦理问题放置在一起进行构思。但是，令人拍案称奇的是：那么多问题所引发的悖论竟然悄然平息了。就连小说中"比正式成员还要正式的不可须臾离之的非正式成员——徐姐"的无疾而终也没有掀起情节的波澜。一切悖论都始终符合叙述者的预期："理论名称方法常新，而秩序是永恒的。"① 同时，一切悖论也无法改变这个预期的结局："许多时日过去了。人们模模糊糊地意识到，既然秩序守恒，理论名称方法的研讨与实验便会自然降温。做饭与吃饭问题已不再引起分歧的意见与激动的情绪。做饭与吃饭究竟是技术问题体制问题还是文化观念问题还是其他别样的过去想也没想过的问题，也不再困扰我们的心。看来这些问题不讨论也照样可以吃饭。"② 以本土文化的"不变"应对异域文化的"万变"，既是《坚硬的稀粥》的写作冒险，也是王蒙小说的"八十年代"叙事与主流文学界一味接受西方文化的疏离之处。

　　只是，问题接踵而至：支配王蒙小说"八十年代"叙事从悖论转向"清明"的思想资源来自哪里？概言之，经验。包括生活经验和艺术经验。王蒙自述"没有接受过严格的概念训练"③，但是，王蒙拥有的丰富的生活经验与过人的智慧，逐渐形成了穿越概念的心智。八十年代中后期，王蒙对于主流文艺理论有一种突围的跃跃欲试的冲动。在一次青年文艺理论批评工作者座谈会的讲演中，王蒙围绕"主体和对象"的议题提出了自己的看法："文学艺术是人类心灵追求自由的表现。它表明人

---

①　王蒙：《坚硬的稀粥》，见《王蒙文存》第 13 卷，第 18 页。

②　王蒙：《坚硬的稀粥》，见《王蒙文存》第 13 卷，第 18 页。

③　王蒙：《说不尽的现实主义》，见《王蒙文存》第 20 卷，第 212 页。

类历史是从必然王国向自由王国发展的历史。文学艺术既是对现实的一种反映，也是对现实的一种突破。为的是使心灵达到理想的境界。在创作中，既有生活的心灵化，也有心灵的生活化，没有心灵的生活是一种僵化的生活，没有生活的心灵是空虚的心灵。"①这些话语与其说是对当时主流文学界"反映论"的辩证解释，不如说是对其的大胆偏离。1986年王蒙在一个理论札记中说得更为直截了当："追求真理的道路是多种多样的，不存在追求真理的唯一的与笔直的长安大街。很少有人是因为从一出生便系统地接受马克思主义的理论传授而成为马克思主义者的。相反，倒是有多得多的人既接触马克思主义也接触别的思想、文化、风俗、价值标准、行为规范，尤其是接触实际，同时接受现实生活实践的挑战、压迫、启示、鼓舞，随时回答现实生活提出的各种问题"，"总之，无论多么伟大重要的理论，我们都无法依靠它自身的推导来解决一切问题，无法靠它自身的推导与宣传使人们接受它。人民是理论的主人，理论为人民所用。生活是理论的母亲，理论为生活所塑造"②。这两段话语完全可以概括为：经验远比理论更丰富、更接近真理。沿着这种思路，王蒙小说的"八十年代"叙事由马克思主义理论出发，将心智中的生活经验作为通向真理的道路。王蒙小说"八十年代"叙事逐渐呈现"清明"之气，并不是因为心智是他生活的地方，而是因为他的心智在经验世界有着思考的嗜好并将思考作为生活方式所致。

　　总之，王蒙小说的"八十年代"叙事由激情的、梦幻的、单纯的理

---

① 王蒙：《我的几点感想》，见《王蒙文存》第 19 卷，第 228 页、226—227 页。

② 王蒙：《理论、生活、学科研究问题札记》，见《王蒙文存》第 23 卷，第 166 页。

想主义逐渐转为理性的、入世的、复杂的经验主义。如果说精神层面的
理想王国曾经是王蒙小说的"八十年代"叙事的强大支撑，那么，世俗
层面的经验王国同样是其坚实依托。在这种具有相对主义之嫌的立场转
换中，隐含了王蒙意欲告别二元对立的思维的努力。这种立场的思想资
源，我以为与其说是后现代的解构主义哲学，不如说源自王蒙先生自身
的生命哲学。正是生命哲学的积累和体悟使得王蒙小说的"八十年代"
叙事由悖论抵达"清明"。

（原载《文学评论》2007 年第 6 期）

论王蒙与苏俄文学

温奉桥

苏俄文学对王蒙创作的影响是内在而深刻的。苏俄文学在本质的意义上影响了王蒙的个性气质、文学精神，以及文学创作的价值取向和整体风貌。苏俄文学构成了王蒙文艺思想的重要精神资源，也成为王蒙文学创作的一种重要质素。应该说，对王蒙那代人而言，都或轻或重地存在着某种"苏俄情结"，这是与他们所生活的时代密切相关的，而这种"苏俄情结"之于王蒙尤甚。苏俄文学可以说是王蒙的第一个生活和文学的老师。

一

20 世纪中国文学与苏俄文学的关系极为复杂。似乎还没有另一个国家的文学像苏俄文学那样对中国文学产生如此深远而复杂的影响。郁达夫曾说："世界各国的小说，影响在中国最大的，是俄国的小说。"[1]
产生这种现象的原因是多方面的，其中最主要的是社会政治的原因。瞿
秋白在分析中国现代作家认同俄罗斯文学时曾说："俄国布尔什维克的
赤色革命在政治上、经济上、社会上生出极大的变动，掀天动地，使全
世界的思想都受他的影响，大家要追溯他的远因，考察他的文化，所以
不知不觉全世界的视线都集中于俄国，并集于俄国的文学，而在中国这
样黑暗悲惨的社会里，人都想在生活的现状里开辟一条新道路，听着俄
国旧社会崩裂的声浪，真是空谷足音，不由得不动心。因此大家都要来
讨论研究俄国。于是俄国文学就成了中国文学家的目标。"[2]实际上，自
十月革命后，苏俄文学即对中国现代作家特别是左翼作家产生了较为深
刻的影响。鲁迅、瞿秋白等都自觉翻译、介绍过苏俄文学。鲁迅一代人
是怀了某种寻找革命真理的心态接受苏俄文学的。早在上个世纪二三十
年代，法捷耶夫的《毁灭》、绥拉菲莫维奇的《铁流》，就对当时的革命
青年产生了重要的思想上的影响。如果说鲁迅一代作家尚出于某种个体
自觉来接受苏俄文学的话，那么新中国成立后的五十年代，在"走俄国
人的路"、"苏联的今天就是我们的明天"、"学习苏联老大哥"的浓烈政
治氛围中，对苏俄文学的"热情"达到了前所未有的高潮，苏俄文学在
中国的影响也达到了高潮。中国读者大规模地阅读和接受苏俄文学的影
响，是在 1950 年代中苏关系"蜜月期"。据统计，从 1949 年 10 月至
1958 年 12 月，中国共译出苏俄文学作品达 3526 种（不记报刊上所载

---

[1] 《小说论》，见《郁达夫文集》第 5 卷，花城出版社、三联书店香港分店 1982 年版，
第 14 页。
[2] 《瞿秋白文集》第 2 卷，人民文学出版社 1954 年版，第 543—544 页。

的作品），印数达 8200 万册以上，分别约占同时期全部外国文学作品译介种数的三分之二和印数的四分之三。① 这个数字是相当惊人的。在当时中国当代文学创作还不是十分繁荣的时期，苏俄文学极大地刺激和满足了中国读者的阅读激情，苏俄文学对新中国一代人世界观、人生观的形成，以及个性塑造和精神成长都发挥了极为重要的作用。此时，对苏俄文学的介绍、翻译等，已经不再是单纯的文学行为了，而是一种强烈的意识形态行为，是把苏俄文学看作"20 世纪世界社会主义文学的主流与榜样"② 来学习、接受的，"当时苏联的任何文艺理论的小册子都被看作是马克思主义的经典，得到广泛传播"③。王蒙就是在这种苏俄文学"运动"中成长起来的作家。

王蒙与鲁迅、瞿秋白那代作家对苏俄文学的接受是不同的。他们各自接受了苏俄文学的某一部分、某一方面。鲁迅、瞿秋白等接受的是苏俄文学的批判主义精神，更为看重的是苏俄文学的"为人生"的人道主义一面，鲁迅认为："俄国文学是我们的导师和朋友。因为从那里面，看见了被压迫者的善良的灵魂，的酸辛，的挣扎"④。而王蒙等新中国一代作家，他们所生活的时代语境已与鲁迅截然不同，与鲁迅等人接受的十九世纪俄国批判现实主义文学相比，他们更容易接触到和接受的是

① 陈建华：《20 世纪中俄文学关系》，学林出版社 1998 年版，第 184 页。

② 吴元迈：《在中国苏联文学研讨会开幕式上的讲话》，《外国文学研究》1994 年第 3 期。

③ 童庆炳、许明、顾祖钊：《新中国文学理论 50 年》，安徽大学出版社 2000 年版，第 4 页。

④ 《南腔北调集·祝中俄文字之交》，见《鲁迅全集》第 4 卷，人民文学出版社 1982 年版，第 460 页。

二十世纪苏联社会主义现实主义文学，因此，王蒙等人在接受苏联文学的人道主义的同时，更多地接受的却是苏俄文学的理想主义、浪漫主义精神的一面。如果说鲁迅接受的是安特莱夫孤寂和冷峻、阿尔志跋绥的消沉和悲观，那么，王蒙接受的却是苏联文学的光明和浪漫。

在当代作家中，接受苏俄文学影响之深之巨，似乎没有超过王蒙的了，苏联是王蒙心中"永存的桃源"①。早在王蒙的少年时代，苏联就已经作为一个"美丽的梦"存在于王蒙的心中了："苏联是我少年、青年时代向往的天堂"②；王蒙说共和国的第一代青年是"相信的一代"，这其中就包括对苏联的"相信"："我们的基本背景是新中国的诞生，这一代人信仰革命信仰苏联"③。甚至，在王蒙心中，苏联与生命、理想、青春和爱情互为同义语："对于我——青春就是革命，就是爱情，就是文学，也就是苏联"。甚至在上个世纪六十年代，年轻的王蒙得知苏联已经"变修"，成为我们的"敌人"的时候，感到"撕裂灵魂的痛苦"④。王蒙在《访苏心潮》中曾说："五十年代，我不知道有多少次梦想着苏联……那时候我想，人活一辈子，能去一趟苏联就是最大的幸福。去一趟苏联，死了也值。"⑤苏联的一切都已经溶化进了王蒙的血液之中，正如王蒙所说："你永远不可能非常理智非常冷静非常旁观地谈论这个'外

---

① ［俄］谢尔盖·托罗普采夫：《王蒙心里永存的桃源》，见王蒙：《苏联祭》，作家出版社 2006 年版，"附录"。

② 王蒙：《关于苏联》，见王蒙：《苏联祭》，第 175 页。

③ 王蒙：《你是哪一年人》，《文学自由谈》1997 年第 6 期。

④ 王蒙：《关于苏联》，见王蒙：《苏联祭》，第 21 页。

⑤ 王蒙：《访苏心潮》，见《王蒙文存》第 14 卷，人民文学出版社 2003 年版，第 275 页。

国'，看这个国家。你为她付出了太多的爱与不爱，希望与失望，梦迷与梦醒，欢乐、悲哀与恐惧……这占据了我们这一代人还有上一代人特别是革命的老知识分子的一生"①。大概没有第二个作家，在苏联的"社会主义试验"失败之后，以《苏联祭》"迎接与纪念苏联十月社会主义革命九十周年"。其实，在王蒙的内心，他所要"祭"的，除了苏联，大概还有自己的青年时代。从这个意义上讲，王蒙将《苏联祭》称为自己的"心史"，也就绝非偶然了。

王蒙对苏联的认识是从苏联歌曲开始的，甚至可以夸张一点说，王蒙是唱着苏联歌曲走向革命和文学，更是走向自己的青春的。正如王蒙自己所说，他会唱的苏联歌曲"比王府井大街上的灯火还多"②。王蒙十一岁的时候，"从我党地下工作人员那里学会的第一首进步歌曲便是苏联的《喀秋莎》"③。王蒙把《喀秋莎》比喻为自己的"少年"和"早恋"；《华沙工人》是自己的"少共青春"；《太阳落山》是王蒙的十六岁；"在高高的山上有雄鹰在飞翔"等歌颂斯大林的歌曲构成了王蒙的十八岁；《蓝色的星》是十九岁的王蒙；《小路》、《快乐的风》是二十一岁王蒙的主旋律；《纺织姑娘》则是王蒙的二十二岁；此外如《雪球树》、《我们明朝就要远航》、《莫斯科郊外的晚上》、《田野静悄悄》、《山楂树》、《祖国进行曲》、《红莓花开》、《三套车》……这些苏联歌曲伴随着王蒙走过了自己的青年时代。苏联歌曲的魅力来自于它浓厚的人情味和抒情性，而这种人情味和抒情性，以及特有的健康、明朗、阔大、深情、忧伤、委

---

① 王蒙：《关于苏联》，见王蒙：《苏联祭》，第 31 页。

② 王蒙：《关于苏联》，见王蒙：《苏联祭》，第 157 页。

③ 王蒙：《关于苏联》，见王蒙：《苏联祭》，第 143 页。

婉，对王蒙的吸引力是很大的。

对王蒙文艺思想的形成和文学创作产生更直接更深刻影响的是苏联文学。"苏联文学给我的影响说也说不尽。我不仅是从政治上而且是从艺术上曾经被苏联文学所彻底征服"①，这种"彻底征服"，不仅使王蒙走向了文学，也使王蒙走向了革命："我之走向革命走向进步，与苏联文艺的影响是分不开的，我崇拜革命崇拜苏联崇拜共产主义都包含着崇拜苏联文艺"②。王蒙甚至认为《钢铁是怎样炼成的》"培养了一国又一国、一代又一代革命者"③，事实上，把自己锻炼成钢铁一样的布尔什维克，曾是年轻王蒙的理想和追求。苏俄文学是王蒙"走文学之路的一个重要启迪"④。

二

苏俄文学对王蒙的影响，首先表现在文学精神层面。王蒙在十二岁即刚刚成为党的地下组织的"进步关系"时，即读了奥斯特洛夫斯基的《钢铁是怎样炼成的》，并且"奉为圭臬"⑤，《钢铁是怎样炼成的》成为了王蒙生活的"教科书"，也为他后来"文学和革命是不可分割"⑥ 文学

① 王蒙：《关于苏联》，见王蒙：《苏联祭》，第 175 页。
② 王蒙：《关于苏联》，见王蒙：《苏联祭》，第 202 页。
③ 王蒙：《从实招来》，见《王蒙文存》第 14 卷，第 346 页。
④ 王蒙：《从实招来》，见《王蒙文存》第 14 卷，第 346 页。
⑤ 王蒙：《从实招来》，见《王蒙文存》第 14 卷，第 346 页。
⑥ 王蒙：《〈冬雨〉后记》，见《王蒙文存》第 21 卷，第 19 页。

观念的形成，起到了强有力的榜样作用。苏俄文学特别是苏联时代革命现实主义文学，具有一种浪漫主义、理想主义的精神，具有一种坚定、宏阔、明亮的内质，"苏联文学的核心在于正面人物，理想人物，正面典型，'大写的人'等等范畴。他们肯定人、人生、人性、历史、社会的运动与前进。他们写了那么多英勇献身的浪漫主义的革命者，单纯善良无比美妙的新人特别是青年人，疾恶如仇百折不挠的钢铁铸就的英雄。他们歌颂劳动、祖国、青春、爱情、生活、友谊、忠贞、原则性、奋斗精神，歌颂祖国、革命、红旗、领袖、苏维埃、国际主义……"①《钢铁是怎样炼成的》、《铁流》、《士敏土》与《青年近卫军》等革命文艺的理想主义和浪漫情调，不但滋润了王蒙的文学性灵，而且深刻影响了王蒙的文学精神、艺术个性。

苏联文学的那种特有的革命的理想主义、乐观主义在精神气质上深刻地影响了王蒙，使王蒙的心态和创作，都充满了一种特有的"光明"和乐观。王蒙的这种精神气质，赋予王蒙创作以独特的文学个性和风貌，那就是始终洋溢在王蒙创作中的乐观主义、理想主义，以及那种明亮之色。王蒙作品中的这种稳定的一以贯之的品格，实与王蒙早年所受的苏俄文学中的乐观主义、理想主义影响相联系。评论家许觉民说："王蒙的小说一点也不回避生活中的消极面以至丑恶的事物，但是在揭示它们的同时，却透露着一种更重要的素质，就是有着光亮的和充满着希望、思想力量的东西。"②王蒙创作中所闪耀的这种"光亮"和"希望"，

---

① 王蒙：《苏联文学的光明梦》，见《王蒙文存》第 21 卷，第 433 页。

② 许觉民：《谈王蒙近作》，见崔建飞编：《王蒙作品评论集萃》，中国海洋大学出版社 2003 年版，第 1 页。

是与俄苏文学的精神相通的。卜键用"明朗高亮，执心弘毅"来形容王蒙的精神境界，并把王蒙创作的"基调"定位为"明朗"①，这是非常深刻而准确的。纵观王蒙的跨越半个世纪的创作，从五十年代的《组织部来了个年轻人》、《青春万岁》、八十年代的《蝴蝶》、《杂色》、《活动变人形》，一直到后来的"季节系列"小说，其间虽有风格、技巧上的衍变，但是，有一种贯穿始终的东西，一种从未改变的力量，那就是坚定、从容、乐观、硬气。特别是他的八十年代所谓"意识流小说"，虽然也大胆借鉴了西方的某些现代手法，但是他并没有走向晦暗幽深，局促恍惚，而是刚健硬朗，大气从容。在精神气质上，王蒙无疑更接近苏俄文学，墨西哥学者白佩兰称王蒙为"A Stubborn Writer"，这个"Stubborn"应该包含这样一层意思：硬气。王蒙作品中的确会回荡着一种"硬气"，这种"硬气"一方面来自于王蒙自"少共"时代革命经历所赋予的一种底气，另一方面也来自苏俄文学特别是"红色经典"的那种革命的乐观主义精神。

苏俄文学对王蒙文学精神的影响，还表现在其独特的生活感。一般认为，王蒙不但是个政治性极强的作家，而较少人注意到王蒙同时也是生活感极强的作家。这也与苏俄文学的影响有关。王蒙认为苏联文学与同时期我们自己的革命文学相比，主要具有六个方面的"显著的优点"，归结为一点，王蒙认为苏联文学具有其独特的"魅力"，这种魅力在于

①　卜键：《明朗高亮，执心弘毅——王蒙的人生境界和文学精神寻绎》，见温奉桥编：《多维视野中的王蒙——第一届王蒙文学创作国际学术研讨会论文集》，中国海洋大学出版社2004年版，第38—39页。

"它自始至终地热爱着拥抱着生活"①。这其实是吸引王蒙的更为个体性的深层原因。王蒙曾多次感叹：生活多么美好！这实际上构成了王蒙的人生观和创作的主旋律，这与苏联文学所表现出来的热爱生活、拥抱生活不无联系。王蒙小说如《海的梦》、《听海》、《木箱深处的紫绸花服》、《初春回想曲》等，其表现出来的柔情、温暖似乎更接近于苏联小说。

王蒙是个深具"生活感"的作家，俄罗斯汉学家谢尔盖·托罗普采夫说"王蒙将生活带入了文学，将文学回归了生活"②。与五十年代我们文学中的简单化、理念式、公式化的文学相比，苏联文学给了王蒙别样的满足和启发。可以说，苏联文学与王蒙息息相通。王蒙曾多次强调苏联文学的"生活气息"、"人情味"，实际上就是说苏联文学的生活感。苏联文学真正吸引王蒙的是在这种革命的理想主义、浪漫主义、乐观主义基调下，所表现出来的真正的"生活感"：对生活、生命，对爱情和美的肯定和赞美，以及对人的精神和心灵世界的大胆描写。苏联文学并没有把理想主义和生活对立起来，并没有把生活和人的心灵世界对立起来，这二者的完美融合，塑就了苏联文学特有的精神风貌和气质。王蒙在其自传中曾表达了一个长久的"疑问"："为什么例如苏联小说中极力描写渲染人的美感、多情、精神生活的丰富性在我们这里动辄被说成是'不健康''小资产阶级'？赏雨赏花，看云看鸟，追忆梦想，拭泪微笑，这些苏联人做起来就是美好，我们做起来就是不健康?"③王蒙的反问是切中我们文学要害的。我们这种"干巴巴"文学样态的形成，与诸多复

---

① 王蒙：《苏联文学的光明梦》，见《王蒙文存》第 21 卷，第 437 页。

② ［俄］谢尔盖·托罗普采夫：《王蒙心里永存的桃源》，见王蒙：《苏联祭》"附录"。

③ 《王蒙自传》第一部《半生多事》，花城出版社 2006 年版，第 89 页。

杂的因素相关，特别是与长期以来的教条式的"左"的文艺思想、文艺政策有关。苏联文学的这种丰富性、人情味、生活感在相当的程度上影响了王蒙的文学理想、文学追求和文学风格。

写出生活和人的丰富性，一直是王蒙文学创作的一个重要特征。王蒙从创作始初，就对这种"干巴巴"的黑白分明的文学样态、文学模式表达了不满，这在他的《组织部来了个年轻人》中有相当明显的表现。甚至，在一定程度上，《组织部来了个年轻人》后来之所以遭到批判，也与这部小说突破了当时这种教条式、简单化的政策图解创作模式有关。与当时流行的创作模式相比，《组织部来了个年轻人》显然属于"异类"，在这部小说中，王蒙写出了生活的丰富性，写出了人的即使是不那么先进如刘世吾性格的某种丰富性、复杂性。所谓"干预生活"、"反官僚主义"云云，简明则简明，但失于简单化，完全忽视、抹杀了小说自身的这种丰富性、复杂性，也完全无视这部小说所表现出的艺术上的创新。谈到这部小说的"生活感"，王蒙在与王干的"对话"中，曾专门有一段谈论《组织部来了个年轻人》中的"炸丸子开锅"：《组织部新来的年轻人》林震与赵慧文的感情很朦胧很伤感，送她出门时，有一个老头子推着车喊道："炸丸子开锅!"后来刘厚明跟我说，只有写"炸丸子开锅"，才是王蒙写的，任何人在这个时候不会加一个"炸丸子开锅"。也有人问我：为什么要加"炸丸子开锅"，我回答不上。《组织部新来的青轻人》里面还有一个，就是他们听《意大利随想曲》，写得很有感情，收音机放完，下面就放剧场实况。他们就把收音机关了。也有人跟我提，你用不着交代"剧场实况"，破坏情绪，我也说不上什么原因，觉得必然是剧场实况，而且再也不能是意大利随想曲了。《意大利随想曲》完了如果没有一个剧场实况，就像林震和赵慧文感情缠绵以后没有"炸丸子开锅"一样，如果感情一味缠绵下去，小说就变成琼瑶的小说了①。在《意大利随想曲》之后，来一个"剧场实况"，这其实很好地体现了王蒙的"生活感"，这种"生活感"是王蒙小说的一种特色。

三

在创作实践层面，俄苏文学对王蒙的影响也是显而易见的。对王蒙创造产生影响的除了诸如《青年近卫军》、《钢铁是怎样炼成的》等红色经典外，奥维奇金的《区里的日常生活》、尼古拉耶娃的《拖拉机站站长和总农艺师》、爱伦堡的《解冻》为代表的"干预生活"作品，对王蒙五十年代的创作产生了重要影响，这是无须讳言的。这一点早在《组织部来了个年轻人》中，就有明显表现。上个世纪五十年代中期，团中央曾发出号召，要全国青年和团员学习《拖拉机站站长和总农艺师》的主人公娜斯佳，而此时王蒙正是一名共青团干部。1956 年 1 月 21 日，中国作协创作委员会曾开会专门讨论苏联作家尼古拉耶娃的《拖拉机站站长和总农艺师》、奥维奇金的《区里的日常生活》以及肖洛霍夫的《被开垦的处女地》第二部等作品，与会者大都从"干预生活"的角度读解这些苏联作家的作品。众所周知，《组织部来了个年轻人》在故事模式上带有《拖拉机站站长和总农艺师》的影子，王蒙受到了这部小说"干预生活"的感动，同时又感到"娜斯佳的生活方式"的理想化、简单化，

---

① 《王蒙、王干对话录》，见《王蒙文存》第 20 卷，第 354 页。

触发了王蒙创作《组织部来了个年轻人》的热情，这两部小说，无论是故事模式还是人物形象，都有许多相似之处 ①。

　　对王蒙文学创作产生影响的苏俄作家很多，法捷耶夫、艾特马托夫尤甚，他们在不同的层面影响了王蒙及其创作。王蒙多次谈到，在他创作《青春万岁》的时候，曾一遍一遍地阅读法捷耶夫的《青年近卫军》，深深为之陶醉，感染，并称法捷耶夫是第一个"老师" ②。无论是在文学气质、精神格调还是某些细节乃至描写手法方面，《青春万岁》这部小说都可以看到《青年近卫军》的影响 ③。王蒙称法捷耶夫为"浪漫的深情的一代革命作家的代表" ④。王蒙与法捷耶夫有某种内心相通之处。王蒙曾多次谈到《青年近卫军》的一个细节：最使我感动的是小说快要结束的时候，就是写到这些人一个一个被德国人处死，忽然来了一段"我亲爱的朋友，在我写到这段的时候，我想起你"。到现在我还记得，就是写他在战斗中，他的朋友受了重伤，要喝水，于是在枪林弹雨之中他爬到河边用自己的靴子灌了一靴子水，回来以后战友已经死了，他就把充满士兵友谊和苦味的水一饮而尽。我到现在说起来都非常激动，我觉得太伟大 ⑤。王蒙之所以对《青年近卫军》的这一场面念念不忘，在于《青

---

① 参阅陈南先：《两朵带刺的玫瑰——〈组织部新来的青年人〉与〈拖拉机站站长和总农艺师〉之比较》，《广东职业技术师范学院学报》2002 年第 3 期。

② 《王蒙、王干对话录》，见《王蒙文存》第 20 卷，第 337 页。

③ 参见徐其超：《引进·选择·创造·输出——王蒙与苏俄文学》，《西南民族学院学报》1989 年第 4 期。

④ 王蒙：《影响了我的五十六篇美文·序》，见谢有顺主编、王蒙选编：《影响了我的五十六篇美文》，百花文艺出版社 2005 年版。

⑤ 《王蒙、王干对话录》，见《王蒙文存》第 20 卷，第 337—338 页。

年近卫军》所表现出来的那种乐观主义、英雄主义的文学精神，深深打动了王蒙的心。除此之外，《青年近卫军》在纯粹的小说技法层面，也影响了王蒙的创作："从此以后，形成了我在写任何作品的时候只要有了真的感情，我就想把我叙述的事全部议论一番，然后用绝对纪实就像给读者写信一样或就像给我的爱人或就像给我的好友写信一样把这些写出来"①。

王蒙说过，他对俄苏作家如托尔斯泰、屠格涅夫、果戈理、契诃夫、爱伦堡以及费定"都有很深的印象"②，特别是艾特玛托夫，王蒙更是情有独钟。王蒙甚至把艾特玛托夫与加西尔·马尔克斯、卡夫卡、海明威一起视作对新时期中国文学影响最大的四位外国作家。王蒙说："苏联作家里我最佩服的是钦吉斯·艾特玛托夫"③，艾特玛托夫的浓烈的人道主义以及浪漫的风格，特别是艾特玛托夫的"描写的细腻与情感的正面性质"都给王蒙留下了极深的印象，对王蒙的创作产生了影响，以至于"有意对之效仿"④，王蒙决心要写一篇"风格直追钦吉思·艾特玛托夫的作品"——《歌神》。当然，这种影响并非简单地表现为文学技巧层面的借鉴，更重要的表现为一种潜移默化的感染，一种思想、艺术层面的熏陶。艾特玛托夫作品的人道主义色彩和浓郁的抒情风格，对王蒙的以新疆为题材的创作产生极为内在的影响。艾特玛托夫是一个伟大的人道主义小说家，他总是与人民联系在一起，与大地、祖国联系在

① 《王蒙、王干对话录》，见《王蒙文存》第20卷，第338页。

② 《王蒙、王干对话录》，见《王蒙文存》第20卷，第361页。

③ 《王蒙、王干对话录》，见《王蒙文存》第20卷，第237页。

④ 《王蒙自传》第二部《大块文章》，第22页。

一起，其主要作品如《我的包着红头巾的小白杨》、《骆驼眼》、《永别了，古利萨雷》、《白轮船》、《花狗崖》等，无不以作者故乡的风俗人情和劳动人民的精神风貌作为描写对象，立足于社会底层的普通劳动者，揭示了光明与黑暗，善良与野蛮的斗争，发掘他们身上的美好品质，着力表现了吉尔吉斯劳动人民的"人性美"。艾特玛托夫对王蒙的影响最集中地体现在《在伊犁》以及其他以新疆为题材的西部小说。艾特玛托夫已经成为弥漫在王蒙这类作品中的一种元素和存在。

以新疆为题材的小说是王蒙整个创作中最为深情、浪漫的部分。《心的光》、《最后的陶》、《哦，穆罕默德·阿麦德》、《淡灰色的眼珠》、《虚掩的土屋小院》、《逍遥游》、《好汉子伊斯麻尔》、《歌神》等，不仅构成了王蒙创作而且已经成为了中国当代文学中别样的经验，王蒙的西部小说，相对于王蒙的其他作品而言，更像是一部"传奇"。在这些小说中，对边疆城镇、农村、雪山、草原等自然景物的描写，如《杂色》中对天山大草原自然风光的描写，《鹰谷》中对天山深处原始森林的景色，《逍遥游》中关于伊犁地区冬天雪景的描绘，都充满了浓郁的边疆风情，浪漫色彩，以及对边疆少数民族日常生活、民风民俗的描写，这的确如一些学者所指出的与艾特玛托夫的"中亚故事"颇为相似，《杂色》也带有艾特玛托夫《别了，古利萨雷!》的意味①。特别是王蒙在这类小说中所表现出来的浓烈的人道主义情怀，对社会底层劳动人民的深切的理解和同情，所体现出来的那种深沉的爱，带有艾特玛托夫小说的意味。甚

---

① 樊星：《王蒙与外国文学》，见温奉桥编：《多维视野中的王蒙——第一届王蒙文学创作国际学术研讨会论文集》，第 289 页。

至《杂色》这部小说，细细读来也带有正如王蒙自己所说的"普通人屡遭困顿却又终于被生活所启悟"①苏联小说模式的影子。

再如，王蒙的"季节"系列小说，特别是《失态的季节》和《踌躇的季节》，对主人公钱文所代表的一代知识分子痛苦的精神历程和心灵世界的描写，也使人想起阿·托尔斯泰《苦难的历程》之"在血水里浸三遍，在碱水里煮三遍，在清水里洗三遍"的名言。《活动变人形》作为一部"审父"小说，其对倪吾诚、姜静珍等那些"精神囚犯"的"热到发冷的拷问"，显然带有陀思妥耶夫斯基《罪与罚》的影子。还有，肖洛霍夫《静静的顿河》对人物内心和情感的描写，尼古拉耶娃用文学的形式表现人的内心世界，对人的精神世界的关注和描写，干预人的灵魂，也都给了王蒙八十年代的文学探索以启发，成为王蒙文学创新的某种思想和文学资源。

王蒙从不讳言苏联文学对自己的影响，所谓"影响的焦虑"在王蒙身上并不存在："我们这一代中国作家中的许多人，特别是我自己，从不讳言苏联文学的影响。是爱伦堡的《谈谈作家的工作》在1950年代初期诱引我走上写作之途。是安东诺夫的《第一个职务》与纳吉宾的《冬天的橡树》照耀着我的短篇小说创作。是法捷耶夫的《青年近卫军》帮助我去挖掘新生活带来的新的精神世界之美……这里，与其说是作者一定受到了某部作品的启发，不如说是整个苏联文学的思路与情调、氛围的强大影响力在我们身上屡屡开花结果"②。苏俄文学对王蒙的影响，不

---

① 王蒙：《学文偶拾》，见《王蒙文存》第23卷，第143页。
② 王蒙：《苏联文学的光明梦》，见《王蒙文存》第21卷，第432—433页。

是纯文学的，其意义已经超越了单纯的文学精神、文学创作层面，影响到王蒙精神气质、个性心灵。苏俄文学构成了王蒙的一种整体性存在。

（原载《理论与创作》2008 年第 3 期）

对王蒙早期文学创作的成功学解读

李宗刚

我们在对作家的文学创作之路进行研究时，经常会发现这样一种现象：最初一些崭露头角、才学比肩的人，随着时间的推移，空间的变化，有的人会默默无闻于乡闾，在历史的长河中没有留下一点痕迹；有的人则执着于自己追求的目标，始终不悔不弃，最终获得了较大的成功。当代著名作家王蒙无疑就是一位获得较大成功的人。王蒙，1953 年着手创作长篇处女作《青春万岁》，1955 年发表第一篇小说《小豆儿》，1956 年以《组织部新来的青年人》而引起轰动。王蒙以独特的思想和标新立异的艺术实践，成为中国当代文学史不可或缺的存在。那么，王蒙在早期文学创作上又是怎样获得成功的呢？本文拟从成功学有关明确的目标、积极的心态和正确的思想方法三个方面，以《王蒙自传》为依托对之作出解读，从而发掘出王蒙的文学创作获得成功的内在规律。

一

拿破仑·希尔认为："只要你拥有最起码的想象力，能清晰地描绘出你的未来，甜蜜地展望它。一旦把这样一幅美妙、生动的情景当作你'专心'的主要目标，并为之不懈奋斗，那么，结果将令你难以想象"①。其实，作家在成名之前，也是先把作家梦描绘出来，把它当作生活的全部和中心，然后再通过艰苦的奋斗历程，写出为社会承认的作品，使更多的读者为之感动和啧啧艳羡。王蒙在早期文学创作上获得巨大的成功，最为重要一点就在于他把作家梦想定位为自己明晰的人生目标，把文学创作当作人生的最终皈依，并在此基础上激发了自己对文学创作的热忱。

没有目标的文学创作，不但没有动力，而且难以保持文学创作的持久性。王蒙正是从对文学的热爱开始，逐步地把人生的价值追求和作家梦有机地契合在一起，无论身处何境，都导引着他锲而不舍地为之奋斗。正如王蒙所言："我相信，文学提升了人生，文学使男人英武而使女人美丽，文学使生活鲜艳而使战斗豪迈，文学使思想丰富使情感深邃使话语与岁月迷人，文学使天与地，月与星，鸟与兽，花与草，使金木水火土都洋溢着生命。文学与革命都追求献身，追求完美，追求圣洁，追求爱恋和永恒，文学是多么光辉的事业！"②这就是说，王蒙把文学看作了最值得献身，也同时最有终极价值的"事业"，以至于"接受它们

---

① 田野：《拿破仑·希尔成功致富全书》，内蒙古人民出版社 2002 年版，第 1 页。
② 《王蒙自传》第一部《半生多事》，花城出版社 2006 年版，第 118 页。

的时候，我的投入我的激动我的沉浸，使它们成为我的年轻的生命的价值追求，价值标准，价值情愫……而且成为王蒙的准宗教"①。如果说事业足以使一个人把自己的全身心投入其中的话，那么所谓的"准宗教"则完全构成了"活着"的全部意义和价值的最终归宿。事实上，王蒙正是在这一"准宗教"的导引下，才有了"不鸣则已，一鸣惊人"的成功。

作家梦这一清晰的人生目标，对一个作家的创作成功固然非常重要，但在实现这一目标的过程中，如果没有一定的清醒的生命反思和思想认同作为支撑，那所谓的目标就极有可能会成为断线风筝。王蒙作家梦的形成和实现，便与他对于平淡生活的反思紧密相连。王蒙说："我还要老实承认，我的日常工作渐渐让我看到了另一面，千篇一律的总结与计划，冗长与空洞的会议，缺乏创意新意的老套话车轱辘话……我相信自己应该有更大的学问，更高的能力，更精彩的成果，更宏伟的成就。我不愿意混同于庸庸碌碌，人云亦云，我不愿意原地踏步，照本宣科，颠过来倒过去，我要的是创造和前进。"②正是基于这样一种清醒的反思，王蒙才会从日常的工作轨迹中挣脱出来，开始了自己的文学创作之路。

人生目标的确立取决于人的价值观念。王蒙正是在对自我人生有着更大成功的期盼的时候，通过阅读，完成了对文学创作终极性的价值认同："爱伦堡的一篇文章《谈作家的工作》，他的文字如诗如歌，他把文学创作的美丽与神奇写得出神入化"，这促成了王蒙把价值认同归结

---

① 《王蒙自传》第一部《半生多事》，第 118 页。

② 《王蒙自传》第一部《半生多事》，第 121 页。

到了"文学是真正的永远。文学比事业还要永久"这样的终极目标上来，这才有"一个想法像闪电一样照得我目眩神迷：如果王蒙写一部小说？"① 王蒙正是在这一"想法"的基础上完成了作家梦目标的最终确立。

实际上，作家梦的核心点就是在众多的人生目标中，明确自己最期望到达的目标。没有明确的目标，作家就无法凝聚起精力和思维力，也就无法专注于一个领域。古人说过，吾学有涯，生也有涯，在这"学"与"生"都有涯的框定下，人要在有限的时间里创造出一点"人间奇迹"，也就只能采取"有所为又有所不为"的策略，对那些契合了目标的方面可以孜孜不倦而为之，而对那些与目标不相吻合者则视而不见，充耳不闻。正是有了明晰的"有所为又有所不为"，王蒙才会"悄悄地在一个僻静的地方从事我的有点像冒险家的尝试……我拿起片艳纸写我的伟大的小说，门一响我就用其他卷宗把小说草稿纸盖上。我觉得我的神色有点不自然，说话有点魂不守舍，希望结束谈话，越快越好，我有点不合群"②。这里的"魂不守舍"与"专心致志"恰好说明了王蒙把作家梦超然于一切追求之上。

如果说鲁迅皈依文学的目的在于通过文学改变国民的精神，这使鲁迅的作家梦获得了最为坚实的支点支撑，那么，王蒙的作家梦要获得支撑，自然也离不开一个支点的支撑。那么，是什么支撑着王蒙去追求作家梦这一目标呢？

首先，王蒙对死亡这样的生命哲学问题有着深刻的认识。死亡和存

---

① 《王蒙自传》第一部《半生多事》，第 121 页。
② 《王蒙自传》第一部《半生多事》，第 125 页。

在这样的哲学问题经常缠绕着他，因此，文学便构成了王蒙反抗死亡的一种方式。王蒙只有9至10岁时就对死亡产生了疑问："我问姐姐，你说死是怎么回事？姐姐的话并没有减少我对于死亡的恐惧，却使我愈想愈觉得睡觉是一件可怕的事，……我还想到我的身体并不健康，也许离死亡并不是那么遥远。……我忽然想，如果就这样睡去——死去呢？我只觉得正在向一个无底的深坑黑洞，陷落、陷落着再陷落着。"①这种对死亡的恐惧与反抗，即便是在团区委工作时，依然得到了强化，如"有领导当着我的面说，此孩太聪明，早熟的结果很可能是早夭"②。这说明，在王蒙的潜意识中，存在一个挥之不去的阴影。因此，王蒙把文学创作看作是永久的，恰好构成了对抗死亡的生命存在形式。

其次，从王蒙的心理情结来看，成就一番轰轰烈烈的大事业的"功名"心理一直潜藏于心灵深处。"功名"常常被看作狭隘且自私的心理，这就使人很少去谈什么"功名"在人生中的积极作用。似乎一个人精神越纯粹越高尚越伟大，就越会成为全社会的楷模，一旦染上了什么"功名"的毛病，就似乎犯了不赦的"原罪"。其实，渴望"功名"并在"功名"中确立自己在历史中的位置，本就是一切有志于未来、不甘于平庸或循规蹈矩的人的重要文化品格。这关键是看"功名"是否有利于自我人生潜能最大限度的释放，是否有利于社会公正公平且又和谐有序健康发展。王蒙正是在对历史和现实的深刻体悟的基础上，确立了作家梦的目标。

---

① 《王蒙自传》第一部《半生多事》，第35—36页。

② 《王蒙自传》第一部《半生多事》，第184页。

王蒙在实现作家梦目标的心理路程中，毛泽东诗词的宏大气势给他精神的洗礼作用不可小觑。这正如王蒙所说："我感到的是震动更是共鸣。青春原来可以这样强健、才华原来可以这样纵横，英气原来可以这样蓬勃，胸怀原来可以这样吞吐挥洒。我只能不揣冒昧地说，在近15岁的时候，……我开始找到了青春的感觉，秋天的感觉，生命的感觉，而且是类毛泽东的青年时代的感觉。"①"从这个时期，我发现了秋天也发现了自己，发现了生活，也发现了志气，发现了毛泽东也发现了诗：我不能虚度年华，不能碌碌无为，我必须努力，我应该努力，我自然要努力变成巨人。"②这显示着，王蒙在走向成功的道路上，已经确立了"巨人"目标，只不过通过怎样的"努力"成为什么样的"巨人"还没有"浮出历史的地表"。

最后，王蒙超越了自我人生局限、有着强烈的社会责任感。王蒙在革命理论的熏染下，其思想往往能够超越具体事实，获得较为深邃的内涵。早期，一些共产党人对王蒙有着很重要的启蒙。如李新的雄辩，"他的真理在手的自信，他的全然不同的思想方法与表达方法，他的一切思路的创造性、坚定性、完整性、系统性与攻无不克战无不胜的威力，使我感到的是真正的醍醐灌顶，拨云见日，大放光明。"③由此感受到自己"所有的这些卑微，所有的这些耻辱，所有的渺小和下贱，在接触到革命以后是怎样地一扫而光了啊……关于有朝一日闹翻身的愿望，

---

① 《王蒙自传》第一部《半生多事》，第83页。
② 《王蒙自传》第一部《半生多事》，第84页。
③ 《王蒙自传》第一部《半生多事》，第40页。

都因了革命的存在革命的主张而有了寄托了"①。这不仅使王蒙的人生获得了进一步的提升，还为他的作家梦涂上了丰瞻的社会色彩。再如王蒙在 1949 年 3 月被调入团市委时候，"被认定的优点有思想清楚、看问题尖锐、动脑筋等等"，而且还做到了"不论群众如何议论纷纷，莫衷一是，都要从大处高处总结几条：革命在前进，群众的觉悟在提高，我们的工作成绩显著，新的积极分子正在涌现之类"②。这一切尽管还显得很稚嫩，但作为一种观察和思考问题的思维方式，无疑对王蒙后来的文学创作起到了重要的作用。王蒙在中央团校"听了许多高质量高规格的大课"③ 之后，为其"理论知识打下了基础。此后我一直喜欢探讨辩证唯物主义与历史唯物主义，……我养成了分析思想、进行批评与自我批评的习惯，什么问题都能分析它一个头头是道，都能有个一二三条看法，我这时已经开始注意培养自己的理论能力了"④。如果考虑到这一点，那么《组织部新来的青年人》这篇小说的"宏大叙事"便是可以理解的了。

王蒙把作家梦和作品的社会意蕴有机地贯通起来，表明他把文学创作不仅看作实现自我人生价值的方式，而且也看作实现社会价值的方式。王蒙在确立了文学创作的目标之后，那他到底要赋予文学以什么样的社会意义呢？我认为，王蒙所表白过的"我挽留了伟大的时代，我挽留了美好的青春，我挽留了独一无二的新中国第一代青年人的激越，我

---

① 《王蒙自传》第一部《半生多事》，第 54 页。

② 《王蒙自传》第一部《半生多事》，第 76 页。

③ 《王蒙自传》第一部《半生多事》，第 7 页。

④ 《王蒙自传》第一部《半生多事》，第 80—81 页。

挽留了生命的火焰与花饰"①，可以看作王蒙对文学创作的社会意义的归结。该表白起码包含了如下的内容：对于自我所处的激越变革时代的书写；对青春在激越变革中的认同和书写；对新中国第一代青年人的整体人生的书写；对生命的存在形式的书写。这四点的核心还是王蒙对那个激越的时代以及激越青春的同构与矛盾的书写，特别是对矛盾的书写，使王蒙的作品被贴上了"干预生活"的标签。

在作家梦这一人生目标的召唤下，王蒙有了文学创作的热忱，并驱动着自我向着作家梦的目标接近："写作唤醒了所有的美梦。写作激活了所有的情感。写作调动了所有的记忆。写作生发了所有的趣味。"②王蒙为此而影响了"进步"，甚至还受到了领导的"批评"③，但这没有动摇他对作家梦的追寻："我知道从此我的一切经历经验，喜怒哀乐，阴晴圆缺，伟大渺小，风雨雷电，鸡毛蒜皮都有了色彩，有了意义，从此生命的一切都不会糟践，从此生命的强音奏响了。"④这正可以看作王蒙在皈依文学之后对于从事文学创作的终极意义的认同。

二

在希尔的成功学理论中，有一个很重要的概念叫隐性护身符："我们每个人都有着自己的隐性护身符，护身符的一面刻着 PMA（积极的

---

① 《王蒙自传》第一部《半生多事》，第124页。

② 《王蒙自传》第一部《半生多事》，第124页。

③ 《王蒙自传》第一部《半生多事》，第126页。

④ 《王蒙自传》第一部《半生多事》，第124页。

心态），一面刻着NMA（消极的心态）。……那么心态是怎样影响人的呢？则是'当你有一种信念或心态后，你把它付诸行动，就更能加强并助长这种信念了'。"①如果我们用这一理念来考察王蒙的早期文学创作之路，就会发现王蒙在文学创作中走向成功，恰好是其积极心态作用的结果。

实际上，在历史上获得成功的人，没有一个不拥有着积极的心态。王蒙在从事文学创作之时，就有着积极的心态。"我知道我与众不同，但是不同之处尚未得到权威的认可。我知道写作会使我大露头角，但是我知道我为此要付出不知什么样的代价。"②王蒙的这一表白恰好表明了他在从事文学创作时所拥有的积极心态。

当然，王蒙的积极心态并不是一朝一夕形成的，这与他青少年时代独特的人生经历和接触到的文化有着深刻的关联。

第一，王蒙在上学期间就以聪慧和成绩优异而著称，这对培植其积极心态起了奠基作用。王蒙进入了一般学生难以进入的"好学校"，这使他的积极心态在对比中获得了健康发展的机缘："我小学在北师附小。北师是北京师范学校（中专）的简称，现已不存。当时认为这是一个好学校。邻近的一个煤球厂的工人的孩子名叫小五儿，他几次想考这个小学，硬是不录取，他后来只好去上我们称之为'野孩子'上的西四北大街小学"。能够进入好学校，又成为好学生，"一年级的两个学期，我的考试成绩都是全班第三名"，"从二年级起，我次次考试皆是全班第一"③。王蒙的聪慧和优秀成绩，自然获得了老师的认同和肯定，这对培

---

① 《王蒙自传》第一部《半生多事》，第30页。

② 《王蒙自传》第一部《半生多事》，第124页。

③ 《王蒙自传》第一部《半生多事》，第29—30页。

养其积极心态更是起到了促进作用。像"二年级时我渐渐显出了'好学生'的特点，我的造句，我的作文，都受到华霞菱老师的激赏。……华教师对我的恩情我永志不忘"①；"我的初中几何老师王文溥是一个极其优秀的数学老师……数学问题上我也表现了自己的狂想遐想……他欣赏我的钻研精神"②；"整个阅览室只剩下了我一个人"，工作人员"见我不走，无可奈何，只好陪我不得下班，同时他们又笑嘻嘻地不无夸奖地欣赏我的喜读爱书"③。所有这一切，如果以王蒙的心态予以审视，便会发现这样的"激赏"、"欣赏"、"笑嘻嘻"，正好对其自我认同起促进作用。

第二，父亲王锦第极为良好的自我认同，对王蒙获得一种积极心态起到了潜移默化的作用。"北大学业后，父亲到日本东京帝国大学读教育系，三年毕业。回国后他最高做到市立高级商业学校校长。……有几分神气。"④王蒙的父亲作为一个理想主义者，尽管没有最大限度地实现自我价值，但他所具有的良好心态对王蒙潜移默化的影响还是不可否认的。

王锦第对王蒙的熏染，不但体现在人生理想上，而且体现在其主体意识的培养上："父亲强调社交的必要性，主张大方有礼，深恶痛绝家乡话叫作'怵（读上声）窝子'的窝窝囊囊的表现，说起家乡的女孩子在公开场合躲躲藏藏的样子，什么都是'俺不！'父亲的神态叫做痛不

---

① 《王蒙自传》第一部《半生多事》，第29—30页。
② 《王蒙自传》第一部《半生多事》，第48页。
③ 《王蒙自传》第一部《半生多事》，第48页。
④ 《王蒙自传》第一部《半生多事》，第7页。

欲生。"①也许，正是耳濡目染于这样的家教，才使王蒙在三年级首次参加讲演比赛时，看着底下那么多脑袋，那么多黑头发和黑眼珠并不打怵："这是我在公众场合讲话从不怵头的开端"②。王蒙这里所显现出来的"气度"，不能不说是积极心态使然的结果。

王锦第在骨子深处有着兼济天下的社会理想，这对培养王蒙的社会意识有着不可忽视的影响。"他热爱新文化，崇拜欧美，喜欢与外国人结交"，甚至连良好的生活习惯也能够升华到民族的高度来体认，如对孩子驼背这样的事情，"只要一发现孩子们略有含胸状，他立即痛心疾首地大发宏论，一直牵扯到民族的命运与祖国的未来"③。这立论上的归结点，恰好说明了其人生理想具有广泛的社会性特质。不仅如此，王锦第还有着理想主义的情结："父亲热心于做一些大事，发表治国救民的高论，研究学问，引进和享受西洋文明"④。所有这些形而上的追求，对早年王蒙积极心态的培养与强烈的社会使命感的形成起着潜在的影响。

第三，王蒙独特的生活经历，使他以小小的年纪就获得了较高的社会位置，这又进一步强化了其积极的心态。王蒙在十四五岁就参加了革命工作。对此，王蒙说："小小年龄，我得到了激情，得到了胜利，得到了无与伦比的欢欣，我趾高气扬，君临人世，认定历史的舵把就掌握在自己的手里。看到父母这一代人和更老的人，想到历朝历代的过往者，我相信他们都是白白地度过了一生……而今，人生从我这一代开始

① 《王蒙自传》第一部《半生多事》，第8页。

② 《王蒙自传》第一部《半生多事》，第30—32页。

③ 《王蒙自传》第一部《半生多事》，第8页。

④ 《王蒙自传》第一部《半生多事》，第10页。

啦。"① 王蒙年龄不大，却成了"老革命"，甚至一些年岁大的还称呼其为"老王"，这对王蒙的心态来说，自然会引发其无所不能的英雄气概。

第四，王蒙出手不凡所获得的称赞，又强化了其对自我的作家梦的认同，这对其从事文学创作时拥有的积极心态起到了决定性作用。作为作家，社会的认同和赞赏是其个人价值实现的重要标志。在通往文学创作成功的道路上，孜孜不倦地跋涉固然重要，但不能否认，社会赏识也同等重要。赏识意味着社会对其存在价值的一种认同，意味着自己逐渐地融入到社会中，成为其中的一分子。这种情形在文学界比比皆是，如鲁迅先生对胡风、萧军、萧红、王鲁彦等作家的赏识，就为社会的接受和认同起到了重要的作用。赏识从成功学的视角来看，其核心点在于促成了身处逆境的跋涉者拥有更为积极的心态，使他们的自信获得了强化，而这又反转过来促成跋涉者不断的攀登。

王蒙在还没有获得社会的广泛认同之前，便得到过时任北京电影制片厂编剧潘之汀的赞誉："你有了不起的才华"，这使王蒙感到"这样的说法又使我发了一回高烧，只如快乐死了一回"②。据王蒙回忆，萧殷高度评价了"我的'艺术感觉'"③；"吴小武同志肯定了我的激情，说：这篇东西改好，你会取得大的成功"④。王蒙把剧本草稿寄给曹禺时，甚至还获得了"邀我到他家共进午餐"⑤的殊荣。至于 1956 年春，应邀出席

---

① 《王蒙自传》第一部《半生多事》，第 75 页。

② 《王蒙自传》第一部《半生多事》，第 131 页。

③ 《王蒙自传》第一部《半生多事》，第 132 页。

④ 《王蒙自传》第一部《半生多事》，第 132 页。

⑤ 《王蒙自传》第一部《半生多事》，第 132 页。

了由作协与团中央联合召开的第一次青年创作者会议，更使王蒙"尝到了梦想成真的滋味"①。等到王蒙的《组织部新来的青年人》引发巨大的反响，以至于引起了毛泽东的重视，赞扬王蒙"是新生力量，有才华，有希望"②，这样的赏识，对王蒙最大限度地鼓荡起积极心态的风帆，就有了更为特别的意义。

王蒙后来对此反思道："我现在常想一件事，如果不是这样的结果而是另一样呢？如果吴小武与萧殷是把我的初稿干净利落地否定了呢？我还有勇气继续努力吗？多么脆弱的青春、才华、激情和创造的冲动呀！除了感激这些恩师，我能从中得出点什么更多的体悟来呢？"③王蒙的这些话语，不能不说是有着深刻道理的。因为一旦由于多次的努力而依然碰壁，那么积极心态就有可能转向它的反面，从而降低其成为作家的可能性。

第五，王蒙在和同时代人的对比中，强化了其对自我独特人生价值实现的渴望，进而拉动了其积极的心态进一步提升。王蒙和同时代人的对比，实际上是从两个维度上展开的。其一是王蒙潜在地把其父亲和同时代的人进行的对比，其父亲尽管北京大学毕业，尽管也有过三年的留洋生活，但和他同时代的同学或者一些同事相比，则显得寒碜一些。其父王锦第"在北大上学时同室舍友有文学家何其芳与李长之。我的名字是何其芳起的"④。父亲与这样一些文艺界具有影响的人物相比，不能不

---

① 《王蒙自传》第一部《半生多事》，第 133 页。

② 崔建飞：《毛泽东五谈王蒙〈组织部新来的青年人〉》，见温奉桥编：《王蒙·革命·文学——王蒙文艺思想研究》，人民文学出版社 2008 年版，第 180 页。

③ 《王蒙自传》第一部《半生多事》，第 132 页。

④ 《王蒙自传》第一部《半生多事》，第 7 页。

使王蒙在潜意识里产生反应。在王蒙那里，这一对比的坐标体系当是或潜在或显性地处于"在场"位置的，并对王蒙文学创作的积极心态起到促进作用。

另一个纬度上的对比，则是王蒙和同时代人的直接对比。这对比带来的震撼和影响对王蒙文学创作的影响无疑是更大的。这首先来自与身边的同龄人之间的对比："'红学'领域的两个小人物李希凡、蓝翎的一举成名令我心潮澎湃"，因为其中的蓝翎就是"我们区的团员"，"我们办理过对他的处分事宜"，但"他很快与李希凡一道调进人民日报文艺部则是令人艳羡的事实"，这由此激发了王蒙对"人不能没有成绩，人必须有所作为"[1]的认同和追求。其次，是和那些已经在文学创作上获得了较大成功的作家的对比。当王蒙"战战兢兢"地进入青年作家的圈子时，像刘绍棠、邵燕祥、邓友梅等青年作家就成了王蒙进行横向对比的参照系。实际上，当王蒙从事文学创作时，其所具有的危机感和紧迫感是不言而喻的："比你小两岁的刘绍棠已经名声大噪，紧随其后的从维熙已经崭露头角。你佩服感动得五体投地的邵燕祥已经巍然矗立。"[2]1956年春，王蒙应邀出席了由作协与团中央联合召开的第一次青年创作者会议，这对王蒙促成新的参照系的建立有着重要的作用。对此，王蒙说："像刘绍棠什么的，早已经加入作协成为会员，又比我辈写了个把东西就来开会强得多阔得多了。"[3]。正是在这样的历史情境中，王蒙建立了自我在青年作家中的坐标位置。这样的对比，在王蒙远离了

---

① 《王蒙自传》第一部《半生多事》，第121页。

② 《王蒙自传》第一部《半生多事》，第125页。

③ 《王蒙自传》第一部《半生多事》，第133页。

中国文学的中心地带后，依然存在并起着作用。

总的来说，王蒙的积极心态，不仅对其青少年时期的文学创作的成功起到了重要作用，而且还确保了他在新时期文学创作的再次辉煌。王蒙中年时期面对突然而至的"灾难"，依然能够以积极的心态审慎地对待，并逐渐地形成了处理危机的原则和方法，从而在"剑走偏锋"时不仅保持着积极的心态，而且以"天生我材必有用"的自我认同，积蓄着力量，保证了他以后走在了新时期文学前列。

三

在成功学理论中，希尔强调了培养正确的思想方法的重要性。认为正确的思想方法再加上积极进取的心态，能够使一个人获得伟大的成就①。其中，创造性思考是正确的思想方法中最为重要的一点②。如果我们由此观照王蒙早期的文学创作，可以发现王蒙能够获得文学创作上的成功，离不开其正确的思想方法的支撑。具体说来，王蒙在早期文学创作中所显示出来的正确的思想方法主要表现在以下几个方面：

第一，王蒙有着极强的模仿和创新能力。模仿是人接受既有文学精华的必不可少的一个环节，是创新赖以展开的重要平台。王蒙在对既有的文学传统继承的基础上，实现了对前人的文学精华的吸纳和转化。

早期教育所受到的文学熏染，对王蒙的文学创作起到了重要的引导

① 田野主编：《拿破仑·希尔成功学全书》，第 60 页。
② [美] 拿破仑·希尔：《成功法则》，刘树林译，中国发展出版社 2003 年版，第 383 页。

作用。这不仅体现在王蒙的语言中，而且还体现在王蒙所接受的审美启蒙上。例如"二年级后半学期，为了作文课的需要，我买了一本《模范作文读本》。给我印象最深刻的是范文中对于月亮的描写，可以说，我从此对月亮有了感觉，有了情绪，有了神往。"①"模范作文的另一个动人的主题是对于春天的吟咏。潺潺的流水。青青的草地。桃花杏花梨花丁香海棠都令我入迷。……模范作文中有几篇写母爱的文字，令我十分感动。"② 这表明像《模范作文读本》一类读物对王蒙的文学话语体系和文学主题建构的影响是深刻的。

王蒙在青少年时期读的文学名著非常多，这恐怕是他"少年有成"的根基所在：在 1945 年前后，王蒙读过的书就有《世界名人小传》③、《灭亡》、《日出》、《腐蚀》、《子夜》、《铁流》、《卖火柴的小女孩》、《活命水》、《灰姑娘》、《快乐的王子》、《稻草人》、《大克劳斯与小克劳斯》、《白雪公主》④。以后还有《悲惨世界》、《北京人》、《祝福》、《故乡》、《风筝》、《好的故事》、《莎菲女士的日记》、《水》、《木偶奇遇记》、《爱的教育》、《安徒生童话集》、《格林童话集》⑤、《孤村情劫》、《虹》、《妻》、《钢铁是怎样炼成的》、《时代三日刊》等⑥。正是在阅读中，王蒙"感觉良好，使我进入一个美好文明的世界，我明明觉到了，读书在增长我的知识、

① 《王蒙自传》第一部《半生多事》，第 34 页。
② 《王蒙自传》第一部《半生多事》，第 34—35 页。
③ 《王蒙自传》第一部《半生多事》，第 49 页。
④ 《王蒙自传》第一部《半生多事》，第 40—41 页。
⑤ 《王蒙自传》第一部《半生多事》，第 49 页。
⑥ 《王蒙自传》第一部《半生多事》，第 54 页。

见闻、能力。"①正是这样的积淀，使王蒙的文学创作在起步阶段就获得了较高的平台。

王蒙工作后，读书几近到了痴迷的程度。"我差不多把全部宝贵的休息时间（这个时间常常被占用），用到了阅读和欣赏（电影与演出）上。"②"我把更多的空闲时间放到阅读上了。我喜欢读爱伦堡的《巴黎的陷落》、《暴风雨》和《巨浪》。"并且在阅读的过程中倾注了浓郁的感情："我至今记得他写到的游击队的歌词：快点打口哨，同志，是战斗的时候了。我现在已经看不出这词有什么好处，但是当时这三句词也令我热泪如注。"③"我喜欢老托尔斯泰的《安娜·卡列尼娜》，他的笔触细腻生动，精当神奇。我从中开始感受到了爱情，感受到了人生，感受到了交际、接触、魅力与神秘，更感受到了文学的精雕细刻的匠心与力量"，"我用更舒适更贴近的心情读屠格涅夫"，"而陀思妥耶夫斯基令我震惊"，"1952 年的深秋与初冬的夜晚我在阅读巴尔扎克中度过"，"超越一切的是法捷耶夫的《青年近卫军》"，"我同时愈来愈喜爱契诃夫，他的忧郁，他的深思，他的叹息，他的双眼里含着的泪，叫我神魂颠倒。我也特别喜欢汝龙的翻译，顺溜而且文雅，含蓄而且深沉，字字句句都深入我心，发芽生长"④。此外，像《暴风骤雨》、《骆驼祥子》、《英士去国》、《到青龙桥去》⑤这些文学名著，也进入了王蒙的阅读视野，并成

---

① 《王蒙自传》第一部《半生多事》，第 48 页。
② 《王蒙自传》第一部《半生多事》，第 114 页。
③ 《王蒙自传》第一部《半生多事》，第 116 页。
④ 《王蒙自传》第一部《半生多事》，第 117 页。
⑤ 《王蒙自传》第一部《半生多事》，第 58 页。

为王蒙文学创作赖以展开的重要参照。

进入了文学创作的自由天地之后，王蒙总会带着破解他人创作的内在"密码"的视点来进行阅读，这对提升和确保王蒙文学创作的"先锋性"特质起了重要作用。对小说创作技法，王蒙是从具体文本出发，在通过对具体文本的讲解中把小说创作的技法慢慢地领悟出来的①。这是王蒙阅读和揣摩小说的一种独特而有效的方法。

第二，从生活出发，超越对具体的文本的模仿，完成对生活的再创造。从生活出发还是从文学创作的模仿出发，其基点是截然不同的。前者是把生活当作取之不尽用之不竭的源泉，后者则是脱离于现实生活并在亦步亦趋中消解掉个性。

王蒙在从事文学创作之前，并没有看过什么小说做法之类的"秘笈"，他的文学创作之路，遵循了一个基本的规则："从生活出发"②。因此，王蒙的文学创作中有着大量的现实生活的影子。王蒙在"基层"工作期间，生活对他的馈赠，都对他的文学创作有着方法论上的制导作用。他在参加天主教"三自革新"的工作期间，看到孤儿院的孩子生活愚昧，与世隔绝。"他们在我的心目中的形象，后来我写成了《青春万岁》中的呼玛丽。我非常爱呼玛丽"③。至于王蒙的成名作《组织部新来的青年人》则和他的工作经历有着更直接的关联："1950 年 5 月，作为中央团校第二期毕业的学员，我回到北京团市委，分配到了第三区团工委，担任中学部后又担任组织部的负责

---

① 《王蒙自传》第一部《半生多事》，第 78—85 页。
② 《王蒙自传》第一部《半生多事》，第 126 页。
③ 《王蒙自传》第一部《半生多事》，第 92—93 页。

人。"①其实，如果结合着王蒙的家庭生活来审视的话，生活无形中给他的馈赠实在是丰厚而慷慨的！像萦绕在王蒙头脑中的大人之间的"互相碾轧，互为石碾子。他们互相只能给予伤害和痛苦，而且殚精竭虑地有所作为——怎样能够多往要害处给对方一点伤害，以求得多一点胜利的喜悦"②，就自然更富有人性的深度；至于父母的离异，也在客观上使王蒙对社会人生有更为深刻的体验。这使王蒙自然地置身于复杂的社会中，切身地体验到了人类情感的复杂性，爱和恨的交织、希望和绝望的冲突、自我和非我的融合，生命和社会的某些内在况味。这些都说明，王蒙把切身经历过的生活转化成了文学创作的重要资源。

严格讲来，任何一个作家的生活都是丰富多彩、不可复制的，王蒙能够把自己接纳的生活和艺术转化为自我深刻的体验，并在此基础上建构了一个庞杂的文本世界，这本身不能不说是"从生活出发"之根上衍生出来的蔚然景观。

第三，不愤不悱，不启不发。对文学创作有着清晰的目标和极大的热忱，并不能确保创作主体必然会获得成功。对此，王蒙有着清醒的认识："写作使自己显得力不从心，千疮百孔，无一是处。如果你要写作，那么不论你曾经自以为或被认为多么丰富，仍然会显得贫乏"③。正是因为有了这样深刻的感触，王蒙才"开始读一些谈写作的文章了"④，尤其是从文学创作"之所以然"的视点体味名著构思的肯綮所在："我一遍

---

① 《王蒙自传》第一部《半生多事》，第 86 页。
② 《王蒙自传》第一部《半生多事》，第 12 页。
③ 《王蒙自传》第一部《半生多事》，第 124 页。
④ 《王蒙自传》第一部《半生多事》，第 126 页。

又一遍地读《青年近卫军》，画出它的结构图。我想弄清那么多人物，作者是怎么样结构他的鸿篇巨制的。"① 显然，王蒙对名著的重新解读，就不再是仅仅停留在文学欣赏上，而是深入到文学创作时作家如何结构和表达的层面。其指向是破译作家"怎样写"的，而不再仅仅满足于知晓作家"写什么"了。

对文学创作内在规律的感悟，从来就不是一次可以完成的。反复咀嚼是必需的。这在王蒙也是如此："在一个星期天，有一次我去南池子中苏友协去听新唱片的音乐会，好像是肖斯塔科维奇的一部新的交响乐。我突然发现：这就是结构，这就是组织长篇小说的法门。……我知道怎么写长篇小说了，乌拉！"② 这表明，王蒙在文学创作的过程中，已经建构起了以艺术创作为鹄的思维方式。在王蒙自以为已经领悟到了写作的真谛后，萧殷的指点又具有了醍醐灌顶的"点化"效能，意识到"书稿主要问题在于主线，没有主线成不了书"。这使王蒙恍然大悟于文学创作的肯綮所在："原来如此！原来我的救苦救难神灵活菩萨，我的祖宗娘老子就是您，伟大的主线！主线就是俺的魂儿啊！也就是俺的刽子手，丧门神！"③ 至此，王蒙的文学创作完成了除思想建构之外的小说"图式"的建构。

不可讳言，几乎所有的作家，他们的作品都曾经稚嫩过，他们本人都曾经在文学创作的道路上留下过一些歪歪扭扭的脚印，但其可贵之处在于，他们从不停歇地跋涉在文学创作的道路上，他们有成为一个大作

---

① 《王蒙自传》第一部《半生多事》，第 127 页。

② 《王蒙自传》第一部《半生多事》，第 127 页。

③ 《王蒙自传》第一部《半生多事》，第 132 页。

家的梦想和目标，也有着成为一个大作家的积极的心态，还有着成为一个大作家的必要思想方法，这一切合力的结果，使他们最终走出了自己的稚嫩，成为令人们景仰的大作家。他们以自己不懈的人生追索，实现了自己的双重飞跃：一方面，他们通过文学创作，使自己成为一个具有人类情怀的人；另一方面，他们通过文学创作，把他们的精神带到了更为久远的未来，成为滋养读者的精神资源。王蒙以及《王蒙自传》，无疑就清晰地向我们标示出了这一点，尽管其价值和意义并非仅仅如此。

（原载《山东师范大学学报（人文社会科学版）》2008 年第 5 期）

中国现代小说新形式创造中的郭沫若与王蒙

曾绍祥

    郭沫若在文艺上，是个囊括一切的多面手。他最成功的艺术作品乃是他的历史剧。当然，他的诗歌也是大家都承认和首肯的艺术高塔。但是，对于郭沫若的小说，好些人却有异议。当年，就因为郭沫若那种风味独异的"身边小说"的出现，在文坛论界，激起不小风波——沈从文，这位中国现代文坛上具有重要地位的作家，对于郭沫若这种身边小说，就曾这样评论说：

        这里有人可以用"空虚"或"空洞"，用作批评郭著一切。把这样字句加在上面，附以解释，就是"缺少内含的力"。这个适宜于做新时代的诗，而不适宜于作文。因为诗可以华丽表情绪，小说则注重准确。这个话是某教授的话。这个批评是中肯的……郭沫若是诗人，而那情绪，是诗的。那情绪是热的，是动的，是反抗的……但是，创作（这里，沈从文讲的"创作"是专指"小说"而言——作者注）是失败了。因为在创作一名词上，我们还有权力要求一点另外的东西。

……

他不会节制。他的笔奔放到不能节制……不能节制的结果是废话……在创作中成了一个不可救药的损失……郭沫若对于观察两个字，是从不注意到的，他的笔是一直写下来的……

最后，沈从文这样评判郭沫若：

他那文章适宜于一篇檄文，一个宣言，一个电，一点不适宜于小说……小说方面他应当放弃了他那地位，因为那不是他发展天才的处所。①

沈从文最后得出的结论是：

郭沫若这种"身边小说"的创作是失败的。

郭沫若不适宜于写小说，他没有小说才能。

笔者不同意沈先生的这个判断。笔者知道：沈先生是以那种描写现实、构思故事、塑造典型、注重细节的小说流派之风格为其标准，来度量郭沫若的小说的——于是觉得郭氏小说实在有点离谱走样！然而，艺术是多元的。沈先生很可能还没有意识到郭氏小说也算一种流派。沈先生对这种流派可能还感到生疏，因而觉得突然。之所以下此结论，是因为他还没有发现到郭沫若小说的存在价值。郭沫若这种小说，与沈先生所熟悉和认定的那种小说是不同的：

---

① 沈从文：《论郭沫若》，《郭沫若研究资料（上册）》，人民文学出版社 1985 年版，第 232—235 页。

首先，是选材上的不同。郭氏小说中的主人公是知识分子。如何来描写知识分子呢？当然，也可以以知识分子的生活为依托，按传统技法来编故事。然而，那似乎还不是一种很恰当的表现手法。知识分子有一个最大特点，便是——"想"，他们坐在房间中一动不动，可他们的头脑却在想！在思维！在活跃！在见花流泪，在见景生情！在兴奋，在悲哀，在苦闷，在烦恼，在喜悦！在激愤！把这些不同的情绪表现出来，就能恰如其分地表现出知识分子的形象来。可以说，这是描写知识分子形象的一个比较高层次的手法。有许多具有优异的文化修养的知识分子，不喜欢读故事性太浓的作品而爱读深层心理描写的小说，也就是因为这个缘故！

郭沫若小说，便是紧紧地抓住了这"情绪"，却完全不在乎一个完整的有头有尾的故事——这种小说，在题材上，几乎全都是摄取知识分子生活。在人物塑造上，都是写知识分子形象。而众多知识分子的形象，却都是作者的自我表现，都能寻出作者自己的影子。在内容上，不是叙事为主，而是侧重于抒发感情，着重于写出人物的激动而又微妙的情绪。在语言上，则不拘泥于客观的冷静的描写，而是常常地着重于一种主观意味，字里行间流露甚至奔溢着一股诗情。这是一种散文体小说。作者尽力地把散文引入到小说之中，打破了散文与小说的界限。同时，郭沫若的小说在中国文坛上较早地，并比较自觉地引入了意识流的创作手法。例如郭氏的《残春》一篇，他便有意借鉴了弗洛伊德精神分析学的方法和意识流的表现手法。当后来有人抱怨这篇小说难懂时，郭沫若便写文章这样回答："我那篇《残春》的着力点并不是注重在事实的进行，我是注重在心理的描写。我描写的心理是潜在意识的一种流动——这是我做那篇小说时的奢望。若拿描写事实的尺度去测量它，那的确是全无高潮的。若是对于精神分析学或者梦心理稍有研究的人看来，他必定可以看出一种作意，可以说出另外的一番意见。"①在中国的上世纪20年代，郭沫若便能在小说写作中，这样自觉地运用精神分析学方法和意识流手法，这的确是林中响箭，空谷足音！

这种"情绪小说"在中国文坛的出现，实在算得上是一种新流派之崛起，这是新潮涌喷的五四新文化运动发展的使然。所以，对于郭沫若这种小说，不能光从一篇篇具体小说上来分析，来挑具体毛病，而应该站在整个中国现代文学史的高度来进行审视。审视之后的结论是：我们不同意沈从文先生对郭沫若小说进行根本否定，不赞成他所说的郭沫若小说"是失败了"的判定。

但是，郭沫若小说是有缺陷的，并且可以说是有比较严重的缺陷的。如果就具体篇章来进行具体分析，便觉得，沈从文先生的一些指斥的确是有一些道理的。这些小说中，有的结构太松散，太随意，想到哪儿便写到哪儿，没有比较周密的考虑；有的取材不严，随便想到个什么事儿，顺手一挥就成了一篇小说。而且一个较为突出的弱点便是沈先生讲到的"没有节制"，下笔便滚滚滔滔，任其放水。同时，由于是"情绪小说"，于是便大写情绪，但往往作者的这种情绪又难以与读者沟通。在写作时，没有考虑到读者接受的"阅读效果"。

郭沫若小说有这些弱点，但并不等于这些小说的路子不对。郭沫若是在走着新路，他是在用新方法创制新产品，但这些新产品还不成熟。

---

① 郭沫若：《答友人》，见《郭沫若研究资料（上册）》，第168页。

我们一点也不能埋怨郭沫若。因为他以一人之力，而涉及到那么多的艺术和学术之领域，实在是无暇再作深入。他急急忙忙抛出三十来篇"情绪小说"，来不及完善和深研，便急匆匆跨上战马北伐去了。

想不到，时隔五六十年之后，涌现出了一位人物，这便是以所谓意识流小说而名噪中华并扬名世界的王蒙。把王蒙和郭沫若联系到一块来进行评说，初看来，似乎没有什么道理，因为在王蒙头上，二十多年来所顶着的，是一顶极为时髦的"意识流"之桂冠，以往人们论王蒙，总是来联系福克纳、詹姆斯、伍尔夫等人。今天我们却要破天荒地把郭沫若和王蒙联系起来探讨一下，来找找其中的一些内在联系。

请读郭沫若《漂流三部曲》中《炼狱》中的一节：

> 风声鸟声，松声涧声，凝静之中，时流天籁。坐在这台上负暄，坐在这台上赏月，坐在这台上读书，坐在这台上作文，坐在这台上和爱人暖语，坐在这台上和幼子嬉戏……这是多么可乐的情事哟！每当风清月朗之夜，请友来游，粗茶代酒，洞箫一声，吹破大千的静谧；每由昼慵午倦之时，解脱衣履，沐浴清池，翡翠双飞，重现乐园的欢慰；或则大雨倾盆，环山飞瀑，赤足而走，大啸呼风；或则浓雪满庭，天地缟素，呼妻与子，同做雪人；啊，这又是多么理想的境地的哟！——但是，唉，但是……

现在，我们来读王蒙《杂色》中的一节：

> 但是——曹千里争辩说，我爱边疆。我爱这广阔、粗犷、强劲的生活。那些纤细，那些淡淡的哀愁，那些主题、副题、延伸、再现和变奏，那些忧郁的、神妙的、痴诚的如泣如诉的孤芳自赏与顾影自怜……以及往日的曹千里珍爱它们胜过自己的生命的一切，已

经证明是不符合这个时代的要求的了。你生活在一个严峻的时代。你不仅应该有一双庄稼汉的手，一副庄稼汉的身躯，而且应该有一颗庄稼人的纯朴的，粗粗拉拉的，完全摒弃任何敏感和多情的心。……我爱这匹饱经沧桑的老马，远远胜过了爱惜一只鸣叫在春天的嫩柳枝头的黄鹂，远远超过了爱惜青年时代的自己。我爱这严冷的雪山，无垠的土地，坚硬的石头，滔滔的洪水，远远胜过了留恋一架钢琴，一把小提琴，一个水银灯照得纤亮毕显的演奏舞台和一个气派非凡的交响乐队……他十三岁的时候，突然被音乐征服了……那天晚上，他失眠了，他醉迷了，他发狂了。他从来没有听到过，在人们的沉重的灰色的生活里，还能出现一个如此不同的，光明而又奇妙的世界。他从来不知道人们会想象出、创造出、奏出和发出这样优美、这样动人、这样绝顶清新而又结构井然的作品……

我们把以上两人的文字来对照后，可以看到：王蒙小说的根本特征，其实并不是福克纳、詹姆斯、伍尔夫等人的那种"意识流"。王蒙小说突然在中国读者中以及外国读者中间卷起来一股"王蒙热"，就在于他的"主观抒情"！喜欢歌唱喜欢抒情喜欢对着蓝天对着白云对着春风绿草而喊上几嗓子的知识分子们，已经憋了那么多年了。还是当年由郭沫若代表他们那么畅快淋漓地喊过几嗓子，后来却因种种历史原因，这种呼唤这种抒情便沉寂了。这是多少年的寂寞，多少年的沉闷啊！在沉闷了五六十年之后，在 70 年代末 80 年代初，忽然间，有一个叫王蒙的重发青春的中国人，他喊了起来，他唱了起来。他唱得那么多那么快，他这一唱一喊，真是久旱后的甘露呀！于是那么多的青年，以及那么多的虽然头发已白了，可心田里还有着一片青春的老年知识分子们，他们全都给唱得激动起来了。王蒙的喊唱就是他们的喊唱。所以王蒙小说便将千千万万人的心灵给搅动起来，从而在这神州大地之上以及在海外的地域中，在文化修养比较高的人们的精神世界中，吹起来一股春天的旋风。

对于自己的小说创作，王蒙曾自觉地写过许多的谈创作体会的文章。我并没有见到王蒙讲到自己如何师承郭沫若的小说。但凭着我多年对郭沫若的研究，也凭着我多年对王蒙小说的咀嚼和揣摩，跟着感觉走，我推断：王蒙小说之源，实在是师出于郭沫若的小说，就如同汪曾祺小说是师出于沈从文一样。

王蒙的小说，基本上都是以知识分子为主人公。例如《春之声》中的岳之峰，《海的梦》中的缪可言，《布礼》中的钟亦成，《蝴蝶》中的海云，《风筝飘带》中的待业青年，《组织部来了个年轻人》中的林震，《杂色》中的曹千里，《如歌的行板》中的肖玲……以及其他许多篇章中的主人公，写的皆是知识分子的形象。这与郭沫若小说中爱以知识分子为主人公，何其相像。而这众多的知识分子形象，不可讳言的，多是王蒙这个作者的自我形象，这又和郭沫若何其相像！王蒙的小说，之所以受到一部分人的抨击，而又受到极为广大的读者群之欢迎，一个重要焦点是——王蒙不讲故事。他特别反感在小说中按传统套路来编故事，而是写情绪，着重于心理层面之掘发，着重于情绪的大段的整块的描写、渲染，这又和郭沫若何其相像！而且，在一些细微的地方，王蒙也和郭沫若极为酷肖。郭沫若小说中，常常地引进一些中国古典文学的知识和逸事来为其调料，而王蒙小说也常把中国古典文学精华巧妙地融入于其中。郭沫若小说，常常地夹进一些 ABCD 之洋泾浜英语以及现代科技名词，而王蒙小说在引入新名词、新概念方面更是大显神通。郭沫若小说语言中，特别喜欢用这样两个字——"之"与"而"。他利用中国文言文中"之"与"而"这两个虚字，从而使他的语言摆脱僵束，自由灵活，潇洒随意，能伸能屈，可以随随便便地九弯十八拐。而王蒙便恰恰巧妙地继承了这一绝招，他那"春之声"、"海的梦"的题目便是如此。他那风味独特的语言也多亏了这"之"与"而"。这"之"与"而"简直犹如中国古典中的阴阳八卦！又如，郭沫若小说语言的一个最大特点是爱用排比句，爱放连珠炮，而王蒙小说中的排比句和连珠炮现象更是众目共睹众所周知。

然而，王蒙小说是成功的，因为它是成熟的。王蒙小说已将自己的文体风格铸造成了一座式样独特的殿堂。你可以对这座殿堂的式样、风格不喜欢，然而，你却不能说这不是一座殿堂。可是郭沫若小说呢，虽然开了新路，却由于种种原因浅尝辄止。他也是在修造一座殿堂，然而，还没有完工，殿堂还没有最后完成，有的地方还缺了几块瓦，有的地方还缺少了几根梁，有的地方的地基还没有夯实打平——因而他的小说是不成熟的。但，他到底起了一个开山的巨大作用！

郭沫若当年所开创的事业，是在五六十年后由王蒙而大功告成的。

王蒙是如何大功告成的呢？把这一点研究出来，对于当代的小说创作，觉得应该是一个比较有用的经验。

古今中外之艺术，不外乎两点：内容和形式。形式的地位极其重要。传统小说的形式是什么呢？那便是——故事。当然，传统小说的艺术形式还有别的因素和成分，但这"故事"的形式却占去了七分八分，甚至九分。只要故事站住了，一篇传统小说也便算站住了。

郭沫若却站了出来，他要来破传统，在小说中他不写故事。这是创新，值得称道。郭氏小说的确是打破了旧的形式。问题是，你的小说中没有了旧形式，那你就必须拿出新形式！郭氏小说的缺陷，就是还没有形成一种新形式——在这一点上，王蒙却是很理智很自觉的。王蒙这样说：

> 看起来无技巧有可能成为更好的技巧，看起来无章法有可能成为更好的章法，'不习惯'可能使一些人激怒，但也有可能带来新的天地、新的经验……一切追求都必然和某种目标、某种准则、某种规范相联系，以为乱弹琴可以奏出诱人的曲调乃是无知或者曲解。没有目标，准则和规范的追求只能是漫不经心、茫然无措、无计可施……所以，不论在题材的选择还是表现的手法上，愈自由就愈需要严肃和严格的要求，愈得心应手愈需要树立更高的境界和标准……①

王蒙深知，打破了旧形式，就必须赶快创制出新形式，也就是要赶快树立起"新的目标、新的准则、新的规范、新的要求。"挣脱了一种限制，便要主动地寻找到另一种限制，因为：有限制，才有艺术！

王蒙小说之所以超过了郭沫若小说，就在于他找到了新的限制，从而创制了一套新小说的新形式、新程式。王蒙的小说初一读来，的确是飞飞流动，迷雾腾腾，真正是一副"信手挥成"的样子。其实，他的小说是费了匠心而"做"出来的。下面，我联系和结合着郭沫若的小说，

---

① 王蒙：《王蒙谈创作》，中国文联出版社 1983 年版，第 78 页。

对王蒙所创制的"新小说的新形式",来细细分析一番。

第一点:"音乐形式"。

破掉旧形式之后,要来建立新的形式。但从哪个基点上来建立?郭沫若当年似乎有点儿迷糊。王蒙却似乎明晰地认识到:旧形式的根本点是故事。从接收心理学的角度来说,人们为何爱看故事呢?一琢磨就发现:故事有悬念,能引导着人们的兴趣,使之往下看下去。故事,乃是一个有着长度的过程,任何故事,都是一个长卷的图画。人们看故事,就看到了图画。这图画,满足了人们的眼的要求,满足了人们的视觉。一旦把这故事推到一边,人们眼前便没有图画了。(情绪小说并非完全没有图画,这不可能。只是说它的图画性已远远不如故事性小说那般完整,浓烈。)怎么办?用什么来满足人们的感官呢?王蒙突然有了一个巨大发现——音乐!人类的音乐是如何产生的呢?就是由于人类的情绪在心中冲涌,冲着冲着,他们便嚷了起来,喊了起来。这嚷出来喊出来的声音便是——音乐!这音乐反过来又可以来娱悦人类,它满足着人类的听觉欲望(丢掉了视觉,却赢得了听觉)。新小说中所盛载的,是情绪。从这无形的情绪之中,难以找出图画来,但却可以在音乐上大做文章!声乐,是用人类的喉咙来表达出情绪;器乐是用乐器来奏鸣出人类的情绪。那么小说呢?当用文字来叙述故事时,这文字似乎只是起着一种表达意思的作用。但是,人类文字(特别是中国汉字),它的功能是十分丰富的。人类文字是人类语言的记录符号,而被记录下来的人类语言乃是有着音响的!(特别是这单音节的中国汉语!)当纸面上出现文字时,当接受者用意念来读着这文字时,接受者的脑海里便立即响起来了音响。作为文学创作的小说写作,便是作家在纸面上来"写字"。在写这些字时，把汉字和汉语的音响作用充分利用起来，从而造成一种音乐感，形成一种音乐格律，用这种格律来制造出音乐。"用文字在纸面上制造音乐！"这便是王蒙小说在艺术形式上的一个最重大的创造。

利用文字的音响来造成艺术形式，这令我们想到中国的古代：格律诗和"赋"。格律诗和"赋"，对其声韵要求极为严格。五四运动，新潮涌起，格律诗与文言文被一脚打翻，代之而起的是新诗和新散文（新小说也包含在新散文里面）。郭沫若乃一代新诗的开山."无管新诗与旧诗，一定都要讲音乐性"，在诗的写作上，郭沫若十分自觉地注意了音乐性。而以散文体来写小说时，他则没有注意到音乐性，或者说注意得不够。鲁迅小说可以不需要音乐性，因为它其中自有故事可看。而"情绪小说"没有音乐性，却是切切不行的。王蒙十分明智看到了这一点，十分敏捷地抓到了这一点，完全可以说：在中国现当代文学的小说领地中，王蒙实在是第一个"用音乐性把全篇小说武装起来"的人。他是"音乐小说"的开山！

王蒙写小说，实际上他是"用文字在谱曲"。王蒙对于音乐有一种强烈爱好．有着非常优异的音乐修养，并有着深深研究。他破天荒第一遭将音乐作曲的方法引用到了小说创作的行文之中。他自己设计和创制出一整套"音乐格律"，他用这套"音乐格律"作为规则和程式，来规范着自己的笔和笔下的文字。

首先，他在谋篇布局上便进行着"音乐结构"：使用什么主旋律，使用什么和声，前奏曲使用一个什么节奏，哪儿快，哪儿慢，在哪儿造成一个绚丽辉煌的华彩乐段，王蒙都充分地酝酿着这种写前的结构。而在每一个段落中，如何使这个段落既错落又有致，使用出几种句式，在哪儿用上一个连珠炮式的长长的排比句，王蒙都极为讲究，都力求写得精致。他的音乐性，主要是强调两点：一、利用文句的长短与重复，而形成节奏，形成极为强烈的节奏。当你翻开王蒙的书时，只见一种声音如鼓点一般，"咚咚咚咚"直向你耳边扑来，那些铅字也如子弹般地，扑扑扑扑地直向你眼前射来，叫你躲避不及，叫你呼啦啦地一下子便给看完了。另一点，利用每一句的最后一个字的音韵，将许多句子的尾音协和起来，形成一种流利的音乐感。或者是利用排比句而造成重复，造成气势，如同浪花一样，一浪一浪又一浪！

总起来说：王蒙的小说已造成了一种完整的"音乐形式"①。这种"音乐形式"，就是艺术形式。哪怕王蒙小说在其他方面什么都不是，光这点儿文字所造成的音乐艺术形式，也可让人们来单独进行赏玩了。这如同看京戏，那戏中的故事人们都已记得烂熟，可人们还去看，看什么呢？就是看那一个台步一个亮相一个甩袖一个个漂亮精湛的刀花，就是去听那唱腔之韵那个一咏而三叹的味儿！就是去欣赏那艺术形式！然而，这种单纯的形式，郭沫若小说中没有，或者说仅有一点点萌芽，远远没有成熟。而王蒙小说中却有，并且已经是"一套一套"的了。

第二点："时间设计"。

话又说回来，为了写好这种情绪小说，除了"音乐形式"这种"纯形式"，还需要找到其他一些艺术方法。王蒙小说首先找到的是一种"时间"。也就是说，在情绪小说中，选择一个特定时间和特定环境，让那

---

① 关于王蒙小说的这种"音乐程式"，请参看笔者另文《口吐莲花说王蒙——王蒙语言艺术刍论》。

主人公在这特定时空中把心中滚滚情绪抒发出来，这十分重要。郭沫若小说中，当然也有时间，也有环境，可是对于这种时间和环境，作者没有精心选择，而是任笔所至，一会儿在山中，一会儿在水边，一会儿在厨房中炒菜，一会儿又跑到上海滩的城隍庙里去了。王蒙却十分讲究这一点。例如《春之声》，他抒发的是知识分子岳之峰在抛掉政治包袱，重新工作之后，一种青春重发、兴致勃勃、对现实对将来充满信心的热烈情感。王蒙并没有让他一个人在会场上或在房间里振臂抒情，而是选择这么一段时间：岳之峰从西德考察回来，请了几天假，回故乡去探亲。由于春节将临而火车票难买，只得搭上一节平时装货用的闷罐子车厢。于是，这闷罐子车厢便成了特殊环境，这一路上的乘车，便成了特定时间。作者将岳之峰的所有的感觉，所有的思绪都集中到这一段特定时间中，十分集中、紧凑。又例如王蒙的著名中篇《杂色》，他写的是落魄的知识分子曹千里一生的风雨经历，一肚子的人生感慨。可王蒙却决不东拉西扯．他将这一切都压到一个特定环境，一个特定时间之中：曹千里骑着一匹老态龙钟的瘦马，在天山脚下一个山谷中的羊肠小道上走着。一路走，一路想，一路抒情，一路自言自语地发着人生之感慨。这种环境和时间的选择都十分的巧妙。又例如他的《海的梦》，特定环境是在海边疗养所，特定时间是在这海边上的几天时间……几乎王蒙所有的篇章，在动笔之前首先都注意了这种时间和环境的选择。而且，这种时间和环境既是具体的（它是一个具体的火车，是一匹具体的马，是一个具体的大海），又是抽象的：它是象征的。火车，象征着一个民族，象征着一个虽有斑驳伤痕，但却已驶进一个春气胎动的新时代的民族。老马，象征着历尽艰辛的坎坷人生。大海，象征着那浮沉起伏的人生之漩涡。所以这小说除了本体之具体意义外，还有着超出于本体的具有哲理意味的更高层次的象征意义。在这一点上，郭沫若小说便往往显得太单层了，相形之下就觉得有点逊色了。

第三点："节制风格"。

情绪小说呈现的是一种诗意。这种诗意是可贵的，它是能够激动读者而使之欢欣鼓舞的。然而，这种诗意却颇像菜中的味精，放上一点儿味精，吃起来则满口鲜甜。但如果放多了，不仅无味，简直就是苦不堪食了。所以，沈从文先生讲得很对："要有节制"，要含蓄一点。心中有五分诗意，只写四分，最好只写三分，那样，读者倒觉得效果更好，如果写成了六分甚至七分八分，读者便会觉得太滥，会觉得腻口。郭沫若小说在此方面的确很有点不节制，那种"啊啊啊啊"的抒情过泛过多，反而有损艺术感染力了。但王蒙却很好地注意了这"节制"二字。

第四点："以冷写热"。

情绪小说应有激情。激情是一种美丽。但也如上头所讲，不能太泛滥。王蒙就很好地注意了这一点，下笔时，他既强调要写得有激情，同时又十分地注意收敛和控制。他曾讲：用激动的笔调来表达激动之感情，这是一种方法，但这不算最好的办法。越是激动的事，越是用一种貌似不激动的冷隽笔调去写，反而能收到成倍的效果[①]。王蒙小说中许多地方采取这一方法，效果十分理想。

第五点："雅俗调剂"。

---

① 见《王蒙选集·评论卷·〈论风格〉》。

情绪小说，抒的是知识分子之情，那么，这种情必"雅"。然而，阳春白雪，往往便有点和人必寡。写这种小说之人，往往是所谓的高级知识分子，他们的内心情绪更有些孤傲，冷僻。他们这种孤冷的情绪，自己小圈圈之内的人能够激赏，可却难以引起其他人之共鸣。对于这种阳春白雪风格的写作陷阱，王蒙有着一种高度的自觉和警惕。为克服这一缺陷，王蒙的办法是，将高雅的情绪融入到浓厚的生活气息之中。不忌讳俗，而是寓雅于俗，雅俗糅合，巧妙地大量地将一些有趣的生活细节，特别是将丰富生动的生活语言引入到小说之中。于是这种王氏小说便洋溢着浓厚的生活情趣，大知识分子读来莞尔一笑，小知识青年读来乐不可支。

第六点："暗示结构"。

王蒙小说内藏着一种"暗示结构"。就是说，除开那种音乐格式上的表层形式的设计之外，他还有内容上的精心结构。先写什么，后写什么.他都有着通盘的考虑。而且，他特别讲究在文章结构上的创新求变，而这种颇具匠心的创新求变，又环绕着"体现主题，表达情绪"，形成了一种"暗示结构"。当然，他这种暗示结构在成为了小说之后，给人的感觉却好像是没什么结构，是匆匆落笔的。这其实是王蒙的一种"艺术障眼法"，他是苦心为之，要让你误认为是漫不经心。但郭沫若小说往往却是真正的漫不经心，恰恰就是缺少了这种"暗示结构"。

第七点："句自为战"。

沈从文说郭沫若的小说"废话太多"。为何引起这种议论呢？回头看看那种传统小说吧。传统小说的文字是用来说故事的，每段甚至每句文字，都是这故事中的一节，不可少的。因此，不感到那小说是在讲废话。情绪小说无故事可说，情绪是一种"虚"的东西，你可多写几句，也可少写几句，到底要写多少，却实在没有个准则。在这儿，王蒙又出现了一个创造——在情绪小说中，因为其语言没有主要担当叙事的功能，所以，如果写得不精彩的话，则全篇都可能成为废话。但是，如果对这些"废话"进行加工，就是说，作者用心用力地将文章中每一句话都写好，都写得很精彩，那样，就不是废话了。王蒙发现了这样一条：新潮小说中的句子是可以单独存在的，必须倾其智慧将每一个句子写好：或者，让这个句子里包含一种哲理色彩；或者，把这个句子写得深具文采，使人一读，马上就有一种美的感受；或者，在这个句子中加进一点小幽默，使人读时，忍不住会心一笑。其实，王蒙小说也是啰唆的，但他啰唆得有趣有文采有水平，"有玩意儿"，因而便不觉啰唆，而只觉趣味盎然了。

如此用心用力来创造好每一个文句，在中国现代文坛乃至世界文坛，王蒙都是杰出的一个。王蒙堪称是创造杰出句子的大师。他这是在"句自为战"！为此，他特别重视句号。一般说来，使用句号的传统习惯是：使用了许多个逗号之后，然后才用一个句号。（请注意一下鲁迅的小说，正是如此。）于是在打上句号之时，文章已有一个小段落了。由于这种惯例，所以，这种小段落便在实际上形成了一个"逻辑网"。这种"逻辑网"中含有起承转合之关系。所以，作家在动笔写这个小段落时，他要就这个小段落的全体来进行整体考虑，这样，是颇为费时费神的。而读者在读着这个小段落时，也是从这个小段落之整体来接受的，所以也是费时费神的。这种传统手法，使作者和读者都被框在约束在这个"逻辑网"之中。王蒙却忽然发现．这种"逻辑网"其实是多余的，是人为的，完全可以丢掉不要。不必要写几行才打一个句号，而是写一行便可以打一个句号。不必要组成有逻辑关系的段落，每一行便可以成为一句，而每一句都可单独而存在，甚至这一句与那一句可以颠来倒去交换位置，读者却一样可以接受。这真是一个崭新的发现，这个发现立即将作家从逻辑网中解放了出来，也将读者从逻辑网中解放了出来。这样一来，作家在写作时，便不要费神费力来进行整体考虑，而只要轻轻松松地来写"一句话"了。而读者也不会因为这整体的约束而来劳神了，也只要轻轻松松地来接受那单个的"一句话"了。所以，王蒙便处处打句号。在他的文章中，几乎一个停顿便是一个句号。这种手法，实在是个大轻松，大解放。这些年来，喜打句号之手法已经在文坛上，特别是在青年作家们的创作中风一般地流行起来。而这种手法的发明者便是王蒙。

第八点："一碗参汤"。

这是什么意思呢？情绪小说由于没有扣人心弦的情节，容易使人读得厌倦，提不起兴趣。怎么办呢？给那读者喝一碗人参汤，让他兴奋起来，让他欣欣活跃地阅读了起来！王蒙小说中便有着这样一碗参汤：幽默！他的字里行间总带着幽默，抒情时幽默，描写时幽默，就是十分令人痛心的哀伤的地方，他也总是夹带着一脉幽默口吻来讲述。由于这种幽默，便使整篇文章兴味无穷，不沉闷，不呆滞，使读者在阅读时取得了很好的阅读效应。在这一点上，郭沫若小说却还是比较缺乏的。

王蒙的这些技法，就构成了他的新小说中的新规则，新标准，新要求，新格律。总起来也就是形成了他的——新的艺术形式。

　　总的结论：王蒙小说是渊源于郭沫若当年的情绪小说。郭沫若开出了情绪小说的路子，但却还没有成熟起来，还没有创造出一种新形式，一种新程式。这个任务，由王蒙给完成并成功了。

（原载《郭沫若学刊》2010 年第 1 期）

王蒙"拟启示录"写作中的谐拟和"荒诞的笑"

[斯洛伐克] 马利安·高利克、尹捷译

王蒙是当代中国的重要作家，曾于 1986 年 6 月 25 日至 1989 年 11 月 4 日期间出任文化部长。他的"三联画"式的作品《十字架上》(1988)^①所展示和分析的主题是耶稣的生活、教义和受难，以及被误认是圣约翰所作的《启示录》的天启部分。

像"三联画"一词所暗示的，作品包含三个部分、九个章节。最后一章涉及了圣约翰的《启示录》，同时也是这部小说最具谐拟（Parody）色彩的部分。在其结尾王蒙用拼贴画式的文字描绘了他眼中的现实。荒诞不经的笑料无处不在，而按照王蒙的自述，"荒诞的笑正是对荒诞生活的一种抗议。"^②

---

① 王蒙：《十字架上》，《钟山》1988 年第 3 期。
② 王蒙：《王蒙小说报告文学选》，北京出版社 1981 年版，自序，第 9 页。

相较小说中大段对耶稣基督的生活、教义和受难的描写而言，王蒙似乎对天启注力甚少，甚至看起来就像是"急就章"。《圣经》中最令人惊叹的作品竟被如此轻率处理！然而这可能正是对其最有效的处理手法——表现出原本至为严肃的"天启"在我们时代，究竟是如何被反转理解的。

为何王蒙对更具文学性的耶稣的复活主题兴趣索然？这里有一个简单解释：在整个中国现代文学史中，尚未发现一部作品关注过基督死后的世界状况。① 中国作家似乎对此题材不感兴趣。在《启示录》中，耶稣的再次降临，带来的却是末日审判和大毁灭。"千禧年"在公元之后(耶稣诞生之后——译者注) 的早期基督教教义中意义重大，有时还成为对社会混乱和政局动荡的解释来源。

王蒙的"拟《新约·启示录》"可谓是一部"元小说"（metafiction）。这种文学样式借助谐拟等手段将现实世界"小说化"，并最终实现文本的"创造"和"批评"功能。正如帕特里夏·沃（Patricia Waugh）指出的那样：

> 当某种表现形式僵化之后，它只能传达有限的甚至是无关的含义，"谐拟"通过颠覆这种已经僵化的形式和意义之间的平衡，更新、维护了形式和它所能表达意义之间的张力。传统形式的破裂展现了一种自动化过程：当一种内容完全占据一种形式时，这种形式因之就会变得凝固、瘫痪，而最终失去本来的艺术表现力。因此，

---

① Lewis S.Robinson：*Double-Edged Sword*：*Christianity and 20th Century Chinese Fiction*，Tao Fong Shan Ecumenical center，HongKong，1986，pp.319，322-324，and 348.

谐拟的批评功能可以发现哪种形式对应哪种内容，而谐拟的创造功能则能将形式和内容的人为对应关系从当代艺术表达的限制之中解放出来。①

——

王蒙写作这篇文学"三联画"的其他八章时，也用到了谐拟这一手法。但是它们不像"拟《新约·启示录》"那样具有鲜明的元小说色彩。在这一章里，四部福音书、先知、哥林多后书、苏联和波兰著作、中国现代和古代的作家作品等等四方杂处，成为王蒙创作和思考的资源。在这小说的最后一章中，除了没有提及约翰"达与以弗所、士每拿、别迦摩、推雅推喇、撒狄、非拉铁非、老底嘉七个教会"②的信，王蒙使用了启示录的开头，而在结尾处则加入《西游记》的一些内容。

王蒙在写作这一章时面前很有可能打开了《启示录》。对同样涉及到的《西游记》，则仅凭着他的片段记忆、"创造"能力和"批评"精神对其进行了复写，赋予它的故事以新的内容和意义。下面列出《启示录》与王蒙作品中对应的句子。

约翰：

　　耶稣基督的启示，就是神赐给他，叫他将必要成的事指示他的

---

① Patricia Waugh：*Metafiction*，*The Theory and Practice of Self-conscious Fiction*，London 1990，pp.68-69.

② 《启示录》（詹姆斯王钦定版），1：11.

仆人。他就差遣使者，晓谕他的仆人约翰。①

王蒙：

　　基督差遣天使向他的仆人约翰显示这些启示，读这本书的人有福了！相信这些事并从中得出谦逊的结论的人有福了！②

约翰的启示录第五章这样开始：

　　我看见坐宝座的右手中有书卷，里外都写着字，用七印封严了。

　　我又看见一位大力的天使，大声宣传说，有谁配展开那书卷，揭开那七印呢。

　　在天上，地上，地底下，没有能展开能观看那书卷的。

　　因为没有配展开，配观看那书卷的，我就大哭。

　　长老中有一位对我说，不要哭。看哪，犹大支派中的狮子，大卫的根，他已得胜，能以展开那书卷，揭开那七印。

　　我又看见宝座与四活物并长老之中，有羔羊站立，像是被杀过的，有七角七眼，就是神的七灵，奉差遣往普天下去的。③

王蒙的拟作则是：

　　我看见坐宝座的人的右手托着经书，经书内外写满了英、法、中、俄、西（班牙）、德、阿（拉伯）、土（耳其）文字。用七个金印把经书封得严严实实。我又看见托塔李天王大声宣布："有谁

———————

① 《启示录》，1：3.

② 王蒙的《十字架上》（以下简称 SZJS），第 56 页。还有魏贞恺（Janice Wickeri）的英译本"*On the Cross*"（以下简称 OTC），Renditions（译丛）1992 年第 37 期。

③ 《启示录》5：1-6.

有资格享受这些书卷呢？天上、地上、地下、外层空间与外星人中，没有什么人配打开这些书卷的，没有什么人配懂得这些书卷的……"

人们哭泣起来。于是，长老中的一位长者说："不要哭了，以昔在、今在、将来永在的全能的主的名义，请女士们与先生们注意，从地球村东半村华人社会中涌现的牛魔王阁下已经打开了书，它揭开了七个金印！"①

启示录中描绘了"大力的天使"②站在"全能的主"的右手上，在王蒙的小说中，我们发现了一个完全不同的神魔范畴，它更多和地狱而不是天国相联。文中的托塔李天王原型是印度神话中的多闻天："多闻天即俱吠啰，是阎浮提的守护神；最初是魔的首领，后来成为财神，北方的守护者"③，同时他也是夜叉王，食人血的魔。④在王蒙笔下，代替可打开书卷的"被杀过的羔羊"的是牛魔王——中国神话中著名的魔鬼。和托塔李天王一样，牛魔王也来自吴承恩的小说，⑤但他比李天王的名气更大，因为他和孙悟空有紧密的关系，而孙悟空则是小说中世俗力量

---

① SZJS，第 56 页；OTC，第 65 页。

② 《启示录》5：2.

③ William Edward Soothill-Lewis Hodous：*A Dictionary of Chinese Buddhist Terms* 1975，p.306.

④ William Edward Soothill-Lewis Hodous：*A Dictionary of Chinese Buddhist Terms* 1975，p.363.

⑤ 在吴承恩的小说中，第 59 到 61 章专门讲了他的故事。参见《西游记》卷 2，1955 年版，第 675—708 页。又见詹纳尔（William John Francis Jenner）的英译本 *Journey to the West*（以下简称 JTW）卷 3，1993 年版，第 1074—1129 页。

（包括人类）的主要代表。在《西游记》特别的神话框架中，他是佛—道天国和俗世地狱间的调停者。孙悟空的原型是蚁垤所著印度史诗《罗摩衍那》中的哈奴曼。在《西游记》里，孙悟空被尊称为"大圣"①。而作为牛魔王的"结义兄弟"②，他和牛魔王被弃的妻子相处时很有分寸。在吴承恩笔下，孙悟空变化为牛魔王，"男儿立节放襟怀"③，牛魔王的妻子铁扇公主（罗刹或罗刹斯）则"酥胸半露松金钮"④。但接下来，孙悟空的行为仍切合基督教禁欲的观念，他甚至保有精神上的自律，并无基督通过福音书所指出的那种罪念："凡看见妇女就动淫念的，这人心里已经与他犯奸淫了。"⑤

　　牛魔王和用自己的血救赎人类的基督完全不同。但在王蒙那里，牛魔王像基督一样是"配得权柄，丰富，智慧，能力，尊贵，荣耀，颂赞的"⑥。作为一方的魔王，他本已相当富有，但由于对财富（和欢愉）的贪婪，他离开了铁扇公主，和另一个妖女玉面公主一起生活。玉面公主着迷于牛魔王的魔力，给了他很多财产（包括身体）。⑦在约翰的启示录中，基督说："我是阿拉法，我是俄梅戛（按：阿拉法和俄梅戛乃希腊字母首末二字），是昔在今在以后永在的全能者。"⑧在王蒙著作中，牛

① 参见《西游记》卷 1，第 37—47 页；JTW 卷 1，第 59—77 页。

② 《西游记》卷 2，第 680 页；JTW 卷 1，第 1083 页。

③ 《西游记》卷 2，第 694 页；JTW 卷 1，第 1107 页。

④ 《西游记》卷 2，第 694 页；JTW 卷 1，第 1107 页。

⑤ 《马太福音》5：28.

⑥ 《启示录》5：2.

⑦ 参见《西游记》卷 2，第 686 页；JTW 卷 3，第 1094 页。

⑧ 《启示录》1：8.

魔王和基督一样，在启示的过程中跨越了几个位格。不必说，王蒙的这种写法，是对中国 80 年代时代要求的自然反应，有其社会、政治和文学上的合理性。但必须指出的是，这并不是在过去几个世纪中最多变的欧美文学中经常出现那种"天启"。可以参看威廉姆·布莱克（William Blake）（1757—1827）、路易·塞巴斯蒂安·梅希尔（Louis Sébastien Mercier）（740—1814）、赫尔曼·梅尔维尔（Herman Melville）（1819—1891）等人作品中的那些特定的描写。毫无疑问，王蒙式的"天启"中既包含着对旧世界的暴力摧毁，也有对新秩序（王蒙对"新秩序"只是一笔带过，对之明显信心不足）的建立的双重内涵。这种新旧交替所催生的断裂感，也许是我们所处的 20 世纪末期最重要的时代体验了。

二

"天启"来自希腊语 apokalyptein（去展示或去揭开——译者注）。例如神晓谕以赛亚，要他赤身露体。这暗示了他书中的内容：

> 照样，亚述王也必掳去埃及人，掠去古实人，无论老少，都露身赤脚，现出下体，使埃及蒙羞。①

这里，以赛亚试图"展示"敌人犹大及耶路撒冷的世界，捎带提及他们自己充满了不公和缺陷的世界。虽然身处不同的状况，他的追随者约翰想要做的是同样的事。

在圣约翰的基础上，王蒙"创造性"和"批评性"地重现了《启示

---

① 《以赛亚书》20：4.

录》的第 6 章 1 到 8 节的内容——前四个封印的打开过程。在王蒙写作这个作品之前的 490 年，阿尔布雷特·丢勒（Albrecht Dürer）在他的伟大的木刻中展示了启示录的这个核心涵义。王蒙用"四头牛"来"模仿"《启示录》和丢勒画中的"四个骑士"，这四头牛一起构成了牛魔王的后现代变形。

"天启"中的预言是沉重且悲惨的："我就观看，见有一匹白马，骑在马上的拿着弓。并有冠冕赐给他。他便出来，胜了又胜"①，而我们在王蒙小说中却看到的是第一头公牛带有唯我色彩的言语的宣泄：它认为自己永恒存在，并无所不能。作为当代中国作家，把基督或神比作牛魔王难道不是充满反讽意味的观察吗？无论如何，圣约翰的天启的风格和基督传达的话语远比牛魔王口中的言语更悲伤和绝望。"我的祖上，是真正的牛魔王！"第一头公牛说道："我的原配太太是赫赫有名的铁扇公主！铁扇公主曾经在国际星际选美赛上被提名为艳后！只是由于我们不忍心给评选委员送小牛肉汤喝才未正式加冕！而她的三围比例是 9：1：13，您上哪儿找去？玛丽莲·梦露也不灵啊！……"他的演说以虽荒唐但却意味深长的话结束："我的祖上就是我！"②

圣经中第二个"活物"召唤出来的是"第二个骑士"："就另有一匹马出来，是红的。有权柄给了那骑马的，可以从地上夺去太平，使人彼此相杀。又有一把大刀赐给他。"③王蒙表现了第二头牛的一连串洋洋得意的自夸，它认为自己可以像神一样可以拯救万物。虽然陷入了一种

---

① 《启示录》6：2.

② **SZJS**，第 56 页；**OTC**，第 65 页。

③ 《启示录》6：4.

荒谬的状况，但它的自诩却是拯救而非毁灭："除了我，谁能拯救罗马，谁能拯救巴比伦，谁能拯救雅典和马达加斯加？我能够预报地震，我能够预防火灾，早在重庆飞机失事以前我已经指出，航空管理处存在着问题！早在波斯湾出现紧张局势以前，我已经揭露了海湾国家间的矛盾的危险性！我可以防止星球大战，我能教会正当的正确的最佳的做爱方式并从而从根本上消除艾滋病！……"这一堆荒唐的自夸的顶点是这头牛提出了必不可缺的条件："但只要听我的，必须听我的，不听我的便是愚蠢横蛮智力退化别有用心！"①

这里，魔鬼救世主（salvator mundi）和宣称能够连接过去和现在的全能的魔鬼公牛的声音混合在了一起。全能的魔（上帝的对立面）在第三头牛的化身中变成了弥勒佛（未来佛）的对立面：过去已成过去，现在倒什么都不是，一切则都属于明天；到明天时，所有的牛都会进入天堂"明天将不需要耕地而燕麦将成垄成行排成长队碎如粉末吸入我们的重瓣胃，明天我们将长出翅膀，与波音七四七颉颃赛飞！明天我们将征服大海，龙王亲自向我们献花篮并且把它老龙家的十六个女儿分配给我们……只有跟着我才有明天！"可它提出的，进入这个世俗天堂的先决条件，却比第二头公牛更加苛刻："目有旁瞬的死无葬身之地！"②

第三头牛的狂言使我们想起西游记中的情节。牛魔王中断了和玉面公主的温存之后，到水下的龙宫享乐，龙宫里有龙女"头簪金凤翘"，"吃的是，天厨八宝珍馐味；饮的是，紫府琼浆熟酝醪"。③齐天大圣孙

① SZJS，第57页；OTC，第66—67页。
② SZJS，第57页；OTC，第67页。
③ 《西游记》卷2，第692页；JTW卷3，第1103页。

悟空则趁乱溜入龙宫盗走了他的坐骑金睛兽，来至铁扇公主的洞府，化成牛魔王的模样，对他妻子摆出了温柔的诱引姿态。① 这些情景和王蒙小说中第三头牛的发言一起，与启示录中第三个封印被打开后的情景形成了对比："揭开第三印的时候，我听见第三个活物说，你来。我就观看，见有一匹黑马。骑在马上的手里拿着天平。……一钱银子买一升麦子，一钱银子买三升大麦。油和酒不可糟蹋。"② 早期基督教作家总在强调饥饿的威胁和"将必要快成的事"③ 的悲惨状况，而"中国社会"中魔鬼的形象和基督教中则是如此迥然有别。

在启示录中，令人印象深刻的是"第四个骑士"的出场。关于他以及整个人类的描写是整个启示录中最感人的部分。其他骑士（或许除了第一位骑士）是一种象征或者寓言。他们象征了残酷的打击、狂暴的力量、社会的不公与饥荒。而最后一个骑士却直接表征了人类的死亡：

> 我就观看，见有一匹灰马。骑在马上的，名字叫死。阴府也随着他。有权柄赐给他们，可以用刀剑，饥荒，瘟疫（瘟疫或作死亡），野兽，杀害地上四分之一的人。④

丢勒把"第四个骑士"安置在画的前面，是为了突出死亡，在一个充斥着农民战争、黑死病和梅毒的时代中沉重的死亡。

我附上了王蒙小说中第四头牛的全部发言，因为这段话不仅是王蒙的启示录中的顶点，还是他的整个写作生涯（至少对于迄今为止我读到

---

① 《西游记》卷 2，第 693—694 页；JTW 卷 3，第 1106—1107 页。

② 《启示录》6：5-6.

③ 《启示录》1：1.

④ 《启示录》6：8.

的王蒙的作品来说）的顶点：

> 快走吧快走吧！让我们调动工作到牛的王国去吧！只要坐上三
> 天三夜火车三天三夜汽车三天三夜飞机三天三夜轮船再加三天三夜
> 多级弹道火箭，我们就会到达牛的王国！到达那里以后就会发现，
> 那里的巡捕衙役全是牛而人关在畜栏里！屠宰场上不再用人宰牛
> 而是牛宰人！田地里不是牛拉犁而是人拉犁虎拉犁猫拉犁而牛兄
> 牛弟坐在地头喝人头马白兰地！不是人考"托福"而是牛考"托
> 福"，凡是考中的一律送牛津大学博士生院！那时的奥林匹克大
> 会全部由牛当裁判！那时的交响乐才盖帽呢！动牛肺腑，感牛泪
> 下！那时的文学刊物上发表的全是牛小说牛诗歌牛评论，到那时
> 候我将抛出我的孕育多年的振聋发聩的学术论文《红烧与清炖哪
> 个好？》，我将被推崇为独一无二的思想家……由于牛的影响连人
> 都长出了牛角！ ①

这段话如此令人震惊，以至于在 1990 年当我试图评价这部分时，
我写下的是"更深层的意义无需分析"②。

王蒙在文中创造这个牛魔王的形象或可视作基督的负面镜像。耶稣
的高尚德性、神圣性与伟大智慧，唤起的是人们的爱、谦卑、敬畏和宽
恕之心；而在小说中，牛魔王无道德和非道德的行为、憎恨、自傲、无

---

① SZJS，第 57 页。

② Marián Gálik：*Wang Meng's Mythopoeic Vision of Golgotha and Apocalypse*，Annali 52
1992，1，p.78. For its German version，see Raoul D. Findeisen's rendition，*Mythopo-etische Vision von Golgatha und Apokalypse bei Wang Meng*，*minima sinica*，1991，2，p.
78.

以复加的愚蠢与之形成了鲜明的对照。

"四头牛"虽然是一个恶魔的不同化身,当"吹完之后",它们开始"互相吹",后来在"吹完后又互相顶斗起来,互相揭露儿时丑行并认为对方应该先挨一刀"。① 争执的时间越久,它们变得越恶毒,它们互相把角顶入对方的胃、后臀、脖颈,甚至心脏;在无以名状的暴怒中它们试图杀死对方。但这"四头牛"不用藏在洞穴和岩石中,不用去乞求:"倒在我们身上吧,把我们藏起来,躲避坐宝座者的面目,和羔羊的忿怒。"② 它们在荒诞不经的相互憎恶中毁灭了自己。

三

自 70 年代后期起,作为文学创作的组成部分的"荒诞的笑"成为王蒙创作信条的一部分。除了"荒诞的笑",王蒙的另一个典型论断是:"荒诞的处境造就了荒诞的心境。"③ 很难判断到底是"处境"(特别是外国文学)中的哪些成分促成了王蒙小说中不断隐现这些"荒诞的"质素。但显而易见的是,荒诞的笑首先和荒诞本身有关。奥托·百斯特(Otto F. Best)曾指出,荒诞主要来自一些知识分子的著作,这些人认为有些

---

① SZJS,第 57 页;OTC,第 67 页。

② 《启示录》6:16.

③ 转引自武庆云: *Seen Through the Funhouse Miror. American Black Humor in Wang Meng's "Anecdotes of Minister Maimaiti"*(《从哈哈镜中看世界:王蒙的〈买买提部长轶事〉中的美国黑色幽默》),Cowrie(文贝),1(1988)5,p.104;译者注:中文版见武庆云:《王蒙的〈买买提处长轶事〉和美国黑色幽默》,《郑州大学学报(哲学社会科学版)》1986 年第 1 期。

无法解决的矛盾最终产生荒诞。①

荒诞在文学史和哲学史中都可以追溯到久远的时代。赫尔曼·莱希（Hermann Reich）在古希腊和罗马的戏剧古籍碎片中重新发现了滑稽哑剧（原文为 mimus，拉丁语，英语中的对应词为 mime。——译者注）中的愚人形象。稍后，它愆化为意大利即兴喜剧（commedia dell'arte）中的丑角阿莱希努（Arlecchino），和莎士比亚戏剧中那些著名的小丑，比如《威尼斯商人》中的朗斯洛特·高波（Lancelot Gobbo）。②20 世纪的文学家对于"荒诞"的书写，始于 50 年代兴起的荒诞戏剧，集中体现在 60 年代美国"黑色幽默"派小说之中。

至少有两人在批评著作中指出了王蒙这种"荒诞的笑"的起源：《买买提处长轶事——维吾尔人的"黑色幽默"》③。武庆云认为他直接受到了美国黑色幽默的影响，④ 鲁兹·毕格（Lutz Bieg）则据副标题推断是维吾尔人的"黑色幽默"推动了他写作这篇小说⑤。武庆云的推断或许

---

① See Otto F.Best，*Handbuch literarischer Fachbegrife.Definitionen und Beispiele*，Frankfurt am Main 1987，p.12.

② Martin Esslin *The Theory of the Absurd*，Garden City，N.Y. 1969，pp.281-377.

③ 王蒙的小说首发于《新疆文学》1980 年第 3 期，后收入《王蒙小说报告文学选》，北京出版社 1981 年版，第 177—191 页。英译见 Zhu Hong：*The Chinese Western：Short fictions from Today's China*（《中国西部：当代中国短篇小说选》），1988，pp.152-163.

④ 武庆云：*Seen Through the Funhouse Miror. American Black Humor in Wang Meng's "Anecdotes of Minister Maimaiti"*（《从哈哈镜中看世界：王蒙的〈买买提部长轶事〉中的美国黑色幽默》），Cowrie（文贝），1（1988）5，pp.92-108.

⑤ See Lutz Bieg：*Anekdoten vom Abteilungsleiter Maimaiti*，*"Schwarzer Humor" der Uighuren-Volksliterarische Elemente im Werk Wang Mengs*，Die Horen. Zeitschrift fur Literatur，Kunst und Kritik，1989，155，pp.224-230.

不太切实，因为我们对王蒙于写作此文之前读过多少美国文学作品不得而知。但自1963年至1979年间，他就生活在新疆的维吾尔族人中间，倒是极有可能熟知新疆民间传说中的"黑色幽默"大师、智者阿凡提的故事。阿凡提的名字在世界的其他地方都是和土耳民间口头文学家纳斯列丁·霍加（Nasreddin Hoca）① 联系在一起，他们实际上是同一个人物。一方面，纳斯列丁的幽默和梯尔·欧伊伦施皮格尔（Till Eulenspiegel），或者好兵帅克（Joseph Schweik）以及"四头牛"式的"荒诞的笑"确实有着质的差异。但在另一方面，聪明的霍加、跛脚的帖木儿（Tamerlane）（1336—1405）的趣闻轶事则显示了两种戏谑的相似性：都包含着对专权暴行不动声色的讽刺。在面对假作公正实则残酷的"哈里发"（Padishah）帖木儿时，纳斯列丁是一个能够巧妙回答君主刁钻问题的宫廷小丑。帖木儿曾问众人："你们说说看，我是公正的还是不公正的?"不管是回答公正还是不公正的人最后都遭致了杀身之祸。而纳斯列丁的回答则让他满意："陛下，我们才是不公正的，而您，则是至高无上的真主给我们委派的正义之剑。"② 在"牛魔王"横行的当代，人们找到另一种方式——谐拟——来表现这些手握绝对权力之人的此类"美德"。

---

① 在西方有几种不同语言的选集译本，例如 Charles Downing：*Tales of the Hodja*《霍加故事集》（伦敦1964），或者 P.Garnier：*Nasreddin Hodja et ses histories turques*（巴黎1958）。霍加（阿凡提）的故事在维吾尔族地区很有名。

② 参见 Baha'i（Veled Celebi）：*Lata'if-i Hoca Nasreddin*（*The Narratives of Nasreddin Hoca*），Istanbul 1908，Príbehy hodžu kopcanNasreddina. Vojtech kopčan 将其译成斯洛伐克语 Bratislava 1968，pp.38-39. 此处中译参考思勤（选编）：《阿拉伯神话故事集》，中国世界语出版社1998年版，第335—336页。

四

在描绘了"四头牛"后现代式的"诸神的末日"（Ragnarok）之后，王蒙简单模仿了《启示录》中下列章节中的句子：第 13 章第 1 节、第 9 节和 10 节，第 16 章的第 1 节，以及第 22 章的 1 到 5 节和第 21 节。其中，有一处使用了《启示录》第 22 章的 1 到 2 节：

> 天使又指示我看城内街道当中一道生命水的河，明亮如水晶。还有生命树，结十二样果子，每月结一样果子。树上的叶子能医治万民！ ①

王蒙说，这种树的功效来自李时珍（1518—1598）的《本草纲目》。这显见又是一个谐拟。甚或可以说，在王蒙这篇短章中，似乎到处都带谐拟成分和反崇高色彩。"四头牛"的厮杀，也并不意味着荒诞生活的终结，仅给其带来些许改变而已。无论如何，我们的时代仍保留了一些"牛的王国"里"四头牛"的残留。如果王蒙想要为读者提供别一种选择，他应该转向一种更为广阔和有力的社会、政治批评。如果生活是荒诞的，那么世界一定会丧失其绝对可信的支柱：在这样一个荒诞的文学世界里，世界的意义、目的和价值同时都被质疑，作家除了向读者展示事物完全荒诞、疏离的状态之外，似乎种种坚固之物都变成了多余的了。如果要相信这样一篇模仿《启示录》的文章能够降福给人类，那将意味着读者和"第四头牛"一样愚不可及。

---

① SZJS，第 58 页；OTC，第 68 页。

1882 年，尼采在《快乐的科学》一书中宣布"上帝死了"①，很多人信奉他的话，像《哈姆雷特》里的马赛洛那样，相信"丹麦将有恶事发生"。尼采的声音在我们的耳边回响了一百多年，并早在 20 世纪 20 年代初就已传至中国。②这里我们无需讨论尼采这一癫狂的表述是否明智。至少在王蒙那里，他认定应由一个智慧的疯人来"揭开七个封印"。与前述纳斯列丁·霍加的逻辑类同，王蒙没有把人类的命运交到神的手中，而是交到了恶魔的手中。

但我们仍可将王蒙理解为基督的"仆人"。在这篇长仅三页的短文中，他向读者展示了世界于 20 世纪八九十年代发生的巨变。生活在北京的王蒙和待在"名叫拔摩的海岛上"的约翰③都宣布："念这书上预言的，和那些听见又遵守其中所记载的，都是有福的。"④作为一个部长（在拉丁语中也有"仆人"之意），王蒙对他的同胞说："相信这些事并从中得出谦逊的结论的人有福了！"⑤此外，人们应能体味出小说中"野兽的数量"⑥所影射的对象及它内蕴的批判意义。

（原载《汉语言文学研究》2010 年第 3 期）

---

① 尼采：《快乐的科学》，莱比锡 1899，第 164 页。

② 参见张钊贻：《尼采在中国：简注书目（1904—1992）》，堪培拉 1992，第 28—32 页。

③ 《启示录》1：9.

④ 《启示录》1：3；SZJS，第 56 页；OTC，第 65 页。

⑤ SZJS，第 56 页；OTC，第 65 页。

⑥ OTC，"译者导言"，第 45 页。

王蒙的翻译活动及其语言才华

宋炳辉

　　王蒙卓越的语言才华，读者可以从其大量的小说、散文、诗歌和批评文字中一眼看出，生活中的王蒙同样能说会道，口若悬河。但在2009 年 6 月，他的另一种滔滔不绝，却还是让旁边的人惊诧不已。6 月29 日，王蒙与铁凝、陈建功、阿来、舒婷、刘醒龙、迟子建、谢有顺等著名作家来到乌鲁木齐，出席由中国作协与新疆维吾尔自治区主办的"全国著名作家走进新疆"采风启动仪式，同时举行"王蒙写新疆作品研讨会"。新疆对王蒙而言，有着特别的感情，从 29 岁至 45 岁，王蒙一直生活在乌鲁木齐特别是伊犁农村。每次重返新疆，他都感到亲切和兴奋。到了当年他做过大队长的伊宁巴彦岱乡，王蒙与当年的维族老邻居老朋友相拥而泣，大声地寒暄问候，热烈地谈论各自的近况。这种情景感染了所有同行者。作协主席铁凝感叹，王蒙一讲维语，我怎么觉得又出来一个王蒙呢！一位当地领导接口说，铁凝啊，你现在才知道真正的王蒙是什么样子啦！

1956年，青年王蒙以短篇小说《组织部新来的青年人》一举成名。而历经三年创作修改而成的长篇小说《青春万岁》，则开始了长达23年的"潜伏"岁月。前者引起广泛的赞誉、争论乃至批判，最后在最高领导人的亲自过问下，总算受到了"保护"，也没有在后来的反右运动中受到特别严厉的冲击。1963年，在北京师范学院（今首都师范大学）教书的王蒙主动要求去新疆工作，直至1979年调回北京作协为止，在新疆生活长达16年。这16年的边疆生活不仅使王蒙"躲过"了随后十多年间政治中心的狂风巨浪，也给王蒙提供了一个了解与体悟边疆多民族底层生活的机会，更使他学会了维吾尔语，甚至还翻译了维语作品。而王蒙的维语学习经历，与其说是其语言天赋的体现，倒不如说是刺激了他的语言才能。

许多年之后，当外国友人表示疑惑，怎么可能在那种条件下一口气在新疆生活了16年，而没有发疯也没有自杀？言外之意是，那么长的时间，他的生活该是如何空虚和痛苦。王蒙半开玩笑地回答：我是在读维吾尔语的博士后啊，两年预科，五年本科，三年硕士，三年博士，再加三年博士后，不是整整16年吗？

王蒙学维语，初级教本是依靠解放初新疆行政干部学校的课本，从那课本上学字母、发音、书写、词句和一些对话，睡觉前一定得背十个单词。另外是一篇60年代发表在《中国语文》杂志上的题为《维吾尔语简介》的文章，作者是中国科学院社科学部民族研究所的朱志宁，这就相当于语法指导了。高级课本呢，就是维语版毛选语录。有一段时间，大声朗读和背诵维语"老三篇"成了王蒙天天必做的功课。一次，房东大娘还以为是广播电台的声音呢。上世纪 90 年代有个叫李阳的发明了"疯狂英语"学习法，就是高声说、大声念、如痴如醉地背诵，不想在王蒙那里，30 年前就已经使上了。他自称只要一讲维吾尔语，就神采飞扬，春风得意，生动活泼，诙谐机敏。这当然是"文革"开始之后的事，而这时候的王蒙已经可以充当维汉口译了。政治学习开会时为大队干部做翻译，生活中为妻子做翻译，可见王蒙的维语水平。

40 多年后王蒙的"学习版"体会是，这种办法增强了语言学习的自信："最初学维语时我最怕的就是自己的发音不正确语法不正确别人听不懂，后来我发现，恰恰是你的怯懦，你的欲言又止，你的吞吞吐吐，你的含糊其词，你的十分理亏的样子成为你与旁人交流的障碍，而那些本地的老新疆人，不论什么民族，也不论他们的发音如何奇特，语法如何不通，他们的自信心十足的话语，毫无问题地被接受着被理解着。"① 他的"心灵补偿版"回忆表述是："当命运赐给我以与维吾尔农民共同生活的机会，当政治风暴把我抛到我国西部边陲伊犁河谷的边缘以后，我靠学习维吾尔语在当地立住了足，赢得了友谊和相互了解，学习到了那么多终身受用不尽的新的知识，克服了人生地不熟的寂寞与艰难，充实了自己的精神生活。"②

而其"精神升华版"的总结则是："学习语言的过程是一个生活的过程，是一个活灵活现的与不同民族交往的过程，是一个文化的过程。你不但学到了语言符号，而且学到了别一族群的心态、生活方式、礼

---

① 王蒙：《王蒙自述：我的人生哲学》，人民文学出版社 2003 年版，第 15 页。
② 王蒙：《我是王蒙》，团结出版社 1996 年版，第 89 页。

节、风习、一种思维方式、一种文化的积淀。用我国文学工作上的一个特殊的词来说，学习语言就是体验生活、深入生活"，因此，"一种语言并不仅仅是一种工具，而是一种文化，是一个活生生的人群，是一种生活的韵味，是一种奇妙的风光，是自然风光也是人文景观。他们还是世界真奇妙的一个组成部分，是我的一段永远难忘的经历。还是我的一大批朋友的悲欢离合，他们的友谊，他们的心。"[1] 用他自己的话说，学会维语，使王蒙多了一个舌头，和维吾尔人在一起时同样可以口若悬河，滔滔不绝，也可以语言游戏，话外含音；也多了一双耳朵，可以舒服地听进另一种语言和歌曲，领略它的全部含意、色彩、情绪；还多了一双眼睛，可以读懂曲里拐弯由右向左横写的维吾尔文字；更多了一个头脑一颗心，获得了知识、经验、理解、信任和友谊，总之是打开了另一个世界。

因为同语系语言相近的缘故，借助维吾尔语，王蒙的这个世界甚至扩大到整个中亚细亚的突厥语各民族的语言和文化。就在"文革"期间，他在维族朋友穆罕默德·阿麦德的帮助下，阅读了大量在塔什干（当时属苏联，现为乌兹别克斯坦首府）印刷出版的维吾尔文和乌兹别克文的书籍，包括高尔基的《在人间》、奥斯特洛夫斯基的《暴风雨中诞生的》（维译名《暴风的孩子们》）、乌兹别克作家阿依别克的《纳瓦依》和《圣血》、塔吉克作家艾尼的《往事》以及吉尔吉斯作品《我们时代的人们》、哈萨克作品《骆驼羔一样的眼睛》等。在"文革"后期，王蒙还把维族作家马合木提·买合买提的短篇小说《奔腾在伊犁河上》译成汉语，发

---

① 王蒙：《王蒙读书》，复旦大学出版社 2005 年版，第 378 页。

表在汉语版《新疆文艺》上。

值得一提的是，王蒙还通过乌兹别克语手抄本读到了波斯诗人欧玛尔·海亚姆（Omar Khayyam，1048—1122）的"柔巴依"（The Rubaiyat），即四行体诗。据传，欧玛尔·海亚姆一生共创作了一千多首"柔巴依"，如果此说确实，目前通行的《柔巴依集》大多是依据英国诗人菲茨杰拉德（Edward Fitzgerald，1809—1883）的英译本，共收入 101 首，仅占总数的十分之一。中国现代诗人郭沫若的《鲁拜集》（把 Omar Khayyam 译作莪默·迦谟），就是从菲氏本转译的。不过王蒙读到的乌兹别克手抄译本似乎与菲氏译本不同。他最喜欢的一首"柔巴依"是：

（一）

我们是世界的期待和果实，

我们是智慧之眼的黑眸子，

若把偌大的宇宙视如指环，

我们定是镶在上面的宝石。

王蒙把这首少年意气、才如江河贯地的诗篇称为"世界上最牛的诗"。奇怪的是，王蒙学了英文后，翻阅菲氏英译本《柔巴依集》，却发现自己曾"接触并部分抄录过的乌兹别克文译本与英译本根本无法相参照，二者有某些相似的情绪、意象和比喻，却找不到一句相通"[①]的，尤其是那首"世界上最牛的诗"，在菲氏的英译本和郭沫若的中译本中根本找不到。也就是说，这很可能是目前通行的 101 首"柔巴依"之外的一首，它虽没有进入书面文本系统，但长期流传于民间，而王蒙在特

---

① 王蒙：《鹰谷》，《人民文学》1984 年第 3 期。

殊的情境中恰好与之相遇了，这或许就是命运对王蒙的回报吧。此外，王蒙还有两首"柔巴依"：

（二）

> 空闲的时间要多读快乐的书本，
> 不要让忧郁的青草在心里生根，
> 再干一杯吧，再饮一杯葡萄酒，
> 哪怕是死亡的征兆已渐渐临近。

（三）

> 一手拿着酒杯，一手拿着可兰经，
> 有时我是异教徒，有时是穆斯林，
> 生活在同一个蓝宝石般的天宇下，
> 为什么要把人们分成不同的教群？

他甚至还尝试着用中国五言绝句的形式，把第二首译成：

> 无事须寻欢，有生莫断肠，
> 遣怀书共酒，何问寿与殇？

尤其是前两首"柔巴依"，从纪实小说《鹰谷》，到后来的一系列散文、讲演甚至后来的外交活动和作家集会等场合，王蒙都会反复提及、反复朗诵。它们似乎透露出王蒙内心的高傲、尊严和率性，而这两者的互补也正是他当初"为什么没有自杀"的最好答案吧。

德国哲学家维特根斯坦说过，想象一种语言，就是想象一种生活方式。通过 16 年的新疆生活，王蒙显然已深深体会到学习一门非母语的语言，对一个作家的意义有多么重大。语言是知识、工具和桥梁，语言与思维的关系更是最精微的部分，从一种语言的学习中，可以体会出其他民族的思维特点。因此语言与学习语言所带来的不仅是交流工具、沟通便利和有关我们的世界、异族的奇妙知识与见闻，它还带给作家一个更开阔的心胸，更开放的头脑，对新鲜事物的兴趣，更多地比较鉴别的可能与思考习惯；还可以养成一种对世界和文化多样性的了解与爱惜，对"己所不欲，勿施于人"、"己欲立而立人，己欲达而达人"这一恕道的深刻理解，一种"海纳百川，有容乃大"的气魄。与此同时，就可以逐渐克服和改变小农经济的鼠目寸光，"非我族类，其心必异"的排外心理，"美国的月亮也比中国的圆"的媚外心理，抱残守缺的保守心理，夜郎自大的荒唐与封闭，人云亦云的盲目性，非此即彼的简单化，等等。同样，维语的学习也使他真真体会到学习语言的享受，享受人生的多样、丰富和差异，享受大千世界的丰富多彩，享受人类文化的全部瑰丽与相互作用，享受学而时习之本身的不尽乐趣。①

正是以这种开放的语言、文化及世界心态，在一个偶然机缘的触发下，46 岁的王蒙又开始了英语学习。1980 年夏，王蒙携夫人应邀赴美国依阿华大学参加国际写作计划（International Writing Program，简称 IWP，原名"作家写作坊"），这是王蒙第一次踏上异国他乡的土地。在国际写作计划主持人、华裔作家聂华苓的安排下，王蒙跟一位希腊裔的女药剂师尤安娜补习英语。王蒙原来虽学过一点英语，但只有初中的基础，而且二十多年不碰了。但从 1980 年 8 月底至 1980 年 12 月底回国，四个月的"强化"学习，不仅在日常交际中可以"应付一气"，甚至到东海岸各大学演讲时，有时也能用英语讲上一段，接受《纽约客》的采

---

① 王蒙：《王蒙自述：我的人生哲学》，第 15 页。

访，竟然也可以用英语回答了。

母语好比是家乡、家园，外语好比是世界。走向世界才能更好地了解家乡，热爱家乡，建设更美好的家园。外语与母语不是互相排斥而是互相促进、相得益彰的。只有比较过母语与外语的人才能真正认识自身的素养语的全部特点，才能从比较中得到启示得到联想，从而大大扩张与深化对于母语并且对于外语的理解与感受，这是王蒙学英文的出发点，也是学习过程的体验。

两年后，当王蒙重访依阿华时，朋友们告诉他那位药剂师尤安娜的近况：因为教王蒙的英语成功，加上中国赴美者日渐增多，她干脆辞掉医院的工作，改行教外国人英语了。并笑称，"You have changed her life！"这话在英语中本是用来称颂爱情的，王蒙听了不禁"得意之至"。

很快，他就开始阅读并试图翻译英语文学作品。1990 年从文化部部长的职位上退下来后，正好有了时间和机会。在随后的两年里，王蒙先后翻译发表了美国小说家约翰·契弗的《自我矫治》和《恋歌》（《世界文学》1990 年第 6 期），新西兰作家帕·格丽斯的《天地之间》、詹·傅瑞姆的《天鹅》（小说界 1991 年第 2 期），新西兰作家伊恩·夏普的《白雪公主》和《天赐马》、弗·庞德的《简明三联画》和《八角形》、詹·康普顿《费伯镇》（《外国文艺》1991 年第 5 期）等多个作品。之后，还陆续发表了从英文转译的德国诗人萨碧妮·梭谟凯卜的《如梦——短歌十二章》（《华声报》1990 年 12 月 28 日）、《心园》十二首（《光明日报》1997 年 12 月 31 日）和《北美行》（俳句二十二首，《诗刊》2001 年第 8 期），美国诗人斯坦利·摩斯的《给母亲玛格丽特》、《诗》、《婚前的诗》和《祈祷》（《诗刊》1999 年第 3 期），美国诗人兼学者薇拉·施瓦茨（即威斯里安大学教授 Vera Schwartz，中文名舒衡哲）的《灵魂》、《有足够的理由隐藏光明》和《与黑暗为邻》（《诗刊》2000 年第 6 期），挪威诗人凯瑟琳·格莱丹尔的《情诗》（《诗刊》1999 年第 8 期），还有印度首任驻华女大使尼鲁珀玛·梅农·拉奥琪的《诗三首》（《王蒙研究》2007 年 5 月号）等 50 多首诗歌，以及作家爱德维琪·丹妮凯特的短篇小说《七年》（《外国文艺》2002 年第 2 期），等等。

　　数量虽然不多，但作为一位只有速成学历的"业余"译者，已经很不容易了。对王蒙来说，重要的也许不是翻译的结果，而是翻译过程中对不同文化及其语言的体验和领悟。他深知：通过翻译交流和学习与直接从原文交流和学习，感觉与效果是完全不一样的。人类的思想、感情和一切知性悟性感性活动直至神经反射都与语言密不可分，思想与情感的最最精微和深邃部分，学理的最最精彩的部分，顿悟的最最奥秘的部分，都与原文紧密联系在一起。同时，他也体悟到，翻译是一种理解和解释，愈是要害问题，愈是受译者的历史、地域、处境与知识结构乃至个性的局限。愈是重要的命题和精彩的作品，愈是要不断地翻译，不断地修正翻译，不断地在理解上从而在翻译上出新。因此，一个确实希望有所作为有所发现发明创造的学人，哪有只满足于让翻译牵着鼻子走的道理呢？①

　　作为伴随着新中国诞生而走上文坛的作家，王蒙的世界观与文学观都带有那个时代的印迹，他的文学资源当然也不脱那个时代的风尚。随着东西方冷战阵营的形成和意识形态的对立，欧美等西方现代文学思潮

---

① 王蒙：《王蒙自述：我的人生哲学》，第 10—11 页。

在新中国初期受到批判和排斥（"文革"期间更是赶尽杀绝），于是，19世纪之后的俄苏文学，一时便成为最受尊崇的外来文学资源。特别是苏联文学更与王蒙这一代青年作家有着深刻的精神联系。王蒙曾多次表示："对于我——青春就是革命，就是爱情，就是文学，也就是苏联"，这是"四而一、一而四的东西。这里头也有决定着我命运的东西"，"再没有第二个外国像这个国家那样在我少年时代引起过那么多爱、迷恋、向往，后来提起它来又那么使我迷惑，痛苦乃至恐怖。"①王蒙的早期甚至复出后相当长时间的写作，几乎都脱不了对苏联形象与苏联精神的想象。

不过，作为一个富有创造力的杰出作家，他的思考与想象又决不是时代思潮所能羁囿的。早在《组织部新来的青年人》时期，他就表达了对理想的追问，对现实的困惑。新时期初复出后，更是以开放的心态，最早尝试小说创作的新变，成为西方现代派在中国最早的借鉴实验者之一，"窝头就蜗牛，再加二两油"是他的旗帜和口号。这样的资源转换，其实伴随着王蒙紧张的内心拷问和深刻的精神反思。随着冷战格局的转变特别是苏联的解体，他意识到其一代人关于苏联和苏联文学理想的想象性质。同时，正是他从1980年访美开始的走出国门，包括通过英文学习、文学翻译而获得的对欧美和其他民族社会和文学的了解，使他的精神资源和艺术想象，得到持续不断的爆发。他深知，翻译文学的发达与本国创作的繁荣密不可分。正是通过翻译，外国文学才有效地进入本国的精神生活，成为当代文学的一个活跃因素。

---

① 王蒙：《告读者》，见王蒙：《苏联祭》，作家出版社 2006 年版，第 8 页。

关于王蒙的创作与外国文学之间的联系，在当代文学界早已不是什么新话题了。除了关于和苏联文学、欧美意识流文学之间的关联外，王蒙那种汪洋恣肆的语言特点的形成，也可以从他与外来资源的关系中去分辨和欣赏。批评家郜元宝曾这样概括王蒙的语言特点，说王蒙的叙述语言几乎一贯地表现为一种神经质的快速说话，他留给读者最鲜明的印象，正是这种滔滔不绝辩才无碍的神气。他甚至不无夸张地称，王蒙是善于辞令的辩才，尽情游戏语言的骄子，随意驱遣语言的暴君。这里随手举上一例，你可以体会一下什么是典型的王蒙语式：

> ……当然，如果您限于先天后天条件实在学不好外语，那也没有什么了不起，凑凑合合也照样革命照样建设社会主义照样做官照样评职称拿学位——不行委托外语好的哥们儿替你写几页英语论文稿前言或简介就是了，但是请不要制造愚蠢的不学与学不好外语有理论啦。（《我的人生哲学》）

这种语言风格的形成，除天性因素无法分析外，也的确可以从他与外国文学和少数民族语言文学的关联中找到某种线索。比如他反复强调的维语文化中的幽默、率性和真诚，对擅于辞令的"又是英雄、又是牛皮大王"一类性格的普遍喜爱。比如在接受笔者的采访时，他曾强调的对陀思妥耶夫斯基作品中有时一连十几、二十页不分段，像连珠炮、机关枪、山洪泛滥一样的语言与气势所留下的深刻印象。①

当然，王蒙对语言的感受远非单一的。像是与郜元宝的评价做某种争辩，王蒙也表示，随着与不同风格流派的外国作品接触的增多，他对

---

① 宋炳辉、张毅编：《王蒙研究资料》，天津人民出版社 2009 年版，第 6 页。

美国的约翰·契弗、杜鲁门·卡波特，还有约翰·厄普代克等作家的语言，也非常欣赏。因为他们的风格相对简练一点，擅长用一种非正规的比喻，脱离了过去在修辞上所能理解的那种语言表达方式。其中，对约翰·契弗的作品，他是用心研究并翻译过的，他在《我为什么喜爱契弗》中称，契弗的小说写得非常干净。每个段落，每一句话，每个字都像是经水洗过，清爽、利索、闪闪发光，真是一种迷人的叙述方式与叙述语言。认为这种干净洗练不仅是一种技巧、风格，更是一种教养，一种对于社会、对于读者的智力与时间的尊重。但有趣的是，即便是在赞赏契弗的语言的洗练干净时，他还是禁不住这样说话：

"他的小说的构成明确地奠基于故事的叙说。基本上没有粘粘连连与精雕细琢的描写，没有唠唠叨叨与解释疑难的分析，也没有咋咋呼呼乃至装模作样的表演与煽动。他有的只是聪明的、行云流水般的、亲切而又含蓄的述说。"

不能说王蒙缺乏对语言的敏感，也不能说他没有尝试新的语言方式的冲动。但在王蒙那里，这样的接受和影响，其实质和效果毋宁说是他所擅长的语言方式的一种对照和反衬。正如郜元宝所说，王蒙小说的语言构成是充分开放、极具包容性的。他就像一个善于游泳的人，在语言的海洋尽情地畅游，广泛吸收，灵活化用，并不担心这样一来会丧失自己的语言个性。王蒙语言的个性，恰恰就在于对各种语言大胆自由的吸收和化用。这是一个整天吞吐语言的怪物！这是一个大量熔铸语言的工厂！ ①

---

① 郜元宝：《戏弄和谋杀——追忆乌托邦的一种语言策略》，《当代作家评论》1994 年第 2 期。

　　王蒙不是一个站在广场以知识分子的语言对社会行使批判使命的精英作家，他是以低调姿态侧身庙堂，通过对乌托邦时代的语言模拟，达到对时代的反讽，多声部的说话艺术正是其作品独有的特点。王蒙的开放与包容，使现实中的各种观点转化为文本中的各种语言，在作品中同时呈现，展开对话，这不禁又使我想起王蒙心目中的陀思妥耶夫斯基。一句话，在王蒙那里，语言已经远不止于传达工具和一般的修辞手段，它已经作为其艺术创作和想象的对象，作为一种题材和"人物"，作为文化批判和精神反思的一种独特的中介、通道和场域。

　　2008 年，七十多岁的王蒙用三年多时间完成了百万多字的自传三部曲，分别是《半生多事》、《大块文章》和《九命七羊》（花城出版社）。他对最后一卷书名的解释是，"民间传说猫有九条命，狗有九条命，我也有九条命。汉语世界一条命，维语世界一条命，写作一条命，翻译一条命，讲课一条命，休养生息一条命，城市一条命，下乡一条命，讲学论道一条命。九条命就是九个世界，东方不亮西方亮，堵了南方有北方……而七羊，就是吉祥。"可见，维语、英语和文学翻译，及其所代表、所联系的不同语言与不同文化，都是王蒙安身立命的重要支柱。

2011/1/4 写修改于望园阁

（原载《扬子江评论》2011 年第 2 期）

王蒙与庄子

樊　星

2010 年，王蒙的新著《庄子的享受》由安徽教育出版社出版了。拜读以后，笔者想到了"王蒙与庄子"这个话题，尤其感兴趣的问题是：一个当年追求革命理想的"少共"，一个曾经的文化部部长，与庄子有怎样的缘分？

一

现在，先让我们回头重新翻检一下此前王蒙作品中与庄子有关的段落——在《蝴蝶》中，描写到主人公张思远在"文革"中的"意识流"时，有这么一段点睛之笔：

庄子梦见自己变成了蝴蝶，轻盈地飞来飞去。醒了以后，倒弄不清自身为何物。庄生是醒，蝴蝶是梦吗？抑或蝴蝶是醒，庄生是梦？他是庄生，梦中化作一只蝴蝶吗？还是他干脆就是一只蝴蝶，只是由于做梦才把自己认作一个人，一个庄生呢？

小说通过描写张思远在"文革"前后的大起大落，写出了中共干部在政治风浪中被"异化"的悲凉体验："一个钻山沟的八路军干部，化成了一个赫赫威权的领导者、执政者，又化成了一个被革命群众扭过来、按过去的活靶子，又化成了一个孤独的囚犯，又化成了一只被遗忘的、寂寞的蝴蝶。我能不能经得住这一切变化呢？"然而，《蝴蝶》的色调却相当斑斓：既写出了张思远的感慨（"也是一只蝴蝶，却不悠游。上不着天，下不着地"），又写出了他的心理自我调节（"一个有趣的故事。……能够做这样的梦的人有福了。如果梦中不是化为蝴蝶，而是化为罪囚，与世隔绝……他又将想些什么呢？"）。《蝴蝶》就这样对政治悲剧进行了深刻的同时又是颇有分寸感的反思。中篇小说《相见时难》也是一部反思革命的作品。其中写到了女主人公蓝佩玉在颐和园的"知鱼桥"的"意识流"。她知道：这桥"用的是庄子和惠施的典故。他们早就提出了关于隔膜、相知、认同和主观感受与客观的对象之间是否存在一个不可逾越的屏障的问题。一个康德式的问题。……中国人的这种神秘的智慧到底将怎样开花结果，在二十世纪和二十一世纪变成实际的、大规模的飞跃发展呢？""迷人的庄子！迷人的知鱼桥！……""只要'我'能知'鱼'，而'子'能知'我'。即使庄子不能在论辩中战胜惠施，也还是用快乐的、宽容的、善知的目光注视着那些水中的鱼吧！至于鱼，它们不但注视着神秘深邃的庄周，也同样友善地、期待地注视着挑剔乖张的惠施呢！"小说中对于海外华人蓝佩玉与在国内饱经政治折腾的老革命翁式含之间从隔膜走向彼此理解的心理刻画与"知鱼桥"的描写相得益彰。在长篇小说《活动变人形》中，王蒙在描写那些"劳动改造的倒霉鬼"在劳动中"互相贬低，互相嘲笑，籍以获得一种只有自轻自贱的人才能享受得到的轻松与喜悦。甚至也是解脱"时，也点化道："不知道这是不是庄周的哲学加阿 Q 主义。"的确，有不少知识分子是在政治灾难中凭借庄周的哲学加阿 Q 主义才顽强地活到了新时期的。25 年过后，作家在《庄子的享受》一书中告诉读者："我有以庄子的名义替阿 Q 找一点理解的好意。对于阿 Q，恐怕也不是靠一味嘲笑能于事有补的。"① 此语耐人寻味。

短篇小说《纸海钩沉》中有一段关于"我"在青年时代常常生气的反思："在生气和悲哀的时候连读老子的《道德经》与庄子的'此亦一是非，彼亦一是非'也不管用"，耐人寻味地写出了隽永的人生哲理：庄子的思想，与革命年代、与年少气盛当然格格不入。

在短篇小说《庭院深深》中，作家写知识分子在"文革"以后的心态，也用了庄子的典故："鱼相忘于江湖。……我们的日子都好过了，各搞各的业务、事业，与七八年七九年共庆劫后余生的心境处境大不相同。"应该说，这是许多过来人的真切感受：在苦难中，大家相濡以沫；过上好日子了，就在不知不觉中"相忘于江湖"了。这是人际关系中难以避免的宿命吗？

到了长篇小说《狂欢的季节》中，那个身上显然带有王蒙影子的钱文就在如火如荼的"文革"中因为发现了许多"其乐逍遥，不上班，不斗争，不学习，不汇报，饱食终日，无所用心"的"逍遥派"而想起了

---

① 王蒙：《庄子的享受》，安徽教育出版社 2010 年版，第 24 页。

自己上小学时读《庄子》，"对逍遥二字一见钟情"的往事。

在《王蒙自传》中，作家也多次写到自己晚年的闲适心境："老庄还是有用的，对于我这样的人。"他专门请一位青年朋友为自己刻了"无为而治"、"逍遥"、"不设防"三枚闲章。①

在王蒙的作品中，引用《庄子》的典故如此之多，甚至超过了他十分喜爱的李商隐和《红楼梦》，值得注意。喜欢庄子，除了喜欢他那些富有诗情画意和人生智慧的典故以外，还有没有别的更深刻的原因？

笔者相信，在一个作家与他特别喜欢的文学经典之间，是存在着神秘的心灵对应的。

二

《庄子的享受》的出版表明，王蒙已经从喜欢在自己的作品中引用庄子的典故转而在人生哲学的层面去认同庄子的思想了，虽然，在认同中他常常也是有所批判的。

一切显然与王蒙的个性有关。作家曾经自道："我身上有两种倾向或两种走向都非常鲜明，比如一种是幽默，一种是伤感……我非常真实地感受到了这两种力量，既有幽默的，讽刺的，解脱的，尖刻的甚至恶毒的情绪，另一方面又有伤感的，温情的，纠缠的，原谅的，永远不能忘却的情怀甚至于自恋。"②革命，改变了中国的命运，也改变了无数革

---

① 《王蒙自传》第三部《九命七羊》，花城出版社2008年版，第141、200页。

② 《王蒙、王干对话录》，见《王蒙文集》第8卷，华艺出版社1993年版，第606页。

命者的人生道路。而当革命最终竟然异化为坑害许多革命者的陷阱时，庄子智慧的回归就如水到渠成一般自然了。中国人根深蒂固的"逍遥"梦想、"心斋"智慧，正是消解"革命"狂热的一剂良药。因此，李泽厚就曾经在 1980 年代高度评价过庄子的思想：庄子关于"不物于物"的呼唤"很可能是世界思想史上最早的反异化的呼声"，"他第一次突出了个体存在。……关心的不是伦理、政治问题，而是个体存在的身（生命）心（精神）问题，这才是庄子思想的实质。""个体存在的形（身）神（心）问题最终归结为人格独立和精神自由，这构成了庄子哲学的核心。"[1] 如此看来，庄子的思想具有非常深刻的哲学意义：它足以在革命被异化为一场戕害人性的灾难的年代里，使困惑的人们返璞归真、回归自我。历史上，许多士大夫就是因此看破了专制的荒唐，回归了自己的文学事业的；在"反右"和"文革"中，也有许多知识分子是因此看淡了那些"阳谋"，而回归了自己的个性的。

于是经历过大风大浪的王蒙说："啊，庄子，我们仍然需要你！"[2] 因为，在王蒙看来："庄子知道他没有办法改变人类的一切特有的麻烦，他尤其怀疑儒墨那一套应该叫作饮鸩止渴、火上浇油的规范与观念……他只能搞精神的一己的胜利与陶醉，搞精神迷醉"，然而，这样的姿态"对于社会的主流价值系统其实是一个挑战，是不无叛逆色彩的"。[3] 这样的思考，就给人以耳目一新之感："精神胜利法"绝不仅仅意味着麻

---

[1] 李泽厚：《漫述庄禅》，见《李泽厚哲学美学文选》，湖南人民出版社 1985 年版，第 72—77 页。
[2] 王蒙：《庄子的享受》，第 84 页。
[3] 王蒙：《庄子的享受》，第 23—24 页。

木！写到这里，笔者想起了经济学家于光远在回忆录《"文革"中的我》的"后记"中记录的自己在"文革"中熬过苦难的精神法宝——"革命的阿 Q 主义"心态："一个人不可能一辈子都处于顺境，顺境可以发挥自己的才能，逆境可以锻炼自己的意志。……我还有一个'喜''喜''哲学'。……'喜'是我最喜欢的一种情感。经常乐乎乎，是我喜欢的性格。……因此我努力在'文革'时期那样受迫害的处境下心情愉快一些。"[1] 这与"革命的乐观主义"有多大的区别吗？于光远是有学识、有个性的著名知识分子、老革命，但他善于乐以忘忧，赋予了阿 Q 精神以"天行健，君子以自强不息"的解释，发人深省。我还想起了在读《聂绀弩自叙》一书的过程中，目光在以下文字上停留的思考："人没有阿 Q 气怎能生活？""阿 Q 气是奴性的变种，当然是不好的东西，但人能以它为精神依靠，从某种情况下活过来，它又是好东西。"[2]"右派劳改队先后几百队员，如吴祖光、尹瘦石、胡考、刘尊棋、黄苗子、丁聪等……都一样干得欢，吃得欢，玩得欢，讲自己如何被划为右派的经历讲得欢。"[3]那些知识分子是以怎样的精神在与苦难周旋！好像麻木？又相当超脱！豪放中透出轻蔑！似乎"难得糊涂"？又堪称"乐以忘忧"！他们以"阿 Q 气"作为精神支柱，以乐观主义的心态显示了生命的伟大与顽强，又何尝没有在自嘲中显示了对磨难、对政治黑暗的轻蔑！由此可见，"阿 Q 精神"其实有不同的境界：对于阿 Q 那样的窝囊人，"阿 Q 精神"显得可笑、可怜；而对于于光远、聂绀弩这样的知识分子，这

---

① 于光远：《文革中的我》，远东出版社 1995 年版，第 136 页。
② 聂绀弩：《聂绀弩自叙》，团结出版社 1998 年版，第 464 页。
③ 聂绀弩：《聂绀弩自叙》，第 510 页。

样经历过五四精神熏陶的智者，"阿 Q 精神"则有暂时镇痛的积极意义，是他们最终战胜劫难的灵丹妙药。我甚至由此产生了猜测：他们是在看破了"反右"、"文革"的荒唐以后才超越了被"革命"抛弃的苦闷，并由此悄悄走上了思想解放之路。如此说来，"精神胜利法"不就有了抵消政治灾难的积极意义了吗？

在《言语是非》一节中，王蒙也由庄子有关议论谈及了思想解放的另一面："言论自由、学术自由、学术繁荣是要付出代价的……其代价是言论与主张的贬值。"① 这一说法，不同于有关"知识分子边缘化"的一般化议论(那些议论认为，是商品经济大潮的高涨冲击了知识的权威，使"知识分子边缘化"了)，而是从"言论自由、学术自由、学术繁荣"必然导致的"众声喧哗"看出"言论与主张的贬值"，这样就揭示了知识爆炸的辩证法，揭示了知识喧哗的悲剧意味。同时，善于多角度看问题的王蒙又紧接着指出："庄周的这一类说法，有助于克服教条主义与权威主义，克服主观主义与思想僵化，却无助于从人类的知识宝库中寻找智慧与深邃"。② 这样就体现出了王蒙的思想特色：辩证地审视一切思想，同时，努力在思想的密林中探索出一条在怀疑中有所悟、在肯定中又有所疑、不盲从也不虚无的捷径来。"庄子的意思是：请不要、千万不要处于极端、端点，请不要认同于、自居于离心力极大的圆周边缘上，那样的话你离被甩出被抛掉不远了。"③ 应该说，这既是"文革"留下的惨痛教训，又何尝不是新时期以来许多喧嚣一时的"争论"昙花一

---

① 王蒙：《庄子的享受》，第 86 页。
② 王蒙：《庄子的享受》，第 89 页。
③ 王蒙：《庄子的享受》，第 102—103 页。

现的症结所在？而能够由庄子的思想联系到当代的现实，从而阐发出庄子思想的当代意义。那是思想解放年代里对庄子思想的当代阐释。而王蒙对于庄子"枢始得其环中，以应无穷"的解读（"千万不要处于极端、端点"）则是在经历了新时期以来许多"争论"以后的当代参悟。在一个多元思想彼此碰撞、彼此激荡的年代里，如何保持对于形形色色极端论的警惕，如何破除对于形形色色虚张声势、晦涩空洞、徒有其名的"新主义"、"新思想"、"新理论"的迷信，如何保持清醒的头脑，"以不变应万变"，其实一直都是问题。

在王蒙读庄子的心得中，可以看出王蒙是有感而发的。其中当然不乏他个人的体验与感慨，也的确显示了他洞明世事的眼光与智慧。

由此使人想到：在中国，如何面对艰难，如何破除迷信（无论是源远流长的民间迷信，还是建立在现代理性之上的政治迷信，或者是建立在"唯西方新潮是从"心态之上的学术迷信），永远都是值得研究的人生课题。

（原载《广州大学学报（社会科学版）》2011 年第 5 期）

约翰·契佛对王蒙新时期创作的影响

朱静宇

　　新时期的王蒙，谈得最多的是美国文学。约翰·契佛、杜鲁门·卡波特、海明威、约瑟夫·海勒、麦卡勒斯、福克纳——这些风格各异的作家都吸引着王蒙的目光。而在这些作家中，王蒙最喜欢的，是契佛。他多次谈到对契佛的喜爱："一九七九年，我陆续读到约翰·契佛的《再见吧，弟弟》、《绿荫山强盗》，此后又读到《世界文学》上译载的他的《巨型收音机》等短篇，我感到了他的小说的特殊的魅力，还来不及想一想'为什么'，我已经是他的忠实的读者了。……我喜爱契佛的小说是因为他的迷人的叙述方式与叙述语言。"[1]王蒙不仅成了契佛的忠实的读者，而且还将令他倍感欢欣的那种契佛式的叙述方式与叙述语言运用

---

[1] 王蒙：《我为什么喜爱契佛》，见《王蒙文集》第 7 卷，华艺出版社 1993 年版，第438 页。

于自己的创作实践。可以说，正是契佛所开辟的"现代现实主义道路"，吸引并推动着王蒙对小说艺术的创新。

本文拟探寻契佛的小说艺术对王蒙新时期小说艺术创新的影响，以期更全面地了解王蒙小说艺术的渐变过程，更清晰地掌握中国当代小说的发展脉络。

一、叙事视角的选择与读者主体的建构

新时期伊始时王蒙的被称为"集束手榴弹"的《布礼》、《夜的眼》、《蝴蝶》、《春之声》、《海的梦》以及《风筝飘带》六篇所谓"意识流"小说，因迥异于作者以往的小说叙述，在当时引起过热烈的讨论和争鸣。其实引起震动的主要原因是王蒙改变了人们心目中既成的小说观念，"较集中地显示了他的另外一种追求。"[1]

这另外一种追求首先就表现在叙事视角的选择上。"视角是作品中对故事内容进行观察和讲述的角度。视角的特征通常是由叙述人称决定的。传统的叙事作品中主要是采用旁观者的口吻，即第三人称叙述。"[2]王蒙新时期的小说在叙事视角上突破了经典叙述学的概括。正如巴赫金曾评价陀思妥耶夫斯基时所讲："他的创作难以纳入某种框子，并且，不服从我们从文学史方面习惯加给欧洲小说各种现象上的任何模式。"[3]

---

[1] 贺兴安：《王蒙近作的心态描述》，《小说评论》1989 年第 5 期。

[2] 童庆炳：《文学理论教程》（修订二版），高等教育出版社 2004 年版，第 256 页。

[3] ［苏］巴赫金：《巴赫金全集》第 5 卷，白春仁、顾亚铃译，河北教育出版社 1998 年版，第 5 页。

王蒙新时期的小说在叙事视角上的突破也"难以纳入框子"。

郭宝亮先生在《王蒙小说文体研究》中归结为:"在这类小说中,第三人称叙述人不是全知全能的传统型视角,而是以主人公为视角的有限视角叙述。"①确实,重返文坛的王蒙,其小说的叙述方式发生了重大的改变:虽然仍然使用第三人称,但已不再是传统的全知全能的视角,而是以主人公为视角的有限视角叙述。如王蒙在《布礼》中以主人公钟亦成的有限视角叙述,在《春之声》中限制在岳之峰的视点、在《夜的眼》中限制在陈杲的视点、在《海的梦》中限制在缪可言的视点、在《风筝飘带》中限制在素素的视点、在《蝴蝶》中限制在张思远的视点来讲述故事。并且,在王蒙这类小说中,主人公的视角均具有双重性,一个是追忆往事的主人公的视角,一个是被追忆的主人公在当时正在经历往事时的视角。如《布礼》中的钟亦成就是这样一个具有双重性的人物,我们在小说中实际上看到的是两个钟亦成,一个是历史中的钟亦成,一个是"现在"的钟亦成。这两个视角的对比构成了成熟与幼稚的对比,构成了超然事外与不明真相之交的对比,形成了小说叙述的张力。王蒙的小说就成为由两个世界叠加而成的立体世界,生活世界是作者的立足的位置,也是叙述人立足的位置,通过这个位置,引导读者跟随叙述人去审视虚构的小说世界,这个虚构的小说世界是追忆和重构出来的,具有历史纵深感。这是王蒙与过去小说的不同之处,给人以耳目一新之感。

值得指出的是,王蒙的这种叙事视角的新的选择与契佛的叙述方式

① 郭宝亮:《王蒙小说文体研究》,北京大学出版社 2006 年版,第 66 页。

有着相当大的关联。契佛的小说绝大部分采用的是内聚焦视角，[①] 即严格地按作品中人物的感受和意识来呈现，叙述传达的是人物的所见、所感、所思。即使是采用第三人称，也是依循人物的视角，并将这特定的视野范围贯穿始终。在《乡居丈夫》、《黄金梦》、《法康纳监狱》等小说中，契佛采用的就是第三人称的内聚焦视角。小说一经叙述者传达，就存在着两个主体，既有人物的感觉，又有叙述者的编排。这样它的视野范围就有一定的自由度。如《乡居丈夫》开头是叙述人的声音，然后才过渡到人物的视角。这种内聚焦视角的最大特点就是能充分地敞开人物的内心世界。

难怪王蒙要说："我喜欢约翰·契佛的文体，他描写的一切都好像水洗过似的。他的结构、叙述及构词方式完全打破了我已经习惯的模式，使我倍感欢欣。"[②] 这无疑也表明了王蒙已意识到要打破原有传统的叙事模式，自觉追求新的小说艺术。

作家的这种叙述方式的选择，也正充分地体现出他的读者意识。被誉为"美国郊外的契诃夫"的契佛，非常尊重读者。在他长达半个世纪的创作实践中，努力实践着契诃夫的"在短篇小说中，最好不要说透，只要叙述就行了"的艺术规律，他在作品中一般不直接表露自己的态度和倾向，只作客观、冷静的叙述和描写。契佛在尊重读者的同时却不降低水准，博采众长而自出机杼，笔触所到，常于叙述时见功力，更在方寸中现大千，形成了生活气息浓郁、艺术形象鲜活、故事生动有趣、语

---

① ［法］热拉尔·热奈特：《叙事话语新叙事话语》，王文融译，中国社会科学出版社1990年版，第129页。

② 王蒙：《从实招来》，见《王蒙文集》第7卷，第435页。

言洗练幽默的独创风格，达到了现代性、艺术性、可读性的高度统一。契佛杰出的创作成就和读者的长盛不衰，不仅证明了他小说艺术的成功，而且证明了他文学选择的成功。复出后的王蒙，也十分关注读者。由于其新时期的作品取消了线性的时间连缀，没有了传统作品那种序列事件的完整逻辑性，而代之以人物联想使不同的事件场景甚至情绪任意连缀，具有更大的跳跃性、少逻辑性和反因果性，因而读者主体性的建构，对于王蒙来说显得尤为重要。仔细阅读王蒙新时期的小说，我们就不难发现在其作品中有一个特殊的主体——隐含的读者，他是作者设想出来的能把文本加以具体化的预想的读者。隐含的读者是讲说者的接受者，也是一个潜在的说话者，这个主体的积极参与，才使得他小说的两个世界成为相互审视的完整的文本。与契佛一样，王蒙意识到读者的重要意义。

所不同的是，王蒙不仅希望读者从他的小说中了解到某种社会现实，更希望读者从中接受某种生活的态度，或者由此形成对生活的看法。他希望和读者站在一起，并且相信读者会和他意见一致，为了达到这个目的，他有时甚至会跳出来和读者直接对话，显然他做不到像契佛那样的"非常干净"。正是这样，才形成了王蒙与契佛同中有异的特殊的叙述视角。

二、场景描写的设计与人物性格的凸显

复出以后的王蒙作品不好读，其主要的原因在于他作品内在的因果逻辑链被抽掉了，常规的时间链的链接不正常了，其作品的情景已很难

建构成完整统一的故事。不要故事只要生活事件，不要情节只要情景，这是王蒙的一贯追求。早在他创作《青春万岁》时他就这样想的："能不能集中写一个故事呢？太抱歉了，我要写的不是一个大故事而是生活，是生活中的许多小故事。我所要反映的这一角生活本来就不是什么特殊事件，我如果硬要集中写一个故事，就只能挂一漏万，并人为地为某一个事件添油加醋、催肥拉长，从而影响作品的真实性、生活感，并无法不暴露编造乃至某种套子的马脚。这样的事，我不想干。"[①]正是这样的美学追求造就了他特殊的文体形态。

20世纪80年代以来，他的一系列所谓的意识流小说没有了中心事件，没有了扣人心弦的情节，吸引读者的是一个个场景变化。小说通过场景的变化生动地刻画了主人公变化的心情，不断深化现实主题。如《夜的眼》开始是一条明亮的大街。夜晚路灯的光河、留长发与烫发、高跟鞋与半高跟鞋……二十年后归来的陈杲对他曾生活过的城市充满着陌生感与新颖感。接着，陈杲上了拥挤而热闹的公共汽车，听着工人们谈论民主，感觉就像"在那个边远小镇谈论羊腿把子一样普遍"。"文革"那样的民族灾难过去了，人民迫切需要民主。人们在各种场合大谈特谈民主，陈杲内心充满了羡慕之情与兴奋。下了公交车，陈杲行走在迷宫一般的住宅楼道，面对着人声喧闹拥挤的楼舍，感到了一种压迫感。这引发了主人公个人遭遇的思绪，也引发了主人公不该接受领导之托的一种倒胃口的感觉："他莫名其妙地坐了好长时间的车，要按一个莫名其妙的地址去找一个莫名其妙的人办一件莫名其妙的事。其实事一点不莫

---

① 王蒙：《我的第一篇小说》，见《王蒙文集》第7卷，第620页。

名其妙，很正常，很应该，只是他办起来不合适罢了，让他办这件事还不如让他上台跳芭蕾舞，饰演《天鹅湖》中的王子。"陈杲感觉到了这种走后门的不自然。终于来到门前敲门，见到的是领导的儿子。当那位小青年告知陈杲："现在办什么事，主要靠两条，一条你得有东西，……再一条，就靠招摇撞骗……如果你们有东西，又有会办事的人，该用谁的名义就用去好了。"陈杲昏然跌撞着离开了黑洞洞的楼道，抬头看到了前面问号似的灯泡此时已变成了可怕的魔鬼般的眼睛。小说通过明亮的大街——拥挤而热闹的公共汽车——迷宫般的住宅楼——领导家等几个场景变化，生动地展现了主人公陈杲——一名从边远小镇来到阔别20多年的大城市的作家，受领导之托找寻另一位领导办事的路途中不同的心情与感悟。

李国文先生在评点王蒙的《夜的眼》时这样说道："王蒙这一时期的作品，如《春之声》，如《风筝飘带》，如《海的梦》，如《蝴蝶》，如稍后一点的《杂色》，都是他早期的改变自己写作风格的尝试之作。……我想，这一时期的王蒙，打算尝试与过去很古典化的现实主义（如《组织部来了个年轻人》，如《青春万岁》）稍有区别的写作方法，恐怕是他创作这批小说的初衷。"[1] 的确，王蒙在《夜的眼》中通过场景变化来展现人物心理的艺术处理，确实是在尝试改变自己原有的风格，这其中我们不能忽视契佛小说艺术对他的影响。

契佛是一位极有场景感的作家。他小说中的场景不仅为故事提供适当的环境，而且帮助展开故事情节，并能在场景中让人物得以展现。《泅

---

[1] 何西来主编：《名家评点王蒙名作》，中国海洋大学出版社2003年版，第394页。

泳者》是契佛短篇小说集中描写美国中产阶级特性的代表性作品。出发时，威斯德哈慈家游泳池的水是那么绿，空气是那么清新，有这样的朋友和这样的天气，耐第·梅瑞尔感到极大快乐。一场伟大的探索刚刚开始，他情趣高昂。然而，随着旅程的不断前行，各游泳池变得不那么可爱、诱人，邻里也不再那么友好，直到他到达他旧情人——谢莉·亚当斯的家。以前在这里感到过心情舒畅，得到过愉悦，他渴望着遭受冷落之后在这里得到安慰。然而，他看到的却是取代他的新情人，受到的却是更令人绝望的驱逐。在这儿他似乎闻到了一种浓郁的秋之花的气息。悲伤、凄冷、疲惫，他生平第一次像孩子似的哭泣。他绝望、不知所措，他不能理解和接受侍者、情人对他的无礼以及朋友们对他的冷落。其实，他真正无法接受的是这残酷无情的现实。从威斯德哈慈家的游泳池到格兰汉姆家、邦克家、莱文家、哈罗恩夫妇家……谢莉·亚当斯家，最后回到自己的家。场景在变，主人公的心情也在变，那些游泳池也随着主人公的心情、围着游泳池边举行 Party 的"某些人"、主人公回家之旅的进程而变。

以上分析不难看出，王蒙在《夜的眼》中所呈现出的新的变化，似乎与契佛的《泅泳者》有着异曲共奏的感觉。但笔者必须指出的是，契佛在小说里通过场景描写凸显出了人物的性格和命运变化，然而其笔下人物的身后却始终拖着忧郁和孤独的阴影。如耐德在出发时是满怀希望的，内心充满着幻想，他的心境和他的整个世界都处于一种美好的平静状态。可最后，他却带着孤独的现实感来结束他的远游和朝圣之旅。他曾拥有的熟悉而美好的生活已离他而去，取而代之的是心身的疲惫和理想的破灭。契弗就是这样以巧妙的写作手法来表明美国中产阶级表面完美、实质空虚无聊的状况，这实际上是对美国现实的混乱、文明的堕落以及世态炎凉感到困惑不安的揭露。王蒙笔下的人物则不然。虽然王蒙也是通过场景描写来展现人物的内心变化，展现生活现实，但其笔下的人物却总是对未来充满着希望。"二十年的坎坷，二十年的改造，陈杲学会了许多宝贵的东西，也丢失了一点本来不应该丢失的东西。然而他仍然爱灯光，爱上夜班的工人，爱民主，评奖、羊腿……"《春之声》中的岳之峰："觉得如今每个角落的生活都出现转机，都是有趣的、有希望的和永远不应该忘怀的。春天的旋律，生活的密码，这是非常珍贵的。"《海的梦》中的缪可言最后怀着隐秘的激情说着："这个地方好极了，实在好极了。"由此我们可以看到，王蒙对契佛的欣赏在更大程度上还是体现在小说艺术的层面上，他作品中所要呈现的主题与契佛有着很大的不同。

三、语言信息的密集与言语反讽的运用

刘心武先生在评点《风筝飘带》时说过这样一番话："王蒙在改革、开放的新时期里，对文学，特别是小说创作的语言创新，是一个开先河者。……七十年代末八十年代初，王蒙复出后所一篇接一篇发表出来的小说，越来越凸显着他在小说叙述语言上的自觉意识，他自觉地把展拓小说的语言张力化作创新的一个重要方面。"[1]王蒙的这种小说叙述语言上的自觉意识，可以说与契佛有着极为密切的亲缘关系。

---

[1] 何西来主编：《名家评点王蒙名作》，第 422 页。

王蒙在《我为什么喜爱契佛》一文中，阐述自己喜爱契佛的原因："他的小说写得非常干净，每个段落，每一句话，每个字都像是经过水洗过的，清爽、利索、闪闪发光。……他的小说，基本没有沾粘连连与精雕细琢的描写，没有唠唠叨叨与解释疑难的分析，没有咋咋呼呼乃至装模作样的表演和煽动。他有的只是聪明的、行云流水般的、亲切而又含蓄的叙说……相当幽默，不无俏皮，但无意逗弄……风度优雅，适可而止但绝不炫耀。"①确实，契弗的小说语言犹如经过清水漂洗的珍珠一般晶莹朗润干净洗练，句子简短行文流畅，节奏明快错落有致，十分适应现代读者的阅读习惯和欣赏要求。这自然引起了复归文坛的王蒙对契佛的叙述语言的倾心。这主要体现在以下两个方面：

（一）语言信息的密集。契佛的小说力求以有限的语言来实现信息量的最大化。我们可以小说《金罐子》中一段拉尔夫即将"告别"贫穷的心理活动为例："他不无依恋地回想起那家他们俩常去搞喜庆活动的意大利餐馆里的污渍斑斑的台布，想到起劳拉在雨夜兴致勃勃地钻出地铁奔向公共汽车站的情景。但是他们即将同这一切再见了。去百货大楼底层购买衬衣，在肉铺前排队，买廉价的饮料，还有趁春天便宜时他从地铁里给劳拉买的玫瑰花——这一切毫无疑问都是作为穷人的纪念品。"这段描写语言亲切自然，洋溢着底层生活气息，一个句子就是一个场景、一段往事、一份情感，像迅速切换的电影画面一样历历在目，它们将拉尔夫夫妇虽然贫穷但是恩爱、不无苦涩也有欢乐的既往生活展现得极其鲜明动人，充分显示了契佛高度的艺术概括力和语言表现力。

---

① 何西来主编：《名家评点王蒙名作》，第 480 页。

在王蒙八十年代中期推出的《来劲》这篇小说中，语言的实验性可谓达到了一种极致。其中到处能寻觅到信息量最大化的语言："向明出差、旅游、外调、采购、推销、探亲、参观、学习、取经、参加笔会、展销、领奖、避暑、冬休、横向联系、观摩、比赛，访旧、怀古、私房、逃避追捕，随便转一转，随便看一看，住宾馆住招待所住小学教室住人民防空工事住地下洞住浴池住候车室住桥洞下面住拘留所住笼子。然后她到达了找到了误会了失落了错过了他要去的地方。"在这短短的一段话中，王蒙几乎把当下旅行者或游走者的生活状态悉数囊括，读者在接受这些各种各样五光十色的信息后，进行一定的"程序处理"便可读到我们所处的这个社会的人生百态。著名文学评论家王干曾说："对小说信息量的追求是王蒙小说创作长期以来的一个不可忽略的'情结'"。[1] 而这个"情结"是与王蒙对契佛叙述语言的喜爱是分不开的。

（二）言语反讽的运用。言语反讽是叙述话语中的一种修辞格。在言语反讽中，其陈述或者描写总是包含着与直接的感知正好相反的含义，即"言在此意在彼"。契佛可谓是擅长言语反讽的大家。《爱情的几何学》中马洛里显然对用几何学解决家庭矛盾颇为得意"对欧几里得几何学的研究，使他得到了不少启发，同时有了同情安宁之心。……他从早晨醒来到晚上睡觉一直保持清白无辜的本色，他可以继续保持下去。他想把他的这一发现写成书：《欧几里得情感：感情的几何学》。"但我们一联系到马洛里的真实处境，就可以发现这不过是一种自我欺骗，作者的叙述话语包含着对人物讥讽的深层涵义。在《巨型收音机》中，契佛

---

[1]　何西来主编：《名家评点王蒙名作》，第 480 页。

更是将这种言语反讽技巧运用得淋漓尽致。小说开头首先对吉姆与艾琳的社会地位、经济状况、家庭情况及婚姻生活等方面进行了近乎统计报告般的描述。接着，就描写了吉姆与艾琳的个性、外形和爱好。艾琳"性情怡人"，"宽阔、光滑的额头上一丝皱纹也没有"。"冬天时她穿一件鸡鼬皮大衣，染得看上去颇像是貂皮。"吉姆"好像自我感觉还年轻"。他"举止诚恳而又不乏激情，有点故作天真"。而且，作家特别强调了夫妻两人有共同的爱好——正统音乐。他们"经常光顾音乐会"，"还花大量时间听收音机上播放的音乐"，这也是他们与"他们的朋友、同学和邻居"的不同之处。读到这里，读者眼中的韦斯科特夫妇（即吉姆与艾琳）无论是在经济上还是家庭生活、夫妻感情上都是令人满意的，便会自然而然地认为，作家在段末特别提到的主题物件——收音机，一定会给夫妻俩带来内心的愉悦。然而，随着阅读的深入，读者把这些客观、冷静的词句置入文本所呈现的人物、事件的真实之后，就会发现其戏谑效果，其言语上的反讽意味昭然若揭。契佛所采用的反讽技巧，于不动声色中让读者自己卷入故事，进而体会到"蓦然回首，那人却在，灯火阑珊处"的感觉，充分展现了作品的艺术魅力。

言语反讽的运用一方面可以制造喜剧效果，增加语言情趣，引起读者的阅读兴趣；另一方面由于言语反讽言在此意在彼的双向指向，使语言产生复义，增强了语言的内在张力。王蒙应该关注到了契佛小说艺术中的言语反讽技巧，于是在新时期的作品中王蒙也开始运用大量的言语反讽。如小说《风筝飘带》中佳原和素素谈恋爱无处可去，来到了一栋新落成的居民楼，没想到被居住的居民当成"小偷"，"开始了严厉的、充满敌意的审查。什么人？干什么的？找谁？不找谁？避风避到这里来了？岂有此理？两个人鬼鬼祟祟，搂搂抱抱，不会有好事情，现在的青年人简直没有办法，中国就要毁到你们的手里。……你们不能走，不要以为没有人管你们。说，你们撬过谁家的门？公共的地方？公共的地方并不是你们的地方而是我们的地方。随便走进来了，你们为什么这样随便？简直是不要脸，简直是流氓。简直是无耻……侮辱？什么叫侮辱？我们还推过阴阳头呢。我们还被打过耳光呢。我们还坐过喷气式呢。还不动弹吗？那我们就不客气了。拿绳子来……"① 很明显，审查方处于强势，佳原和素素处于弱势。作者愈是把强势话语夸张，其解构否定色彩就愈强，构成了明显的言语反讽。在小说《布礼》中，那个"评论新星"对钟亦成的小诗《冬小麦自述》的分析批判，也属言语反讽的运用。王蒙在 20 世纪 80 年代以后的作品，言语反讽色彩愈加浓烈。虽然王蒙的言语反讽有着自己独特的技巧，但我们依稀还是可以辨识出其受过契佛小说叙述语言的影响的影子。

"掌握好创新与继承、突破与因循、提高与普及、勇敢与谨慎、纵横驰骋与脚踏实地、从心所欲与不逾矩的火候是不容易的，用不着要求每一篇作品都恰到好处。具体到一篇作品，可以更各色一点，也可以更顺畅一点；可以更洋一点，也可以更土一点；可以更雅俗共赏一点，也可以更'雅'赏而'俗'不赏，或者更'俗'赏而'雅'不赏一点。在这里，能够充分地汲取、总结和运用自己的和别人的经验，却又不为这种经验所囿，不轻易抛弃旧传统又善于接受新事物，不怕一时不理解者的摇头却又不搞成象牙之塔里的自思自叹、自爱自怜、自吹自擂，是一

---

① 何西来主编：《名家评点王蒙名作》，第 416 页。

个努力目标。"①新时期的王蒙正是朝着这个目标，一方面汲取着契佛小说艺术的经验，一方面探索着自己独特的艺术创新之路。

（原载《文艺争鸣》2011 年第 7 期）

---

① 王蒙：《谈创新》，见《王蒙文存》第 21 卷，人民文学出版社 2003 年版，第 233 页。

王蒙与中国当代文学

下

温奉桥　常鹏飞　选编

人民出版社

目 录

下

I

王蒙小说的哲学、数学与形式

杨　义

一、猎狗变蝴蝶的文学传奇

在当代作家中，观察与思考的神经最为活跃和发达者，莫过于王蒙。作为一个丰富而复杂的文学存在，王蒙的文学本质特征，在于通过波澜壮阔、一浪接一浪的文学式样翻新，执着地进行社会、历史、政治、文化的反思，以及反思之后紧接着新一轮"对反思的反思"，从丰富的维度直接介入和参与时代和中国人精神谱系的理性思考。他不是站在这个时代之外来批判这个时代，而是反复咀嚼着自己的刻骨铭心的人生苦难和应对苦难、超越坎坷的不懈地坚持，连同对自我的批判来批判这个时代。因而，"刻骨铭心"四个字是王蒙历难和超越的路碑，是王蒙人生与文学的关键词。

"右派"帽子压抑下的可以说是"人非人"、人失去尊严的精神苦刑和历练，对于一个思想者而言，是刻骨铭心的。有所谓"国家不幸诗家幸"，"刻骨铭心"的历练作为一种不可复制的思想资源，成就了王蒙一生最好的实际学问和反思的纠结点。他以历练与生养他的这个民族一道，承担了命运的苦涩，不撂下挑子在一旁唉声叹气，也不置身度外而搬弄风凉话，而是在担当中化解苦涩，在抉心自食中获得新的智慧。他有资格说，"所有的跌宕悲喜，都是人生的历练，都凝聚成人生的智慧：沉浸、阔大和喜悦"，"历练是银，活法是金，遭遇是外在的，而活法全在自身的选择"①。没有人会否认王蒙睿智，但这种睿智不是归隐或逃避，而是出自对脚下这方土地的诚意和深爱，而且爱得心头流血。用心头血换来的智慧，才是最值得珍视的。这种呕心沥血的智慧化为五彩缤纷的审美，是始于形式，融合数学，而深入到哲学的。这就是王蒙小说的独特形态。

自从1980年代重返文坛，王蒙就津津乐道于自己创作取材的界域，是"故国八千里，风云三十年"。他以这么10个字敞开了一个广阔的时空，"八千里"意味着生活坎坷，"三十年"意味着历史曲折。在八千乘三十的沉重中，生活对王蒙不依不饶，王蒙对生活也不依不饶："生活中的这些事情会相当快地进入我的小说。我希望我的小说成为时间的轨迹。"②他对30年的时间轨迹作"编年学"的追踪，但漩涡中汹涌着的"刻骨铭心"的生活，使他的"编年学"成了躁动不安的颠三倒四的"编年学"。在"编年学"的颠三倒四中，他主张从时空的发展来看"我们互

---

① 王蒙：《一辈子的活法》，北京出版社2011年版。

② 王蒙：《倾听者生活的声息》，见《你为什么写作》，人民文学出版社2004年版，第53页。

为历史，互为博物馆，互为寻找和追怀、欣赏和叹息的缘起。我们互为长篇小说"①。要做到这四个"互为"，他必须参悟生活，也必须参悟形式。他也许是当代高雅文学作家中最高产的。以小说为例，就有《青春万岁》、《活动变人形》、《暗杀——3322》、《恋爱的季节》、《失态的季节》、《蹀躞的季节》、《狂欢的季节》、《青狐》等长篇，《布礼》、《蝴蝶》、《杂色》、《相见时难》、《名医梁有志传奇》等中篇，《在伊犁》系列小说以及100多部小说集。这些作品所涉及的时间和地域，使之几乎成了当代中国社会政治生活风波和知识分子精神磨难的包罗宏富的编年史。这种时间的编年学之所以刻骨铭心，是在其原始底色中珍藏着一种"少共情结"，一颗少年布尔什维克的心，而这种情结这种心，却一再被捂入镪水中浸泡，被凋蚀得到处都是伤痕和棱角。很难找到第二个作家能够像他那样创意迭出、式样翻新，无论是流光一闪的青春期，还是灵感泉涌的复出而极盛而不知老之将至时期。如果需要从文学中解读当代中国的政治文化史，解读当代中国知识分子的精神罹难史，王蒙作品是一个难得的百味兼陈的典型。百味兼陈，不仅要"陈"，而且要升华，升华出哲学以含蕴百味。

历史的潮头在推涌着王蒙，搓揉着他的"刻骨铭心"。在1979年至1980年那一波现实主义回归和现代主义初萌的浪潮中，他在不到两年的时间里，轮番推出《布礼》、《夜的眼》、《风筝飘带》、《蝴蝶》、《春之声》、《海的梦》等一组中短篇小说，超越回归而率先尝试西方意识流手法，重启已中断多年的意识流写作的东方化进程。他从形式入手，打

---

① 王蒙：《失态的季节》，见《王蒙文存》第5卷，人民文学出版社2003年版，第1页。

开通向哲学与数学的大门。他本人借用自己作品的名字，以蝴蝶自拟："我的一篇小说取名蝴蝶。我很得意，因为我作为小说家就像一个大蝴蝶。你扣住我的头，却扭不住腰。你扣住腿，却抓不着翅膀。你永远不会像我一样地知道王蒙是谁。"① 这只"百变蝴蝶"提出了"王蒙是谁"的命题，他虽然"百变"，但百变不离其宗，就是围绕着他的"刻骨铭心"。

本来王蒙最初起名，联系着西方文学名著，也是林（琴南）译小说名著。其父王锦第，北京大学哲学系毕业。据王蒙回忆其父在北大上学时"同室舍友有文学家何其芳与李长之。我的名字是何其芳起的，他当时喜读小仲马的《茶花女》，《茶花女》的男主人公亚芒也被译作'阿蒙'，何先生的命名是'王阿蒙'，父亲认为阿猫阿狗是南方人给孩子起名的习惯，去阿存蒙，乃有现名"②。亚芒化作蝴蝶，这还不够，王蒙生年属什么？王蒙说："狗。"他有一次清晰而准确地发了这个单音后，惭愧地笑笑说：很抱歉，本来想属得雅一点的。狗性忠诚，但奔波劳碌。狗在筋疲力尽，甚至伤痕累累之后，变成一个现代的庄周，酣然做起了"蝴蝶梦"。这就是作品的意识流，感染着作家也来一个意识流。这不是一只养尊处优的宠物狗，而是一只猎狗，长途奔袭，捕捉思想的猎物，将浑身的泥泞和汗水，化为千变万化的美学蝴蝶，创造了一个当代文学史上猎狗变蝴蝶的传奇。

---

① 王蒙：《蝴蝶为什么得意》，见《王蒙文集》第 7 卷，华艺出版社 1993 年版，第 705 页。

② 《王蒙自传》第一部《半生多事》，花城出版社 2006 年版，第 7 页。

二、刻骨铭心的精神底色与时间轴之零

先考察王蒙小说的起点，看其中隐含着何种文化基因。尽管人们将《青春万岁》当作王蒙的处女作，但这部写于 1953 年作者 19 岁时的长篇，历经磨难，于 1979 年正式出版的时候，却令人感到青春犹在，已是隔代前尘。小说以如诗似歌的青春热情，描写了 1952 年北京女七中郑波、杨蔷云等一群高三学生的学习、生活，生机蓬勃，散发着鲜明的时代色彩和浓郁的青春气息。如作者在《序诗》中所言："所有的日子，所有的日子都来吧，让我编织你们，用青春的金线，和幸福的璎珞，编织你们。"如此以金线编织日子，涉世未深，但那种有点不可救药的乐观情怀依然作为历史档案存入人们的记忆。这在现代中国人的精神谱系基因库中，是一种独特的存在。

真正应该视为王蒙小说起点的，是 1956 年发表的《组织部来了个年轻人》，此时王蒙 22 岁。是否他想借以夫子自道？小说主人公林震也是"才 22 岁"，与作者同龄。这就是王蒙好用于主人公年龄的数学，他的不少作品总有一个正面的善于思考的人物，与他同龄或年龄相仿。小说在建构着一种"年龄话语"，以年龄与现代中国的时间轨迹共构"编年学"。林震富于理想、勇于进取，他订规划，学这学那，做这做那，他要一日千里。宣称人要在斗争中使自己变正确，而不能等到正确了才去做斗争。初入组织部，对于那里弥漫着的麻木、拖延、不负责任的空气，感到"是对群众犯罪"。慷慨激昂地表示："党是人民的、阶级的心脏，我们不能容忍心脏上有灰尘，就不能容忍党的机关的缺点！"他面对的是组织部第一副部长刘世吾，这位长官用一句口头禅"就那么回

事"，作为应付工作和生活的万能灵丹，似乎是一个看透一切的"哲学家"。初见面就对林震赠言："我们的工作并不难作，学习学习就会作的，就那么回事。"指导青年人处理家庭生活，就说："你的许多想法是从苏联电影里学来的，实际上，就那么回事……"在"就那么回事"的背后，掩盖着刘世吾可怕的冷漠与麻木的心态和病症，成了对事业、对生活采取旁观者态度的"老油条"式的官僚主义者。刘世吾是这样敷衍问题："当然，想象总是好的，实际呢，就那么回事。问题不在有没有缺点，而在什么是主导的。是缺点是基本的？显然成绩是基本的，缺点是前进中的缺点，我们伟大的事业，正是由于这些有缺点的组织和党员完成着。"又这样进行"年龄批评"："年轻人容易把生活理想化，他以为生活应该怎样，便要求生活怎样，作一个党的工作者，要多考虑的却是客观现实，是生活可能怎样。年轻人也容易过高估计自己，抱负甚多，一到新的工作岗位就想对缺点斗争一番，充当个娜斯嘉式的英雄。这是一种可贵的、可爱的想法，也是一种虚妄……"听刘世吾谈话，似乎可以消食化气，但他在制造着一种"机关空气"，形成了一种机关精神冷漠症。

小说的许多细节描写，幽默、嘲讽中已经露出了几分老到，显示了对党政运作方式的批判性了解。行文中提及的苏俄作品有《拖拉机站站长与总农艺师》、《静静的顿河》、《被开垦的处女地》和屠格涅夫《贵族之家》。也就是说，王蒙创作伊始，拥有浓郁的"苏俄文学情结"，让小说主人公根据电影里全能的党委书记的形象来猜测党的工作者，遇到难题就自言自语："按娜斯嘉的方式生活，真难啊！"小说中触及爱情这种人类青春的主题，在林震的身边增加了一位赵慧文，他们之间的纯洁而微妙的情感波动，对机关作风的趣味相投的剖析，实际上增添了描写的维度，加深了心理深度。这些情结和主题，都作为创作中的原始关照，为王蒙20余年复出后的小说提供了反思的对象和探索的始发点。这里存在着王蒙刻骨铭心的精神底色。

复出后的王蒙写了一批意识流小说，这一文学行为无异于格局过于单一的中国文坛发生一次地震，在以创新为务的作家面前敞开了一个广阔的空间。小说竟然也可以这样写，这就以形式的解放撞开了精神解放的大门。而《布礼》成为对王蒙意识流进行解码的钥匙，但它与其说用了意识流，不如说用了"时间流"，时间的颠倒错综使人生与它的时代已到碎片化了。捡拾时间碎片，沾满斑斑泪痕血迹。对这段人生的思考，对王蒙而言，是刻骨铭心的。《布礼》通过时间的灵活调度，其结构在乍看有点颠三倒四中，几乎每一章都组合了一正一反、亦庄严亦荒谬的两个时间段，使之相互质疑，相互碰撞。年代的数码，也有正数和负数，这也是一种联系着人文与审美的"数学"。

庄严与荒谬的转揆点是1957年8月，小说就从此处落墨，这是数字轴上的零，零蕴含着无穷大。零也可能是一个黑洞，吞噬精神上的光。中心城区委员会的青年干部钟亦成，因一首小诗被首都报纸作为毒草批判，被划为"右派"；到1966年6月，又被红卫兵批判、殴打。随之时间跳回1949年1月，反顾精神的原始底色，作为高中学生、党支部书记的钟亦成，组织护校、护城，迎接解放军进城，生擒国民党败兵。女中学生组成的领队凌雪，对他挥手："致以布礼！"（即"布尔什维克的敬礼"）接着又跳回1966年6月，被红卫兵打晕的钟亦成苏醒过来，叹息这些与自己参加护城时年龄相仿的红卫兵："在人类历史的永恒的前进运动中，……如果没有十七岁的青年人，就不会有进化，不会有发展，更不会有革命。"他在昏迷中喊出："致以布礼！"时间顺着前跳到 1970 年 3 月，宣传队副队长质疑他 15 岁入党、17 岁以候补党员当支部书记，是欺骗。似乎为了辩解或反驳，时间又逆向跳回 1949 年 1 月，城市解放，钟亦成到大学礼堂参加党员大会，慷慨激昂的讲演，革命狂欢的会餐。

接下来的是《布礼》时间前移，展示 1957—1979 年 20 余年的精神历程。钟亦成常常想起这次党员大会，想起那些互致布礼的共产党员们，感到为此宁愿付出一生被委屈、一生坎坷、一生被误解的代价，也是值得的。应该看到，1949 迎接解放与 1958 戴上"右派"帽子，这两个时间点的反复撞击的精神效应，是刻骨铭心的。于是，时间碎片化，频繁跳跃于 1950 年 2 月听区委书记老魏讲党课；1957 年 11 月被定为反党反社会主义的资产阶级右派分子；1967 年 3 月，群众组织批斗老魏，钟亦成陪斗；时间又定格在 1979 年。一个灰影子钻到了卧室，与钟亦成对话。灰影看破红尘，指责不论是致以布礼还是致以红卫兵的敬礼，不论整人还是挨整，全是胡扯，全是一场空。钟亦成自信心灵曾经是光明的，而且今后会更加光明，今后去掉了孩子气，仍然会留下更坚实更成熟的内核。而灰色的朋友，"除了零，你又能算是什么呢"？尽管庄严与荒谬纠结，但"布礼"情结和信念九死无悔，百折不挠。钟亦成与灰影辩论，零到底是虚无，还是无限。

支撑着"布礼"情结和信念的，有两根支柱。一根在社会，一根在家庭。时间闪到 1958 年 3 月。戴上"右派"帽子的钟亦成约会凌雪，打算割断爱情丝缕，免得"玷污了你的布尔什维克的敬礼"。但凌雪回答："黑怎么能说成白，……让我们，让我们结婚吧！……党是我们的亲母亲，但是亲娘也会打孩子，但孩子从来也不记恨母亲。"追溯这根爱情、家庭的支柱，支撑着1951—1958年，他们拥抱光明，互为自我，埋在心底、浸透在血液和灵魂里的光明和爱是摧毁不了的。1958年4月，二人结婚，凌雪被开除出党。区委书记老魏备酒祝贺。1958年11月，他被下放到山区农村劳动改造。灰色的影子又来可怜他，不要像个傻瓜似的看不透。他反问灰色的朋友，有什么资格说看透，你到生活的激流中游过泳、经历过浮沉吗？没有下过水的人有什么资格评论水、抨击水、否定水呢？时间又跳到1970年。钟亦成叹息：祥林嫂！为什么生活在社会主义新中国的一个共产主义者，一个朝气勃勃、赤诚无邪的年轻人的命运竟然像了你？中华民族呀，多么伟大又多么可悲！经过一段"年代不详"之后，又跳到1978年9月。钟亦成写了申诉，希望以21年的血泪和痛苦，恢复历史真相。提到血泪痛苦，时间又闪回1958年11月—1959年11月，他在山区掏大粪，背着粪篓子给梯田施肥。春天，深翻地；夏天，割麦子；秋天，打荆条，习惯了农村的劳动和生活，成了山里人。他因思想而获罪，获罪之后却变成了无人过问、自生自灭的狗尿苔（一种野生菌类）。他黑夜救火负伤，却招来疑似纵火犯的审查。瞬间闪出的1979年灰色的影子，嘲笑他"活该"，被他斥退。随即跳到1975年8月，严酷事实的长期折磨，使其精神上负罪感消失。却接到老魏在"文革"中入狱7年、身患血癌的消息，回城看望时，老魏痛惜反右扩大化"毒化着我们的国家的空气"，写下为钟亦成改正的意见书而撒手人寰。这是社会政治生活的精神支柱，钟亦成脱帽肃立，"致以布礼"。又闪回1959年11月27日，救火反被审查的钟亦成昏死后，区委书记老魏赶来看望，许多农民为他请功。最终时间凝止在1979年

1 月，钟亦成、凌雪夫妇接到了平反昭雪、恢复党籍的书面结论。尽管"布礼"这个名词久已消失，为人淡忘，他还要向全世界的真正的康姆尼斯特———共产党人致以布礼。

这部中篇以时空错乱的形式，对接起庄严至极，也荒谬至极的历史碎片。它已经超越了一般的"伤痕文学"，反思了从新中国成立到文革结束 30 年间亦悲亦壮的知识分子精神痛史。这里有岁月的失落，也有精神的启示，从血泪浸泡中，打捞出一颗金子般的心。王蒙是在耍弄着什么"乌托邦"语言吗？他是顽强地行走在遍地泥泞坎坷的旅程上，进行理性求索的思想者。由于是理性求索，行文中的独白和议论，很难说是"意识流"中无端涌动的潜意识或下意识了。值得一提的是，王蒙在 1979 年6 月写成这个中篇，思想已经追踪到 1979 年 1 月，他的思想过程是从"过去时"中延续了"现在进行时"。他对文化与人的痛苦的反思，是立足现在，抓紧现在的。这就是王蒙的精神关注点，就是他的"人文—数学"上的"一"，"天得一以清，地得一以宁，神得一以灵，谷得一以盈，万物得一以生"①。王蒙是经常引用《老子》的这段关于数字"一"的名言的。

三、审美几何学与生存哲学

王蒙小说创作全盛期的代表性作品，是《活动变人形》。他以形式蕴含思想，以形式创新宣示思想解放的叙事策略，在这里表现得淋漓尽

---

① 《老子道德经》第三十九章，见国学整理社编：《诸子集成》第 3 册，中华书局 2006年版，第 24—25 页。

致，淋漓尽致得有一点像巨幅的泼墨画。书名就相当怪异：活动变人形是一种日本玩具读物，"像是一本书，全是画，头、上身、下身三部分，都可以独立翻动，这样，排列组合，可以组合成无数个不同的人图案。所以叫'活动变人形'"①。三个板块的拆解和拼合，就是王蒙的"审美几何学"。作家就是用这种板块推移、随意翻篇的叙事方法，大开大合地展示了一个趋慕洋风的知识者在旧家庭泥泞中打滚的人性变态和心路坎坷。他将文化解剖刀伸入人性人欲深处，随意挥洒，笔墨恣肆，而又冷峻得带有几分颠三倒四的残酷；不是抽象地拨弄人性人欲，而是在人性人欲中纠缠着中外文化脉络，纠缠着奇异组合的三代人家庭姻亲，剖析其盘根错节的深度精神谱系。小说家陈忠实如此谈论他的阅读体会："王蒙笔下的倪吾诚，变幻着各种脸谱。用我们惯常的性格说解读不透。我看到一种心理结构被颠覆心理秩序被打乱的典型人物形态。这个人接受新的政治理念以及洋的生活理念，把原有的旧的理念所结构的平衡和稳定颠覆了，却无法实现和达到新的结构的平衡和稳定。"②

小说主要集中在 1940 年代，集中在留过洋、向往西方文明的倪吾诚身上。尚未成年，母亲就企图用抽大烟和娶媳妇的办法来挽救他的偏激。女方姜静宜是乡下地主的女儿，和寡母姜赵氏及也是寡居的姐姐姜静珍住在一起。他在母亲亡故后，变卖家产，旅欧两年，在北平的一所大学任教，一身洋气，以文明人自居。如果说倪吾诚向往西方自由、平等、博爱的文明精髓也就罢了，但他所得却是西方文明的皮毛。他只是

①　王蒙：《活动变人形》，人民文学出版社 1985 年版，第 107 页。
②　陈忠实：《再读〈活动变人形〉》，《南方文坛》2006 年第 6 期。

厌恶中国习俗的丑陋，反对随地吐痰，反对将鲜肉与剩菜、馊菜一锅煮，而喜欢洗澡，喜欢上舞会，喜欢服用鱼肝油、使用寒暑表，但凡沾上"洋"的便是好的。他慨叹中国人童年生活的贫乏，"男孩子只能拨拉着自己的小鸡巴玩"，因而对儿童讲童话、买"活动变人形"的洋玩具，教女儿挺起胸走路，给孩子温馨恬美的微笑和拥抱。

倪吾诚也想对家庭生活"洋化"改造，却在这番改造中不得安宁。静宜信奉的是家庭实用主义，不愿当狐狸精，要的是生孩子，省钱买煤球，而不是买无用的玩具"活动变人形"。倪吾诚受不了沉闷的家庭气氛，几天不回家，在外面游荡请客，将"洋化"理想化作口沫星子，大谈抱负，和学生探讨中国前途。静宜以为他在外面嫖妓，恨得咬牙切齿。尤其是静宜乡下的母亲姜赵氏和姐姐静珍也来北平同住后，三个女人结成了反对倪吾诚的统一战线，将家庭变成一个随时可以引爆的火药桶。这两个来客的"变态寡妇文化"，是制造家庭火药桶的好材料，静珍还在如花似玉的年纪就守寡，心理压抑变态，喜欢挑拨家长里短，就连野猫发情都恨得牙根痒痒。她抽烟、喝酒、做饭，每天早晨必修"洗脸仪式"，煞费周章地洗脸擦粉、上胭脂，边洗边打，边洗边骂，堪称一绝。岳母喜好洗脚、倒尿盆，靠老家一点田产收租过活，百无聊赖，长于恶骂。妻子姜静宜依凭如此生力军助阵，就合谋算计倪吾诚，偷走他兜里的钱，又扣了他一身滚烫的绿豆汤，使之落荒而逃。王蒙就有这种本事，使"恶骂"成了一种翻江倒海、如火如荼的"国粹"或"国宝"，土语村话，咆哮号啕，又泼又悍，大有不"气死王朗"誓不罢休之情态，堪称当代小说一绝。在胆战心惊的骂声喧腾中长大的小儿女，与母党同仇敌忾，都把父亲当成"败家子"，形同陌路。倪吾诚万般无奈，在妻子怀第三个孩子时就远逃他乡，甚至去过解放区，其后离婚再娶，并未尝到幸福的味道。在历次运动中，他热情赞美领袖英明，而慷慨激昂带来的却是大折跟斗，颇受皮肉之苦，晚景凄凉寂寞。作品给他留下的是一个魂不守舍的"活动变人形"，一幅漫画式的精神陷于分裂和痛苦而又找不到出路的文化变脸。

王蒙曾经自白，这部小说对他而言，是刻骨铭心的："《活动变人形》的题材是刻骨铭心的记忆……我需要一个料理，需要一个过渡，需要一个告别，我起码需要说一声，别了，童年！别了，老屋！别了，爹妈！没有意义就没有意义吧，不成格局就不成格局吧，不入流就不入流吧，不像一部小说就不像一部小说吧，然而它已经在王蒙的心里憋了那么久，它已经被包括王蒙在内的人忽视了那么久，它未肯离去，这毕竟是真实的啊。"王蒙写作时，独处京郊门头沟区山窝中的西峰寺，开始了写作的疯狂期，一天写一万五千字，写得比抄录得还快。又去大连修改定稿。书名最初想用《空屋》，又改为《报应》，最后定为《活动变人形》（"我明明记得这是我小时候玩日本玩具的名称，但是所有的日本友人都说日语有'人形'（玩偶）而没有'活动变'"）。他吐了一口气说："我毕竟审判了国人，父辈，我家和我自己。"①

《活动变人形》对其主角倪吾诚、姜静珍、姜静宜以及姜赵氏极尽嬉笑怒骂之能事，唯独对倪藻绝少嘲讽，而是通过他再加上一个经常打断叙事连续性而大发议论的叙事者，潜在地掌控着全局。大概是要给全书中的文化反省提供一个世界性的关照框架，遂以倪藻旅欧开篇，"出

---

① 王蒙：《关于〈活动变人形〉》，《南方文坛》2006 年第 6 期。

国"不妨忆旧；以他归国作结，回国之后，倪藻要进入"八十年代的中国现实"。也就是说，它是以八十年代的当代意识，来拥抱和审判四十年代的文化悲喜剧老故事。作品通过倪藻之口呼应书名，认为每个人都由三部分组成：他的心灵，他的欲望和愿望，他的幻想、理想、追求、希望，这些是他的头；他的知识，他的本领，他的资本，他的成就，他的行为、行动、做人行事，这些都是他的身；他的环境，他的地位，他站在什么样的一块地面上，这些是他的腿。头、身、腿若能和谐、能调和、能彼此相容，那人就能活。①而这三部分是活动可变的。比如戴着斗笠的女孩儿，可以是身穿西服的胖子，也可以是穿和服的瘦子，也可以是穿皮夹克的侧扭身子。为什么身子侧向一边呢？这也很容易解释，显然是它转过头来看你。然后是腿，可以穿灯笼裤，可以是长袍的下半截，可以是半截裤腿，露着小腿和脚丫子，也可以穿着大草鞋。这种肢解重组的不和谐、不调和、不彼此相容，成了近代中国知识分子精神惶惑痛苦的独特而深刻的象征。以倪藻旅欧与归国的世界性的大四方形框架，容纳着倪家老宅的"活动变人形"的几何切割变异，王蒙的"审美几何学"运用得得心应手，几乎有些出神入化了。

需要进一步追问的是，这种奇妙的几何切割中，蕴含着何种哲学？数学是如何转换为哲学的？细加深究，《活动变人形》的哲学乃是"倒转了的存在主义"哲学。存在主义三原则，一是"存在先于本质"；二是"世界是荒谬的，人生是痛苦的"；三是"自由选择"，"人即自由"。这一二三的次序，恰好是倒转过来的"活动变人形"的腿、身、头。排

---

① 王蒙：《活动变人形》，人民文学出版社 1987 年版，第 289 页。

列顺序的不同，就是意义的不同，其中隐含着"王蒙式的审美几何学"。在强势的西方文化面前，倪吾诚"头"的选择，追求自由而落入不自由；他空幻的选择，造成了他"身"的存在荒谬和精神痛苦，视"他人即是地狱"；他的"腿"陷在旧制度的泥泞中，制度的存在制约着他的人生本质，而非"存在先于本质"。这种非存在主义或倒转的存在主义，恰好是找不到自己的根之所在的知识者无限苦闷、失望、痛苦、消极悲观的原因，铸成了人的本质流失的无限尴尬，成为全书以"活动变人形"意象加以嘲讽的对象。这种嘲讽的颠覆性，颇有点"笑使万物，包括信仰和教会的权威性，都成为疑问"①的意味。历史的理性站出来发言了：不要让鬼魂缠住活人，倪藻要走自己的路。全书通过对倪吾诚们旧时代生活不得安生的严厉审判，最终落脚到探讨其后代倪藻们走向革命的必然性，以及拖累他们"进一步，退两步"的难以摆脱的精神负担的宿命性的深层原因。它审判着和诅咒着"那个死去的时代和它投射给我们的长长的阴影"，其思想底蕴之丰富，历史感之厚重，多有值得称道之处。也就是说，《活动变人形》蕴含着一种非存在主义的破碎化的生存哲学，成为 1980 年代反思文学中具有文化哲学深度的标志性作品。

四、季节风云中的失态、踌躇与狂欢

这已经给我们留下足够深刻的印象：王蒙的小说以艺术形式变异之

---

① 雅各伯（Helmut C. Jacobs）：《诺维利诺的愉悦与笑》，见塔派特和荣格主编：《愉悦的模仿——希尔特先生 65 周岁纪念文集》，图宾根和巴塞尔出版社 A. Francke 2003 年版，第 66 页。

灵便活跃著称。1980年代复出而全盛期的"东方意识流"，就有多方尝试，狗变蝴蝶，形式翻新接着形式翻新。评论家已经注意到，他的《春之声》注重听觉，《夜的眼》注重视觉，《风筝飘带》又兼有象征。《说客盈门》、《一嚏千娇》是讽刺作品；《球星奇遇记》属通俗逗乐型；新疆伊犁小说系列又基本回复到了传统写法。① 作家对生活感觉和形式创新的敏感，达到了一种精神巅峰状态，欲罢不能，恐怕连那个"罢"字也没有想过。直到前面分析的长篇小说《活动变人形》，既集意识流之大成，又以"肢体分解组合"的方式深入到新的文化哲学的思考之中。那么，这种形式创新的锐意追求，到了年逾花甲的老成时期，是难以为继呢，还是"庾信文章老更成，凌云健笔意纵横"？

且看王蒙从1993年起，用了7年时间完成的"季节"系列《恋爱的季节》、《失态的季节》、《踌躇的季节》和《狂欢的季节》。季而有四，象征国家态势与人生浮沉的春夏秋冬，也是一种"人文—审美"的数学，其中蕴含着某种气数的意味。这给人的感觉是他宝刀未老，依然是以形式创新蕴含历史理性思考的前沿性作家。王蒙曾讲过："短篇小说是真正的艺术。长篇小说也是艺术，但尤其不是艺术，是非艺术，是人生，是历史，是阴阳金木水火土，是灵肉心肝脾胃肾，是宇宙万物。"② 他这种是与不是，是得无边无际的小说学，为他小说文体出现狂欢状态打开了闸门。《季节》四部曲，以其个人经历为蓝本，写了从建国前夕到"文革"结束30余年的社会风雨和精神悲欢，于编年史的恢宏结构中，因

---

① 贺兴安：《王蒙晚年小说变异》，《文学评论》2006年第3期。

② 王蒙语，见《大家》创刊号，转引自王春林：《话语、历史与意识形态——评王蒙长篇小说〈失态的季节〉》，《小说评论》1994年第6期。

注入意识流、又注入调侃与反讽而充满弹性的跳跃，算得上王蒙创作的一次全面的破解之综合与狂态之超越。它对翻云覆雨的历史波折，及在其簸荡下的知识分子精神苦刑和炼狱，作出严峻却充满智慧的批判性反思，在广度与深度上都赋予新的力度。中国作家中，能对 20 世纪中后期的政治史中的精神史作出如此广阔而深刻的反思者，也只有王蒙。

《恋爱的季节》从 1951 年春天写到 1953 年春天，写了人民共和国的早晨。它热情欢呼："真的，每一天都是盛大的节日！是胜利的季节，是青春的季节，也是恋爱的季节！共产党来了，恋爱的季节开始了！"《青春万岁》中那种乐观得有点透明的青春梦，被召唤回来；《布礼》中那种真诚向上的碎片重新被缀合，而睁开一双阅尽沧桑的眼睛，对之进行深度的审视。可以说，这是王蒙以发展了的《布礼》的眼光，对他的第一部长篇《青春万岁》在 90 年代的重写。在那个刻骨铭心、令作家憧憬怀念不已的年代，北京某区青年团几位干部，那些正处于人生花季的少年布尔什维克赵林、祝正鸿、钱文、周碧云、洪嘉等人，将个人的生活汇合进革命的政治与历史大潮之中，使全书的字里行间鸣响着纯真、美好、欢快而充满激情的主旋律。活泼浪漫的周碧云认为，生活在严肃而热烈的集体当中，每个人的小我都要压缩到最小最小最小，必须以此建立自己的恋爱观。她毅然中止了与出身于留学知识分子兼基督徒家庭的青梅竹马的恋人舒亦冰的爱情，而倾心于比她矮小的革命诗人满莎。勇敢活跃的洪嘉也同样认识到，恋爱本身不再是自然的情感，而成了革命的律令，从而追求一位年龄至少比她大一倍的苦大仇深、半文盲并身负重伤的战斗英雄，毅然宣布与他订婚。资本家家庭出身的李意等人与亲情决裂，也是为了汇入滚烫的革命和建设的洪流。他们恐惧平庸，采取直线思维或浅层思考方式剔除烦恼，勇往直前，青春在"燃烧"。但是，饱阅沧桑的作者已经在感慨他们会被激情灼伤了。

拉开 40 年时空距离来反省新中国成立初期的青春激情，注入的是交织着理性与反思的冷静审视。距离产生理性，对于思考者而言，距离的长度与理性深度成正比，这也是王蒙的"人文—审美"数学。"梦断香销四十年，沈园柳老不吹绵。"一个年届花甲的老者朝花夕拾，追忆 40 年前难以忘怀的旧情旧事，满纸沧桑之感如何托付？那就只好托付给 1953 年几与自己同龄的年轻人钱文了。钱文知道，他挽留不住时间，挽留不住鸟儿、花朵、树叶，挽留不住的 1948、1949、1950、1951，挽留不住自己的 16 岁、17 岁、18 岁、19 岁，如今他马上就要 20 岁了。这种"年龄话语"使他陷入深深的惆怅之中："现在"不可挽留地变为"过去"，自己的"恋爱的季节"处在消退之中，但他岂能知道，陆续降临的"季节"会打上"失态"、"踌躇"、"狂欢"的烙印？孔子说："天何言哉？四时行焉，百物生焉，天何言哉？"① 据说法国作家普鲁斯特的杰作《追忆逝水年华》，直译乃是"寻找失去的时间"，王蒙在"失去的时间"的苦苦寻找中留下了诸多待解的方程式。作为"季节四部曲"的首部，文本肌理已经为以后三部埋下了解答方程式的常数与变数，这就是王蒙津津乐道的文学中的数学。

《失态的季节》正面展开的故事，始于 1958 年，终于 1961 年，写的是"反右"运动结束到"三年困难时期"之间，一批"右派"在山区农村和近郊农场"劳动改造"和"自我改造"的悲辛往事。这是作家对

---

① 《论语·阳货篇》，见［宋］朱熹：《四书章句集注》，中华书局1983年版，第180页。

自己刻骨铭心的"右派"遭际的充满历史理性与反思色彩的再审视。《恋爱的季节》里那些少年布尔什维克，不少人在 1957 年被戴上"右派"帽子，个别人可能平步青云。"失态"季节之所以失态，是由于意识形态高压下革命与人性关系被扭曲而失态，人格尊严被践踏，历史逸出了常轨。小说的重大突破，是以历史的真实过程和理性的严峻态度，既审视了政治失态，也审视自我失态。它打破了"文革"结束初期"右派"小说创作模式，即将"右派"拔高和装饰成"悲壮的英雄"的激情写法，真实地恢复那场历史风暴的本来情境，重现了历史风暴突然袭击下"右派"并非个个英雄，倒是平平常常，张皇失措，还在人性弱点的暴露中显得有点"狗熊"。这种创作模式，带有灵魂自剖的意味。

历史变得如此匪夷所思：钱文在欧美同学会吃了一顿西餐；郑仿倡议组织成立一个儿童文学研究会；萧连甲纠正批判自己的大字报上的几个错别字，无非芝麻大的事情而已，竟然被无限上纲上线，戴上"右派"帽子。人与人之间投机自保，互相撕咬，作践自己和别人的人格尊严，可怕的都出于一派虔诚。曲风明找萧连甲的谈话，以诚挚的同志式的严厉、生动、深刻和精妙，苦口婆心的"温暖"蕴含着"请君入瓮"的杀机，让你在"铁的逻辑"面前承认"莫须有"的罪名，真是令人心惊肉跳。如此入木三分，来自作家的刻骨铭心，非过来人写不出来。被运动起来的群众对待"右派"的态度常常是划清界限，比如钱文的丈母娘用"我跟你没话"，把钱文拒于千里之外，如此"孤立战略"，令人心寒。多少人真诚地怀疑自己、出卖自己，也真诚地怀疑别人、出卖别人，良知泯灭，人格和尊严荡涤无存。杜冲的婚姻破裂；激情洋溢的周碧云成了面容憔悴、脏乱不堪的主妇；萧连甲自杀；鲁若死在监狱中；拿"帽子"

整人的曲风明却被戏剧性地定性为"右倾机会主义分子"受整。钱文也在睡梦中吐露潜意识的无奈："有了帽子可以预防伤风感冒，有了帽子就不再失眠，不再胡思乱想，不再不服气，不再对任何人有什么不满，不再闹情绪……多么幸福的右派帽子！多么温暖的右派帽子！多么严丝无缝的右派帽子！"革命者成了"右派"，劳动改造中认同"右派身份"，虔诚夹杂着惶恐，困乏的肌体承受着精神的炼狱，人生庸常化加深了唯唯诺诺低头认罪，精神在异化中变态，作家对自身内在精神世界进行了严厉的毫不容情的自审。

钱文逐渐看透了人情冷暖与残酷，既看到了卞迎春利用手中的"首长"威权，把从前情人高来喜整得生不如死；也看到了一心向党、又红又专的路红心，到新疆卷入了残酷的政治斗争，被狙击手杀死，死得不明不白。面对一幕幕整人、告密、背叛的人间丑剧，钱文对人性之恶陷入绝望。他把猫作为恋人、女儿，在猫的身上寄托全部的温情。唯有妻子叶东菊，性情纯朴，她对钱文的命运沉浮，宠辱不惊，显示了女性承受灾难的精神力量。即便在艰窘屈辱中探望右派丈夫，也精心修饰，款步生春，营造着贫贱夫妻的殷殷柔情，给钱文一个惊喜，在他心头增添了一丝暖意。作家用笑的形式告别过去，在人性失态中发现人性的常态。有所谓"戏场小天地，天地大戏场"，面对那个指鹿为马、黑白颠倒、帽子满天飞、灵魂被撕裂的岁月，小说选择了与之相配的话语游戏化风格，淋漓痛快，少有节制。令人读来常常忍不住要笑，笑完了又感到某种沉重和辛酸。文体营造着情调。以失范的语言嘲讽失态的时代，作家的"人文—审美"数学又浮出水面，他在平行线的弯弯曲曲中寻找着难以交叉的交叉点。

《蹉跎的季节》的时间段是 1962—1963 年。它以绝妙双关语为题，展示了 1960 年代初知识者"踌躇满志"乎、抑或"踌躇不前"乎的回归民间的心态，反思了风风火火的历史在制造平平淡淡的卑俗人生。乍暖还寒的"小阳春"似的政治气候中，"脱帽"运动似乎给知识者的命运投来一束晃眼的阳光。但重提阶级斗争的阴晴莫定，又给他们带来踌躇与彷徨、隐忧与迷茫。钱文决心告别生活了 30 年的这座城市。正如《淮南子·俶真训》所说："其所守者不定，而外淫于世俗之风，所断差跌者，而内以浊其清明，是故踌躇以终，而不得须臾恬澹矣。"①他已经看透：必须活下去，活着才有是非、有善恶、有回忆、有评说。如果像萧连甲、鲁若那样结束生命，除了臭一块地以外就什么都没有了意义。因此，他丢掉任何期待和希望、追求和努力、挣扎和苦斗，包括某种形式的隐忍和蛰伏，要到边疆去学点实实在在的本领，和妻子叶东菊一样，以平常心过着一种以柴、米、油、盐为核心的平常日子。流落边陲，就不妨专心地制啤酒，制酸奶，研读菜谱，烧饭做菜，津津有味地体验着"吃"乃是生活之中的首要事务，而不是某种可怕的罪过。寒冷的冬季也无奢望，有一间生有火炉的小房子足矣。他的渺小幸福就是与妻子生活在一起，生儿育女，养猫养鸡，偶尔打一回麻将。尽管半夜惊醒，但想一想生活的目的，更多感受到的是能过普通人的日子，不失为一种福分："做一个平庸的人是多么福气呀！"

在钱文的心目中，革命高调算是破产，浪漫激情早已远离，打扫房间、排队买豆腐、哄孩子洗尿布，直至欣喜若狂地大啃西瓜，都纳入

---

① 《淮南子·俶真训》，见国学整理社编：《诸子集成》第 7 册，第 26 页。

他的"安逸哲学"。小说中不乏对吃西瓜、烤饼和素什锦之幸福感的津津有味的渲染。且看这段形容："多么可爱的夏天！西瓜是上苍的杰作，吃西瓜是夏天幸福的极致。幸福、理想、诗意与西瓜同在。在酷热的折磨下，在炼狱的威逼下，在你的呻吟和抱怨、挣扎和潦倒中，你得到了天助，得到了上苍的恩宠，得到了一股清流，一派清新，简直是一个崭新的生命。既是吸饮，又是吞噬，既是收纳，又是吐弃。踢里秃噜，滴滴答答，三拳两脚，张飞李逵，一个西瓜就进了肚。除了吃西瓜，什么东西可能吃得这等痛快！夏令吃个瓜，豪气满乾坤！伏天抱个瓜，清风浴灵魂！盛夏抱个瓜，飞天怀满月！春风风人，夏雨雨人，何如西瓜瓜人！有物曰西瓜，食之脱俗尘！有瓜甘而纯，食之乃羽化！清凉，甘冽，柔润，通畅，安抚，洗濯，补养，透亮，如玉如珠，如液如浆，如花如鸟，如云如霞，如饴如脂，如鲲鹏展翅逍遥游于天地之间直到六合之外！"才思泉涌，痛快淋漓，是游戏笔墨，也是快意文字。这是何等的"吃西瓜哲学"呀！西瓜虽小，却涵容天地，人间的一切烦恼都不妨置之度外，尽管超凡脱俗、快意朵颐中，难免令人掠过一丝辛酸。钱文的心酸在于："命运，该有多么不可思议！人生，该有多么变幻莫测和千奇百怪！"人是不能够太高兴的，积近 30 年之经验，他深知人要是一高兴底下就一定要倒霉。不能翘尾巴，只能时时夹着尾巴，因而"我只是一个卑微的人，我只需要最正常最渺小的幸福，只需要与东菊生活在一起"。精神的高压，在制造着人间的渺小。

有学者认为："王蒙与他的同代人，完成了中国文学由浪漫的崇高，向多元的杂色的过渡，仅此一点，他便获得了一种'史'的意义。……王蒙最初吸引我的，便是这种诡谲幽默、汪洋恣肆的情致。他渐渐学会了超然于象外，学会了以多样性、复杂性、广博性来驱赶心灵的寂寞。……他对世相种种、官场种种、文人种种均有相当的了解。一个深味世态的人，常常不会以一只眼睛打量世界，他越来越感到生活的荒诞，文化的荒诞，存在的荒诞。于是他出语讥人、圆滑幽默，他调侃戏弄世间也调侃戏弄自己……王蒙身上牵扯着真谛与俗谛的长影，从共产主义到非共产主义，从殉道精神到平民乐趣，这种不和谐的旋律在他那儿竟和谐了。"① 有意思的是，这部《踌躇的季节》一开头就运用了游离主线的闲笔，从而为主体叙事安置了一个独特、新奇、陌生的眼睛，打量着全书承载的时代政治的内涵。整整第一章写祝正鸿的表舅，一位骆驼客出身的商人："于是我想起了祝正鸿的表舅，他做买卖，到处讲吃亏是福。无论如何该轮到他老了，冥冥中的小说之神，或者更准确一点说是文学界的鲁班祖师爷这样指挥着我的手指，而我对于表舅的了解又太有限。"作者似乎信手拈来，却通过人物的眼睛、经历和感受，见证了 1950—1960 年代社会变迁乃至政治运动。骆驼客在新疆嫖妓，险些被同伴枪杀，这荒唐的凶险，映衬了解放前的动荡和混乱；他以处世的练达赢得了某书记的信任，被补选为工商联副主席，折射着开国之初执政者的开明与通达，又因出言不慎、授人以柄，被开除出工商联，透露了肃反政治的诡谲；后又开杂货店生意兴隆，显示了 1960 年代初政策宽松，社会复苏；而随后在祝正鸿的暗示下关闭杂货店，乃至在抑郁中生病而死的结局，则预示着"山雨欲来风满楼"的社会情势。此人物与全书的人物存在着若有若无却不绝如缕的关联，通过骆驼客的眼睛，从

---

① 孙郁：《从纯粹到杂色》，《当代作家评论》1997 年第 6 期。

独特的角度窥见了作品中一对重要人物周碧云和凌函栋诡秘而暧昧的关系。更本质的关联在于这似乎突兀的寓言性叙事结构，以小见大地象征着 20 年间中国政治的波诡云谲，从而形成了小故事"召唤"大故事的结构衔接，类乎话本小说的"得胜头回"葫芦结构。在小大衔接的葫芦结构中，以骆驼客的新疆生活联络着知识者的新疆生活，王蒙使用的不是意义的加法，而是乘法，暗示着这种颠踬人生遍及社会各阶层。书名是篇章学的第一紧要处。"季节四部曲"的书名，致力于对特定时代"社会心理模式"的概括，可谓呕心沥血，匠心独具。在下一部《狂欢的季节》的首章，作家还半是得意、半是调侃地告白："我曾经多么样地满意于'失态'与'踌躇'的命名，这样的词儿创造出来不就是为了我的长篇小说系列吗？你悠久地垂悬在那里，闲置中等待着对号入模子。失态，举重若轻，绵里藏针，哭笑不得……。踌躇，既是踌躇满志又是踌躇不决，一语双关，且惜且悲且痛且摇头摆尾并顿足长叹，您上哪儿找这么好的无法译介的词儿去！"作家选用这些"无法译介"的好词儿来概括他至为刻骨铭心的人生经历，是经过呕心沥血地推敲和锤炼的。那么，对于《狂欢的季节》的书名，作家又是如何刻意经营、别出心裁呢？

《狂欢的季节》主要写"文革"，对于它的命名，王蒙曾经反复掂量，举棋莫定，颇有点"吟安一个字，拈断数茎须"、"两句三年得，一吟双泪流"之概："那么这一个季节应该是恐惧的季节？是奔突、是疯狂、是死亡的季节或时节么？是横冲直撞大火熊熊痛快淋漓，由真正的历史大手笔写就的浓艳的或浓烈的季节么？抑或是闲散的、恬淡的、无聊的、空白的、等待的、静悄悄的、比如说是养猫养鸡养黄鼠狼腌咸蛋种花种草打毛衣读菜谱打木器家具和常常醉酒的叫作畅饮的季节么？也许我应该叫它意外的或混乱的、困惑的、迷失的、梦魇的至少是奇异至极的神妙至极的百思不得其解的、你只好叹为观止的季节吧?"必也正名乎? 名不正则言不顺,圣人早就这样告诫世人。似是而非,似非而是,"跳跃的季节"也不是,"发情的季节"还不确,直到此书的第 103 页,王蒙才说:"也许更加贴切的应该说是狂欢的季节,真是又唱又跳又叫。"

依据"大乱避城,小乱避乡"的古训,钱文告别北京,举家远迁边疆小城,直至"文革"结束。因而能抽身度外,俯瞰百态,悲悯众生。他从观察者、思考者和旁观者的角度来考察文化大革命中众生的行为和心态。尚在钱文从北京赴边疆途中,他家金鱼死掉了,然后死了猫,死了鸡。给予他寂寞人生些许慰藉的小生灵逐一死亡,一开篇就飘散着苍天无情的死亡气息。死亡气息和外界的狂欢氛围形成了强烈的反差,是悲剧意味和闹剧噪音之间的极度猖狂和严重对立。摘帽觉头轻,边疆少牵挂,钱文就偷得一度清闲,全身心投入世俗生活之中,养猫养鸡做酸奶做饭哄孩子盖房子挖地窖喝酒唱歌抽烟打麻将。有道是"尘沙多苦趣,第一是书生"[1],平凡人生既令人惬意,又令人不甘,却只好在惬意与不甘的夹缝中忍耐着无聊和无奈。

而那些处于政治漩涡的人们,如犁原、陆浩生、张银波这些老革命却在天旋地转中纷纷落马;善于深文周纳的曲风明饮恨自杀;赤胆忠心的刘小玲被活活打死;政治嗅觉灵敏上蹿下跳的章婉婉,经历了离婚、出卖肉体、谄媚讨好、被批斗、寻机报复等一系列人生折腾后,被明确为没有改造好的"右派"接受群众专政,不再跳来跳去,竟然与前夫复

---

① [明] 袁中道:《风雨舟中》,见《珂雪斋集》卷一,上海古籍出版社 1989 年版,第 44 页。

婚，心平气和地过起了日子。陆月兰和洪无穷当了红卫兵，改名为陆红心和洪无私，活现了"一个纯正的人'左'起来"的精神变奏。洪无私因是托派的子女，下放边疆，与父亲划清界限，成了坚定的造反派。而"文革"结束后，进了说清楚班，发疯住进医院。行文一再点击："革命就是狂欢，串联就是旅游，批斗就是摇滚乐，霹雳舞"；"'文革'是一次集中的词语狂欢，字词拉练"。全书结尾，还作了酣畅淋漓的发挥："然而这毕竟是中国革命世界革命的一次人民大狂欢，是一次毛泽东诗意盎然的狂想曲。毛泽东称自己一辈子就做了两件事，一件是建立了新中国，一件是'文化大革命'，这绝非偶然。从中可以看到他老人家是怎样地看重'无产阶级文化大革命'，这是英雄主义与理想主义的狂欢，超前思维的狂欢，这是意志的狂欢，概念和语言的狂欢，创造历史即追求历史的一点新意社会的一点新意的狂欢，用后来时髦起来的话来说，这是追求'创意'的狂欢，群众运动的狂欢，天才、智慧和勇气的狂欢，献身精神和悲剧精神的狂欢，力比多和激情、欲望和野心的狂欢。人生说到底是什么？人生不过几十年，人生就是生命的一次狂欢，更正确一点说一次狂欢的实验，意义就在狂欢和实验本身。"

不是以"浩劫"，而是以"狂欢"来形容"文革"，这是文学家不愿落入俗套的处心积虑的一种创造。他在彻底否定之余，转向对狂热发昏的社会文化心理的探讨，勾起了对人类的无限悲悯。"浩劫"侧重对"文革"进行道德和历史的审判，而"狂欢"则触及人性的深处和欲望的膨胀，是一种追求深度的文化反思。王蒙说："我不想一段历史过去了，就大家一块儿诉苦，一块儿跺脚，文化大革命搞糟了，这已经用不着我来说了，大家早就写了。我力图反映的是这个历史时期的人性，希望我的作品能再现当时的激情、热烈，哪怕幼稚、荒谬。"①他拒绝将刻骨铭心的人生经历进行神圣化、戏剧化、恩怨化、黑白化，严峻地拷问着灵魂深处的皱褶和阴影。王蒙警示世人："你大讲'文革'的逍遥和狂欢的时候甚至丧失了起码的郑重与诚实。赵飞燕因了跳掌上舞而得宠，那是一千七八百年前的事了。你的狂欢也不过是手掌上的舞蹈。你根本不敢向掌外看一眼，不要说是看一眼，就是想一想你也就跌下了万丈深渊。"万丈深渊上的掌上狂欢，这种对历史悖谬的当头棒喝，蕴含着博大的人间悲悯。

处理"文革"这个艰难的话题，是对作家的思想、智慧和语言方式的极大挑战。王蒙间杂使用小说和反小说的手法，许多文字简直就是疾风暴雨、倾盆而下、一泻无余的思想随笔。王蒙的文体意识相当自觉，《狂欢的季节》理应采用相对应的"狂欢体"书写，采用狂欢化的语言风格，以创造精神冲击波的超审美效应。本义的"狂欢（节）"，源自古希腊罗马酒神崇拜与祭祀仪式。苏俄理论家巴赫金将之导入文学艺术，形成了巴赫金"狂欢化诗学"。王蒙是否从中受过启示，不得而知。但《狂欢的季节》的语言无法无天，随心所欲，肆无忌惮，无所拘束，随手拈来土语村话、政治套话、雅言俗话、咒语骂话，加以排比重叠，删落标点以加快语速，如大浪淘沙、浊浪拍岸，反讽调侃，纵横捭阖，好生了得，兀的不喜杀人也么哥，兀的不苦杀人也么哥！从而颠覆了中国诗文语言惜墨如金、含蓄蕴藉的传统，在泼墨如注中，把叙事抒情、描绘形容、幻觉警句、说理论辩、冷嘲热讽混合成滚滚滔滔的狂欢的语言

---

① 许以黎：《当代知识分子的心灵长卷——王蒙谈新作〈狂欢的季节〉》，《学问》2000年第8期。

流，强化了主体精神爆炸力。用王蒙夫人的话来讲，王蒙具有语言的"魔症"。① 狂欢的语言洪流将"狂欢季节"冲击得七倒八歪，如希腊神话所讲，乌拉诺斯身上的男根落入大海，激起泡沫，维纳斯就这样诞生了。诞生的是不是维纳斯且不说，却从泡沫中蒸馏出清醒地谛视"狂欢"的种种妙语格言，从而揭示了"狂欢的季节"的荒谬本质，令人感到痛快淋漓。以狂欢化的语言蕴含哲学，也算是王蒙的一大本事。

"季节四部曲"开始了一种"世纪性的文化反思"。作家将自己刻骨铭心的 30 余年社会人生悲喜剧逐幕回放，亦纵亦横、忽前忽后地全方位反思历史，拷问人性，蜀鹃啼血，晨鸡警世，为多灾多难、精魂不灭的民族提供一份文化启示录。这里凝结着作家本人的遍体鳞伤的血迹，但他并不作儿女态而顾影自怜，也不作江湖态而快意恩仇，他要以历史理性和审美智慧写下一份关于历史、文化、政治、人性的泣血之书、智慧之书。提到这"季节四部曲"，王蒙感慨万千地说："它是我的怀念，它是我的辩护，它是我的豪情，它也是我的反思乃至忏悔。它是我的眼泪，它是我的调笑，它是我的游戏也是我心头流淌的血。它更是我的和我们的经验。"② 这四部曲的精神自传色彩很浓，如果将《活动变人形》看作是对家族、对父辈之反思；那么，"季节四部曲"就是对自身、对同辈，对自己所在的时代之反思了。在四部曲中，作家的"自我"植入一是在叙事者，常常现身说法，口若悬河，或抒情，或议论，嬉笑怒

---

① 周大新：《将文字制成"集束炸弹"》，见温奉桥编：《多维视野中的王蒙——第一届王蒙文学创作国际学术研讨会论文集》，中国海洋大学出版社 2004 年版。

② 王蒙：《长图裁制血抽丝》，见湖北省文艺理论家协会编：《文艺新观察》2001 年第 1 辑，长江文艺出版社 2001 年版，第 11 页。

骂，在驾驭着人物进退和情节发展中，与读者共享情感的痛快和智慧的喜悦。二是贯穿四部曲的主人公钱文，将自己的追求、遭难、窝囊、趣味、明智，好好坏坏都塞到钱文的生命历程中，然后再退到一边，对之进行冷静的剖析。至于因小说而致祸，被戴上"右派"帽子的人生遭际，还散落一些碎片在道具式的人物王楷模身上，但只给他留下一个姓氏的躯壳，而将诗人的灵魂托付给钱文了。这就是王蒙一再阐述的《红楼梦》中"影中影"的叙事策略，清朝魏秀仁《花月痕》第25回的回目也是"影中影快谈红楼梦，恨里恨苦咏绮怀诗"。如此将作家的影子一分为三，三以贯穿四季，三三四四隐喻着千千万万，这就是王蒙的数字审美学。

五、青狐惊艳中的精神现象学

在"季节四部曲"还需写出预约的两部后曲的间隙中，王蒙似乎按捺不住去采摘另一个魅力诱人的审美之果。那是一个青色的果子，泛青处似乎附着鬼魂。《青狐》无疑是王蒙晚年小说的一个异数。作家本人如此交代，《青狐》"比较充分的小说化"，如果说《青春万岁》写得"最青春"，《组织部来了个年轻人》写得"非常激愤"，《坚硬的稀粥》写得"很讽刺"，"那么这个《青狐》呢，写得非常一个小说"。其实在选题上，《青狐》也"很中国"，同中国小说的志怪传奇传统，乃至民间"狐仙"传说结下因缘。小说封面称"这个女人就是一部交响乐"，我们不妨把它综称为人物的"狐性"。王蒙谈到青狐的个性时说："这种独特的个性你不能够从政治上、从社会学或历史角色上给它定个性。但是我们从它身上也可以感慨这几十年我们国家的历程，她的变化，她的沧桑。"① 也就是说，《青狐》的政治历史反思的色彩比起王蒙以前的小说，已是相当淡化，在人物身上可以感受历史沧桑，却不能对之作出政治、社会、历史定性。

《青狐》是如何得名的呢？《青狐》扉页内容简介说："作者从一个绝妙的角度对女性、欲望、爱情以及革命、民主、权力等等做出了自己独特的解读。"② 后来成为知名女性作家的青狐，原名卢倩姑，出身贫寒，心气孤傲，命薄如纸。小说开篇，就详细描写其脸部轮廓，特别是眼睛、下颚。她从情窦初开，就有如此自我感觉："没有丝毫低眉顺眼的贤淑，没有丝毫舒适受用的温柔，没有丝毫源远流长的东方文化的积淀，而有的却是洋人的脱离猿猴不久的兽性兽型"，是一只"狼仔"。但在旁人眼中，钱文说她像狐狸，白部长私下判定她是"狐狸精"。她后来发表作品用的笔名是"青姑"，只因评论家杨巨艇在谈到她时，把"青姑"念成"青狐"，就索性把笔名改成"青狐"了。她本人还有点自鸣得意："狐仙的青辉，多么迷人。"有说道"王蒙七十，辣笔摧花"，实际上作家从不知疲倦的政治史、精神史的史诗叙事之外另辟蹊径，从小人物成名的角度打开情欲的秘密，却消解了作为文学商品卖点的火爆的"性解放"的竹篮打水一场空。《青狐》不能从政治社会上确认人物个性，却应从精神现象学上探求人物的性情、欲望和命运。

青狐自小与母亲相依为命。孤儿寡母的家庭结构的选择，使《青狐》扬弃《活动变人形》中从政治文化视角"审父"的母题，而将个人

---

① 王蒙：《王蒙新世纪讲稿》，上海文艺出版社 2005 年版，第 391—392 页。

② 王蒙：《青狐》，原刊于《小说界》2003 年 5、6 月号及 2004 年 1 月号，单行本由人民文学出版社 2004 年出版。

情欲放置在自作主、自造孽的伦理语境中。她 1960 年代只是一个微不足道的小干部，买服装的首要标准是"把自己捂严实"，但是一做梦又"把自己脱得光光"。要在"交心、放包袱、灵魂里爆发革命、狠斗私字一闪念"中全盘交代，"作一个干干净净的女子"，待到梦中"光溜溜的丢丑"，"终于铁了心，就叫青狐"。她初恋的男子，在"反右"运动中跳楼自杀；大学辅导员将她奸污，被判刑劳改。她又结了两次婚，一个丈夫因病猝死，一个丈夫闹得分居 10 年而遭车祸丧生。她究竟是克夫的白虎星，还是精灵尤物、彩蘑罂粟、天仙神女、妖魅冤孽？她使乏味的人间多了一点神奇，使平凡萎缩、丑陋肮脏的男人在一个短时间勃勃起来、燃烧起来、英俊起来，然而仍然受到提防和质疑，受到审查和歧视。美的品质远比丑更可疑、更危险，美是狐狸、狼和潘金莲，而龟、蜗牛和武大郎的品质才是善，"她仅有的性经验，却使她觉得与男人的那种关系她得到的差不多只是强奸，和她发生过性关系的男人到了那个当儿全都恶俗不堪，丑陋不堪，挤鼻皱眼，口角流涎"，"像是谋杀，像是抢劫，像是强暴。她没有得到过诗意"。美是祸，还是福？性是功，还是罪？《青狐》在王蒙著作中，无疑更具有"后现代意味"，更具有生命哲学意味，把思考引入了现代人的精神存在和现代情绪的更深层。

青狐的内心对于异性纯洁的爱，存在着长久躁动的饥渴，却在现实中屡屡碰壁。这种力比多，成了创作的原动力。她把这些苦闷和压抑都写进了小说，"她想写小说是为了她的永远无法实现的爱情"，写小说也离不开情欲的纠缠，将小说书写当成抵抗现实的武器，营造一个虚幻的避难所。我有迷魂招不得，难道应该承认"书写即招魂"吗？在"伤痕文学"波澜初起的时候，青狐写了小说《阿珍》，一举成名。在改革开放的十几年中，她从一个默默无闻的小干部，变成了享誉海内外的大作家"青狐"；从到月底就揭不开锅，变成有车有房有人民币加各种外币硬通货存款；从与母亲相依为命，变成了观光环宇、踏遍五大洲四大洋的世界公民。对于如此辉煌的"发迹变泰"，她竟恨不得"一火而焚之"。灵的飞扬，到底无法代替肉的孤冷。灵肉分离和冲突，构成了青狐人生不可救药的悖谬。

青狐曾一度钟情于那位高度评价她的作品、肯定她的才华，又长得高大英俊的"思想家理论家"杨巨艇，听他激情奔放地谈论民主、人道、智慧、文明，就按捺不住"心颤"。她梦见杨巨艇像一匹马，高飞入云，向她微笑。38 岁的她愿意和这位有妇之夫"热烈忘情地拥抱在一起而不涉淫乱"。但在第一次单独相处时，却被杨巨艇突然发作的疝气病折断了浪漫情缘。青狐也移情于思想深邃的王楷模，醉心于他的大海夜泳和他写的《夜之海》，在访问欧洲的一个午夜，要求同他幽会而遭拒绝。她悟出自己是"玉面狐狸"，觉得天下的男人或者她不喜欢，或者不爱她、不敢爱她，自己像是狐狸拜月没有结果。在历史层面上，荒诞已经超越了灾难；在情欲层面上，人与宿命反而互为荒诞。正如王模楷所说："历史有时候虎头蛇尾，有时候昙花一现，突然变脸，冷锅里冒热气。历史常常患流行感冒、疟疾、便秘，蛮不讲理却又怎么说怎么有理。"如果单纯从青狐的故事来看，似乎只是一个女作家之人生发迹与情欲波折互为悖谬，命运浮沉与社会政治历史又有何瓜葛？但上面已经提到，作家的数字审美学中，一分为三，常将自己的生命碎片粘在王模楷身上，因而这番"历史变脸"、"历史感冒"的议论，何尝不可以看作作家对历史悖谬的嘲讽性解说？《青狐》可以作为 1970 年代末到 1990

年代初中国文化界的某种"精神现象学"来解读。它是反弗洛伊德精神分析学的，或者说，它对弗洛伊德精神分析学采取"滑稽模仿"的态度。因而，这是一部令人沉思的书，可以引发人们对爱情、性、女性、个人、时代、政治、历史等一连串盘根错节的社会人生命题的深沉思考。

青狐之所以经得起深沉思考，是由于小说没有将这个人物纸片化，而是把她写得形神兼备，写出了她的灵与肉的冲突、思想与行为的多面性。在文学传统上，青狐关联着被蒲松龄自称为"狐鬼史"的《聊斋志异》。鲁迅评《聊斋》，称许其"使花妖狐魅，多具人情，和易可亲，忘为异类，而又偶见鹘突，知复非人"①。在民间传统中，狐魅聪明、狡猾而善变，散发着妖气魅力，超越人间伦理约束，幽明相通，具有超现实的能力，是礼法森严的传统社会中的一个富有情感幻想的异数。西方文化也有狐狸，如希腊诗人阿寄洛克思所云：狐狸知道许多事，刺猬只知一件事。狐狸机变百出，刺猬只知防御。英国当代思想史家伯林伊塞亚·伯林爵士在《刺猬与狐狸》中，提出了一个十分有趣也十分重要的文化问题。他认为，思想家分刺猬、狐狸两种类型：刺猬偏重理性，存一大智；狐狸偏重经验，机巧百出。狐狸型人物有：亚里士多德、但丁、伏尔泰、莎士比亚、黑格尔、歌德、普希金、巴尔扎克、屠格涅夫、陀思妥耶夫斯基、尼采、易卜生、托尔斯泰、乔伊斯；刺猬型人物有：柏拉图、马克思。伯林说，托尔斯泰乃天生狐狸，却一心想做刺猬，到头还是一只狐狸。至于女人要打消做刺猬、做思想家的念头，立下做狐狸

---

① 鲁迅：《中国小说史略》，上海古籍出版社 1998 年版，第 147 页。

的信念，修炼成精。①

《青狐》中这个青色的狐魅，既有异类人情，偶见鹘突的况味，又有聪明善变，修炼成精的素质。她也算公关好手。在北戴河海边同欧洲作家对话时，听到外国人百般挑剔中国作家"不反抗"、缺少"抽屉文学"，她就义正词严地作出反驳："你们教给我们斗斗斗，再斗几年又剩下喝西北风啦。我们有主意，什么该说什么不说，什么该斗什么怎么斗，什么可以等一等什么不能等，什么要写什么怎么写，我们知道！"她的"爱国激情"融合着现实的考量和历史的理性，令人吃惊，也值得深思。旅欧之行，她何尝没有心灵开放，而又柔情似水的一面呢？但她被草地、晚钟和教堂感动之余，面对洋教师爷和假洋教师爷质问中国作家干什么去了，她自有独立不阿的回答："我们在做我们想做的事。您在做什么呢？""只要世界上还有种种的不公正，就永远不要期望人们会忘记马克思主义。"中国近代以来多灾多难、备受折腾的现实，不仅对于作家，而且对于作家笔下的人物，也是"刻骨铭心"的。刻骨铭心，自然形成刻骨铭心的逻辑，这也是现代中国知识者精神现象值得注意的一面。尽管青狐有过婚姻，却不曾获得爱情；尽管她驰骋风情万种的想象，却感到终身爱情不幸；但在狂放之外，她不失去执着，坚持自己久阅沧桑得来的信念。然而，她的自主爱国的欧洲之行，到后来的一次文艺整肃中反而成为揭露的对象，于是宣布退隐。谁想到，狐狸也有刺猬的一面，尽管因其刺猬的一面而受伤。

小说最后一章，曲终奏雅，成了一曲悲怆的生命挽歌。令人心有戚

---

① 参看裴毅然：《"刺猬"与"狐狸"》，《光明日报》2009 年 10 月 28 日。

戚焉，联想到《红楼梦》第 120 回的《离尘歌》："我所居兮，青埂之峰；我所游兮，鸿蒙太空。谁与我逝兮，吾谁与从？渺渺茫茫兮，归彼大荒！"[1] 已经名扬四海的青狐，到远郊风景区新建的度假村青月山庄度假时，独自寻访了深山中的狐狸沟，写成了她的最后一部 12 万字的小说《深山月狐》。虽然获得好评，她却宣布从此搁笔。数月后青狐又发表了一部中篇小说，描写冷战时期的一个孤岛上两个阵营的男女间的无望爱情。编者按语中，说明这是青狐封笔前的旧作。她不在意各种评论，却陷入对自己命运的反省，我究竟写过一些什么呀？她对记者宣布：她已决定收回她的全部文学创作，宣布无效。来了一个对自己的彻底否定："我完了，我只不过是一个牺牲品，我孤独，我寂寞，我迷茫，我平生没有写过一篇自己满意的作品，没有交上一个换心的朋友，没有穿过一件合身的衣装，没有住过一套舒适的房子。尤其是，没有爱情，只有自欺欺人；没有真心，只有虚情假意；没有高潮，只有无穷的你骚扰我，我骚扰你，自我骚扰，互相骚扰。我的生活，你的生活，他的生活，她的生活，都是狗屎。"青狐终于变得有点像刺猬那样，真诚地回首她一生的生存状况和精神纠葛。真诚的回忆变得如此沉重，是回忆的错，还是真诚的错？

这真是"落了片白茫茫大地真干净"，给人无穷的苍凉感。本来人生就是一个大戏台，生旦净末丑联袂登场，热热闹闹地表演完毕，不愿谢幕也得谢幕。谢幕中有价值的审视和反叛，爱的错觉、美的绚烂、真的幻影扮演完了，便收拾道具行头，归入孤独寥落的梦魇。这里使用

---

① 《红楼梦》程甲本，岳麓书社 2008 年版。

的是细小叙事，指向的是苍茫邈远的宇宙哲学、生命哲学，构成了对1980 年代以后中国现代性叙事，包括性与情欲叙事的重审、追问、消解与重建，由此展示了现代中国知识者精神现象的绚烂而紊乱的图谱。青狐是一个精灵，真可谓汲日月(特别是太阴）之精华，集山川之秀异，投胎于自然，生长于社会，处处防范却也每每出击，隐于万象又存于万有。她在一个动荡多变的时代中载浮载沉，亦风光亦寂寞，一切似乎都是气数。在人间追逐幻境，不管是情的、财的、官的幻境，都可能遇上绳索、枷锁、紧箍咒，要警惕本性的迷失。这是非常有趣的，狗变蝴蝶的作家，于此遭遇狐狸，他窥视着现代人的精神处境的尴尬，窥视着他们无法作出抉择的虚妄的抉择。作家由此获得的是另一种"刻骨铭心"。在这里的宇宙哲学、生命哲学中，一生二，是生长的开端，二是阴阳。然而阴阳之间出现了阻隔和障碍，造成了孤阴不生，独阳不长。不生不长，一切归于零；零是无穷大，又是无边的消解，是幻中真，真中幻。它消解了性的疯狂，消解了梦的狂幻，回归到一个未知数，还原出心的真诚与脚踏实地。内在的是心，外在的是地，心与地，即是无穷。这就是王蒙文学中的数学与哲学，他以哲学与数学的思维，给文学增添了智慧。

（原载《山东师范大学学报（人文社会科学版)》2013 年第 5 期）

论《蝴蝶》的思想超越与语言内省

——一个历史的和解构主义的细读

张清华

一、回溯历史的钥匙，也是《蝴蝶》的钥匙

在叙述当代文学史的时候，人们渐渐开始淡忘一些东西。这似乎是没办法的事情，时光荏苒，岁月累积，有的东西逐渐变得不那么重要了。比如，作家张贤亮的去世，才使人们忽然意识到这代作家已经剩余不多，即或还有也已是耄耋之年了。很多问题已经被淡忘了—比如，他们的文学成就究竟几何，应该如何评估，在日益变化和面目全非的当代文学史格局中，这代作家曾经轰动一时的那些创作究竟还有没有意义？似乎已没有人有兴趣回答这些问题。

但假如时光回溯，让我们回到百废待兴的 20 世纪 70 年代末，会更能理解那时尚处于中年的这代人，他们被迫抱以青春的激情出现在历史

拐弯处的种种不得已。在关禁了将近二十年之后，他们再度"归来"，再度与"人民"一起"胜利"，并重新获得了"曲折道路"中的"光明未来"。有的复出诗人用了很大的口气发出了"我是青年"①的呼喊，甚或还有"马群踏倒鲜花，/鲜花，依旧抱住马蹄狂吻"②的诗句。前者的意思是要用中年的肩膀承担起青年的使命；后者则更为过分，所表达的"忠诚"之意有肉麻之嫌：虽说政治虐待了我，而我却依然热爱着这政治。如今看来这些表达都不够得体，浮泛的热情要么虚假，要么显得愚蠢，根本没有看到那时人心的危机、历史的循环以及人性的更深黑暗。但不要忘记，对这代人来说，这就是某个历史的关头和起点。

　　如何来看待这代作家的创作，在当代文学史的叙述中似乎并不是什么难题。在谱系学的意义上，他们早已经被列入了"伤痕"、"反思"、"改革"文学的知识架构之中，被格式化和概念化地编订和处理，被当作了重要但又迅速翻过的一页。简言之，谁也没有说他们不重要，但到底有多重要，他们的文本在文学性的意义上应做何判断，却多属语焉不详。遥想最初的若干年，他们确曾被充满激情地叙述过，因为他们的文学形象不止是那时人们谈议的话题，甚至也是改革和社会意识变化的推进剂。但不幸的是，他们很快遭逢了"新潮文学"迅猛崛起的年代，宽广而多维的文化学与人类学视野迅速代替了窄狭僵化的社会学视野，洞烛幽微的精神分析很快取代了"人物性格二重组

---

① 杨牧：《我是青年》，《新疆文学》1980 年第 10 期。该诗获得全国首届中青年诗人优秀新诗奖（1979—1980），影响较大。

② 梁南：《我不怨恨》，见《野百合》，江苏人民出版社 1981 年版，第 29 页。

合论"①，各种结构主义与"新小说"的叙事观念很快取代了单调的现实主义叙述方法，复杂的文化寓言、历史寓言与人性寓言的构造取代了"再现生活真实"的老套子，甚至也取代了放脚式的"准荒诞派"的常用技法……他们的雄心壮志还未等完全变成现实，历史就翻过了新的一页——张贤亮曾经宣布要推出的"唯物主义启示录"系列，在只发表了《绿化树》和《男人的一半是女人》之后就草草收场了；王蒙在稍后推出的长篇小说《活动变人形》，虽然也是试图描画出当代知识分子的精神史，但确没有企及钱钟书《围城》所达到的讽喻效果与高度。如同在"刷新"过快的电子时代老式计算机会很快过时一样，在新观念的涌动与新方法的风靡之下，虽然这代作家也曾试图将寓言的、意识流的、荒诞与喜剧的因素融进其写作中去②，但与年轻一代作家的作品相比，这些新元素是那样地稀薄和不协调，在艺术和思想方面又是显得那样生硬和笨拙。

显然，由王蒙、张贤亮、刘心武、谌容、宗璞，甚至高行健为代表的这代曾才华超群的作家，很快被贾平凹和王安忆、莫言和残雪、马原和扎西达娃、余华和苏童们取代了。在并不持简单进化论观点的我看来，这个年代的文学变革其实是中国当代文学真正的起点——现代性得

---

① 20世纪80年代中期某学者的观点，认为人物性格不应是单面的，应该是善恶与美丑的复杂组合。该观点在理论界影响巨大，但与1985年的"新潮文学"实践之间显然并不匹配。

② 如1985年王蒙的《选择的历程》、宗璞的《我是谁》、谌容的《大公鸡悲喜剧》和《减去十岁》等，都运用了类似夸张和荒诞的手法，像是一种充满讽喻意味的"社会寓言"。但与同年爆发的"新潮文学"相比，在技法上还是显得单调和吃力。

以真正确立的标志。因为在他们之前的当代文学，甚至连现代文学三十年所达到的叙述技艺与艺术难度都未曾接近过，在思想水准上更是难以望其项背——从鲁迅的"救救孩子"到刘心武《班主任》中"救救被'四人帮'坑害的孩子"，是何等让人百感交集又羞赧惭愧的变化与传承！而新一代作家们则以其迅速掌握的现代主义表现方法，以及敏感的本土文化意识，从两方面建立了其写作的思想资源与高度，使之成为承续中国现代文学、对接当代世界文学的真正开端。

但是，这丝毫不能成为抹杀这一代作家曾经有过的重要贡献的理由，不能抵消他们的作品在历史中的影响作用，任何有历史感的人都不会这样理解问题。缘于此种原因，我决定谈一谈王蒙的《蝴蝶》①，尽管其中有些观点只是"阐释出来"的，或许对于作者而言只是限于"无意识"。但是回顾 1980 年的历史情境，这篇小说却像一个奇迹，孑立在历史的曙色与早霞之中，显得那么特立独行。以这个年代人们的认知能力，写出《蝴蝶》几乎是不可能的，因为它对于刚刚过去的时代的反思，不是仅限于概念上的，而是根本性的，尽管它的作者不可能从政治无意识和个体无意识的角度上全面否定那个时代，但却敏感地从语言的角度，从话语方式的转换上，写出了近乎石破天惊的主题——"意识形态话语的失效"及其荒诞感的问题。

或许有人会笑我，这么耸人听闻的结论是如何得出的，其实很简单，小说中不过是引用了一段有意思的流行歌词——在 1980 年开始半公开半秘密地流行的邓丽君的一首叫作《千言万语》的歌，用它打开了

---

① 王蒙：《蝴蝶》，《十月》1980 年第 4 期。下引皆同，不再另注。

回溯历史与理解现实的钥匙。小说似乎颇不情愿却又感慨万端地引用了这首歌中的句子：

> 不知道为了什么，忧愁常围绕着我，我每天都在祈祷，快驱散爱的寂寞……

作者说："一首香港的流行歌曲正在风靡全国。"（注意：不是香港而是台湾。歌的名字叫作《千言万语》，不叫"爱的寂寞"。这个常识的模糊，更表明了它给人物——当然同时也是给作者——所带来的震惊与陌生感，理性中的不屑和无意识中的好奇。）作为"张副部长"的主人公张思远，在"微服私访"重回当年下放劳动的山村的路上，在与一个贸易公司采购员合住的小招待所的房间中，通过那人携带的录音机，"一遍又一遍地听到了这首歌"。

在普通人那里，这首歌或许只是一首迅速占领了其感官和日常趣味的流行曲调，但在王蒙所精心刻画的主人公这里，却意识到了一场历史性的冰消雪融，一场静悄悄的、全面的、悲哀而无法抗拒的塌陷，曾经的革命意识形态的无声而确凿的塌陷。"他想砸掉这个采购员的录音机……这是彻头彻尾的虚假！这是彻头彻尾的轻浮！那些在酒吧间里扭动着屁股，撩着长发，叼着香烟或是啜着香槟的眉来眼去的少爷们和小姐们，那些……混蛋们，他们难道真正懂得什么叫爱情，什么叫忧愁，什么叫寂寞吗？"革命者的意志似乎在支持着他本能地坚拒这首歌，拒绝它所代表的一种资产阶级的意识形态，但是连他自己也没有想到，他居然犹豫了——

> 一首矫揉造作的歌。一首虚情假意的歌。一首浅薄甚至是庸俗的歌。嗓子不如郭兰英，不如郭淑珍，不如许多姓郭的和不姓郭的女歌唱家。但是这首歌得意洋洋，这首歌打败了众多的对手，即使禁

止——我们不会再干这样的蠢事了吧？谁知道呢——禁止也禁止不住。

主人公义正词严的鄙视，并没有战胜他刹那间不由自主的犹疑。所谓"微服私访"的寓意其实也很明显，假如去掉了高官身份，放弃了权力保护，成为了普通人，他会用一个普通人的眼光看问题，会有完全不同的思考和答案。为什么这样一首被鄙视的歌居然可以响彻在遥远边地的小旅馆里，响彻在神州大地的街巷与角落里，可以"得意洋洋"地、轻易地替代曾经强大的革命文艺，成为了这个时代最新的文化标签与符号？他难以置信，究竟"是怎么回事？三十年的教育，三十年的训练，唱了三十年的'社会主义好'、'年轻人，火热的心'，甚至还唱了几十年'老三篇不但战士要学，干部也要学'之后，一首'爱的寂寞'征服了全国！"这让人沮丧、百思不得其解的疑问背后，其实是一个反问——为什么历经几十年的灌输与改造，革命意识形态看似深入人心，却因为这样一个靡靡之音的旋律，几句浅薄无聊的歌词，居然轻而易举地土崩瓦解，顷刻间被解除了武装？

还需要更多和更直接的话语吗？王蒙在这里为我们提供了一把通过现实进入历史的钥匙，当然也是我们进入他的小说的钥匙。邓丽君的歌所代表的，其实是人们对于日常生活和世俗情感的接纳，这是一个渺小而又巨大的信号，旧时代的终结与新时代的来临就是从这里开始的。它被旧政治视为非法的身份，却因为"无边的日常生活"的包围而获得了胜利，实现了权力拥有者尚未觉察的僭越。张思远当然不是先知，王蒙也不是，但是他们确乎早于大多数人意识到，一个蔑视世俗价值的革命神话的时代结束了，那些在历史已经止步的地方，还背靠背互为表里的权力意识形态与旧文艺，其实也已开始退出时代的舞台。这样一种认知在 1980 年，在新思潮还处于孕育之中、潜于地表之下的年代，在中年一代作家那里，已然是十足超前的观念，若非采用含混的、充满自否与反复的表述，王蒙会重新被打回新疆也未可知。

二、"革命者"的身份局限与超越

谈到了人物的主体身份与作家的认知立场，就不能不说到陶东风的文章，《一个知识分子革命者的身份危机及其疑似化解——重读王蒙的中篇小说〈蝴蝶〉》①（以下称"陶文"），数月前拜读到它，觉得确乎是一篇妙文。它对于该篇小说中所蕴含的一个巨大的思想局限所做的分析可谓鞭辟入里，对其所蕴含的一个关于当代中国知识分子精神缺陷的命题的解剖也发人深省。的确，即便在王蒙这样有代表性的作家身上，文化身份的自我确认仍然是困难而充满矛盾的，而这决定了他们在思想意识上所能够达到的境地，也决定着当代文学所能够达到的思想高度与艺术品质。从文化分析和思想批判的角度，我认同其高远的立论和深湛的思想，对其洞烛幽微的精彩细读也深为赞佩。

然而，稍稍转换一下角度，我认为也还存在着另外的认知可能，即一种"历史的认识"。对文本的解读自然可以有绝对性的或理想的标尺，但对当代文学的认识却无法超越历史本身。而且在对人物的思想逻辑和作家的认知逻辑的理解上，笔者与陶东风不同，认为恰好应该采取相反

---

① 陶东风：《一个知识分子革命者的身份危机及其疑似化解——重读王蒙的中篇小说〈蝴蝶〉》，《文艺研究》2014 年第 8 期。

的逻辑。陶文的逻辑是：当代作家理想的认知与合理的身份认同，应该是具有独立思考与批判精神的"知识分子"，而王蒙并没有达到这样的认知水平，他一直认同自己是一个"少共"作家，只不过在《蝴蝶》中适时地表达了其身份与"认同的危机"，而其中的局限性是不言自明的。从这个意义上，《蝴蝶》当然也是有局限的。这个逻辑并没有错，但从另一相反的方向看，陶文所设置的"绝对尺度"又远远超越了历史固有的可能，在笔者看来，返回时间现场的"历史逻辑"应该是：王蒙这一代作家的文化身份是早已形成的既定事实，无论在意识还是无意识中，他们都不可能超越历史而给自己设定一个独立知识分子的文化身份。他的价值就在于，在历史已然铸就的局限之中，他居然获得了超越自己文化身份的认识，达到了总体反思旧式政治与意识形态的高度，而且是从"语言—话语构造"的基本层面上的反思，这就使得他的意义超出了他原有的动机与可能。这一切正如恩格斯对巴尔扎克的赞赏一样，作为一个政治上的保皇党人，巴尔扎克居然书写了他所深恶痛绝的新兴资产阶级的胜利，并为他深爱的贵族阶层唱了一曲灭亡的挽歌，从而实现了"现实主义的伟大胜利"一样①。这一相反的认知方向显然会得出不同的

---

① 恩格斯：《1884年4月初给玛·哈克奈斯的信》。原话是："……是的，巴尔扎克在政治上是一个保皇党，他的伟大作品是对上等社会的必然崩溃的不断的挽歌；他的同情是在注定要灭亡的那个阶级方面。虽然如此，当他让他所深切同情的贵族男女行动的时候，他的讽刺却是最尖刻不过的，他的嘲弄却是最毒辣不过的……他看出了他所心爱的贵族的必然没落而描写了他们不配有更好的命运，他看出了仅能在当时找得着将来的真正人物——这一切我认为是现实主义最伟大的胜利之一，巴尔扎克老人最伟大的特点之一。"（[苏联]米海伊尔·里夫希茨编：《马克思、恩格斯论艺术》，曹葆华译，人民文学出版社1960年版，第10—11页。）

结论，正如条件的置换会使逻辑关系颠倒，"虽然有优点，但缺点更多"与"尽管有不足，但优点很明显"的表述效果是完全相反一样。

很显然，从历史具体性出发和从绝对标准出发，所得出的认识是完全不同的。在 1980 年中国的政治与主流文艺界的文化气候中能够诞生出《蝴蝶》，在笔者看来是一个奇迹，一个超出了作者预料也超出了其基本立场与认知能力的奇迹。当然，在同时期的朦胧诗人或部分处于"地下写作"的诗人那里，确乎已经有了立场相对鲜明、有基本的独立思想与精神品质的人格的迹象，但这些人格形象的背后，写作者的现实人格构成其实也并不稳定。比如，或许北岛、顾城、舒婷等"朦胧诗人"的身份是比较独立的，但舒婷也在同时写了《祖国啊，我亲爱的祖国》等相当"主流"的作品，据说江河的《纪念碑》一首本来是写给《人民文学》杂志的，只不过被退稿了，才转而刊登在《今天》上 ①。许多处在"地下"或"潜流"当中的诗人，其实都有"两支笔"，同时进行着体制外和体制内两种话语与两种姿态的写作。在文化身份上并不存在孑然独立的一个群体。在诗歌中是这样，在小说界我们能够奢求什么呢？《蝴蝶》写于一个在文艺界还充斥着政治话语与概念化主题的年份，三年后的 1983 年还发生了"反对资产阶级精神污染"的政治运动，在

---

① 　关于这一说法，来自笔者对于与江河熟识的诗人林莽与宋海泉的询问，他们持共同的说法。此外的例子还有食指。"文革"期间食指一直有两种诗歌，个体性抒情的作品如《相信未来》、《四点零八分的北京》等，但同时他也写了《我们这一代》、《红旗渠组歌》、《南京长江大桥》等作品。在《我们这一代》中也有这样的句子："毛泽东的旗帜 / 正在标志着 / 共产主义道路 / 第三个里程碑……"（林莽、刘福春编选：《诗探索金库·食指卷》，作家出版社 1998 年版。）

这样一个时刻要求王蒙获得独立知识分子的精神立场，显然是超历史的观点。

关于中国当代作家的文化身份问题，是一个一直没有完全水落石出的问题，不止王蒙这代作家，在接下来的"新潮"与"先锋"文学作家那里，似乎也并未完全解决。在90年代，这个问题几乎就要解决了，但在世纪之交以后反而重新变得暧昧不明。对此笔者也曾专门撰文讨论①，之前是因为政治因素的纠缠，90年代文化关系的相对紧张与市场经济的初起，作家和知识分子被迅速边缘化，这反而成就了他们，使他们的著述与作品的言说立场具有相对充沛的人文主义情愫；而世纪之交以来，随着国家在经济上的成功和知识分子经济状况的显著改善，部分作家甚至富豪化了，加上来自体制的日益扩大的利益撬动，这种本来并不坚定和明晰的立场又重新陷于松动。中国作家正在沿着市场、国家政治、传媒需求所分别作出的"利益规划"前行，用丹尼尔·贝尔的话说，是"文化本身的聚合力"正在销蚀，"俗鄙的盛行大有淹没严肃文化之势；畅言无忌的亚文化群已经向社会各重要阶层提供了种种自我中心模式……现代性本身就在文化中产生了一种涣散力"②。一言以蔽之，中国作家正在日益偏离人文主义的写作，而这正是当今中国文学的最大危机。如果说在90年代许多作家还能朦胧地意识到自己作为"知识分子"的文化身份的话，到了世纪之交以后，连这个阵营内部也对知识分

---

① 张清华：《身份困境与价值迷局：中国当代文学的世界处境》，《文艺争鸣》2012年第8期。

② ［美］丹尼尔·贝尔：《资本主义文化矛盾》，赵一凡等译，生活·读书·新知三联书店1989年版，第133—134页。

子的文化身份表示了怀疑与鄙夷——诗歌界的"盘峰论争"就是一个例子。假如说 90 年代"知识分子写作"曾经建立过文化上脆弱的合法性的话，那么近十几年来，这个口号则变成了被揶揄和嘲讽的对象。

当然，出现这样的问题表明当代中国的文化情境的确是太复杂了，太敏感多变了。但扫视目下，有助于我们认知上个时代。陶东风的文章确乎深刻地揭示了当代中国作家和知识分子的思想局限，但以张思远为标本，要求在他身上，在王蒙小说中找到理想的现代知识分子的理性精神，也确乎是镜花水月的游戏。

不过陶东风的文章也再度激发了我对王蒙作品的兴趣，启示我认识到他小说中这类人物的共性：常常是一些具有特殊政治地位又具有一定思考能力的人，早在 1956 年的《组织部新来的年轻人》中的林震，《春之声》中的科学家岳之峰，《布礼》中的钟亦诚，《海的梦》中的缪可言，《蝴蝶》中的张思远，以至于《活动变人形》中的倪吾诚……他们大都具有特殊的感受力与超乎身份的思想力，即便有特殊的政治身份，也常常不由自主地成为了"作者的影子"。以张思远为例，他在进城之前是解放军的师长，之后是军管会的副主任，之后依次是张副市长，反革命分子张思远，下乡改造的老张头，而后又官复原职且很快晋升为张副部长。细审这一身份，丝毫也看不出有过什么知识分子的底色或成分，但叙事的需要，作为主人公同时又作为回忆者和"意识流"的主体角色，作者赋予了他强大的思考力，让他成为了置身体制内却不断对体制进行反思反讽的一个角色，让他成为了一个奇怪的"语言的觉醒者"，一个超前的具备了"解构主义意识的反思实践者"，通过对个人半生经历的回忆，对于革命本身的动力与奥秘、体制与机制、革命话语的来源与构造、意识形态的虚伪与运行方式等等，都进行了入木三分的分析与描绘，这不能不说是一个奇迹。

三、作为首个解构主义例证的《蝴蝶》

《蝴蝶》最大的意义在于，它可以视作当代作家"语言意识觉醒"的一个标志，也可视为"通过反思语言来反思体制与意识形态"的最佳范例。它不但因为在深层含义上取了《庄子·齐物论》中道家哲学的思想而显得富有精神深度，充满了"恍兮惚兮"的人生怀疑与存在追问，而且通过对当代语言政治与语言暴力的哲学求思，开始了对重大政治与社会命题的深层拷问和触及。这里，我也尝试用细读的方法，来分析一下其中的解构主义思想元素。

显然，本文的理论前提并不是基于西方的论述，西方解构主义理论的引入已迟至 80 年代后期，王蒙不可能在 1980 年就知晓西方的解构主义。但是中国，在古老的哲学与禅宗思想中，在中国人日常的语言智慧中，在新文学的许多经典文本中，早已有着丰富的解构主义实践①。在《道德经》的开篇，老子就提出了"作为本体的存在"与"作为语言的认知"之间的不对称关系，"道可道，非常道；名可名，非常名"早已指出了存在与认知之间、意识与表达之间、语言与意义之间一系列的不对称关系，而这正是解构主义理论的最原始的起点。对逻各斯中心主义，对德

---

① 可参见笔者的《存在之镜与智慧之灯：中国当代小说叙事及美学研究》，福建教育出版社 2010 年版，第五章"解构主义与当代小说的美学变异"。

里达所说的"关于存在的形而上学"的怀疑与颠覆的思想，早已包含在老子的命题之中。禅宗故事中六祖慧能回应五祖弘忍的"生死大法"，针对神秀"身是菩提树……"的偈语，反其意而作的"菩提本非树……"可谓是最经典的解构主义命题了。在新文学中，钱钟书的《围城》可谓是解构主义思想极为丰富的作品，小说中异常活跃地运用了语言中的间离和反讽，昭示了"五四"文化精神在 40 年代的彻底颓圮。其中新文学话语与旧的传统话语之间、中文与西语之间多重的错位关系，都被渲染得淋漓尽致。在"十八家新诗人"之外的"第十九家"的曹元朗所做的一首《拼盘姘伴》中，其文白夹杂、语法混乱、中西文硬性地互文插接的状况，已然呈现出"能指狂欢"的意味：

> 昨夜星辰今夜摇漾于飘至明夜之风中
>
> 圆满肥白的孕妇肚子颤巍巍贴在天上
>
> 这活守寡的逃妇几时有了个老公？
>
> Jug！ Jug！ 污泥里——E fango è il mondo！
>
> ——夜莺歌唱……
>
> 雨后的夏夜，灌饱洗净，大地肥而新的，
>
> 最小的一棵草参加无声的呐喊："Wir sind！"[1]

当代诗歌中类似的实践也有非常典范的例证，"非非主义"的理论观念，王朔小说中三重话语的狂欢，先锋小说叙事中的"元小说"策略，伊沙早期的诗歌等等，都可以视为解构主义实践的范例，但所有这些都晚于《蝴蝶》。

---

[1]　钱钟书：《围城》，人民文学出版社 1980 年版，第 74—75 页。

　　很明显，在西方的解构主义理论到来之前，中国人完全有可能进行自己固有的解构主义文化实践，敏感的作家会首先发现这样的机遇。在《蝴蝶》中，我们可以找出太多例证。它通过"日常话语"（叙述话语）、"政治话语"（革命歌曲，张思远所记忆、援引和疑惑的权力话语）、"主体话语"（作为具有"知识分子气质"的思考者张思远的内在话语）、外来作为"他者"角色强行嵌入且不战而胜的"陌生话语"（邓丽君的歌）之间展开的"话语嬉戏"，十分多义和精彩地传达了为德里达所描述的"中心消解"、"总体性破碎"、"现实与历史之间的紧张关系"等等信息。德里达说，"由于不存在一个中心或本源而造成的这种自由嬉戏的运动，是一种增补性的运动"，它以"能指过剩"的方式，彰显了"自由嬉戏与历史之间的紧张关系"，以及"与此在之间的紧张关系"，并昭示出"此在的瓦解"①。

　　与此对应，我们可以从《蝴蝶》中找出至为精彩的例证，来看一下王蒙所意识到的"革命话语的破碎"，其中心消解之后的游戏感。他用了隐忍的反讽，细致地描述了解放之初作为军管会副主任的张思远前往礼堂为共青团员们演讲的情境：大礼堂中座无虚席，但"麦克风坏了"，就在修理麦克的当口，十八岁的美少女，共青团员海云，指挥大家"分声部"合唱起了革命歌曲《解放区的天是明朗的天》。历史的在场者显然是处于身体的亢奋和意识的沉睡之中，但是作为遥远的回忆者，张思远的回溯与反思使这首歌的歌词出现了"断裂中奇妙的敞开"——它的

---

① 〔法〕德里达：《结构，符号，与人文科学话语中的嬉戏》，盛宁译、王逢振等编：《最新西方文论选》，漓江出版社 1991 年版，第 144—147 页。

奇怪的修辞与"能指的空转"状态被意外地彰显出来。小说将歌词直接抄录其中："……民主政府爱人民哪，爱人民……共产党的恩情，恩情……说不完哪……说不完……不完……"

"呀呼咳咳咿呼呀咳，呀呼，呀呼……咳咳！咳咳！咳咳！咳咳……"

全礼堂都在"咳咳咳咳咳咳"，好像在抬木头，好像在砸石头，好像在开山，在打铁。是的，打铁。

在奇怪的"和声效果"中，这话语游戏与狂欢的属性暴露无遗。作家对这个"能指极端过剩"的游戏产生了前所未有的质疑，他猛然意识到，正是这些"咳咳咳咳"的无意义音节，通过旋律和巨大人群的组织形式，通过和声与重复的加强，生成为一种不可抗拒的认同力量，并且转换为"新社会"和"新生活"的合法标记以及专制力量。反过来这也表明，在过去的几十年中，人们实际上是生活在这样一种"话语的虚构"游戏之中。

这便是真正的觉醒和历史的揭秘了。1980 年，哪一部小说能够达到如此历史揭秘的深度？接下来，就是张思远的演讲。之前，小说已令人震惊地揭示出"语言即权力"[1]的秘密——王蒙几乎就要说出这句话了，尽管他此时并不知晓米歇尔·福柯为何许人，但却非常清晰地意识到了革命话语所蕴含的巨大力量，意识到革命的权力是通过革命话语的传播与加强来实现的，而这样的力量，只要通过他的虚构，通过他为权

---

[1] ［法］米歇尔·福柯：《话语的秩序》，肖涛译，见许宝强、袁伟选编：《语言与翻译的政治》，中央编译出版社 2001 年版。

力所赋予的身份和"为真理做判断的集会"①，就能够轻而易举地实现。这套革命的、充满暴力的宏伟词语所向披靡，无所不能，"要什么就有什么"，真是奇妙极了：

> 他的话，他的道理，连同他爱用的词汇——克服呀、阶级呀、搞透呀、贯彻呀、结合呀、解决呀、方针呀、突破呀、扭转呀……对于这个城市的绝大多数居民来说都是破天荒的新事物。他就是共产党的化身，革命的化身，新潮流的化身，凯歌、胜利、突然拥有巨大的——简直是无限的威信和权力的化身。他的每一句话都被倾听、被详细地记录、被学习讨论、深刻领会、贯彻执行，而且立即得到了效果，成功。我们要兑换伪币、稳定物价，于是货币兑换了，物价稳定了。我们要整顿治安，维护秩序，于是流氓与小偷绝迹，夜不闭户，路不拾遗。我们要禁赌禁娼，立刻"土膏店"与妓院寿终正寝。我们要什么就有什么。我们不要什么，就没有了什么。有一天，他正对着市政工作人员讲述"我们要……"的时候，雪白的衬衫耀眼，进来了一位亭亭玉立的大姑娘……

这套宏伟的词语，不止转化为摧枯拉朽的专政力量，而且还当然地俘获了少女的爱情。主人公的话语权力、政治权力和性权力奇妙地结合在一起，实现了戏剧性的结合。

但这还没有完，王蒙接下来还要浓墨重彩地描绘出张思远"报告"的情景，他的这番看似无比正确的宏大叙事，彻底地彰显了他的"红色

---

① ［丹］克尔凯戈尔：《"那个个人"》及［美］W.考夫曼编著：《存在主义》，陈鼓应、孟祥森、刘崎译，商务印书馆1987年版，第93页。

修辞的虚构性"，以及"能指"被无限夸大的状态。犹如宗教活动中的唱经，神圣的语境一经设定，神就要出场了，他的横空飞来的话语繁殖力便开始了华丽的表演：

> "共青团员们！"鼓掌。"同学们，向你们问好！向你们致以革命的、战斗的敬礼！"鼓掌。"你们是新社会的主人，你们是新生活的主人，先烈的鲜血冲开了光辉而宽阔的道路，你们将在这条道路上，从胜利走向胜利！"点头称是，一字不漏地往小本上记，但仍然不影响频频地鼓掌。"中国的历史，人类的历史，开始了崭新的篇章，我们再不是奴隶，再不是任凭命运摆布的可怜虫，我们……失去是只有锁链，我们得到了全世界……"更加热烈的鼓掌。他看见了海云的激动的泪花。

多么激荡人心却又空洞无物的承诺，谁将是这没有具体主体的"主人"？作为听众之一的海云在不久之后就被打成了右派，而被永远剔除出了"你们"的行列。张思远靠着这由虚拟的修辞所产生的巨大力量，使自己得到了令他自己都难以置信的辉煌成功和满足。他整个地已经"工作"并置身这种由词语造成的红色幻象之中。因此，当他的妻子海云痛失了刚刚出生的第一个孩子之时，没有尽到父亲之应有责任的他，便用了一个奇怪的逻辑来批评妻子的软弱："你不能只想到自己，海云！我们不是一般的人，我们是共产党员，是布尔什维克！就在这一刻，美国的 B29 飞机正在轰炸平壤，成百上千的朝鲜儿童死在燃烧弹和子母弹下面……"他竟然没有搞明白，难道共产党员就应该对自己耽搁了病情而死亡的儿子无动于衷吗？难道儿子的死，相较于远在千里之外的朝鲜儿童的死，一定是某种必要和必然的代价吗？沉醉和迷恋于这种语言幻象的张思远，习惯性地作出了这种推论，否认了他作为父亲的失职之过。借用罗兰·巴尔特的话说，这就是"一种语言自足体的暴力，它摧毁了一切伦理意义。……它不是一种内心的态度，而是一种强制性的行为"①。

《蝴蝶》中揭示语言与权力关系的秘密，揭示话语本身的虚构逻辑的自觉，不是即兴和意外的神来之笔，而是非常系统的思考。比如，他清楚地意识到了"词语决定存在"的问题，小说主人公张思远在经历了几度人生的沉浮之后，发现自己命运的变迁最终不过是几个词语的变来变去。他因此发出了这样的追问——

> ……那个坐着吉姆牌轿车、穿过街灯明亮、两旁都是高楼大厦的市中心大街的张思远副部长，和那个背着一篓子羊粪，屈背弓腰，咬着牙行走在山间的崎岖小路上的"老张头"，是一个人吗？他是"老张头"，却突然变成了张副部长吗？他是张副部长，却突然变成了"老张头"吗？这真是一个有趣的问题。抑或他既不是张副部长也不是老张头，而只是他张思远自己？除去了张副部长和老张头，张思远这三个字又余下了多少东西呢？

语言主宰了人的命运，决定了一个人的生存。并且，语言还有时会大于和"先于存在"：在一个又一个运动中，张思远亲眼看见人被预先安排好的词语符号"击中"，词语想让谁一夜之间完蛋，总是具有魔术般的灵验，"揪出来，定性，这是比上帝的旨意，比阎王爷的勾魂诏更强大一千倍的自在和可畏的力量……这简直是一种魔法，一种丝毫不逊

---

① ［法］巴尔特：《写作的零度》，李幼蒸译，中国人民大学出版社2008年版，第33页。

于把说谎的孩童变成驴子，把美貌的公主变成青蛙，把不可一世的君主变成患麻风病的乞丐的法术"。

福柯在论述历史的构建方式的时候，曾精辟地反思了被各种话语和材料建构的历史叙事的局限。一方面，"文献"是沉默的，"印记本身常常是吐露不出任何东西的"，另一方面，那些被权力设定好了的讲述，又同样不会接近历史本身。所谓的"伤痕"与"反思"叙述，都属于这种在政治框架上和叙事构造上都已然设定好了的讲述：美好的童年或者开端，而后风云突变，某种僭越的邪恶势力强行改变了主人公的命运，然后是受难、关禁、亲人的离散，等待，黑暗尽头曙光出现，噩梦醒来是早晨，主人公被永恒正确的主导力量所拯救，重获自由与光明，团圆和胜利。总结是，前途是光明的，道路是曲折的，革命道路是不平坦的，但最终是一定会胜利的。这样的叙事已然成为一种"叙述的习惯"。福柯说，"只有重建某一历史话语才具有意义"①。《蝴蝶》在某种程度上，正是通过陌生话语与一个反思者主体的构建，在另一语境中复活了那些已悄然消失的历史话语，并将之投放在新的意识强光中，重现了历史内部隐秘而黑暗的路径。

某些时候甚至作者也按捺不住，要通过人物的意识来强行插入议论，以表明他所意识到的政治话语对人性的统治与遮蔽。张思远复职后，要把他一直深爱的远在山乡的秋文接来，但他却无法向部长交代，他只能说"他要解决个人问题，似乎这样说才合法，才规范。如果他说

---

① [法] 米歇尔·福柯：《知识考古学》，谢强、马月译，生活·读书·新知三联书店1998年版，第7页。

他要去看看他的心上人，那么人们马上会认为他'作风'不好，认为他感情不健康或者正在变'修'。把爱情叫作'问题'，把结婚叫作解决问题，这真是对祖国语言的歪曲和对人的情感的侮辱"。这个说话人的身份显然已经不是人物，而是作者自身了。

例子还有很多，王蒙几乎是搜罗了他所有能够找到的语言例证，不惜以"堆砌"的方式将它们烩于一勺，从而达到充分的"话语嬉戏"的效果。比如他写到主人公复职后最敏感的是大字报仍如影随形、旧时相识一般地敲打着他，那些熟悉的话语常让他不知今夕何夕。他听到"左派"们喝酒时的"拳经"，可视为是革命话语直接的"解构主义戏仿"了："一元化呀，三结合呀，五星红旗呀，八路军呀……"两个不在哨位上的警卫战士，正"模仿样板戏的对话：'……两件什么宝?''好马，快刀。''马是什么马?''吹牛拍马。''刀是什么刀?''两面三刀。'"如此等等。甚至作者本人的叙述也在这种活跃的语境中受到激发，变得飘忽而滑动、戏谑而膨胀："美兰是一条鱼。美兰是一条雪白的天鹅。美兰是一朵云。美兰是一把老虎钳子……"四个词语的能指是完全不相干的，但它们却可以同时指向一个所指。它再次强烈地暗示着作家的一个荒诞体验：语言就是对现实的虚构、扭曲、粉碎和戏耍，语言本身即充满了暴力。

四、如何认识《蝴蝶》的意义与局限

陶东风的文章这样分析了张思远这一人物的局限性，认为他"除了认同革命，忠诚组织，根本不可能有别的任何认同或忠诚。这也决定了获得'平反'之后，张思远的'反思'根本不可能触及造成'文革'社会灾难(包括张思远自己的悲剧命运)的根源"①。的确，从绝对性的意义上来说是这样，张思远不可能从一个完全的人文知识分子的高度上，意识到"文革"的根源，并找到另外的认同，因为他不可能超越历史，王蒙也不可能超越历史。这一点，我并不会因为出于"历史主义"的立场就会加以否认，同时，我也并不认为从一般和永恒的意义上，这篇小说会有多么了不起的艺术价值。但从历史出发，我仍然服膺于它敏锐的语言自觉与精妙的解构主义实践。认真阅读作品，将之放还至1980年的历史场域，会得出这样的结论，会吃惊于他对体制本身与意识形态痼疾的深入思索，对其构成秘密的率真揭示，以及"春秋笔法"也无法掩饰的讽喻立场。在我看来，它通过语言（而不是观念）层面上具体而精准的戏仿与反讽、狂欢与嬉戏的解构活动，敏感地揭示出了革命意识形态及其话语构造的来源，其生成机制、传播奥秘、权力的实现形式，以及在某些时候的病变与弥漫，其可怕的虚构性、荒诞性与欺骗性。这样的反思高度，恰恰是这个年代的绝大部分文本所无法抵达的。因此，历史地看待，我主张给它以客观和高度的评价，或许是实事求是的态度。

我之所以说《蝴蝶》是"孤独"的，是因为在它之前这样的自觉是没有的，在它之后很长时间里也没有。直到1985年之后，类似具有解构主义实践意义的作品才陆续出现。1985年还只是个苗头，在莫言的《透明的红萝卜》中，小石匠对着公社革委会副主任"刘太阳"说的那

---

① 陶东风：《一个知识分子革命者的身份危机及其疑似化解——重读王蒙的中篇小说〈蝴蝶〉》，《文艺研究》2014年第8期。

番话，似乎有一点游戏红色主流话语的味道；王安忆《小鲍庄》中给那个封闭山村的孩子们取名的方式（文化子、建设子、社会子等），也颇有反讽的意味。除此之外就是王蒙自己了，他1985年前后的小说如《冬天的话题》、《来劲》、《选择的历程》等，都充满了对语言的"施暴"和对宏伟词语、对政治和知识分子意识形态双重的游戏倾向。但王蒙的局限在于，他的语言意识似乎并未从《蝴蝶》更前进一步，他过分强化了"作者"——叙事主体——的兴趣和理念，几乎将叙事变成了自己的"语言表演"，而不是侧重于历史情境中的人物的语言活动。虽然有的作品中的这类表演很有着某种与解构主义接近的表征，像《来劲》中的一些句子："……你可以将我们小说的主人公叫作向明，或者项铭、响鸣、香茗、乡名、湘冥、祥命或者向明向铭向鸣向茗向名向冥向命……以此类推……"[1] 但这同他在《蝴蝶》中所表现出的语言方面卓越的颠覆性相比，根本没有什么进步。看起来他这里是刻意夸张地对汉语中字音与字义之间的差异性进行一种"实验"写作，甚至也试图借此对中国文化中的某些"亦此亦彼"的模棱两可的因素进行讥讽，但他还是没有从神髓上抓住当代社会特别敏感的情境，将对语言的处理深入到历史与政治情境的核心之地——1988年以后的王朔比之王蒙之所以有一些进步，主要是在这方面。在小说叙事语境的设置，以及人物对话过程中的反讽、调侃、语意颠倒与语境偷换等等技巧，是王朔的特长。

另外，如果从"解构主义阅读"的角度看，《蝴蝶》还是一个典型"男权主义叙事"例证。即使它不同寻常的政治深度，也不能掩盖它"皇

---

[1]　王蒙：《来劲》，《北京文学》1987年第1期。

帝婚姻结构"的叙事内核。主人公虽历经磨难，也还保有了超出常人的反思精神，但政治的沉浮赐予他的，最终却是"三易其妻"的机会，第一任妻子海云是"浪漫型"的，曾与他有过浪漫的精神对话；第二任妻子美兰是"生活型"的，曾把他的生活安排得井井有条；第三个"对象"秋文是历经考验的"完美型"的，她是知识分子出身，经历了人生的风风雨雨，思想性格散发着成熟之美。对张思远来说，还有什么比这更受用的呢？悲欢离合、荣辱浮沉，最终不过都是他人生辉煌和成功的必要和浪漫的组成部分罢了。假如从这个角度，《蝴蝶》又变成了一个可以进行精神分析与女权主义批评的对象了。

（原载《文艺研究》2015 年第 6 期）

王蒙文学存在的文学史意义

朱寿桐

作为作家个体，被称为文学存在，乃意味着他代表着一种宏大的文学现象或文化现象，有时甚至成为"无法绕过的社会现象"①，不仅为读者所关注，而且为文学史家所瞩目。汉语新文学作家灿若星空，但能够成为文学存在主体被言说和被研究者则寥若晨星。王蒙作为共和国伟大事业的一面镜子，当然属于这个国家所特别拥有的文学存在。王蒙的文学存在及其在汉语新文学世界巨大影响力的发挥，通过新近出版的心灵自传体长篇小说《闷与狂》，以及其他的一系列自传体作品，表现得最为具足，其汉语新文学史意义也最为明显。

---

① 参见朱寿桐编：《论王蒙的文学存在》，南京大学出版社 2014 年版，第 2 页。

一、从汉语新文学说到王蒙的文学存在

汉语新文学是以五四新文学为直接传统，以现代汉语为基础语言进行写作的文学作品和文学现象的统称，它以汉语语言为基本思维和创作载体，以新文学及其所传达的新文化新道德为价值内涵，是在汉语语言共同体中结成的统一的文学和文化现象，包含了习惯上称为中国现当代文学、台港澳文学以及世界华文文学的全部内容。王蒙的文学存在，当然不仅仅是在约定俗成意义上被称为"中国"所特有的文学存在，它还是汉语新文学世界所共有的文学存在。

作为文学存在，王蒙的文学创作和文学活动，包括他的文学探索与文学创新，在汉语新文学界都具有某种时代性的意义；作为文学存在主体，王蒙的几乎一切活动，包括他的学术研究，文化行为乃至社会活动，对于汉语新文学的价值平台而言，都具有一定的文学意义，人们都可以从文学的事业和角度进行审视与评价。文学存在主体的意义或许就是，他的一切活动都可以算是文学行为的展开，因而他基本上能在一定意义上决定一个时代文学内涵和文学格局的某些方面。

堪称伟大的汉语新文学家都会在立定文学创作的基点的同时，向文学的、艺术的、文化的甚至社会的各个向度寻求发展和展示的空间。鲁迅在传统的文学之外，除了社会批评和文明批评的杂文写作，还从事汉画像的研究，木刻运动的倡导；郭沫若除了诗歌和戏剧的创作，大量的精力用于考古研究和古代历史、思想的研究，并广泛涉及社会文化的众多领域；白先勇除了文学而外，对昆剧艺术投入更多，用力更大，社会反响也相当热烈；王蒙在文学之外，对于老子等古代思想研究大有建树，同时对于当代文化乃至当代政治都有较深的参与度。他们所有这些外在于传统文学范畴的行为，其实都是他们文学理念和文学志趣的自然延续，都是他们试图在更广阔的领域实现自己的文学理想和美学抱负的努力结果。有关这种意义上的文学存在，人们早已经从理论的可能性上作了揭示。成仿吾于 1923 年发表了影响较大的《新文学之使命》一文，倡言文学应该"除去一切功利的打算，专求文学的全（perfection）与美（beauty）"，并高呼"我们要追求文学的全！我们要实现文学的美！"关于文学的美，他有具体的阐述：就是"美的文学"，能够给日常生活中的我们以"快感和慰安"①。但什么是"全"，则语焉不详。从成仿吾的文章中，可以追寻到文学除了应该承担对于文学自身的使命而外，更重要的须承担"对于时代的使命"，"对于国语的使命"，文学须"由一个超越的地点俯视一切的矛盾，并能在这些矛盾之中，证出文学的实在"。这种超越文学的使命，超越性地定义文学并从这种超越中寻求文学的"实在"的理论努力，与我们定义的文学存在非常接近。

一个足以被称为文学存在的本体，应该是以他的全部文学创作，文化活动乃至社会行为重新构建一定范围的文学格局，重新命名一定层次的文学样貌，甚至重新定义一定形势下的文学范式。这或许就是王蒙的权力，也许是责任，使命和义务。他长期活跃在汉语新文学的文化天地之间，为不同时期汉语新文学的艺术开拓和思想掘进作出了贯穿性的贡献，他是当代汉语新文学界最为自身的创作家之一，也是汉语新文学的领袖人物，他的文学探索和文学认知呈现着汉语新文学的时代标高。孙

---

① 成仿吾：《新文学之使命》，《创造周报》第 2 号。

郁指出，"王蒙是一个巨大的影子，在八九十年代，他实际上在扮演茅盾当年的角色：呼风唤雨，推出新潮，提挈后进，指点江山……"①

此外，作为文学存在，他在文化方面的建树甚至在社会活动方面的身影，都自然化成文学批评的对象和文学史研究的对象。他的老子研究，《红楼梦》研究，他的各种文化意见和文化行为，甚至他的边疆蹉跎或跻身领导阶层，都成为汉语新文学的当代形态并对汉语新文学自身起着丰富、充实、拓宽的作用。这就是王蒙作为文学存在之于汉语新文学的意义。

王蒙从 1950 年代前期，就为中国当代文学带来了成果，也带来了话题；此后他沉默了 20 多年，复出之后仍然不断给中国当代文学带来新的成果，新的话题，包括政治性的话题如《坚硬的稀粥》，文化性的话题如对"轰动效应"②、"躲避崇高"③ 的评论，文学性的话题如先锋意识、意识流情节等等。虽然评论家认定，王蒙在意识流小说创作方面的成功，为后来者提供了实验的模本，《夜的眼》、《春之声》、《海的梦》、《风筝飘带》、《蝴蝶》、《布礼》、《杂色》等作品，对于残雪、陈染、张洁、徐星、谌容等作家的创作都有相当深刻的启发和巨大的感召④，虽然这时王蒙的文学贡献早已走向国际进入汉语新文学的广阔天地，然而他提

① 孙郁：《王蒙：从纯粹到杂色》，《当代作家评论》1997 年第 6 期。

② 阳雨：《文学：失却轰动效应之后》，《文艺报》1988 年 1 月 30 日。此文提出了一个重要话题，引起了文学界较长久的论争。

③ 王蒙：《躲避崇高》，《读书》1993 年第 1 期。

④ 杨剑龙：《文化的震撼和心灵的冲突——新时期文学论》，上海文化出版社 2010 年版，第 209 页。

出和引爆的文学、文化的话题却并未在中国大陆以外的汉语文学世界产生充分的反响。即便是他一度非常"超前"的先锋性的文学探索，如《春之声》、《蝴蝶》等作品，在台湾和香港这些久经现代主义洗礼的地区也仍然波澜不惊，相当一段时间难以在汉语新文学世界形成巨大的冲击波和影响力。诚如王蒙所说，他的类似于"意识流"的实验，"不是为了发神经，不是为了发泄世纪末的悲哀，而是为了一种更深沉，更美丽，更丰实也更文明的灵魂"①，是那个时代的特定灵魂表达的需要，并不是真正的先锋手法的历险与倡导。

王蒙作为巨大的文学存在，其文学生命力之大简直难以想象。他在耄耋之年连续出版了创作时间历经四十年的自传体小说《这边风景》，以及几乎是一气呵成一挥而就（当然是夸张的说法）的心灵自传体长篇《闷与狂》。后者无论从内容的震撼力还是写作手法的创新性，都足以成为汉语新文学世界具有决定性影响的文学事件。

这是两部相互呼应同时又不相对称的长篇小说。可以清晰地分辨出，没有《这边风景》，就不会有《闷与狂》，至少不会有现在看到的这种样貌的《闷与狂》。《这边风景》应该是产生新作《闷与狂》的生活基础，如果说《闷与狂》是精神的狂欢，那么，《这边风景》中所传达并所构成的便是它的物质基础。然而它们之间并不构成对称关系：并不是《这边风景》所描写的每一串人生故事都能对应于《闷与狂》中的某一段心灵喧嚣。两者无疑是相互独立的个体，各自有其文学生命的特殊体征。但它们都来自王蒙作为精神创造个体反观自身、省察自身的内在冲

---

① 王蒙：《漫话小说创作》，上海文艺出版社 1983 年版，第 56 页。

动，诚如作者在《这边风景》"前言"中所说：那是对于自我的"发现"，对于过往岁月的寻找，是对特定生命过程中"狂暴与粗糙"的叙写，那对应的便是《闷与狂》。虽然后者更倾向于超越某一生命阶段的"这边"，而执着于体尝生命全过程的幽暗与光明，酸楚与甜蜜，庸碌与雅致，粗俗与庄严。王蒙忽然意识到，需要用自己的全部经历和全部感兴加入晚年的小说创作，因为这一切的轰轰烈烈或者鸡零狗碎，这一切的堂堂正正或者志忑忐忑，这一切的时代人生或者庸常琐屑，在作为文学存在主体的笔下都具有文学的意义，都可以毫无愧色地充任文学的角色。王蒙以他并不太迟的领悟和超卓的艺术把握，将自己的文学存在主体角色打造得光鲜锃亮。是的，他已经是这样一个文学存在主体，他的所有笔墨，都可以以他习惯的或也许只有他自己能理解的那种文学或者文体进行命名。

他自然习惯于小说，于是他写出了自己理解中的真正的小说，这样的理解至少在相当一段时间内或许只有他本人能够独步。事情曾经正是这样，人们带着怀疑的目光打量《闷与狂》，其实也在打量王蒙的所有近作，因为它在文体上不仅颠覆了人们印象中回忆录体的体裁特征，而且也将小说写得不像小说。

王蒙以一个文学大家的自信力和影响力，命名《闷与狂》这样的心灵手记乃至《这边风景》这样的自传为"小说"，其中最为充分的条件也许就是文学存在的现象揭示：作为文学存在主体，王蒙的一切人生经历和一切思想情绪，都是文学的，都是小说的；文学存在主体有能力定义任何他所愿意写作的文体并将它进行哪怕是让别人感到严重不适的文体命名，只是有时候有些这样的主体不愿意使用这样的权力。到了80

岁的时候，王蒙使用了这样的权力，这是整个汉语新文学界应该为之一振的重大事件。

二、久闷的狂发：王蒙自传系列创作与生命复鲜

王蒙历时 60 年跌宕起伏的文学创作经历，以及相应的人生经历，基本上处在客观压抑或主观收敛的烦闷状态。文学创作可以缓释某种暂时的被压抑感以及由此造成的情绪烦闷，但是，当这种创作仍然受制于许多非文学的、非内心要求的因素，包括显性的客观因素和隐性的主观因素，他的文学写作就无法达到自陈其好恶，自宣其性情，自浇其块垒的自由之境。这种不由自主的、非自由的写作状态，对于文学存在主体而言，其实也是人生状态，构成了作家深刻丰实、无可排解的烦闷体验的积累。接近七十岁的时候，他终于疏离了宏大社会壮阔人生的"旗帜"写作的固有轨道，将自己的笔墨拉回到描摹自己的人生与情绪，陆续写出了《王蒙自传》、《这边风景》和《闷与狂》。他的表述是那么坦率、坦荡、坦诚：一个作家，一辈子最想做的，最想说的，最想写的其实是他自己。在相当长的创作生涯中，他的文学写作压抑自我，缺少自我，甚至于排斥自我，可见他的创作体验长期以来是如何的郁闷和烦闷。有理由将《王蒙自传》、《这边风景》理解为《闷与狂》的材料准备和情绪酝酿，尽管事实也许正好相反，《闷与狂》只是王蒙系列自传体作品的不期然而然又不得不然的华丽结局。

在汉语新文学的历史过程中，自传体的作品并不鲜见，有些自传体作品所焕发出的火花曾经是那么鲜亮地烛照过一定时代文学历史幽暗而

混沌的天空，如郁达夫的早期小说以及《水样的春愁》之类的人生札记，如萧红的《呼兰河传》等，至今不失其耀眼的光辉。然而这样的自传充其量只是自我人生书写之外的情绪寄托与抒发。王蒙的自传体写作，因为写作于饱经忧患历劫沧桑的"壮心不已"时代，其内在动力和创作指向则远远不止于人生的回顾与情绪的抒发。

首先，作为一个文学存在主体，王蒙意识到自己的所有生命历程和生命形态都是文学的，与此相通联，所有的文学描写和文学刻画也可能都是其人生的另一形态的具现。他这种心态下的写作，哪怕是《闷与狂》里借助荒诞的想象和狂恣的联想所表述的那些内容，都可以被认知为他的人生的可能迹象或者是生命体征的虚拟性呈示。这正体现王蒙意识到的，也是他反复阐述的文学理念："文学艺术是生命的延长，是生命的滋味，是生的反刍……"① 这才是一个文学存在主体的自觉，《闷与狂》等自传系列的作品正是在这样的自觉意义上产生的出色结果。

从《王蒙自传》开始出现，在往事的叙述中总是充沛着不安定的灵魂书写，不可遏制的情绪抒发，难以缓释的感性迸发，到了《闷与狂》，这样的情绪内容喧宾夺主地成为作品的主体部分。作者撰著这一自传系列作品是要将这种已经挤干了生命鲜活的水分，已经蒸发掉的人生曾有的气味和全部感性，全都在频频回首中复鲜——还原当年体尝到的人生汁液的全部滋味：酸甜苦辣，咸麻酥脆，痛楚快慰，干冽涩爽。所有的滋味必须通过感性的描摹甚至带有想象的回味才能复鲜，于是，王蒙这一系列的创作从总体上来说，感性的书写，印象性甚至想象性的情绪况

---

① 王蒙：《闷与狂》，北京联合出版公司 2014 年版，第 130 页。

味远比记述过往人生的故事与事实更为重要，也更为急切。

通过自传性的作品追寻生命过往的滋味、水分，通过感性的描写和想象性的情绪况味进行人生的复鲜，从而达到唤回人生、延长生命的崇高目的，这是王蒙所开发的新的文学境界，之于汉语新文学的发展具有开创性的理论和历史意义。一般的文学理论和文学史的现实都会将自传性的作品定位为对于往日人生的杂忆和对于往日情感的追溯，将文学表现的质点和文学自传的指向越过人生往事的回顾置于怅然若失的情感层次。王蒙自传系列作品的文学开创则立足于生命层次，着重于生命感性的具现，生命滋味的复鲜和生命体验的延伸。这绝不是对马尔克斯"百年孤独"生命感叹与情绪畅诉的简单模仿，而是对近一个世纪以来中国经验及其生命感性的深层梳理，是在汉语新文学平台上贡献出的新气象，他的人生经历和全部感性，全部生命体验都属于中国，属于汉语，属于当代中国文化。

其次，王蒙的自传系列写作努力在复鲜过往人生的基础上复鲜个我，将一个文学家多方面的社会责任通过狂放的表现甚至虚拟的方式付诸弥补性的实现。王蒙本质上是一个正直的、清醒的且充满社会责任感的作家，是一个富于社会批判热情的文学家。特定的社会写作环境对他的这种批判热情不持鼓励态度，他自己屡遭磨难的经历以及顾全大局的心性，也常使他不得不长期收敛起批判的锋芒。他能深切地感受到《冬天的话题》、《坚硬的稀粥》、《狂欢的季节》等作品所宣泄的批判的快意，但他小心地回避着，虽然他的《飞虫》等"世情书"确有"刺而怨而怒"[1]

---

[1] 吴俊：《文学的变局》，广西师范大学出版社 2005 年版，第 36 页。

的特性，但他不得不为了避免锋芒毕露而东匿西藏。这样的批判极不痛快，但这并不意味着他就此割断了批判性思维的神经，就此窒息了批判性的灵性与感性。当外部条件具备，同时有自传体写作的机会可以借助，王蒙复活了他的批判热忱，复鲜了他的批判感觉，他的作品中密集地呈露着他的嬉笑怒骂，机智地显现着他的巧语反讽，并在狂放中体验到批判的痛快。他从痛切的人生体验出发对不公正的命运发出反讽的深刻的批判："打击能增加骨骼的密度，批判加压能够增加内里的矜持与绷紧，谎言反衬了清醒者的清明，起哄提醒了被哄者的定力，霹雳照亮了男儿的脸颊，暴雨洗净了小伙儿的身躯……"[1] 有时候反讽中的批判其深刻性足以令人心战胆寒、毛骨悚然。他这样调侃特定政治气氛下"阶级兄弟"的"兄弟阋墙"现象："本是同根生，相煎何太急？正是同根生，相煎所以急！同根煎不急，更要煎谁个？从历史上说，不是同根的，我们压根不乱煎。"[2] 这是多么痛切而深刻的历史反思与批判。

作为一个在汉语新文学世界有巨大影响的作家，王蒙在相当多的情形下磨蚀了他的批判锋芒，同时他又始终带有较为强烈的批判意识，这使得他无法伸展其批判触角的创作无比烦闷。自传系列作品的精神、情绪和生命解放的狂恣让他放开了社会批判、文化批判和人格批判的感觉与激情，虽然由于时过境迁他将这种批判的激情更多地转化为反讽和讥刺，但那种狂放的痛快跃然纸上，野狐式的豪笑在这些作品中时时回荡在历史的旷野，依然有令人心惊胆战的效用，也有摄人心魄的魅力。

---

① 王蒙：《闷与狂》，第 184—195 页。
② 王蒙：《闷与狂》，第 150 页。

批判性的痛快落实使得王蒙完成了文学存在主体的建构。包括文学家在内，谁都有资格也有责任对于社会现象和文明现象进行批评，但文学家的批评与政治观察家、时事评论家、经济评论家、社会学者和心理学家的批评显然并不一样。除了文章风格的可能区别而外，批评的立意和立场，批评的内容和性质，批评的责任定位和影响，文学家的身份会起决定性的作用。文学身份者批评的立意和立场须最大限度地体现社会的良心，体现时代的理性，体现历史的趋向。文学身份意味着良心与理性。王蒙在《闷与狂》等自传系列作品中体现的批判性正是这种文学存在主体的批判特性。王蒙本质上富于批判精神与热情，如果没有《闷与狂》这些作品对其批判本性作痛快淋漓的宣泄，作家王蒙的文学存在一定失去了鲜亮的生命基色，一定变得憋屈不堪，惨不忍睹。

三、咀嚼生命本味的情绪流写作

王蒙自传系列的代表作无疑是《闷与狂》。这是一部奇书，在汉语新文学史上绝无仅有，而且注定不可复制。它的构思类型令人联想起普鲁斯特的《追忆似水年华》，它的写作布局令人联想到卢梭的《忏悔录》，它的思想倾向令人联想到王尔德的《狱中记》，它的言语风格令人联想到尼采的《查拉图斯特拉如是说》，它的情绪定位令人联想到鲁迅的《野草》。然而王蒙的《闷与狂》没有刻意学习普鲁斯特，没有着意模仿卢梭，没有故意步趋王尔德，更没有立意仿拟尼采，没有有意效法鲁迅。所有的相似性只是"令人联想"的结果，其实都不是，正像这部小说完全散文的写法，又饱满地充沛着诗情诗性，所谓"诗的潮涌，文的海啸"①，然而它显然不是散文，也不是诗。

　　道理也确实如此，正如作者在小说中议论到的："为什么我们的文学还走着画地为牢的方步？"②对于小说亦复如斯。小说为什么一定要画地为牢？以人生写实的坎坷经历和神奇际遇为契机，为引线，为由头，为蓝本，为框架，放开笔力作生命情感与感兴的表现，是摹写，是抒发，是放拟，是幻构，是炫张。如果王蒙曾经迷恋过意识流的写法，则这部小说仍然继续着这样的迷恋，不过更为狂恣，更为放任，将心理、情感、意识和感觉等等情绪内容完全搁置于人事和情节的顶层，打碎了人物的性格和行为状态及其所构成的情节和细节逻辑对自我情绪的可能制约，写出了完全与众不同的情绪流的杰作。王蒙这样写少年时的记忆与感性，伴随着的感觉与情绪如春愁一样的绿水欢快地流淌："蝈蝈的叫声与清脆的周璇在一起，与同样纯真的李香兰在一起，呼唤着童年，呼唤着慈爱，呼唤着夏天，呼唤着好花不常开，好景不常在，蝈蝈不常鸣，知了转眼去。"③

　　从严格的"小说作法"出发，这部作品也可以被判断为非小说。在学术研究意义上，它很可能在文学史上进入"另册"的小说，因为它对人们的小说认知和小说阅读习惯提出了挑战。阅读小说的人们一般需要故事，而心理的刻画，情绪的抒写，只有对于那些准备研究或准备学习写作的读者才较为有意义，而对于一般的读者，可以作为忽略的对象在阅读中跳过。这本书显然不是为一般的读者写的，它有故事，而且是作

---

① 王蒙：《闷与狂》，第98页。
② 王蒙：《闷与狂》，第219页。
③ 王蒙：《闷与狂》，第8页。

者参与其中的近八十年漫长的人生故事，但所有的故事都是为作者饱满的情绪抒写，感觉化的心理刻画做准备的，甚至是做铺垫的。小说的本体乃是情绪流的抒写，而且是非常独特的王蒙式的抒写。

情绪的抒写在郁达夫时代曾是新文学的典范。成仿吾、郭沫若等人都从德国小说家施笃姆、俄国作家屠格涅夫、日本作家佐藤春夫的创作中，从法国理论家法朗士和日本理论家厨川白村的理论中，提炼出文学的要津是自我情绪的表现这样的文学观，强调自我的抒写，而这种自我又需是剔除了理性成分的"精赤裸裸"的自我，是自我情绪的无关拦的发泄。这是创造社文人在其青春骚动中的文学取法，不可能为饱经风霜，阅历甚深的王蒙所继承。他显然认同这种将故事的叙说（哪怕是自叙传的内容）退居于次，将情绪的表现置于首位的小说作法。

但他不会重走当年年轻前辈的老路，他不甘心于仅仅停留在情感反应层次，将自我的全部生命只交付给简单的喜怒哀乐，他要写出愤怒、尴尬、豁达、优雅，还有烦闷与狂恣，他要写出心灵的震颤与非常奇怪的平复，要写出显在意识和潜意识甚至是前意识等等各个层次的心理反应，有时还呼唤着理性判断的参与，哲学批判的驾临，科学分析的掺杂，真理常识的领悟。但这些有限参与的理性成分，在作家的书写中消除了它们应有的沉重与想当然的板结。虽然王蒙对于这样的人生思考和理性探究从来不避深刻，但他或者用任诞式的定力，或者用曾经沧海的彻悟，或者用随时准备逃离的幽默，将这种理性的深刻化归于恬然、豁然、怆然的一笑，或作近乎于顾左右言他或不顾左右言自己的不俗之态，总之归向于情绪的流动，含有理性凝重但又拒绝理性自身的沉重的情绪流的抒写。小说开始不久就较为密集地运用了这种情绪流的展开方式，从最初的人生记忆——黑猫的知觉，作者发挥道："这就是造物主在冥冥中给我的最早的关于颜色的知觉与启示。"他显然很愿意从心理学、人类学甚至动物学的意义上探究原初知觉的神异与深刻："知觉是不容易的，修炼了亿万斯年，功德了亿万斯年……"亿万斯年的关于人的知觉的形成史、发展史包含着多大的学问和多丰富复杂的科学与理性，作者显然清楚，但他不愿意就此形成书袋式的凝重与板结。话锋一转：亿万斯年"有了一次关于黑猫的知觉"，实际上归向了关于黑猫的原初直觉，归向了对于黑白颜色的全部感兴，归向了游移不定的情绪状态，归向了不同种类不同层次的情绪在写作中的自由流动。

作者具有人文科学、社会科学和自然科学的渊博知识，在他的人生叙录中经常运用这些知识。但他在《闷与狂》中从来不径直地探究这些知识，也不执拗地纠结于这些知识，他常常只是点到为止，浅尝辄止，让这些丰富的知识在情绪的沃土中散碎成有机的肥料，用以壮硕不同种类和不同层次的情绪之株。果然，这些知识的因素和理性的力量即刻就能聚变为情绪的能量，那么随意，那么飘逸，虽然有时候也会那么惨淡。在提起特定的年代，提起革命的《夜未央》，提起"团结起来到明天"的《国际歌》，作家畅快淋漓地联想到"深夜"的意义，接着连篇累牍地抒写着关于"深夜"的情绪感兴，其中包含着多么广博的人文、历史、社会、政治的知识系统："深夜属于志士，属于真情、深情、深信、深思。深夜有一种严肃、壮烈、奋不顾身与走上祭坛之感……深夜属于刑场、烈士、越狱犯人、钟情女子、奇袭别动队、潜伏与潜流。深夜属于秋瑾、安娜、洪湖赤卫队里的韩英、青年近卫军里的邬丽亚、抗日战争时期的锄奸团。深夜属于居里夫人、牛顿、爱因斯坦、鲁迅，也属于意大利西西里巴拉尔摩市的黑手党的教父。深夜更属于斯坦尼、丹钦柯、曹禺、梅兰芳、周璇、关汉卿。"①当然还不仅仅这些，深夜还属于猫头鹰的惨叫，属于有着吸血传说的蝙蝠，属于云月黑风高，潮起潮落，当然还属于作者特别留恋的贫穷的童年，属于作者一定非常欣赏的"奇怪而高的天空"，属于那些一个个将要变成小天使一样飞来飞去的星星。除了自身的生活体验外，这些需要调动多少知识？需要云集多少阅读记忆？但这一切都不会让王蒙感到累赘，因为它们并不以知识的原貌及其繁复性和厚重感呈现，而只是被作家借以点染全部生命感兴的活性材料，借以表现自己复杂情绪的现成能量。必须注意的是，上述有关深夜的知识联想是有条理的，先是革命和社会的联想，然后是中外文学作品中人物和人群的联想，再就是伟大的科学家和文学家的联想，再就是电影和戏剧的联想。也许他觉得这样的联想太有秩序，秩序得有些板结，于是他会自己扰乱这种秩序感以换取情绪化的随意与凌乱，将古代伟大的戏剧家关汉卿列在现代戏剧家之后，将剧作家与演员混在一起排列。理性的秩序被情绪打破，情绪流的意态更其明显。

情绪包含着情感，意志，感兴，直觉，也包含着不太清晰的，处在预备状态和朦胧意态的知觉，感性，思考甚至是深思的焦虑，尚未完备的理念及其所激起的兴奋，总之，它是人的全部生命感兴的体现。这些正是王蒙《闷与狂》的精神内涵，也是它基本的精神结构。这部作品是诸如此类精神的聚合，不同的成分在不同的历史时段的叙述中融入不同的部分，颇有些泥沙俱下的味道。泥沙俱下注入一个静止的古潭那就是

---

① 王蒙：《闷与狂》，第115页。

一潭浑水，可注入汹涌澎湃的情绪的河流，那就是一种气势，一种威风，一种汇纳百流的混沌和雄浑。

在郁达夫的情绪表现时代，情绪的纯洁性一如脆弱的情感，那脆弱的情感以哭诉的调子博取读者和社会的同情乃至怜悯，被称为伤情主义，与欧洲前浪漫主义的感伤主义有密切联系。正如郁达夫小说常见的那样，抒情主人公总是为社会甚至家庭所遗弃，为爱情和幸运之神所抛却，孤独寂寞无可排解，常常来不及孤芳自赏却只能顾影自怜，那"不值钱的眼泪"总是随时准备夺眶而出。尽管生活中的王蒙常常自述容易流泪，然而在小说中特别是在情绪的书写中他非常刚强，甚至非常冷峻，他有足够的耐受力面对生活的折磨与不公，他有足够的幽默抚摸人生的庸常与怪诞，他对于青春时代的记忆重加调侃："往事随他如烟还是如鸟如雀巢如三聚氰胺。往事随它牛气冲天还是雾霭弥漫。""青春和你，生活和文学，呵，你们娘的是多么全面。"①这是含泪的调侃，但结果让泪水在尴尬而解脱的笑容中晾干。郁达夫们的抒情和自叙会将一切的不幸体验以哭诉的调子和盘托出，意图唤起人们普遍的同情，王蒙的情绪流写作则以生命的豁达自动化解了不幸之感："你全须全尾，你有吃有穿，你有头脑有记忆，你有明白有不明白，你有功有过，有得有失……"② 因而"你"没有资格哭诉，"你"只能忍受和领受人生的一切。

王蒙是鲁迅的高级粉丝，这本奇书很容易令人联想到与鲁迅《野草》和《伤逝》的可能联系。从"抉心自食"，欲知生命本味的意义上看，《闷

---

① 王蒙：《闷与狂》，第 74 页。
② 王蒙：《闷与狂》，第 195 页。

与狂》继承了《野草》的精神遗产，而作品备受争议也备受关注的文体特性则可以联想到鲁迅"格式"特别的《伤逝》。

《闷与狂》在文体上的表现给评论者和读者带来了确认的困扰，因为它有点不像小说。你可以认为它像散文，像诗，但也像梦呓的记录，诞语的放恣。如果是后者，则完全可以将这样的小说写法称为"手记"，那是听命于情绪的发泄和感觉的游走，随手记下自己感想的一种文体，鲁迅的《伤逝》便属于此，这篇小说的副标题是"涓生的手记"。王蒙对鲁迅作品有长期的浸淫和悉心的研究，"涓生"、"手记"式的小说文体对他一定有着或彰显或潜在的影响。将《闷与狂》与鲁迅的《伤逝》作文体和风格上的联系，相信不至于太唐突。

这是一部自传体"手记"，与《王蒙自传》、《这边风景》可以匹配阅读。所不同的是，《闷与狂》应该是作家人生况味的最大深度和烈度的写照，那种恣肆汪洋的情绪抒发，无微不至的感觉表现，畅想无垠的心灵激荡，其对于作家生命深味的传达，远远超过其他自传作品。其实，在写自传的时候，王蒙已经跃跃欲试地采用了《闷与狂》的排山倒海、汪洋恣肆的笔法抒发当时内心难以表达的激愤与感慨，如写到赴伊犁"锻炼"，他用《闷与狂》中常用的排比连喻法渲染道："半是'锻炼'，半是'漫游'；半是脱胎换骨，半是避风韬晦；半是莫知就里地打入冷宫挂起来晾起来风干起来，半是'深入'生活深入人民群众走与工农结合的光明大道，等待辉煌的明天……"这种典型的《闷与狂》式的铺张扬厉，在《王蒙自传》中已经颇有显现。他写自传的时候实际上已想"蹴就"更直接、更炫张、更淋漓的情绪抒写，在榨干了生活故事的全部汁液之后让自己痛饮生命之杯！在这个意义上，《闷与狂》不是《王蒙自传》

的补充，而是反过来，《王蒙自传》是《闷与狂》的准备。

读《王蒙自传》和《这边风景》可以清晰地了解他人生的故事，人生的形式；而读《闷与狂》，则可以强烈地感知他不同时段生命的频率与节奏，生命的痛感与快感，生命的感受与感兴，生命的已知与未知，其中包含着各种形态的但确实是用他自己生命的汁液分泌而出的情感，意志，感兴，直觉，也包含着不太清晰的，处在预备状态和朦胧意态的知觉，感性，思考甚至是深思的焦虑，尚未完备的理念及其所激起的兴奋等等。这些内容褪去了人生经历的情节与细节，弱化了生活体验的人物与人事，但一点也没有减弱作品的丰富性乃至生动性。作者生命感兴的鲜活甚至保存着原先就沁人心脾的滋味，这种生命的滋味对于一个饱经人生同时又稍纵即逝地遗落了人生并且对这种人生的遗落特别敏感特别在乎的作家而言，其重要性几乎等同于生命的全部，等同于生命的全部深刻性和丰富性。这正是王蒙所清楚地意识到的，他在《闷与狂》中表述："文学艺术是生命的延长，是生命的滋味，是生命的反刍。"事实正是如此，他就是要通过这部别致的小说重温生命的感觉，品咂生命的滋味。

这部"手记"体小说从传达的情绪状态而言乃是以狂为主，以闷为辅，而从作家的人生状态而言，则似乎正好相反。情绪状态的"闷"，是沉静、舒淡而略显疲乏的情绪抒发，或用寂寞的笔调传达曾经沧海的彻悟，或用随时准备逃离的幽默，将这种理性的深刻化归于恬然、豁然、怆然的一笑；而"狂"则是炫张、暴烈且不饶不依的情绪爆发，或用大段的排比表达排山倒海的心灵激流，或通过丰富神秘的联想，将特定情境下的生命感觉寄寓于奇异、奇幻、奇崛的语言表述。这部"手记"

实际上是"狂"的宣泄，"闷"是"狂"的基础，是"狂"的准备，是"狂"作为主旋律的副调，或作为正文的注解。在大部分人生中经历着"闷"的王蒙，却非常期盼着在表述这种人生的时候解放一下自己，让自己获得自由抒写的快感，也就是要借助文学之力"狂"放一番。狂放的自由的写作，在这部有关作家自己人生回顾的手记中，不仅仅是历史追溯的完成，更主要的是自我情绪郁积的宣泄，是自我心理能量的痛快释放，这写作本身，也就是宣泄和释放的本身，其实也是一种生命的体验，而且对于王蒙这样的作家来说，是更重要更痛切的生命体验。这种体验其意义和价值超过了"生命的延长"，因为它更鲜活地带有"生命的滋味"。

可以强烈地感知到王蒙在写作《闷与狂》时的兴奋、自由、放恣与痛快淋漓，他创造了一种小说写法，虽然联想到《涠生的手记》以后可以认为他并不是创造了一种小说文体。他如行云流水般地将自己带入了生命的深秘和情绪的湍流，并力图将它们完整地、鲜活地、本真地传达出来。但最终他未必能够成功，因为作家在自我情绪流的抒写方面企图心太高太深，他试图通过闷思与狂啸回品并呈现生命的真味，有时候绞尽脑汁绞尽心力，甚至不惜鲜血淋漓地咀嚼生命的痛楚和灵魂的滋味，为了深味自己的人生，包括童真、青春、爱情、挫折、幸福，所有的甜蜜与痛苦，所有的晦暗与敞亮，但那生命的、灵魂的滋味又怎能那么轻易地让当事人品尝得出，即便品尝得一星半点，又如何能顺利表达？正因为难以正常地表达，作家才剑走偏锋，以异常的笔法、狂恣的笔势、迅猛的笔力大肆渲染，大肆炫张。即便如此，生命的真味，特别是深藏于自己灵魂隐秘处的痛苦与甜蜜，仍然无从把握，难以尽述，有如鲁迅在《墓碣文》中刻画的那条"长蛇"："抉心自食，欲知本味，创痛酷烈，本味何能知?"于是,整部作品在狂放自由之上仍然笼罩着无处不在的焦虑与困惑,愤懑与惆怅,这或许正是《闷与狂》中"闷"的原意,是无法通过"狂"写获得生命真味的深切的烦闷。

以《闷与狂》为代表的王蒙自传系列作品,以大开大合的气度和无所顾忌的冒险精神,将感觉化的情绪刻画得如此流畅而丰沛,将生命的本味书写得如此痛切而深刻。含藏于其中的机智和睿敏使得汉语及其文学表现的巨大可能性与任何外语相比都毫不逊色。这一系列的作品,注定属于当代,属于中国,更属于汉语文学世界,属于汉语新文学的未来。

(原载《中国现代文学研究丛刊》2015 年第 10 期)

从"革命凯歌"到"改革新声"

——"新时期"与王蒙小说中的声音政治

刘欣玥、赵天成

一个穿军服的同志（当然，他也是党员！）大幅度地挥动着手臂，打着拍子教大家唱《国际歌》。过去，钟亦诚只是在苏联小说里，在对布尔什维克就义的场面的描写中看到过这首歌。

快把那炉火烧得通红，

你要打铁就得趁热……

这词句，这旋律，这千百个本身就是饥寒交迫的奴隶——一钱不值的罪人——趁热打铁的英雄的共产党员的合唱，才两句就使钟亦诚热血沸腾了。

——《布礼》

他试着哼了哼在旅途中听过的那首香港的什么"爱的寂寞"的歌曲，他哈哈大笑。他改唱起《兄妹开荒》来。

——《蝴蝶》

"您听音乐吧。"她说。好像是在对他说。是的，三支歌曲以后，她没有掀键钮。在《第一株烟草花》后面，是约翰·斯特劳斯的《春之声圆舞曲》。闷罐子车正随着这春天的旋律而轻轻地摇摆着，熏熏地陶醉着，袅袅地前行着。

——《春之声》

1979 年末到 1980 年初夏，重返北京的王蒙迎来了创作"爆发期"。短短数月中，王蒙发表了短篇小说《夜的眼》、《风筝飘带》、《春之声》、《海的梦》，和中篇小说《布礼》、《蝴蝶》。这一系列作品当时被冠以"探索"、"意识流"之名，在文坛激起强烈反响①。

如文前摘引的小说片段所示，在王蒙"新时期"之初的小说文本中（包括但不限于被指认为"意识流"的作品），有着大量"声音"元素（具体表征为对语音、音乐、歌声以及声音的传播媒介的文学修辞与文学叙事）的积极参与。可以说，与同时代作家相比，王蒙的一个特别之处，就在于他提供了一些"有声"的文本，记录了历史现场"众声喧哗"的声音风景。这首先得益于王蒙敏锐的"耳朵"，他极为自觉地在写作中调动音乐性元素，歌声与音响也经常成为作品直接的灵感来源②。更为

---

① 署北京市社会科学联合会、文艺学会筹备委员会编，由中国人民大学书报资料社印发的《王蒙小说创新资料》（1980）和花城出版社的《夜的眼及其他》（1981）二书，都收录了这六篇小说，以及王蒙的创作谈和相关的争鸣、讨论文章，如 1980 年 8 月 2 日中国作协主办的王蒙创作讨论会的发言记录，又如 1980 年夏《北京晚报》组织的关于王蒙小说的争鸣文章等。

② 参见王蒙的随笔及创作谈《音乐与我》（《北京艺术》1983 年第 1 期）、《在声音的世界里》（《艺术世界》1992 年第 2 期）、《歌声涌动六十年》（《人民日报》2009 年 8 月 26 日）等，以及《王蒙自传》中的相关章节。实际上，不限于这一时期，王蒙小说中对于音乐的表现，从早期代表作《组织部来了个年轻人》、《青春万岁》开始，就一直体现出强烈的"症候性"。

重要的是，王蒙的这种听觉敏感，与其灵敏的政治嗅觉协同作用，故而小说中的"声音书写"往往是高度政治化、意识形态化的。与"声音"有关的细节，通常扮演着功能性，而非仅是修饰性的作用，隐含着历史转轨的丰富讯息，也透射出转型时期各种文化力量的冲突与角力。

然而究其根本，无论是实际的"声音"，还是文学叙事中的"声音"，它们本身都无所谓意义。只有经过听觉感知和解释群体的界定与评价，才能赋予"声音"好恶美丑等不同的价值①。因此，声音总是历史性和社会性的。而从文化政治的角度考量，可以发现现代声音与社会历史变迁深刻的同构性，历史剧烈错动的阶段，也往往是声音变迁最为活跃的时期。所谓"声音政治"，即是关于声音的生产、控制、传输、接受等诸环节的政治，而贯穿其中的核心问题，即为"声音"与"政治"、"音乐"与"权力"的缠绕和互动。

声音的生产从来都是社会意识形态体系化生产的一个重要部分，却因为常常不易觉察，故而总能够天然地藏匿起某种政治性。法国经济学家贾克·阿达利在《噪音：音乐的政治经济学》中提出了"音乐"与"噪音"这对辩证概念，进而提供了一套理解声音如何参与政治秩序的塑造和维护的理论——通过差别化的方式，让人们把一种声音视为"噪音"，而把另一种声音视为有秩序的"音乐"，从而对"噪音"进行压抑和控制②。落实到本文讨论的具体语境中，"新时期"声音政治的中心议题，

① 相关讨论可参见王敦：《"声音"和"听觉"孰为重》，《学术研究》2015 年第 12 期。

② 参考［法］贾克·阿达利（Jaques Attali）：《噪音：声音的政治经济学》，宋素凤、翁桂堂译，上海人民出版社 2000 年版。

就是随着拨乱反正到改革开放的历史脚步,"权力"如何通过对于"音乐"与"噪声"的政治重组,生产出与不同阶段的中心任务相配合的声音秩序,进而建立新的意识形态。

总而言之,选择以"声音政治"作为"问题与方法",重读王蒙这一时期的小说,或可从中发掘曾被忽略的意义。当我们穿越"意识流"的叙事迷雾,侧耳倾听,可以发现其中内置着一部从"革命凯歌"到"改革新声"的声音史,同时也是音乐与噪音此消彼长的斗争史。在这些小说中,能否以及怎样表现某种声音或音乐,都是极具"症候性"的细节。作为与"新时期"历史同时展开的文学写作,王蒙机敏而又小心翼翼地用对声音的书写,亦步亦趋地回应着国家的政策调整与社会转型。仰赖于王蒙听觉与政治的双重敏感,这些嘈杂的声音片段,极富意味地导向了充满矛盾与张力的历史现场,显示出"新时期"起源阶段的历史复杂性。

一、歌声与革命:声音"正统"的修复与重建

1979 年 6 月,远赴新疆十六年的王蒙回到北京,被临时安排到市文化局下属的北池子招待所暂住。王蒙安顿之后的"亮相",就是将在新疆已经动笔的《布礼》续写完成。与从维熙、李国文等作家"复出"时的小说相似,《布礼》的创作动机也包含着强烈的自我"正名"意识。布礼,即布尔什维克的敬礼的简称,是在当时即已消失的词语,只有解放初期的共产党员才会在信件落款时使用,"我当时以此作为我的第一部中篇小说的标题,包含了弘扬自己的强项:少年布尔什维克的特殊经

历与曾经的职业革命者身份的动机"①。《布礼》主人公钟亦成的半生历程，特别是作为"少布"的青年时代，也与作家本人的亲身经历关联甚密②。

在当时，《布礼》最为引人注目的，是以断裂、跳跃的时间碎片结构小说的形式特征。每一小节都以年月命名，连续性的历史线索被作者有意打断。如今不难理解，这种所谓"意识流"的技巧方法，实质是一个"回忆"的结构，即主人公钟亦诚在 1979 年的历史节点，回望自己"风云三十年"的跌宕生涯。常被论者忽略的是，在小说看似纷乱的个人记忆里，"歌声"是其中的引导线索。王蒙意味深长地以一条"歌曲"的脉络，贯穿和表现钟亦诚（也是王蒙自己）的"职业革命者"生涯。

在"一九四九年一月"的小节，王蒙描写共产党解放 P 城（即北平）的战斗。在作者笔下，解放前的 P 城是一个"腐烂的"、"濒于死亡"的城市，充斥着"千奇百怪的像叫春的猫和阉了的狗的合唱一样的流行歌曲"，"三岁的小孩在那里唱'这样的女人简直是原子弹'，二十岁的大小伙子唱'我的心里有两大块'……"而在解放 P 城之后的全市地下党员大会上，《国际歌》响彻会堂，钟亦成激动万分，"他从来没有听到过这样悲壮、这样激昂、这样情绪饱满的歌声，听到这歌声，人们就要去游行，去撒传单，去砸烂牢狱和铁锁链，去拿起刀枪举行武装起义，

---

① 《王蒙自传》第二部《大块文章》，花城出版社 2007 年版，第 43 页。

② 对这一时期王蒙小说中"自传"性质的讨论，参见赵天成：《另一部〈王蒙自传〉——〈夜的眼〉诞生记》，《当代作家评论》2016 年第 4 期。

去向着旧世界的最后的顽固的堡垒冲击……"①

　　由此，共产党对国民党的战斗的胜利，就形象化地转译为"歌声"的胜利，慷慨激烈的"齐声合唱"，几日之中就将柔弱萎靡的"流行歌曲"扫除和埋葬。在其他的回忆性文章中，王蒙也多次表达过"闻声"可知胜败之势的观点："当社会上广泛唱起《吉普车上的女郎》、《夫妻相骂》的时候，当'赵家庄的好姑娘'与'在森林和原野是多么逍遥'的歌曲，当新疆维吾尔族民歌与'太阳落山明朝依旧爬上来'也为革命所用的时候，中华民国这个政权确实是'气数已尽，无力回天'了"；"(1945 年) 我在国会街北大四院欣赏了大学生们演出的《黄河大合唱》，只觉得是惊天动地、气贯长虹，左翼意识形态尤其是文艺的气势压得国民党根本没有招架之力"②。

　　诚如王蒙所言，中国左翼文艺最重要的歌唱形式正是合唱。1923年，瞿秋白在翻译《国际歌》歌词时，即认为曲词"不宜直译"，"要紧在有声节韵调能高唱"，"令中国受压迫的劳动平民，也能和世界的无产阶级得以'同声相应'"③。30 年代末至 40 年代初，在冼星海率先完成《黄河大合唱》的带动下，延安掀起了创作、表演大合唱的热

---

① 这段描述来源于王蒙的真实经历，参见《王蒙自传》第一部《半生多事》，第 66—69 页。文中引用《布礼》文本，均来自《当代》1979 年第 4 期。

② 王蒙：《我目睹的中华民国》，《炎黄春秋》2015 年第 4 期。

③ 1923 年 6 月 15 日《新青年》(季刊) 第 1 期"共产国际号"。瞿秋白介绍《国际歌》时说，"此歌原本是法文，——法革命诗人柏第埃 (Porthier) 所作，至'巴黎公社'时……遂成通行的革命歌，各国都有译本，而歌时则声调相同，真是'异语同声'——世界大同的兆象"。

潮①。相比于其他的艺术类别，歌曲本来就具有最直接的情绪感染力。在大规模的集体歌唱中，则更容易使难以抑制的激情、冲动，甚至宗教性的狂热得到宣泄。在合唱中，个体的微弱声音，汇入强大的众声，从而在雄伟的气势和宏大的音量中，每个人都感到群体的力量，也受到集体的召唤。钱理群在讨论群众歌曲和"革命"之间的天然关系时有过精彩阐释："当无数个个人的声音融入（也即消失）到一个声音里时，同时也就将同一的信仰、观念以被充分简化、因此而极其明确、强烈的形式（通常是一句简明的歌词，如'团结就是力量'之类）注入每一个个体的心灵深处，从而形成一个统一的意志与力量。……这是一个'个体'向'群体'趋归并反过来为群体控制的过程。这也正是'革命'所要求的：面对强大的暴力，是英勇的群体的反抗。"②

《布礼》中更为动人的"歌声"情节，出现在"一九五八年四月"，钟亦成与凌雪的新婚之夜：

> 到晚上九点，屋子里就没有人了。但还有收音机，收音机里播送着鼓干劲的歌曲。凌雪关上了收音机，她说："让我们共同唱唱歌吧，

---

① 这场"大合唱运动"的源起来自于冼星海的成功经验的启发。1939 年受鲁艺音乐系邀请抵达延安后，冼星海完成了以《黄河大合唱》为代表的一系列大合唱作品，标志着一种新的音乐体裁，即群众歌曲性的、多段组歌体的大合唱的产生。在冼星海的影响和带动下，延安接着产生了《八路军大合唱》（郑律成）、《青年大合唱》（金紫光）、《吕梁山大合唱》（马可）、《凤凰涅槃》（吕骥）、《女大大合唱》（李焕之）、《七月里在边区》（安波等）等一批作品。这些优秀的作品将大合唱这一声乐体裁与当时"艺术为抗战服务"、"艺术要唤醒民众"的时代要求紧密地联结在一起。见梁茂春、陈秉义主编：《高等音乐（师范）院校音乐史论公共课系列教材：中国音乐通史教程》，中央音乐学院出版社 2005 年版，第 194 页。

② 钱理群：《1948：天地玄黄》，山东教育出版社 2002 年版，第 64—65 页。

把我们从小爱唱的歌从头到尾唱一遍。你知道吗,我从来不记日记,我回忆往事的方法就是唱歌,每首歌代表一个年代,只要一唱起,该想的事就都想起来了。""我也是这样,我也是这样。"钟亦成说。

随后,二人从 1946 年的《喀秋莎》和"兄弟们,向太阳,向自由"(苏联歌曲《光明赞》)开始,唱起"路是我们开哟,树是我们栽哟,摩天楼是我们亲手造起来哟"(1947 年);"天快亮,更黑暗,路难行,跌倒是常事情"(1948 年);"没有共产党就没有新中国"、"大旗一举满天红啊"(1949 年);"五星红旗迎风飘扬"、"我们要和时间赛跑"(1950 年),一直唱到 1951 年的"雄赳赳,气昂昂"(《中国人民志愿军战歌》)。

由《国际歌》到《中国人民志愿军战歌》,王蒙编织了一条连续性的、内在于革命传统的声音谱系,并以此串联起主人公的革命经历。这种"革命凯歌"的重唱行为,交叠嵌套在钟亦成的两层回忆之中:一是作为"故事讲述的年代"的 1958 年新婚之夜,二是作为"讲述故事的年代"的 1979 年平反之后。在第二层的回忆中,"歌声"与"革命"的联系又增添了另外一重意义。由参与"合唱"而形成的"声音 / 革命共同体",在主人公的想象中予以重建。从而,个体记忆得以重新汇入同一性的集体记忆,少年时代"职业革命者"经历的合法性与正当性,也因之得到重新肯定。"在中国翻天覆地、高唱革命凯歌行进的年代成长起来的少年—青年人的精神面貌是非常动人和迷人的,特别是其中那些政治上相当早熟的'少年布尔什维克',给我终生难忘的印象,当然,我也是其中的一个。"[1]

---

① 王蒙:《文学与我》,《花城》1983 年第 3 期。

同时，重唱"革命凯歌"，不仅是"复出"作家的回归"正轨"与自我"正名"，也是政治与文艺拨乱反正的问题。在"文革"以后的官方叙述里，深度介入革命历程的"声音"，也在十年浩劫中遭受磨难："万恶的'四人帮'残酷扼杀革命文艺，在他们统治的岁月里，连我国人民音乐家聂耳、冼星海同志的作品，除被他们篡改过的少数歌曲之外，一律不许演出，也不能广播、出版，甚至连毛主席和周总理亲自肯定过的《黄河大合唱》也不许唱了。"① 因此，声音秩序的修复与重建，也被纳入到"拨乱反正"的系统性工作之中。

几乎与《布礼》的发表同时，胡乔木在 1980 年 3 月纪念"左联"成立五十周年的大会上，作了以《携起手来，放声歌唱，鼓舞人民建设社会主义新生活》② 为题的讲话。胡乔木首先以不容置疑的口吻，谈到当前文艺的性质和方向问题："我们现在的文艺和文化仍然是左翼文艺和左翼文化，是三十年代的革命的文化运动的继续。"有意味的是，与通常仅在抽象意义上使用"歌唱"一词不同，胡乔木在"歌声"与"革命"紧密联结的认识高度，将"歌唱"落实到具体的层面，"有一位在北京的外国朋友曾经说过这样的话，他在中国很久，他觉得中国发生了一种变化，就是现在缺少歌声。他说在抗日战争时期的中国到处充满歌声；后来解放战争时期，也是到处有歌声；在解放初期，直到六十年代，也

---

① 钱韵玲：《忆星海》，《人民音乐》1977 年第 6 期。冼星海夫人钱韵玲的这篇文章，原本是应《思想战线》编辑部之约，为 1975 年纪念冼星海与聂耳逝世活动所作，但由于"四人帮"的压制，当时未能顺利发表。有关 1975 年冼星海、聂耳逝世纪念音乐会的详细内容，可参考邓力群的回忆，见《邓力群自述》，人民出版社 2015 年版。

② 引文出自《人民日报》1980 年 4 月 7 日。

还是到处有歌声。现在呢，歌声比较少。"由此，胡乔木就将左翼文艺、文化的传统，转喻为"歌声"的传统，而这种传统因"文革"到来而发生了断裂。遵循这样的逻辑，修复左翼文艺与文化的"正统"，也应通过"革命歌声"的重新唱响来实现："我们应该永远振奋我们革命的精神，用我们革命的歌声、前进的歌声、健康的歌声来充满我们的生活，来充满我们的社会，充满我们的城市、农村、厂矿、军营和我们一切有生命活动的场所。"然而胡乔木也意识到"声音"是争斗之场，因而提出需要高度警惕潜在的自由化倾向："一些地方，革命的、前进的、健康的歌声不去占领，就会有一些不知从什么地方来的不健康的歌声去占领。"因此，当前的首要任务，就是重新确立内在于左翼传统的声音"正统"，重建评判何为"音乐"、何为"噪音"的声音秩序，进而以健康的"音乐"，对不健康的"噪音"加以有效的压抑和控制。而被尊奉为声音"正统"的，就是"五十年前聂耳、冼星海他们所创始的、带领我们大家唱起来的歌声"。

二、开放与设限："音乐"与"噪音"的边界

胡乔木的这番讲话，不仅是对内的号召与要求，同时也是向外的信号与声明。在有限度地肯定"我们的门开得更大，进出比过去更自由了"的现状之后，胡乔木重申绝不让步的原则和底线，为"自由"与"开放"设定限度："但是，这决不是说我们跟世界上任何的力量没有界限。我们无论在什么时候，决不会向那些对我们怀着敌意的人，想对我们施展阴谋手段、破坏我们的人开放。"他进一步指出，"毛泽东同志说：'谁

是我们的敌人？谁是我们的朋友？这个问题是革命的首要问题。'这也是我们革命的文化、革命的文艺的首要问题"。顺着胡乔木的逻辑，作为革命文化、革命文艺的转喻，"噪音／音乐"的声音秩序就被重新配置到"敌人／朋友"的冷战意识形态与关系框架之中。

但事实上，随着中央逐渐走出冷战的思维模式，并将实现四个现代化作为新时期的总任务，以学习先进经验、引进外国技术为主要目标的对外开放，自党的十一届三中全会以后得到全面推行。中国对于日本、美国、西欧等"宿敌"的态度与政策，也在不断松动与调整。与之相应，"音乐"与"噪音"的边界也需要重新划定：哪些曾被视为"噪音"的部分得到接纳、调谐，重新划归为秩序承认、保护的"音乐"；哪些仍被认为需要控制、清洗，甚至消除；这条变动中的"声音"边界，又如何动态地表现在文学叙事中，就显得格外意味深长。

《布礼》之后，王蒙写作了短篇小说《夜的眼》[①]。小说中有这样一个细节，在主人公陈杲办事碰壁、无功而返的一刻：

> 陈杲昏昏然，临走到门口的时候他忽然停下了脚，不由得侧起了耳朵，录音机里放送的是真正的音乐，匈牙利作曲家韦哈尔的《舞会圆舞曲》。

在张皇失措的时候，"真正的音乐"安慰了陈杲。一个"危险"的问题，就这样被王蒙不露声色地提了出来——什么是"真正的音乐"？在现实与表征的双层意义上，"音乐"的响起又意味着什么？

---

① 《夜的眼》初刊《光明日报》1979 年 10 月 21 日，本文中的小说文本都引自该版本，下不一一注明。

尽管青年时代多少有些"小资"情调①的王蒙，对于欧洲古典音乐确有偏爱，但《舞会圆舞曲》在这里，远远超越了个人趣味的层面，而在小说的文本内外释放出宽松的信号。一方面，广播电台可以放送的音乐不断"扩容"，逐步恢复到"十七年"时的开放程度："写《夜的眼》的时候，收音机里正播放韦哈尔的《舞会圆舞曲》。'文革'以后，已经许久没有听到过欧洲音乐的播放了"②；"粉碎'四人帮'后不久，当收音机里传出诗歌朗诵会上王昆、郭兰英、王玉珍的歌声的时候，多少人的眼泪湿透了衣衫。后来，我们又听到了列宁喜爱的歌，听到贝多芬的《命运》交响乐，听到了《刘三姐》和《花儿为什么这样红》。最近，我又从收音机里听到了舒曼的《梦幻曲》。"③另一方面，《夜的眼》的顺利发表也意味着，采用"肯定"的笔调书写异质性的欧洲音乐已得到默许，尽管王蒙此时仍选择了东欧作曲家以规避风险，"没有说俄罗斯的也没有说西欧的作曲家，避开当时尚不方便的修正主义或者资本主义的话题"④。

因此，《夜的眼》就在"听音乐"与"写音乐"的两个书写层面取得了突破禁区的意义。即使在"十七年"时期，"听音乐"也不被简单视作私人性的问题，而时常上升为阶级情感与阶级本能，乃至社会主义

---

① 比如 1962 年在北京师范学院担任助教的那段时间中，每逢节假日，王蒙会带着妻子和两个孩子逛公园，或者进城吃西餐。王蒙在东安市场买过西餐刀子、咖啡、可可粉、价格昂贵的外国唱片等"奢侈品"。

② 《王蒙自传》第二部《大块文章》，第 49 页。

③ 王蒙：《我收听了〈梦幻曲〉》，《文汇》1980 年第 4 期。

④ 《王蒙自传》第二部《大块文章》，第 49 页。

与资本主义阵营的意识形态斗争问题，"写音乐"亦是如此。鉴于王蒙灵敏的政治嗅觉，他这一时期的小说，折射出"真正的音乐"不断扩充领地的过程。伴随着国家对外开放的脚步，"尚不方便的修正主义或者资本主义的话题"也在——变得"安全"：《风筝飘带》提到了"古老的德国民歌"《毋忘我》；《海的梦》收录了奥地利和苏联歌曲；《春之声》不仅以约翰·施特劳斯的《春之声圆舞曲》作为小说的主旋律，还有三支德语歌曲《小鸟，你回来了》、《五月的轮转舞》、《第一株烟草花》作为陪衬。在《夜的眼》与这几部小说微小的"时间差"中，向"噪音"全面开放的愿望与趋势呼之欲出。

然而，融冰化雪的"春之声"只是问题的一面。在匈牙利、德国、奥地利等外国歌曲渐次被"音乐"收编的同时，"港台歌曲"却作为一种新的"噪音"，在王蒙笔下频频登场。如果说欧洲歌曲的文本痕迹呼应着"新时期"文化政策的松动，那么作为改革开放的"副产品"而流入大陆的港台流行音乐，则在作家"否定"的态度中显示出开放的限度。反过来说，以邓丽君为火力焦点，七八十年代之交围绕港台流行音乐而展开的争论与批判，也可由王蒙的小说窥得一斑。

在《布礼》中，当作为钟亦成"反面"的"灰影子"，以典型的"时髦青年"打扮而在"一九七九年"登场："穿着特利灵短袖衬衫、快巴的确良喇叭裤，头发留的很长，斜叼着过滤嘴烟，怀抱着夏威夷电吉他。他是一个青年，口袋里还装有袖珍录音机，磁带上录制许多'珍贵的'香港歌曲。"此时"香港歌曲"还只是装饰性的修辞，王蒙的冷嘲热讽也限定在对虚无主义的"问题青年"的质疑之内。到了《夜的眼》，王蒙则将自己对于这种"新事物"的隔膜和拒斥进一步具体化："香港'歌星'的歌声，声音软，吐字硬，舌头大，嗓子细。听起来总叫人禁不住一笑。如果把这条录音带拿到边远小镇放一放，也许比入侵一个骑兵团还要怕人。"值得一提的是，当韦哈尔的《舞会圆舞曲》被主人公称赞为"真正的音乐"时，"香港歌曲"作为其对立面相形见绌。

王蒙对待港台流行音乐的轻蔑立场，到了写作《蝴蝶》时，演化成了一场火力全开的攻击，被怒斥为"彻头彻尾的虚假"、"彻头彻尾的轻浮"的对象，正是邓丽君的名曲《千言万语》（在小说中作者称之为"爱的寂寞"）：

> 一首矫揉造作的歌。一首虚情假意的歌。一首浅薄的甚至是庸俗的歌。嗓子不如郭兰英，不如郭淑珍，不如许多姓郭的和不姓郭的女歌唱家。但是这首歌得意洋洋，这首歌打败了众多的对手，即使禁止——我们不会再干这样的蠢事了吧？谁知道呢？——也禁止不住。①

颇具意味的是，面对风靡全国的"爱的寂寞"，官复原职的老干部张思远直接将它放置在"革命歌唱传统"的对立面："现在是怎么回事？三十年的教育，三十年的训练，唱了三十年的'社会主义好'、'年轻人，火热的心'，甚至还唱了几年'老三篇不但战士要学，干部也要学'之后，一首'爱的寂寞'征服了全国！"

热火朝天、朝气蓬勃的集体合唱与无病呻吟、谈情说爱的"靡靡之音"形成鲜明对比，在前者光明、健朗、英雄式的"崇高美学"映衬下，

---

① 王蒙：《蝴蝶》，《十月》1980年第4期。本文中《蝴蝶》的引文皆来自《十月》初版，下不一一注明。

后者在道德与趣味双层意义上的"低俗"和"不健康"不言自喻。

联系第一章所讨论的革命"正统"与自我"正名"的关系，就不难理解在《蝴蝶》的尾声，张思远为什么会在无意间哼起"旅途中听过的那首香港的什么'爱的寂寞'"之后，立即"改唱起《兄妹开荒》"，并且自嘲地大笑起来。胡乔木所忧虑的——"一些地方，革命的、前进的、健康的歌声不去占领，就会有一些不知从什么地方来的不健康的歌声去占领"，就在个人层面被张思远用"自我"对"本我"的压抑所克服。彼时彼刻，重唱诞生于延安的《兄妹开荒》，无论是否隐含着向"讲话"遥相致敬的深意，至少通过对于革命传统的正本清源，重新划定了"音乐／噪音"的界限。当港台流行音乐的异质之声悄然进入中国大陆时，迎接它们的是主流意识形态的迎头讨伐，以及"资本主义世界闯入者"的帽子①。而在文本之外的80年代，一面是年轻人偷听、传播邓丽君的热情不减，一面是官方话语的控制与打压，比如在公开出版物上作出不点名批评，以及"广大青年要学会识别和正确对待港台歌曲"的劝诫，又在各学校、单位下达"禁听"邓丽君的文件。②在"禁止"与"禁止不住"之间，"红色音乐"与"黄色音乐"在官方与民间展开的"颜色"之争，携带着鲜明的象征意味参与型构了80年代的现代化想象，也预

---

① 1978年前后，以邓丽君为代表的港台歌曲逐渐传入中国大陆，被视为"洪水猛兽"，认为是"资本主义自由化"在音乐领域的危险表现。1982年6月，《人民音乐》编辑部编辑出版《怎样鉴别黄色歌曲》一书，所收文章虽都未提及邓丽君之名（常以"某歌星"代之），但谈到港台流行歌曲时，所举的例子却差不多全是邓丽君演唱过的歌曲。

② 雷颐：《三十年前如此"批邓"》，《同舟共进》2010年第8期。

示出现代化进程中的问题与困境。最初以民心所向、众望所归的"共识"面目示人的现代化方案,逐渐在"现代"的不同面孔之间生出裂隙。

三、呼唤与迷思:"新媒介"与改革开放"新声"

翻阅王蒙新时期初的小说创作,不难发现在大量与音乐、音响和听觉体验相关的文学叙事之外,其笔下传播声音的媒介同样值得关注——城市住宅区中传出的电视声(《夜的眼》)、公园里"推送游客须知"的喇叭声(《风筝飘带》)、火车上的广播声(《蝴蝶》)等等,共同勾画出一幅七八十年代之交公共听觉空间的小景。在王蒙笔之所及的种种媒介中,最引人注意,也最具有时代症候的,当属反复出现的"进口录音机"。事实上,伴随着改革开放的步伐进入内地的录音机,是参与并见证八十年代社会变迁的关键事物。虽然在王蒙写作的 1980 年前后,方兴未艾的录音机消费尚未释放出它对于文化变革的全部能量,但是嗅觉(或说"听觉")灵敏的作家已经通过文学的方式捕捉到了这一新兴媒介的身影。我们有足够的理由相信,作者对"进口录音机"蕴含的时代信息和文化象征意味是高度自觉的[1]。

但是,更加引人注意的是王蒙笔下存在着一对媒介与内容,或说物

---

[1]　最典型的表现,当属以一台"闷罐子火车"上的录音机为核心的《春之声》。"在落后的、破旧的、令人不适的闷罐子车里,却有先进的、精巧的进口录音机在放音乐歌曲,这本身就够'典型'的了。这种事大概只能发生于一九八〇年的中国,这件事本身就既有时代特点也有象征意义。这怎么能不令我神思,令我激动,令我反复咀嚼呢?"(王蒙《关于〈春之声〉的通信》,《小说选刊》1980 年第 1 期)

质与文化现代性的悖论：一方面，作者对于象征着科技现代化与经济贸易回暖的"进口录音机"给予了热情赞颂；而另一方面，伴随着录音机一同传入的"进口磁带"里的境外歌曲，却引发了明确的他者警觉与区隔意识。可以说，王蒙的暧昧态度，正投射在这种试图剥离物质躯壳与文化内容，"拥抱"前者而"过滤"后者的举动之中，与官方立场趋同。除此之外，一台承载着科学技术与精神文化双重"现代化"信号的录音机，如何用与"革命传统"截然不同的音乐挑战传统，并征服年轻一代的耳朵？如何改变了公共—私人听觉空间中听众的身份？在召唤个性化主体的过程中，又折射出怎样的现代性迷思？进口录音机、磁带与"现代化"意识形态的关系，为我们探索王蒙新时期的声音书写提供了又一具有生产性的思考维度。

刚刚从德国考察归国的工程物理学家岳之峰，在落后的"闷罐子车厢"中听到了动人的外国歌曲，这是《春之声》的故事主线。这篇小说的主角，可以说正是那台放送着音乐的"进口录音机"。录音机里流淌的德语童声合唱，令正在为国内条件落后而备感懊丧的主人公为之一振，仿佛听见了"春天的声音"：

> 什么？一台录音机。在这个地方听起了录音。一支歌以后又是一支歌，然后是一个成人的歌。三支歌放完了，是叭啦叭啦的撤动键钮的声音，然后三支歌重新开始。顽强的，低哑的，不熟练的女声也重新开始。这声音盖过了一切喧嚣。①

这一充满张力的文学场景，浓缩了转型时期新与旧、先进与落后交

---

① 原文引自《春之声》，《人民文学》1980 年第 5 期。

叠与碰撞，其所释放出的时代信号，与工作重心向经济建设转移，全面建设"现代化"的任务形成了在场的互动①。与其他小说中所出现的录音机略有不同，王蒙在《春之声》中特别强调，这一台录音机是当时在内地"还很稀罕"的日本三洋牌。在小说中，"日本三洋牌录音机"与"斯图加特的奔驰汽车工厂"、"西门子公司"相并置，作为典型的西方式工业化符码，寄寓着改革开放以来中国对于先进技术的迫切向往。而虚实相间的工厂装配线与明亮车间，高速公路和异域盛开的花朵，反复通过文学化的热情想象，描摹出现代化社会的理想形态，也抒发着奋起直追的豪情壮志——"赶上！赶上"，"快点开，快点开"。连抱小孩的妇女都在跟着录音机学习外语②："她为什么学德语学得这样起劲？她在追赶那失去了的时间吗？"对迈入新时期的中国而言，现代化已经成为在时间（速度、效率）与空间（中—西）秩序对比中迫切的集体认同，并有着具体的任务与实现手段。有趣的是，1980 年的中国尚不具备这样的大型机械化和自动化水平，当发达工业社会还未以视觉景观的方式呈现在人们面前时，人们首先"听见"了现代的声音风景：进口录音机作为"先驱"，不仅率先进入了中国城镇百姓的视野，还携带着发达国家的语音和乐音，以春天般的"先声"之姿唤醒了人们的耳朵，并以"跟唱"的方式汇入现代化的时代共振中。

---

① 关于"新时期"与"新时期文学"的起源、内涵与相互关系的讨论，参见黄平：《"新时期文学"起源考释》，《文学评论》2016 年第 1 期。

② "录音机的主人从男人改成一个抱小孩的女人，这样，就增加了色彩，也强调了大家都在为四化而抢时间努力学习的热劲。"参见《关于〈春之声〉的通信》，《小说选刊》1980 年第 1 期。

回顾《春之声》的创作时，王蒙谈到了一个有意的"改造"："我确实在车厢里听到了当时还是稀罕物的日本造的录放音响放盒带的响动，三洋牌的录放机，大得像一块砖头，一头厚，一头薄。不过不是约翰·施特劳斯的《春之声》，而是邓丽君的软绵绵的歌曲。是我改造了这个细节。也是增加亮色，源于生活与高于生活。"① 这则被替换的"声音记忆"不仅更接近于"历史原貌"，而且以媒介文化史的角度观之，作为80年代文化现象的"邓丽君热"本身就与录音机有着千丝万缕的联系。更有意思的是，综观王蒙本时期的其他小说，但凡出现"录音机"之处，往往伴随着邓丽君的歌曲或其指代的"港台歌曲"，但作者本人态度的暧昧变动，又在明朗热烈的现代化想象之外，关涉到某些态度更为闪烁的现代性迷思。

在《蝴蝶》中，张思远"恍惚听说许多青年在录制香港的歌曲"，一首"爱的寂寞"正是他从"一个贸易公司采购员所携带的录音机"那儿反复听来的。在《夜的眼》中，因为小伙子不肯把那台"四个喇叭的袖珍录音机"的声音调小，"香港'歌星'的声音"不断干扰着紧张叙述来意的陈杲，让他变得结结巴巴，前言不搭后语，直到他"连说话的声音也变了，好像不是他自己的声音，而是一把钝锯在锯榆木。"录音机里发出的电磁声响干扰着老一辈的人心，也撩拨着"文革"后年轻一代的人心。在主人公们的恼怒、不适与无措背后，是引吭高歌的革命激情渐渐退却，低吟浅唱的港台歌曲粉墨登场，向人们提示了另外一种生活的可能性——陌生、"危险"，却充满柔软的"人性"魅力。

---

① 《王蒙自传》第二部《大块文章》，第88页。

有学者描述过港台歌曲初入大陆的情形："港台流行歌曲在大陆重获生机，进而席卷各地，实在是很短时日内的事情，它始自1978年底政府宣布收音机与录音机被允许放宽自港澳带返国内之时，港澳、台湾等的流行曲，便通过卡式录音带、收音机、经由回乡探亲的港澳同胞带到北京、上海、广州等各大城市。"①除此以外，大量产自日本、中国香港和中国台湾地区的录音机或收录机，以及许多港台歌曲磁带，陆续通过走私进入中国百姓的日常生活中，但走私途径与在大陆内地的销售渠道至今仍然不明。②事实上，邓丽君的歌声正是以磁带为载体漂洋过海继而俘获人心的。小说中提及的"录制香港歌曲"也确有历史实情可考。年轻人竞相翻录、流转邓丽君的磁带，尽管官方三令五申，仍然无法扑灭这股朴素的"声音复制"的热情③。不同于收音机，录音机所具有的自主灌制、转录、擦洗磁带的功能可以说是革命性的。诚如张闳所言，在这个"声音走私时代"，公众的角色从被动的接受者和消费者变成了声音的生产者。④聆听者从此不仅获得了多元、个性化的娱乐选择，更

---

① 毕小舟：《从闭塞到交流的中国大陆歌坛——1979年国内乐坛的一个剖面》，《国外音乐资料》1980年第5辑。

② 徐敏：《消费、电子媒介与文化变迁——1980年前后中国内地走私录音机与日常生活》，《文艺研究》2013年第12期。

③ 雷颐的论述也可供参考："1979年随着国门初启，中国的大街小巷突然响起睽违已久的流行音乐。'流行'的再次流行，当然得益于'初春'的政治气候，在相当程度上，还得益于盒式录音机这种'新技术'的引进，大量'水货'录音机和港台流行音乐磁带如潮水般涌入，进入千家万户，翻录成为家常便饭，实难禁止。"见《三十年前这样"批邓"》，《同舟共进》2010年第8期。

④ 张闳：《现代国家的声音神话及其没落》，见朱大可、张闳主编：《21世纪中国文化地图》（2005卷），上海大学出版社2006年版，第7页。

重要的是，第一次取得了自主"发声"的能动手段。

王蒙对于"港台音乐"的轻蔑与愤怒，似乎与政府的警惕和敌视互相配合，共同维持着为主流意识形态"定调"的官方文化话语秩序。但在《蝴蝶》中，张思远复杂的心理活动，已经透露出了作者的游移：

> 但是这首歌得意洋洋，这首歌打败了众多的对手，即使禁止——我们不会再干这样的蠢事了吧？谁知道呢？——也禁止不住。

> 甚至是一首昏昏欲睡的歌。也是在大喊大叫所招致的疲劳和麻木后面，昏昏欲睡是大脑皮层的发展必然？

即使对港台歌曲充满不屑，但王蒙仍然明确表达了对于"禁声"——以政治手段对文艺横加干涉的做法本身，及其有效性的否定。这一否定姿态，释放出了王蒙在与官方话语交涉时的另一重暧昧。作者清醒地认识到，极端的"大喊大叫"已是昨日梦魇，但仍然给国家和公众留下了身心疲惫乃至情感麻木的"后遗症"。正是在这乍暖还寒的历史转轨处，邓丽君缠绵甜软的歌声隔岸飘来，在疗愈与镇痛之外，也唤醒了被革命话语长久遮蔽、压制、否定的个人情感和世俗价值。正如蔡翔在回忆中所言："毫无疑问的是，邓丽君提供的是一种个人生活的幻觉。我们那时太想有一种轻松的、自由的、闲暇的、富裕的，甚至多愁善感的个人生活。并且积极地妄想着从公共政治的控制中逃离。"[1]如果按照阿尔都塞对于政治的著名定义，蔡翔们所想要改变的，乃是"个人与其实在生

---

① 蔡翔：《七十年代末：末代回忆》，见北岛、李陀主编：《七十年代》，生活·读书·新知三联书店2009年版，第343页。

存条件的想象关系"。尽管"个人生活"与"政治生活",都可以视作特定"意识形态"营造出来的幻象,但对于"多愁善感的个人生活"的向往,对于种种私人化的情感体验的表达自由的期待,确实内在于八十年代的"新启蒙"话语之中。当邓丽君的歌声以不可阻挡之势唤醒了久违的"个人"情感、情欲时,也通过确证"人"的主体情感与世俗价值,间接拆解了"齐声合唱"建构起来的革命/声音共同体。歌唱的主体也就从群众音乐里的"我们",重新变成了不可归约的,个性化的,拥有选择自由的"我"。

如果联系前文引述的钱理群对合唱的讨论——"当无数个个人的声音融入(也即消失)到一个声音里时……从而形成一个统一的意志与力量。……这是一个'个体'向'群体'趋归并反过来为群体控制的过程",我们可以发现,从二三十年代兴起的左翼音乐传统到八十年代流行音乐,从《黄河大合唱》到邓丽君,历史中的"歌唱"主体发生了一次意味深长的"个人——集体——个人"的身份往复。作为"告别革命"的"前奏",曾经消失在同一集体中的"个人",在八十年代初期以逃离、脱落、疏离或回归的种种方式回到大众文化和日常生活中。公共—私人听觉空间的历史错动,也见证了一段从"救亡/革命"到"启蒙"的,长达半个世纪的声音政治的变迁。而在"新时期"初期,王蒙的小说创作恰好高度浓缩了两次时代转折处的丰富信息——其笔下流淌的歌声,或在歌声中流淌的历史,则为我们提供了一次"有声"的回望。

(原载《扬子江评论》2017 年第 1 期)

一个历史"跨界者"的形象"代言"

——王蒙"自传性小说"中的自传形象与"代际"书写

孙先科

一、《王蒙自传》与"自传性小说"

阅读王蒙的一部分小说，如《青春万岁》、《组织部来了个年轻人》、《布礼》、《活动变人形》等，常常会产生一种自传性联想。"四季"系列长篇小说的发表，钱文的人生路径与王蒙的"故国八千里，风云三十年"高度吻合则更加强化了这种"自传性"的认知导向。将王蒙的生活世界和他的文学想象世界作为"互文"看待，从"传记"或"自传"角度阅读、阐释他的文学创作是否可能？有何价值？

《王蒙自传》三部曲（《半生多事》、《大块文章》、《九命七羊》）分别于2006年、2007年和2008年出版。在"自传三部曲"中，作者立体、全方位地描绘出自己丰富多彩的一生，尤其是《半生多事》对自己家族史的追述，对童年、少年时期的阅读、观影、听闻及梦想的描摹，对初恋和婚姻的闪烁其词又真挚多情的回忆，对如何迈入革命门槛、与其他革命者结成的友谊、革命成功后的欢欣鼓舞的深情再现，对初入文坛的紧张、兴奋、尴尬的呈现与自我辨析等，让我们为他的小说创作找到了一个发生学的渊源和基础，为林震、赵慧文、郑波、倪藻、倪萍、钟亦成、周克、翁式含、钱文等诸多人物找到了阐释学上的依据，为从文史互证角度展开的"传记式"批评找到了实证性的根据。

但王蒙明确表示："我的作品除写新疆的《在伊犁》外，从来没有什么原型，却有生活中某个人物某个事件的启发。写出来以后，人物都是王蒙的创造与想象，他或她已经与启发了王蒙的那个人脱离了关系。脱离了关系却又引起了回想。"①王蒙对他的小说人物与作者或生活原型"若即若离"关系的描述似乎与鲁迅先生对文学人物创造时"嘴在浙江，脸在北京，衣服在山西"②的说法有着类似的美学旨趣，因此，将他的小说或部分小说命名为确切意义上的"自传体小说"或"自叙传小说"无疑存在着理论上与实际上的困难，尽管我们在他的小说中经常地、确切无疑地能够指认出某些人物形象与生活原型的密切关联（如倪吾诚与作者父亲的关系、钱文与作者本人的关系，等等）。

尽管如此，我仍然尝试将王蒙的一部分作品称之为"自传性小说"，从作者与他小说世界相关联的角度来考量、阐释他的文学创作。王蒙特识独见的思想方法中有至关重要的一条：任何事物都要承认有"中间地

---

① 《王蒙自传》第二部《大块文章》，花城出版社 2007 年版，第 83 页。

② 鲁迅：《我怎么做起小说来》，见《鲁迅全集》第 4 卷，人民文学出版社 2005 年版，第 527 页。

带"①，泾渭分明、非黑即白的思维与判断是有害的。"自传性小说"这种策略性的命名可以实现对某种"中间地带"的描摹与探视。具体而言，这一命名的内涵与理据可概括为：第一，王蒙巨量的小说创作中有一个以作者的经验为基础，主人公的思想、性格与作者有着高度相似性与一致性，在作者不同阶段的创作中反复书写的小说系列，如20世纪50年代的《青春万岁》与《组织部来了个年轻人》，80年代的《布礼》、《如歌的行板》、《杂色》、《相见时难》和《活动变人形》，90年代的"季节系列"与《青狐》等。虽然确切的"自传"指称有些勉强，但是，从整体上来看，这一系列小说塑造出一个相互关联的、自洽的人物形象系列。就其主体性而言，作者本人与这一人物系列有高度的自指性和认同性。第二，王蒙反复表示要为一去不返的时代留影，为时代、为一代人树碑立传的写作意识强化了这一系列作品的传记性。第三，王蒙本人的经历极其复杂，介入时代与社会极深，他本人就是勃兰兑斯所说的"杰出而又富有代表性"②的人，从"自传性"视角切入的研究无疑会强化他的小说世界与现实世界的"互文"关系，更强烈、更深入地揭示出他小说创作的思想史内涵。第四，从文体学的角度来说，他的这一系列小说，尤其是在"季节系列"中，作者有意使用"我——你"这一称述结构，形成第一人称叙述者向在场的受述人讲说故事的叙述模式，而且作者以"老王"的身份在文本中现身说法，形成了一种类似《史记》的"史传体"体例，为"传记式"阅读提供了内部的文体学支撑。

---

① 《王蒙自传》第二部《大块文章》，第138页。

② ［丹麦］勃兰兑斯：《十九世纪文学主流》，张道真等译，人民文学出版社1997年版，引言第2页。

当然，采用"自传性小说"这一命名方式也是为了与"自传体小说"这一严格的称谓进行区分。区分的依据除了传记形象与传主经验的相似度以及"作者—叙述人—人物的三位一体"这一自传契约外 ①，我更看重的是王蒙这一书写方式在根本"气质"上与"自传体小说"的不同：一是传主的复数化，"我们"是主语，"代"的意识、对话的意识大于个人意识。二是"我们"的成长指向思想的"成长"——成长这一美学概念甚至都不能完全描述"我们"的状态与变化轨迹，因为"我们"不仅表现为线性的、逻辑化的性格梯次发展，而且表现为"群"、"代"之间的对话、争吵和"自反式"的质疑、探询，表现为人物心态和思想空间的无限扩展。如果说用"成长"或"成长小说"的模式阐释"自传体小说"经常是有效的话，用"自传性小说"和相应的范畴应对的不仅是王蒙对人物性格的塑造，而且是一种弥散式的心灵空间的营造与"思想史"的书写。

二、"青年近卫军"

王蒙出生于北平的一个知识分子家庭，父亲曾留学德国，受到过西方文明皮毛式的熏染，不谙世事、懒理世俗功业的性格特点既导致事业的失败，也导致家庭的贫困和家庭关系的失和。王蒙后天一再宣称的"平民"出身应该来自一种切肤的感受。平民出身和每况愈下的生活处

---

① 菲力普·勒热纳在《自传契约》中将自传的核心定义为"强调他的个人生活，尤其是他的个性的历史"，参见［法］菲力浦·勒热纳：《自传契约》，杨国政译，生活·读书·新知三联书店 2001 年版，第 3 页。

境，加上天生的敏感、早慧，使王蒙自然地、"唯物主义地"走上了革命道路。

王蒙是一个革命者、一个早熟的进步青年，但革命时期的王蒙是革命的外围成员①，北平的和平解放使他成为不战而胜的胜利者，这使他与真正的革命者之间隔着一层似有若无的屏障。也就是说，作为一个政治和历史主体，王蒙是一个共产党员和革命者，但与那些真正参与新民主主义革命的革命者相比，王蒙的革命者身份显然缺少了一些枪林弹雨和出生入死的革命背景，在伦理关系和形象的想象序列中退居到次一级的位置上。王蒙和他称之为"我们"的那一代人的革命身份用"青年近卫军"②或许能得到更准确的描述。

从另一方面来说，王蒙的"平民"出身又是可疑的、不切实际的。童年时期，在父亲的影响下，王蒙就有了丰富的看戏、观影、读书、赏乐的经历。这种并不"平民化"的精神培植和养育过程，显然既给了他最初的艺术养分和审美训练，也为他后天成为一名好学深思、爱追问、爱分析的作家铺就了土壤。王德威将"抒情"这一传统上的表达手法和

---

① 王蒙表示在 1948 年地下党给他定位的是"进步关系"，不是党员，也不是党的外围成员，当时尚没有全国性的青年组织，但相对于已经入党并亲历如火如荼的革命活动的人而言，他又的确是一个"外围"成员，参考《王蒙自传》第一部《半生多事》第 60—61 页的叙述。

② "少共"（"少年布尔什维克"）的提法广为人知，但"少共"指出的主要是其政治身份及其精神特质，而"青年近卫军"则重点指示他作为一个历史主体的"代际"性质，这其中当然有"少"即年轻的意思，但更多地强调的是"近"，或者说是"距离"，是他作为"次生代"与中国新民主主义革命的历史主体之间的跟随、对话关系。

文类概念上升为"一组政教论述，知识方法，感官符号、生存情境的编码形式"①，王蒙就是带有这种"抒情"特征的天生的诗人。也就是说，就其作为一个主体的结构性特征而言，王蒙具有一种典型的"中间人"特性，不是"两间余一卒，荷戟独彷徨"的"零余者"，而是一个"多出一厘米"的"跨界者"②。

从历史性的维度而言，王蒙和他称之为"我们"的一代人是新民主主义革命的后来者、晚生的"青年近卫军"；从结构性的维度而言，王蒙又具有革命者／诗人、中坚意识／边缘感的跨主体的双重特性。这种历史性因素和结构性因素的独特结合构成了王蒙作为一个历史主体的特殊性与复杂性，这也决定了王蒙的"自传性形象"成为独特的"这一个"：以历史主体自命但又徘徊犹疑；神圣的担当意识、主人公感和自审、批判意识相纠缠；上下求索、左顾右盼既是他的思想方式，也塑就了他的命运轨迹。与"革命历史小说"所塑造的那些革命者与先行者如江华、卢嘉川、江姐、许云峰等相比，他们既没有先辈们的光辉历史，也缺乏先辈们坚定不移的思想和钢铁般的意志。同时，也不同于林道静这样的小资产阶级知识分子，宿命般地成为一个在改造中学习、在学习中改造的"追随者"。"青年近卫军"作为特殊历史主体的独特性就体现在他的"跨代"和"跨主体"的中间性特征。

《青春万岁》和《组织部来了个年轻人》是王蒙在 20 世纪 50 年代的两部代表作，是他"自传性小说"的最早作品。细读可以知道，两部

① 王德威：《抒情传统与中国现代性：在北大的八堂课》，生活·读书·新知三联书店 2010 年版，第 5 页。

② 《王蒙自传》第二部《大块文章》，第 175 页。

小说的主人公郑波和林震正是对社会和历史高度敏感但似乎又处于某种边缘状态的"动态"人物，两人的名字"波"与"震"提示的也正是这种"动"的特质。在思想和行为上的"左顾右盼"、"上下求索"构成了他们的基本存在状态。

郑波是一个年轻的"老革命"，在女中这群活泼可爱的女孩子中有着早熟的经历，在一派天真烂漫的女生中显出独特的忧郁性格。她的忧郁来自她的敏感，来自她对人生和爱情选择的左右支绌，归根结底来自于她身份的"中间人"特征，即"跨代"和"跨主体"带来的人生选择上的波动状态。她是中学生中少有的党员，革命经历人人羡慕，但她却为自己的学习成绩不好而苦恼，因为她敏感地意识到在一个"大建设"的年代只红不专是不合格的接班人，在袁新枝、李春等更年轻、学习成绩更好的同学面前，她常常感到自卑。田林的爱慕与追求让她体验到了爱情的甜蜜，但她又时时感到恐慌，她躲避田林的追求并最终拒绝了他。她拒绝田林的求爱看似奇怪，实则有更内在的精神逻辑在支撑。一方面，在她的内心深处男女之爱是一种成年经验，与她的学生身份不相称，面对更年轻的一代时，这种经验让她觉得羞耻。另一方面，她窥视、猜度着革命引路人黄丽程的成人世界，黄丽程婚后没有血色的脸、烫过的卷发等暗示了婚姻生活的世俗性，这种世俗的成人气息让她望而却步。在一部以塑造群像为宗旨的小说里，郑波的经历和内心世界还仅仅是被掀开了一角，我们已不难发现这是一个典型的"夹在当间儿"的、在两代和两个历史主体之间观望徘徊、寻求归属的人物①，与作者有强

---

① 《王蒙自传》第一部《半生多事》，花城出版社 2007 年版，第 134 页。

烈的相似性，是作者自我指涉性很强的角色。

《组织部来了个年轻人》在很长时间里被作为一部"反官僚主义"的作品来阅读和阐释。依据这一定位和已经习以为常的阐释逻辑，林震被视作与刘世吾和韩常新相对立的"反官僚主义"者、一个抗争的英雄人物就是必然的了。正是从这一阐释思路出发，有人认为"正面人物写得不好"①。王蒙自己说"我并没有试图把林震当英雄典范来写"②。在我看来，林震和郑波一样是一个处于观望和思想波动状态的年轻人，作者构思的核心是将他作为一个"准主体"、"亚主体"来写他面对社会和历史的中心（组织部是社会运转的核心机制的隐喻）、那些处于社会机制中心的过来人、先于自己进入成年世界的志同道合者时，内心产生的变化与震荡。因此，林震不是一个二元对立模式中的一极，刘世吾不是他的敌人（同时还是他的"兄长"），赵慧文也不完全是他的同道（赵慧文荒芜的屋内陈设和她不如意的婚姻引起他对成年世界的警惕，这时赵慧文是他审视的客体），他是混沌的生活状态中的行路人，他摸索着、思考着、成长着。

这或许就是王蒙的与众不同和出类拔萃，在一个英雄和他们的敌人构成的简单明了的文学世界里，王蒙写出了在混沌的生活面前试图睁开眼睛，试探着、思考着找寻生活意义的年轻人。年轻人的突出特色不是表现在他的通体透明似的崇高，而是表现在他们思考生活的严肃、认真，表现在他们作为一个特殊的历史主体在新生活面前的惶惑与思考，

---

① 《王蒙自传》第一部《半生多事》，第 151 页。
② 《王蒙自传》第一部《半生多事》，第 151 页。

表现在和大多数"新人"的单质性与理念化不同，一开始就体现出在代际之间、不同历史主体之间对话、质疑的思想者气质。这是王蒙的文学起点，某种意义上也是年轻的王蒙自己思考和寻找生活意义的起点。王蒙和他笔下人物在思想历程上的同步性是他小说"自传性"的基础和特色。

三、主体重构：对"党的儿子"的身份确认和诗人气质的反思

正是由于"跨代"，尤其是由于在结构上"跨界"的主体性身份——具体而言，作为诗人的"抒情"特征，好思考、好分析、好质疑的异见性眼光与声音让王蒙在 20 世纪 50 年代后期开始的运动中被抛出了政治生活的核心地带，游走于社会生活的边际角落。"故国八千里，风云三十年"是他这段生活的真实写照。但从政治中心的游离，使王蒙有机会深入到更广阔、更粗粝、更本真的生活中去，在深刻认识人民大众的同时，对自我也有了更深入的反思与认知。《布礼》、《如歌的行板》、《相见时难》、《蝴蝶》、《杂色》、《春之声》、《夜的眼》、《活动变人形》等作品正是这段生活和思想轨迹的真实记录，钟亦成、周克、翁式含、倪藻等人物形象则是他进行历史反思的具象化载体。

王蒙自称是"夹在当间儿的"，自称"我早早地'首先'入了党，后来才尝试创作。我无法淡化掉我的社会政治身份和社会政治义务"①。那么，"'首先'入了党"的王蒙和他的自传性主人公在回归的过程中"首

① 《王蒙自传》第二部《大块文章》，第 79 页。

先"面临的主体性问题是：我是谁？我曾经是一名神圣的共产党员……一个特殊的时代结束了，我究竟何以自处？那个"无法淡化掉的社会政治身份和社会政治义务"仍然是有效的吗？或者说，什么才是我在新时期的"社会政治身份"和"社会政治义务"？

首先，"党的儿子"的身份确认与主体性的重新建构。《布礼》是王蒙复出后的第一部中篇小说，主人公钟亦成是一个早熟的革命者，年纪轻轻即走上党的核心部门的领导岗位。1957年，他因一首小诗而被上纲上线地批判，他委屈、不解："你怎么不问问我是什么人呢？怎么不了解了解我的政治历史和现实表现，就把我说成这个样子呢？"钟亦成抗议的潜台词是：我是党的人，怎能将一个历史和现实都忠诚的党员说成对党和党的事业心怀仇恨呢！1957年钟亦成正式被宣布为党的敌人，这种政治上的否定带给钟亦成的精神震撼类似于一场外科手术："钟亦成和党，本来是血管连着血管、神经连着神经、骨连着骨、肉连着肉的……钟亦成本来就是党身上的一块肉。"宣布他为党的敌人等于将他从党的肌体上割除、抛掉。"对于钟亦成本人，这则是一次胸外科手术，因为党、革命、共产主义，这便是他鲜红的心。现在，人们正在用党的名义来剜掉他的这颗心。"或者说，这是一个比死刑判决还要残酷的宣判。

于是，钟亦成开始了他的双重"流浪"：工作生活上的放逐以及精神上的左冲右突和上下求索。时空交错、人与非人、自我与他者变成了钟亦成存在的现象学事实，年轻的革命者这一历史主体零散化为碎片化的人。经历了对自己红色根性的反顾与确认，经历了对自己单纯、幼稚、过分浪漫和耽于想象的反思，经历了对幽暗人性的洞察，经历了在劳动中与人民的接触，那个被肢解和零散化的钟亦成才终于宣布了自己重新归来。这时归来的钟亦成已经不是过去的那个钟亦成，而是一个经过了否定之否定之后的"新人"，一个新的历史主体："当我们再次理直气壮地向党的战士致以布尔什维克的战斗的敬礼的时候，我们已经不是孩子了，我们已经深沉得多、老练得多了，我们懂得了忧患和艰难，我们更懂得了战胜这种忧患和艰难的喜悦和价值。"

《布礼》被有些人认为是王蒙向党表达的政治忠心。这没有什么错。就像钟亦成因诗获罪，被怀疑对党不忠时的反应——"你怎么不问问我是什么人呢？怎么不了解了解我的政治历史和现实表现，就把我说成这个样子呢？"——一样，王蒙首先是一名党员，党的忠诚的儿子这一身份是他的"前世"，也是他的"今生"。当经历了严酷的放逐之后，重获这一身份就是他宣布回归的重要标志。

其次，对"抒情"诗人身份的自反式的审视与剖析。所谓"抒情"特质，落实在 20 世纪 50 年代的王蒙身上，就是在一个要求步调一致、思想统一、集体伦理统摄一切的政治与文化语境中如何表达个人独特的感受、思考和意愿。像钟亦成用诗歌表达自己的困惑和感受，像周克对《如歌的行板》的痴迷与钟爱等，这些"抒情"的独特气质和身份显然与党员身份和思想高度的一体化是异质的，甚至是背离的。对这种诗人与生俱来的"抒情"特质的反思构成了王蒙 80 年代初期自传性形象塑造的一大特色。就是说，王蒙在新时期的回归和他创造的"回归者"一方面以"党的儿子"自认，另一方面对自己的"抒情"气质和诗人身份进行自剖和反省。如在《如歌的行板》中，周克等人对柴可夫斯基这首名曲的旋律是如此痴迷，对这曲子所内含的温柔、美好的情愫神魂颠倒。他们因偷偷地欣赏此曲而罹难、而被放逐。经历了磨难后回归的、成熟的周克"超越"了、否定了以前的自己：面对真正的、艰难的、波澜壮阔的生活，《如歌的行板》的温柔、缠绵、美好就显得过分柔细过分脆弱了。

再次，经历了多次运动的大浪淘沙，被王蒙称为"我们"的一代人作为一个统一的历史主体出现了离散的踪迹，这一共同体中既有像王蒙这样重拾信仰、重建主体性的"党的儿子"，也不可避免地出现了主动或被动"出局"的人，这些"局外人"在此时的小说中以"他者"的存在方式构成了对王蒙"自传形象"的反观和补充。一是颓废的、看破红尘的混世者，如《布礼》中的"黑影子"。二是背弃了祖国与信仰的畸零者，如《如歌的行板》的金克和《相见时难》中的蓝如玉。在塑造这类形象时，王蒙使用了一种共同的修辞，即一种美学的分身术，如《布礼》中的黑影子实际上是钟亦成一体两面的对话者；《如歌的行板》中的小克、大克、老克实际上就是一个"克"，即"布尔什维克"，三人的不同人生道路，代表了王蒙对"代"的思考、对"我们"作为共同体的思考出现了"分化"的苗头，三个"克"指称的是"我们"中不同成员在时代的大浪淘沙中的不同人生选择。

不论"黑影子"还是混世者、畸零者，他们都是作为王蒙自传形象的"他者"而存在的，他们的在场反证了"党的儿子"重拾信仰的艰难与可贵。这种一身几个影子的修辞策略也说明，在王蒙的认知视野中，"我们"的确是作为一个共同体存在的，但这一共同体开始出现了裂解的征兆，预示着在将来的创作中，"我们"只是一个"想象的共同体"，随着每个个体被赋予主体性，"我们"将成为真正复数化的主体群像。

四、"四季"：传主的复数化与"一世三代"传记的成型

20世纪90年代，王蒙开始"季节系列"的写作。这部气势非凡的"长河小说"与王蒙此前的小说存在明显的"互文"关系，是他的"自传性小说"中占有特殊地位的作品。所谓"互文性"主要表现在：一是以自传形象为中心的人物关系结构和"放逐—考验—回归"的人生模式依然是"四季"话语体系的骨架；二是就小说讲述的经验性质与经验类型而言，"四季"与此前的自传系列有高度的同质同构的性质。"四季"可以被视作对此前自传书写的一次大规模、深层次的"重写"，是王蒙在新的历史语境中对自己人生经验的一次总结。

"四季"写作的20世纪末、21世纪初，是一个思想解放的时代，王蒙"想要说出真相"和要为一代人树碑立传的愿望不仅有了可能实现的机缘，而且由于政治、文化语境的深刻变革，使王蒙对自己和他同代人的思考获得了巨大的自由空间。因此，"四季"的"重写"不是重复，而是一次新的跨越。突出表现为两点：一是钱文作为一个与作者对位的自传性形象比以往的任何一个自传性形象都得到了加强；二是其他人物也获得了充分的主体地位，形成了"一世—三代—众生（甚至包括了猫和鸡）"的形象系列，复数"我们"而不是单数"我"的传记化才真正实现了作者为"一代人"树碑立传的愿望。

在所有自传性形象中，钱文是与作者对位性最明显、传记性最强、思想含量最丰富的一个。首先是传记经验的完整性。郑波、林震、钟亦成作为自传性形象，只涉及作者人生传记经验的局部，截取的是作者传记经验的片段与截面，是作者人生镜像的某一点或者某一个侧面，其中

家族与童年经验的缺席使这些自传性形象与作者丰富完整的人生经历相比具有结构性的缺陷，其审美和历史认知的深度与强度被严重局限。钱文的出现，家族和童年经验、新疆经验的出场才使王蒙的自传性形象真正完整、丰满起来。唯其如此，王蒙试图通过自传性书写来达成对"一代人"进行真实记录和描绘的意图和目标，才找到了美学的支撑和坚实的形象基础。

钱文不仅在生命的长度和经验的宽度上超越了他的"前任"，更重要的是钱文在艰难跨越了"故国八千里，风云三十年"的沧桑岁月，经历了从恋爱、失态、踌躇和狂欢的"四季"的淬炼之后从性格与思想层面上完成了自己的成熟化与成年化。50年代"恋爱的季节"时的钱文是一个将"现实/理想"、"自我/集体"、"阶级/人性"对立起来，性格明亮但认知简单的年轻人。在经历了"失态的季节"、"踌躇的季节"和"狂欢的季节"之后，钱文成熟了：他认清了更多的现实但仍不失热情与理想，"青年近卫军"的血液仍在血管里奔突；他懂得了个人和人性的重要性，但仍以自己是一名共产党员而自豪；看到了历史的扭曲甚至倒退，但仍对国家民族的未来充满信心。小说尽管没有给出钱文一个终极的、定于一尊的性格和思想终点——他的性格与思想仍然是敞开的，但无论是对个人、对社会、对历史、对现实、对领袖、对凡人、对国家、对民族的认知无疑具有了具体而充盈的内容，与50年代的钱文相比，中老年的钱文显然变得更宽容、更驳杂、更睿智。从年轻时的简单明亮到中老年的宽容、驳杂、睿智，这就是钱文的人生，这也是王蒙完整的人生镜像。钱文形象的成功塑造使王蒙笔下的自传性形象系列有了一个收束，有了一次总结，王蒙念兹在兹为一代人树碑立传的愿望有了一个一以贯之的纲领。

还不止如此。"四季"巨大的思想含量与美学价值还表现在钱文作为一个历史洞察者在建构自己作为一个历史主体的过程中，在一个"想象的共同体"中识别出自己，也识别出"他者"。这一洞察与识别过程提供的是钱文/王蒙真正的精神自传、心灵自传，是精神分析学层面上的成长与成熟，与社会历史层面上的成长与成熟互为表里。

有两个层次。第一，是通过对"我们"、对"青年近卫军"作为统一的历史主体的消解和否决完成的。在泥沙俱下的历史潮流中钱文逐渐发现，被他称为"我们"、连上厕所也要共同行动的革命者集体并不是铁板一块，并不具有永远的统一意志、统一的道德属性，一句话，"我们"无法作为一个单数的历史主体面对历史洪流的肆意冲刷。赵林是"青年近卫军"团队中的领袖之一，对上级精神笃信不二，总是高调地、激昂慷慨地教导同伴，但在经历了命运的一波三折之后变成了一个意志消沉、看破红尘的市侩。李意作为一个民族资本家的儿子千方百计地改造自己争取"不掉队"，争取和大家一个样，但终究还是和大家不一样，不得不作一个"逍遥派"。祝正洪出生在城市贫民家庭，看起来诚实、憨厚、朴讷，但他是以守为攻、以退为进。他是天生的藏锋守拙、韬光养晦的大师。得益于此，他几乎是"青年近卫军"中唯一一个在事业上一帆风顺、官运亨通的人。这个看似厚道的人为保全自己不惜伪造事实，向自己的恩人发起致命一击，显示出他阴狠毒辣的一面。祝正洪身上显示出中国文化性格的诸多隐性密码，是单纯明亮的现代革命文化不可能孕育产生的，在王蒙以前塑造过的"青年近卫军"这一形象阵营中从未出现过如此复杂的形象。

　　"季节系列"和《青春万岁》相似，是结构宏大的群像小说，"一代人"的群体形象是作者书写的重心。但通过比较会发现，《青春万岁》中的中学生群体存在不同性格，但并不存在不同的"语言形象"和"语言主体"①，而"季节系列"中的几个主要形象突破的不仅是性格，如李意和祝正洪，而是突入了另外一种语言体系，是说出了另外一种语言的"语言主体"和文化主体。"季节系列"不仅是规制宏大的"长河小说"，而且是真正意义上的"复调小说"，它告知我们在被认为有着共同政治和道德属性的"一代人"中其实存在着不同的分野，在历史洪流的冲刷之下，一个铁板一块的共同体是不存在的。一个"想象的共同体"的消失，意识到"一代人"实际上是由各种各样的历史个体共同组成的，标志着钱文真正的成熟，标志着他作为一个历史主体的自觉。

　　第二，是在不同的代际之间发现了"我"和"我们"的特异性，在与"介体"与"助体"的对比中发现了"代"与"代"、"性别"与"性别"之间的差异性，发现了他们各自作为历史主体的主体性。在王蒙"季节系列"以前的"自传性小说"中，存在着一个以自传性形象为中心、为主体，以一个先行者、引领者和大哥身份出现的革命者为"介体"，以一个异性同行者为"助体"的想象性"三角关系"模式②。典型的如《青

①　巴赫金把现代小说在本质上看作是"杂语"的处所，是不同的"语言"之间的"对话"。因此，在他看来小说的根本任务是塑造"语言形象"而不是"人自身的形象"。或者说，小说塑造的没有表达特殊语言意识的人物形象是没有多少价值的。参见孙先科：《巴赫金的"语言形象"概念与小说阐释的新范式》，《文艺理论研究》2005年第4期。

②　参见 [法] 勒内·基拉尔：《浪漫的谎言与小说的真实》中第一章和第二章的相关论述，罗芃译，生活·读书·新知三联书店1998年版。

春万岁》中以郑波为中心，以黄丽程为"介体"、田林为"助体"的"三角关系"；《组织部来了个年轻人》中以林震为主体，以刘世吾为"介体"、赵慧文为"助体"的"三角关系"；在《布礼》中以钟亦成为主体，以老魏为"介体"、田雪为"助体"的"三角关系"，等等。这一"三角关系"的典型特征是，自传性形象的主体性成长依赖于对"助体"和"介体"的观察、审视、猜测、想象，在与二者潜在的精神和心灵的"对话"关系中确定自己的历史地位和精神走向。这一"三角关系"最大的美学和思想史价值在于让我们真正从心灵史的角度、从精神分析学的层面上看到了像王蒙这样的"青年近卫军"身份的历史"亚主体"的精神成长过程，在主体化过程中复杂而又鲜活的心灵状态。

但是，这一"三角关系"在美学和思想史上的缺陷也是显而易见的，即"介体"和"助体"某种程度上的符号化、隐喻化从而遮蔽、隐匿了他们作为真实的历史主体的历史行迹和丰富复杂的心灵世界。刘世吾、黄丽程和老魏，田林、赵慧文和田雪均因为在文本中被作为主体（叙事的内视角）的透视和猜度对象，他们的生活世界和心灵世界变得神秘而陌生。很大程度上他们是作为媒介和助手来促成、助推主人公在心灵上的成长和主体化的过程，而他们本身并未被充分主体化。从这种意义上来说，郑波、林震和钟亦成因为刘世吾和赵慧文等并未充分的写实化、客观化、历史化、主体化，自己某些程度上成为"想象的主体"而不是"间性主体"。主体的"间性化"一定程度上是在"季节系列"中完成的。突出地表现为"介体"和"助体"由神秘化、象征化、符号化到写实化，经历了历史的"祛魅"、还原，直至成为一个真实的历史主体。

"介体"：犁原和张银波是文艺界举足轻重呼风唤雨的两个人物，他们在钱文进入文坛和成长过程中起到了重要作用。非常类似于老魏与钟亦成、黄丽程与郑波的关系，钱文对他们也有种亦父亦兄的道德亲切感以及在精神上追逐和模仿他们的迹象。但重大的不同是，通过将他们充分地还原到生活情境中、完全地历史化，他们作为偶像的历史地位一点点地崩塌了。他们在政治上表现出的软弱和骑墙行为消解了他们作为一个政治主体的神圣光环，他们在政治态度上的噤若寒蝉、唯唯诺诺在钱文眼里毋宁说是"猥琐"的，与钟亦成眼中老魏作为引领者的高大神圣形成强烈反差。张银波在女儿身陷绝境时表现出的冷酷绝情，在小老弟钱文登门看望时表现出的冷漠和拒人千里之外的态度，以及犁原在与廖琼琼的爱情关系上的变节与出卖行为几乎可称为不仁不义。侠肝义胆、情同手足的伦理关系丧失了，引领者作为道德模本的偶像地位不复存在。钱文对犁原和张银波的历史化的叙述完成的是对一个历史主体的政治和道德"祛魅"。当然这一"祛魅"的历史过程在精神分析学和美学上的意义是双重的：作为革命引领者的神圣和偶像地位被打破，一个更有政治和道德具体性（高尚与卑下、坚定与软弱等品性纷然杂陈）、更复杂多样、更具立体感的历史主体被重新建构起来；而作为追随者和模仿者的"青年近卫军"也逐渐摆脱了作为历史"亚主体"、"次主体"的精神焦虑，结束了一直处于"波"与"震"中的心理状态，从而获得了作为一个独立的历史主体的意识自觉和历史自信。

"助体"：在"季节系列"以前的"自传性小说"中，"助体"角色如田林、赵慧文、田雪在文本中的位置经常是处于被主人公观察、透视、揣测的客体地位，没有被作者的叙述触觉直接触摸，与主人公的真实关系基本处在一种想象性的道义支持者的地位，作为性别和历史主体存在着不少盲区。在"季节系列"中，主人公钱文的"助体"是由吕琳琳和他的妻子叶东菊一同承担的，吕琳琳还保留了此前"助体"角色的被动、客体化、神秘化的特点，而叶东菊则高度地写实化了。就像她的名字"东菊"（采菊东篱下，悠然见南山）所隐喻的，叶东菊是作为人性(女性)最质朴自然的一种生命样态来呈现的。尽管名字是隐喻性的，但对叶东菊生活的呈现却是写实的，因此，叶东菊比田林、赵慧文、田雪等任何一个"助体"形象都更有真切感和立体感。正是在与自然、真切的叶冬菊的对视和交往中，钱文认识到了自己的爱激动、爱分析、爱上纲上线、虚妄和不笃定的一面，钱文作为一个历史主体的主体化过程是与叶东菊代表的自然质朴的女性主体对话和相互询唤的结果。

在"季节系列"中，王蒙还塑造了洪无穷和陆月兰等"下一代"的形象，"他们"同样与钱文的主体性成长构成了不可分割的"间性"关系。这样，王蒙要为"一代人"树碑立传的心愿实际上是通过"三代人"的询唤与对话完成的。"一世三代"的精神对话结构显然将"一代人"的传记形象立体化、心灵化了，所谓王蒙自传形象的"杰出而又富有代表性"正是体现在"代际"之间的对话中，通过不同主体之间的对话而勾勒出了当代中国"人们内心的真实情况"①，从而使他的"自传性小说"具有了当代心灵史和思想史的价值和意义。

本文的写作立足于这样一个前提，即将王蒙"自传性小说"中的自传性形象视作与作家王蒙对位的一个历史主体，从文史互证的角度揭示这一历史主体的历史行状和心灵史脉络。从一般文艺学的角度来说，这

_____

① ［丹麦］勃兰兑斯：《十九世纪文学主流》，引言第 2 页。

样的立论和论证逻辑未必十分严谨。好在王蒙并非一个"一般"作家，他丰富而独特的个人经历、他强烈的政治意识和主体意识、他从自我剖析入手进入历史的诗学方式，的确构筑了一个丰满的历史、现实和文学想象难分难解的"互文"世界，从文史互证角度开展的阐释又是合理的、有效的。上文的分析至少让我们看到了王蒙创作里别人无法替代而批评又鲜有论及的两个方面：第一，作为新民主主义革命的"亚主体"，"青年近卫军"在当代历史中的历史际遇与心灵史。这是"革命历史小说"和"新历史小说"都少有触及的历史与思想史的领域。第二，作为一个中共党员和抒情诗人的双重身份、总是比别人"多出一厘米"的"跨界"视野，通过将自己代入历史，通过"代际"和不同主体之间对话化，提供了进入历史、思考历史的新模板：传记与精神分析学相互渗透的诗学方式，提供了不失宏大和正史意味又具有心灵和思想史深度的小说新美学。

（原载《文学评论》2018年第2期）

王蒙与鲁迅

白　草

　　当代作家中，引用、谈论鲁迅最多的是王蒙，他对鲁迅著作的熟知程度，尤其那种贴切自如的运用，无人可及，左抽右取，信手拈来，化为己有，——不仅表现在散文、随笔、评论、演讲、访谈等文体中，同时也体现在小说作品中。《青春万岁》（1957 年、1979 年）序诗开头几句"所有的日子，所有的日子都来吧，/ 让我编织你们……"，即是从《好的故事》中受到了"一种启示，一种吸引，一种创作心理学意味上的暗示"①。短篇小说《风筝飘带》（1980 年）中，王蒙甚至有意识地吸收了鲁迅杂文手法。在"写得最像小说"的长篇小说《青狐》（2003 年）中，至少有八处地方写到了鲁迅；长篇小说《闷与狂》（2014 年）有六处地方直接引用鲁迅文字。鲁迅及其著作未必是王蒙的一个基本参照，但鲁

---

① 王蒙：《你为什么写作》，见《王蒙文存》第21卷，人民文学出版社2003版，第35—36页。

迅却是王蒙喜爱的作家之一。王蒙曾接受韩国《现代文学》杂志采访，于回答"你最喜爱的作家"时，他提到的第一个作家即是鲁迅①。

　　王蒙上小学时就知道了鲁迅，也听说了名句"一株是枣树，还有一株也是枣树"，为此专门找来《秋夜》，虽然读不懂，却能感到一种"清冷中的深思的气氛"，一如夜半时分忽然听到吃吃的笑声，委实有点惊心动魄②。1945 年，王蒙考入私立北平平民中学，开始阅读鲁迅杂文，此时仅 12 岁③。在整个初中阶段，王蒙系统地阅读了现代文学诸大家；对鲁迅的作品，他喜欢《祝福》、《故乡》，更喜欢《风筝》、《好的故事》，从一开始即感受到并发现了鲁迅的"深沉与重压，凝练与悲情"，认为读鲁迅"不是一件好玩的事"。50 年代初参加工作后，王蒙更是一遍又一遍阅读鲁迅，读了《雪》"那是孤独的雪，是雨的精魂"后，仿佛自己也"变得冷峻和忧愤起来"，对那种本无恶意却每每做出伤害他人之事的人比如《祝福》中的柳妈，为之怃然良久，禁不住感到一种"巨大的失落"④。当然，阅读中总是有比较，亦会受到时代风气影响，充满热情、追求理想的年轻人王蒙在读了《钢铁是怎样炼成的》之后，回过头来再读鲁迅作品，就觉得不是那么太满意了，甚至视鲁迅作品为"不够革命"，还没有巴金的作品革命；巴金作品中至少出现过革命党，而鲁迅的则没有——"没有代表未来的英雄人物，指路意识"⑤。1962 年，

---

① 《王蒙新世纪讲稿》，上海文艺出版社 2005 版，第 384、427 页。

② 王蒙：《你为什么写作》，见《王蒙文存》第 21 卷，第 35 页。

③ 王蒙：《文学：失却轰动效应之后》，见《王蒙文存》第 23 卷，第 525 页。

④ 《王蒙自传》第一部《半生多事》，花城出版社 2006 版，第 49、117 页。

⑤ 王蒙：《圈圈点点说文坛》，见《王蒙文存》第 20 卷，第 216—217 页。

王蒙调入北京师范学院中文系任教，次年撰写了《〈雪〉的联想》一文。这是王蒙谈论鲁迅的第一篇文章，也是《野草》研究史上一篇重要文献，从作家创作心理角度敏锐、准确地指出了想象、直觉尤其联想在理解《雪》这种"奇文"时的重要性，同时也婉转批评了自50年代以来《野草》研究中出现的机械、生硬倾向，即为内涵丰富、生动的意象寻找固定的社会政治对应物，将优美的散文诗变成了粗浅的寓言①。1981年，王蒙发表《我愿多写点好的故事》一文，初步总结了自己30多年来阅读鲁迅的感受、经验和认识："少年时候读鲁迅的作品，有许多社会背景、思想意义、人物遭际是我所无法理解的。但是，那作品的情调，鲁迅的那种冷静——深蕴着炽热的同情和深邃的思索的冷静，那种对于人的道是无情却有情的冷峻的解剖，却早已像刀刻一样留在我的心上了"，随着年龄的增长，"越来越感觉到鲁迅思想的那种照亮一切的令人战栗的光辉了"②。

王蒙对鲁迅的基本看法是：鲁迅只有一个，像任何伟大的作家一样，鲁迅及其文学具有"唯一性"特点，"他是绝对不二的"，不可复制；同时，鲁迅也有自己的环境、时代，他的清醒、深刻、冷峻乃至决绝、一个也不宽恕等品质均与此相关，鲁迅"也是具体的时间环境与文化传统相激荡的结果"③。王蒙秉持着作家本位、文学本位观念，他分得清鲁

---

① 王蒙：《妙喻如舟》，见《王蒙文存》第22卷，第6页。据作者文末"附记"，此文于1964年寄《甘肃文艺》，1979年始接到该刊一位编辑来信，通知将要发表云云。虽然当时没有发表出来，产生应有影响，却是首次指出《野草》研究中的一种偏向，其意义不可忽视。

② 王蒙：《你为什么写作》，见《王蒙文存》第21卷，第38页。

③ 《王蒙自传》第三部《九命七羊》，第183、185页。

迅本有的文学内容和附加在鲁迅身上的内容；他对一种倾向——拿鲁迅对自己时代的批判生搬硬套在当下时代、以鲁迅来证明当代作家都不行等，始终保持着警觉。因此，王蒙对鲁迅文学、思想的认识颇具个性化色彩，贡献出了个人独到见解。即便有时不得不卷入关于鲁迅的论争，如"费厄泼赖"缓行问题、"五十个鲁迅"问题等，与反对者的误解和曲解相比，王蒙的议论实际上更为接近鲁迅的本意。

一

对鲁迅不同文体作品，王蒙的喜爱程度和评价等级也是不同的。比较而言，王蒙最喜爱《野草》；扩大而言，王蒙说"在所有的短的作品中"，他最喜欢的还是《野草》[1]。于回答韩国《现代文学》杂志问 20 世纪"最有价值的文学作品有哪些"时，王蒙首先提到的便是《野草》[2]。《野草》全部 24 篇（包括"题辞"）中，王蒙最喜欢的几篇依次为：《好的故事》、《风筝》、《影的告别》、《雪》[3]。

王蒙之所以特别喜爱《野草》，原因大约在于两个方面。首先是与个人小时候阅读经验和相应的人生体验相关。王蒙上小学时即开始读

---

[1] 《王蒙新世纪讲稿》，上海文艺出版社 2005 版，第 404 页。

[2] 王蒙：《圈圈点点说文坛》，见《王蒙文存》第 20 卷，第 129 页。

[3] 在与人对谈中，王蒙说过《好的故事》"是《野草》中最好的"，引自王蒙：《圈圈点点说文坛》，见《王蒙文存》第 20 卷，第 361 页；在自传中说比起《故乡》、《祝福》，"更喜欢他的《风筝》和《好的故事》"，见《王蒙自传》第一部《半生多事》，第 49 页；在一次讲演中，王蒙称《影的告别》也是他"非常喜爱的作品"，见《王蒙文学十讲》，上海文艺出版社 2009 年版，第 60 页。

《野草》中的《秋夜》；升入初中后又读了《好的故事》、《雪》、《风筝》。《好的故事》当然是他最为喜爱的一篇，并且全部背了下来，那种"许多美的人和美的事"织成一天云锦的奇幻景象，让少年王蒙感到了"一种激动、一种共鸣"。这种影响一直持续了下来：

> 直到今天，当我坐到桌前，面对着钢笔、墨水、洁白的稿纸的时候；当我在构思的过程中或者命笔的过程中不由得微笑、低语、念念有词起来或者眼睛湿热、呼吸粗重起来的时候；当我努力去追踪、去记录、去模拟那稍纵即逝的形象的推移、情绪的流转、意念的更迭，去表现那"诸影诸物，无不解散，而且摇动，扩大，互相融合；刚一融合，却又退缩，复近于原形"的生活的五光十色的时候；我觉得，我的尝试、我的心情和我的追求，都可以从《好的故事》里得到鼓励和参照。我愿意为了我们的时代和人民，编织一点各式各样的好的故事。

读《风筝》则与个人的生活经历直接相关了。王蒙回忆说，他小时候压根儿就没有放过风筝；一方面自己营养不良，身体瘦弱，住在北京的小胡同里，没地方可去放风筝；另一方面买不起，也不会做风筝。"我没有童年"，这便是王蒙阅读《风筝》时联想到的。这样的想法必然会把一个少年人引向那样一条路：始而抗议，继而斗争，最后走向革命，革命的动机泰半即是"为了让每个孩子得到童年，为了让每个孩子放起属于自己的风筝"。风筝始终牵动着王蒙的情感，直到看见子辈们在碧蓝的天空中放飞风筝时，不由得感到说不出的痛快、舒展，自己的心也仿佛跟随着风筝飞向蓝天了。直到1980年发表短篇小说《风筝飘带》，还在让"风筝"、"风筝飘带"、"屁股帘儿"（王蒙说这或许就是鲁迅写的"瓦片风筝")寄托主人公多年的向往和怀念，其实也何尝不是寄托着作家本人的向往和怀念呢①。

其次，王蒙喜爱《野草》也是敏感于这部散文诗集独特的形式和风格，他用了"奇特"一词来形容《野草》②。王蒙对《野草》有一个总体性评价，认为其中"有许多是写感觉的，在某种意义上，也可以干脆说是意识流的篇什"，《秋夜》、《好的故事》、《雪》等等都是；不应该考证其中"讽喻"了什么，去挖掘出什么"微言大义"，或者坐实"影射"了什么人和事，或者去寻找某种主题思想等等，"这都不对"③。这种认识在关于《雪》的评论中体现得最为明显。

王蒙写作《〈雪〉的联想》一文，并不是把《雪》单独抽取出来作为一个孤立的文本加以分析，而是在熟知《野草》整体风格的基础上，将《雪》当成一个开放性文本。他首先指出了50年代以来《野草》研究中出现的"那种简单的、刻板的、不科学也不艺术的杀风景的做法"，即把作品中自然景物比如雪说成是一种象征、一种比喻、一种符号，然后再指出"北方的雪"和"南方的雪"又分别代表着什么。再如对《秋夜》中所描写的天空、枣树、小红花、瘦诗人、小青虫、星星、夜鸟等等，亦费力找出各自对应着什么或代表着什么意思。这种研究方法受当时时代氛围影响，为作品中意象附加一些政治含义，看似抬高了作品的价值，实则把内涵深刻的文本变成了一种"粗浅的寓言"。其流风延续至今，未曾衰歇。从《野草》研究史角度而言，是王蒙首次敏锐地指出

---

① 王蒙：《你为什么写作》，见《王蒙文存》第 21 卷，第 36—37 页。

② 王蒙：《文学：失却轰动效应之后》，见《王蒙文存》第 23 卷，第 65 页。

③ 王蒙：《你为什么写作》，见《王蒙文存》第 21 卷，第 184 页。

并委婉地批评了此种流弊，其意义不可低估。

王蒙是从一个作家特有的艺术感知角度发现了《雪》的独特所在——伟大作家由于思想的广阔和深刻、由于对生活独具慧眼的观察和感受，以及由于高超的艺术表现能力，往往给笔下的小景物、小事件注入了很多思想和感情，"使这小景物小事件的客观意义大大超出了作家的主观意图"，《雪》也是如此。江南白雪、雪之子的形象不仅仅是鲁迅的童年形象，扩大而言还包括一种青春形象，"它所引起的关于童年和青春的联想，具有着特别有趣、特别深刻的与众不同的地方"。具体说来即是，第一，《雪》表现了鲁迅"怀念童年和青春的美丽"，如"滋润美艳之至"的江南白雪、"血红的宝珠山茶"、"白中隐青的单瓣梅花"等等，这些正是童年和青春的图画；第二，鲁迅更为沉重、更为清醒地懂得，童年和青春虽然美丽，但也有着"软弱、不定、短暂的一面"，童年和青春会长大，长大了会变化，正如雪罗汉，尽管它明艳、洁白、闪闪地生光，却经受不住晴天和寒夜的冷暖影响，最终不知要变成别的什么形状。王蒙发现，鲁迅又写了"朔方的雪"的形象，这也正是鲁迅本人的形象。能把"江南的雪"和"朔方的雪"联结在一起写，非鲁迅这样的大手笔而莫为：

> 就是这样，鲁迅在《雪》中塑造了两个形象：江南的雪和朔方的雪；使我们联想起两种性格：美艳又不免脆弱的童年和青春与坚强又不免孤独的战士和公民；敷染了两类美学色调：瑰丽的和斑驳的，亲切的和严峻的，鲜活的和深重的，怡悦的和粗犷的，温馨的和悲壮的……这二者像一个乐曲中的第一主题与第二主题，互相补充，互相渗透，互相纠缠，互相争斗，组成了一个小小的然而是非

凡的乐章。①

《雪》给予了王蒙极深刻的印象。2006 年出版的自传中，王蒙又一次回忆了当初写作《〈雪〉的联想》时情形，称精读并研究《雪》是当教师期间的"一个收获"，并且半是调侃半是认真地透露了以前没有说出的一句话："反右前的王某，怕是南方的雪，曾经'纯美如处子的皮肤'，却终于'不知道是什么形状'啦。直到六十年代我才感觉到了朔方的雪的形象的感人与内蕴的痛苦。"②长篇小说《闷与狂》第十章"豁达通畅也关情"中引用了他颇为喜欢的两句"……在无边的旷野上……"、"……那是孤独的雪，是死掉的雨……"。《庄子的享受》中，王蒙还只是说当读了"藐姑射之山，有神人居焉"，首先想起鲁迅《雪》"江南的雪，可是滋润美艳之至了……"③；而到了《与庄共舞》中，则断言鲁迅关于"南方的雪"的描写，系"直接使用"了庄子关于藐姑射之山那一段中的词语④。

王蒙说过，他写《雪》实际上也是藉此表达个人的"审美理想、人生感觉"："一个作家可以写所谓主题消解的故事，这还是很令人羡慕的路子，但你不管主题怎么消解，一个有着丰富的人生经验的非常博大深邃的胸襟的作家，他写出的哪怕是最无意义的故事、最普通的生活，往往凝结着他更深刻的情感、智慧、灵魂"⑤，而这和他

① 王蒙：《妙喻如舟》，见《王蒙文存》第 22 卷，第 6—19 页。

② 《王蒙自传》第一部《半生多事》，第 202 页。

③ 王蒙：《庄子的享受》，安徽教育出版社 2010 版，第 26 页。

④ 王蒙：《与庄共舞：人生的自救之道》，生活·读书·新知三联书店 2014 版，第 287 页。

⑤ 王蒙：《圈圈点点说文坛》，见《王蒙文存》第 20 卷，第 294 页。

在《〈雪〉的联想》中所标示出的伟大作家具备的三要素——广阔深刻的思想、独具慧眼的观察和感受、高超的艺术表现力，大体上也是一致的，具备了如此素养的作家，即使写细微之物亦能注入更多的思想和感情。

总之，在王蒙的阅读、评价系统中，《野草》具有极高地位，排在第一位。他会随手举出其中一篇，或借小说人物之口，加以释读、阐发，其见解、观点总是令人耳目一新，闻所未闻。比如对《立论》，长篇小说《恋爱的季节》中，祝正鸿在集体婚礼上突然感到一丝悲哀，竟想起鲁迅的《立论》："一家的孩子过满月的时候，一位客人指出：这孩子将来是要死的。这是智慧、深刻、冷静和勇气吗？还是不合时宜的矫情呢？他可不愿意充当一个矫情和晦气的角色啊。"① 长篇小说《踌躇的季节》中，钱文给一个学生辅导现代文学，他说《立论》的主题是感叹说实话难，学生反驳道，这个例证未免有一点牵强和矫情：

> 钱文嗫嗫嚅嚅，他说，鲁迅讲的是真假问题，而同学讲的是情理问题。本来，在人家婴儿过生日的时候，客人们讲一些吉利话讲一些符合主人的心愿的话算不上多么虚伪；而在这个场合宣讲人人终有一死这个婴儿也终有一死这样一个并无新意并无新发现也并非众人所不知晓的话语，实在有悖情理，甚至也颇无聊，因为从最终的结局来说，包括讲这个话的人也难逃一死。但是鲁迅先生恰恰是从人们的心理情理上看到了人们的讳言真实与喜爱奉承——哪怕这

---

① 王蒙：《恋爱的季节》，人民文学出版社 1993 版，第 269 页。

奉承相当虚假——的天性。①

钱文与学生的谈话传出去后，变成了钱文附和学生对鲁迅杂文的质疑，最后不得不低下头去，作检讨，改掉"爱思索爱提问的恶习"，并且也不允许学生滋长这种"恶习"。

2007 年，王蒙为上海一家电视台录制讲演节目，又举了他"非常喜爱"的《影的告别》为例："人睡到不知道的时候，就会有影来告别……"指出鲁迅写出了一种很难理解的心态，"这种心态，按我的理解，就有一种 I 与 ME 的对话。就是自己对于自己的这个样子、这个状况，在 I 与 ME 分离的时候，有某一种评价，有所批评，有所愿意，有所不愿意。这样一种微妙的自我对自我的评价、疑问、对话，是你在文学之外很难得到的"②。以如此新颖的视角审视、解析《影的告别》，确实发人所未发。

二

比较而言，王蒙对鲁迅小说的评价相对要低一些。王蒙有他自己的文学观念。在王蒙心目中，小说种类是有着等级区别的：长篇小说靠的是生活，并且在艺术上要求作家对生活作"整体性的把握与表现"，分量足，而短篇小说靠的是技巧（手艺）。两者相比，"短篇多游戏，长篇才是'真格的'"。依此标准，不仅鲁迅的短篇小说，便是契诃夫、莫泊

---

① 王蒙：《蹒跚的季节》，人民文学出版社 1997 版，第 377—378 页。
② 《王蒙文学十讲》，第 60—61 页。

桑们的短篇，在王蒙看来，"也常常是零星片断，稍触即止，常常是巧有余而力不足"①。

对《狂人日记》这部中国新文学史上第一部白话小说，王蒙以其敏锐的艺术感觉指出了它于借鉴外国小说手法之后，在形式上表现得"惊人"、"奇特"，相对于传统中国小说而言，则是"一大异端"。这反映了鲁迅在"艺术上的闯劲"，值得今人学习。小说形式及创作手法上的探求，一开始并不总是让人习惯，《狂人日记》更是如此，"我们当然比不上鲁迅，但是，如果凡是不习惯的东西都要排斥，不是连鲁迅也出不来吗?"②对《阿Q正传》这部"重要"、"有名"的作品，王蒙倒并不是很喜欢，就像对《野草》他有个自己喜欢的等级、名次，对鲁迅的小说，王蒙多次谈到并认为写得最好的，依次为:《伤逝》、《在酒楼上》、《孤独者》③——《伤逝》"是一首长长的散文诗"，《孤独者》与《在酒楼上》则"字字血泪"④。

《关于塑造典型人物》（1982年）一文中，王蒙从人物描写及由此应达到的深度方面，总体评价了鲁迅的小说:

> 设想一下，如果鲁迅没有致力于创造阿Q、孔乙己、涓生这样

---

① 王蒙:《欲读书结》，见《王蒙文存》第17卷，第168—169页;《关于〈春之声〉的通信》（1980年）中，王蒙写道:"如果生活是一个大西瓜，那么短篇小说可以是一粒西瓜子，也可以是一片、一角瓜……"，类似的提法在许多文章中出现过，引自王蒙:《你为什么写作》，见《王蒙文存》第21卷，第33页。

② 王蒙:《文学:失却轰动效应之后》，见《王蒙文存》第23卷，第65页;《你为什么写作》，见《王蒙文存》第21卷，第33—34页。

③ 王蒙:《你为什么写作》，见《王蒙文存》第21卷，第119页。

④ 《王蒙自传》第一部《半生多事》，第117页。

的高度概括又是高度鲜活的艺术典型，如果鲁迅只是在小说中写一些扣人心弦的故事，或者只是抒发一己的喜怒哀乐之情，他就不可能通过他的小说帮助现代中国人民那样痛苦而又清醒地去认识那么多真理。他的现实主义文学创作的深度和价值，必将无法达到他所达到的那种水平。在鲁迅的一些小说里，人物的深度也就是作品的深度，人物的魅力也就是作品的魅力，人物的典型性也就是作品的认识价值，典型人物是鲁迅的这一批小说的灵魂，没有典型人物也就没有鲁迅的这一批小说。①

能够体现出人物塑造深度、魅力和认识价值的，王蒙举《祝福》中祥林嫂为例，并作了专门评析。在《悲剧二题·〈祝福〉的启示》（1980年）中，王蒙说，他观看了刚刚解禁的电影《祝福》，吃惊于影片中鲁四老爷对待祥林嫂的态度：第一，辞退祥林嫂时规规矩矩算了工钱，并无克扣；第二，没有打骂，没有强奸，没有不给饭吃。王蒙把祥林嫂置于整个当代文学（1949—1978年）背景中加以考察，与那种东家和雇工严重对立的模式化描写不同，祥林嫂的悲剧即显示出了与众不同。影片忠实于原著。鲁迅描写了"旧社会一个农妇的悲剧"，"没有写被克扣工钱，没有写被强奸，没有写被皮鞭抽打，那里边的地主和地主管事也还是规矩正派的"。然而，正是这些正派的封建势力的代表者，包括祥林嫂的亲属、邻居等无意中结成一体，共同害死了祥林嫂。不是某几个人而是整个封建制度扼杀了祥林嫂，这正是鲁迅的深刻之处，批判的是"那看不见、摸不着的封建主义的灵

---

① 王蒙：《国文学怎么了》，见《王蒙文存》第19卷，第97页。

魂"①。再如孔乙己，王蒙认为这个人物形象显示了文学描写中占极重要地位的"知识分子个性化性格"，也即一种典型。孔乙己的命运令人感慨，王蒙说，"孔乙己餐厅北京也有，绍兴也有，而且在餐厅的门口还有孔乙己的雕像。因为我认识他们那儿的老板，也在那里吃过饭，有人就让我题词，我就写'孔乙己学长'，'孔乙己学兄'。因为孔乙己要是晚生个百八十年呢，也可能今天坐在这听我的讲座，要不就是我听他的讲座。他跟咱们是同行啊，都是念书的人啊，希望能混个学历"②。

在鲁迅小说人物形象中，王蒙认为阿Q这个典型的抽象程度是最高的。

阿Q是一个"病态的、令人沮丧的"人物形象，是一个"反常的典型性格"，但鲁迅在这个人物身上体现出的"深沉、犀利与忧思"却永远鼓舞着我们，这是王蒙对阿Q的一个基本认识和定性③。阿Q形象的创造反映了鲁迅的典型概括能力，因而阿Q及阿Q精神的抽象程度也是极高的。质言之，抽象性、模糊性和典型性是此形象的主要特点。因此，阿Q就是一个成功的典型人物，成了一个"共名"④。

鲁迅用喜剧手法描写了阿Q。王蒙正确地指出，人们常常有一种误解，以为悲剧要比喜剧更有深度；阿Q的故事当然可以写成一个悲剧，写得让人悲愤，催人泪下，但是结果不一定具有"深邃和丰富的内涵"。人们读《阿Q正传》，为鲁迅对阿Q的嘲弄所折服，但没有看出来阿Q

---

① 王蒙：《你为什么写作》，见《王蒙文存》第 21 卷，第 297 页。

② 《王蒙文学十讲》，第 64—65 页。

③ 王蒙：《你为什么写作》，见《王蒙文存》第 21 卷，第 418、419 页。

④ 王蒙：《中国文学怎么了》，见《王蒙文存》第 19 卷，第 104 页。

也会嘲弄人，嘲弄城里人，嘲弄城里人切的葱丝不合规格，"如果阿 Q 会写剧本的话，他又将怎样嘲弄他的读者和观众呢"①。一般以为，阿 Q 做出种种好笑的事，读者知道，他自己不知道；阿 Q 身上显示出种种奴性人格，读者知道，阿 Q 不知道。但是，王蒙指出，阿 Q 身上还存在着一种品质，这就是自嘲和"嘲弄"。尽管王蒙没有作过多分析，但毫无疑问这是一个重要发现。能自嘲的人、会嘲弄的人多少还是一个清醒的、自我反省的人。阿 Q 也时时感到一种痛苦，就像歌德所说，能感到痛苦的人往往会睁开眼睛自我反省。阿 Q 在被押去法场的路上，见了沿路看客的眼睛，猛可间脑中如旋风般想起四年前山中遇狼情景，就像当时那些"又凶又怯，闪闪的像两颗鬼火"的狼眼似乎穿透他的皮肉，目下这些路人的眼睛"已经在那里咬他的灵魂"。能将两件不同的事情联系起来，感受到其中包含着相同的威胁，这便是多少还算清醒的标志。

《阿 Q 正传》的"认识意义、讽刺、幽默都达到了很高的境界"，原因还在于鲁迅没有采用现实主义创作手法，而是取用一种抽象的、观念化的方法：

> 《阿 Q 正传》写得非常理性，非常观念化。阿 Q 这个典型与其说是阶级的、地方的、活人的典型即模范的现实主义典型，不如说是一种观念批判、一种完全超出阿 Q 的身世与个人性格规定之外的观念概括的载体。这种观念概括的独特性与深刻性，也是我说过的超常性，征服了读者。其实《阿 Q 正传》这篇小说的细节与情节，

---

① 王蒙：《你为什么写作》，见《王蒙文存》第 21 卷，第 369 页。

小说的文学描写并不那么重要，甚至其描写是可以更替、可以代换的。鲁迅先生完全可以用其他的人物身世和故事来表现同样实质的阿Q。这丝毫不影响鲁迅作品的伟大，也许他伟大就伟大在这里。显然是鲁迅对中国的国民性有了概括以后的产物，所以《阿Q正传》的情节和细节带有相当的随意性。①

王蒙分析道，这种认识意义表现在，阿Q没有出现之前，大家似乎并没有怎么觉得生活中有多少阿Q，可是读了《阿Q正传》之后，"你就发现这儿无处不是阿Q，无人不是阿Q，包括自己也有那么点阿Q"。从另一方面说，这也表明文学描写有时也会成为生活中的一种契机，"文学变成了一种生活的因素"②。

阿Q性格的丰富和深邃还表现在，在阿Q之前，"我们没有在国外的作品或者中国的作品中发现过这样的性格，但是被鲁迅写出来了"；不但写了他的"精神胜利法"，而且也写到了鲁迅最讨厌的一个缺点，这便是"弱者向比自己更弱的人施暴"：打不过王胡，便欺负小D，打不过小D，便欺负小尼姑，"阿Q的这种性格，实际上是非常惨烈的"③。

阿Q是一个相当丰富、复杂的形象，他的身上有着令人极为讨厌的、"惨烈"的缺陷，同时也有着可爱的一面。王蒙一直在设想着如果阿Q懂写作、会写作，情形将会是怎样？这不完全是调侃、玩笑。憋着一肚子气的青狐在酒桌上就禁不住地想："阿Q哥"的可悲之

---

① 　王蒙：《圈圈点点说文坛》，见《王蒙文存》第20卷，第207、221页。

② 　《王蒙新世纪讲稿》，第151页。

③ 　《王蒙文学十讲》，第63—64页。

处在于不会写小说，倘若会写，没准儿会把吴妈追到手；倘或真会写，"一定能得诺贝尔文学奖，至少是茅盾文学奖"①。阿Q追求吴妈，那个方式就不对，他所用的语言是"我要和你困觉"，这当然太直接了，大煞风景。王蒙说，他为阿Q求爱失败而感到遗憾，看来看去，阿Q和吴妈这两个人还是比较般配的，失败的原因是前者"没有基本的文学修养"，"我和你困觉"属于"性骚扰"②。王蒙相信，如果阿Q先生有机会出洋学点英文加拉丁文，或上个私塾读点先秦两汉，"他照样也可以成为学界昆仑、国学泰斗、研究院院士的。你信不信?"③

把阿Q与庄子拉到一起，看起来似乎有一点突兀，没准二者之间存在某种关系——庄子乃阿Q精神的渊薮④。两者并举，也是为了更好地理解阿Q形象。王蒙说道：

> 我这里无意以阿Q的名称来轻蔑庄子，毋宁说我有以庄子的名义替阿Q找一点理解的好意。对于阿Q，恐怕也不是靠一味嘲笑能于事有补的。中华民族历史上许多时候处于逆境中，经受了太多的试炼，却又有多次咸鱼翻身、起死回生的经验，中国人必须常常安慰自己、鼓励自己，哪怕有时候是哄着自己，坚持坚持再坚持，相信相信再相信，相信最后胜利属于自己。除了乐观再乐观，中华民族难道有其他的选择吗? 可又不能说除了阿Q主义我们再

---

① 王蒙：《青狐》，作家出版社2009版，第253页。
② 《王蒙新世纪讲稿》，第149页；《王蒙文学十讲》，第11页。
③ 王蒙：《庄子的享受》，第141页。
④ 王蒙：《庄子的享受》，第23页。

无其他的精神依托。①

不过，庄子与阿Q仍然有着根本性区别：庄子有一套完整的说辞、理论、机锋，甚至有他的一套忽悠，达到了思辨的高端，"他能上也能下，能大也能小，能高也能低，他绝对不是阿Q能够望其项背。就是说，庄子可以做到与阿Q一样的低，阿Q兄却永远做不到与庄子一样的高明、高扬、高大"。庄子智商太高不求事功而只求"精神胜利"，阿Q却因愚昧而只靠"精神胜利"②。

附带一句，除了《老子的帮助》中偶尔提及《故事新编》中的老子形象——《出关》里一个"不无滑稽的角色"③，对这部著名的带有喜剧色彩的小说集，王蒙没有任何评价。原因可能还是与他所持有的文学观念相关。王蒙说，他在年轻时"基本上不接受喜剧"，后来虽然也写过不少幽默小说，但再后来他依然觉得"太多太油地幽默了"或许是一种老态、一种狂态乃至变态④。从这个角度看，王蒙不谈《故事新编》是有他的道理的。

王蒙在《庄子的享受》中颇为简洁地评议过鲁迅的文章风格："鲁迅的愤懑、沉重、犀利是不凡的，他更像解剖刀与手榴弹而不是文章的高山大海。"⑤这里所说的应该也包括鲁迅的杂文。对鲁迅杂文，王蒙更为熟悉，随口道出，信手拈来。

---

① 王蒙：《与庄共舞》，第102页。

② 王蒙《庄子的享受》，第153页；王蒙：《与庄共舞》，第287页。

③ 王蒙：《老子的帮助》，人民文学出版社2014版，第27页。

④ 王蒙：《你为什么写作》，见《王蒙文存》第21卷，第120页。

⑤ 王蒙：《庄子的享受》，第364页。

三

王蒙是无意中卷入了关于鲁迅的论争，这使他对鲁迅的认识愈加清晰、坚定。

1980 年，王蒙发表了《论"费厄泼赖"应该实行》，文章有很强的指向性、针对性——那就是刚刚过去的十年"文革"对整个社会的危害，留下许多"后遗症"，人与人之间依然存在着宿怨、隔膜、怀疑等，以至于今，未曾消除，提倡"费厄泼赖"便是"对症的良药"。对人民内部矛盾，可以"费厄"；学术问题上的争议，更应"费厄"；哪怕对待"敌人"，亦不妨实行一点"费厄"，有何不可，现时代毕竟不同于鲁迅所处的时代。关于"费厄"的内涵，王蒙定义道：

> "费厄泼赖"意味着和对手的平等竞赛，意味着一种文明精神，一种道德节制，一种伦理的、政策的和法制上的分寸感，一种民主的态度，一种公正、合理、留有余地、宽宏大度的气概，意味着"三不"主义和"双百"方针。所有这些，对于一个社会主义国家的建设和治理，对于实现安定团结，对于实行政治民主、经济民主、学术和艺术民主，对于造成一个又有集中又有民主、又有纪律又有自由、又有统一意志又有个人心情舒畅的生动活泼的政治局面，是很必要的。①

严格地说，王蒙不过是借题发挥，并非讨论鲁迅文章观点，这一点非常清楚。文章真正涉及鲁迅的有两处，一是指出鲁迅文中一个往往

---

① 王蒙：《冬之丢失》，见《王蒙文存》第 14 卷，第 418 页。

被人忽略掉的主题，即"费厄泼赖"要"缓行"，并不意味着"永不实行"；二是"对待鲁迅也不能搞句句是真理"，对鲁迅也不能搞"凡是"。"凡是"一词，已经点明了文章的主旨、背景和论述对象。20 多年后，一本名为《谁挑战鲁迅》^①的书中，将王蒙的文章收入，作为批判对象。王蒙没有正面回应，但他显然有火气，因为批判者误解甚至曲解了他的观点。2003 年出版的《王蒙自述：我的人生哲学》中，王蒙在谈论体育节目时顺带说到了这个话题：

> ……在 2002 年韩日世界杯足球赛期间，所有的球赛转播电视节目的片头都有"fair play"的字样，这当然不是向鲁迅挑战，而是讲体育运动的一个基本原则，足球大赛的一个基本口号。鲁迅讲的缓行费厄泼赖，是指三座大山压迫下的半殖民地半封建地的旧中国的阶级斗争，不是讲足球。认为社会主义的新中国，搞了市场经济的今天，阶级斗争已经不是纲的当代，还不能搞公平竞赛，那是不可思议的。即使当年，鲁迅讲的也是缓行，而不是永不实行，这都是极浅显的不争的道理。把缓行变成永远不得实行，那才是对鲁迅的曲解。^②

2008 年出版的自传以及关于自传的访谈中，王蒙再次谈到了"缓行"问题，他认为鲁迅在自己的时代主张缓行"费厄泼赖"，是正确的，但鲁迅并未说过新中国成立 60 年以后还得"缓行"。王蒙说，现在有人

---

① 此书为陈漱渝主编：《谁挑战鲁迅——新时期关于鲁迅的论争》，四川文艺出版社 2002 年版。书凡 10 辑，王蒙文章列在第 3 辑，目录题名"再论'费厄泼赖'"，除王蒙文章外，收录其他论争文 3 篇。

② 《王蒙自述：我的人生哲学》，人民文学出版社 2003 版，第 219 页。

指"谁谁向鲁迅挑战，把我也弄进去"，"归入'向鲁迅挑战'的黑名单中"，这让他哭笑不得。其实，王蒙较真，并不是为私，并不是为着自己憋了一口气，而是为公；他想得深，看得远。他在"挑战"心态中看出了对鲁迅的一种"简单化"认识和利用，也看出了其中的激进主义因素，这"和那个用煽情来代替理性，用诅咒来代替分析一样害人"。①

因此就不难理解为何王蒙一有机会便要拿"缓行"问题调侃几句。长篇小说《暗杀》（1994 年）第十五章，李门到 B 国参加一个"科学研讨会"，为"集贸市场"的译名问题，与给中国学者当翻译的苏小姐"捣了许多麻烦"——"苏说是'fair'，李门说那是'公平'，是鲁迅当年认为应该缓行的那个'费厄'，为什么伟大的鲁迅反'费厄'？苏怎么听也听不明白。……"②长篇小说《闷与狂》（2014 年）第三章"我的宠物就是贫穷"中，有一段感慨："……你好像是一只应该活活打死的落水狗，谁懂得落水狗的悲凉与自爱，呻吟与舐吮，它们也有被抚摸的梦……虽然你本来极其崇拜鲁迅。为什么他那样讨厌落水狗？那时候阔佬的宠狗落水的可能性极小极小。"③这是调侃《论"费厄泼赖"应该缓行》中的"打落水狗"。

与"费厄泼赖"缓行问题相比，"五十个鲁迅"问题似乎影响更大些——这是王蒙卷入"人文精神"讨论时顺带以鲁迅作为一个比附性例子，原本就不是在谈论鲁迅，却因语涉鲁迅，便成了一个有争议性的话

---

① 《王蒙自传》第三部《九命七羊》，第 184 页；《王蒙谈话录》，生活·读书·新知三联书店 2011 年版，第 25 页。

② 王蒙：《暗杀》，人民文学出版社 2003 版，第 238 页。

③ 王蒙：《闷与狂》，北京联合出版公司 2014 版，第 52 页。

题。《人文精神问题偶感》（1994年）一文中，王蒙对所谓"人文精神"失落问题发表了自己的看法，认为恰恰是市场经济条件下，"人文精神"才有回归的可能性：市场经济"更承认人的作用、人的主动性"，也使人们的私欲"更加公开化、更加看得见摸得着了"，因为我们的目标是"建立一个人人靠正直的劳动与奋斗获得发展的机会的更加公平也更加有章可循的社会"。而计划经济时代用假想的"大写的人"的乌托邦来无视和抹杀"人的欲望与要求"，是一种"伪人文精神"，其实质是"唯意志论和唯精神性"。这说明，真正的"人文精神"在以前根本就不存在，一个不存在的东西怎么会失落？王蒙还举了一个相当过硬的例子，以反证一些人大呼"失落"的真正原因："为什么别的国家市场经济搞了几百年也照样有大作家大艺术家大思想家大文化人引领风流，而我们的知识分子一见市场经济起了个头，就那样脆弱地哀鸣起来了呢？觉得自己不被重视了？要求谁的重视呢？觉得经费少了？向谁要经费呢？刚刚议论一下作家'养'（指以行政体制把作家纳入公职人员的系统）不'养'，就恐慌到了那个样子，以至不惜对讨论这个问题的人恶言相加或人身攻击，真是咄咄怪事。"[1] 所谓"人文精神"实际上就是"文化精神"，大呼"失落"，则是因为在经济生活空前搞活的同时，文化有被忽略的现象，有些文化人觉得受轻视了。所以，王蒙才敢以他特有的幽默善意地嘲弄道：肚子才吃饱几天，已经痛感"人文精神"失落了？

王蒙是厚道的，他并没有指出来，在高调呼吁"人文精神"的背后，是一种焦虑、慌乱和缺乏自信的心态。

---

[1] 王蒙：《文学：失却轰动效应之后》，见《王蒙文存》第23卷，第215页。

批评者们把王朔当作批判对象，王蒙连带辩护了几句，这里面就涉及到了鲁迅：

> 还有一种虚假的与吓人的假前提。如果我们的作家都像王朔一样那怎么行？当然不行。王朔只是一个作家，他远远不是作家的样板或最高标杆。要求作家人人成为样板，其结果只能是消灭大部分作家。反过来，我们的作家都像鲁迅一样就太好了么？完全不见得。文坛上有一个鲁迅那是非常伟大的事，如果有五十个鲁迅呢？我的天！中国这样一个大国，这么多写家这么多出版物，怎么能够以为肯定或基本肯定就是要求向之看齐呢？中国人都成了孔夫子或者都成了阿Q，那是同样的可怕，同样的不可思议。都成了王朔固然不好，都成了批评王朔的某教授，就更糟糕。连起码的幽默感都没有，还能有什么人文精神？这样提出问题本身就是潜意识中的文化专制主义。①

所谓"五十个鲁迅"，王蒙后来解释道，只是一种修辞手段，"把事物说到极致，以增加雄辩力"②。王蒙强调了鲁迅的特殊性，即鲁迅有他自己的时代和环境，那是一个不正常的时代，属无道之世；"那是革命前夜"，是社会解体的时代。鲁迅"所有的大大小小的出击和自卫"都是他那个时代、环境的一部分；鲁迅的清醒、深刻、使命感等等，亦与之有关。后人学习鲁迅，应该学习他的清醒、深刻、使命感，而不是鲁迅于特殊条件下形成的反击、讽刺、不宽恕等风格。就此意义而言，鲁

---

① 王蒙：《文学：失却轰动效应之后》，见《王蒙文存》第23卷，第211—212、217页。
② 《王蒙自传》第三部《九命七羊》，第183页。

迅是唯一的、不可复制的，在《大师小议》（2001 年）中，王蒙写道，鲁迅的"严峻深邃凝重"、"鲁迅式的伟大人格"独一无二，"不仅是中国，就是外国，也没有第二个鲁迅"。王蒙说，他凭直觉认定，"鲁迅是非常中国的现象、非常中国的人物、非常中国的英雄，中外都无法重复"①。

王蒙之所以强调这一点，乃基于对当下时代的判断，即在我们这个相对稳定的社会中，很难设想有哪个作家会"以人民导师、正义火炬、社会良心、真理化身的面貌出现"；一个健康的现代人竟然渴望"以巨人的良心为良心"而不相信自己的良心，这本身就是个问题②。天下无道，才会产生圣人、文学大师、弥赛亚或鲁迅式的精神领袖；天下无道，才会产生对"圣人救星"的期待，"而一个社会如果基本运转正常，各安其业，小康中康，越是会各顾各的发财过日子，而不会产生对圣人救星的期待与狂喜"。还有一种情况，即当社会矛盾丛生，也会产生出给群体带来灾难的"假圣人"，装模作样，大言欺世，成事不足，败事有余③。王蒙在这里提出的是一个颇为重要的观念，即在一个正常社会中，拥有独立个性、健全理性的现代人，应该依自不依他，应该依靠自我判断，自己决定如何生活，而不是把个人交给"圣人领袖"替自己安排一切，最后丧失掉人的地位，其结果便为专制主义的滋生提供了一种社会土壤、一种温床。

对争论中附加在鲁迅身上的内容，王蒙指出，那其实也是一种对鲁迅的"遮蔽"：

---

① 王蒙：《风格伦敦》，见《王蒙文存》第 15 卷，第 471 页。

② 《王蒙新世纪讲稿》，第 178 页；王蒙：《欲读书结》，见《王蒙文存》第 17 卷，第 365 页。

③ 王蒙：《庄子的享受》，第 245 页。

鲁迅是一个重要的遗产，应该更好地研究、继承、弘扬。但多年来也附加了许多非鲁迅的遮蔽。我从里面看到几种观点，而这几种观点实际上本质是一致的。第一种是把鲁迅说成是整个国家、民族、文学的例外，用鲁迅的伟大来论证上至政府下至草民的卑劣。第二种是近百年来中国人，包括鲁迅，都不灵，只有外国人行。第三种就是一有点对鲁迅的议论就积极捍卫，不允许有任何正常的学术上的争论。①

简略地说，在此次论争中，王蒙谈得更多的不是本原意义上的鲁迅，而是如何继承、学习鲁迅，这方面他又看到太多反面的例子，特别反感其中的一种倾向——没有学到鲁迅的任何一面，却"天天宣布到死一个也不原谅"②。长篇小说《踌躇的季节》第六章，犁原临死前对钱文说过几句话："鲁迅说过，他死的时候一个也不饶恕。我没有那么伟大的肝火，我是小人物。都过去了。一生就像一个小时。……"③小说人物语言，其中亦见出王蒙本人的意见。

王蒙对鲁迅的评价要高得多，超出人们的想象。

意大利国家电视台曾向王蒙咨询，给他们主办的电脑博物馆推荐十部中国典籍，《鲁迅全集》就是王蒙开列的十部典籍中的一部④。

---

① 王蒙：《圈圈点点说文坛》，见《王蒙文存》第 2 卷，第 141—142 页。

② 王蒙：《老子的帮助》，第 330 页。

③ 王蒙：《踌躇的季节》，第 95 页。

④ 《兰气息，玉精神》（1998 年）："……选来选去，解放后的著作我选的是冯友兰著《中国哲学史新编》。……另九部是《诗经》、《老子》、《论语》……直至《鲁迅全集》。"引自王蒙：《风格伦敦》，见《王蒙文存》第 15 卷，第 222 页。

在王蒙眼中，鲁迅已经成了一种"民族传统"，是"民族的文化瑰宝"，是中国"文化上的一个代表"。王蒙排列出了一个代表着中国文化的少量天才人物名单，鲁迅自然是其中之一：孔子、老子、孟子、李白、杜甫、齐白石、徐悲鸿、鲁迅。这些少数人物的存在，正是一个民族自信、自尊的证明：

> 我们中国产生过一批这样的人，和没有这样的人是不一样的。有了这样的巨人，民族的气势是不一样的，它的信心是不一样的，它的尊严是不一样的。一个国家，一个民族，应该有自己文化上的代表，应该有自己文化上对全世界的突出的贡献①。

（原载《当代作家评论》2019 年第 3 期）

---

① 《王蒙谈话录》，第 302 页。《文学现状断想》（1983 年）中，王蒙列出能代表民族传统的作家作品有：杜甫、三李（李白、李贺、李商隐）、《红楼梦》、《西游记》、《聊斋志异》、鲁迅、郭沫若、茅盾、巴金、赵树理、曹禺。再如《全球化浪潮与文化大国建设》（2001 年）中，民族文化传统代表人物有：孔子、老子、孟子、屈原、李白、杜甫、司马迁、曹雪芹、齐白石、徐悲鸿、鲁迅，引自王蒙《文学：失却轰动效应之后》，见《王蒙文存》第 23 卷，第 101、257 页。

审视或体贴

——再读王蒙的《活动变人形》

郜元宝

一

提到王蒙，你首先想到的可能是一种通达睿智、乐观幽默、健康向上、自信满满的人生态度。在许多人印象中，王蒙就是这样一个人，而王蒙在许多作品中也经常乐于将自己塑造成这样一个人。

但这肯定不是全部的真相。读王蒙自传和他更多的作品，你就不难看到一种更丰富的人的形象。这个人有许多无可比拟的先天禀赋与后天修为，但也经常会流露负面或至少是灰暗的思想情感。作为真实的人，他有凯歌行进之时，也有疑惑、苦痛、恐慌、失态、绝望之日。他也会碰到人生的几乎过不去的坎。

王蒙自传体长篇小说《活动变人形》就是写一种人生的窘境，甚至可以说就是人生的绝境。小说塑造了一个名叫倪吾诚的标准的"混蛋"。作为丈夫，倪吾诚几乎毁了妻子的一生。作为父亲，倪吾诚无疑给儿女们的童年带来难以抚慰的创伤记忆，甚至差点让他们遭受灭顶之灾，比如他的小女儿"倪萍"就一度精神崩溃而近乎疯狂。"混蛋"倪吾诚一手制造了罄竹难书的家庭悲剧，同时也并没有给社会带来任何益处。

20世纪40年代日军占领期的北平"倪家"伤痕累累，摇摇欲坠，但倪吾诚的下一代还是以这样那样的方式走出了悲剧，抚平了创伤，摆脱了混蛋爸爸的影响和控制，在破碎的原生家庭之外各自闯出一片新天新地。这个结局反过来多少冲淡了倪吾诚恶劣的那一面，以至于从整体看，他好像也并非那么十恶不赦，也有值得理解、值得原谅甚至值得欣赏的地方。

《活动变人形》终究还是王蒙的作品。王蒙终究没有将他的自传体长篇小说写成类似张爱玲《金锁记》那样以血缘和家庭为核心的一团漆黑的完全的悲剧。

倪吾诚这个混世魔王只是长篇小说上半部的中心人物，他再混蛋，也未能占领和祸害整个世界。到了下半部，虽然倪吾诚还频频出镜，但毕竟已是强弩之末，腾不起什么大浪了，他只是可怜巴巴地盼望着倪藻等人不定时地探望。作者把倪吾诚的故事放在中国近代以来思想文化大抉择大转型尤其是中国革命的历史长卷中予以表现，倪吾诚对家人的祸害一旦落入这个大的历史背景，也就微乎其微。在大背景大镜头中回看倪吾诚，作者就有了心态的超越和放松，倪吾诚其人也就变得不足为奇，变得可以理解、可以饶恕了。

倪吾诚不像曹七巧那样控制了家庭内部所有人的命运，剥夺了家庭内部所有人的幸福。他没有那么大的魔力。他只伤害过一家数口，而被他伤害的家人有的固然跟他同归于尽（如他的岳母赵姜氏），但绝大多数人还是逃过了他这一劫，获得了比他幸福得多的结局，这包括被他抛弃的妻子静宜，被他瞧不起的妻子的姐姐静珍，更不用说他的一子二女。

比起仇恨一切、报复一切、毁灭一切、将一切都带入黑暗的曹七巧，倪吾诚的恶毒和破坏力就小巫见大巫了。严格说来，他的可恶和他给社会造成的破坏都仅限于日军占领北平那段时间的倪家内部。只不过小说上半部以倪吾诚为绝对中心，对他的方方面面都加以浓墨重彩的渲染，他的可恶与破坏力无形中被放大了，给人印象极为深刻。

《活动变人形》从头到尾似乎都是写倪吾诚做人如何失败，如何不堪，如何不符合普通人心目中好丈夫与好父亲的标准（上半部写他对原生家庭的伤害，下半部写他重组家庭之后继续的荒唐与堕落）。那么倪吾诚是否就真的乏善可陈、罪大恶极了呢？

要正确认识这个问题，必须对倪吾诚的荒唐堕落，倪吾诚的卑琐龌龊，倪吾诚所有的可笑、可恶、可鄙、可怜与可叹，做一点具体分析。

二

首先，倪吾诚"不顾家"。倪吾诚的家是组合式的，有寡居多年的岳母姜赵氏，有十几岁就死了丈夫、跟着母亲和妹妹生活的大姨，即倪吾诚妻子姜静宜长期守寡的姐姐姜静珍，再就是倪吾诚自己一家四口：妻子、儿子和女儿。后来还添了小女儿。这一大家子总共七口人住在

1940 年代初日军占领的北平（日本人改北平为北京，但不愿投降的中国人仍称北平），生活非常艰难。倪吾诚岳母、妻子和大姨母女仨一同操持家务，厉行节约。岳母和大姨每年还能收到乡下老家一些佃租。尽管如此，柴米油盐基本开销的压力还是很大。为什么？因为倪吾诚虽然同时在两所大学兼课，收入不菲，但他交给妻子的家用太少，也太没规律，想起了才随便给一点。这就经常弄得全家无隔宿之粮，吃了上顿没下顿。

倪吾诚的钱都到哪儿去了？原来他爱面子，爱结交名流，经常上饭馆，一顿能吃掉半个月工钱。此外他宣称和妻子缺乏共同语言，经常理直气壮地搞婚外恋。这自然又是一笔开销。倪吾诚的妻子得不到丈夫的钱，也得不到丈夫的心，甚至不能让丈夫对家庭承担起码的责任。这个不幸的女人成天怨声载道，以泪洗面。她的痛苦当然也是她母亲、她姐姐和一双儿女的痛苦。

这是倪吾诚第一重罪，叫"不顾家"，只管花天酒地，自己潇潇洒洒地享乐。

倪吾诚第二重罪，就是上述婚姻的不忠，背叛妻子搞婚外恋。他甚至还在经济上哄骗妻子，在一次争吵中故意交出作废的图章，说可以凭这个去他所在的学校总务科领工钱，结果让他的妻子当众受辱。

倪吾诚第三重罪是"休妻"。他最后是在妻子不想离婚也原谅了他所有过犯的情况下，不依不饶，硬是逼着妻子无可奈何地跟他"协议离婚"。

以上是倪吾诚最主要的三重罪："不顾家"；搞外遇；"休妻"离婚。

此外他还有一个致命缺点，就是留学欧洲两年，成了"假洋鬼子"，拼命贬低中国文化，竭力主张全盘西化。平时他喜欢高谈阔论，不着边际。比如，要求全家人学习西方化的生活方式，要勤刷牙（一天三次，牙膏牙刷质量要好），勤洗澡（最好一天两次），讲话要礼貌（最好懂点外文），待人接物要大气，男女老幼都不许随地吐痰。衣着要光鲜得体，走路要昂首挺胸。最好还要经常谈点黑格尔、费尔巴哈、罗素等西方哲学家的思想，不时上馆子吃顿西餐。此外还要补充一点麦乳精、鱼肝油之类的营养品。

他妻子说：好，全听你的。但钱呢？这时候倪吾诚就会不屑一顾，王顾左右而言他；或恼羞成怒，一个劲地批评妻子，说你怎么就整天想着钱？俗气。至于他自己，那可是最不把钱当回事，因为凭他的资质和尚未发挥的百分之九十的潜能，区区一点小钱算什么？

"倪吾诚"当然绝非完全不把钱当回事。闹钱荒时他比谁都着急，不惜耍无赖跟店家赊账，甚至厚着脸皮，拖着不懂事的儿子倪藻向有钱的朋友告贷。只要钱一到手，就赶紧花光，完全不讲计划，不为家人和别人考虑。

倪吾诚既然是这副德行，可想而知，他必然"心比天高，命如纸薄"，到处碰壁，众叛亲离。在家他与妻子为敌，连带着也与岳母、大姨子为敌。孩子们天然地站在母亲这一边，所以也就成了他的敌人。在外面他追求爱情，但终身并未得到真爱。倪吾诚的第二次婚姻比第一次更惨——《活动变人形》没有展开描写倪吾诚第二次婚姻的细节，但如果读过王蒙在《活动变人形》之前完成的中篇小说《相见时难》，老教授蓝立文和年轻的寡妇杜艳的结合，大概就是倪吾诚第二次婚姻的写照吧。倪吾诚酷爱结交名流，呼朋引类，请吃，吃请，不亦乐乎。但没有一个名流真正瞧得起他。在他落难的时候，也没有谁主动想到伸出手来帮助他。倪吾诚并非真的不学无术，他爱琢磨问题，爱发议论，只是不肯下苦功夫，整天忙忙碌碌得静不下来，加之后院起火，鸡飞蛋打，所以最终还是荒废了学问。他就连在大学里上课，也经常颠三倒四，不知所云，吸引不了学生，以至于被解雇，丢了饭碗。

倪吾诚里里外外都是一个失败者。他因此也吃了许多苦头。但跟他一起吃苦头的还有一家老小。倪吾诚自己大病一场，被他瞧不起的妻子救活之后，也曾回心转意，预备老老实实地守着妻儿过活，但很快还是改变主意，一走了之，跑到外地另谋出路去了。

倪吾诚这一走，先是从北平到青岛，再从青岛转到"华北联合大学"，一直到全国"解放"，再也没有回到原来的家。他的"不顾家"的恶行，至此算是发挥到极致。

三

从 1980 年代中期《活动变人形》问世至今，中国读者一般都把它视为当代文学"审父"或"弑父"经典之作。作者把父亲身份的倪吾诚放在被告席上一条条历数其罪状，进行无情的审判和几乎全盘的否定。作者的态度似乎就像小说中倪吾诚的儿子倪藻、女儿倪萍、小女儿倪荷那样，跟着外婆、姨妈和妈妈一起强烈谴责和诅咒倪吾诚这个失败的丈夫和父亲。

但事实并非完全如此。毫无疑问，小说无情地暴露了倪吾诚的种种可笑、可恶、可鄙，无情地描写了倪吾诚四处碰壁、一无所成的结局

（有个细节写他临死都没能给自己混上一块手表），也充分描写了亲人和朋友对他的怨恨、贬损与"败祸"（方言，尽情尽兴地拆台、诋毁一个人）。但小说也有一些值得注意之处，那就是在更高的意义上，作者对倪吾诚还是有一定的理解、同情、悲悯和宽恕，包括局部的肯定。

这有一部分固然来自倪藻这个革命者从自身优越性出发对后来成为溺水者的父亲（被打成汉奸和国际间谍）的宽恕，包括从人道主义立场出发对倪吾诚的同情和怜悯，但也不排斥小说具体描写本身所包含的对倪吾诚的局部的肯定与赞许。

首先，留学欧洲的倪吾诚在思想文化上绝非一无是处。说他学问不行，主要是他妻子姜静宜的观点，但姜静宜的最高学历是大学预科旁听生，她批评丈夫缺乏真才实学，根据不足，何况这还是在两个人闹得不可开交的时候说的话，就更加不足为凭了。倪吾诚跟德国学者傅吾康一起办学术杂志，整日整夜翻译国外学术论著，仅仅这两点就足以说明他在学术上绝非毫无所长。

其次倪吾诚推崇现代文明，批评中国文化传统（首先是普通中国人日常生活方式）某些落后保守的方面，也不能说全错了。比如他要求家人讲卫生，讲礼貌，不能佝偻着走路，而要昂首挺胸，要加强锻炼，注意营养。这都没错。他固然没有经济实力支撑和实践这些倡导，但总不能因此就否定他的这些现代化和科学化的倡导本身吧？无论倪吾诚的实际条件如何简陋，无论倪吾诚的家人如何奚落他这些"假洋鬼子"的主张，但他始终不为所动，始终坚持自以为正确的主张。仅此一点，也就很不容易了。

留学归来的人有倪吾诚这样高谈阔论脱离实际的书呆子，也有"中体西用"、圆融无碍、受到各方面欢迎的倪吾诚的老乡赵尚同。书呆子有书呆子的可恶，也有书呆子的可爱——从鲁迅的《狂人日记》开始，一部中国现代文学史，塑造了多少大同小异的书呆子形象！总不能像静宜那样实用主义地用赵尚同的标准去衡量倪吾诚吧？这不就等于拿一个模子去要求所有人，从而根本取消人的个性吗？

另外，倪吾诚对现代科学的推崇和赞美几乎到了痴狂的地步，这一点也颇为难得。小说写他重病卧床，凭着对科学的信仰，给儿女们示范大口大口地吞服鱼肝油的细节，固然有点戏剧化，但这一细节本身依然十分感人。至少对现代科学，倪吾诚真是怀有一颗赤子之心。"解放"后他下乡劳动，为了普及科学，竟主动请缨，让并无多少医学技能的农村赤脚医生给他割治白内障，结果弄得双目失明。这几乎就是一种甘心以生命（至少是生命的一部分）去殉了科学的理想！

因为条件所限，倪吾诚没法跟妻子过小家庭的生活，而被迫与丈母娘、大姨子同在一个屋檐下。起初倪吾诚希望单独过，不愿跟岳母大姨子掺和，但他妻子离不开寡居的母亲和姐姐。如果大家只是挤在一起，彼此照看，相安无事，那倒也好。问题是只要发生夫妻之间的冲突，妻子就习惯性地向母亲和姐姐搬救兵，后两位通常总是不分青红皂白，只知道维护倪吾诚的妻子而打击倪吾诚。这种畸形的家庭关系不断加深倪吾诚与岳母、大姨子的矛盾，也不断加剧他们夫妻之间的隔阂。

在这件事上，倪吾诚就并非毫无可恕之处。就连他妻子也曾抱怨母亲对女婿、姐姐对妹夫"败祸"得太狠了。比如在"假图章"事件中，母女三人联手报复倪吾诚，几乎到了必欲除之而后快的地步。一个经典的细节，就是大姨子将一碗滚烫的绿豆汤砸到倪吾诚身上，弄得倪吾诚有家难归，流落在外，差点一命呜呼。反过来，倒是倪吾诚始终保持着"君子动口不动手"的风度与底线。在中国式家庭纠纷中，倪吾诚仅此一点就可圈可点——当然不包括他在危急关头耍无赖，偶尔脱下裤子，以吓退同仇敌忾的姜家母女仨，其实这一细节并不符合倪吾诚的性格，至多也只能算是他走投无路时无可奈何丧心病狂的意外之举，因为这样的耍流氓恰恰是他平日深恶痛绝的传统文化的陋习，鲁迅《阿长与〈山海经〉》就生动描写过无知村妇给幼儿传播的"长毛"这一发明，喜欢听鲁迅演说的倪吾诚到了 20 世纪 40 年代不可能不知道鲁迅写于 1920 年代中期的这篇著名的散文。

倪吾诚最初和岳母闹翻，是因为看见老太太随地吐痰，忍不住在妻子面前说了两句。这个问题其实并不大。不料倪吾诚的抱怨很快就被妻子有意无意间"告发"到岳母那里，引起岳母勃然大怒，从此就不再搭理这个她认为不着调的女婿。随地吐痰是不对，况且倪吾诚也并没有当面给老太太难堪，只是在妻子面前嘟囔了几句而已，结果如此，肯定是他想象不到的。至少就这件事而言，道理还是在倪吾诚这一边。

最后小说毫不吝啬笔墨，一再写到倪吾诚对儿女的挚爱。倪吾诚打心眼里喜欢自己的一双儿女，非常看重跟儿女们在一起的天伦之乐。他的舐犊情深，实属罕见。遗憾的是，仅仅因为夫妻感情破裂，加上岳母和大姨子在一旁火上浇油，使得倪吾诚失去了家庭，也失去了他最珍惜的天伦之乐，变成孤家寡人，还要被自己疼爱的儿女们谴责，诅咒，离弃。这种痛苦，难道不也是有值得同情和宽恕之处的吗？

甚至少年倪吾诚也有其可圈可点之处。他的母亲听了舅舅的话，要如法炮制，用倪吾诚奶奶对付倪吾诚爸爸的办法，给倪吾诚吃鸦片，以消除倪家祖传的"邪祟"（其实是从倪吾诚祖父开始的对于新思潮新文化的不被普通中国人所理解的那一份热忱）。母亲给儿子吃鸦片以达到控制儿子的目的，同样的一幕也发生在《金锁记》曹七巧与他的一双儿女之间。但曹七巧的儿女最后还是束手就擒，完全按照曹七巧规定的路线走进那没有光的所在，而少年倪吾诚就在被鸦片折磨得死去活来的时候，竟然猛地挣脱出来，坚决戒除了恶习，完美地实现了自我拯救（病愈之后留下一双罗圈腿）。14岁的倪吾诚能做到这一点，简直可歌可泣。

《活动变人形》并非只写倪吾诚一个人。围绕倪吾诚的出丑露乖，作者也无情暴露了中国家庭内部所有人的原罪。比如，作者也批评了"倪藻"的外婆、姨妈和母亲（倪吾诚的妻子），包括受这些长辈影响而不由分说地疏远、敌视、抨击倪吾诚的儿女们。小说既不为尊者讳，也不为幼者讳，可谓"一个都不宽恕"。特别是写倪藻妹妹"倪萍"因为父母长期热战冷战而间歇性发作的精神病，真让人感到毛骨悚然。在家庭关系尤其是家庭的语言暴力和精神暴力中，受害者和施害者、弱者和强者、所谓清白无辜者和罪有应得者，经常频繁地转换位置与角色，因此家庭内部的恩怨矛盾总是很难解除，创伤总是很难抚平。作者恰恰想由此揭示家庭伦理悲剧的主客观两方面更深刻的根源，试图由此写出祖孙三代共同的无奈、无助和无辜，从而在更高意义上赦免、宽恕所有人。

可以说《活动变人形》有两种笔墨，两副心肠，那就是爱而知其恶，恶而知其善。比如倪吾诚确实是"混蛋"得可以，但他也有纯真善良的一面，也有他沦为"混蛋"的客观原因和值得理解、值得宽恕之处。其他家庭成员固然都很可怜，但可怜者往往又确有可恨和可怕之处，比如姜静珍的日课"骂誓"和她的那碗滚烫的绿豆汤，比如倪萍一段时期也如例行功课似的"抽邪疯"。

四

《活动变人形》在结构上分成两部分。上半部是小说的主体，集中描写倪家在日据时代的北平以倪吾诚为中心的吵吵闹闹的生活。这一部分写得饱满酣畅，一气呵成，因为作者定位清晰，爱恨分明，而小说叙述的时空转换也比较有限，基本限于倪藻记忆中那个童年的庭院。下半部"续集"以"倪藻"为中心，写倪家数口人在"解放"后各自的生活（其中倪藻的一部分还穿插在上半部）。因为是多中心，或者说因为缺乏一个必要的叙述重心，所以下半部既没有像1980年代以来王蒙的大多数"反思"作品那样，围绕一个主人公讲述大致完整的一个故事（如《布礼》、《蝴蝶》、《春之声》、《海的梦》等），对倪家其他几个人（包括后来的倪吾诚）也没有像上半部那样进行耐心细致的刻画。下半部写得比较散漫，只是粗线条地交代倪家各人的结局。王蒙本人也承认这一点："结尾也不理想，我已经无法结尾"①。

为什么会这样？除了时间紧张——作者马上就要走上文化部部长的岗位，不能为长篇小说创作投入更多的精力——还有没有别的原因？对此我一直很感兴趣，但又苦于找不到自以为满意的答案②。

---

① 《王蒙自传》第二部《大块文章》，花城出版社2007年版，第225页。
② 郜元宝：《未完成的交响乐——〈活动变人形〉的两个世界》，《南方文坛》2006年6期。

读《活动变人形》，最好同时读《王蒙自传》。从《王蒙自传》可知，《活动变人形》基本上是一部纪实性的自传体小说，许多素材就来自王蒙自己的童年。某种程度上，童年的"倪藻"就是王蒙本人，赵姜氏、姜静宜、姜静珍就是王蒙的外婆、母亲和姨妈。当然小说比自传写得更放得开，更丰满，但基本的情节内容还是高度一致的。

这里就有一个问题：《活动变人形》对倪吾诚形象的刻画，有没有做到足够的客观、冷静和公平？上文提到，作者对倪吾诚不无同情和宽恕，但那主要出于倪藻的革命者的优越感和人道主义精神，小说本身毕竟描写倪吾诚的出丑露乖太多了，毕竟倪吾诚在整体上仍然还是一个很少值得肯定的家庭伦理的破坏者和个人德行的失败者。但在倪吾诚的时代，思想上没有像"倪藻"那样找到并坚持"真理"，没有走出一条被后来的历史证明是"正确"的道路，以至于浑浑噩噩，泯为常人，学术上也没有卓然成为一代宗师，个人感情上更没有找到理想伴侣，没有在生活的汪洋大海驾驭家庭这一叶小舟安然渡过：这样的现代知识分子，从鲁迅塑造的吕纬甫、魏连殳、涓生和叶圣陶塑造的倪焕之开始直到如今，不是很普遍的现象吗？为何作者唯独如此不依不饶地一味渲染倪吾诚的荒唐、恶劣与一无是处？

吕纬甫、魏连殳、涓生、倪焕之这些现代启蒙知识分子，都因为在现实的坚硬墙壁前撞得头破血流，而和倪吾诚一样显露出理想主义的现代文明启蒙者的单薄、幼稚、脆弱、虚假、人格分裂、成事不足而败事有余，以至于在痛苦纠结中走向荒唐和疯癫。

吕纬甫和魏连殳没有成家，看不出他们作为理想主义的启蒙者会给自己的爱人和家庭带来什么悲剧，但他们和现实的疏离、隔膜，他们被周围人视为"异类"、"怪物",他们自己因为对某种信念的"认真"而容易趋于激烈,"发扬则送掉自己的命,沉静着,又啮碎了自己的心"①,这些都很像倪吾诚。至于跟爱人同居的涓生,通过自由恋爱跟理想的女性结婚生子的倪焕之,这两位给他们的爱人和孩子带来的伤害乃至灭顶之灾,不更是和倪吾诚如出一辙吗?为什么在作者的实际描写和广大读者的印象中,吕纬甫、魏连殳、涓生、倪焕之就不像倪吾诚这样不堪呢?

区别也许仅仅在于,鲁迅写吕纬甫、魏连殳,叶圣陶写倪焕之,多少有点夫子自道。他们尽管也写到作为自己化身的笔下人物的自我审视和自我忏悔,但更多是同情、体贴和悲悯,看到他们因为爱人、爱社会而被所爱之人误解、被所爱之社会唾弃,止不住地要为他们这种悲剧命运鸣冤叫屈。这就不像王蒙,站在一定距离之外审视自己的父母甚至外婆那一辈,更多是客观地描绘和无情地批判。"倪藻"对倪吾诚的谅解和饶恕,正如他对倪吾诚的鞭挞,都是胜利者对失败者、幸存者对灭亡者居高临下的审判,而不像鲁迅叶圣陶那样和被审判的人物有更多的感同身受。

早在发表于 1988 年 1 期《吕梁学刊》上的《倪吾诚家简论》中,王春林君就指出倪吾诚和魏连殳之间"有惊人的相似之处",他在 2018 年出版的《王蒙论》中又进一步分析二者的差异,主要乃是作家鲁迅和王蒙对各自人物的"不同态度":"在鲁迅那里,因为作家自己与魏连殳同为启蒙知识分子,有着绝对一致的共同精神价值立场的缘故,所以他

---

① 鲁迅:《忆韦素园君》。

对魏连殳所表现出的便是一种坚决而毫无保留的认同感。到了王蒙这里，因为王蒙自己以及作为王蒙化身的倪藻身为革命知识分子的缘故，所以他对于倪吾诚，在充分表达出某种人道主义悲悯同情的同时，更多的是一种批判性的否定。或者说，王蒙站在革命知识分子的立场，毫不犹豫地宣告了启蒙知识分子倪吾诚的死刑。很显然，在他看来，要想依靠启蒙来拯救中国，根本就是不可能的事情。与启蒙相比较，唯有自己所坚决认同的革命，方才可以被视为中国的真正福祉之所在。"①王君这一论述颇有洞见，但也不无可以商榷之处。

首先魏连殳（包括吕纬甫、史涓生、倪焕之）在多大程度上代表鲁迅和叶圣陶心目中理想的启蒙知识分子形象，还是一个值得探讨的问题。至少我们不能在作家和笔下人物之间简单地画等号。鲁迅是否对魏连殳有一种"坚决而毫无保留的认同感"，就很可怀疑。叶圣陶1928年塑造从辛亥到"五四"再到"五卅"的理想主义的启蒙者倪焕之，充分意识到这个人物的一腔热血和美好理想如何严重脱离社会现实，也指出倪焕之因为过分执着于理想而忍心抛妻别子是很不妥当的。倪焕之对妻子金佩璋态度的转变虽然不像倪吾诚对静宜那样恶劣，但如果时间允许，很难说倪焕之不会爱上他到上海后结识的革命者"密斯殷"。他心里已经不知多少次比较过热烈的"蜜思殷"和甘心做少奶奶的平庸的妻子金佩璋了。行动家王乐山早就看出倪焕之"终究是个简单而偏于感情的人"，倪焕之最后也承认自己只不过是"脆弱的能力，浮动的感情，不中用，完全不中用"的人。可见当时启蒙的文学家们对自己的化身始

① 王春林：《王蒙论》，作家出版社2018年版，第196页。

终保持一种自我反省的态度，并非采取"坚决而毫无保留的认同感。"鲁迅、叶圣陶、王蒙，如果仅仅就他们对笔下人物理性的认识和评判而言（鲁迅对魏连殳、吕纬甫、涓生，叶圣陶对倪焕之，王蒙对倪吾诚），并无本质的不同。

其次，王蒙是否就以倪吾诚来代表他所理解的现代中国理想主义的启蒙知识分子？《活动变人形》提到倪吾诚曾热心带妻子静宜出席各种名流学者的集会，去听鲁迅胡适等人的演讲，难道倪吾诚因此就可以和鲁迅胡适混为一谈吗？王蒙处理的是倪吾诚"独特的这一个"，虽然他的外在身份是留学归国并从事哲学研究和哲学教育的人文知识分子，是标准的理想主义的启蒙者，但他显然不能代表现代启蒙者全部，更不能代表王蒙心目中那些更加先进的现代启蒙知识分子。在王蒙的叙述中，倪吾诚虽然侧身于现代启蒙知识分子的行列，却似乎是其中的一个成色不足的赝品。如果说王蒙塑造倪吾诚是为了否定整个现代启蒙运动和这个运动中所有倾向西方或主张充分世界化的现代文化的播种者，就未免以偏概全。如果说王蒙写倪藻否定倪吾诚，目的是表达一个革命者（倪藻和作者本人）对启蒙者倪吾诚的否定，甚至是为了表达"革命"对"启蒙"的否定，这样的全称判断就更加危险了。在《活动变人形》中，并不是"革命"否定了"启蒙"，也不是"革命者"否定了"启蒙者"，而只是倪藻作为少年时代家庭暴力的受害者试图回顾和总结施暴者同时也是受害者的长辈们（倪吾诚只是其中之一）的人生道路，如此而已。

第三，虽然成年以后的倪藻对其父倪吾诚的人生道路有所批判，有所反思，有所总结，有所议论，但这些批判、反思、总结和议论远远谈不上全面而准确的判断，因为倪藻对倪吾诚并非了如指掌，也并不很自信地以为可以对倪吾诚进行盖棺论定。"续集"第二章结尾甚至写到倪藻因为"无法判定父亲的类别归属"而"急得一身又一身冷汗"。无论少年倪藻还是成年倪藻都主要是倪吾诚命运的观察者而不是审判者，而倪藻对自己的革命也还在无尽的反思之中，所以他根本无暇（也没有这个能力）对倪吾诚所依托的启蒙文化进行通盘考察，更谈不上以一个革命者的身份去否定倪吾诚所依托的现代中国的启蒙运动。

　　倪藻和倪吾诚走在完全不同的人生道路上，很少正面交锋和交集。小说始终没有写父与子的冲突，尤其没有写父与子在思想上剧烈的冲撞与较量。如果说倪藻是革命者的代表，倪吾诚代表了某一种启蒙者，那么这两人从来就没有坐下来推心置腹地进行思想的辩驳和灵魂的交流。在日据时代北平倪家的终年吵闹中，倪藻只是一个懵懂的受害者和旁观者，他没有机会深入了解倪吾诚的内心深处。到了 20 世纪 40 年代末和 50 年代，倪藻忙于自己的地下革命活动和胜利之后日益繁重的革命建设工作，再后来就是经历革命内部的种种磨难，更无暇与另外组成家庭而且整个被时代抛弃的倪吾诚促膝谈心了。整个 1950 年代到 1980 年代，尽管倪藻是倪家儿女中唯一有耐心探望倪吾诚的人，但这样的探望多半只是礼节性的，探望者的例行公事和等待探望者的急欲一谈严重不对等。晚年的倪吾诚"几乎每天都等待着倪藻来看他"，倪藻却"有时候一个月，有时候两个多月才来一次"。倪吾诚对儿子倪藻"几乎变成了一种'单相思'的关系"。

　　有一个对比十分鲜明，鲁迅和叶圣陶虽然对笔下人物有许多保留，但毕竟是将这些人物当作自己的化身来描写，所以在字里行间总是尽可能体贴人物的内心，甚至尽可能让人物自己出场讲话。比如叶圣陶多次让倪焕之用刚刚学会的白话文给金佩璋写信，一吐衷肠。小说充满了倪焕之的剖白内心的自言自语，结尾甚至借倪焕之所欣赏的日本批评家片上伸的一篇演说辞来解释倪焕之的特点："现在世界人类站在大的经验面前。面前或许就横着破坏和失败。而且那破坏和失败的痛苦之大，也许竟是我们的祖先也不曾经受过的那样大。但是我们所担心的却不在这痛苦，而在受了这大痛苦还是真心求真理的心，在我们的内心里怎样地燃烧着。"黄子平、陈平原、钱理群在《二十世纪中国文学三人谈》中说"五四"一辈作家都是"写心"，这是确实的。叶圣陶努力描写的就是倪焕之的"真心求真理的心"如何"燃烧着"，因此不管叶圣陶如何看待倪焕之，他都必须尊重和体贴倪焕之的"心"。他不可能居高临下冷静客观地审视倪焕之，更不可能将倪焕之漫画化丑角化，一笔抹杀倪焕之的人生意义，最后再对他一掬同情之泪。

鲁迅更是如此，尽管他深知吕纬甫、魏连殳、涓生的缺陷、痛苦与失败，字里行间也不乏反讽。他写这些人物，目的就是想"竦身一摇"，像脱下一件旧衣服一样摆脱他们那种失败的窘境。但鲁迅仍然严肃地对待他们的缺陷、痛苦与失败，努力体贴他们的"真心求真理的心"。在小说修辞策略上，也尽可能让人物自己说话，披沥他们的真心。《伤逝》整个就是"涓生的手记"。《在酒楼上》大半是吕纬甫对"我"滔滔不绝地倾吐。《孤独者》则是"我"对魏连殳的观察与魏连殳给"我"的剖白真心的书信这两部分内容相互补充。

《活动变人形》就不是这样。倪吾诚虽然贵为主角，却始终处于"被描写"地位。作者当然不能说不想深入探索倪吾诚的内心，但这种努力仅止于理性分析和判断，告诉读者倪吾诚必定是这样那样思维的，却未能像作者体贴自己的化身钟亦成、张思远、翁式含、缪可言、曹千里、岳之峰那样，尽量体贴倪吾诚的内心，或者就让倪吾诚自己来剖白。可怜的倪吾诚没有这个权利。作者更多只是让他像耍猴一样变着花样地出丑露乖。他的各种外在形状始终牢牢遮蔽着他的内心。小说第一部分结尾写躲在"胶东半岛的滨海城市"的倪吾诚终于托人给"萍儿藻儿"写来一封信，就又是他的一次出丑露乖的机会，"看完了信，静宜气急败坏地破口大骂。静珍边笑边摇头。你说这叫嘛行子？你说这叫嘛行子？姜赵氏劝女儿道：别气了，就当他死了吧。"

同样是让人物写信，鲁迅、叶圣陶与王蒙的区别就是如此明显。我这并非指责王蒙未能像鲁迅、叶圣陶那样体贴笔下人物，因为他们写的不是同一类人。鲁迅叶圣陶是写自己的化身，而王蒙写的则是与自己在思想上有一段距离的父辈。换了钟亦成、张思远、翁式含、缪可言、曹千里、岳之峰等，王蒙就不会像写倪吾诚那样去写自己的这些化身了。倪藻和倪吾诚虽是父子，精神和思想上却并无多少实际的交锋和交集。倪藻作为叙述者对日据时代家庭争斗的回忆饱含了受害者和旁观者的酸甜苦辣，但这并不是革命者对启蒙者的审判，更不是以革命来否定启蒙，毋宁是一个革命者对同样折磨着这一家数口的"旧社会"的审判，其中有几千年文化的弊端，也有像倪吾诚所推销的夹生的现代文明。

第四，"启蒙"和"革命"是中国现代思想文化史上先后相继的两个不同阶段，思想资源、具体主张、人员构成和最后结果都大相径庭，甚至革命者和启蒙者相互责难彼此否定的现象也比比皆是，而革命对启蒙的推进和"改造"更是 1940 年代以后直至今日中国思想文化界的主流。尽管如此，启蒙和革命并非简单对立或一个否定（超越）一个的关系。

在启蒙的思想结构中已经包含了革命的萌芽，在革命的政治设计和文化理想中也继承了许多启蒙的精神资源。尤其当革命遭到历史性挫折、当革命需要在更大历史视野中反省和推进自己的时候，那似乎没有收获正果的启蒙运动又一次进入了革命的视野并获得新的阐释。这正是《活动变人形》诞生的 1980 年代中国思想文化界的主旋律。1980 年代中国思想文化界不仅在革命的框架内容受了启蒙运动，也再一次集中批判了启蒙时代早已猛烈批判过的封建主义的污泥浊水。1980 年代的革命某种程度上正是接续了"五四"以来的启蒙运动。在这样的思想背景下诞生的《活动变人形》不可能将革命与启蒙放在截然对立的两极。

当然《活动变人形》只是以长篇小说平行对照的松散结构让革命和启蒙在很少交集的情况下各自演出自己的悲喜剧，并没有让革命和启蒙充分互动，从而揭示二者实际的错综复杂的关系——整个 1980 年代的革命反思与新启蒙运动也都未能最终完成这个历史性任务。

因此，《活动变人形》小说的重心，毋宁应该是借倪藻痛苦的童年往事来写倪吾诚作为启蒙者的独特的(夹生的流于皮相的新文化拥护者)困境和失败。推而广之，《活动变人形》的主题毋宁应该是以四十年代日据时期北平倪家的悲剧来显示现代文明要在古老的东方古国结出美善花果将会何等艰难，或者说是为了显示新文化运动自始至终的尴尬，以及古老中国实现文化转型与文化创新的任重道远。

文化的涅槃决不会像诗人郭沫若描绘的那样一幅一蹴而就的美丽画面，其中必然包含了类似倪家祖孙三代所经受的无穷的痛苦与折磨。这种因文化冲突和转型而导致的痛苦与折磨，在现代作家如鲁迅、叶圣陶笔下多半呈现为将有价值的东西毁灭了给人看的庄严的悲剧，而到了当代作家王蒙这里，却是一出又一出令人啼笑皆非的将无价值的东西撕碎了给人看的喜剧或闹剧。

<h1 style="text-align:center">五</h1>

读《王蒙自传》可知，倪吾诚的原型就是王蒙的父亲王锦第。对王锦第的学术经历和人生轨迹，至今还缺乏充分的研究。或许正因为有了《活动变人形》太多刻意贬低的描写，在有些人看来，从历史学和社会学角度研究像王锦第这样普通的现代知识分子，就显得不那么有价值了吧？但换一个角度，也许恰恰因为有《活动变人形》这样太多的刻意贬低，像王锦第先生也还是有更进一步研究的必要——即使作为他的同学何其芳和李长之的人生道路的某种补充和对照的更大一群被历史埋没的知识分子，也是有进一步研究的价值。

判断一个历史人物有没有值得研究的价值，判断一个已经成为历史的人物的生活有没有意义和价值，难道可以仅仅看他或她有没有皈依某种"真理"吗？何况倪吾诚不也全身心地皈依了他心目中的某种"真理"吗？比如他所理解的科学与爱情，比如他所神往的西方现代文明，只不过他所皈依的"真理"后来没有被贴上为更多人所承认的更加权威的标签而已。

即使倪吾诚果真与"真理"无缘，果真"一顿饭就能改变世界观"，果真庸庸碌碌过了一辈子，难道他的生活因此就完全失去了价值吗？谁有这个资格审判一个人的"平庸"？倪藻吗？倪藻的"审父"资格究竟如何取得？因为他是父母争吵的牺牲品？因为他后来追求到了父亲没有追求到的"真理"？凭什么判断一个人的人生有意义，而另一个人的人生没有意义？鲁迅笔下的吕纬甫不是说过，他的人生就像蜜蜂和苍蝇，飞了一圈又飞回来停在原地点吗？鲁迅难道因此就完全抹杀了吕纬甫的人生意义？吕纬甫的话固然是一种无奈的叹息，但也未尝不是一种更深刻的人生洞见。诗人穆旦不是也曾说过，他用尽所有的努力，最后发现只不过完成了普通的生活吗？王蒙先生本人不是在 2016 年，亦即他正式从事文学创作的六十周年，居然将五十年代初从革命队伍中急流勇退、甘心做家庭妇女的陈布文女士刻画成他心目中的"女神"了吗？

站在今天的立场，如果王蒙还想再写一写倪吾诚，他会把倪吾诚塑造成什么样子呢？

《王蒙自传》还提到一个细节，1984 年王蒙的小儿子患忧郁症，王蒙陪他到处求医问药，到处旅行，以望调整情绪，排解忧郁。正是在这过程中，王蒙突发奇想，决定以自己的童年和家人为原型，写一部撕心裂肺而又贴心贴肺、暖心暖肺的作品。

因此王蒙创作这部作品或许还有一个动机，就是想告诉为忧郁症所折磨的他自己的儿子，也想告诉天底下所有随时会遇到类似精神风暴的年轻人，不要太在意自己相对封闭而狭窄的情绪天地，不妨走出去看看社会上别的人，至少应该多看看为了年轻人而忘我地工作和拼搏（至少是辛苦备尝）的所有中国的长辈们，看看从他们的生活中，年轻人能够汲取怎样的力量，获得怎样的启迪。

比如，在极端的情况下，假使你是一个小辈，不幸遇到倪吾诚这样的"混蛋"爸爸，或者小说中描写的长期守寡而性情乖张的外婆与大姨，以及心态脾气也好不到哪儿去的母亲，那你该怎么办？站出来"帮助"

他们，介入他们的矛盾，希望他们听你的话，按你的心愿改变他们的人生？你有这能力吗？或者你自以为发现了他们的吵吵闹闹正是造成你忧郁症的罪魁祸首，你因此更加远离这些可怜的亲人们，更加退回自己的情绪天地？或者大闹一场，与他们同归于尽？但你有没有想过，你其实还有可能像书中"倪藻"那样采取更好的方式？比如你既努力与长辈取得相互谅解，又不必强求这种谅解。你既处处关心他们，也懂得克制，懂得跟他们保持一定的距离，以便给双方争取必要的独立生活的空间，甚至如前文所述，承认自己和父辈在思想上有一层隔阂，承认自己对他们的许多事情其实也并不怎么了解。这样你才敢于正视长辈们的缺点与罪恶，却绝不揪住不放，同时还要反躬自省，问问自己有没有同样的缺点与罪恶，问问自己是否真的理解他们。或许只有这样，你作为小辈才能正确地认识和对待长辈，才能对包括你自己在内的所有亲人给予更高的理解、宽恕与同情，才能避免重蹈覆辙，走出历史文化的惯性与人性的怪圈，走向美好和光明。

这是不是《活动变人形》另一个重要的创作动机呢？当然对创作动机的推测很难十拿九稳，甚至也并非文学研究的题中应有之义。一定的创作动机与作品所达到的一定的思想艺术境界之间并非一一对应的关系。但客观上，《活动变人形》在帮助读者调解家庭矛盾、抚慰年轻一代心灵方面可能具有的启迪，也应该给予足够的重视。

（原载《小说评论》2019 年第 5 期）

"历史和解"与"意识融合"的文学史张力

——当代文学史视野下的 20 世纪 90 年代王蒙小说创作

房 伟

    王蒙的小说创作贯穿当代文学。这些作品，以其敏感政治性、时代呼应性、独特创新性，成为共和国发展历程的见证，表现出世俗化与革命、启蒙诸多概念的纠缠，也展示了当代文学与历史之间复杂隐秘的内在关系。王蒙创作于 50 年代的《青春万岁》、《组织部来了个年轻人》等小说，表现了中国社会主义文化建设的"热情想象"与"内部话语冲突"；王蒙的 80 年代小说，较典型地反映了"新时期共识"的主流表述及其内在危机；而他的 90 年代小说，则表现出全球化历史时期，中国文学在追求"历史和解"与"意识融合"基础上，再造民族文化主体叙事的努力。

    因此，对王蒙的理解，不能割裂地以某一类文学形态去评判，除了苏联文学和西方文化影响之外，必须建立在当代文学史"内部关联性"

基础上，将之放在社会主义文学内部嬗变语境之下，才能理解其创作中革命与启蒙纠缠，传统与创新结合，主体再造与历史和解并存的独特形态。因此，理解 90 年代王蒙的变化，也必将成为理解文学史的重要支点之一。

一

　　中国现代文学发轫之初，五四青春叙事，有着苦难与自卑交织，新生与毁灭并存的叙事腔调。"青春"包含着对于"中国现代性"的想象，主体是青年知识分子。革命叙事兴起之后，革命主体的成长故事就替代了青春成长故事。这种革命叙事对成长主题的改写，在杨沫的《青春之歌》达到高潮，即描述小知识分子如何克服浪漫情绪与软弱胆怯，成长为革命者。然而，《青春之歌》还属于"建国叙事"范畴，随着社会主义建设的不断展开，新中国需要一种新的、具象征意味的青春叙事。这种青春叙事要塑造一种"当下"的青春体验，让生在新中国、长在红旗下的青少年打造自己言说"成长"的方式，从而树立中华人民共和国的"主体叙事"性。这也就是很多批评家所说的王蒙的"少共情结"。

　　王蒙 14 岁加入中国共产党。他曾作为中央团校学员、腰鼓队成员之一，参加了开国大典。[1] 党性与青春，在王蒙的精神血脉之中已紧紧联系在一起。《青春万岁》展现了革命胜利后的沸腾生活。夏令营的篝火，义务劳动，强健的肉身与纯洁的精神，文化学习与社会事务结合，无不

---

[1]　王蒙：《王蒙八十自述》，人民出版社 2013 年版，第 18 页。

显现出理想主义色彩的中国社会主义"青春气质"。这种生活的摹本是苏联。《青春万岁》中那群充满青春朝气的"共和国之子",是中国当代文学最早的"社会主义新人"形象:"旧社会遗留下的少年人的疾病和衰弱远没有彻底消除。但是,你们是第一批在新时代成长起来的新人。你们毕业了,这样高兴,到天安门前来庆祝。多少时代学生没有,这种快乐心情。"① 他们是杨蔷云、袁新枝、郑波、周小玲、张世群等"社会主义新青年"。小说还虚构了毛泽东与青年学生见面的场景。青春万岁,是革命理想万岁。青春见证历史,青春在历史的主体建构之中。王蒙写道:"五十年代,中学生生活有很多优良传统和美好画面,例如:又红又专、全面发展的口号……同学们之间的互助,以及新社会人与人之间的关系。"② 这种对"社会主义"的浪漫认知,也能看到王蒙思想与情感的连续性,一直保留在王蒙的文学世界,并成为"历史和解"与"多维融合"思路的重要一环。

然而,热情明丽的想象背后,依然存在潜在的问题:知识和革命、世俗化与革命能否协调一致?青春理想主义与现实之间,能否达成和谐?裂隙的出现始于《组织部来了个年轻人》。这篇小说既可看作社会主义的"青春成长小说",③ 也可以看作《青春万岁》的续篇。《组织部来了个年轻人》直接受到苏联作家尼古拉耶娃小说《拖拉机站站长与总农艺师》的影响。这篇小说,比一般反官僚主义题材小说深刻之处在于王蒙以更复杂的目光看待刘世吾与林震、赵慧文等人的关系。《组织部

---

① 王蒙:《青春万岁》,人民文学出版社 1979 年版,第 340 页。

② 王蒙:《青春万岁》,第 345 页。

③ 董之林:《论青春体小说——50 年代小说艺术类型之一》,《文学评论》1998 年第 2 期。

来了个年轻人》突出日常生活对革命理想主义的溶解作用。老干部刘世吾的口头禅是"就那么回事"，他对于理想激情的倦怠，来自拥有权力后不自觉的保守意识。林震对待刘世吾的态度，恰可看作青春理想主义与革命成功后的现实政治秩序的一次"不激烈"的对抗。林震这个形象的暧昧，恰在于他有弒父的叛逆，又充满了对父权的维护。这既与王蒙童年家庭不睦、父权形象缺失有关，① 也有现实政治潜在心理制囿，更彰显了一个始终贯穿王蒙创作的矛盾主题：社会主义内部官僚主义，不仅是个人品质问题，如麻袋厂韩作新变成腐败分子，更是一个时间性的结构问题。当革命激情状态退却，日常生活浮现，个人主义"私利"也就出现了。王蒙作品提出这样的问题：如何防止革命理想主义蜕变？如何处理日常生活与革命的关系？

另一层潜在话语冲突，即个人理想追求与革命庸常化现实（世俗化）的冲突。严家炎认为，《组织部来了个年轻人》的"前史"，是丁玲的小说《在医院中》。主人公陆萍，就是革命年代医院"新来的青年人"。② 赵慧文与林震朦胧的"办公室爱情"更彰显了这种困惑。林与赵因反官僚主义互相吸引，其结果却成为带个人性私密色彩的"性欲"。这种力比多转换方式，无疑丰富了矛盾层面。虽然小说使用第三人称，但林震的视角，始终与叙事者、作者合一，更是纯洁坦诚意味的"理想主义"视角。王蒙将深刻的社会政治困惑，放置于理想主义视角之下，无疑缓解了尖锐的政治刺激性，也表现出社会主义文化内部的结构张力性。小

---

① 王蒙：《王蒙八十自述》，第 112 页。

② 严家炎：《现代文学史上的一桩旧案——重评丁玲小说〈在医院中〉》，《钟山》1981年第 1 期。

说结尾,林震从赵慧文家中出来,一声亲切的"刚出锅的炸丸子",不仅有王蒙式幽默,更表现了王蒙在生活与革命之间的两难选择。娜斯嘉式的"理想",寄托于州委书记之类的领导的英明睿智。王蒙在日常生活与革命理想之间的困惑,比尼古拉耶娃更深刻,触及到中国社会主义建设的某些敏感点。

但是,这篇小说,并非描写"党话语"与"知识分子话语"产生内在对抗的小说。①《组织部来了个年轻人》依然是在"组织内部",依然是建国伊始,"当代文学"探索之中,社会主义文学形态的"内部矛盾"。这篇小说,也为王蒙 90 年代的独特小说形态,打下一个注脚,即世俗化与革命之间,知识启蒙与革命之间,也存在"和解"与"融合"的可能。

二

某种意义上讲,80 年代是王蒙的小说创作走出固定的"青春模式",走入更广阔的创作形式的时期。这一时期,王蒙笔下革命与世俗生活之间的张力关系逐渐缓解。内在原因在于,在"新时期改革共识"基础上,因为启蒙的介入,与现代意识的觉醒,王蒙很好地表现了民族国家叙事对启蒙与革命叙事的融合。这里不仅有《活动变人形》、《蝴蝶》等大量影响深远的伤痕反思小说,而且也出现了更多艺术类型和技巧的探索,比如,《球星奇遇记》、《名医梁有志传奇》、《一嚏千娇》、《坚硬的稀粥》等寓言性作品,《在伊犁》系列以新疆为背景的地域风情小说,也有《布

---

① 谢泳:《重说〈组织部新来的青年人〉》,《南方文坛》2002 年第 6 期。

礼》、《春之声》等所谓"新意识流"作品。这一时期是王蒙的"个性觉醒"期。无论语言诉求，还是自我意识，王蒙的小说都变得更丰富复杂了。

王蒙在 80 年代的小说，也比较典型地体现了政治主流化的"新时期共识"。它们既反极左政治，反对政治对文学的钳制，也反极右自由主义，反对否定党的领导。这种谨慎的改革意识，使得"关注人民生活"的世俗化意识与"人的解放"的启蒙意识，都得到了暧昧的包容。这种"新时期共识"，是社会主义文艺内部的调整策略，也隐含着潜在危机。这类"共识"试图在社会主义文化框架内实现文学发展，表现在很多遭受极左磨难回归文坛的作家身上，老一辈的有丁玲、杨沫，相对年轻的有王蒙、张贤亮、从维熙、刘绍棠等。王蒙充满青春气质的理想主义没有被完全磨灭，而是化为"试炼"的党人忠诚。《布礼》主人公钟亦诚念念不忘"少共回忆"。钟的妻子凌雪说："党是我们的亲母亲……亲娘也会打孩子，但是孩子从来不记恨母亲。"[1] 这种"忠贞"的党人情怀，得到很多人的赞同，也受到了很多人的质疑，如曾镇南说："小说无意认可变了形的封建宗法观念。"[2] 有学者指出，王蒙的情结，仍然是"延安文学精神"，是"比较开放、善于变通的延安文学精神之子"。[3] 还有的学者，称王蒙是"一个偏于左翼化的，自由主义的支持者"。[4]

然而，王蒙没有走回十七年文学老路，也没有加入 80 年代初重建

---

① 王蒙：《布礼》，《当代》1979 年第 3 期。

② 曾镇南：《王蒙论》，中国社会科学出版社 1987 年版，第 29 页。

③ 张钟：《王蒙现象探讨》，《文学自由谈》1989 年第 4 期。

④ 李钧："狐狸"，见王蒙、温奉桥编：《王蒙·革命·文学——王蒙文艺思想研究》，人民文学出版社 2008 年版，第 158 页。

"社会主义新人"的努力，更没有在西方文学影响下，走入先锋文艺的路径，而是走向另一条独特的探索道路。比如，对于从西方引进的"意识流小说"技法，王蒙有过借鉴，也曾有过深刻的反思。他认为，西方的意识流，是一种叫人们逃避现实，从而遁入内心的艺术形式，而"王蒙式的意识流"，则是让人们同时面对主观和客观世界，热爱生活和心灵的艺术。① 可以说，王蒙的"意识流"，不是文学走向极端虚无的产物，而是一体化体制对文学的束缚放开之后，中国社会主义文学内部启蒙生机的迸发。王蒙的意识流不是神秘的不可知论，而是个人感知、经验与思想的爆炸式解放。这里充满主体启蒙释放自我的喜悦。从个人而言，这是摆脱专制苦难的启蒙喜悦；从国家而言，这种意识流，则是人民脱离意识形态禁锢，找到民族国家发展新道路的启蒙喜悦。由此，《布礼》的时空闪回，意识流动，更多展现数十年历史风云，给钟亦诚带来的巨大心理冲击。《蝴蝶》以张思远对世事变迁和身份转换的恍惚感受，展现个体心灵的复杂情绪。

更典型的是《春之声》。闷罐子车的各种杂声，就是改革开放共识的"春天之音"。岳之峰的回家之路，各种声音嘈杂入耳，有黄土高原的铁砧、广州三角形瓷板、美国抽象派音乐、京剧锣鼓声、火车车轮声。从空间讲，读者则在汉堡游轮、北京高级宾馆、三叉戟客机、斯图加特奔驰车厂、闷罐子车之间眼花缭乱地转移。这正是一个由于改革开放造成的丰富复杂的时空特征。各个时空信息，都加速交织，汇成令人

---

① 王蒙：《关于"意识流"的通信》，见宋炳辉、张毅主编：《王蒙研究资料》，天津人民出版社 2009 年版，第 31 页。

欣喜的"杂音"，以此表征迅疾发展的中国现代化。落后与发达、传统与现代、外国与中国，并存于时空之中。那再也不是灰暗的时空，不是革命的红色时空，而是充满多元活力的时空。《春之声》的火车，如同《哦！香雪》的火车，"火车"这个"现代性符号"，再次被赋予了"历史新起点"的现代象征意义。

这样的现代民族国家意识之下，宏大化的启蒙意识流充满重生的喜悦和进步的自豪，在回忆往昔的伤感与展望未来之间，个人意识得到空前拓展。但是，这始终是"过渡"状态。这种多声部并置状态，王蒙很难对之整合，只能将"多声部"演变成语言狂欢，如《杂色》、《来劲》等。创作主体意识在启蒙感召下觉醒，也召唤着王蒙不断寻找真正自我："茫茫的生活海洋，时间与空间的海洋、文学与艺术的海洋……我要寻找我的位置、支持点、主题、题材、形式和风格。"[1]王蒙的小说从透亮纯净的青春成长式抒情语言，演变成饱含焦虑的、复调式的现代性话语。这种信息量巨大且多变的"反叙述"语言，既成为独特的小说风格，也显示"杂色"的内在困境。革命、启蒙、现代、后现代、传统、抒情、反讽等诸多要素，王蒙试图将之容纳入小说时空。郜元宝认为，"80年代，王蒙这些带有探索性质的小说，其语言是'拟抒情'，借此消解宏大叙事的话语。"[2]王蒙与其他作家的不同在于，他有强烈的社会主义政治体验的表达欲望。这使得新时期共识的过渡价值，被延宕到90年代。王蒙的作品不仅体现了对政治的解构，且体现为对革命叙事

---

① 王蒙：《漫话小说创作》，上海文艺出版社1984年版，第83页。

② 郜元宝：《阅读与想象——致陈思和，再谈王蒙小说的语言与抒情》，《小说评论》1995年第3期。

意义的重构。

然而，新时期共识框架内，世俗化代表的日常理性，与革命、启蒙等种种意识形态之间的复杂纠葛，也集中表现在《活动变人形》。《活动变人形》塑造了"倪吾诚与倪藻"两代知识分子形象。倪吾诚语言大于行动，性格软弱，去过解放区，也留过洋。他狂热支持破四旧，甚至对于"消灭自己的肉体，也举双手赞成"。然而，倪吾诚缺乏毅力与恒心，最终成为没落的失败者。其实，王蒙在80年代中期通过"分裂的知识分子"形象，展现了80年代启蒙共识的潜在危机，也预示了世俗化对启蒙意识的解构。中国知识分子的软弱性、非理性与话语幻觉，使他们在传统与现代、西方与中国、肉身与信仰之间，常处于矛盾状态。批评家张颐武认为，"《活动变人形》，表现了日常生活与宏大叙事分裂的尴尬与矛盾。"[1] 王蒙延续了《组织部来了个年轻人》的困惑，日常生活如何与激情理想达成和谐？集体性宏大话语如何才能与个人日常生活和谐相处？《活动变人形》从知识分子自身反思入手，将他们的内在灵魂分裂展现出来。

革命传统的单纯明朗与眼花缭乱的现代性体验之间，不可避免地产生巨大眩晕感。集体的道德情怀与个人主义的怀疑叛逆，使得王蒙不得不求助小说形式突破缓解焦虑。《来劲》等小说，形式意义大于内容意义。大量名词堆砌、变形叙述，呈现出更大的分裂感。《坚硬的稀粥》则是王蒙80年代创作的一个"异数"。它通过一家人吃饭这一"世俗化"的

---

[1]　张颐武：《活动变人形——反思现代的中国和现代的中国人》，《长篇小说选刊》2006年第1期。

故事，从日常生活角度引出政治问题的处理方式，甚至是"文化共存发展"的态度。这部小说，也初步奠定了王蒙 90 年代以历史和解与意识融合，再造共和国史诗的文学史野心。

三

很多研究者认为，90 年代是王蒙创作的一个衰落期，其影响和活力，都大大下降。然而，如果从王蒙整体的创作轨迹，以及 90 年代中国小说的宏大叙事演进逻辑来看，这一观点值得商榷。因为，对于王蒙创作衰落的判断，显然服从于 90 年代是"启蒙的自我瓦解"（许纪霖语）的时代的整体判断。可是，单一的启蒙视角，不足以解读 90 年代，也不足以解读王蒙这样复杂的作家。90 年代的思想分歧，很多都是 80 年代内在问题的显性浮现与延续性激化。比如，权力、资本与公平、正义问题。张炜的《古船》、《葡萄园的愤怒》，王润滋的《老霜的苦闷》，贾平凹的《小月前本》等小说，对于改革开放导致的欲望与伦理、权力与资本的复杂关系，就多有所揭示。90 年代思想的分裂，既有来自 80 年代社会主义体制转型导致的中国内部变化因素的影响，也是全球化语境下资本市场对于中国社会深度介入的结果显现。

然而，现代性宏大叙事的目标在 90 年代的中国不再是摆脱外族侵略与阶级压迫的解放，而是"实现中华民族文化复兴"与实现"个体的人"的启蒙解放的双重任务。王蒙内在于社会主义体验，因而具有了某种主体观察的视角、心态和文学可能性。类似苏联作家拉斯普京、卡卢斯、艾特马托夫、肖洛霍夫等，王蒙小说是社会主义经验内部自我启蒙的典范性文本，张贤亮代表右派文学的激进改革意识，受到更多西方影响，将个人欲望放大到政治控诉，试图以市场化共识，实现个人欲望解放的神话。王蒙的小说，则代表了右派作家的保守性改革意识，他们更注重共和国的社会主义文化体验主体性，并将 80 年代的改革意识，发展为 90 年代多元化背景下对于"历史和解"与"多元意识融合"的努力。

可以说，王蒙"不新不旧"的艺术特质，在于少共式理想主义，融合世俗化现代逻辑，形成浪漫又务实，批判又怀旧，建构又解构的社会主义内部体验性。世俗化，让王蒙取得了相对革命叙事更为冷静理性对待叙事态度，也让王蒙对启蒙的高调论说保持着本能怀疑。王蒙反对极左，也反极右，以生活促发展，以世俗代替革命，以审美距离保存对革命的敬意。王蒙更能代表中国政治领域稳健派的改革共识。"杂色"随着时间流逝与缓慢经验积累，有成为共识与信仰的可能。

理解王蒙，必须充分认识中国的世俗化思潮。世俗化（seculariza-tion），既是启蒙的产物，让王蒙怀疑反省革命"左"倾问题非常深刻，也让王蒙对启蒙本身的功利性与原罪性，有一个清醒的认识。考察"世俗化"在西方的流变史，它首先是作为"国家没收教会的财产"、"教职人员回归社会"等宗教社会学概念使用。[1] 后来，追求个人物质与精神幸福的世俗化思潮，逐渐被纳入启蒙的思想框架。康德认为："启蒙，就是人脱离自己加之于自己的不成熟状态，'不成熟状态'即没有别人的指导就无法实现自己的理智。"[2] 这无疑是运用理性来指导自己，追求

---

① 任继愈：《宗教大辞典》，上海辞书出版社 1998 年版。转引自褚洪敏：《市场经济语境下的文学世俗化研究》，博士学位论文，山东师范大学 2007 年，第 74 页。

② [德] 康德：《历史理性批判文集》，何兆武译，商务印书馆 1991 年版，第 17 页。

幸福。而中华民族有"耻谈功利、崇尚道德"的文化传统，自五四以来，中国文化又处于"救亡"和"超越他者"的焦虑之中，这也让中国更注重民族国家意义的宏大启蒙意义，忽略个人世俗化欲望的启蒙。

80 年代的"新启蒙"，阶级英雄变成知识分子英雄，但是，人类的世俗化欲望依然服从于现代民族国家叙事的宏大诉求。20 世纪 90 年代，作家塑造了更多"普通人"的艺术形象。体现在他们身上，世俗化就成为一个重要维度。90 年代"现代化改革"深入发展，为文学的世俗化倾向提供了更好的条件。一方面，经济世俗化与现代文学有着重要联系。埃斯卡皮指出："现代小说发生与现代出版经济之间，有着非常重要的依存关系。"① 丹尼尔·贝尔也赞扬市场经济对作家的解放。② 这与支持"人文精神"的知识分子，把市场化视作"对文学自主性剥夺"的观点，形成了有趣对比；另一方面，中国的市场经济还远未成熟，世俗化书写虽通过"祛魅"一定程度消解了宏大叙事，但却走向了政治规避与精神虚无。同时，世俗化维度天然地包含着对精英文学的消解。③

---

① "1740 年，英国小说家塞缪尔·查理逊发表被认为是英国小说原型的书信体小说《帕美勒》，这部书信体小说是由一群书商和书籍事业家非文学性创举'生养'出来的"。见［法］罗贝尔·埃斯卡皮：《文学社会学》，于沛选编，浙江人民出版社 1987 年版，第 42 页。

② "艺术家依靠赞助庇护系统，例如王室、教会或政府，由他们经办艺术品的产销。这些机构的文化需要，如教主、王子的艺术口味，或国家对于歌功颂德的要求，便能决定主导性的艺术风尚。可自从艺术变为自由买卖物件，市场就成了文化与社会的交汇场所"。见［美］丹尼尔·贝尔：《资本主义的文化矛盾》，赵一凡等译，生活·读书·新知三联书店 1989 年版，第 33 页。

③ 朱国华：《文学与权力——文学合法性的批判性考察》，华东师范大学出版社 2006 年版，第 134 页。

这种附庸性，在市场经济受到主流意识形态操控情况下表现得更加明显，[1] 也应该警惕。

然而，90 年代中国作家面对的更迫切任务，则是如何处理革命文艺精神遗产与世俗化的关系的问题。因为，世俗化既是启蒙的产物，也天生对所有宏大叙事带有强烈的解构颠覆性。文学的革命叙事，在近百年历程中常常表现出"激进启蒙"的面孔。它的集体性、崇高性，是中国现当代文学合法性的重要部分。90 年代，社会主义市场经济崛起，后现代与全球化思潮冲击中国。中国当代文学也必然面临巨大的心理撕裂与精神重建，世俗化与革命叙事的关系，也就成为中国作家必须面对的课题。

对很多作家而言，这种世俗化冲击反映在创作上，都表现为"解构"与"建构"并置杂糅的状态。90 年代王蒙的小说，也见证了这个过程的艰辛和复杂。在 80 年代的《在伊犁》系列小说之中，王蒙歌颂新疆朴实善良的劳动人民，在人民话语与宏大政治话语之间，其目光就更为关注"日常生活"。而这里的日常生活，成为王蒙重新审视人性叙事与革命叙事关系的桥梁。王春林指出："《在伊犁》是一种对于 90 年代才流行于文坛的日常化叙事的大胆尝试。"[2]

然而，王蒙 90 年代创作的《恋爱的季节》等系列作品，不是"完全世俗化"的作品，而更像是在世俗化基础上对启蒙与革命的双向反思

---

[1]　如汪晖指出："大众文化与官方意识形态的相互渗透并占据了中国当代意识形态的主导地位"。见汪晖：《当代中国的思想状况与现代性问题》，《文艺争鸣》1998 年第 6 期。

[2]　王春林：《被遮蔽的文学存在——重读王蒙的小说〈在伊犁〉》，《中国作家》2009 年第 8 期。

与双向和解。也就是说，王蒙意味的世俗化，不仅有解构政治的因素，也是"再政治化"的宏大叙事建构。它们包含世俗化和人性多元论，谴责意识形态的伤害；同时，它们又蕴含理想主义气质，维护社会主义道德合法性，有别于 90 年代新历史主义小说。这也造成了理解王蒙的复杂性，及王蒙在 90 年代的寂寞。90 年代的王蒙成了一个"横站"的经验主义者，有了更多宽容睿智的理性。与其说王蒙怀念革命，不如说他怀念单纯明朗的理想主义。与其说 90 年代的王蒙走入了世俗化视野，不如说他试图在世俗化形成的多元叙述空间内实现"历史的和解"，既批判反思革命叙事，歌颂世俗化对人的解放，又怀念革命的理想主义仪式，警惕世俗化本身的虚无情绪。

四

具体而言，王蒙的文论《躲避崇高》，是理解 90 年代王蒙的重要文献。崇高无法被"消解"，而只能被"躲避"。王蒙的姿态颇有意味。表面看来，王蒙称赞王朔，是因为"世俗的王朔"解构了宏大叙事，但具体论述中，王蒙主要针对阶级革命叙事，而"真诚"与否，被认为是革命叙事失效的重要衡量标准。他声称"首先是生活亵渎了神圣"，"我们的政治运动一次又一次地与多么神圣的东西开玩笑"，"是他们先残酷地'玩'了起来的!"① 由此可见，对王蒙这样的"少年布尔什维克"而言，将革命与启蒙截然二分，完全"消解崇高"，无论从情感上讲，还是从

---

① 　郭宝亮：《沧桑的交响——王蒙论》，《文艺争鸣》2015 年第 12 期。

理性上看，都非常困难——更何况在中国的现代性进程中，二者本来就是扭结在一起的。

王蒙有两个原发性精神资源，一是浪漫的革命理想主义，二是日常化叙述基础上对专制创伤的反思。80 年代，王蒙复出之后，努力将启蒙和批判专制、浪漫理想主义同时呈现，制造一种"社会主义文学内部"的反思性。然而，"浪漫主义"与"专制"、革命与日常化之间的冲突，又造成了他身上的"讽刺解构"与"浪漫感伤"的双重气质。进而，在他的创作之中，造成了无法解决的悖论性冲突。这也使王蒙常以夸张反讽的"话语流"姿态出现，表现为强悍又软弱、幽默又伤感的"杂糅性文体"，如《一嚏千娇》、《来劲》、《杂色》等小说，政治讽刺、荤笑话、市井俚语杂糅并生，理想的天真与世故的装傻融为一体。郭宝亮将这些文体分为"自由联想体，讽喻性寓言体，拟辞赋体"。① 王蒙的这种悖论化焦虑情绪，在 90 年代初期达到顶点。与其说《躲避崇高》是王朔小说的"辩白之文"，不如说是王蒙自己痛苦心路历程的"自嘲"反思。

有的学者认为，王蒙标志着中国当代文学的审美"转型"，然而，90 年代王蒙的启示，更在于 90 年代整体告别革命、拥抱日常化的背景下，中国当代文学如何将政治性与文学重新进行审美化联结。这主要表现在王蒙的"季节系列"小说。1990 年初冬，王蒙决定"写一部一个人的中华人民共和国编年史"。②《恋爱的季节》、《踌躇的季节》主要写五六十年代的共和国历史，而《失态的季节》、《狂欢的季节》则写到了

---

① 郭宝亮：《王蒙小说文体研究》，北京大学出版社 2006 年版，第 112 页。
② 郭宝亮：《沧桑的交响——王蒙论》，《文艺争鸣》2015 年第 12 期。

"文化大革命"。王蒙将世俗化与革命、启蒙相结合："可不可以大雅若俗，大洋若土呢？可不可以，在亲和与理解世俗，珍重与传承革命的同时，保持精英高质量与独立人格？"①作家试图从世俗性个体层面切入历史，总结建国后半个多世纪中国风云变幻的历史体验。90年代王蒙既反思激进革命，也反思80年代新启蒙。这也使得他将"建构"与"解构"相结合，将"幽默"和"伤感"相结合，将理想主义与世俗性体验相结合。有论者认为，王蒙的这些准自传型小说，主人公叙述视角具有"追忆者旁观历史与介入历史"的双重性。②其实，这些小说也存在大量全知全能叙事，某种程度上也凸现了中国现代国家民族叙事与世俗化的结合。

《恋爱的季节》③是季节系列小说的开端。小说详细记述了新中国成立初期，钱文、赵林、洪嘉、满莎、周碧云、舒亦非、林娜娜、萧连甲、李意等"社会主义中国新人"的生活。革命被解释成浪漫的爱情与生活，如舒亦非、周碧云、满莎之间的三角恋。一种小资浪漫情调用时间法则将革命叙事一分为二。长篇小说开头，就展现出一个乌托邦式的"全面发展的人"的形象。"梦"、"青春"、"中国"、"人性"成了同义词。这种全面发展的人，有古希腊式肉身与智慧结合的影子，也有着建国初期小知识分子走入革命洪流，取得人生价值感的青春狂热。这种对肉身的强调，却与主流意识形态对于革命道德性的不断提纯，有着隐秘的内在裂痕。

洪嘉的母亲洪有兰再婚的情节，象征着世俗叙事与国家民族叙事的

---

① 王蒙：《革命、世俗与精英诉求》，《读书》1999年第4期。

② 郭宝亮、倪素梅：《论王蒙小说的叙述视角与叙述声音》，《西北师大学报（社会科学版）》2005年第5期。

③ 王蒙：《恋爱的季节》，《当代》1993年第2期。

结合。尽管这里也有着"再婚住院"这样的喜剧性戏谑情节，但不能否认，"翻身、解放、自由、民主"，都因为新中国具有了现实依据。洪嘉、周碧云等人的婚姻和爱情遭受挫折，总是依赖性地找组织。小说中又有很多社会主义国家电影、50 年代苏联歌曲、欧洲 19 世纪文学名言警句等历史记忆。正如王蒙借钱文之口说出，这是一个恋爱的季节，也是浪漫的、歌唱的季节，"哪里都是爱情，到处都是爱情，人人都有爱情。"① 小说在钱文对东菊大声呼唤"我爱你"中结束。这种世俗性对革命的改写，突出了革命胜利对人的物质和精神的双重解放。这种"革命回忆"与十七年革命叙事的不同在于，这是一种个人化叙事。小说也写到了理想主义之下的"人性自私"。比如，对于洪嘉的同父异母弟弟洪无穷的描写。无穷的亲生母亲苏红，因参与托派被捕，洪无穷毅然与苏红决裂，投奔同父异母的姐姐洪嘉，然而，洪嘉不仅不同情他，反而对洪无穷感到厌烦。

王蒙写了革命的幸福，也写了革命的恐怖、狂热和集体化策略。洪无穷因生母苏红是托派，就改名字，和母亲划清界限。周碧云拒绝了青梅竹马的恋人舒亦冰，嫁给了矮小的满莎，因为他身上有着革命话语魅力："满莎身上有一种魔法，一种无产阶级的，革命的魔法，这真叫她羡慕！"然而，《恋爱的季节》不是《青春万岁》，王蒙戏谑地指出集体话语对个人生活空间的侵蚀："就是去厕所，也要互相招呼，互相邀请，尽量集体化避免孤独的寂寞。"洪嘉嫁给山东革命英雄李生厚，青年诗

---

① 温奉桥、姜尚：《静拨生命之摆或超越生死之维——论王蒙小说新作〈生死恋〉》，《中国当代文学研究》2019 年第 3 期。

人徐剑指出，李的英雄事迹材料是经过加工的："找个人给我们俩整材料，你洪嘉和我徐剑也是孤胆英雄，革命楷模。"革命从激情状态走入日常化，每个人都要成家立业，洪无穷只能回到亲生父母身边。意识形态话语的魅力最终被日常化所消解。赵林的女友受不了赵林没完没了的说教。萧连甲为了让未婚妻学理论，差点勒死她。洪嘉要结婚，为了新房子奔走。《组织部来了个年轻人》揭露的官僚主义问题，也有了更严峻的反思。当革命激情落实为权力傲慢，官僚主义就成为集体话语对人性的摧残。祝正鸿的未婚妻束玫香被局长调戏，他屡次上访，但遭到了官僚主义的无形阻碍。

同时，重新回顾建国的历史，王蒙的态度并不是决裂，而是试图通过世俗叙事，在革命与人性启蒙之间找到一种对话的途径，既反思革命的缺陷，又保留革命的美好，既保持世俗性的人情味，又对自私自利的世俗社会抱有警惕。小说结尾写道："他想保持所有的美好的记忆和他的那一串串的梦。梦，就让它是梦吧。梦只是梦，它永远不会被得到，所以也不会失落。"①钱文的这段心理独白，可以看作叙述者内心思想的流露，王蒙对待 50 年代和革命时代的态度，是将之作为一个"美好的梦"：既肯定了它的美好，也指出了乌托邦性质。这种"横站姿态"非常特殊，是一种价值的"多向汲取"。

《失态的季节》、《踌躇的季节》、《狂欢的季节》从"反右"写起，写了一代青年的挫折与反省。这种反思从宏大话语退却，钱文的个人体

---

① 温奉桥、姜尚：《静拨生命之摆或超越生死之维——论王蒙小说新作〈生死恋〉》，《中国当代文学研究》2019 年第 3 期。

验觉醒开始。钱文认为，"他又变成了自己，而且仅仅是自己。他和世界，重新又分清了，他在世界上，世界在他的心里。"①这三部小说，内在心灵描述变多，革命叙事本身的反思维度也逐渐展开。《失态的季节》主要讲述反右斗争，钱文、赵林、萧连甲等一批青年的苦涩成长，大部分贯穿了钱文的个人化视角。曲凤鸣热衷于打右派，在细密罗织之中满足崇高感与权力欲："分析问题是他最高雅的愉悦。他的笑容表现着高高在上的满足、赏神益智的沉醉与真理在握的庄严。"②然而，曲也最终难逃被打成右派的命运。

更可怕的是，政治压力之下知识分子内心丑恶的泛滥。洪嘉揭发丈夫鲁若，鲁若在审讯室中手淫，最终被判刑，死在监狱。萧连甲被批判，与高干子弟女友的爱情也受到阻挠，绝望地自杀。章婉婉为摆脱右派身份，不与右派丈夫秦经世同房。《狂欢的季节》还插入第二人称"你"为视角，讲述钱文家一只猫的生死经历，以猫喻人，在心酸之中见人性温情。小说细致地写出"文革"期间文化界与政治界的真实变化。那些风华正茂的青年，变得意志消沉。钱文下放新疆，赵林成了不得志的机关处长。钱文的目光从革命宏大叙事沉入日常生活。他努力在日常生活中重寻生命意义："到向阳口的商场，坐在看得到灯光街景的食堂窗边，吃世俗的猪耳朵与喝脱俗的葡萄酒，说一些该换汽车月票啦，管装皮鞋油上市啦……这不是幸福吗?"③

---

① 温奉桥、姜尚：《静拨生命之摆或超越生死之维——论王蒙小说新作〈生死恋〉》，《中国当代文学研究》2019 年第 3 期。

② 王蒙：《失态的季节》，《当代》1994 年第 3 期。

③ 王蒙：《狂欢的季节》，《当代》2000 年第 2 期。

　　同时，历史的苦难被过滤掉了批判意味，化为"平常心"的坚守，相濡以沫的爱情、同情心以及宽容的自我保全。《狂欢的季节》大量描写日常生活，暗示王蒙试图在"革命"与"世俗"之间搭建桥梁的苦心。世俗的和谐圆满，是革命成功的目标之一；革命的激情，必须以世俗作为基础。从修辞上讲，隐含作者的反讽语气和认同语气，越来越难以区分。对非人性的"文革"的控诉，世俗叙事居然使作家从"劳改"看出劳动的必要性，虽荒诞反讽却透露着价值暧昧。小说叙事的"反讽"，通过美与丑、平庸和崇高的"并置"，形成解构宏大叙事的有效策略。然而，小说反讽的世俗性维度有先决条件，即隐含叙事者的世俗理性。王蒙的"四季小说"对世俗性的认同，大多将"世俗"归为社会内部秩序的补充，为世俗生活想象出"相濡以沫、平和温馨"的传统景观。然而，"世俗"的破坏力量，王蒙却悄悄予以遮蔽（或仅表现"浪漫"）。《狂欢的季节》结尾，再次出现《布礼》式"党人忠贞"。如此，王蒙对社会主义经验的坚守就具有了双重意义，一方面延续改革开放时代坚持反对"文革"，又尊重社会主义经验主体性的"改革共识"；另一方面，90年代世俗话语境下，又表现出对世俗性的有限承认与隐含质疑。

结　语

　　王蒙试图将世俗化与革命、启蒙等意识结合起来，但在解决主体自由、发展权问题上，也面临很多问题。很多学者对90年代王蒙的创作持有异议。李欧梵认为，王蒙的"技巧"是把领导干部的指示和来自群众的材料结合进行加工。王蒙的语言，是技巧的标记，却成为对他的反讽。同时，他又指责王蒙无力解决中国民族性黑暗核心的内部根源。①
郜元宝则直指王蒙是"意识形态化的文学守护者"。②

可以说，王蒙在 50 年代、80 年代、90 年代三个时代创作节点上，
形成了不同的艺术风格，也有着内在思想性与艺术性的关联。50 年代
对于理想主义的怀疑，80 年代对于新时期改革共识的彰显，以及 90 年
代试图在革命、启蒙、世俗化等诸多要素之间，搭建"历史和解"与
"意识融合"的平台，都显现了王蒙试图在社会主义经验内部，实现自
我反思与主体建构的努力。这种努力在 90 年代去政治化的语境之内，
表现出了重建个人与历史的联系，重建文学与政治联系的雄心。王蒙百
余万字的"四季体"长篇小说，以史诗性时间跨度和理性反思，成为一
种 90 年代宏大叙事的另类写作，尽管这种"历史和解"与"意识融合"
依然充满了逻辑和思想上的悖论冲突。

进入 21 世纪，步入老年的王蒙，创作的《青狐》、《闷与狂》、《生
死恋》等作品，在"青春激情、革命激情、历史激情"多重激荡中，再
一次冲破时空桎梏，直逼生命之复杂真相，呈现出新的生命景观，③ 都
有着 90 年代创作的重要影响。这种独特的经验主义思路，与看似尴尬
的"横站"姿态，也表现了王蒙在整个中国当代文学史上的特殊性与代

---

① 李欧梵：《技巧的政治——中国当代小说中之文学异议》，尹慈眠译，《文学研究参
　考》1986 年第 4 期。
② 张颐武：《活动变人形——反思现代的中国和现代的中国人》，《长篇小说选刊》2006
　年第 1 期。
③ 温奉桥、姜尚：《静拨生命之摆或超越生死之维——论王蒙小说新作〈生死恋〉》，
　《中国当代文学研究》2019 年第 3 期。

表性。王蒙的个案也告诉我们，在中国当代文学史的书写过程中，不仅要重视那些断裂性文本，而且也要注重王蒙这类具有很强历史关联性的作家。他在创作上的成功经验和失败教训，都值得我们继续反思。

（原载《人文杂志》2019 年第 12 期）

从"逍遥游"到"受难记"

——论王蒙20世纪八九十年代小说中的新疆经验书写

黄　珊

1979 年，随着"右派"问题得到彻底纠正，王蒙党籍恢复，回到北京。刚回京不久，王蒙就宣称："故国八千里，风云三十年（八千里，指北京到新疆的距离），我如今的起点在这里。"①从 1963 年底至今，王蒙以自身的新疆经验为材料或背景所进行的各种体裁的文学创作，累计约 40 余篇（部），150 余万字。可以说，新疆经验是迄今为止在王蒙创作中所占份额很大，堪与他的"少共"和"青春"经验比肩的重要部分。但有意味的是，直至今日，研究界对于王蒙新疆经验书写的关注仍未能与这个重要话题的分量相匹配。在"中国知网"以"王蒙"为主题关键字搜索相关文章共 4399 篇，但其中与"新疆"有关的文章仅 160 篇（其

---

①　王蒙：《我在寻找什么?》，《文艺报》1980 年第 10 期。

中非研究性的报刊通讯约有 60 篇）。在这些文章中，研究者们从新疆对王蒙整体创作的影响、[①] 王蒙新疆叙事的民俗特色、[②] 王蒙新疆书写的文化视野、[③] 王蒙作品对于新疆文学的意义 [④] 等方面对王蒙进行研究。研究的文本大多以王蒙 20 世纪 80 年代初创作的《在伊犁》系列小说为主。由于研究范围的局限和研究视角的固定，研究者们往往将王蒙对自身新疆经验的书写看作不变的整体，关注点往往放在新疆对王蒙人生观和创作观的影响上，而忽略了从 20 世纪 80 年代到 90 年代，王蒙的新疆书写实际发生了明显的变化。事实上，20 世纪 90 年代王蒙的新疆经验书写，是对其 20 世纪 80 年代创作的一种解构和重述。本文拟从王蒙对自身新疆经验的书写切入，以动态的视角来探寻从 20 世纪 80 年代到 90 年代以来，面对已成为历史的新疆经验，王蒙叙述态度发生了怎样的转变，这种转变意味着什么，以及在 90 年代，他的这种讲述与 80 年代的叙述存在怎样的联系。通过分析其背后的话语逻辑，可以考察王蒙这个"五七族"在 80 年代以何种叙述方式完成了与体制的配合和自我的升华，亦可以探究在 90 年代，王蒙又是如何通过重述新疆经验，完成了历史的反思和知识分子的正名。

---

① 温奉桥、温凤霞：《从伊犁走向世界——试论新疆对王蒙的影响》，《中国海洋大学学报（社会科学版）》2010 年第 1 期。

② 夏冠洲：《王蒙小说中的民俗美》，《西域研究》1991 年第 4 期。

③ 何莲芳：《双重文化视野下边疆乡土生活的深刻记述——再读王蒙写新疆"在伊犁"系列小说》，《小说评论》2014 年第 3 期。

④ 袁文卓：《论王蒙笔下新疆叙事的构建和意义》，《创作与评论》2017 年第 2 期。

一、1963：灵与肉的双重困境

1963 年 12 月 23 日，王蒙携妇将雏，奔赴新疆，一去就是 16 年。再踏上北京的土地，他已经由 29 岁的青年变为 45 岁的中年。尽管王蒙复出后反复阐明自己是主动申请赴疆，[①] 但是结合当年风雨欲来的政治环境，这种"主动"恐怕只能说是"被迫的主动"——在北京无路可走的时刻，也许只有远走新疆才能让他"置之死地而后生"。无法改变大环境的王蒙，只能被迫通过奔赴新疆来改造自己。而这种"被迫的主动"，大抵是不会太快乐的。在西行的火车上，王蒙曾私下写下了几首旧体诗："嘉峪关前风嗥狼，云天瀚海两茫茫。边山漫漫京华远，笑问何时入我疆。""死死生生血未冷，风风雨雨志弥坚。春光唱彻方无恨，犹有微躯献塞边。"[②] 几首格调低沉悲壮，颇有几分贬谪味道的旧体诗，正是王蒙奔赴新疆时悲怆迷惘的心情的写照。

当王蒙到达乌鲁木齐后，受到了新疆维吾尔自治区文联的接待和照顾。但是当初踏异乡的兴奋和新奇感过去之后，迎接王蒙的却是客观物

---

① 王蒙曾在其自传中这样写道："我渴望遥远的边陲、相异的民族与文化，即使不写，不让写，不能写，写不出，我也要读读生活、边疆、民族，还有荒凉与奋斗、艰难与快乐共生的大地！这是一本更伟大的书，为了读它，我甘愿付出代价。"见《王蒙自传》第一部《半生多事》，花城出版社 2006 年版，第 220 页。又如在采访中王蒙这样说道："去新疆是一件好事，是我自愿的，大大充实了我的生活经验、见闻，对中国、对汉民族、对内地和边疆的了解，使我有可能从内地—边疆，城市—乡村，汉民族—兄弟民族的一系列比较中，学到、悟到一些东西。"见《文学与我——答〈花城〉编辑部 ×× 同志问》，《花城》1983 年第 4 期。

② 方蕤：《王蒙——放逐新疆十六年》，东方出版社 1995 年版，第 11 页。

质环境的巨大落差和精神世界的打击。这里不妨将王蒙在赴疆前后的生活状况做一番对比。1961 年底，王蒙曾在北京师范学院担任助教。"王蒙来系后，虽然名为助教，但和其他助教不同，是另眼相看，受到优待的。当时房子很紧张，但还是千方百计给王蒙搞了一个单间（当时助教谁也没有这个权利）。"① 多年之后，王蒙仍清晰地记得房屋的面貌："我总算住进一处四白落地，墙面平直，白灰顶子，端端正正的大玻璃窗，标准的木门的房屋了。"②除了良好的住房条件，王蒙一家的经济状况也还算充裕，王蒙此时月工资近 80 元，③ 明显高于当年全国平均值（根据国家统计局统计，我国全民所有制单位职工的年平均工资 1962 年为 592 元，1963 年为 641 元。其中文化和教育事业单位职工的年平均工资 1962 年分别为 639 元和 518 元，1963 年分别为 689 元和 546 元）。④ 这段时间，王蒙甚至还有余钱买咖啡和旧唱片。⑤

　　而王蒙到新疆后则是另一番天地。1965 年王蒙独自去伊犁参加"劳动锻炼"时，虽与当地百姓打成一片，但生活条件却相对艰苦："他们家有一间小小的（约四平方米）厢房，原来放一些什物，其中有一张未

---

① 　王景山：《〈王蒙任教北京师院的日子〉附录："文革"期间坦白交代和王蒙关系的材料两件》，《新文学史料》2015 年第 1 期。

② 　《王蒙自传》第一部《半生多事》，第 205 页。

③ 　王蒙在自传中谈及，在赴疆之前王谷林曾提醒他向组织申请补助："我申请了，立即得到了八百元补贴，在当时，这个数字相当惊人，是我月工资的近十倍。"见《王蒙自传》第一部《半生多事》，第 221 页。

④ 　国家统计局社会统计司编：《中国劳动工资统计资料 1949—1985》，中国统计出版社1987 年版，第 156、164 页。

⑤ 　《王蒙自传》第一部《半生多事》，第 206 页。

经鞣制的生牛皮，发出腥味。房中有一个矮矮的炕，能够住下一至两个人。"[1]除了住房，新疆的气候也是对王蒙一家的考验。新疆的冬季比北京更冷："大街小巷，处处是坚硬、光滑、污浊的冰，简直令你寸步难行……厕所好像一座冰丘。除了冰，看不到地面。茅坑深有 10 米，底部是一个大的连通池，望下去令人如临深渊，望而生畏。使用时找不到可以蹲踏的一小块地面，净是高低不平的若干小冰峰。"[2]

虽然新疆和北京相比物质水平差距较大，但是正如前文所说，王蒙奔赴新疆的目的是为了见世面，"改造"自己，完成文学理想——这更多的是一种精神上的追求。然而，王蒙想在新疆大显身手的梦想也很快化为泡影。1964 年随着整风运动的开展，王蒙创作的已经排好版的报告文学《红旗如火》被撤下。紧接着，派遣王蒙作为机关干部下乡搞"社教"的计划也被取消。一个原本年轻力壮、才华横溢的作家，却因为政治问题成为一个"多余"的人，他"犹有微躯献塞边"，报效边疆重获新生的愿望落空了。妻子崔瑞芳在回忆中的一段话，最能反映王蒙当年艰难的处境："'阶级斗争'的弦越拉越紧，报纸上除了批就是斗，文艺问题更是紧张得叫人透不过气来。到了基层，政策怎样？积累了生活，还能有权利拿起笔来写作吗？'重新组织文艺队伍'的政策已经提出，《人民文学》只登'活学活用'的题材，不登任何成名作家的作品了。这样的气候，还怎么搞写作？离开了孩子，什么时候再能团圆？离开了北京，又离开了乌鲁木齐，越走越远，这代价是否太大了？何时何日有

---

① 《王蒙自传》第一部《半生多事》，第 241 页。
② 方蕤：《王蒙——放逐新疆十六年》，第 25 页。

返回的一天?" ①

　　总之，无论是物质还是精神，王蒙在新疆的生活似乎都并不顺利，起码是与他赴疆的目的相违背了。但是，这种巨大的生活落差和苦闷的精神状态，却极少见于王蒙80年代公开发表的作品里。如果将王蒙在新疆生活16年的实际生活情况，和王蒙20世纪80年代以《在伊犁》为代表的新疆经验书写相比较，那么展现在我们面前的是两幅完全不同的图画。从王蒙妻子崔瑞芳的回忆，以及其他资料中所反映的王蒙16年的新疆生活，是灰暗，落寞的图景。而在王蒙80年代的作品中，他的新疆经验却被书写为一幅幅以暖色调为主的画面。

二、20世纪80年代：逍遥与赞歌

　　20世纪70年代末80年代初，王蒙以自己16年的新疆经验为基础，写下了诸多作品，如小说《夜的眼》（1979）、《歌神》（1979）、《买买提处长轶事—维吾尔族的黑色幽默》（1980）、《最后的"陶"》（1981）、《杂色》（1981）等。在这其中，《在伊犁》系列小说（1983）因为其数量（共9篇）、影响力和浓郁的地域风情，可以说是最能表现王蒙自身的新疆经验的作品。在这部作品中，新疆被描绘为一个远离政治动乱的世外桃源。"文革"肃杀的政治氛围似乎并没有对伊犁百姓的生活造成太大的影响。这里的老百姓在"文革"期间仍保持着自在自足的生活方式："按照当地农民的理解，大会开过了，邓拓、吴晗、廖沫沙打倒了，'文化大革命'

---

① 　方蕤：《王蒙——放逐新疆十六年》，第30页。

也就大功告成了。何况这时马兰花谢了，玫瑰花盛开，苞谷苗锄了第一遍，早熟的洋芋苹果（一种含淀粉量高的苹果种）虽然还硬，但也可以吃了，许多农家房梁上的燕巢里的雏燕也已长得羽毛丰满、能展翅高飞了，各条水渠上的蒿草都长得茂密高大了。到了夏收时节，大家的心思，全放到了地里的麦子上。"①"伊犁河谷，这是多么富饶的地方，尽管'文化大革命'搞得全国都乱糟糟，伊犁河谷的少数民族农民相对来说还算比较逍遥。"②这里的人们也非常淳朴、善良、慷慨，总是能给予作品主人公"老王"物质上的关怀和精神上的振奋、启迪。例如《穆罕默德·阿麦德》中，在极左的严峻环境下，聪明、善良的维族青年穆罕默德·阿麦德冒着风险给"我"提供"文革"时期的所谓"禁书"，"帮助我认识了维吾尔乃至整个中亚细亚突厥语系各民族语言、文化中的瑰丽，他教会了我维吾尔语中最美丽、最富有表现力和诗意的那部分。我将永远感激他。"③在《虚掩的土屋小院》中，穆敏老爹、阿依穆罕大娘和"我"亲如一家。当我面对祖国满目疮痍之时，正是这对维吾尔老夫妻给了"我"物质和精神的安慰。即使"我"已经离开伊犁，"我"也常从对他们的回忆中得到启示、力量和安抚。

也许正是因为这样温暖、自由的环境，《在伊犁》中的"我"的生活就成了一曲田园牧歌，一曲"逍遥游"。《在伊犁》着力书写的，是"我"与当地百姓乐观的生活态度。书里没有"文革"血腥残酷的批斗，没有知识分子的困难处境，取而代之的是"我"跟穆敏老爹品尝自酿的葡萄

---

① 王蒙：《好汉子依斯麻尔》（《在伊犁》之三），《北京文学》1983 年第 8 期。

② 王蒙：《好汉子依斯麻尔》（《在伊犁》之三），《北京文学》1983 年第 8 期。

③ 王蒙：《哦，穆罕默德·阿麦德》（《在伊犁》之一），《人民文学》1983 年第 6 期。

酒①，在苹果树下喝着奶茶闲聊。"除了读维文书、看维文报、听维文广播、干家务劳动以外，我还养鸡、养猫、自制酸牛奶。当雄鸡第一次啼鸣报晓，当小母鸡被自己的第一个蛋激动得咯咯大叫，当小猫捉了老鼠或者麻雀，衔着它的战利品跑到主人面前报捷，当牛奶变浓变酸、酸得恰到好处或者酸得倒牙的时候，我简直能笑出眼泪。"②

　　王蒙《在伊犁》系列小说创作于 1983 年，当关照这部作品的创作背景时，不得不让人注意这部作品创作的时间与 1982 年底文艺界展开的对"现代派"的批判，以及与随之而来的 1983 年"清除精神污染"运动之间的联系。王蒙复出不久就连续创作了一系列在当时被称为"集束手榴弹"的颇具现代主义形式特征的作品，如《春之声》、《夜的眼》等。这些作品往往一面世，就遭到很多非议。再加上 1983 年王蒙对《现代小说技巧初探》表示了肯定，一时之间王蒙被卷入意识形态争论的中心。胡乔木就曾多次劝诫王蒙不要在探索的路上走得太远："胡并具体提到了《杂色》，认为那样写不太合适，他又委托他的老同学老友韦君宜给我带话：'少来点现代派'。"③也就在这一年，《在伊犁》问世。王蒙自称："一反旧例，在这几篇小说的写作里我着意追求的是一种非小说的纪实感，我有意避免的是那种职业的文学技巧。"④《在伊犁》系列采用的是最平实的现实主义手法，形式上没有任何在当时看来不入流、有争议的技巧，思想内容也非常纯净，充满了朴素的温情，没有任何悲伤、负面

---

①　王蒙：《葡萄的精灵》（《在伊犁》之五），《新疆文学》1983 年第 11 期。

②　王蒙：《逍遥游》（《在伊犁》之七），《收获》1984 年第 2 期。

③　《王蒙自传》第二部《大块文章》，花城出版社 2007 年版，第 162 页。

④　王蒙：《在伊犁——淡灰色的眼珠》（后记），作家出版 1984 年版，第 323 页。

的调子。这种写法与《夜的眼》、《春之声》、《杂色》的差异是明显的。王蒙对于自己的这种创作非常满意，并称其为"真正的小说"："职业化的小说家的小说即使写得再圆熟，然而，它仅仅是小说而已。而真正好的小说，既是小说，也是别的什么，如，它可以是人民的心声、时代的纪念、历史的见证、文化的荟萃、知识的探求、生活的百科全书。它还可以是真诚的告白、衷心的问候、无垠的悠思。有时恰恰是非专业作家写的那种可以挑出一百条文学上的缺陷的作品，却具有一条最大的、为职业作家所望尘莫及的优点：真实朴素，使读者觉得如此可靠。"①

当王蒙如此肯定《在伊犁》系列是"真正的小说"时，是不是也就意味着他在某种程度上否定了自己之前的创作不是"真正的小说"，不是"人们的心声"？王蒙的这种做法，及其所创作的《在伊犁》系列，其中是否掺杂着他出于当时的文坛环境所做的策略性考量，也许是个值得深思的问题。1983 年"清除精神污染"与王蒙《在伊犁》的创作转变在时间上的对应，或许不仅仅是巧合而已。尽管王蒙在《在伊犁》后记里强调这部小说的纪实性，但是我们并不能就此认为《在伊犁》如实描绘了王蒙在新疆伊犁的真实生活图景。重要的不是话语讲述的年代，而是讲述话语的年代。这部小说真实反映的，也许更多的是 20 世纪 80年代初的王蒙在特殊的地位和社会背景下回望历史的态度。

20 世纪 80 年代初，王蒙就已经凭借《布礼》、《蝴蝶》、《春之声》等一系列作品引起了文坛的轰动，接连获奖，还多次应邀出访美、德

---

① 王蒙：《在伊犁——淡灰色的眼珠》（后记），第 323 页。

等国。1982 年 9 月，王蒙已列席中共十二大，当选为中共中央候补委员。此后更是"芝麻开花节节高"，1986 年当选为文化部部长。当这一时期的王蒙回望自己最艰难的岁月，回顾自己的新疆经验时，他早已不再是《在伊犁》中常常灰头土脸的"老王"。曾经的落难经历，就如同战士身上的伤疤一样，是证明自己荣耀的勋章。因此，这苦难的经历就显得特别有价值。试想，如果王蒙在 1979 年未获得公正待遇，而是一直留在了新疆无法"翻身"，那么他还会这样饱含深情地在《在伊犁》中感恩新疆吗？归根结底，王蒙最主要感谢的不是曾经在新疆的落难经历，而是这段落难经历的"结果"："二十年来，我当然早就被迫离开了'组织部'，也再不是'年轻人'。然而我得到的仍然超过于我失去的，我得到的是大有作为的广阔天地，得到的是经风雨、见世面，得到的是 20 年的生聚和教训。"[1]当苦难的过程最终导向好的结果，那么苦难就变成一个有价值的锻炼，成为值得回顾的光辉的历程。

这种将苦难赋予崇高意义的叙述方式，是以王蒙为代表的一代"归来"的作家们在新时期以来共同的创作姿态。中国传统士人所笃信的"天将降大任于斯人也"的精神信条在这些"归来者"身上发生着作用。虽然灵与肉都经受了巨大的苦难，但只要最后的结果是得到了"天降之大任"，那么再回首时，这些苦难都可以理解为成功之路上必须经历的磨难——苦难因此具有了合理的解释。同时，作为 20 世纪 50 年代成长起来的一代作家，他们的成长背景和所受到的文化影响也与上一代

---

① 王蒙：《我在寻找什么?》，《文艺报》1980 年第 10 期。

作家存在很多差异。正如孟繁华在论及"归来诗人"时所说:"这代诗人受到共和国理想主义的教育,革命传统文学和俄罗斯文学是他们最基本的文学营养,那种被称为社会主义现实主义的理论已深植于他们的文学灵魂,对文学功能理解的单一和褊狭,使他们归来之初的创作仍有鲜明的青春时代的印记。"[①] 一方面,历史加之于他们灵魂与肉体双重磨难,这是真切而无法否认的事实。另一方面,他们又无法怀疑一直以来所坚持的理想与信念,因为正是这些理想和信念哺育他们成长,早已熔铸在他们灵魂深处。一旦质疑理想和信念,就是质疑他们自己生存的价值,就让他们在黑暗岁月中的求生失去了意义。因此,将苦难赋予意义,似乎是在两难之间的一种折中的选择:只有当苦难成为走向胜利的必经之路时,苦难与理想信念之间的隔阂才能被打通。

王蒙在新时期以来取得的地位,也注定他无法完全以一个独立的自我来书写他在新疆的生活体验。"不论写什么作品,对祖国大地、对人民、对生活的热爱和对革命的追求,对共产主义理想的追求,都是我们的作品的主旋律。"[②] 对个人苦难的哭诉以及哭诉中无法避免的感伤、颓废的情怀,必然与这种对主旋律的追求相背离。赞美新疆民间和谐、温暖的人情,感恩于少数民族对来自汉族的"老王"的关怀,无疑是王蒙叙述新疆经验的最为合理和稳妥的方式。

王蒙重返北京的那一刻,历史已经为他安排好了既定的角色。在获

---

① 孟繁华:《1978:激情岁月》,山东教育出版社 2002 年版,第 86 页。

② 王蒙:《创作是一种燃烧》,人民文学出版社 1985 年版,第 103 页。

得历史补偿的同时，他又必须在既定的范围和规则内行使话语权利。而作为被新中国的理想哺育的一代，他们不会，亦无法质疑这些制约。在文学史叙述中，1978 年与 1979 年，以及 20 世纪 80 年代之间存在着泾渭分明的分界线，一边是"文革"、封建传统，另一边则是思想解放，回到文学自身。但是具体到作家在这一断裂时代的作品，似乎却不能简单地进行"一刀两断"的划分。王蒙这一时期小说中对于新疆的书写姿态说明，20 世纪 50—70 年代的社会对知识分子的深刻影响，并没有随着时代巨变的号角而立刻消弭。

三、20 世纪 90 年代：知识分子的自我正名

2000 年，在"季节"系列之四《狂欢的季节》里，王蒙再次写到了主人公举家迁往新疆的经历。钱文背井离乡来到新疆，本打算放手一搏。但是和王蒙自身的经历一样，"文化大革命"一开始，作为"摘帽右派"，钱文所有的宏图计划都成了泡影。作为"多余人"，钱文不得已再次远走七百里，来到农村"下乡劳动锻炼"。综观整个"季节"系列中钱文的人生经历，无论是"少布"，划为右派，还是《狂欢的季节》中的远走边疆，都与王蒙自身的经历高度重合。可以说，王蒙正是以自己为原型，阐述新中国成立后第一代知识分子的心路历程。有意味的是，同样写"放逐"新疆的经历，钱文的生活却与 20 世纪 80 年代《在伊犁》中"老王"逍遥惬意的生活完全不同。如果说《在伊犁》中"老王"的放逐生活是"逍遥"的，新疆的环境对于老王来说仿佛世外桃源，那么《狂欢的季节》中，钱文的放逐生活则是压抑、困苦和灰暗的。他

寄身的"边疆"① 更像是失意、寂寥的"失乐园"。

王蒙《在伊犁》写的基本是新疆的夏天，而《狂欢的季节》里写的新疆则总是处于冬天。"夏"、"冬"季节的差异也正折射了主人公不同的生存境遇。正如前文所述，无论是物质还是精神，新疆的偏远小城的生活都与首都北京形成了巨大落差。这种落差在《在伊犁》的叙述中是被过滤或是美化了，而在《狂欢的季节》里，主人公所遭受的"灵与肉"的双重苦痛却被描写得很详尽。这部小说中，不再有"虚掩的土屋小院"、枝叶茂密的葡萄架、苹果树，不再有多情而善良的穆罕默德·阿麦德和慈祥乐天的穆敏老爹，充斥在钱文生活中的是不知期限的枯燥等待、提心吊胆和空虚寂寞。

《狂欢的季节》中，钱文一家栖身在农村两间破旧的小屋里，生活条件极其恶劣："房屋是用生土坯砌成的，歪歪扭扭。没有顶棚，每间屋各有一根裸露的房梁与搭在上面的稀稀落落的椽子。你躺在床上欣赏这梁和椽子时，会担心他们的瘦弱和稀疏，究竟能不能支撑得住挡风挡雨的屋顶。"② 基本的洗澡在这里也是困难事："这里一年四季难有洗澡的地方，就靠自己在脸盆里擦洗。冬天天冷，就更困难。每次擦洗的结果都是水变得黑黑的，身上的污秽干脆是洗不完……最后只好带着没有洗净的、不但有泥巴橛儿而且还发散着某些味道的身躯，带着对于在这

---

① 王蒙在《狂欢的季节》中并未直接写明钱文放逐之地是"新疆"，而是用"边疆"代之。尽管文中多次暗示"边疆"就是新疆（如第二章写要到达边疆，就要依次经过西安、哈密、吐鲁番，又如写边疆多"坎儿井"），但是"新疆"这个地名从未在小说中直接出现过。而"伊犁"的地名也被"边陲小城"所替换。

② 王蒙：《狂欢的季节》，人民文学出版社 2000 年版，第 69 页。

个地方讲究卫生的绝望，冻得哆哆嗦嗦地、惭愧地穿上内衣。"①

《狂欢的季节》中，王蒙不再将苦难的经历视作一种对于精神和肉体的锻炼，而是将其还原为苦难本身——一种单纯的对灵与肉的折磨。这种折磨是没有任何值得升华的意义的。来到边疆之后，钱文无所事事，无路可走，精神压抑而痛苦："他没有东西可读，没有东西可写，没有任何会议通知他参加，没有任何事等着他去做。他瘦骨如柴，比在权家店时还不成样子。在权家店劳动时盼着的是表现得好获得摘帽，如今还能盼什么呢？摘了帽的叫摘帽右派，摘帽右派也就永无摘帽之日了。"②"他已经没有兴趣快乐，正如没有兴趣悲伤。他只是等待，等待那无可等待的等待本身。"③

虽然是边疆地区，但是钱文所处的环境却并不像《在伊犁》中那样远离"文革"的世外桃源。钱文依旧能在边疆感受到"文革"对于国家的深刻影响，这种感受虽然不够直接，但是同样对钱文的精神产生了极大震动。例如《狂欢的季节》中，王蒙在描写钱文听闻刘小玲死讯时的心灵震颤时，颇为巧妙地插入了一段钱文观看阉割公牛的情节。被阉割的公牛"那抽搐和颤抖表现了无力与无望的痛楚，这痛楚甚至不但令钱文恶心，而且连自己的阳具也随之酸痛起来"④。王蒙以公牛的阉割为参照，真正写的是钱文这一代知识分子在历史动乱中所遭到的"精神"阉割之痛。《恋爱的季节》中朝气蓬勃的青年，在边疆耳闻目睹了"文革"

---

① 王蒙：《狂欢的季节》，第85页。
② 王蒙：《狂欢的季节》，第63页。
③ 王蒙：《狂欢的季节》，第85页。
④ 王蒙：《狂欢的季节》，第68页。

对人精神和肉体的巨大破坏后，只能无望地选择放弃理想，放弃思考："其实他最不希望的事是他在怀疑什么，他拒绝怀疑更拒绝不满，拒绝穷根究底，拒绝恐惧：他再也不想恐惧了，拒绝陷入黑洞，拒绝抽搐，拒绝翻上死鱼似的眼睛。"①

从《在伊犁》中"老王"在新疆逍遥自在、乐观豁达的生活，到《狂欢的季节》里钱文在边疆所经受的灵与肉的双重折磨，不难看出王蒙对于新疆经验的叙述姿态出现了明显的转折。在这里，问题的重点并不完全在于探究哪一部作品更贴近王蒙真实的新疆生活，而在于王蒙为何如此重新讲述自己的新疆经验，以及在90年代，他的这种书写与80年代的创作存在怎样的联系。

从创作《在伊犁》系列的80年代初到写作"季节"系列的90年代末，以王蒙为代表的这一代知识分子与体制的关系已经发生了巨大的变化。正如前文所述，在创作《布礼》、《蝴蝶》以及《在伊犁》系列的80年代初，王蒙作为"归来的作家"得到了体制给予的巨大补偿。这种补偿，一方面或多或少地修复着"归来者"们在过去十几年艰辛岁月中所受到创伤，另一方面，又在有形或无形中制约着"归来者"们追述历史的姿态。因此，"王蒙们"将苦难解释为一种有意义的锻炼，一种"天将降大任于斯人也"而不得不承受的生命之重，也就成为顺理成章的事情。而90年代之后，体制与知识分子的这种"补偿"与"被补偿"的微妙关系在很大程度上遭到了瓦解。在市场经济和政治环境的多重力量的影响下，知识分子或主动或被动地走向社会的边缘位置。体制的补偿被大

---

① 王蒙：《狂欢的季节》，第69页。

大削减，体制对于知识分子的制约力量必然随之降低，这一切都为"王蒙们"回过头来重新挖掘在80年代被压抑的那一部分苦难经验提供了契机。因此，也就有了从维熙的《走向混沌三部曲》等回忆苦难经历的作品。王蒙的"季节"系列便是这股风潮中的重要一脉。虽不是自传，但钱文的经历却是1949年之后大部分知识分子共同的"心灵史"。

需要补充的是，王蒙这部分受压抑的新疆经验虽然在90年代之后得到释放，但是这种"释放"却并不是彻底的，王蒙仍旧有着自己的顾虑，和不得已而为之的"聪明"。这种"聪明"，首先体现在王蒙小说语言风格的变化上。杂语喧哗、汪洋恣肆的语言狂欢风格，其实在王蒙80年代中后期的作品中就已经初露端倪，但最淋漓极致体现这种语言风格的，当属王蒙90年代以来创作的"季节"系列小说，尤其是本文所提到的《狂欢的季节》。对于王蒙语言风格的转变的原因，研究者们众说纷纭。而笔者则认为，王蒙语言风格由纯净走向"杂色"的转变，可以看作王蒙在卸任部长之职后，以及在"文学失去轰动效应"之后，在相对自由的情况下对于以往被压抑的情绪的一次喷发和释放。这种释放里必然包含许多不太符合主流意识形态的思绪，所以王蒙选择用海量的，溢出常规范围的语言将这种思绪裹挟起来，不断地反问，不断地与自己对话，却很少下固定的结论。他回避了对"文革"的正面描写，而更倾向于主人公钱文内心的挣扎。这些复杂的思绪随着情感的勃发，泥沙俱下，变为喧哗的语言狂欢，在众生喧哗中，完成对外部可能遭到的审查的"设防"。

此外，正如前文所述，王蒙在《狂欢的季节》中并未直接写明钱文放逐之地是"新疆"，而是以"边疆"代之。这种替换，显然也是出于现实避讳的考虑。有意思的是，就在同一时期，王蒙又屡屡在各种发言中谈到自己对新疆的感激和赞美之情。如《又见伊犁》（1991）："伊犁这块土地是实在的，人们的日子越过越好，伊犁的风姿越来越美，伊犁的友人永远那样友好和热情。我从来没有离开过伊犁，想离也离不开。"① 又如《祝福新疆》（2001）："我离开新疆的日子已经超过了我在新疆度过的日子了。但我还是惦记着新疆，想念着新疆，神往着新疆。"② 在现实和文本书写中，王蒙对于新疆的感情似乎是矛盾的，但从另一个角度看，这实则是一个问题的两面。"新疆"是一个实实在在的确切的地名，这个地名与王蒙血肉相连，是他一生经历中相当重要的部分。王蒙与新疆的联系过于紧密，感情太过深厚，所以在书写新疆经验时，王蒙自身强烈的主观感情反而会阻碍他进行更加理性和深刻的挖掘。这也就是为什么王蒙大多数明确写到"新疆"的作品，都显得过于纯净而缺少复杂的维度。而当王蒙小说的故事背景由"新疆"变为"边疆"时，却往往会产生更加复杂的意蕴。其早期的《夜的眼》《杂色》便是一例。相对"新疆"这个确切的地名，含义相对模糊、范围更加广泛的"边疆"本身就带有了更复杂的寓意。在《狂欢的季节》里，它不仅仅是一个地域，更隐喻着"边缘"、"远方"或"不入流"——这正是以钱文为代表的未被革命激情冲昏头脑，又无法做出反抗的知识分子在"文革"处境中的揭示。"边疆"模糊的含义，使它不仅联系着王蒙自身的新疆经验，更隐喻着无数知识分子在"文革"中被驱逐，被压抑的历史。

---

① 王蒙：《又见伊犁》，见《王蒙文存》第 14 卷，人民文学出版社 2003 年版，第 371 页。
② 王蒙：《祝福新疆》，见《王蒙文存》第 15 卷，第 255 页。

虽然王蒙的这种"聪明"是不得已而为之，但王蒙却并未得到应有的理解。"当然，受时代的局限，关于'文革'的生活目前大概只能写到这种程度——思想比较传统保守的人和思想很激进、很解放的人大概都不会满意这部作品。"①对于相对传统保守的人来说，《狂欢的季节》所涉及的话题显得太敏感。小说在人民文学出版社出版时就遇到这样问题："作品存在的问题是：……对'文革'的发动者、主持者毛泽东有一定的理解、谅解，也多有讥讽、调侃、挖苦一类的语言。对此，通过10月18日的讨论已决定由责编摘出疑问较大者请作者考虑作一定的删改订正。"②《狂欢的季节》所遇到的删改情况，反映出作品从创作到出版的过程中，作家的叙述方式也会因客观原因而产生一定的变化。也许正是王蒙在创作和出版过程中，可能顾及到了出版环境而不得不主动或被动地"避讳"，所以导致这部作品在部分叙述上显得有些"聪明"。

而对于"思想很激进，很解放"的人来说，王蒙又是一个"圆滑"、"世故"、"太过聪明的中国作家"。这从90年代以王彬彬为代表的年轻一代知识分子，在"人文精神的讨论"中对王蒙进行的诸多指责中即可见一斑。其实从另一个角度看，王彬彬对于王蒙毫不客气地指责，追根溯源，似乎也与王蒙80年代作品中对于苦难的表现方式有着千丝万缕的联系。即使不联系王蒙在80年代受到的待遇，仅仅看一看《在伊犁》中"老王"在"文革"中相对逍遥惬意的生活，也就不难理解王彬彬的愤怒了。"老王"偏居远离政治旋涡的伊犁，在"文革"的严峻环境中

---

① 何启治：《我所知道的〈狂欢的季节〉和〈英雄时代〉》，《出版史料》2009年第4期。

② 何启治：《我所知道的〈狂欢的季节〉和〈英雄时代〉》，《出版史料》2009年第4期。

仍旧有闲情逸致养猫、酿酒、自学维语，这不正是王彬彬所反对的"苟全性命于乱世"？《在伊犁》中所颂扬的"塔玛霞儿"精神，亦正是一种"太具有生存智慧"、"太聪明"的做法。虽然王彬彬并不是从《在伊犁》出发来指责王蒙，但是其指责的种种方面，却总可以在《在伊犁》中找到依据。无可否认，王蒙的《在伊犁》系列，的确在表现知识分子的苦难历程和思想活动上不够深刻。

有些学者认为，"王蒙等面对这种指责，尽管愤怒，却也似乎并没有找出多么充分的理由为自己辩护。"① 的确，"二王"论争中，王蒙并没有立即拿出充分的理由为自己辩护。但是王蒙的"季节"系列，尤其是《狂欢的季节》，却恰恰可以充分地反映王蒙对于"人文精神"问题的思考。

通过不断地吸取历史经验，反思历史教训，王蒙已经转变为一个理性而成熟的经验主义者。他对现实中一切二元对立的，过于"纯净"以致可能走向极端的思维方式都保持着高度的警惕，对王彬彬等所提倡的所谓书生意气，秉笔直书以至于舍生取义的"壮烈"充满了质疑："经过多次壮烈，我在年已花甲之时积累了一点经验：壮烈能带来什么？为什么壮烈？为谁壮烈？祖国和人民需不需要你的这个壮烈？这是要考虑的。不能"不问收获，但问耕耘。不问效用、但讲壮烈，只拉车，不看路"。② 在王蒙看来，所谓的"壮烈"，在历史动乱中可能只会变成毫无

---

① 贺桂梅：《世界末的自我救赎之路——对1998年与"反右"相关书籍的文化分析》，见戴锦华主编：《书写文化英雄——世纪之交的文化研究》，江苏人民出版社2000年版，第67页。

② 王蒙：《选择活法的可能性》，《读书》1995年第6期。

价值、微不足道的牺牲。《狂欢的季节》中，王蒙就通过钱文对于刘小玲惨死的态度，表达了这样的观点。刘小玲到死还高喊着"革命万岁"，看似轰轰烈烈，但实际毫无意义。"刘小玲的死像章婉婉的'跳'一样，是'文革'当中的著名事件。很快，当然也就被人们遗忘了。"①当死亡失去了意义和价值，那么只能选择庸庸碌碌地活下去。"在巨大的历史变动中，谁谁死了，谁谁废了，谁谁被屈枉了，谁谁满门抄斩，夷其九族了，谁谁早晨还鸡犬升天，炙手可热，晚上就成了冤魂屈鬼，成了不齿于人类的狗屎堆了，都是小菜一碟，家常便饭，稀松平常，不值一提的事，在这种情势下除了活，活下去，一天三顿饭，还能选择什么呢？"②

在王蒙的叙述中，20世纪50—70年代的体制生活中，知识分子只有为数不多的几条路可以选择，要么如刘小玲，在单纯的革命激情中燃烧直至毁灭自己；要么就是被打碎了"书生意气"的脊梁骨，在俗世的庸碌中绝望地等待光明。钱文就是后者。钱文并不是无畏的文化英雄，但也许是那个年代最具代表性的知识分子的写照。他们在历史洪流的裹挟中所暴露的所有人性的光芒和弱点，他们在保持良心与努力生存之间的痛苦挣扎的过程，远比简单地树立一个无畏的文化英雄要深刻、复杂得多。也许只有设身处地体验那一段历史，才能深刻明白知识分子在历史动乱中的无奈和痛苦。压抑而扭曲地苟活，也许并不比"舍生取义"来得轻松。

---

① 王蒙：《狂欢的季节》，第88页。
② 王蒙：《狂欢的季节》，第85页。

相对于年轻一代，王蒙对于在五六十年代成长起来的那一批历经磨难的知识分子，多了几分"同是天涯沦落人"的理解和包容。王蒙认同世界的复杂性与多元性，对于现实，他更愿意投注宽容和理解的眼光，尊重不同的选择："乱世或准乱世，人多数也还是要活。烈士与叛徒之间，并非就再没有选择的余地。一可以分为二，也可以一生二二生三三生万物。人的处境并非只有一种，价值观念也不可能只是一把十六两的老秤。"① 王蒙的这种态度，自然使得他与 20 世纪 90 年代"人文精神的讨论"中的年轻一代的理想主义者的观点发生了抵牾。王蒙所受到的诸如"圆滑"、"世故"、"太聪明"之类的批评，归根结底源于代际所造成的思想差异。王蒙就曾无奈地表示："我本来就是一个'经验主义'者，自己的这一辈子的经验既帮助着成就着一个人也决定着限制着一个人。看来'代'的烙印与区分特别是局限性是难以避免的了。"② 王蒙的"季节"系列，可以看作二十世纪末老一辈知识分子在面对"缺乏人文精神"的指责时所进行的无奈的自我的辩解和正名。所以，他们必须将 20 世纪 80 年代"过于惬意"的苦难进行重新书写，从民族国家关于苦难的既定叙述模式，转变为个人苦难的沉痛叙述。这种转变所呼唤的正是未曾经历过历史动乱的年轻一代对老一辈知识分子的理解与同情。

虽然在不同的年代，王蒙对于新疆的描述存在较大差异，但是却并不能就此质疑王蒙对于新疆的情感是虚假的，亦没有必要去分辨到底哪一种描写才真正贴近了王蒙在新疆十六年的生活。只能说，无论哪个年

① 王蒙：《选择活法的可能性》，《读书》1995 年第 6 期。

② 王蒙：《沪上思絮录》，《上海文学》1995 第 1 期。

代的描写，都如实反映了王蒙当年在创作时复杂的社会背景和创作姿态。王蒙 20 世纪 90 年代小说中的新疆经验，实际上构成了对其前一个十年新疆经验书写的解构。之所以是解构，是因为我们并不能将王蒙 20 世纪 90 年代的书写看作是对其前一个时代的书写的彻底否定，而是应该将其看作是王蒙在 90 年代之后所提出的另一种对于历史的看法和解释，它消解了中心，也就意味着打破了研究者因为多集中于王蒙 80 年代的新疆书写而产生的固态的、刻板的印象。事实上，不仅仅是王蒙，还有很多"右派"作家的作品都在 90 年代发生了明显变化。这些"右派"作家往往因为 80 年代的创作而被载入文学史，但是文学史却很少关心这些作家后来的创作中是否发生了变化。"王蒙们"在步入 90 年代之后怎样，也许是一个值得继续探究的话题。

（原载《文艺争鸣》2020 年第 2 期）

浅谈王蒙近年来小说创作的新探索

郭宝亮

从 1953 年创作《青春万岁》开始，迄今为止王蒙已有 67 年的创作历史。其创作生命之长、创造力之旺盛，都是无人匹敌的，把他称为文学界的"劳动模范"是当之无愧的。进入老年以来，王蒙仍然战斗在创作一线，且佳作频出，据不完全统计，近十年来王蒙共出版各种著作、文集十余部，其中小说集就有七部。特别是 2015 年以来，他几乎每两年就出版一部小说集，2020 年还出版了长篇小说《笑的风》。[①] 从小说

---

① 近十年来，王蒙出版的小说及小说集有：《明年我将衰老——王蒙小说新作》（小说集，花城出版社 2013 年版）；《这边风景》（长篇小说，花城出版社 2013 年版）；《闷与狂》（长篇小说，北京联合出版公司 2014 年版）；《奇葩奇葩处处哀》（小说集，四川文艺出版社 2015 年版）；《女神》（小说集，署名王蒙、陈布文，四川文艺出版社 2017 年版）；《生死恋》（小说集，广西师范大学出版社 2019 年版）；《笑的风》（长篇小说，作家出版社 2020 年版）。

创作的质量看，王蒙宝刀不老，探索不止，真正践行了"创造到老，书写到老，敲击到老，追求开拓到老"的誓言。本文将以编年的方式，对2015年以来王蒙创作的小说作品进行解读与评述，梳理其创作的新追求和新探索。

拒绝"肥皂剧"：世俗交响中的历史感与命运感

2015年，王蒙的中篇小说《奇葩奇葩处处哀》发表于《上海文学》第4期，机缘巧合的是，短篇小说《仉仉》、《我愿意乘风登上蓝色的月亮》也同步发表于《人民文学》、《中国作家》两本杂志的第4期。同年7月，这三篇短篇小说又与发表于《人民文学》2014年第7期的《杏语》结集出版。这表明81岁的王蒙仍然具有旺盛的创造力。

阅读王蒙的这些小说，一种"不知从何说起"的感觉更加强烈，王蒙的深不见底、王蒙的杂沓繁复、王蒙的万花筒般的无限缠绕……正如王蒙在此书后记里说的："……一些荒谬，一些世俗，一些痴呆，一些缘木求鱼南辕北辙直至匪夷所思，一些俗意盎然的情节……无限的人生命运的叹息，无数的悲欢离合的撩拨……空间、时间、性别三元素的纠结激荡，旋转了个人、历史、命运的万花筒。"①

中篇小说《奇葩奇葩处处哀》，表面上看好像是一个很世俗的故事——一个丧偶的老年男子与六个奇女子之间的可叹、可爱、可哭的婚恋奇遇。王蒙说素材早就有了，"只是久久不想写，是因为太容易写成

---

① 王蒙：《奇葩奇葩处处哀》后记。

家长里短肥皂剧"。正因为有了这份警醒，王蒙才能在世俗的交响中直逼灵魂深处，透视百态人生，以横切面的方式把时间串接起来，让历史与现实、追忆与猜想、前世与今生、昨日与明天穿插腾挪，纵横驰骋，极大地拓展了小说的信息容量，使得一篇中篇小说具有了扎扎实实的宽度与厚度，从而避开了俗世的鸡毛蒜皮，获得了历史的纵深感和错综感。

小说一开始便是在沈卓然对发妻淑珍的沉痛追忆中展开。老年丧妻，回忆淑珍与自己相濡以沫、患难与共的一生，沈卓然痛彻心扉，追悔不已。淑珍是一个怎样的女性啊？沈卓然把自己的怯懦谨慎、胆小怕事与淑珍平淡自然的常人心态加以对比。"体温计事件"、"那蔚阗事件"，特别是后者令沈卓然在同学的恶作剧中被诬陷，甚至吃了一记屈辱的耳光，他没有也不敢抗争，他习惯性地遭诬陷，这是他怯懦的表现。损人之后不敢挺身而出与被损害后的不敢抗争，本质上都是人格不健全的一种标志，而被压抑的怯懦之后的性幻想，难道不正是阿 Q 精神的变种吗？随后的政治压抑与诬陷，那蔚阗老师在政治危难中的避风请求，沈卓然与淑珍的表现更是有天壤之别，沈的装聋作哑与淑珍的真诚挽留，显现出淑珍人格的平凡而伟大。因此，"淑珍不仅是葩，淑珍是根，是树，是枝，是叶，它提供荫庇，提供硕果，提供氧气，提供生命的范本"。

与历史感联袂而生的是命运感。命运多舛，世事多艰、大起大落、乐极生悲、十年河东十年河西等都是讲的人生命运的变幻无常。王蒙的一生不正是这样富有戏剧性的命运幻化而成的吗？所以沈卓然才处处感到正是自己的小人得志、胆小怕事、卑微渺小，乃至不敢成仁成义的犬儒主义、机会主义、实用主义、活命主义等才导致了老年丧妻，天塌地陷，一步没顶！才有"上苍给你多少快乐，就会同样给你多少悲伤，上苍给你多少痛楚，就会同样给你多少甘甜。没有比这更公道的了"的感慨。同样，在沈卓然与后来的几位女性的接触中仍然贯穿着这种命运感。周密型范连亦怜，身世奇特，50岁了，生活拮据，家有病儿，她的功利和实用与她的命运有着怎样的关联呢？才智型范聂娟娟，对于沈卓然而言，则是另外一种新鲜的体验，"神经质，不无卖弄，万事通，出色的记忆力，阴阳八卦，中外匪夷，文理贯通，古今攸同"。神神道道，虚虚实实，来无踪去无影，她在40多岁丧夫的寡居岁月里，是经历了命运怎样的捉弄啊？至于力量型范吕媛的"二"与"糙"，年轻前卫型范乐水姗的"潮"与"新"，都构成沈卓然新的生活网络。她们身后的故事和命运都自成一体，足以结构为一部传奇的活剧。

在《仉仉》中，李文采一生热爱外国文学，他与同样热爱外国文学的特别的女生仉仉的一段邂逅，足以拨弄命运的琴瑟。政治运动的波涛使得李文采狼狈不堪，他检举了仉仉，仉仉从此不知所终。50多年的世事沧桑，漂流海外的仉仉寄来李文采年少时的笔记本，然而字迹却灰飞烟灭，一切的一切，都成为记忆，而记忆也终将湮灭于无形。我觉得李文采的"无字书"真是神来之笔，此时无形胜有形，此时无字胜有字，古今多少事，都付笑谈中。

同样，在《我愿意乘风登上蓝色的月亮》一文中，"播种者小姑娘"白巧儿一生沉浮，令人感慨。她从一个乡村民办小学的教师，到主管文教的副市长，再到因贪腐落马的阶下囚，小说采用了"捕风捉影"的手法加以叙述，使得小说留有足够的空白，令人浮想联翩。

王蒙写了一个个鲜活的人物，他们各有自己的命运轨迹。王蒙没有干扰他们的生活和命运，而是站在一个相当的高度来俯察他们，这个高度是"80后"王蒙人生省思和生命体验的高度，王蒙在宽容中储满了悲悯。无论是奇葩们还是仉仉与白巧儿，王蒙无一例外地都给予人物充分的理由，他看着他们苦着乐着挣扎着无奈着，乃至生着死着。人生变幻，世事沧桑，苦海无边，王蒙以生命的大觉悟和大悲悯洞悉了存在的秘密。

"非虚构"小说：虚实之间的张力与"实录精神"

王蒙在小说集《生死恋》的前言里说他的责任编辑已经把他列入可以开拓出新领域的"青年作者"的名单里了。这话一点也不夸张。从王蒙近年来的一系列小说中，我们的确看到了这一趋向。我特别注意到王蒙所写的几篇"非虚构小说"，比如《女神》（《人民文学》2016 年第 11期）、①《邮事》（《北京文学》2019 年第 3 期），另有几年前发表出版的《悬疑的荒芜》（《中国作家》2012 年第 5 期）、《闷与狂》（北京联合出版公司，2014）等，还有王蒙自己透露的那尚未面世躺在硬盘里的"非虚构"书稿，都充分证明王蒙的创造探索精神。

"非虚构"是近年来文学界的热点现象，2010 年《人民文学》杂志开辟"非虚构"专栏，据说一开始是为了发表韩石山的自传《既贱且辱此一生》而特别开设的 ②。但据时任《人民文学》副主编的邱华栋讲，

---

① 2017 年 5 月，王蒙的小说《女神》与陈布文的小说《假日》、《离婚》、《黑妞》以及附录一、附录二一起，署名王蒙、陈布文，由四川文艺出版社出版单行本。

② 李敬泽、陈竞：《文学的求真与行动》，《文学报》2010 年 12 月 13 日。

这是他在与主编李敬泽的交谈中，痛感时下文学与现实的隔膜，进而借鉴美国杜鲁门·卡波特等的"非虚构"写作来试图改善这一写作环境。①我也曾关注过这一写作现象，读过一些"非虚构"小说，但在阅读中也发现了一些问题。比如常常被大家谈起的几篇"非虚构"作品：梁鸿的《中国在梁庄》、慕容雪村的《中国，少了一味药》、萧相风的《词典：南方工业生活》等，这些作品的确在虚构性纯文学作品普遍萎靡的境况中流露出了一丝大地的气息，但总的来看，这些作品仍带有传媒时代猎奇化的痕迹。慕容雪村"冒死"潜入传销组织然后写一个"好"的故事的表演性行为，更像一个颇有卖点的噱头，就像在80年代就有贾鲁生秘密潜入丐帮数月，然后写就纪实文学《丐帮漂流记》引发大家的好奇心一样。更为严重的是，以上诸作中的"中国叙事"和"个人叙事"是分裂的，作者以外在的"看"呈现的是"事"而不是"人"，因此"梁庄"也好，传销组织也好，南方工业生活中的女工也罢，都是扁平地被"我"观看的事主，因此显出平庸的底色来。而恰恰在这一点上，王蒙的"非虚构小说"，其非凡的品质显而易见。

《女神》发表于2016年第11期的《人民文学》，并没有被标识为"非虚构"，而是发在"中篇小说"栏目的头条，但在编者的卷首按语里，把其称为"非虚构"。这篇小说以生活中的真实人物陈布文（著名艺术家张仃的夫人）的真实生活故事展开叙述，叙述人则由生活中的真实人物王蒙来承担，因而，写这样的小说的确是对作者自己的"严重挑战"。

---

① 邱华栋：《非虚构写作和时代——兼论阿列克谢耶维奇的〈二手时间〉》，《领导科学论坛》2017年第4期。

但"高龄少年"王蒙却迎着这挑战而去，他充分发挥了小说家的艺术才能，像写小说那样"非虚构"，一个从未谋面的人物，只因一封短信，一次电话中的爽朗笑声，几篇文字，还有一生的念念不忘……便把"非虚构"的故事写得如此引人入胜，把"非虚构"的人物塑造得如此饱满和鲜活，的确显示了作者深厚的功力。小说起笔于日内瓦，那个扑朔迷离的"日内瓦相遇"真真是神来之笔，它与主人公临终之时对"日内瓦"的呼唤遥相呼应，诗意化地浓缩了主人公陈布文始终如一的高洁人格，不管是身居权力中心，还是退居家庭成为"家庭妇女"，她的性格都是诚挚、纯洁、平淡的，不做作，不虚夸，不伪饰，是个地地道道的"真人"。是的，王蒙重在写"人"，同时，这个"奇异的真人"也折射出了时代的波澜。陈布文，一个来自延安的老革命，曾做过共和国总理周恩来的机要秘书，后主动去职，先是到大学教书，后彻底回归家庭，相夫教子。用王蒙的话说，她是"最文化的家庭主妇"。当然，她也是很成功的母亲，她的几个孩子中，不止一个成了诗人和作家，儿子郎朗还是著名的"太阳纵队"的骨干分子，"文革"中差点像遇罗克一样遭难，多亏了周总理的搭救。总之，《女神》是王蒙根据真人真事的再创造。小说中提到的杨绛，还有作为《蝴蝶》中海云原型的于光远的夫人孙历生，都说明王蒙的《女神》是经过合理想象之后的产物。

《邮事》发表于 2019 年第 3 期的《北京文学》，也是王蒙明确宣布为"非虚构"小说且与报告文学、散文明确加以区分的一篇作品。这篇"非虚构"小说，完全以王蒙的亲身经历来实录自己与邮局之间所发生的诸多难忘的往事。但王蒙的用意显然不是仅仅讲述自我身边的那点故事，而是串联起了一百多年中国邮政事业的兴衰际变，正像崔建飞所言：王蒙通过"生活的际遇、命运的波折、时代的变迁和历史的沧桑，编织成一支以绿色邮政为主旋律的交响曲"。① 王蒙在此把个人叙事与中国叙事完美地结合起来。在王蒙的早期记忆中，邮局是美好的，在绿色的邮箱里有着生活的无尽希望和人间温馨。不知从何时起，邮局里也掺杂了不和谐的音符，王蒙以自己领取稿费的烦琐经历，昭示了一个充满阳光的行业是如何无可奈何花落去的。这其中既有对逝去岁月的无尽惆怅，也有着王蒙对世界一日千里飞速发展的欣慰和通达，小说犹如沧桑的交响，复调般地展示了历史和人生的多重步履以及无以言传的心事。从这一意义上说，《邮事》是个人对时代和历史的活的见证。

　　我觉得，到《邮事》这篇小说，王蒙建构了他关于"非虚构"小说的美学理念。在《生死恋》的"跋二"中，王蒙谈到"非虚构"小说时说："虚构是文学的一个重要手段，非虚构是以实对虚，以拙对巧，以朴素对华彩的文学方略之一。于是非虚构的小说作品也成为一绝。绝门在于：用明明以虚构故事人物情节为特点与长项的小说精神、小说结构、小说语言、小说手段去写实，写地地道道有过存在过的人与事，情与景，时与地。好比是用蜂蜜做药丸，用盐做牙膏，用疼痛去追求按摩的快感，好比是我在苏格兰见过的、在铁匠作坊里用大锤在铁砧上砸出来的铜玫瑰。"② 我理解王蒙的这段话是否可以把"非虚构"小说，叫作"戴着镣铐的舞蹈"呢？实际上从理论上说，"虚构"与"非虚构"并不应该是完全对立的，它们甚至也不应该成为一个问题。文学永远都是在虚

---

① 崔建飞：《绿邮乡愁——评王蒙中篇小说〈邮事〉》，《中国当代文学研究》2019 年第 4 期。

② 王蒙：《生死恋》跋二。

实之间，绝对的"虚"和绝对的"实"都不成其为文学，其奥妙就在于虚实之间的张力。不过，从实践上说，"虚构"与"非虚构"还是有区别的，"虚构"是可以不拘泥于生活的外在真实而大胆想象，但要力求达到本质真实；"非虚构"则是应该尊重生活的本来面目，但在局部可以合理想象。从这一点出发，王蒙之于"非虚构"小说的营造是有着天然优势的。王蒙有着丰富的人生阅历，又有着老到的小说写作的艺术经验，而且王蒙此前的小说实际上都具有"非虚构"的性质。早在《青春万岁》的写作时期，王蒙就对那种故事性作品不感兴趣："能不能集中写一个故事呢？太抱歉了，我要写的不是一个大故事而是生活，是生活中的许多小故事。我所要反映的这一角生活本来就不是什么特殊事件，我如果硬要集中写一个故事，就只能挂一漏万，并人为地为某一个事件添油加醋、催肥拉长，从而影响作品的真实性、生活感，并无法不暴露出编造乃至某种套子的马脚。这样的事，我不想干。"①新时期王蒙复出后，大部分作品也几乎没有那种"巧合"、"传奇"式的很有戏剧性的故事情节，其自传性都很强，比如《布礼》、《夜的眼》、《活动变人形》"季节系列"等，其中都贯穿着一种"实录精神"。特别是"季节系列"小说，写作、出版于20世纪90年代之后，那个时代正是消费文化盛行的时代，读者喜欢的主要是猎奇化、娱乐化的产品，王蒙对此十分清醒，他没有迎合这种文化风气，而是仍然坚持了自己对历史和时代负责的态度，坚持了"实录精神"。

他近年创作的小说，除了上面提到的《女神》、《邮事》外，长篇

---

① 王蒙：《我的第一篇小说》，见《王蒙文集》第7卷，华艺出版社1993年版，第620页。

《闷与狂》是诗化自传，《太原》（《上海文学》2008 年第 7 期）属于"王蒙与崔瑞芳"式的爱情回忆，《悬疑的荒芜》其实也是纪实性很强的作品。《山中有历日》（《人民文学》2012 年第 6 期）、《小胡子爱情变奏曲》（《人民文学》2012 年第 9 期）是王蒙在平谷雕窝村生活的产物。我觉得，王蒙在虚实之间腾挪翻转，向右走一步就是"虚构"小说，向左走一步就是"非虚构"小说，在两者之间自由穿梭，突破了文体上的限制，达到了怡然自得的自由状态。《小说选刊》卷首语对王蒙的评价很贴切："踏遍青山人未老，红杏枝头春意闹，一篇压你三千年，耄耋之年婆媳妇，春风十里不如你。他成了精啦。"

"生死恋"：宏阔历史幕景下个体生命之谜的天问

《生死恋》是王蒙发表于《人民文学》2019 年第 1 期上的一篇五万多字的中篇小说，后与《邮事》、《地中海幻想曲》（《上海文学》2019 年第 1 期）、《美丽的帽子》（作为《地中海幻想曲》的"又一章"发表于《上海文学》2019 年第 1 期）一起合集为《生死恋》，由广西师范大学出版社 2019 年 7 月出版单行本。

显然，《生死恋》是这部集子里最重要的小说，无疑也是 2019 年度最有魅力的小说之一。这篇小说蕴意深远，指向极多，既有青春的激情澄澈，又有耄耋的智慧沧桑，称其为"耄耋青春小说"[1] 是有道理的。

---

[1] 陈柏中、楼友勤：《问世间情为何物——〈生死恋〉阅读笔记》，见《王蒙研究》第 5 辑，中国海洋大学出版社 2019 年版，第 47 页。

　　小说以顿开茅的视角展开叙述，深情而又冷静地追忆两代人的爱恨情仇故事。小说设置了两个"三角恋爱"框架：一是父一辈苏绝尘与吕奉德、顿永顺的"老三角"，二是子一辈苏尔葆与单立红、丘月儿的"新三角"，这两个三角，互为循环"报应"，互为因果关联，演绎着生命的神秘宿命。

　　作为吕奉德先生秘书的顿永顺，在吕先生蒙受冤狱受难之时，却与他的优雅的夫人苏绝尘双双坠入爱河，陷入了一段不伦之恋，并生下了儿子苏尔葆，自此埋下了怨怼悔愧的种子。小说以隐晦的笔触叙写了"老三角"的故事：半夜从吕家传出的如狼嗥般的怪声以及压抑的哭泣，梦魇般弥漫在大杂院的空气里，这使得顿永顺异常"吃心"，就像顿开茅质问的："今天我说到苏老师家，你吃那么大的心干什么？你究竟干了什么缺德事害了人家吕奉德与苏绝尘？我问你，你是不是坏人？"这一质问犀利且直接，这对于当年的顿开茅来说是可以理解的，但对于耄耋之年的王蒙而言，顿开茅的质问显然简单了。接下来顿永顺的反应则是：愤怒，继而泄气，抱头，摇手，结结巴巴地说："不是的……不是……"很明显饱含着无尽的潜台词，尽管"风流成性"的顿永顺，曾几次因男女作风问题差点儿被枪毙，但王蒙却仍然给予他足够辩白的机会，如果用简单的道德评判来判定一个生命体的好和坏，定然是不客观的。

　　有趣的是，顿永顺这一形象，在王蒙的其他小说里似乎也能见到其影子。如《活动变人形》中的倪吾诚，《恋爱的季节》里的钱文父亲，甚至在《王蒙自传》中的真实的父亲王锦第……父亲给予孩童、青少年乃至中老年王蒙的全都是噬心的疼痛感，这是一种爱恨交加的心灵创伤性记忆。"永远不做对不起女性的事"，源自父亲这一反面教训，然而，这个父亲真的仅仅是一个反面的坏人和混蛋吗？当顿永顺患癌逝去以后，顿开茅无数次梦到父亲，这究竟是一种怎样的象征？一个一向健康的人，为什么突然就得了绝症呢？顿永顺对儿子说："这也是报应！"是的，"报应"，这是王蒙小说中的高频率词汇，《活动变人形》据说最初的名字就叫"报应"。"报应"对应着命运的浮沉，承载着神秘的宿命气息。顿家显赫的家世似乎很可疑，但把顿家与纳兰性德联系起来，既昭示了历史的厚重，同时也增强了这种宿命的意味。顿永顺突患恶疾，难道不是因悔愧而招致的生命报应吗？苏绝尘亦如是，她改名苏清恧，而"清恧"就是"惭愧"之意。生命是啥？人又是啥？"人啊，人"，顿开茅的感慨，充分显示了人生的复杂性。

如果说，王蒙以比较隐晦的方式叙写了老一辈的"三角"故事，那么对新一代的"三角"则以浓墨重彩的方式来细腻讲述。二宝的出生，暧昧而尴尬，吕先生作为自己名誉上的爹，实际是最痛恨讨厌他的人。家庭情势决定了二宝（尔葆）未来的命运。他自小谨小慎微，郁郁寡欢，心事颇重。他是个听话的孩子，他的自律文明，常使顿开茅想起一个词"克己复礼"。他活在前辈人的阴影中，同时也活在"爱的阴影"中。出现在他生活中的小队长山里红（单立红），以爱的方式绑架了他的未来和生活，他甚至连"洋插队"也听凭山里红安排。尔葆以极大的隐忍和克己，抵制了杜莱夫人、胖丫头等的各种欲望的诱惑，保持了自己对山里红的道德上的忠贞。当夫妻二人终于团圆于美利坚，且有了一对可爱的儿女时，尔葆却又远涉重洋，重回中国办厂，变成时髦的洋买办。在这里他结识了风情万种的弹词艺人丘月儿，并疯狂地爱上了她。痴爱丘月儿却怕伤害山里红，啥都想要，啥都不忍弃舍，在爱与非爱、道德与原罪的夹缝里，尔葆骨子里的优柔寡断、顾虑重重、不敢做不敢当的种种人格弱点全都暴露无遗。而这所有的一切，难道不都是先天孽因注定的报应吗？单立红离了，丘月儿走了，二宝（尔葆）蛋打鸡飞，只有一死了之了。或许，一切皆在天，天意难违，就像五笔字型中的重码现象，顿开茅与王蒙，月儿与豺狼的重码，是否有着奇异的先验关系？生命的密码谁又能穷尽得了呢？

这篇小说延续了王蒙此前小说在艺术和文体上的诸多特征，同时又有着新的探索。小说具有广阔的时空：从清末到新世纪，从北京四合院到美国和欧洲大陆，再到中国东南部工业园，大开大阖，闪转腾挪，上演了一幕幕惊心动魄的人间活剧。设置一个如此宏阔的历史舞台，仍然体现了王蒙对历史、政治、文化的高度热情，这是王蒙小说一以贯之的旨趣。如此，在王蒙笔下，即便最个人化的恋爱故事，也不可能只是一种纯粹的个人行为，而是历史帷幕下的个人生命史。小说中反复出现的"年表"，不是没有意味的。"报应"的含义虽然与个体生命密码有关，但最重要的决定因素显然与时代历史的进程有着直接的关系。中国自近代以来，戊戌维新、辛亥革命、五四新文化运动、国内革命战争、抗日战争、人民解放战争、社会主义建设、改革开放等一系列波澜壮阔的革命、运动乃至变革，塑造并改变着中国人的思维方式乃至性格特征，这种天翻地覆的变革难道不都是天道使然吗？正所谓"天若有情天亦老，人间正道是沧桑。"王蒙对时间充满激情的感叹，其实也是这个意思：

> 时间，你什么都不在乎，你什么都自有分定，你永远不改变节奏，你永远胸有成竹，稳稳当当，自行其是。你可以百年一日，去

去回回，你可以一日百年，山崩海啸。你的包涵，初见惊艳，镜悲白发，生离死别，朝青暮雪。你怎么都道理充盈，天花乱坠，怎么都左券在握，不费吹灰之力。……你迅速推移，转眼消逝，欲留无缘，欲追无迹，多说无味，欲罢不能，铭心刻骨，烟消云逝，岑寂也是纪念，沉默也是咏叹。①

在这里，王蒙在故作轻快调皮的狂欢化语调中，发出了沉郁悲怆的生命慨叹！

小说在叙述上尝试了多种技法。作为叙述人的顿开茅，同时也是见证者、思考者，他的感叹、议论，使得小说具有了某种"元小说"的先锋意味；同时，顿开茅的感叹思考，也代表着作为智者的王蒙，集80多年人生经验的感慨，使小说充满了一言难尽的复杂况味。《生死恋》不仅仅是一曲爱情的哀歌，更是宏阔历史幕景下对生命之谜探究的天问。

"笑的风"：无限的生长点和可能性

《笑的风》是王蒙发表于2019年第12期《人民文学》上的一篇"具有长篇容量的中篇小说"（《人民文学》卷首语），发表以后被多家杂志转载，反响热烈。之所以说这篇小说具有长篇小说的容量，不仅在于它有接近长篇的篇幅，而且在于它有广阔的时空和人物命运的大开大阖、大起大落，还有说不尽道不完的人生感叹、哲理辩证、大欢乐、大悲悯、无限的生长点和可能性。因此，王蒙意犹未尽，又花了两个月的

---

① 王蒙：《生死恋》，第43—44页。

时间增加了五万多字，将其"升级"为长篇小说，交由作家出版社于
2020 年 4 月出版。

单从小说的表层结构上看，《笑的风》写了一个类似"陈世美"式
的喜新厌旧的故事。滨海渔村的傅大成与白甜美的包办婚姻，以及 80
年代挣破这一包办婚姻与作家杜小娟的自由恋爱，其实并不是一个多么
新鲜的故事，但王蒙却能化腐朽为神奇，把一个有点老套的故事写出了
时代的新鲜感和历史的厚重感。和《生死恋》一样，《笑的风》也依然
具有宏阔的时空维度，而宏阔的时空维度，只是王蒙营造小说多层结构
的作业场。从建基的角度，这一宏伟大厦始终是以近现代以来的中国和
世界为基准的。正是这一基准，决定了小说人物和主题的丰富蕴含。在
王蒙的小说里，从来都没有孤立的个人，历史时代决定了人物的命运
轨迹，个人也为时代增添了斑斓的色彩。滨海渔村的小伙子傅大成如
果不是乘着 1958 年"大跃进"的春风，被补招进县中学成为一名高中
生，也就不会有未完成的诗稿《笑的风》，《笑的风》成为青春期小青年
们集体幻想的寄托，既奠定了傅大成浪漫高蹈的文学青年的底色，也几
乎注定了他日后命运的跌宕起伏。《笑的风》来自天外，无影无踪，近
乎捕风捉影般的虚无缥缈，但无限的想象空间和无穷的可能性魅力就在
其中。然而，1959 年，父母包办强加于傅大成的婚姻——大媳妇白甜
美的出现，把他拉进了实实在在的现实世界中，他懵懵懂懂、迷迷糊
糊、跌跌撞撞、半推半就、半梦半醒地做起了新郎。他考上了大学，也
过起了日子，有了一龙一凤一对儿女，他甚至说不出白甜美有什么不
好——白甜美的确又白又甜又美，而且心灵手巧，持家有术。他绝望、
犹豫、抗争、矛盾、自我说服，但到底意难平，终究还是逃避，只身

去了 Z 城。直到躲不过，直到 1969 年的形势大变，他的《笑的风》的老账被翻出来了，他的大媳妇白甜美与一对儿女来到身边。"她（白甜美）的到来全面扭转了大成的生活与形象"，也彻底改善了傅家与众人的关系。白甜美给了傅大成结结实实的日子，尽管这种日子平常普通，没有个性，没有特色，但在那样的动荡年代，平平安安的，该是多么有福啊！然而，1978 年的到来，预示着一个全新时代的开始，傅大成因为发表一诗一小说而成为文坛新星，从此，他的婚姻生活出现了危机，作家杜小娟的出现和大胆进攻，彻底诱发了傅大成对白甜美的"背叛"，他向着不可逆转的对理想爱情的渴望迅跑。我特别注意到，当写到改革开放之后的时空时，王蒙的笔触大开大阖，不仅仅写了国内从乡村到城市、从内地到边疆，而且写了从国内到国外，从北京、上海到欧洲的西柏林、东柏林、都柏林，写到了第二次世界大战和柏林墙，写到了苏联和社会主义阵营，还写了世界名人乔伊斯、卢卡奇、君特·格拉斯等。这构成王蒙写作的一个独有的特色：大处着眼，小处落墨。这一特色，在《活动变人形》时就已经开始，小说把倪藻回忆的视点放置在 20 世纪 80 年代前往欧洲访问的时空中，奠定了小说的叙事背景是全球化的。到了《生死恋》《笑的风》，这一写作特色得到了全面拓展，这显然与王蒙的耄耋高龄和丰富的人生阅历、知识储备有关。在《王蒙自传》第二部《大块文章》中，在第 26 章、27 章、34 章、35 章等处，王蒙叙述了自己走向世界的经历，单在 1986 至 1989 这三年期间，王蒙就访问了 50 多个国家。[1] 这种经历，是其他中国作家难以企及的。王蒙顺手

---

① 《王蒙自传》第二部《大块文章》，花城出版社 2007 年版，第 305 页。

将这种生活经历和生命体验写进小说，既真实又自然，同时强化了傅大成、杜小娟、白甜美爱情婚姻的时代背景以及中国现代化发生的全球化视野，这是不可或缺的。

由上可见，开放时空中的时代变迁决定了人物命运的浮沉变幻，作家几乎不用特意虚构编撰。我注意到王蒙在叙述中不断提到"强力构思"和"零构思"的说法："人生是谁的构思呢？""是谁继续强力构思二十世纪八十年代的中国与她的每个子民呢？""天才构思都是零构思，即无为而无不为"……从这些说法里，我们可以窥见王蒙的小说观。小说虽是虚构，但虚构的故事并不是由着作家的性子编出来的，而是从生活中发现和拿来的。"强力构思"都是"天"的构思，非人力可为也，因此也是"零构思"。他在小说《生死恋》中说："天地的创造力，胜过了文学的创造力；……好的作品是天造出来，天压下来，天捅入你的心肺，天掏出了你的肝胆，天捏住了你的神经末梢，天燃烧着你的躯体——天命天掌天心天火天剑天风。天的构思，胜过了你渺小的忖度，和你的渺小的微信糊涂群。天的灵感，碾轧过殉文学者一个个的痴心。"[1] 因此，《笑的风》的故事是"天"赐的故事，傅大成、白甜美、杜小娟的爱恨情仇、哭哭笑笑都不需要编造，王蒙就那么随手一拨拉，就把他们安放在了时代这个大棋盘中。如果没有改革开放，如果不是文学，傅大成也许永远都会匍匐在大媳妇白甜美的白花花的怀抱里，安享平安和平庸的日子了，然而，世事巨变，傅大成成了人物，他竟然与王蒙、陆文夫、方之、邓友梅、张弦、从维熙等这些"重放的鲜花"还有新秀贾平凹、

---

① 王蒙：《生死恋》，第56页。

贾大山、刘心武、莫伸、成一、王亚平等成了文友，他北上北京，南下上海，又是参加文学界的各种盛会，又是出国访问，他再一次"晕眩"了，"他似乎刚刚找到自己，也就是说，他再也找不到原来的自己了"。傅大成与杜小娟，这样两个凌空蹈虚在浪漫无垠星空中的文学奇葩，一个是火星，一个是仙女座，已经无可救药地燃烧在爱情的大火中了。更为荒唐的是，傅大成的女儿阿凤却唱红了母亲的情敌杜小娟写给父亲的情诗《未了思念情》，这连傅大成都觉得荒唐尴尬，不可思议。由此，我觉得，王蒙写这样一个三角恋爱的故事，实际上是在写一个时代，王蒙在缅怀、祭奠、省思80年代：

> 这是一个大开眼界的时代，这是一个怎么新鲜怎么来的时代，这是一个突然明白了那么多，又增加了那么多新的困惑与苦恼的时代。有人说是红灯绿灯一起开的时代，天啊，红灯绿灯一起开，你能不分裂吗？报纸上甚至出现了"松绑"与"闯红灯"的口号。①

正是这个既新鲜又困惑，既自由又禁锢，既追新逐异又荒唐惶恐的时代，才可能产生出杜小娟和傅大成这样的奇葩人物，也才可能有傅大成与杜小娟的惊世骇俗的婚外恋情！正是思想解放的80年代，才能极大刺激和激荡起人向往远方的理想和欲望。这也是一个令人眩晕的年代，傅大成的晕眩症，既是一种个人的病症，也是时代的一种病症。正像王蒙所说的："近一二百年，中国是个赶紧向前走的国家，好像是在补几千年超稳定带来的发展欠缺的债。停滞是痛苦与颓丧的，超速发展也引起了种种病症。所以傅大成患了晕眩症，我们的社会也患上了浮躁

---

① 王蒙：《笑的风》，第114页。

症，20世纪80年代已经有所谓'各领风骚'三五天的戏言。傅大成回忆过去，有了一种已无需多言的感觉，这就是一代一代地递进。后浪推着前浪，历史不断前行；当新的后浪追过来了，于是后浪又成了前浪；每个人都是后浪，也都成了前浪。'此情可待成追忆，只是当时已惘然。'每当写作的时候，我不是只追忆他人的沧桑，也惘然于自己的必然沧桑啊！正因为是匆匆过客，才不愿意放过。"①正所谓"激情之后是疲乏"，理想之后是失落，在此，王蒙的现代性体验刻骨铭心，当傅大成与杜小娟真正走到一起时，恋爱中的浪漫和高蹈，被现实的琐碎击得粉碎。难道美丽的爱情，只有在空幻的虚无中才能存在？杜小娟在20世纪90年代写的歌词《要不，你还是回去吧》里说道："让我想念和想象吧，我老是想念你。想念和想象也许更美丽。"理想的虚幻美丽，现实的琐碎残酷，最终都归为沧桑。一切的一切都宿命般地成为一团混沌。由此，《笑的风》的深层意义也隐含其中了。

王蒙在《笑的风》中是否在进一步探究传统与现代、理想与现实、此岸与彼岸、理智与情感等等文化哲学问题？我认为是的。从一定意义上说，傅大成、白甜美、杜小娟的三角爱情故事也可以说是这些文化哲学问题的具象化表征。傅大成与白甜美虽然是包办婚姻，但却是实惠、实在、踏踏实实的日子；而傅大成与杜小娟的爱情，虽然轰轰烈烈，几近燃烧，却是深妙玄虚，如天外之音、镜中之花，中看不中吃。我觉得，王蒙正是在借包办婚姻和自由恋爱这一对矛盾，来省思自近现代以

---

① 王蒙、单三娅：《你追求了什么？——王蒙、单三娅关于长篇小说〈笑的风〉的对话》，《光明日报》2020年6月10日。

来以启蒙主义话语为范式的现代知识型构的词与物、名与实的内在联结和龃龉。众所周知，自近现代以来，面对世界格局的变化，中国知识界在思想和思维方式上发生了由传统向现代的转型。这种转型是由历史循环论向现代进化论的转变。这种进化论尽管起到了革命启蒙的进步作用，但却催生了激进主义的昂扬，现代／传统、新／旧、理想／现实等二元对立都在进化论的框架内形成了。在这种框架内，以启蒙主义话语为范式的现代知识型构，是以肯定现代、新、理想而贬抑二元对立的另一极即传统、旧、现实等为价值圭臬的。傅大成与白甜美的包办婚姻由于它的传统型构，天然成为被贬抑的，而傅大成与杜小娟的爱情由于它的现代型构天然应该被赞扬的，然而王蒙却偏偏没有这样写，他把白甜美写成了一个漂亮、理性、隐忍、干练的传统女性，较之于杜小娟，白甜美更适于婚姻生活。正像傅大成所悟到的："与包办相比，自由恋爱说起来是绝对的美妙，但是，以自由度为分母、以爱情热度为分子的幸福指数，到底比以包办度为分母、以'家齐'（即治理与规范）度为分子的幸福指数高出多少，则是另一道算术题，只能答：'天知道'。新文化与自由恋爱主义者必须有如下的决心：幸福不幸福都要自由的爱情，即使你为自由的爱情陷入泥淖，也不向封建包办丧失人的主体性的瞎猫碰死耗子婚姻低头。这倒很像前些年一个夸张的说法：'宁要社会主义的草，不要资本主义的苗'，那么他到底能不能说'宁要自由恋爱的狼狈与失败，不要封建包办的凑合与过得去'呢？"① 由此我们不难理解，为什么在小说中，王蒙不断提到五四，巴金的《家》，还有说傅大成"只

---

① 王蒙：《笑的风》，第 15 页。

要不从近现代史与新文化运动的角度去反思自己的婚姻"等说法，实际上正是从这一知识型的认知角度来反省绝对化地谴责包办婚姻和赞扬自由恋爱的武断与荒唐。当然，我们不能这样一一对应地去解释王蒙在小说中投射的哲学思想，但其中的隐含与沉浸当是实实在在的存在，王蒙一贯反对绝对化，在《笑的风》中同样是如此。实际上，王蒙的小说里是有着多种滋味的，混沌朦胧，一言难尽，普遍的悲悯与和解，宿命感，沧桑感，悲喜交集感，使得《笑的风》富有了无尽的韵味。

（原载《当代作家评论》2020 年第 5 期）

主体认同、个人史与生命的辩证法

——论王蒙新作《笑的风》

李萌羽、常鹏飞

在共和国一代作家中，王蒙无疑是个人身份与主体经验都颇为复杂的一个，作家、学者、官员的多重身份，加之特殊的历史遭际与执着的主体承担意识，注定了他会成为中国当代文学史上一个独特的存在。然而，不管在与共和国同行的路途中有过多少"杂色"与"巡游"，贯穿王蒙80余年生命历程的底色始终是革命和文学。从20世纪50年代的《青春万岁》、《组织部来了个年轻人》到80年代的《蝴蝶》、《布礼》、《活动变人形》，再到90年代的"季节系列"、《暗杀3322》等，王蒙一面回望历史，一边直面现实，以多变的言说方式表达自我对历史与时代的审视和思考。21世纪之初，王蒙的小说创作无论在数量还是体量上都算不上高产，仅有《枫叶》、《秋之雾》、《太原》等比较零散的中短篇小说面世。直到2013年《这边风景》出版，又相继推出《闷与狂》、《奇蕗奇蕗处处哀》、《女神》、《生死恋》、《仇仇》等作品，王蒙写作的速度与密度才复归到这个"一写小说，人就完全欢实起来"的"正在开拓新领域的青年"身上来。① 显然，耄耋之年的王蒙在回首逝去的岁月时，不再像以往一样单纯地怀旧，而是"忽然意识到，需要用自己的全部经历和全部感兴加入晚年的小说创作"，去"体尝生命全过程的幽暗与光明，酸楚与甜蜜，庸碌与雅致，粗俗与庄严"。② 因而，从这个意义上来说，《笑的风》③让我们再一次看到，王蒙怎样在创作中找回自己，又如何达到真正的"悠游"与"从容"。可以说，《笑的风》不只是王蒙对既往生活与经历的超越和升华，更是其写作史上又一次充满激情的跋涉与远行。

自 1953 年创作《青春万岁》到 2020 年《笑的风》出版，在近 70 年的创作生涯中，这些作品不但记录了王蒙从少年到耄耋的岁月变迁，更关乎作家主体的文学观念、情感结构、人生态度及价值指向的承继与嬗变。如果说《青春万岁》"讲述的乃是一个关于青春、年轻人与时代的一个意识形态的'神话'，是王蒙对建国初期现实生活所进行的一次浪漫的、充满激情情绪的抒情式表达"，④ 那么《笑的风》无疑是晚年王

---

① 王蒙：《纪念无可纪念的人生故事（跋一）》，《生死恋》，广西师范大学出版社 2019 年版，第 213 页。

② 朱寿桐：《王蒙文学存在的文学史意义》，《中国现代文学研究丛刊》2015 年第 10 期。

③ 《笑的风》最初以中篇小说形式发表于《人民文学》2019 年第 12 期。本文讨论的《笑的风》为经过王蒙扩写后，由作家出版社 2020 年出版的长篇小说单行本，本文所引小说原文皆出自此版本，只标注页码。

④ 独木：《爱情、历史与"五十年代情结"——读王蒙〈恋爱的季节〉》，《当代文坛》1993 年第 5 期。

蒙在历经世事沧桑后，对历史、时代与人生的重新回望、体悟和审视。正如王蒙所说，《笑的风》是其写作史上"前所未有"的"自己迷上"的一部小说。① 这部小说延续了其以往对青春、婚恋、时代与历史等主题的关注，在叙述之中持续介入自我的感性与激情，更为远去的历史提供鲜活的证词，立足当下的时代抒发个体的喜乐与哀思。相比以往带有"少共"意识的宏大叙事，《笑的风》显然在沿着《闷与狂》、《女神》、《生死恋》等小说的创作轨迹前行，并指向了王蒙近年来创作的另一个维度——在关注历史的同时，也在为现实赋形，为个人立传，并最终在充满张力的辩证中试图达成一种双向的和解。由此，需要思考的是，在《笑的风》中，王蒙如何借助小说抵达生活的现场与生命的本真，如何在对人物复杂多变的人生凝视中探察个人与时代关系，又如何在两者的互动之中实现生命辩证法的获得。

一、主体认同：青春与婚恋的变奏

"青春"作为一种文学主题，在五四时期基于对"人的发现"而指向对青年的关注，因而其正是"五四新文学对时代精神的回应"，"它的内涵依然是现代性的国族想象和革命社会实践"，由此自然也就对应着一个象征专制、保守与落后的作为"反面"的"老年"。② 然而，对于王蒙来说，"青春"不只是一种创作题材或主题，更是一种风格态度和

① 王蒙：《致读者》，《笑的风》，作家出版社 2020 年版。
② 见陈思和：《从"少年情怀"到"中年危机"——20 世纪中国文学研究的一个视角》，《探索与争鸣》2009 年第 5 期。

持续性的精神力量。尽管王蒙已经步入老年，但在其近来的小说中，无论是主题选择、语言风格，还是内在所暗含的冲动与激情，都让我们看到"青春"在王蒙的人生状态与创作精神中实际是一种进行时而非过去式。由此，青年与老年的结构性对立也在对应的感性与理性的弥合中被缓解，并在作家对自我与历史的言说和反思中指涉主体的观念认同。可以说，王蒙始终在书写那个"不仅仅是青年和青年故事，同时也包含着新的历史和与之相伴的不断探索的精神"的"青春"。① 这不仅出于青年时代与共和国并肩前行的"青春之歌"的"光明底色"，也在于作家耄耋之年回首一生时对"青春万岁"的激情与执着。此外，与"青春"相契，王蒙在不同时期的小说中往往都会对爱情与婚姻主题颇为关注，再加上特殊身份与复杂的人生经验，使得婚恋与时代在其小说中亦呈现出某种同构性，以致其笔下的婚恋主题显然不仅仅指向纯粹的感情或爱欲，同时也暗含着命运与人生、理想与现实、时代与社会等多元命题，以及潜藏其中的主体认同与困境。

此外，王蒙的小说常常透露出个人经验入侵文本的表征，具体表现为作家惯于将个人丰富的人生经历与生命体验伸向小说的叙述当中，不可避免地触及小说叙事的时空背景与人物的人生历程，有时甚至直接替代人物发言，以传达作家本人强烈的情绪或意图。所以，王蒙的此类小说无论从小说的故事叙述和人物形象的塑造上，还是结构框架的谋篇布局中，我们都不难看到作家同小说人物的某种相似性，以及试图借助叙

---

① 李振：《无休止的青春和永不停歇的探索——重读王蒙〈青春万岁〉》，《文艺报》2019 年 11 月 1 日。

述将自身形象进行投射、修正或重构的努力。因此，王蒙的小说都带有某种程度的自传性。《笑的风》尽管不是第一人称叙事，甚至叙述视角在文本中频繁变动，但在贯穿小说始终的主人公傅大成身上，仍残留了大量作家的主体形象和心理体验的痕迹。而王蒙在数十年的创作道路上对"青春"的凝视与探照，自然也在这些被封存的记忆里被重新织就编排，并通过傅大成的成长历程进行追念。《笑的风》即以傅大成的"青春萌动"为叙事起点，以曲折的婚恋历程为主线，串联起其从包办婚姻、婚外恋、离婚、再婚、再离婚的情路历程。小说中作为知识分子的傅大成时常会反思与白甜美的"无爱"婚姻，以及这种传统家庭生活中的矛盾与冲突，但在"动荡年代"，这种"越轨"的思索最终被生活的日常所消磨，直到傅大成恰逢其时地以文学家的身份赶上改革的"春风"，并与作家杜小鹃相遇相知，方才给他带来"爱情的声音，召唤的声音"。由此，潜藏多年的"青春"遗憾从压抑中被重新释放，"他似乎刚刚找到了自己"，但与此同时，"他再也找不到原来的自己了"。[1] 因为面对白甜美与杜小鹃，傅大成经受着传统与现代观念的撕扯。白甜美的勤奋能干、潜藏力量与杜小鹃的秀丽灵韵、绝妙多才，并置在傅大成的心中，不仅牵扯出在"红玫瑰"与"白玫瑰"之间的游移，更透露出傅大成自我追寻的认同与困境。

不过，"成分"偏高的白甜美主动嫁给贫农出身的傅大成显然暗含"为白氏家族命运一搏的投注意味"，[2] 就像傅大成将其作为精神出路和

---

① 王蒙：《笑的风》，第54页。
② 王蒙：《笑的风》，第6页。

自我蒙蔽的解脱一样，婚后傅大成对白甜美的依恋与欣赏亦很难归结为两性间的爱情，更多的也是夫妻间的扶持。而傅大成对杜小鹃的"越轨"之恋，一方面是面对妻子"话语无能与无趣"时"压抑与畏惧"的逃脱，是对平庸日常生活的抽离；另一方面更是对长久以来被压抑的青春与爱情的寻求，这也解释了杜小鹃如何满足了傅大成对爱情的幻想，使其不惜承担抛妻弃子的骂名，只为寻求精神世界的共振与交流。杜小鹃与白甜美无疑承担了傅大成对婚恋的不同想象与体验，也见证着傅大成在灵与肉、情与欲、感念与愧疚、负罪与救赎之间的徘徊与抉择。而傅大成由青春萌动时的情感触发耄耋之年的回顾反思，也在爱情与婚姻的纠葛中穿插成线，进而使傅大成这一形象逸出情感与婚恋主题的范畴，呈现出人性的复杂内蕴。所以，与其说傅大成背弃固有的现实与生活，选择追寻爱情与理想，不如说是对压抑的青春与自身认同的一次修补与填充。从北京到上海，由西柏林至匈牙利，傅大成在空间与时间的双重转换与腾挪中，逐步完成自我人格的实现与价值的认同，尽管其中也有新的抉择与冲突、缺失与遗憾，但最终傅大成在暮年之际使生命变得充盈和完整。

王蒙在对傅大成的婚恋生活关注的同时，更对小说中的女性予以会心的审视与观照。他曾提到："《笑的风》里，女性在历史的发展中，她们的命运，付出的代价，没有人写过。"[1] 此前，如《组织部来了个年轻人》中的赵慧文、《布礼》中的凌雪、《活动变人形》中的姜静宜、《暗杀3322》中的简红云、"季节系列"中的叶东菊、《青狐》中的卢倩姑、

---

[1]　王蒙：《我仍然是文学工地第一线的劳动力》，《中华读书报》2020 年 1 月 19 日。

《奇葩奇葩处处哀》中的淑珍、《生死恋》中的单立红等女性，或传统或现代，或无意识地依附于男性，或自尊自爱，独立刚强，她们无疑构成了一组时代变迁中的女性群像，但究其根本，"他主要还是将女性放在历史潮流中，特别是善于把她们放在和男性主人公的纠葛中，多侧面、多层次地来观察她们的命运与心理，或者说从女性比较细腻灵敏的情感世界来折射历史的风云"。① 不管是"含蓄与尊重"，抑或"互为补充"，这些最终都指向王蒙的婚恋观念，以及其对待女性乃至人性本身的认知态度。

值得注意的是，小说中白甜美这一传统乡村女性形象，虽然具有乡村女性勤劳能干、美丽善良、具有牺牲和奉献精神等符号性特质，但其显然已经不是五四时期启蒙式的"哀其不幸怒其不争"的形象，也不是20世纪90年代以来把乡村女性指认为"被损害与被侮辱的"底层形象。白甜美尽管来自农村，文化程度不高，但却能在进入城市后凭借自己的能力和风度成就一番事业，完成自己的奋斗理念与价值追求。固然，乡村的封建传统意识依旧在她的身上留下痕迹，即对男性的归属与依附心理，但显然她不再是以往文学叙述中为强化男性知识分子的身份认同而有意设置的符号化存在。此外，小说中的都市女性杜小鹃也并没有因为与傅大成的越轨之恋而被塑造成负面或罪恶的形象。相反，她代表了诗意纯净与智慧高雅，也是她真正触碰到了潜藏在傅大成心底多年的青春之火与爱情之流，安抚了傅大成被爱情撩拨起来的躁动之心，从而实现了两人灵魂的碰撞与交融。可以说，《笑的风》摒弃了非此即彼的二元

---

① 郜元宝：《王蒙小说女性人物群像概览》，《浙江社会科学》2020 年第 2 期。

对立式价值判断，小说中无论是白甜美还是杜小鹃，作家都没有对其进行大善大恶大是大非的简单指认，而是超越对错本身地尊重每个女性，并投以同情与谅解，给予她们应有的价值与尊严。

二、个人史：历史图景下个人的见证与回声

《笑的风》在长时段的历史变换中，以婚恋主题为入口抵达人物的灵魂深处，进而审视人物的主体困境，显然这源自王蒙一直以来对个体的注视与关怀。近年来，在《闷与狂》、《我愿意乘风登上蓝色的月亮》、《女神》、《生死恋》、《邮事》、《仇仇》等作品中，王蒙自觉地将个人经历与感情投注到小说创作之中，时代风云的画卷铺陈也好，市井庸常的展现也罢，在对往事的追忆和当下的捕捉中，总是有一股难以抑制的情感激流，推动着作家在汪洋恣肆的语言洪流中触发对历史的回忆与对当下的反思。卢卡奇曾说："小说是在历史哲学上真正产生的一种形式，并作为其合法性的标志触及其根基，即当代精神的真正状况。"①《笑的风》显然不只是一部个人命运浮沉史，透过小说中人事的起伏变幻，我们看到的是历史与现实如何在当下交汇，当下怎样投射到人物自身，人物又如何见证历史并激起回声的动态过程。《笑的风》开头从 1958 年春天讲起，以回顾性的视角展开叙述，通过线性叙事串联起傅大成的人生历程。其中，既有 1958 年"大跃进"运动、1978 年改革开放等标志性历史节点，也有在鱼鳖村、边地 Z 城、北京、上海，乃至西柏林到匈

① ［匈］卢卡奇：《小说理论》，燕宏远、李怀涛译，商务印书馆 2012 年版，第 65 页。

牙利之间地理位置的变换。此外，王蒙不断在小说中穿插电影《往日情怀》、《巴黎最后的探戈》，电视片《三峡传说》，歌曲《乡恋》、《步步高》、《甜蜜蜜》，柏林墙，君特·格拉斯等多种标志性符号，通过人物在时空内的游移穿梭，不断拓展叙述的疆域，进而扩大与深化小说的视野与内涵。21世纪以来，中国社会在"未完成的现代性"的焦虑中急剧变动，文学自20世纪90年代以来也逐渐"向内转"与边缘化，再加上王蒙个人身份的变化，使其更加有可能选择"边缘"与"个人"的立场，以相对疏离的姿态去专注于人生的回望与沉思。然而，虽然这种脱离既往写作轨迹的方式，使王蒙个人多年来对自我的排斥和压抑情绪得到宣泄与释放，但这并不意味着王蒙只围于小我的内部自洽与情感抒发，其中更重要的显然是在意识形态痕迹部分淡化之后，如何打破时代与个人之间叙述的分裂与冲突，实现历史、时代与个人的共振与互证。《笑的风》正是透过傅大成的婚恋生活、人生的波折与变动让我们看到历史的曲折变化与时代的日新月异，也看到现实风云怎样以规范或者条件的形式波及个人的爱情、生活与人生。如傅大成在20世纪50年代因五四青年节征文获奖而获得继续读高中的资格，因包办婚姻与乡村女性白甜美结合，而后考上大学实现命运的转变，改革开放以来又适逢其时地成为知名作家，又与才女杜小鹃相识相知相守，从这些情节中都可以看到时代对个人命运的影响，人事同样映射着时代，而这两者在《笑的风》中得到了相融共生，并以"水滴"与"大浪"的关系实现"互文"。①

---

① 原句为："当水珠融进了大浪，它的沉浮，也就有了原动力和大意义。"见王蒙、单三娅：《你追求了什么？——王蒙、单三娅关于长篇小说〈笑的风〉的对话》，《光明日报》2020年6月10日。

和《仉仉》、《女神》、《生死恋》等作品相似，《笑的风》"这类带有强烈自我性的小说，更直接更鲜明地体现了其敏感、细腻和深情的艺术个性"。① 回望王蒙既往的文学创作，"基本上处在客观压抑或主观收敛的烦闷状态"，② 作家的真实性情受到约束，但另一方面，这种牵制与压抑却客观上为王蒙晚年喷发的情感激流与创作欲望提供了内在动力，在作家"挽救时间"与"自发怀旧"的初衷下，完成了主体的建构与重构。记忆往往不是一种固化的存在，它在作家不断的回忆与重述中进行改写与更新，从而实现主体对历史与时代的介入和观照。此时，小说就不再是以往裹挟着意识形态诉求的宏大叙事，而是着眼于小人物的跌宕起伏与苦乐悲欢，即在个人成长历程中卸去沉重的枷锁，将个人排拒烟火的理想追求与贴地飞行的俗世庸常相结合，在变与不变的人生体味中审视时代的躁动与不安，以期透过个人的人生探察历史与时代的光晕，再现回望的"风景"。因而，衡量一部作品的史诗性，显然不仅在于作品的时空跨度或所包罗的重大事件，也在于对个体命运的关注及其对现实的映射。《笑的风》从第五章《啊！北京》始，讲述傅大成因发表作品得到激赏，被邀请赴北京参加会议成为"新锐"作家，结识杜小鹃受到爱情的"召唤"，进而开启爱情与婚姻的曲折人生。历史与时代的变化，不仅牵连着经济与政治政策的调整，也暗含着新的社会文化的转型，以及由此带来的社会"共同体"的集体认同的迁延。通过对傅大成命运的聚焦，王蒙显然有意或无意地把个人叙事与历史叙事相勾连，在时间与

① 李萌羽、温奉桥：《一个人的舞蹈——王蒙小说创作的一个维度》，《南方文坛》2019年第3期。

② 朱寿桐：《王蒙文学存在的文学史意义》，《中国现代文学研究丛刊》2015年第10期。

空间的转换中，为读者追忆历史、审视人性、思考时代提供了多维有效的视角。另一方面，耄耋之年的王蒙更钟情对自己人生情绪的关注和抒发。相较于以往泥沙俱下的喷薄式语言，王蒙近年来的小说创作显然增加了更为感性直接的"抒情话语"，王蒙回应说"这里最大的动力是激情"。① 而这种激情投注到创作当中，就不自觉导致叙事视角的频繁转换，人物心理活动的直接呈现，古典诗词、现代诗歌、歌曲、书信、谚语等元素的杂糅，以及一直以来颇具争议的王蒙式的不可遏制的语言洪流。正如巴赫金的研究所示："狂欢式的感受与写作的最大特点是打破既有的等级秩序，挑战各种现成的艺术规范及其严肃性、确定性、神圣性，任何教条主义、专横性、假正经都不可能与狂欢体写作共存。"② 不可忽视的是，小说中的"抒情话语"作为一种"狂欢式"的叙述方式或语言风格，只要与作家的气质禀赋、情感结构和表达需求能够契合，那么这种话语模式就是无可厚非的选择。尽管有时激情过剩有裹挟小说叙述之嫌，但长久以来充溢于胸的情感激流，一旦寻求到表达的契机和出口，便会冲破限制的闸门，冲向四海八荒。

三、生命的辩证法：自我和时代的转换与和解

《笑的风》的故事在王蒙的激情回望中得到"编织"，其中无论是对

① 王蒙、单三娅：《你追求了什么？——王蒙、单三娅关于长篇小说〈笑的风〉的对话》，《光明日报》2020年6月10日。
② 此处引自陶东风在论文中关于巴赫金研究的论述，见陶东风：《论王蒙的"狂欢体"写作》，《文学报》2000年8月3日。

婚恋主题的选择，还是对个人史的关注，都不仅是简单的历史回溯与时代描摹，更承载着作家80余年的生活经验与情感蕴藉，并借助书写本身达到个人同时代的勾连，以期在历史同个人的互文性中实现对生命真相的逼近、对人生的体悟与对人性的探察。与此同时，我们也得以窥见王蒙怎样"接通了中国古代中庸和合的思想流脉"，表达"多元整合的、建设改良的、中庸和谐的、理性民主的、交往对话的诸多思想观念"。[①]而这也导致王蒙小说内部往往存在着众声喧哗的状态，从而在内部与外部、显性与隐性、理想与现实之间形成一种辩证的张力。正如王蒙在谈到"笑的风"时，称其"可以理解为是风送来的笑声，也可以说风笑了，也可能说笑乘风来，也可以说风本身是笑的"。[②]因而，小说中"笑的风"并不是单一质素，相反，在叙述的"留白"与"缝隙"中，充满了个人与时代的对抗与纠缠。

《笑的风》的辩证性就体现在自我认同的悖反与对时代的复杂体认当中。无论是傅大成、白甜美还是杜小鹃，都是被时代大潮裹挟的前行者，虽然前行的路径存在差异，但在追求自我价值认同方面却殊途同归。就像面对婚姻，傅大成一面与白甜美深陷在无法相知的泥潭，但又舍不得平淡的婚姻生活；一面向往纯美的爱情，以致难以自控地越出常轨。其中显然也暗含了傅大成内心的无数次冲突与矛盾，如在白甜美要求去Z城同住，他却谎称无法解决时，"有一种说不出的心情，他不愿意更没有勇气承认这种心情"，深陷于负罪感当中的傅大成也沉溺于自

---

① 郭宝亮：《"沧桑的交响"——王蒙论》，《文艺争鸣》2015年第12期。

② 王蒙：《我仍然是文学工地第一线的劳动力》，《中华读书报》2020年1月19日。

己"到底要什么"①的不解当中。此后，在其如愿与杜小鹃相守后，又不时产生对白甜美的追忆与思念。白甜美虽然是一个传统的乡村女性，但她在早年就透露出不凡的能力与气度，并最终成为一名事业有成的企业家。她的软肋在于对男性的归属与依附，无论是包办婚姻时的"有意"为之，还是此后与老郑关系的"慎重"，都源于传统的封建婚恋观和对正统男女关系的天然认同。杜小鹃显然是傅大成追寻已久的诗意温柔的"笑的风"，两人的结合尽管有悖伦理，过程曲折艰难，但王蒙并没有投以偏向性的反面态度，而是将其作为另一种婚姻状态。杜小鹃是一个为追逐爱情而不顾一切的真性情的女子，同时也有"要不，你还是回白姐那边去吧"②的坚决与宽容。小说中的人物虽然选择不同，但无疑都在寻求自我的身份认同，如傅大成对纯美爱情的追求，白甜美对传统家庭结构的维护与坚持，杜小鹃对爱与文学的执迷。然而，他们在追求的同时也都在遗失，但遗失过后，他们亦都重新与自我达成"和解"，认识到人事的变幻与无常，从而在自我认同的悖反中实现辩证的自省与审视。

此外，对时代的复杂体认构成了小说辩证性的另一个维度，即个人与时代的辩证关系。《笑的风》没有刻意地对时代进行单向度的描写与呈现，而是将变动不居的时代潜藏在小说人物的人生经历当中。于是，时代的风云变幻与个人的曲折浮沉彼此呼应，两者相互介入，形成一种复调，进而达到个人与时代的辩证，也使小说本身充满了"当代

---

① 王蒙：《笑的风》，第 21 页。
② 王蒙：《笑的风》，第 176 页。

性"。① 因而，王蒙在小说中借助傅大成、白甜美、杜小鹃等人物的人生历程，去介入历史与时代，透露出对过往岁月及当下现实的思考，也将时代与个人的关系这一命题放置到小说的叙述始终。其中个人生活同时代的变动共振，不仅将"小我"的生活与大时代相连，在两者的交织叙事中展现个人对时代复杂性的惶惑与体认，也将宏大叙事进行分解，并与个人命运重新黏合，对 20 世纪 90 年代以来的"准个体时代的写作"进行反拨，从而呈现出相互融合又二律背反的辩证关系。马斯洛认为："人是一种不断需求的动物，除短暂的时间外，极少达到完全满足的状态。一个欲望满足后，另一个迅速出现并取代它的位置，当这个被满足了，又会有一个站到突出的位置上来。人总是在希望着什么，这是贯穿他整个一生的特点。"②《笑的风》中主人公傅大成不满足于既有的生活，他不断地在思考自己缺少了什么，不管是物质上还是精神上，声名还是爱情，都在获得后产生新一轮的遗憾与缺失，如离婚后与原配及儿女的隔阂和冲突，社会伦理道义上的失重，与杜小鹃婚后情感的稳中走低，以及分离后向原配寻求救赎的心理。同时，在人物追求的背后，显然都有时代做底，没有"大跃进"运动、改革开放等政策的发起或调整，我们很难想象傅大成的一生会如此起起伏伏、一波三折。显然，小说中人

① "'当代性'说到底是主体意识到的历史深度，是主体向着历史生成建构起来的一种叙事关系，在建构起'当代'的意义时，现时超越了年代学的规划，给予'当代'特殊的含义。"见陈晓明：《论文学的"当代性"》，《中国现代文学研究丛刊》2017年第 6 期。

② [美] 亚伯拉罕·哈罗德·马斯洛：《动机与人格》，许金声等译，中国人民大学出版社 2007 年版，第 8 页。

物的起落浮沉、欢喜悲哀不仅取决于个人的追求与选择，也无一不与大时代背景休戚相关，而借助对人物的聚焦，我们亦可以看到时代与个人之间始终保持着呼应关系，并在这种双向的契合以及不可避免的偏差与缝隙中凸显个人与时代的辩证性。小说结束之时，垂暮之年的傅大成经历欣喜与悲伤、拥有与失去、幸运与遗憾，在体会过千般滋味与离合悲欢的生活后得以醒悟，并终于获得了生命的辩证法。颇有意味的是，小说中有一段傅大成与杜小鹃儿子立德关于"雄关漫道"的讨论。傅大成指出原义并不是说雄伟的关隘与漫长的道路，这里"漫道"的含义正是"莫言"，"漫"是不要，"道"是说话，不是道路。[1] 如是，对于傅大成耄耋之年对生活的体味与从容，我们也正可以引为"漫道风尘"。而在"风尘"当中，"得与失，悲与喜，缺憾与圆满，绝望与希望，在这部小说中都达成新的'和解'，因为所有这一切，其实都不过是生命的固有风景"。[2] 不难看到，王蒙86年的人生阅历与特殊的身份体验成为他书写历史与时代时无可替代的创作资源，饱经忧患的沧桑心绪与激情喷薄的抒发欲望，也使得晚年的王蒙终于得以贴近生命的本真，实现自我认知方式的转变，从而突破以往那种充满精神负荷的话语空间，真正获得"生活本身的辩证法"。[3]

值得注意的是，与巴金的《随想录》、杨绛的《我们仨》、徐怀中的

---

[1] 王蒙：《笑的风》，第 242 页。

[2] 温奉桥：《史诗、知识性与"返本"式写作》，《光明日报》2020 年 5 月 20 日。

[3] 王蒙曾说："我得益于辩证法良多，包括老庄的辩证法，黑格尔的辩证法，革命导师的辩证法；我更得益于生活本身的辩证法的启迪。"引自王蒙：《我的人生哲学》，见《王蒙文集》第 45 卷，人民文学出版社 2020 年版，第 199 页。

《牵风记》、黄永玉的《无愁河的浪荡汉子》等作家晚年书写的作品相异，王蒙既不着重于情节的刻意编排与故事的苦心经营，也少有老年人的阒然与沉静，他更加偏向于用自己的"魂灵肉体生命耄耋加饕餮之力"，① 以"八面来风"、"左右逢源"的方式书写自我强烈的生命直觉与感性体验，表现出只属于王蒙的"说话的精神"。诚如他所说："在茫茫的生活的海洋、时间与空间的海洋、文学与艺术的海洋之中，寻找我的位置、我的支撑点、我的主题、我的题材、我的形式和风格。"② 如果说属于王蒙的"位置"、"主题"、"题材"和"支撑点"就是其自己的"局限"或者"不可能"，③ 那么在《笑的风》中，王蒙则为我们打开了另外一种"寻找自己"的方式，即在有与无、得与失、变与不变、时间与空间、理智与情感之中实现自我的敞开与姿态的"轻盈"。

总之，《笑的风》显然既有王蒙以往创作的诸多"症候式"特征，又包含了主体向自我内部的回撤，以及始终保持思索的自觉与清醒。因而，无论相较于他 20 世纪 80 年代小说中反映"新时期共识"的主流表述，还是 90 年代小说在"历史和解"与"意识融合"基础上再造民族文化主体叙事的努力，④ 近年来，王蒙都在叙述中试图循着"蝴蝶"的舞步，对以往紧贴着自我的精神阴影进行剥离与拆解，并借助个人与时

① 王蒙：《出小说的黄金年代（跋）》，见《笑的风》，第 276 页。

② 王蒙：《我在寻找什么?》，见《王蒙文集》第 26 卷，第 147—148 页。

③ 郜元宝：《当蝴蝶飞舞时——王蒙创作的几个阶段与方面》，《当代作家评论》2007 年第 2 期。

④ 房伟：《"历史和解"与"意识融合"的文学史张力——当代文学史视野下的 20 世纪 90 年代王蒙小说创作》，《人文杂志》2019 年第 12 期。

代的缠绕和互证去透视生命的辩证法，最终获得拯救的力量与逍遥的从容。所以，如果说 20 世纪 90 年代的王蒙"不满于自己的作品里有着太多的政治事件的背景，包括政治熟语"，也"曾经努力想少写一点政治，多写一点个人"，但是"在这方面并没有取得所期待的成功"的话，① 那么，如今王蒙无疑在《笑的风》中试图回应与弥补了这个遗憾，并努力同创作之初就深埋在心底的时代与个人、理性与感情、革命与生活的冲突与张力间达成某种和解。由此，回望王蒙近 70 年的文学创作史，可以说，不管是王蒙极具历史性的人生经验，还是其在创作道路上以笔为旗的省思，都见证并回应了中国当代文学乃至当代社会与历史的变动和转型。也正是从这个意义上来说，《笑的风》不仅是王蒙在暮年之际对个人的回应与交代，也是为历史和时代留下的一份总结与证言。而这显然不只是一种能力，更是王蒙以身为镜做出的选择和承担。

（原载《当代作家评论》2021 年第 1 期）

---

① 王蒙：《道是词典还是小说》，《读书》1997 年第 1 期。

小说与技术的共振

——王蒙新时期小说视觉叙事与多维时空构建

耿传明、陈蕾

在 20 世纪 70 年代末至 80 年代的文学改革浪潮中，王蒙凭借《春之声》、《夜的眼》等作品中独特的形式与技法，开创了当代文学文体实验类型小说的先河。这种文体实验的一个重要特征表现在小说由传统的听觉性叙事向现代的视觉性叙事的转换。这种给读者带来强烈的视觉冲击感的、新奇的技法可以调动起小说的主观化潜能，从而通过视觉叙事所产生的多元视界，拓展小说的内在时空，使小说整体的视界结构处在开放性与对话性的趋向中。王蒙在新时期开始进行大规模的文体实验，原因是多方面的，但其中一个较为重要但又容易为研究者忽视的动因是来自现代科学与技术的启发与推动，他在小说中的视觉技巧与此时期科技领域的色彩技术、媒介技术等技术发展颇有相通之处。王蒙对小说技法该如何把捉时代的脉搏，视觉认知如何与人的情感、语言表达形成深

层的牵连，经过叙事拼合呈现出的视觉对象与作为意义中心的叙事对象
会与时代洪流发生怎样的纠葛等问题，进行了独到的探索，由此他的文
体实验小说在新时期文学中获得了技高一筹、别开生面的艺术效果。

一、视觉技术与视觉叙事的表现形态

文体实验主要是指作家着意于对文学形式、文体样式的探索，有意
识地依照革新性审美旨趣对运用的语词、情节结构、叙事方法等进行颠
覆性创造。从字面意义来看，"实验"理念很难说不受到科技领域专业
化操作活动义理的影响，这为文学领域提供了一种技术化实验场所。众
所周知，王蒙在 20 世纪 70 与 80 年代之交创作了大量文体实验类作品，
其形式发展离不开所处时代的物质基础与社会环境。20 世纪中期以后
世界范围内最显著的一项技术革新则是视觉技术的兴起，电视媒介的诞
生推动了信息技术、数字媒介技术的广泛传播和应用。70 年代初期中
国开始发展彩色电视事业，经过近十年的发展基本突破了电视成像色差
的技术难题，电视上开始出现丰富的色彩，逼真的图像不仅改变着人们
的审美体验，也改变着人们认知事物的思维方式。

电视上看似稳定的图像色彩实际是由人工合成的，主要是通过调节
荧光粉的配比实时转换三基色的不同比例来模拟不同色量、不同色度的
自然色彩。[1] 所以人工色彩的种类更为丰富，形成的画面配色也更为多
变。与当时电视画面制造彩色性能所运用的彩色分光系统、色彩融合技

---

[1]　赵士滨、张旭旭：《多媒体技术与创作》，人民邮电出版社 1999 年版，第 84—85 页。

术等方式相似，王蒙的小说中有大量化用色彩技术原理的痕迹。如《海之梦》、《蝴蝶》、《布扎》、《杂色》等作品中"千变万化的世界"是通过调配色光构建起来的："眼前是一道又一道的光柱，白光、红光、蓝光、绿光、青光、黄光，彩色的光柱照耀着绚丽的、千变万化的世界。"① 在这里至少出现了两种色光现象：一是光的色散按照一定排序形成了彩色光带，营造出多彩的视觉图景。二是对单色光进行加色混合提高了新色光的亮度，由此才得以形成"一道一道的光柱"，实现"绚丽"的视觉效果和色彩的动态变化。② 小说中的"杂色"同样体现出多重单一色块的搭配技巧，正如王蒙所说"我要说生活是杂色的，不是单色"。③ 作家以"杂色"命名小说，无时无刻不在书写各种颜色："花花绿绿的毡房"、"银白色的铜茶炊"，地上铺着的是"花毡子"，即使是破旧的毡房也得是"仍然很有色彩"。④ 小说中还出现了"从冷峻中透出暖色"、"灰黑色的山路"，被丢在"绿色的、黄色的、黑色的迭替里"的"红彤彤的世界"等新奇、独特的色号。⑤

依据斯蒂格勒的观点，电视的出现制造了"呈现"的"持留机制"。⑥ 相比于自然状态下由于光线变化等外界因素干扰造成短时内可能出现"褪色"的现象而言，视觉媒介也即具有视觉特征的人类的产品（赫伯特）

---

① 王蒙：《杂色》，见《王蒙文集》第 3 卷，华艺出版社 1993 年版，第 181 页。

② 张雷洪：《色彩管理与实务》，文化发展出版社 2018 年版，第 10 页。

③ 王蒙：《倾听着生活的气息》，见《王蒙文集》第 6 卷，第 119 页。

④ 王蒙：《杂色》，见《王蒙文集》第 3 卷，第 172 页。

⑤ 王蒙：《风筝飘带》，见《王蒙文集》第 4 卷，第 271 页。

⑥ ［法］贝尔纳·斯蒂格勒：《技术与实践——电影的时间与存在直通的问题》，方尔平译，译林出版社 2012 年版，第 111 页。

能够相对持久地保留色彩鲜艳度。① 小说中色彩与物象的关系更是被永久定格：高大的货架子"装潢和色彩都相当暗淡"的状态，被固定在衬托新店铺"一切商品都更加鲜艳辉煌"的叙事逻辑中，"大吵大闹的浪潮"也"冲不掉"老板娘墨绿色的眉毛。② 叙事目的决定了小说中的着色现象服从于情节布局和意义。这种色彩叙事表明文本中极富感染力的色彩逐渐变成叙事中心，拥有表意的功能。持存的色彩有效控制着小说的画面张力，构筑独属于小说文本的色彩环境。更具色彩辨识度的小说"有如一支蘸满了浪漫主义激情的彩色画笔画出的大写意，表现出特有的风格。"③

　　丰富多变的色彩突破了"文革"时期以"红色"象征革命的单元色叙事风格，是新时期小说朝着多元化、综合化色觉方向发展的表现。例如《组织部新来的年轻人》中有这样一段情节："她穿上暗红色的旗袍，系着围裙，手上沾满面粉，像一个殷勤的主妇似的对林震说：'新下来的豆角做的馅子。'"④ 可以看到叙事聚焦于人物行动的连贯性，叙事所包含的画面局限在单一场景中，色彩仅作为人物的点缀。而在文体实验小说中随处可见"一望无际的灰蒙蒙的戈壁滩"⑤，"灰杂色"的老瘦马，树林顶端的"金辉"，车辆挡风玻璃上"滑动着橙色的，愈来愈清晰可触的落日"。⑥ 小说视角从"现实主义"时期聚焦完整事态的情节化叙

① 　周宪：《视觉文化的转向》，北京大学出版社 2008 年版，第 18 页。

② 　王蒙：《杂色》，见《王蒙文集》第 3 卷，第 149 页。

③ 　沈阳市图书馆：《中国现代作家与作品》，沈阳市图书馆 1980 年，第 92 页。

④ 　王蒙：《组织部新来的年轻人》，见《王蒙文集》第 4 卷，第 49 页。

⑤ 　王蒙：《杂色》，见《王蒙文集》第 3 卷，第 145 页。

⑥ 　王蒙：《歌神》，见《王蒙文集》第 4 卷，第 169 页。

事中抽离出来，转移到似乎缺乏社会属性的自然景观中。色彩附着在物象上成为辨别不同物象的主要标志，人们通过不同颜色构建形状，制造点、线、面的物体移动效果，建立关于事物之间的联系及其所处空间相对位置的认知，从而构建起对小说视界的整体想象。作家从形式层面打破了审美的藩篱，突破了大历史叙述的话语边界，将色彩与文体实验融为一体激活小说各部件之间的联动性，"把结构在小说中的地位提到了前所未有的高度"①，通过色彩要素为此时的小说视觉化转向增添了新质。

文体实验小说的视觉效应不仅表现在小说丰富多彩的视觉造像方面，也体现在小说文本结构内部信息组合与传导方式的新变。王蒙在新时期率先将现代主义的意识流引入文学创作中，小说中大量使用蒙太奇手法"把聚光点放在灵魂的考验上"，"通过心灵活动，重新组合、形成震撼人心的画面"，②在似梦似幻的境界中实现了一种朦胧、迷幻的美学效果。所谓"蒙太奇"，本义是指一种建筑领域的装配、构造，被运用在电影中演化为画面视域的连接与剪辑，其成像的物理基础是镜头、放映机等光学机械装置。在小说中主要表现为光与影的交织浮现，通过明暗对比使小说的画面、照度处在变化中，例如《杂色》中商店外的"金光闪闪"与门市部里的"黑暗"形成强烈的色差与亮度对比。原本叙事者与曹千里共同看到这几个金光闪闪的大字，进入门市部后变成叙事者看到曹千里"几乎丧失了视觉"③。随着光线的明暗变化区分出叙事者与

① 王蒙：《翻与变》，见《王蒙文集》第 7 卷，第 143 页。
② 朱寨：《长小说与现代主义》，见中国作家协会理论批评委员会编：《走向新世纪的中国文学：理论批评文选》（下），作家出版社 2002 年版，第 548 页。
③ 王蒙：《杂色》，见《王蒙文集》第 3 卷，第 148 页。

主人公不同的视觉反应，基于两者对光线的不同感官体验将叙事切分为不同的分镜头，拓展了叙事的层次。与电影艺术或舞台艺术等形式不同，小说是无声的，这有时会限制小说的表现力。作家在小说中运用光影技术恰恰可以弥补这一缺陷，通过控制光亮、光区产生独特的"镜头感"。这种蒙太奇效果深刻体现了作者对视觉媒介效应的推崇："有几天，我醉心于自己制造一部电影放映机，因为我知道了电影的原理和视觉留迹的作用。我想自己画出动画，装订成册，迅速翻动册子，取得看电影的效果。"① 曹千里瞬息万变的内心想法与夹杂着自言自语、时断时续的复杂意识流动过程，统统被吸纳进一路跟随他漫步山谷的叙事镜头中，联结成为一个整体，意识流动"更多的只是视觉和思维的活动，无不从其特定环境的景物映衬中，逐步得到展现"②。

除色彩技术的丰富与多变以外，新时期物质媒介领域发生的从印刷材料向电子材料的变革，催生了激光碟片、录像带等新的传播媒介，使得信息传递的速度与效率被提升到新的层次，转换与交互的流程变得更加顺畅。小说领域则发生了由意识流取代情节叙事的实验。"去吧，让什么如果是意识流的写法作者就应该从故事里消失，如果不是意识流的写法第一场挂在墙上的枪到第四场就应该打响。"③ 王蒙道出了"意识

① 王蒙：《我没有童年》，见读者丛书编辑组：《从前，购物证那些事儿》，甘肃人民出版社 2019 年版，第 50 页。
② 周姬昌：《"一切景语皆情语"——读王蒙的短篇小说〈春之声〉》，见徐纪明、吴毅华：《中国当代文学研究资料·王蒙专集》，贵州人民出版社 1984 年版，第 432 页。
③ 王蒙：《杂色》，见《王蒙文集》第 3 卷，第 141 页。

流"的某种本质特征即意识的自由流动性，主要表现为由梦境、回忆、臆想、自由联想、情绪开合推进叙事进程，使得传统叙事中需要铺设情景、对话、形象才能接续的故事线索随着人物的一闪念就能够实现，人物意识的能动性被有效激活，由此缔造出作家心目中的那种"一个镜头、一个片段、一点情绪、一点抒发、一个侧面"、"一声呐喊"就能组成的小说①。

　　为适应现代社会的高效生活，技术应用对感官的指示时时转化为不同的信息符码。如同电视上的新闻、广告等内容须经由符号层面进行输出那样，文体实验小说中看似统一的意识流动实际是由许多物象进行多重联结所形成的。②比如《夜的眼》中陈杲乃至作者 20 年羁旅生涯后重返故乡时的"外省人"心态，被书写为象征都市的"大汽车和小汽车、无轨电车和自行车"、"高跟鞋和半高跟鞋，无袖套头的裙衫，花露水和雪花膏"等令人眼花缭乱的物件。③《布礼》中"我"被打晕时头脑混乱的情形诉之于"我"倒下时留在视线中的"绿军装，宽皮带，羊角一样的小辫子，半挽起来的衣袖⋯⋯"④ 主人公对绿军装、羊角辫所象征的特定时代的印象以及用衣物表示难辨对方容貌和人数的据实写照，共享着同一物象组合，体现着物象搭载不同叙述材料的内在伸缩性以及内涵重叠功能。而物象之间则具有内在联系，物象符码经过处理具有专指

---

① 　王蒙：《小说三题》，见《王蒙文集》第 7 卷，第 50 页。
② 　成业、殷国明：《人工智能诗歌写作的读者认知与"重写"——由"小冰"诗歌中的风景引发的思考》，《山西大学学报》2020 年第 4 期。
③ 　王蒙：《夜的眼》，见《王蒙文集》第 4 卷，第 235 页。
④ 　王蒙：《布礼》，见《王蒙文集》第 3 卷，第 11 页。

现场混乱程度以及人物内心慌乱、痛苦等情绪的功能性含义，而不只是抽象的审美映射。正是这些在情节视阈中微不足道的小物件就能够将跳跃性的思维过程、回忆、梦境进行有机重组，形成具有媒介特征的联结式表意方式。

正如鲍德里亚认为的后现代视觉文化的某种实质是"拟像"或"仿像"，通过各种视觉手段使虚拟图像达到超真实的逼真效果改变着人们的真实观：这种方式不再追求再现结果的确真性，反倒在拟像与现代媒介技术的共同作用下堆砌出隔绝客观生活的虚拟世界，所谓客观真实变成了由传感器、变送器等虚拟技术设备所控制着的身临其中的现场感，这不仅强化了人的感知功能，并且塑造着一种联通人体与类象世界的关联方式。"大海也像与他神往已久，终得见面的旧友—新朋。她从没有变心，从没有劳累，她从没有告退，她永远在迎接他，拥抱他，吻他，抚摸他，敲击他，冲撞他，梳洗他，压他。"①显然在这里缪可言所神往的不是自然界中的海洋，而是一种褪去了物质属性的触感因素。人物因受到外物刺激而萌发意识流的过程由感觉器官决定，只有在全身心投入那种交互性、沉浸式的体验中才可能寻找到一种等效性现实。正如有学者所说"海之梦"是对缪可言"为自我实现的冲突"的一种象喻，他来到渴望已久的海滨却提前离去是由于领悟到大海已不属于他。②人物与大海的互动揭示着客观世界被主观化的过程，文体实验小说中人物的具

---

① 王蒙：《海的梦》，《上海文学》1980年第6期。
② 李逸津：《论前苏联对中国新时期文学的接受与研究》，见天津师范大学中文系：《环太平洋地区文化与文学交流学术研讨会论文集》，天津古籍出版社1994年版，第289页。

身性（梅洛·庞蒂）认知现象尤为明显，他们对世界始终报以敏感的知觉体认，表现出感觉系统与对象化世界间传递信息的适配性以及通过这种途径与世界互动的高效性①。

视像的媒介化发展在改变人类感知结构的同时也导致处在拟像世界中的主体逐渐失去传统意义上完整的、自主的自我，呈现出由技术复制所导致的分裂现象。如《蝴蝶》中："我请求判我的罪。你是无罪的。……是她找的你。是她爱的你。你曾经给她带来幸福。我更给她带来毁灭。"②虽然仅有主人公张思远一个人物，围绕他却同时出现了四重人物关系：我与我；我与你；我与她；你与她——这些称谓就像自我的副本，无形中消解了主体间的边界，迫使个体的自我认同接入交互性的主体关系中，变成"被管制、被隶属"的幻象组成部分。③由此也显示出意识流小说中主体的复制、分化等装配机能的独特性以及新时期文学在后现代视觉文化的视阈中实现某种理想主体也即具有自我审视、自我反思、自我完善等思维的人工产品的可能性。

二、视觉叙事的成像机制

就像电影艺术依附于放映机器这类物质实存才能放映，尤其是在数字化时代以前，电影只能依靠胶片进行成像，小说无疑也需要类似的转

---

① 叶浩生：《具身认知的原理与应用》，商务印书馆 2017 年版，第 101 页。

② 王蒙：《蝴蝶》，见《王蒙文集》第 3 卷，第 97 页。

③ 陶国山：《话语实践与认同建构——论文学话语下的认同建构》，上海文艺出版社 2012 年版，第 45 页。

换机制将思想从其语言载体输送至文本"视觉场"。① 这与艺术形式的物理基础存在不可割裂的依存关系，这种物理基础主要是小说构建文学画面所应用的对图像的采集、识别、分析等处理过程。纵观王蒙的文体实验类型小说，叙事者正是小说中艺术与现实、物质外壳与文本形式之间的核心转换器或视觉叙事的成像机制。小说的画面、人物活动情景等同于叙述者富于变化的"看"②。

20 世纪 50—70 年代主流现实主义话语曾强调小说要反映现实真实性。现实主义文学对"现实"与"虚构"的黏合压缩了"中间地带"（霍桑）的显现状态，使社会主义文艺叙事呈现出"透明化"的效果。③ 新时期文学受西方现代主义技法的影响，反映现实已不再是小说的首要追求。这个时期作家更看重的不是小说的内容，而是形式。正如王蒙所说："生活有多么丰富，想象有多么丰富，小说就应该有多么丰富，小说的手法也就应该有多么丰富。"④ 基于这种形式创新的思想观念，王蒙在小说中强化了"中间地带"的形式作用，也即叙事者的功能，通过叙事的视觉分化功能使叙事者集看者与被看者身份于一身。比如《海之梦》、《蝴蝶》、《春之声》中的一类自述性叙述者时而与主人公合并视角隐于人物之身，时而以反思、回忆等方式抽离人物这一栖息地飘散于物象或

---

① ［法］莫里斯·梅洛·庞蒂：《知觉现象学》，姜志辉译，商务印书馆 2001 年版，第 278 页。

② ［法］热拉尔·热奈特：《叙事话语 新叙事话语》，王文融译，中国社会科学出版社 1990 年版，第 3 页。

③ 贺桂梅：《50—70 年代文学研究读本》，上海书店 2018 年版，第 24 页。

④ 王蒙：《漫话小说》，见《王蒙文集》第 7 卷，第 102 页。

纯态的叙事形式中。更重要的是叙事者总要与人物和事件发生对话，比如《杂色》中"我"正在进行大量内心独白时，叙述者借老瘦马开口说话，几次与主人公进行交谈，不时显露自己的叙事者身份："他在描写马说话，这使我十分诧异。但我暂时不准备发表评论。"①叙事者的踪迹由此浮现在叙事前景。《布扎》中的叙述从一片叶子、一阵风等任意物象中传来，叙事者的形象被消解于无形，仅保留说话者的目光，这些目光皆如同小说的眼睛，都具有视觉功能。《春之声》中岳之峰半梦半醒时感到"咣的一声，黑夜就到来了。一个昏黄的、方方的大月亮出现在对面墙上"②。光亮的明暗度是叙事者活动迹象的外显，强化了叙事中视觉行为的能动性。作家通过把捉自然光的光晕、闪光，调节明暗度，达到自然、生动效果的画面，赋予叙事者与自然相融合的生命体验。巴赫金认为：人物是叙事世界的主人③，作为文本内部一个具有特殊功能的人物，叙事者不受情节、小说结构的限制，我们能够在这些意识流小说中看到的跳跃性画面一定程度上源于小说叙事者的视觉跃动。不断闪回的画面和翻转的情景，实际上是由叙事者无处不在的观看行为以及随时随地转换的叙事视角所导致的。

恰如麦克卢汉的著名论断"媒介即人的延伸"，新时期文体实验小说暗含叙事主体从视觉对象到视觉主体的上升过程。叙事者的显现凸显了叙事的自主性与叙事内部的自动化运作。这既揭示着视觉技术在文学

---

① 王蒙：《杂色》，见《王蒙文集》第 3 卷，第 165 页。

② 王蒙：《春之声》，见《王蒙文集》第 4 卷，第 288 页。

③ ［苏联］巴赫金：《审美活动中的作者和主人公》，见《巴赫金全集》第 1 卷，河北教育出版社 1998 年版，第 94 页。

中的扩大，也表明叙事具有运用视觉的独特方式：完成一套完整的视觉行为至少需要完好的视觉载体、良好的视觉机能以及可视化成分等若干因素。从叙事者发出"看"的指令到接触可视物，再到形成视觉画面的过程，需要综合视角、视点、视线、视距、视域等诸多方面的因素，这些因素共同构成了叙事的视觉装置。从视觉动力学角度来说，王蒙此时期作品中的叙事视角显著增多，并且随叙事视角的多样化发展还伴有视线交叉、视点分化、视域扩展等现象，形成小说多层次的视觉叙事机制。其中最常见的视觉现象是视点的扩展和分裂，"看"的行为与视觉的成像结果变得无处不在。比如《杂色》中爱马如命的曹千里看到老瘦马每动一下，他的身体也跟着动起来："曹千里本人的四肢、耳朵、脊背、臀、肚子乃至鼻孔也都跟随着进行同步的运动。他的每一部分器官、每一部分肌肉，都体验到了同样的力量，同样的紧张，同样的亢奋，同样的疲劳与同样的痛楚。"① 叙述视点却无从专注于作为整体的人，而是通过整体观察、局部对焦、视觉平移、从扫视到检视等方式将曹千里拆解成不同的零件，借此那种现代人类主体意识深处的异化与机械化特质被展现得淋漓尽致，标志着文学中的视觉媒介转向了更为逼真的感知效果。

当视点与视线等因素进行不同组合时能够使叙事形式发生分化、变形等现象。《风筝飘带》中素素的眼里："红彤彤的世界是什么样子她没有看到，她倒是看到了一个绿的世界：牧草，庄稼。她欢呼这个绿的世界。然后是黄的世界：枯叶、泥土、光秃秃的冬季。她想家。"② 叙事者

---

① 王蒙：《杂色》，见《王蒙文集》第 3 卷，第 141 页。
② 王蒙：《风筝飘带》，见《王蒙文集》第 4 卷，第 228 页。

对地理空间的凝望过程中出现了视线分层现象：一层是地域视角下的地方化审美，另一层则透过新疆将视线延伸至整体国家领域。叙事视角不仅能够灵活分散、聚合，还可以同时对焦远近不同的视距和维度。时空的变形、扭曲状态配合叙事视线的分化，对不同思想内容进行有机划分和集束性观照，呈现小说"超现实"的特征。

相反，视觉功能也可以将不同的叙事形式同时聚合在小说文本中。《鹰谷》中作家通过叙事者的差异化视角在同一篇小说中同时建构了两个并行的故事。景观与人物行为各自构成独立的段落，可以从完整的故事中分别拆分出来：

> "您是……狄丽白尔的亲哥哥？"我提出了这个不礼貌的问题。
> "当然。一个大当子（爹），一个阿囊子（娘）。"
>
> 无可置疑。
>
> （留白处）①
>
> 汽车离开了公路，岔入临道伸展在荒凉戈壁中的便道。突然间加剧了颠簸筛摇，我想起手工摇动着的搁在瓦盆上的柳条筛，筛子上跳动的黑煤球，那是童年时期在旧北平常常看到的。②

小说中叙事段落之间颇有意味的留白在全篇频繁出现，造成叙事整体的断裂感。所谓"留白"指的是作家在叙事中有意置入的空白区域。叙事者处于不在场状态，但故事却没有停止，这是因为这些空白叙事实际符合故事整体的情感基调与叙事者的行为逻辑，是不可置换的形式组

---

① 笔者注。
② 王蒙：《鹰谷》，见《王蒙文集》第3卷，第601页。

成部分。毕竟随时间流逝"我"对过往的追忆已不再连贯和精确，每每回想起某些感人的经历，让"我"无法抑制内心情感向外溢出而不得不暂时中止讲述。所以"空白"绝非叙事质料之间空无一物的形式断裂，而是一种"有意味的形式"①。正所谓"言有尽而意无穷"，空白叙事隐含着叙事者立身于情景乃至叙述维度之外对故事的瞩目和凝视。小说看似断裂的表层肌理隐含了由视觉接续着的情感氛围。"看"在这里不是单一的直视行为，而至少包含了回望个人经历、直面感伤情绪、对特定经历的关注等多重情感、情绪成分，这意味着"看"的行为构成了一套完整的叙事系统。

可见王蒙在以现代派技法叩问"现实"的形式实践中放大了叙事者的视觉作用，这种视觉化操作遍布于小说的各个角落，是小说形态、情节流动、哲理化、情感、情绪等各部件的一个基础。视觉叙事的魅力无疑深深地震撼着当时的文坛，是"对文坛上居统治地位的旧文体话语权力秩序的挑战"②。作家通过多种聚焦发现了叙事中的语境、结构、技术、符号等诸种元素的作用，打破了原有的作家决定论。③ 更重要的是文本在形式开裂时呈现出小说世界的某种本相，即在保证总体统一性的前提下，设置内部的不稳定性和不确定性状态④，使小说从表现完整性的写实风格转向碎片化的现代派风格。造成小说叙事碎裂感的视觉内因

---

① 李泽厚：《美的历程》，生活·读书·新知三联书店 2017 年版，第 25 页。
② 郭宝亮：《王蒙小说文体研究》，北京大学出版社 2006 年版，第 153 页。
③ ［加］段炼：《视觉文化：从艺术史到当代艺术的符号学研究》，江苏凤凰美术出版社 2018 年版，第 45 页。
④ ［苏联］巴赫金：《审美活动中的作者和主人公》，见《巴赫金全集》第 1 卷，第 99 页。

则驱使人们认识到自己已然置身于一个与曾经截然不同的碎片化视界，跳出传统艺术对真实世界的定义，亲历高度视觉化制约中"世界图像时代"（海德格尔）到来时文化形态的变革。

三、视觉叙事的意义：构建多维内在时空

有研究者指出，20 世纪 80 年代小说形态的深刻变革与这个时期时空意识的嬗变有密不可分的关系。[①] 一定程度上视觉化转向正是小说形态转型过程中发生时空变形的重要诱因。新时期文体实验小说的某种创新之处表现在作家通过视觉化叙事越出现实世界探索更加深邃的心灵时空。王蒙小说中通过叙事中视觉的无障碍流动特征呈现穿越时空的效果，抽象难测的时空状态却因视觉变得直观具体。小说叙事视角不仅能够进入人物内心世界，透视人物的心理活动，还能够将抽象的情绪具象化为时时被捕捉到的画面。比如《春之声》中岳之峰的心绪随着月影晃动而摇摆不定，他时而想起童年的夏季，时而想起母亲的坟墓[②]，这两段主人公不同时期的回忆共同交织于他当下的意识中。笼罩着岳之峰的月色不时将他的思绪带回现实，此时叙事者直视着人物，一半视角对焦在人物的内心世界，另一半视角停留在暗淡、不张扬的外部环境中，联通主人公的心灵空间与外部世界。通常情况下读者可以轻易看到叙事者所见之物却很难看到叙事者"看"的行为，但在这里叙事者的视觉感知

---

① 耿传明、张婧：《时空意识与 1980 年代中国小说的形态变化》，《社会科学研究》2018 年第 6 期。

② 王蒙：《春之声》，见《王蒙文集》第 4 卷，第 288 页。

行为被表现为多层次、多阶段的且不被小说中心思想框定的独立过程。《蝴蝶》中也有类似的用法，作家将人物的心灵幻化成飞舞的蝴蝶，通过蝴蝶飞舞的动态画面为小说内在视觉过程赋形，借此令人们看到视觉从感知到成像，再到重新编织信息投射回对象的知觉过程，在此基础上使小说打开了广阔的心灵空间，使其获得与外部空间同等重要的地位，形成了更广阔、更高维的时空结构。

自由的视觉形式不仅造就了新奇的物象组合与风景，也构成了全新的时空载体。《蝴蝶》的结尾"期待明天，也眺望无穷"①，作家将尚未可知的未来世界交付于遥望远方的目光。视觉或许不能清晰勾勒出未来的景象，但在这里视觉主体已经具备了"看向明天"的未来意识。《春之声》中"在二十世纪八十年代的第一个春节即将来临之时，正在梦寐以求地渴望实现四个现代化的人们，却还要坐瓦特和史蒂文森时代的闷罐子车！"②在这里叙事视角跳跃在混乱的时空维度中，将不同的时代并置，让读者看到时空交织的效果。小说对未来的想象构建在"上帝视角"中："老一辈人正在一个又一个地走向河的那边。咚咚咚，噔噔噔，嘭嘭嘭，是在过桥了吗？联结着过去和未来，中国和外国，城市和乡村，此岸和彼岸的桥啊！"③岳之峰觉得"如今每个角落的生活都在出现转机，都是有趣的，有希望的和永远不应该忘怀的"④。逐渐上升的视角将我们带离世界，万事万物都变得渺小，时间、国家、社会、存在都变

---

① 王蒙：《蝴蝶》，见《王蒙文集》第 3 卷，第 135 页。
② 王蒙：《春之声》，见《王蒙文集》第 4 卷，第 292 页。
③ 王蒙：《春之声》，见《王蒙文集》第 4 卷，第 193 页。
④ 王蒙：《春之声》，见《王蒙文集》第 4 卷，第 300 页。

成了视域中能够轻易把捉的东西，未来也变得不再神秘。一方面"未来"仅仅是被阔大而无形的目光所定义的一重时间单位，另一方面这种视角的上升过程实际正在飘向"无穷"的未来，那是单向度地站在过去与未来、此岸和彼岸等层面从未看到的视界。更重要的是视觉能够到达表意的层面，看见时空在这里等同于看见作家对现代意识的反思。正如学者所说："尽管视觉是自然的赐予，但是我们看事物、看世界的方式都被彻底文化化了。"① 这使得"时空"在文学中突破了一般作为时间与空间集合体的界域意义，而表现出传词达意的人类学和社会学属性。如《深的湖》中："猫头鹰的眼睛是凹进去的，是两个半圆形的坑。坑壁光滑，明亮，润泽，仍然充满了生机和希望。然而，坑是太深、太深了！那简直是两个湖，两个海！那可以装下整个的历史，整个的世界。"②《海之梦》中中华文明的历史记忆、当下社会生活的画面皆随叙事视角出现在小说中。叙事对时间和空间的运用已经不局限在将两者结合创造有机的时空体层面，而是使主体脱离了时空作为载体对人物的限制。在这类先锋文学实验中人已经进入了一种有别于日常状态的时空体验中。这个过程隐藏在叙事视角逐渐拉开与叙事内容甚至小说文本的距离中，却包含了文体与世界语境之间难以言说的穿透性和未来感。

这一时期王蒙的作品中还出现了大量以旅途为背景的叙事。小说将叙事者和主人公放置在旅行途中制造了视功能主体的移动。如《春之声》中："反正火车开动以后的铁轮声给人以鼓舞和希望。下一站，或者下

---

① 吴琼：《视觉性与视觉文化——视觉文化研究谱系》，《文艺研究》2006 年第 6 期。

② 王蒙：《深的湖》，见《王蒙文集》第 4 卷，第 312 页。

一站的下一站，或者许多许多的下一站以后的下一站，你所寻找的生活就在那里。"①火车的长时颠簸象喻着人生的历程，叙事者站在过来人的角度讲述着他的经历，在这里出现了虚拟对话者"你"表示叙述暂时停摆于独语的情景中。这样，叙事者与列车一同被固定在了特有的视觉轨迹中。如《鹰谷》中："汽车离开了公路，岔入临道伸展在荒凉戈壁中的便道。突然间加剧了颠簸筛摇，我想起手工摇动着的搁在瓦盆上的柳条筛，筛子上跳动的黑煤球，那是童年时期在旧北平常常看到的。"②作家笔下的旅途不仅是物理时空中的位移，更是连接回忆与往昔岁月的通路。通过安逸的旅程来写这段经历体现着视功能载体移动时的稳定性和有序性。如《心的光》中："幸福的日子就像在平原上运行着的平稳的车，你不知不觉，你以为你是处在一种静止的、不变的、自来如此的状况之中呢，其实，你正乘着'时间'这辆车飞快地运行。"③王蒙的笔下还有很多类似通过列车飞驰象喻人生、时间的充满哲理的表述。联系到作家本人长达近30年的羁旅生涯，不难理解这类叙事中所包含的作家对自我人生境遇起伏的自拟。④因此这类移动型视角中倾注了浓重的感情色彩。

多年的羁旅生活使新疆早已成为王蒙的"第二故乡"⑤，所以与很多

---

① 王蒙：《春之声》，见《王蒙文集》第4卷，第289页。

② 王蒙：《鹰谷》，见《王蒙文集》第3卷，第601页。

③ 王蒙：《心的光》，见《王蒙文集》第4卷，第353页。

④ 郜元宝：《当蝴蝶飞舞时——王蒙创作的几个阶段和方面》，《当代作家评论》2007年第2期。

⑤ 阎纲：《小说出现新写法——谈王蒙近作》，《北京师院学报》1980年第8期。

同类型的小说主要描绘归心似箭或是沉浸于思乡情感不同，王蒙将故乡与他乡放置在统一的情感流动线中，模糊了旅程的方向感。作家用描写地理特征的方式在介于故乡与他乡之间的位置重新搭建了一处心灵"港湾"，无论从城乡位置的哪一端看去都呈现了对"故乡"的深情凝望。处在旅途中对故乡的凝视形成了一段独特的空间，既是移动中对某一个定点可变动的视线距离，也是特定的乡情、特定的注目中产生的特定场所和位置，这意味着作家通过"异乡人"视角对故乡——他乡结构进行了重构。"行路致远"不再表示踏足一段遥远的路途，而表示踏入一段难以达到的远方，也难以复归的特殊空间，正如鲁迅在《故乡》中所表现的"他乡不熟悉，故乡又不能归去"①。《夜的眼》中使陈杲感到为难的不光是面对年轻一代时难获自我认同的失落感，同时代际摩擦呈现出的失落感中包含了地域差异造成的心理落差。作者有意在陈杲答话中标注"是边远地区的那位领导"，将"边远地区的首长"以画外音的形式插入差异化的"边地/中心"想象。②对城市的失望感与对代际鸿沟的无所适从都在叙述视角对两地不均衡的价值认同与情感配比中得以生发。人物被固定在归乡途中，面对与鲁迅一样的"他乡不熟悉，故乡又不能归去"之困。《蝴蝶》中"他轻轻走过去打开阳台的钢门，清冷的夜气扑来，他以为是来自山谷的风"，"在李谷一的'洁白的羽毛'和民国十八年的咸菜汤之间，在肮脏、混乱而辛苦经营的交通食堂和外商承印的飞机时刻表之间"，"分明有一种联系，有一座充满光荣和陷阱的桥"。③ 不难

---

① 黎保荣：《鲁迅"异乡人"情结的成因、表现与转化》，《鲁迅研究月刊》2020年第4期。
② 王蒙：《夜的眼》，见《王蒙文集》第4卷，第242页。
③ 王蒙：《蝴蝶》，见《王蒙文集》第3卷，第71页。

看出王蒙笔下的主人公与其视线中的他乡和故乡都在这段旅程中发生转变，他的小说中因此形成了一种叙事程式，即永恒的归途。小说由此将归乡主题从回归故里上升到关于人类生存的哲思，呈现了大时代变动中安稳与激变共存的张力感受和特有的生存哲学。

　　总的来说，王蒙在 20 世纪 70 与 80 年代之交层出不穷的文体实验将文学写作带向了全新的形式领域。对视觉方法的纯熟运用使王蒙的小说恰合于 20 世纪 80 年代初期兴起的中国现代主义思潮。[1] 他的小说形式体现出对西方现代派技法的谨慎借鉴。作家力求能够"洋为中用"，通过"艺术创新"的方式建立中国的现代主义小说。王蒙对"现实"的辩证化用使他的作品与一般"意识流"等形式实验类小说相比，少了些许曲折的象征、隐喻方式以及对缥缈、幽冥精神状态的表现。同时王蒙与这一时期的"现代派"论争主潮保持了一定距离。如学者指出"现代派"文学讨论中集体呈现出了"现代化"价值取向和政治色彩[2]，相比之下，王蒙的作品通过多面性视角对不同思想资源的汲取一定程度上体现出对社会思想分歧的协调。这也表现在他对现代派与现实主义技法的融合方面[3]。

　　现代视觉化技术为文学提供了面向多元时空纵深发展的契机，也揭示出文学能够回应大时代变动的先锋性，这往往表现在难以直观感受到

---

[1]　谢天振：《翻译的理论构建与文化透视》，上海外语教育出版社 2000 年版，第 160—164 页。

[2]　程光炜、李建立：《外国文学译介研究资料》，百花洲文艺出版社 2018 年版，第 128 页。

[3]　温奉桥：《王蒙文艺思想论稿》，齐鲁书社 2012 年版，第 298—299 页。

的叙事形式方面。而文学能够敏感于历史、时空、科学、人类文明等问题的关键点不在于简单的抒情或成为社会、艺术领域中的一个孤立的部门。我们该如何有效调动起文学技术性、超越性的功能？面对科技不断进步，社会政治、文化因素不断转变的现实语境，文学又该发挥怎样的作用？这些问题仍值得我们继续探究。

（原载《山西大学学报（哲学社会科学版)》2021 年第 4 期）

"组接"的游戏

——符号学双轴关系视域下王蒙小说的先锋性试探

唐小林、张雪

许多学者注意到了王蒙小说的拼贴性，但回归王蒙小说文本，也许会发现"拼贴"一词并不太准确。这种停留于"破坏和移位"的拼贴，只是王蒙小说创作的表现手法，作为新中国第一代青年、少年布尔什维克、政治运动中的亲历者以及新时期的文化部长，即使在艺术上，王蒙也很难说具有彻底的"破坏精神"，其小说文本的深意也不足以用"拼贴性"来概括。与其说是"破坏和移位"的拼贴，不如说是"组合与聚合"的组接。

组接，本就具有符号学意味，这是王蒙本人以及很多学者都注意到的，但笔者并未见到从符号学视角对其进行深入分析的文字。不少学者用语言学、语义学等方法展开讨论，近年也有用毕加索立体主义的概念进行论析的文章，应该说都不乏新意，但就其更深刻更本质地把握住王

蒙小说的表达方式、叙述方式的深层内在机制，以点带面形成全面把握
王蒙小说创作的一种视角而言，从符号学的双轴关系切入王蒙小说的组
接性，无疑是一种有益的尝试。

一

"组合与聚合"，是符号学中的双轴，即组合轴与聚合轴，指符号文
本的两个向度，任何符号文本的编码或解码，就在这双轴关系中展开。
组合与聚合这一对概念，来自于索绪尔符号学理论的"句段关系"与
"联想关系"。话语中的各个词之间的线性连接关系为句段关系，而话
语之外在人们记忆里具有某种共同点的词与词之间构成联想关系。[1] 这
一对关系被后来的符号学家们不断发展和完善，"联想关系"改称聚合
轴，而与其对应的"句段关系"则改称组合轴。雅各布森在 20 世纪 50
年代对双轴关系的阐述较为清晰明白，聚合关系为相似因素（similarity）
之间的替代（substitutive），组合关系为邻接因素（contiguity）之间的
陈述（predicative）[2]。聚合轴上的选择（selection），与组合轴上的结合
（combination），共同运作构成符号文本。[3]20 世纪八九十年代是王蒙

---

[1]　[瑞士] 费尔迪南·德·索绪尔：《普通语言学教程》，高名凯译，商务印书馆 1980
　　年版，第 170—177 页。

[2]　Roman Jakobson：*The Metaphoric and Metonymic Poles*，in Roman Jakobson and Morris
　　Halle，Fundamentals of Language，The Hague：Mouton Press，1956，p.77.

[3]　Roman Jakobson：*Two Aspects of Language and Two Types of Aphasic Distuibance*，
　　Selected Writing Ⅱ，The Hague：Mouton Press，1971，p.243.

实验性小说的创作巅峰，他这一时期的许多小说都明显呈现出符号学特性，大多以聚合轴与组合轴迥异于常规的方式运作文本，在文坛引起较大争议。

王蒙在 1980 年代开始有意识地创作蕴含符号学双轴运作妙意的实验性小说，具有他所谓"组合"、"组接"、"重组"等特征。最明显地显露这类特征的创作，要从长篇小说《活动变人形》[1] 说起。这部主要讲述倪吾诚无所事事痛苦一生的长篇，叙事集中于 1940 年代社会转型期倪吾诚无奈而狼狈的中年遭遇。倪吾诚接触了西学新思想却未解现代化深意，与几乎并未接触新思想的家人之间的矛盾，体现出倪吾诚这类社会转型期的畸形儿思想与处境的不协调。王蒙在阐述这一人物时提到："玩偶……的头部、腰部、腿部可以随意组合，可以来回地变。我由此就写了一个人，他的思想、他的头脑、他的教育、他的认识、他的处境之间的不协调。"[2] 这里的"组合"，让人联想到小说里提到的倪吾诚为儿女买的一种所谓"活动变人形"的日本玩具，脑袋、身子、腿的装扮和姿态"是活动可变的"，"同一个脑袋可以变成许多人。同一个身子也可以具有好多样脑袋和好多样腿"[3]。联系主人公倪吾诚的一生，我们很可以说这种"组合"，反映的是社会转型期的人与他者之间的矛盾，用

---

① 《活动变人形》最早发表于人民文学出版社编：《当代长篇小说——人民文学出版社建社卅五周年纪念专刊》，人民文学出版社 1986 年版。

② 王蒙：《小说创作与我们·附问答录》，见崔建飞选编：《王蒙谈小说》，江西高校出版社 2003 年版，第 117 页。

③ 王蒙：《活动变人形》，见人民文学出版社编：《当代长篇小说——人民文学出版社建社卅五周年纪念专刊》，第 91 页。

双轴关系视角来看，即组合轴上各组分的不协调。强调"组合"，王蒙
关注的是现实社会人生中各种荒诞的不协调现象。

后来在 1988 年底至 1989 年初与王干的对话中，王蒙认为："《组接》
可是真正的活动变人形。"①《组接》②这部短篇小说是由"头部"、"腰部"、
"足部"、"尾部"四部分组成，分别描述了一批青年、中年、老年的人
生阶段及其遭遇，而各部分之中又并置了很多截然不同的境遇，读者可
以在各部分之间进行随意组接，就像可以给"活动变人形"玩偶的头戴
上不同的帽子、身子穿上不同的衣服、脚穿上不同的鞋子，强调多种选
择和替代，从而形成多套不同的搭配，构成这批人物不同的人生走向，
而现实人生本身也是这样充满了不确定性和多样性的。王蒙在 1992 年
对《组接》做过如此阐释："我写的意思是人年轻的时候的四、五种情况，
而到中年谁变成哪种情况都有可能，你可以自己设想……它让人们思考
在人生旅途中各种变化的可能。"③用双轴关系视角看来，也就是说，人
由年轻走向老年，"头部"、"腰部"、"足部"、"尾部"是一个组合轴上
连贯的邻接关系；而人生的各个阶段会遭遇各种可能的情景，各遭遇之
间具有相似性和可替代性，偏重聚合。这种"组接"，是对人生多种可
能的展现，强调主体选择。

王蒙热衷于"重组"的游戏，在《〈锦瑟〉的野狐禅》④一文中，他

---

① 《〈活动变人形〉与长篇小说》，见《王蒙王干对话录》，漓江出版社 1992 年版，第
　243 页。
② 《组接》最早发表于《北京文学》1988 年第 9 期。
③ 王蒙：《小说的可能性》，《广州文艺》1993 年第 1 期。
④ 《〈锦瑟〉的野狐禅》最早发表于《随笔》1991 年第 6 期。

将李商隐的《锦瑟》中的字，打乱后重组为七言律诗、长短句、对联，发现："这些字词之间有一种情调的统一性、连接性和相互的吸引力，很容易打乱重组。"①这些字词由于情调上的统一性、相似性，可处于同一聚合轴上进行多种选择；同时认为此诗："字词的组合有相当的弹性、灵活性。它的主、谓、宾、定、状诸语的搭配……是游动的、活的、可以更易的。"②汉语语法的灵活性，赋予了这些字词组合关系的多样、灵活，不受太多语法规则的限制也能同样表意。接着，"重组"的概念在《重组的诱惑》③一文中得到了详细阐述："有意思的是人们认为天机就存在于文本的重组或变异诠释(这也是一种重组，符号学意义上的重组，所指与能指对应关系的重组）之中。"④考察了古今中外"重组"游戏的文本现象，认为"重组"是一种对原文本释义的新的探索，以及对语言潜力的发现，是一种对内涵和形式的同时开掘。

正如王蒙在《组接》中所言："结构，是可以变化和摸索的。"⑤"组接"不仅体现出王蒙小说在内容上关注现实和人生的多样与选择的特性，也是其小说在形式上的创作追求。显然，以"组接"来概括王蒙小说创作特性，能够涵盖王蒙小说创作的内容和形式诸方面，也能统一偏重组合的"组合"概念和偏重聚合的"重组"概念，能够深入王蒙小说创作

---

① 王蒙：《〈锦瑟〉的野狐禅》，见《王蒙文存》第 18 卷，人民文学出版社 2003 年版，第 371 页。
② 王蒙：《〈锦瑟〉的野狐禅》，见《王蒙文存》第 18 卷，第 371 页。
③ 《重组的诱惑》最早发表于《读书》1997 年第 12 期。
④ 王蒙：《重组的诱惑》，《读书》1997 年第 12 期。
⑤ 王蒙：《组接》，见《王蒙文集》第 5 卷，华艺出版社 1993 年版，第 319 页。

的内涵和先锋实验的底里。

二

内容上的"组接性"，在王蒙创作初期就已出现。《活动变人形》中的这种人物思想与处境不协调的组接性，在 1950 年代创作的《青春万岁》①和《组织部新来的青年人》②两篇小说中就初见端倪。《青春万岁》主要讲述北京女七中一群高中生在 1952—1953 年的生活，热爱集体、投身建设的积极分子杨蔷云，却也有内心的迷茫与感伤；基督教徒呼玛丽和资产阶级出身的苏宁，也在改造自己走向集体生活的过程中充满了内心冲突。《组织部新来的青年人》讲述青年林震刚转为区委组织部职员之后的遭遇，他怀揣理想的热情却在组织部的工作现实中常常受挫，理想的纯粹与现实的复杂之间的不协调给林震带来了许多惶惑。关注人物内心与外部环境的矛盾冲突，一直延续到刻画"中间人物"的短篇小说《眼睛》③和《夜雨》④，此后便因政治运动而搁笔。《眼睛》中的苏淼如在为私人情感还是为集体建设的选择面前充满了内心冲突；《夜雨》也着重描绘秀兰在结婚前最后一天选择留在农村参与集体抗旱还是嫁到

---

① 《青春万岁》创作于 1953—1956 年，最早在 1956 年 9 月 30 日《北京日报》以"金色的日子"为题发表了小说的最后一节，1957 年 1 月 11 日—2 月 18 日《文汇报》连载了全书近三分之一章节，1979 年 5 月人民文学出版社出版删减版单行本，1998 年人民文学出版社再版时按照 1957 连载版作了部分修复。

② 《组织部新来的青年人》最早发表于《人民文学》1956 年第 9 期。

③ 《眼睛》最早发表于《北京文艺》1962 年第 10 期。

④ 《夜雨》最早发表于《人民文学》1962 年第 12 期。

城里享受优越条件的内心挣扎。王蒙在创作初期就已擅长在人物思想与外在环境的矛盾冲突中刻画人物内心的矛盾、痛苦与惶惑，侧重于呈现这种不协调性，体现出王蒙对文本组合关系的看重。

进入 20 世纪八九十年代，"组接性"在形式与内容上展开了双重开掘，大胆的形式创新，使王蒙小说在双轴运作上的先锋试验显得更为明了。其中最具代表性的是小说《来劲》①和《白先生之梦》②，这两个短篇小说分别是偏重组合和偏重聚合的典型。

《来劲》以混乱的句法形式讲述主人公在社会变革的新旧交替时期一次外出经历。小说中意思相悖的词语的并置令人迷惑，王蒙在聚合轴上不做唯一的选择，将多个具有某种共同点的相似因素都排列在组合轴上，造成组合轴的迥异，形成不协调的组合关系。如开篇的"三天以前，也就是五天以前一年以前两个月以后，他也就是她它得了颈椎病也就是脊椎病、龋齿病、拉痢疾、白癜风、乳腺癌也就是身体健康益寿延年什么病也没有"③。"三天以前"、"五天以前"、"一年以前"、"两个月后"这四个词的共同点是都表示时间，都可以处于状语位置，这恰好体现了"聚合轴的组成，是符号文本的每个成分背后所有可比较，从而有可能被选择，即有可能代替被选中的成分的各种成分。"④ 这些时间词都有可替代性，但作者并未做唯一的选择，把一些本应"不在现场的"、"潜在"⑤ 要素

---

① 《来劲》最早发表于《北京文学》1987 年第 1 期。
② 《白先生之梦》最早发表于《小说界》1994 年第 2 期。
③ 王蒙：《来劲》，见张学正编：《王蒙代表作》，黄河文艺出版社1990年版，第534页。
④ 赵毅衡：《符号学：原理与推演》，南京大学出版社 2016 年版，第 157 页。
⑤ ［瑞士］费尔迪南·德·索绪尔：《普通语言学教程》，第 171 页。

变为在场。一旦聚合轴上多个因素在组合轴上同时出现，作者故意将某些本应隐藏的成分显露出来，则是"别有用心"。如后文描绘 Xiang Ming 到达某地之后的感受："觉得这里确是一个美好的地方……觉得这里缺乏管理……觉得真是变了样了……觉得还是又穷又破……觉得一点也不落后……觉得最好还是先修几个过得去的厕所……"① 诸多感受之间呈现出相悖关系，觉得美又不美，觉得变了又没变，觉得不落后又落后，仿佛故弄玄虚，令人感到糊涂。句法上的混乱与社会新旧交替时期人的感受的混乱相契合，实现了形式与内涵的双重开掘。

然而，聚合轴上的诸因素并置并非绝对混乱，我们仍能通过组合轴辨识出故事情节。《来劲》也以意思相悖的句子呈现人物多个可替代的谓语动作和所处情境，如第二段以无主语句描述了各种外出方式："于是乘着超豪华车……好不容易叫了一辆出租车……坐在牛车上……骑着马最好还是骑着骆驼……飞机起飞……火车的软席车厢里……"② 就在我们对诸多情境不明就里的时候，紧接着一句"向明出差、旅游、外调、采购、推销、探亲、参观、学习……"③ 提示着我们，上面那段话的主语是向明，各种情境便是向明去出差、旅游等的所见所闻所感，最后"她到达了找到了误会了迷失了失落了错过了他要去的地方"④，不管是找到还是没找到，都表明的是这个外出的结果。为了更清晰地把握文本信息，我们不妨以双轴视角对《来劲》的第二自然段的内容作如下呈

---

① 王蒙：《来劲》，见张学正编：《王蒙代表作》，第 536 页。

② 王蒙：《来劲》，见张学正编：《王蒙代表作》，第 534—535 页。

③ 王蒙：《来劲》，见张学正编：《王蒙代表作》，第 535 页。

④ 王蒙：《来劲》，见张学正编：《王蒙代表作》，第 535 页。

现（见图1）。

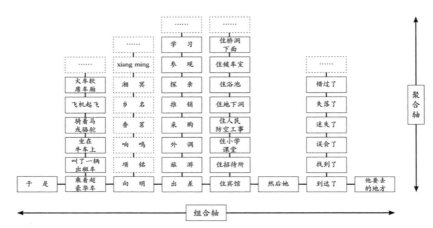

图1 《来劲》第二自然段的组合轴与聚合轴

由于聚合轴是"各个有某种共同点的词……构成具有各种关系的集合"①，我们要把握王蒙小说中混乱并置的聚合轴诸因素，则须找到诸因素之间的共同点和相互关系。通过列出双轴中的各类信息，我们可以更清晰地发现聚合轴上诸因素的相似点，如图1中第二个组分的聚合轴都表示出行方式，第三个组分的聚合轴都表示人物称呼，第四个组分的聚合轴都表示出行目的……每个聚合轴上，除了文本所列出的诸因素（实线框表示）也还有作者并未列出的隐藏在文本之外的更多因素（虚线框表示）。同时，通过梳理整个组合轴诸组分的邻接关系，我们可以看到，第二自然段便是讲述主人公的一次出行经历。以双轴视角来梳理全篇，我们发现《来劲》便是写的主人公在病或未病之后的一次出行过程中的

---

① ［瑞士］费尔迪南·德·索绪尔：《普通语言学教程》，第171页。

所见、所遇、所闻、所感，文本不再变得模糊不清，能够找到统一的内涵，具有了解释意义的可能，这便是用双轴关系来分析王蒙此类小说的优势。

同时，汉语是音义结合体，聚合轴上诸因素之间除了具有语义上的可选择性，而且还有语音上的可选择性，这是《来劲》的诸多研究者所忽略的。小说的最后一句："列入世界名人录黑名单成为最佳男女煮脚……"①"煮脚"是"主角"的音近词，正如小说第一句交代主人公的名字为"向明，或者项铭、响鸣、香茗、乡名、湘冥、祥命或者向明向铭向鸣向茗向名向冥向命……"②，都是 Xiang Ming 这一语音的多种字符表达。语音方面聚合轴上的诸多选择，让具体读什么音变得不重要，重要的是同音背后的异义。"主角"的音近词众多，貌似具有宽幅的聚合，但为何在此选择"煮脚"？"煮脚"一词，用"脚"的联想——臭和不修边幅的低俗意味——构成对"主角"这一备受瞩目的被认为是十分光荣的崇高概念的解构。而"煮脚"前面的定语为"最佳"，更是加强了这种戏谑、调侃之态。这种利用具有某种意义的相似性（音近）基础上的差异（义异）词，以庸俗解构崇高的手法，初露于《来劲》，又在《白先生之梦》中达到高潮。《白先生之梦》讲述白先生给"我"的一封信讲述他的梦境，接着便是"我"受邀到某地进行一次讲演的经历。小说中多处用音近的俗词取代崇高语义的词，全篇可谓俗词的狂欢，如"答摆树博士领导世界新潮流，头脑优锈，思想进花，学贯中稀，书破

---

① 王蒙：《来劲》，见张学正编：《王蒙代表作》，第 539 页。
② 王蒙：《来劲》，见张学正编：《王蒙代表作》，第 534 页。

亿卷，论述精屁，一针贱血，春疯化雨，惠我凉多，久旱干雨，她香故知，字字针理，句句荒金……"①这位博士也与《来劲》中的 Xiang Ming 一样在称呼上具有不确定性，文中先后对其称呼"达白署博士"、"大百墅博士"、"答摆树博士"，其用意有待下文详析。同时，我们可以通过联想进行解释，"优锈"是对"优秀"的消解，脑子生"锈"；"学贯中稀"，并未掌握西学，不过是和稀泥；"论述精屁"是对"精辟"的消解，所论述的内容不过是放屁，胡说八道；"一针贱血"，可理解为这位博士所关注的是一些低贱无聊的东西；"春疯"，即这位博士所言皆为疯言疯语，也就无从"化雨"；"凉多"，不会给人带来温暖；"干雨"，一直"久旱"着，不会滋养人的心灵；"荒金"而非"黄金"，"句句"都是废话。作者利用小说所描写的演讲情境所看重的语音效果，以文字展现这种语音效果时，就有意以低俗的谐音字来替换、消解具有崇高意味的词义，嘲弄崇高，这是利用汉语同音词众多的特性所实现的调侃。

能指符号与所指意义的脱节，在场的是常规词的语音符号，而其字符和语义不在场，隐藏于聚合轴中，组合轴上只显示俗词的字符和语义，需要解释者通过语音联想以及全文语境去填补、阐释出来进行理解，从而体味深刻的嘲讽意味。王蒙利用社会文化规约，把常用词、成语进行俗化改造，文本中的俗词显现于视觉的同时，轻而易举地召唤出常用词在脑海联想中的显现，聚合轴上隐藏的因素，与被选中的出现在组合轴上的因素具有强关系。在实际阅读中，脑海中的常用词与文本上的俗词几乎是同时被读者所接收，因此，这也是一种聚合轴上多因素的

---

① 王蒙：《白先生之梦》，《小说界》1994 年第 2 期。

同时显现，也可以说是组合轴的聚合轴翻转，打开了无限衍义的空间。

三

本应潜藏的聚合因素却显露于组合轴上，符号文本便呈现出双轴共显的现象。相较而言，《来劲》是显性的双轴共显，而《白先生之梦》是较为隐性的双轴共显。《来劲》在组合轴上罗列出聚合轴上的多种可能，作者在聚合轴上不作唯一选择，不符合文本可见的语法规范，相悖因素是显露于文本的。《白先生之梦》虽在聚合轴上做出了唯一的选择，符合语法规范，却采用对常规词汇的异常性替代，引起解释者对常规词的联想，从而呈现出所选词与联想词之间的相悖关系，不符合社会文化规约，相悖因素是跨文本的，符号文本的双轴共显较为隐含。两篇小说的双轴共显现象体现出一种对规约的打破，王蒙小说的先锋试验也由此从"规则支配的创造"进入到"改变规则的创造"。

我们的表达习惯往往是在聚合轴上只做一个选择，正如希尔弗曼所言："聚合关系中的符号，选择某一个，就是排除了其他"，以求实现某种意图和目的（intention and purpose）①。而《来劲》在聚合轴上罗列了多个，表面看起来文本未在聚合轴上做选择，但其实是采用了"多层次的双轴运作"②，即一套符号文本有多层次的选择组合关系。这种多层次的双轴运作与单层次的双轴运作一样，没有时间上的先后，只有逻辑上

① David Silverman and Brian Torode：*The Material Word：Some Theories of Language and Its Limits*，London：Routledge&Kegan Paul Ltd.，1980，p.225.
② 赵毅衡：《符号学：原理与推演》，第159页。

的前后，都是同时进行的。如前文所列举的《来劲》中各类出行方式及其情景，读者如果要理解文本，就必须再在作者所并置的聚合轴因素中做出选择，就像是饭店老板列出了菜单，主人公的名字、出行方式、所见所闻所感都有多种选项并置在读者眼前，读者若要从中获取某种意义解释，则必须从菜单上列出的聚合中做出下一层次的选择与组合，最终呈现为一桌合意的佳肴。菜单和一桌饭菜是两个层次的双轴运作的结果，这便出现了巴尔特所言的两套组合文本，两个文本之间是重叠的，根据巴尔特的表述，我们可以对这种"多层次的双轴运作"作如下图示：

其中，E 表示组合轴（a plane of expression），R 表示双轴之间的意义关系（the relation of the two planes），C 表示聚合轴（a plane of content）①。图示为《来劲》这类文本在聚合轴 C 上列出诸因素进行下一层次的选择组合的情况，另外也有在组合轴 E 上展开下一层次选择组合的情况，不再作图。《来劲》的双轴共显所带来的这种多层次选择组合，在呈现出文本信息的杂多的同时，也将部分选择权让渡给读者，请君入瓮，发挥选择的主体性，以便获得统一、连贯的文本释义。

《白先生之梦》同样重视读者的参与，只是不同于《来劲》是依赖于文本选择组合的规律，而是来自于社会文化规约的强制召唤力。相较于《来劲》聚合轴上的宽幅选择，《白先生之梦》的俗词位置上的聚合实质是窄幅，例如"优锈"只能让人联想到谐音的常规词"优秀"，而很难有更多的联想和选择。宽幅有利于呈现丰富的文本信息，让读者享有更多的选择组合权，但窄幅也独具匠心。《白先生之梦》中窄幅的聚合，

---

① Roland Barthes：*Elements of Semiology*，London：Jonathan Cape Ltd.，1967，pp.89-90.

是作者对读者的联想空间划出了明显的边界，而读者对文本意义的解释却能够跨越这个边界，在整个小说文本和现实社会生活与时代的广阔背景中寻找伴随文本从而读取信息。如俗词与常规词二因素之间，能够启发读者思考："优锈"的博士与"优秀"的博士在这个时代中何者更真实？夸夸其谈是在"讲演"还是无聊的、抹除个人特性的"酱淹"？这个抹杀个体的时代是否果真存在"隐私权"还是让你遭受痛击的"阴死拳"？这个充斥着乱乱轰轰的声音的时代是正在践踏个体生命的"文化小割命"还是"文化大革命"的遗存？那些宣称自己要"永垂不朽"的人也许不过是在作"勇吹不咻"的自我吹嘘……俗词与常规词之间的联想空间，召唤出对这个时代广阔而深刻的反思，于是，这个作者划定的聚合边界便由此生发出意义阐释的无限张力。

四

双轴共显凸现出小说文本的组接性。《来劲》的组接性体现于聚合轴上多个选择因素的并置与组合轴上唯一位置之间的不协调，《白先生之梦》则是所选俗词与邻接的崇高语境之间的不协调。这种不协调性出现在小说中，使文本成为弱符号，需要解释者考察小说的伴随文本，如创作的时代背景、社会文化规约、王蒙的小说创作特性等，结合文本之外的诸因素才能在表面杂乱无章、表意混乱、不知所云的符号文本中获取解释项。由于违背阅读习惯，这客观上造成了读者的接收困难，但实验性小说本来就是对以往创作习惯和阅读习惯的挑战。王蒙有意塑造并利用这种组接性，是对语言表达潜能的充分开掘："语言文字……唤起的不仅有本义，也有反义转义联想推论直至幻觉和欲望，再直至迷乱、狂欢和疯狂。"① 不管是《来劲》、《白先生之梦》还是其他具有组接性的小说创作，这些王蒙所言的转义、反义、联想、幻觉等，都是聚合轴上的诸因素在组合轴上的独特邻接而催开的艺术之花。

五

双轴共显使文本呈现出杂多与统一的特点。杂多与统一是王蒙人生哲学的追求，他早在《组织部3个年轻人》中就已使文本呈现出杂多的特征，只是王蒙后来在1995年才阐明"杂多"的意涵："杂多，这是一种开放性……开放就不可能一味单纯……世事洞明人情练达就不能一味单纯。"② 小说的隐含作者对林震单一而幼稚的单纯、娜斯嘉式的英雄的现实性提出了质疑，这种幼稚必然在现实中碰壁，而杂多便是一种面对现实的方式。在20世纪八九十年代的创作中，王蒙小说通过形式创新试图把握改革开放后日新月异的社会生活，小说中不协调的组接性，是对社会现实中人的处境的隐喻：社会面貌和各种制度按照预设轨道不断改革发展，但人们的思想文化还未得到改革，并未跟进，于是形成不协调，心理感受与社会发展出现错位。通过"杂多"的描绘，王蒙小说渲染出社会转型期的人的尴尬处境，即在急剧变化的生活当中人的惶惑，人们对自我身份认同的危机。

---

① 王蒙：《道是词典还小说》，《读书》1997年第1期。

② 王蒙：《杂多与统一》，见《随感与遐思》，甘肃人民出版社1996年版，第234—235页。

通过对王蒙小说创作进行双轴关系的梳理，我们很容易发现王蒙深层的现实关怀，强调激发读者的自我主体性。描写过渡时期的人、矛盾中的人，是王蒙从 1950 年代就树立的追求，刻画这种不协调性、组接性，从而实现"驱散黑暗"、"追求光明"，这成为王蒙小说的主旋律。这一"组接性"，使得王蒙为中国当代文坛贡献出一类追求光明、驱散黑暗的精神典型。这种典型性、象征性便是通过与现实保持距离从而间接地再现现实的方式来实现的，偏重聚合，需要人们破译潜藏在聚合轴上的诸多密码。

（原载《中国当代文学研究》2021 年第 6 期）

王蒙早期文学思想及其认知变迁探微

——以《尹薇薇》改写事件为切入点

沈杏培

一、曲折的《尹薇薇》：从"未刊稿"到"冰熊奖"

在王蒙的写作历程中，存在着"旧稿重刊"的现象，即由于特定时代语境的原因，一些未能刊发的旧稿，在新的语境下，得以重见天日。这些作品中，一类是新旧两稿未曾作大的变动，经过历史动荡，得以保存并原貌发表，比如写于 1963 年夏的《〈雪〉的联想》，王蒙于 1964 年将它寄给《甘肃文艺》，未果。1979 年他接到《甘肃文艺》编辑部的来信，被告知该作即将在该刊发表①。另一类"未刊稿"，在新的语境下经过二

---

① 王蒙：《论文学与创作》（中），见《王蒙文集》第 25 卷，人民文学出版社 2020 年版，第 19 页。

次加工，而后得以重新发表，这类作品有《等待》、《这边风景》和《尹薇薇》等。比如《等待》是写于 20 世纪 60 年代的一篇短篇小说，用非常抒情的手法描写柏拉图式的爱恋。80 年代，王蒙旧作新写，形成了焕然一新的作品《初春回旋曲》①。《这边风景》作为王蒙写作生涯的"中段"②，1978 年完稿，由于种种原因未能及时出版，尘封近 40 载后，经过王蒙修改，得以于 2013 年出版。

重新发表的"未刊稿"，还包括《尹薇薇》这部作品。《尹薇薇》写于 1957 年早春，患了感冒的王蒙，在病中写下了这篇小说。这篇小说围绕青年人革命意志消沉的主题，勾勒了"我"与日常生活中沉于世俗的尹薇薇的会面与所思。这部作品与此前明朗的《冬雨》、激愤的《组织部来了个年轻人》风格不同，调子上显得低沉。小说写完后，王蒙先后给《北京日报》和《人民文学》投稿，由于时代原因，作品未能刊发。对于这段经历，王蒙在自传里这样记述：

> 这篇东西写得浅，有点幼稚。最初，我给了《北京日报》副刊。后来责任编辑辛大明把清样退了回来，说是最后一分钟主编周游决定不用。稿子证明，责编遵命作了许多修改，如把尹薇薇有两个孩子改成了一个孩子——按，当时尚未实行一个孩子的计划生育政策。我把它转给了《人民文学》，《人民文学》的编辑把所有《北京日报》上改过的东西又都恢复成原状。③

---

① 王蒙：《初春回旋曲》，《人民文学》1989 年第 3 期。

② 温奉桥主编：《文学的记忆：王蒙〈这边风景〉评论专辑》，花城出版社 2014 年版，第 302 页。

③ 《王蒙自传》第一部《半生多事》，花城出版社 2006 年版，第 162 页

1979 年，"摘帽办公室"将旧稿《尹薇薇》还给了王蒙①，80 年代，王蒙找出了《尹薇薇》这篇旧稿，对它进行了加工和再创作，形成了新作《纸海钩沉——尹薇薇》（下文《尹薇薇》是指 1957 年的旧稿，《纸海钩沉——尹薇薇》指 80 年代后期修改后发表的新作，用"新版《尹薇薇》"指代），后来在《十月》杂志上刊发。《十月》杂志 1981 年开始设立"十月文学奖"，以此奖励在《十月》上发表的优秀的长篇、中篇和短篇小说，以及散文、诗歌和报告文学作品。80 年代末期，意大利意伯纳公司、河南商丘低温设备厂与《十月》杂志联合举办"冰熊文学奖"——由于合作公司生产的"冰熊牌"系列冰柜驰名中外，该奖冠名"冰熊"。该次评奖是"十月文学奖"的第四届，以奖励 1988—1990 年期间发表在《十月》上的优秀篇什。王蒙的《纸海钩沉——尹薇薇》成为获得"冰熊奖"短篇小说奖的五部作品之一。

责编过王蒙《纸海钩沉——尹薇薇》的《十月》资深编辑张守仁曾这样描述王蒙的创作主题："1957 年前，革命加青春；1977 年后，八千里行程，三十年风云。"② 这种概括基本准确。王蒙在 1958 年之前的几部重要作品，主题都以"革命加青春"作为主线，《青春万岁》、《组织部来了个年轻人》、《尹薇薇》莫不如此。尽管旧稿《尹薇薇》我们已无法看到完整原文，但在新版的《纸海钩沉——尹薇薇》中仍能大致看出其详。"尹薇薇"的故事大致是关于革命者意志消沉的叙事，讲述了归来者"我"前来看望曾经的恋人尹薇薇，而后失望离开的故事。"我"

---

① 曹玉如编：《王蒙年谱》，中国海洋大学出版社 2003 年版，第 124 页。

② 张守仁：《王蒙：文学是一种特殊的记忆方式》，《星火》2017 年第 3 期。

与尹薇薇在 20 世纪 50 年代原是情谊甚笃的恋人，可是羞于表达，抗美援朝开始后，"我"和尹薇薇决定结束两个人的情谊，两人约定，不再通信，等五六年后两人成长了再合作搞创作。当"我"6 年后如约回来并试图兑现当年的承诺时，却悲哀地看到尹薇薇已在琐碎的日常生活中蜕变了。更为悲哀的是，尹薇薇不允许保姆回家看望生病的儿子，责备自己的母亲等行为，体现了人性温暖与人文关怀在她身上的某种退化。

　　如果仅从故事的内容来看，原版《尹薇薇》似乎并不是一个多么出彩的叙事，讲述了一对青年男女的久别相见和理想志趣相去甚远分道扬镳的故事，混杂着"组织部"里革命意志退却后赵慧文式（王蒙《组织部来了个年轻人》）的精神形态。可以想见，在满怀豪情建设社会主义的 20 世纪五六十年代，这样一个抒情性很强，但基调并不高昂向上的作品，显然在精神风格上略显消极，与时代精神明显相左，因而最后被两家刊物弃用，也在情理之中。问题的重点并不在于此，而是在于，这样一个并不复杂的青年消磨理想于日常之中的故事经过当代"重述"，何以在 80 年代重新焕发光彩？也就是说，未刊稿《尹薇薇》时隔 32 年后，经过王蒙的重新讲述，为什么能够在文学黄金时期的 80 年代大放光彩，并跻身于获奖小说的行列？这里固然有 80 年代的文学语境发生了巨大变化这一重要外围原因，宽松的文学环境使"尹薇薇"在 80 年代的"复活"成为可能。但仅有外部环境，如果没有"尹薇薇"在 80 年代的"易容"和"升级"，这部旧小说，未必能够绽放光彩。而尹薇薇的"升级"依靠的是"重述"。重述，一方面是对尹薇薇和"我"所代表的知识分子的不同道路选择和精神状态的当代观察；另一方面也是对于 20 世纪五六十年代历史的总体观察与省思。因而，王蒙在 20 世纪 80 年代对《尹薇薇》的重述，"也就包含有对一个时代的政治时尚和对一己的心路历程双重的反省意义"①。时代与自我的双重回溯及其所隐含的两个时代的"对话"构成了这个文本的特征。

除了在内容上提供了对大历史和知识分子精神史加以反省的可能性，通过这种"重述"，原先相对简单的故事形态，得以被扩充成了一个复调叙事的文本。这种复调一方面体现为时间与视角上的复调。旧版《尹薇薇》的时间结构是在"六年后的今天"与"六年前的昨天"之间进行切换，用"今天"和"昨天"的时间轴再现"我"与尹薇薇各自的精神情态：6年后的"我"依然葆有知识分子的启蒙意志和人道主义情怀，试图兑现当年许下的一起创作的诺言；而尹薇薇已在生活中蜕变为一个沉于俗务、精神粗鄙的妇人。"重述"后的新版《尹薇薇》，除了原先的时间结构，还多了一个80年代的当下时间。由于有了这个当下时间/视角，"我"与尹薇薇之间的一切都具有了一种历史性，尹薇薇的过往，尹薇薇走向庸俗，都成为个体或一代人的历史阶段，都成了一种历史诗情。

新版《尹薇薇》的魅力不仅仅来自于重述带来的反思性和复调属性，还来自于重述《尹薇薇》的过程使小说具有了"元小说"（meta-fiction）的特质。英国小说家兼批评家戴维·洛奇指出："元小说是有关小说的小说：是关注小说的虚构身份及其创作过程的小说。"② 如果说原来的《尹薇薇》是一个纯叙事性小说文本，那么，改写后的《尹薇薇》则以

① 於可训：《王蒙传论》，武汉大学出版社2009年版，第399页。
② 王先霈、王又平主编：《文学理论批评术语汇释》，高等教育出版社2006年版，第798页。

原来的小说文本作为核心要素，细致勾勒这个小说文本的历史遭遇与现实走向。也即，新版《尹薇薇》在讲述一部小说的诞生过程，呈现历史环境如何塑造一个小说在总体和细节上的生成，作者的真实心迹和改写动机、行为也在小说生成中得以书写。由此可以看出，新版《尹薇薇》既是关于人的精神史，更是关于一部小说的生成史。正如帕特里夏·沃所说，元小说关注小说自身的结构和小说的外部世界，这种呈现小说创造过程的写作行为，"潜藏着一种真诚的努力"①。可以说，新版《尹薇薇》借助于"元小说"的叙事手法，将原先的一个相对简单的文本，改写成了一个以"我"与尹薇薇相见的故事脉络为基础，融合进小说所处的 20 世纪五六十年代这一"外部世界"，以及外部世界如何影响小说历史进程的"元小说"文本。小说在历史反思、呈现叙述人的写作心路和勾勒当代知识分子精神史这些方面得到了增强，也实现了叙事品格和艺术手法上的开拓，增强了小说的趣味性和可读性。

因而，《尹薇薇》从"未刊稿"到"冰熊奖"的历程，呈现了王蒙个体写作史从 20 世纪 50 年代到 80 年代的自我调整与认知变迁，同时，也包含了社会史和文学史在 30 余年演进中的诸多重要讯息。《尹薇薇》这一"出土文本"，既复原了王蒙早期写作中的一块重要拼图，又连接着王蒙在新的历史时期价值视点和美学精神的变化。可以说，理解《尹薇薇》的写作史和修改史，对于理解 20 世纪 50—80 年代的王蒙具有重要意义。

---

① 王先霈、王又平主编：《文学理论批评术语汇释》，第 798 页。

二、《尹薇薇》的写作心境与"青春褪色"叙事

《尹薇薇》诞生于 1957 年早春，而此时正是《组织部来了个年轻人》引发巨大舆论风暴和王蒙备感巨大压力之际，此时也正值王蒙与妻子崔瑞芳新婚不久的"蜜月期"，同时他在写作上又处于一个渴望突破自我的焦虑期——这些社会和个体"事件"构成了王蒙写作《尹薇薇》的历史语境。因而，考察这些"事件"如何影响王蒙此时的写作心境，辨析这部作品的主题或叙事在王蒙写作谱系上的连续性或异质性，对于认识早期王蒙的思想及其艺术生成具有重要的意义。

长期以来，在王蒙研究过程中，存在着"头"和"尾"受重视程度高，而"中段"被忽视的情况。即《青春万岁》（1953）到《组织部来了个年轻人》（1956）的"头部"，以及 20 世纪 80 年代之后的"尾部"，被关注多，而"中段"的 20 余年则是研究界的弱项。2013 年《这边风景》出版后，王蒙称"在小说中找到了自己，就好比一条清蒸鱼找到了中段"①。其实，王蒙的"中段"不仅仅指写 20 世纪 70 年代的《这边风景》，50 年代中后期至 80 年代之间的作品还有不少：《冬雨》（1957）、《眼睛》（1962）、《夜雨》（1962）、《向春晖》（1978）、《队长、书记、野猫和半截筷子的故事》（1978）、《最宝贵的》（1978）。值得注意的是，处于"头部"和"中段"之间有两部作品，常常被忽略，即写于这一时期但未曾发表的"未刊稿"《等待》和《尹薇薇》。这两部作品的意义，王蒙称为"一个时期的写作的结束"。它们既是《青春万岁》、《组织部来了个年轻

---

① 温奉桥主编：《文学的记忆：王蒙〈这边风景〉评论专辑》，第 3 页。

人》这些头部作品的延续和总结，也意味着一种新的写作断裂即将生成。由于此时动荡复杂的历史语境以及王蒙一波三折的人生命运，《尹薇薇》这样的"未刊稿"成为王蒙在 50 年代中后期面对现实危机的一种艺术想象，隐含着王蒙的精神密码和心理真实。

可以把王蒙写作《尹薇薇》前后的重要事件按照时间顺序大致勾勒如下：

1956 年 4 月，写作《组织部来了个年轻人》，《人民文学》9 月号发表。

1956 年 10 月写作《冬雨》。

1956 年 12 月起至 1957 年 3 月前后，《文艺学习》等刊物掀起《组》大争鸣。

1957 年 1 月 28 日，王蒙与崔瑞芳结婚。

1957 年 2 月 9 日《文汇报》刊发李希凡批评《组》的长文，从政治上上纲上线。

1957 年初春，病中写作《尹薇薇》。

1957 年五六月份，王蒙从"可能被重点保护"的行列变成了"不再保护"。

由此可以大致看出，从 1956 年 9 月《组织部来了个年轻人》发表，至 1958 年 5 月"确定帽子"，王蒙经历了该作品成功的大喜，也经历了人生的焦虑期和低谷期。关于《组织部来了个年轻人》的争鸣最初带给王蒙的是声名鹊起的兴奋和"得意洋洋"①。与此同时，他的长篇小说

---

① 王蒙：《王蒙八十自述》，人民出版社 2017 年版，第 29 页。

《青春万岁》修改稿在中青社通过三审，可谓一夜成名。但随后《组织部来了个年轻人》引发的批评性意见给王蒙带来了心理上的重负，即使1957 年 1 月 28 日大婚，仍然难抵这种山雨欲来的紧张。这时的王蒙深感处于歧途之中，看不清未来的路，被惶惶然所包围着，"我生活在一个路口，我不知道下一步会发生什么事情，我确实觉得，自己有些不对头，某些事情将要发生了"①。真正让王蒙感到紧张和惊慌失措的是李希凡 1957 年 2 月 9 日在《文汇报》上刊发的评论文章。这篇文章认为王蒙"醉心于夸大现实生活阴暗面的描写，以致形成了对于客观现实的歪曲"，认为王蒙与林震一样，"是用小资产阶级的狂热的偏激和梦想，来建设社会主义和反对官僚主义"②，面对这样的上纲上线和政治定性，王蒙极为紧张，很快便给文艺界主要领导周扬写信解释，"求见求谈求指示"③。结果是，周扬在面见王蒙时，转达了毛主席的"保护性批评"的意见，使得王蒙感到化险为夷。

　　1956 年秋，王蒙被派到北京有线电厂任团委副书记。《组织部来了个年轻人》巨大轰动带来的成名的喜悦、尖锐的批评、新婚之喜与分别之苦，这些政治与生活的激流让 22 岁的王蒙感到不适，甚至被他视为当时的"精神危机"："说来惭愧，新婚乍别，我感到了一种酸楚。在班上缺少激情和投入，回家来孤孤单单，心神不定，心慌意乱，心浮气躁，我不知道这是一种什么躁郁综合症。是成了'名人'烧的？是终于患上了文学原植物神经紊乱？是新婚乍别症？是小资产阶级脱离工

---

① 《王蒙自传》第一部《半生多事》，第 159 页。

② 李希凡：《评〈组织部新来的青年人〉》，《文汇报》1957 年 2 月 9 日。

③ 温奉桥主编：《文学的记忆：王蒙〈这边风景〉评论专辑》，第 302 页。

农?"① 这种精神的焦虑使王蒙无法在新的工厂全身心投入，同环境也有隔膜之感。对现实和世俗生活的厌倦，转而使他在文学上渴望焕然一新。

正是在这样一个历史时段（1956—1957），他创作了《冬雨》和《尹薇薇》。《冬雨》是在"组织部风波"造成的"特别不好"② 心境下完成的，同时，也正是通过这种散发着淡淡哀愁的叙事作品，王蒙意识到自己的文学和现实之间的裂痕越来越大："在我痴迷的文学与并非无视也并不对之特别糊涂的现实生活工作之间，有某种不和谐，不搭调，有某种分裂和平衡的难以保持。"③《尹薇薇》写于 1957 年初春，王蒙曾这样表述该作品的由来：

> 在《组织部来了个年轻人》受到愈来愈多的指责的一九五七年的春天，一次病中，我收到了中国青年出版社寄赠给我的《鲁迅选集》，愈读愈觉得放不下。刚好心血来潮，便写了《尹薇薇》，写一个女大学生被生活所消磨……④

可以说，在理解 20 世纪 50 年代王蒙的文艺风貌及其早期文艺心理时，《尹薇薇》是相当重要，甚至不可或缺的一部作品。正是这部 50 年代中期辗转几处却未能发表的"未刊稿"，包含了 1956—1957 年这一特定历史时期王蒙的诸多真实心迹及其文学投影。《尹薇薇》真实而典型地凝聚了处于这一复杂历史情境中王蒙的心灵危机及其美学表述。从艺术风格来看，格调低沉，小说结局和整体氛围略显灰暗的《尹薇薇》无

---

① 《王蒙自传》第一部《半生多事》，第 157 页。

② 曹玉如编：《王蒙年谱》，第 20 页。

③ 《王蒙自传》第一部《半生多事》，第 160 页。

④ 王蒙：《论文学与创作（下）》，见《王蒙文集》第 26 卷，第 34 页。

疑属于王蒙早期（1952—1957）写作上的"异类"，在《礼貌的故事》（1952）、《青春万岁》（1953）、《友爱的故事》（1954）、《小豆儿》（1955）、《组织部来了个年轻人》（1956）、《尹薇薇》（1957）这样一个作品链上，《尹薇薇》显然不同于这一时期乐观、明快、昂扬的主导风格。这是一个王蒙自称为"嘲笑和恶毒渐渐取代了灵气和善意"的写作新阶段，区别于《青春万岁》那样"有些夸张，耽于幻想，磨磨唧唧，往往立论于太空，抒情于镜子之前"①的前一阶段。

联系王蒙此前的写作，从《青春万岁》、《组织部来了个年轻人》到《尹薇薇》，在类型上，都可以归为"青春叙事"。这些作品描写的主体内容大致都是关于青年人或青年群体的青春岁月，青年人与新的环境的融合情况，革命青春在现实中的激情退却等问题。王蒙用"欢唱和自信"、"糊涂与苦恼"②这些词描述这一时期的青春书写。

如果说《青春万岁》里吟咏的是"从来都兴高采烈，从来不淡漠"和"我们渴望生活，渴望在天上飞"③的燃烧而跃动的青春，那么《组织部来了个年轻人》和《尹薇薇》则聚焦了"困惑"与"褪色"的青春。王蒙一直不太认同《组织部来了个年轻人》被部分研究者冠以"反官僚主义"的社会性主题，将之视为一种追加的主题。在他看来，年轻人在变化环境中的"心灵的变化"④才是这篇小说要表述的重心。可以说，

---

① 《王蒙自传》第一部《半生多事》，第 162 页。

② 《王蒙自传》第一部《半生多事》，第 142 页。

③ 王蒙：《〈青春万岁〉序诗》，见郜元宝、王军君选编：《蝴蝶为什么美丽：王蒙五十年创作精读》，复旦大学出版社 2007 年版，第 32 页。

④ 王蒙：《冬雨·后记》，人民文学出版社 1980 年版，第 321 页。

王蒙通过林震、赵慧文在"组织部"的经历与不同应对方式，呈现了年轻的革命者在新的环境中的成长危机。这种危机在林震这儿主要是融入新的集体时个人伦理和群体伦理、知识分子的单纯、正义品性与官场生态的复杂性之间的冲突。而赵慧文的危机则表现为从激情的奋斗者到自甘沦为"抄抄写写"的敷衍者。赵慧文的失色的青春，在小说中是作为背景性叙事出现的，在时隔几个月后的《尹薇薇》中，王蒙将赵慧文式女性作为主人公，铺衍成了尹薇薇的故事，通过这两个女性由亮到暗的人生蜕变，试图总结出女性的这种日常化的悲剧——"从理想始，到尿布终，这就是生活在乌托邦中的那时的我为无数'女同志'概括的一个无喜无悲的公式"①。

青春，在王蒙的人生词典里从来不是一个普通的词汇，而是连接着雄强和阔达。青少年时期的王蒙第一次读《毛泽东的青年时代》以及其中的毛泽东诗词时，被深深震撼，感叹"青春原来可以这样强健"，他说："在近十五岁的时候，在中央团校学习革命的理论的时候，在华北平原的良乡，在晴朗的秋天的夕阳照耀之下，在河边和河水的浸泡里，在毛泽东的事迹与诗词的启发引导之下，我开始找到了青春的感觉，秋天的感觉，生命的感觉，而且是类毛泽东的青年时代的感觉。辽阔，自由，鲜明，瑰丽，刚强，丰富，自信，奋斗，无限可能，无限希望，无限的前途：像风，像江水，像原野，像古老的城墙，像天降大任的期待，像革命的领导人的榜样。"② 因而，王蒙理想中的青春样态，是由

① 王蒙：《纸海钩沉——尹薇薇》，《十月》1989 年第 4 期。
② 《王蒙自传》第一部《半生多事》，第 83 页。

《青春万岁》中直率锋利的杨蔷云、沉稳韧性又能出生入死的郑波这些优秀青年所代表的。当然，单纯正义而又略显幼稚的林震也是王蒙极为珍视的一种青春形象。同时，王蒙也意识到青春时代可能会存在人的激情衰退问题。因而，从处女作《青春万岁》开始，到后来的《组织部来了个年轻人》、《尹薇薇》、《深的湖》、《蝴蝶》、《恋爱的季节》，王蒙都在或深或浅地思考着青春与人的"衰颓"问题。正是在这个意义上，王蒙将自己的小说写作的意义视为"克服着衰颓"，"克服着无动于衷与得过且过，克服着遗忘与淡漠，克服着乏味与创造力的缺失，一句话，小说想留下青春"①。

由此可以看出，《尹薇薇》是王蒙的另类青春叙事，即沿着《青春万岁》、《组织部来了个年轻人》留下的关于青春衰颓和激情消退这一主题的草蛇灰线，《尹薇薇》浓墨重彩聚焦年轻人"灰色的青春"，通过尹薇薇在现实生活中的理想、精神的蜕变，敏锐地指出在热情高涨的 20 世纪五六十年代青年群体尤其是青年女性所存在的青春褪色和革命意志消退的现实问题。《尹薇薇》写作于 50 年代，正式发表于 80 年代后期，但从写作谱系的角度看，《尹薇薇》应该视为王蒙的早期写作。但由于从"未刊稿"到"发表稿"的曲折过程，王蒙早期的这块重要拼图，至今并未受到应有的重视。可以说，相对于《青春万岁》和《组织部来了个年轻人》，《尹薇薇》是隐而不彰的赵慧文叙事的升级版，尹薇薇和赵慧文是同宗同脉的"文学姐妹"，在主题上延续了王蒙此前写作中的青春主题和衰颓意象，进一步以冷峻的笔触呈现青年人的人生衰退的社会

---

① 《王蒙自传》第一部《半生多事》，第 143 页。

现象，有发人深省的社会意义。

那么，尹薇薇和赵慧文的青春褪色，激情退却，从"理想"的高端堕入到"尿布"的现实，是否一定值得批判？女性除了革命者身份，如果回归家庭的妻子、母亲和其他身份，并且在"庸俗"的日常中踏实生活，是否是一种非理性的选择？《尹薇薇》所引出的这些重要话题，值得探讨。有研究者指出，王蒙塑造的女性革命者常常包含着多重身份的冲突，即革命者与作为妻子和母亲的女性身份在现实中常常对立，在《青春万岁》中的黄丽程、《组织部来了个年轻人》中的赵慧文、《尹薇薇》中的尹薇薇、《这边风景》中的乌尔汗，以及 2016 年的中篇小说《女神》中的陈布文身上，她们"都未能逃脱家庭、母亲与妻子的性别角色为她们构筑的'围城'"①。对于尹薇薇从革命回归家庭，从理想走向庸俗的变化，1957 年写作这篇小说时的王蒙显然耿耿于怀，充满了冷嘲热讽甚至是莫大的悲愤。在 32 年后的改写中，他以回溯性视角这样自问："我为什么要用一种暗淡的调子描写一个姑娘做了妻子，做了母亲，又做了母亲。我不喜欢孩子？我不喜欢青年人长大？青春，这究竟是一根怎样敏感的弦呢？"②可见，对于尹薇薇失色的青春，50 年代的王蒙显然难以接受，在最初的这份未刊稿中以知识启蒙者的视角寄予了怜悯甚至嘲讽，而在 80 年代的重述中，王蒙对早年的这种情感和立场进行了一定程度的校正。

---

① 任梦媛：《革命家·女性》，严家炎、温奉桥主编：《王蒙研究》第 4 辑，中国海洋大学出版社 2018 年版，第 169 页。

② 王蒙：《纸海钩沉——尹薇薇》，《十月》1989 年第 4 期。

三、"鲁迅风"与"庸俗观"的认知变迁

《尹薇薇》在小说基调、人物塑造和主题表达上能明显看到鲁迅、法捷耶夫和契诃夫这些"影响源"。这些"影响源"如何影响并渗透进小说肌理，对于尹薇薇式的"庸俗生活"，王蒙在 20 世纪 50 年代与 80 年代的不同时期分别提供了怎样的价值视点，是否发生了认知上的变迁，值得细致分析。

一方面，《尹薇薇》在美学特征上有着浓郁"鲁迅风"。略显低沉的叙述语调，消沉忧郁的人物形象和"问路者"的焦虑和茫然无措，显然与鲁迅在 20 世纪 20 年代的《在酒楼上》、《孤独者》、《伤逝》和《野草》如出一辙。这种相似并不是两个作家偶然的风格撞车，而是源于王蒙对鲁迅经年的学习与自觉的效仿。王蒙对于鲁迅的阅读始于童年和青少年时期。在这样一个"什么都读"的年龄，他阅读了鲁迅、冰心、巴金、老舍等中国现代作家。王蒙曾说："我从一开始就感到了鲁迅的深沉与重压，凝练与悲情。我知道读鲁迅不是一件好玩的事情。"[1]1952 年前后，王蒙的阅读内容广博，他曾这样描述这一时期的阅读状态：

> 我一遍又一遍地读鲁迅，《伤逝》是一首长长的散文诗。《孤独者》与《在酒楼上》字字血泪。我尤其喜欢他的《野草》，喜欢《秋夜》、《风筝》与《好的故事》，还有《雪》："那孤独的雪，是雨的精魂……"
>
> 我同时愈来愈喜爱契诃夫，他的忧郁，他的深思，他的叹息，他的双眼里含着的泪，叫我神魂颠倒。

---

① 《王蒙自传》第一部《半生多事》，第 49 页。

超越一切的是法捷耶夫的《青年近卫军》，他能写出一代社会主义工农国家的青年人的灵魂，绝不教条，绝不老套，绝不投合，然而它是最绚丽、最丰富，也最进步、最革命、最正确的。①

对比王蒙的这份"阅读自述"和《尹薇薇》的小说世界来看，我们看到二者之间的这种影响事实。在尹薇薇的人生蜕变中，我们看到了鲁迅的"忧愤"、契诃夫的"忧郁"和法捷耶夫的"革命"。1957 年的初春，23 岁的王蒙在尹薇薇这一艺术形象上寄予了革命青年激情退却、沉入世俗生活的苍凉感。《尹薇薇》的问世，得益于王蒙对鲁迅的阅读。"病中我读鲁迅。我忽然想起亲友中的一些女性，她们原来也是地下党员，盟员，学生运动中叱咤风云的人物，这几年，大多结婚生子，暮气沉沉，小毛病也暴露了不少。"② 在 1981 年的一篇文章中，王蒙说《尹薇薇》是自己在"有意学鲁迅"，坦言"写这篇东西的时候我真想学鲁迅呀，用鲁迅式的凝重的语言"③。显然，王蒙并不讳言《尹薇薇》与鲁迅之间的这种影响事实。其至在小说文本中，叙述人——实际上是王蒙本人，在逐段呈现残稿《尹薇薇》时，通过"点评"或"补叙"的方式交代这篇小说的历史命运过程中，不忘点明小说的词句来源于鲁迅的影响。比如《尹薇薇》开篇不久，小说这样叙述："至于'惊喜无措'呀，'惶惑'呀这些词眼，似乎与鲁迅的作品有关。五十年代，中国青年出版社出版了四卷本的《鲁迅选集》，我来得及得到前两卷的馈赠。我一遍又一遍地读《呐喊》、《彷徨》和《野草》，而我的大叫着'青春万岁'的

---

① 王蒙：《王蒙八十自述》，第 26—27 页。

② 《王蒙自传》第一部《半生多事》，第 161 页。

③ 王蒙：《论文学与创作（下）》，见《王蒙文集》第 26 卷，第 34 页。

心也时而变得沉重了。"①这种安置在小说文本中的关于小说风格来源的叙述，通过对小说内部品质的自我拆解和分析，成为《尹薇薇》自我生成的动因，使小说具有"元小说"的特质。

《纸海钩沉——尹薇薇》不仅在语词上来源于"彷徨"时期的鲁迅，在小说的氛围、叙述的基调、故事的框架和结局等方面，都与《孤独者》、《在酒楼上》有着或多或少的相似。尹薇薇生活在如火如荼的20世纪五六十年代，她也曾热情忘我地投身于社会主义建设的大潮。然而，现实消磨了尹薇薇如火的激情和如诗的理想，忙于世俗生活，而且她拒绝重拾六年前曾经许下的一起合作进行创作的约定。尹薇薇在精神上已经变得粗鄙，在庸俗的生活中苟且度日。从激情的革命遁入庸常的生活，从高蹈的理想追寻走向浑浑噩噩的现实，这是尹薇薇的人生历程和精神轨迹，王蒙对尹薇薇这样的精神走向委顿的时代青年是警惕的，这种委顿型青年并不是他的理想青年。鲁迅曾在20世纪20年代塑造过魏连殳、吕纬甫这样的意志消沉的时代青年，他一方面不同意青年作无谓的牺牲，提醒他们要"韧性地战斗"；另一方面心痛并失望于他们在现实中的革命意志退却。在1926年的《一觉》中，他将"愤怒，而且终于粗暴了"②的可爱青年视为他的赞赏对象。鲁迅的这种青年观非常切合20世纪50年代的王蒙。在热情高涨建设社会主义的现实情境里，王蒙发现生活中存在不少"从理想始，到尿布终"的时代青年。于是，他塑造了尹薇薇这一形象，通过这样一个精神衰变的革命女性——包括

---

① 王蒙：《纸海钩沉——尹薇薇》，《十月》1989年第4期。

② 鲁迅：《一觉》，见《鲁迅全集》第2卷，人民文学出版社2005年版，第228页。

《组织部来了个年轻人》中理想退却的赵慧文和"就那么回事"的刘世吾，王蒙试图探讨的是，在社会主义建设年代如何永葆革命激情，如何在现实的消磨中保存理想和激情的问题。

《纸海钩沉——尹薇薇》，尤其是初版《尹薇薇》，显然包含了王蒙对尹薇薇的"庸俗"生活的批判，以及对革命生活、精神生活的竭力维护。在小说中，尹薇薇的"庸俗"实际上表现为这样两个方面：一是精神空间的粗鄙化。比如，尹薇薇变卖文学专业书籍买收音机，限制保姆回乡看望生病的儿子，因为生活琐事责备母亲——很显然，尹薇薇已经从曾经的文学青年和投身于革命事业的洪流中退场，在精神上远离了浪漫的诗情和待人接物上的温婉友好。面对这种"庸俗"，小说中持守理想主义价值标尺的"我"，试图唤回尹薇薇曾经的理想与激情，但遭到了尹薇薇的断然拒绝。五六年之间，由于走入家庭，尹薇薇精神上的追求已然暗淡。二是生活空间的物化。小说在写到屋子陈设时，用工笔详细介绍屋子里的各种器物，比如，"不新不旧的桌子、椅子、茶几、收音机、盆花、柜子和柜子上大大小小的许多包袱"，墙壁上贴满了盖着图章的"从苏联画报上剪下来的画片"。这里的器物描摹，并没有张爱玲、沈从文笔下流露出的器物迷恋和艺术智性，而是充满了王蒙的讽刺和警惕，以至于小说中的"我"在临走时不忘嘲讽墙上的"小画片"，活像一块块的"膏药"似的。

对于尹薇薇所代表的"庸俗人生"，王蒙在小说中显然是持否定、鄙夷和批判立场的。之所以不屑于尹薇薇这种"庸俗"生活及其人生沉迷状态，与王蒙作为革命者的经历有关。此时的王蒙23岁，已在机关工作多年，亲历了新中国成立之前波云诡谲的时代巨变，同时作为建设者、组织者参与了新中国初期社会主义建设事业，在新旧两个时代，年轻的王蒙看到的是破旧立新的时代大势与建设新时代的热情洋溢与豪情万丈。1956—1958 年之间的王蒙，由于声名鹊起以及"组织部风波"引发的巨大动荡，而在内心处于一种焦虑状态，渴望着写作上的"焕然一新"，但对工厂生活、集体宿舍、大食堂和运转的机器，又非常隔膜，拒绝物质生活的同时，是对理想、精神的迷恋。他说："我这时满脑子是文学、艺术、激情、理想、深思、忧郁、悲哀、追求、大地、天空、繁星、永恒、色彩与交响……不能容忍一分一厘的世俗、庸俗、流俗。"[①]可见，此时的王蒙心仪和向往的是火热、激情、战斗的人生。而尹薇薇的没有生气、缺少活力的生活显然与大时代理想的青年生活相去甚远。

另一方面，法捷耶夫、契诃夫等俄苏资源影响了王蒙此时对于世俗生活的理解与评价。《尹薇薇》的初版和改写版里，法捷耶夫和他的《青年近卫军》多次出现，甚至作为小说的一个核心元素而存在。《青年近卫军》的人物相见场景设置、"这是哪一阵风吹来的"等句式、小说哀伤而悲情的情调，都可以在《尹薇薇》中找到回应。对于王蒙来讲，把法捷耶夫和《青年近卫军》征用并装置到自己的小说中，既是叙事技巧和情节安排的需要，更是革命精神和美学风标的自然流露。王蒙曾多次谈到俄苏资源尤其是法捷耶夫对他的影响，认为"是法捷耶夫的《青年近卫军》帮助我去挖掘新生活带来的新的精神世界之美"[②]。法捷耶夫作

---

① 《王蒙自传》第一部《半生多事》，第 157 页。
② 王蒙：《论文学与创作（下）》，见《王蒙文集》第 26 卷，第 339 页。

为俄国浪漫一代革命作家的代表，其人其文成为王蒙的精神标杆，而法捷耶夫以及其笔下的苏尔迦、斯塔霍维奇无疑代表了一种热情的革命人生。由此也可以理解为何《尹薇薇》有那么多的《青年近卫军》的痕迹。《尹薇薇》实际上是以法捷耶夫式的革命、理想的人生作为参照，以此对照着呈现尹薇薇日益衰颓的革命意志。值得注意的是，改写版的《尹薇薇》中加进的关于《青年近卫军》中人物、情节、结局的分析，并非可有可无，正是这种对法捷耶夫元素的不断伸张，使小说的精神坐标更为明晰，尹薇薇的"庸俗"生活在法捷耶夫和《青年近卫军》的映照之下，境界大小立见分晓。

除了法捷耶夫，契诃夫"反抗庸俗"的理念同样影响了《尹薇薇》的价值视点。在 20 世纪 50 年代，王蒙喜爱契诃夫到了"迷恋"的地步，契诃夫对庸俗的反抗自然影响了此时王蒙的文学实践。"我的对于契诃夫的迷恋也使我变得自恋和自闭起来，契诃夫的核心是对于庸俗的敏感、嘲笑与无可奈何的忧郁。一个人追求一个有醋栗树的院子，他得到了，他傻呵呵地怡然自得，他显得更加愚蠢乏味。一个女孩，过着好好的日子，迎接新婚，突然悟到了她的生活是多么庸俗和无聊，她抛弃了一切世俗的幸福，断然出走。看多了契诃夫的书，你不由得怀疑起那个叫做生活和日子的东西。"①"醋栗树"的故事是指契诃夫的短篇小说《醋栗》，这是契诃夫的一篇典型的剖析庸俗腐蚀人的灵魂的小说。除了《醋栗》，《姚尼奇》、《胖子和瘦子》、《文学教师》都是关于"庸俗"的小说。契诃夫对于庸俗几乎是毫不迟疑地不满、嘲弄和反抗。其实，不光是契

---

① 《王蒙自传》第一部《半生多事》，第 157 页。

诃夫秉持了对庸俗、粗鄙、肮脏现实的批判和警惕，这几乎是有良好文化教养的俄罗斯作家的一个重要传统，有研究者将这种"反抗庸俗"视为一种"俄罗斯经验"①。对于浸淫俄苏文学甚深的王蒙来说，反抗庸俗的"俄罗斯经验"无疑对他的审美观和价值观形成了重要的影响。尹薇薇的家中那种坛坛罐罐的"物"的世界与尹薇薇停止成长、放弃憧憬的精神世界，无疑是王蒙笔下那个"愚蠢乏味"的庸俗世界。因而，《尹薇薇》的写作意旨是在反思尹薇薇的褪色人生，而尹薇薇式的由理想遁入庸俗的主题，又是从《青春万岁》中开始的"衰颓"主题、《组织部来了个年轻人》中的隐而不彰的赵慧文式的革命意志退却现象演变而来。可以说，由于《尹薇薇》在 80 年代后期的发表，王蒙早期写作的一块拼图得以复原，正是通过《尹薇薇》这块拼图，我们可以清晰地看出王蒙早期文艺思想中关于人的"衰颓"和走向"庸俗"现象由生成到饱满的文学演变史。

当然，不可忽略的是，《纸海钩沉——尹薇薇》是 20 世纪 80 年代对于 50 年代写作的一种"重述"，自然也包含了当下视角对历史视角的某种纠正或补充。事实上，我们确实在"当下叙述"的部分，能够看出叙述人／作家对于原作的一种"再叙述"。小说中，《尹薇薇》的原作用较细的仿宋体标注，"当下叙述"用较黑的宋体标注，"当下叙述"不仅逐段解析写作来源、创作心境和小说所遭遇的发表困境，同时也有当下视角对于小说人物、风格、叙事的"点评"。比如，对于小说中的"我"，原作《尹薇薇》试图塑造的是一个一直保持着理想和热情的青年人形象，

① 李建军：《俄罗斯经验：文化教养与反对庸俗》，《小说评论》2008 年第 4 期。

以他的视角见证尹薇薇的衰变，并对尹薇薇进行劝谏和嘲讽。叙述人"我"在重读这篇旧作时，对于原小说中的"我"感到不满，认为这个"多愁善感的酸溜溜的小子"是个缺少男子汉气的鼻涕虫，"我"为他而感到"惭愧害羞"。再如，由于 50 年代王蒙对"物"的极度厌恶，对庸俗生活非常排拒，因而，对尹薇薇的书写显得苛刻。对于尹薇薇在情感上的敌视，王蒙借助于"当下叙述"自我检讨道："食指指自己，介绍对象，我把我当时最不喜欢的一切举动都给了尹薇薇。那时候我一点也不懂得宽容，不懂得'理解比爱更高'。也不懂得国情。"[①] 小说结尾，"我"在遥想尹薇薇的家庭和当下状态时，已没有了先前的批评和嘲讽，"我"从道德制高点上回到了一种平和与体谅的视角，在假想中给尹薇薇写的讣告里，将尹薇薇还原为一个"普通人"，或者成为历史的"迷雾"。可见，王蒙在 80 年代对于尹薇薇的认知由原先的苛责和愤激，走向同情与宽容。

确实，在 20 世纪 80 年代王蒙对"庸俗"的认知发生了显著的变化。但这种变化并非在 80 年代后期改写《尹薇薇》时才出现，在 80 年代初期的小说创作中已见端倪。1981 年王蒙在《人民文学》发表了短篇小说《深的湖》，这篇小说的主题是揭示父子"代沟"问题。大学生的"我"和画家父亲之间的代沟问题，主要集中在关于理想生活和庸俗生活的认知差异上。"我"在早年崇尚火热、有情调和理想生活，而鄙视父亲所代表的琐碎、庸俗的世俗生活。但经过"油画事件"和"参观画展"，透过《湖畔》油画的优美、猫头鹰雕刻的深邃与诗歌中的才情，

---

① 王蒙：《纸海钩沉——尹薇薇》，《十月》1989 年第 4 期。

父亲充满诗情、理想的精神内面逐渐向我打开。父子间的隔阂释除，不仅缘于"我"对父亲的才情及其曾经火热理想的震撼，更来自于"我"对父亲这代人始于浓烈的理想主义，历经时代沧桑，继而隐匿理想拥抱庸俗日常这条人生轨迹的理解。一直嘲笑父亲的"我"，经过70年代后期的诸多事件后，开始理解父亲，开始反思契诃夫式嘲讽庸俗的价值立场。这种调整也即是由先前崇尚理想、鄙夷日常和世俗，转向理解和肯定"庸俗"的世俗生活。小说中用"赏红叶"时能否"买黄花鱼"的讨论，来探析20世纪80年代的人们如何安置理想和世俗的问题。小说借"我"之口这样说："我已经不是两年前的我，五年前的我，以至一年前的我了。甚至于连契诃夫的那个夹鼻眼镜和他的（我想象的）温柔伟大的声音，也不那么吸引我了。如果把契诃夫调到我们这个省城来，除了叹息他又会做些什么呢？而把一切都看得那么庸俗本身，莫非也是一种庸俗么？"[1] 这段话既可看出小说中20世纪80年代的"我"对契诃夫由迷恋到质疑，对庸俗生活由批判到宽容的调整，也显示了王蒙在80年代关于庸俗观的自觉调适。

到了1983年，王蒙在一篇文章中更为明确地谈到了自己由笃信"反抗庸俗"到"抱一种怀疑和分析的态度"[2] 的认知转变。6年后重写《尹薇薇》时，王蒙通过"当下视角"和"过去视角"、"1980年代的我"和"1950年代的我"的并置，以前者审视后者，对于20世纪五六十年代那种过于看重理想主义和革命激情，而鄙夷世俗和日常生活的价值视点进行矫

---

① 王蒙：《深的湖》，花城出版社1982年版，第245页。

② 王蒙：《论文学与创作（下）》，见《王蒙文集》第26卷，第79页。

正。王蒙并不否认崇高理想的重要性和积极意义，在认同的同时多了一些理性和警惕；同时，他也肯定世俗的合理性，宽容生活的"庸俗"——这是自 20 世纪 80 年代以来王蒙的思想脉络或认知视野里逐渐清晰的一极。90 年代声援王朔引发巨大论争的名文《躲避崇高》里提出的"躲避伪崇高"的文化立场，未尝不是王蒙在 80 年代理性分析"庸俗—理想"问题上的自然延伸。由此可见，正是 80 年代后期这次对《尹薇薇》的重写，一方面重现了王蒙在 20 世纪 50 年代关于理想与庸俗的文学叙事；另一方面也使我们清晰地看到了王蒙自 50 年代至 90 年代，在庸俗、理想这些问题上的叙事流变和认知变迁。

改写与重述，是文学史上或作家写作实践中经常有的现象。很多的改写或重述现象，大抵会基于原来文本的要素、走向、框架等内容，根据现实表达所需，进行重新构思与艺术加工，使文本在新的叙事变形与艺术重构中呈现出新意，改写与重述后的文本在人物角色的主次、情节或意义的表述上，都发生了根本性的改变，类似的改写有鲁迅的"故事新编"、汪曾祺的"聊斋新义"，以及西西对传统"灰阑叙事"的重述，等等。而王蒙对《尹薇薇》的旧作重述，提供了另一种不同范式，那就是文本的核心元素与主旨意义不变的情况下，通过"元小说"的叙事方式，把原先文本、叙述人对文本影响源和叙事心境的"拆解"，文本的发表历史，以及叙述人当下的品评糅合在一起，形成一个新的叙事文本。这种重述，不是颠覆原先文本的含义，而是在今昔时间轴上呈现一个文本的新旧文景，以及作家叙事美学、历史认知的变迁过程。

王蒙曾说："我们这代人年轻时候写了一些东西，后来政治运动越搞越紧，这些作品就无奈消失了。"①这些"消失了"的作品，其中就包括《这边风景》和《尹薇薇》等重新面世的作品。如果把《这边风景》视为王蒙的写作"中段"的话，那么，《尹薇薇》则属于他写作生涯的"头部"。《尹薇薇》对于理解王蒙早期的写作有着其他作品不可替代的作用，这是王蒙50年代人生低谷期的艺术独白，既有对尹薇薇式庸俗生活的反抗和无奈，也有对自我高蹈理想的伸张。而在《尹薇薇》之后的《眼睛》（1962）、《冬雨》（1962）、《向春晖》（1978）等篇开启的截然不同的叙事风格，实际上形成了王蒙的"中段写作"时期，可以说，《尹薇薇》是王蒙写作的"头部"和"中段"之间的过渡之作，对于理解王蒙早期的文学流变和50年代后期的精神世界具有重要的意义，小说也呈现了王蒙写作的诸多"影响源"问题，它的一波三折的发表史本身包含了20世纪五六十年代的出版制度、文艺季风和社会风尚这些重要信息。

另一方面，王蒙在20世纪80年代的"旧作重述"显然是一次增殖性改写，正如王蒙所说，短篇写作的要旨在于"翻"与"变"，就是要"翻已有的案"，"善于翻旧变新"②。改写的《尹薇薇》由于把写作过程、发表遭遇以及作家自我的评价都揉进了小说中，而使小说具有了"元小说"品质，小说的趣味性和智性得到增强，同时，"当下"与"历史"、今天的"我"与原来的"我"这些双重视角使小说形成叙事的复调，现实与回忆、当下与历史之间既形成对话与互文，也形成校正和补充，大大拓展了小说的内在容量。可以说，《尹薇薇》是一部极具才情的短篇小说。

---

① 温奉桥主编：《文学的记忆：王蒙〈这边风景〉评论专辑》，第302页。
② 王蒙：《论文学与创作》（上），见《王蒙文集》第24卷，第338—341页。

同时，这部作品对于"庸俗"的辩证叙述，对于女性命运的关注，对于青春的叙述，既可在早期作品中找到源头，又能在后来的《深的湖》、《季节》系列、《女神》、《生死恋》等作品中看到新的表述。因而，《尹薇薇》既能清晰烛照出王蒙早期写作的诸多写作特色，又隐藏着王蒙后来写作的诸多轨迹，值得予以关注。

（原载《文学评论》2022 年第 1 期）

身体发现·历史重述·独语体小说

——评王蒙最新长篇小说《猴儿与少年》

段晓琳

近几年来，仍处于文学生产第一线的"高龄少年"王蒙，小说创作进入了新的井喷期，几乎以每年一部长篇或小说集的密度与速度挥洒着自己不可阻挡的创作激情与强烈到不可遏止的言说欲，发表于《花城》2021 年第 5 期的《猴儿与少年》正是王蒙最新的长篇小说，该小说以鲐背之年的外国文学专家施炳炎与小说家王蒙的对话为核心，以施炳炎1958 年在大核桃树峪的劳动生活往事为基础，以施炳炎对核桃少年侯长友、大学士猴儿三少的动人回忆为主要内容，借助对话叙事中时间穿梭与往事嵌套在时间与空间延伸上的优越性，讲述了上下近百年的个人史与国家史。与王蒙以往的小说相比，《猴儿与少年》在思想内容、情感表达、美学追求及艺术形式等方面都表现出了新的探索与新的突破，综合来看，在"时间"中发现"身体"、在个体生命中重述历史、在非虚构式对话体中虚构诗性独语体小说、诗歌文本对小说主体叙事的文本入侵，以及将意识流与语言流相融合的高辨识度、高抒情性语言，是《猴儿与少年》在王蒙小说创作上所呈现出来的最突出也最可贵的新质，也正是这些可贵新质最明显地体现出了《猴儿与少年》在思想上的深切与在形式上的特别。

一、在"时间"中发现"身体"

如果说 2020 年的长篇小说《笑的风》在时间与空间的双重维度上揭示了傅大成个体主体在历史沉浮中的心灵史，并以小说语言的悖论与延宕状态生动地呈现出了"得而后知未得，富而后憾贫瘠，学而后知不足，愈而后知有病"①的人生存在困境，那么在王蒙最新的长篇小说《猴儿与少年》中，"时间"与"身体"则已经超越了"空间"与"心灵"而成为了小说的首要关键词。

《猴儿与少年》的小说开篇便不俗，当 1930 年出生的施炳炎在 2021 年向王蒙诉说起 1958 年的往事时，小说作者暂时搁置了对 1958 年往事的追溯，而是首先给出了鲐背之年的施炳炎关于年龄与时间的长篇哲思，"施炳炎已经过了九十岁了，他说在他的青年时代，得知了一大套关于年龄的文辞命名，他感觉到的是奇异与遥远，仍然不无悲凉。看到了'古稀''耄耋'的说法，那种陌生与将尽的感觉令他回避……不知不觉，不可思议，关于年龄的美妙的众说法，他也都一一经历了

---

① 舒晋瑜：《王蒙：时代的汹涌与奔腾前所未有》，《中华读书报》2020 年 6 月 17 日。

即失去了或者正在经历即正在失去着。世界上有一种获得即是失去的悲哀，包括一切成就与财产，但都不如年龄与年龄段是这样的得即是失……而时间造成的年龄，秒、分、时、日、旬、月、年、年代与世纪，一旦获得，没有一刻不在减少与走失"①。正是无可阻挡、从不停滞、无时无刻不在得到即失去的时间促使鲐背之年的施炳炎在九十岁这个时间点上涌起了对六十、七十、八十年前往事的动情回忆，歌哭兼得、悲欢俱存。

值得注意的是，施炳炎对九十岁年龄的切体感知，正是来自于"身体"的变化，"九十岁的这个年纪叫鲐背，背上长出了类似鲐鱼身侧的纹络？老而鱼变乎？衰而轨迹乎？他知道有一种进化论，认为人不是猴子而是鱼，乃至海豚海豹演化过来的。鲐背者，认祖归宗也"。也正是九十岁的鱼皮皱纹令施炳炎回溯 1958 年的往事时对"身体"的质变格外敏感，对"身体"的重新发现令施炳炎拍案大笑、如痴如醉，因此他将 1958 年进山的这一天看作是他新生的起点，正是在这一天，施炳炎在身体的负重跋涉中忽然发现了自己累不死也折不断的身子、脖子、关节、四肢，忽然发现了自己的坚强潜力、坚硬皮实以及坚韧顽强的"耐苦性"与"预应力"。随后在大核桃树峪，施炳炎只劳动了三天就"感悟"到了十根手指头的加热、加粗、加力、加硬度、加生长，只劳动了一周就发现了手掌上的坚硬茧子以及能用手指捏死阶级敌人的身体力量，更神奇的是施炳炎发现了体力劳动者比脑力劳动者高出数十倍的抗

---

① 王蒙：《猴儿与少年》，《花城》2021 年第 5 期，本文关于该作品的引文皆引自该版本，下文不再一一注释。

痛能力、自愈能力与免疫能力。人生受难的重大转折，因为劳动中"身体"的重新发现而被视作一种空前稀有的机遇，一种"点石成金、化弱为强，阴暗可能化为阳光普照，窘迫可能准备着丰盛美满腆足的拥有"的大机遇。

　　正是在"时间"中重新发现的"身体"，令《猴儿与少年》对 1950 年代的重述，在精神气质与思想境界上已不同于王蒙新时期初期的历史反思小说和 1990 年代的"季节系列"。尽管在《布礼》和《失态的季节》中，王蒙也真诚地表现了知识分子在忘我的劳动中所感受到的身体与精神的解放，但羊粪蛋背篓下的虔诚并不能消减钟亦成们所承受的不可思议的痛苦、用汗水洗刷耻辱的负罪感以及劳动改造中的极度精神空虚，荒山造林的光辉浪漫与特有境地中的劳动高峰体验也并不能抵挡钱文们所遭受的饥饿的屈辱、惭愧的负疚、严酷的精神痛苦以及糁子粥所带来的心灵上的惶恐彷徨与身体上的病痛伤损。而在《猴儿与少年》中，身长鱼纹的施炳炎却不再拘泥于叙述身体受难下的心灵苦难，而是对恋恋不舍的劳动经验一而再再而三地进行一往情深乃至眉飞色舞的诉说，施炳炎在沉重的背篓劳动中以充满了仪式感与救赎感的一丝不苟的身体修行达到了礼、法、恭、俭、韧、担当与吃苦等程序与义理的人格化，又在最迅速、最自然、最放任随性、最痛快淋漓的雨季造林劳动中，成就了逍遥奔放、自由天机、恢宏驰骋、道法自然的"狂欢嘉年华"。在新时期初期的反思小说和 1990 年代的"季节系列"中，王蒙对以劳动改造为核心的知识分子身体受难的书写，凸显的是身体受难下的精神创伤，而在《猴儿与少年》中，王蒙的重心则是在时间与历史的长河中，立足当下重新发现"身体"的珍贵无比与劳动的"津津有味"，并以"时间"

中的"身体"发现为基础，进一步阐述身体受难修行中心灵所感悟到的天地境界、自然正气、朴素神圣与博爱至诚。

而在"时间"中重新发现的"身体"，也恰恰构成了小说内在的情感逻辑与叙事张力，直至 2021 年，施炳炎仍对 1958 年的侯东平感恩不已、刻骨铭记，原因正在于侯东平在二锅头就臭鸡蛋的小酒桌上，以抗日老英雄、抗美援朝老烈属的好意与珍贵的人民的温暖，真诚地忠告施炳炎"惜身子"，"身子，主要是身子，要保护，要锻炼，也要弄好了，要爱惜，不犯傻……路径还长了去啦"。这一声"惜身子"，以一位善良长者慷慨无私的爱护给予了施炳炎没齿难忘的乡愁，正是侯东平对施炳炎身体的真诚无私的关爱与侯长友对施炳炎灵魂所作出的斩钉截铁的肯定给予了受难者苦难岁月中最无可替代的心灵慰藉与精神支撑。

有趣的是，《猴儿与少年》的主人公叫施炳炎，施炳炎，时并言，这已经暗示出这是一部由时间与身体的言说而构成的小说，而这"时间"中重新发现的"身体"故事也正是《猴儿与少年》中最动人的部分。

二、在个体生命中重述历史

在王蒙近几年的井喷式密集创作中，小说的主人公们面对个体的人生挫折与命运起伏时，总是会由衷地感叹一句"一切都是由于赶上点了"，《生死恋》中的单立红与苏尔葆、《笑的风》中的傅大成与白甜美、《猴儿与少年》中的施炳炎，王蒙都是用"赶上了"、"赶上点了"、"赶上大点了"来表达个人被时代所席卷、个体被历史所裹挟的被动感与宿命感，"有时历史就是从自己身边开始与形成的"①，"一切都是由于赶上了，或者没有赶上，一切都在于你碰上的是哪个点儿"②。"仅仅传达个人的经验、体验，停留于个人的'内世界'是不够的"③，探讨个体与历史的关系，一直是王蒙小说所关注的重心，王蒙曾在自传第三部《九命七羊》中深刻地谈及个体主体与历史主体的关系，"事在人为又不全在人为，天道有常，历史自有历史的道路，人算不如天算，人道不如天道，个人不如历史"④，而就中国近现代史而言，这种个人被历史所裹挟的参与度与关联度就更加深刻、更加密切，王蒙在《"狂欢"也被泪催成》中曾明确谈到他对中国近现代史中历史与个人关系的认知，"中国的近现代史整个说起来变得非常剧烈，有时剧烈得如果离开了历史，就没有了个人，或者说就剩下很少的个人了"⑤。

如果说《生死恋》、《笑的风》等作品延续了《活动变人形》、"季节系列"、《青狐》等长篇小说以一个或多个核心个体主体的相对完整的人生历程来展现广阔历史变迁与时代沉浮的小说建构方式，那么在《猴儿与少年》中则找不到核心人物施炳炎的完整的线性人生，由于《猴儿与少年》的显性叙事结构是施炳炎与小说人物王蒙的主体间"对话"，在"对话"中因时间和回忆的自由穿越而勾连起的人生片段就构成了小说

① 王蒙：《生死恋》，广西师范大学出版社 2019 年版，第 18 页。
② 王蒙：《笑的风》，作家出版社 2020 年版，第 228 页。
③ 王金胜：《空间、历史与人——由〈暂坐〉看贾平凹小说与现实主义之关系》，《中国现代文学研究丛刊》2021 年第 3 期。
④ 王蒙：《九命七羊》，见《王蒙文集》第 43 卷，人民文学出版社 2014 年版，第 430 页。
⑤ 王蒙：《"狂欢"也被泪催成》，见《王蒙文集》第 27 卷，第 119 页。

的主体内容，而且由于对往事的回溯来自于施炳炎相去甚远的鲐背之年的"重述"，"历史"就沉入到了被重述的个体生命时间的缝隙中，并因为这种"重述"而获得了被审视与重评的机会。

值得注意的是，回忆中被重述的施炳炎的"七个我"既是直接参与了历史壮行的"历史见证人"，也是旁观和重评历史的"记录者"与"观察员"。九十岁的施炳炎正是在对1958年的可怜"虫豸"施某人的重审和对其受难人生的重述中，发现了他大历史变迁中个体苦难经历的意义与人生追求的价值。"伟大祖国二十世纪、二十一世纪，首先是变局连连、转折连连、风云激荡、奔突冲撞的世纪。你勇敢地担当了时代的责任，你难免碰壁与风险、坎坷与雷电。幸好中华文化里那么多修齐治平、仁义礼智、恭宽敏惠，你总能学会沉心静气，从容有定，忠恕诚信，排忧解难，乐天知命，坦坦荡荡，仁者无忧，智者无惑，勇者无惧。"而这份对个体生命历程的价值肯定与意义认同也意味着个体主体施炳炎与历史主体的和解，施炳炎正是在对个体生命历程的重述中实现了对历史意义的重新发现，"伟大的事业都是从试验受挫起步的"，"斗争之后是失败再失败，最后才胜利，而不是一胜二胜三连胜，积累小胜成完胜。这里讲的是数序，不是数量，是数序的进程逻辑，不是数量的比例逻辑……关键在于改进，在于一次更比一次强，关键在于让进程成为真正的前进过程、进步过程，每失败一次就距离大功告成靠近一次。关键在于取得最后的胜利，临门一脚，转败为胜"。

显然，与《生死恋》、《笑的风》等长篇小说以深厚的人道主义精神在历史与个体的关系中尤为关怀个体生存的困境不同，《猴儿与少年》更关注在个体生命中发现和重述历史，并在个体生命价值的发现与认同中重新肯定历史与时代、肯定实践挫折与曲折探求的意义。虽然施炳炎受难的身体与侯长友的精神疾病以身体的隐喻与疾病的象征折射出个体主体与历史主体对抗时所烙印下的精神创伤，但总体上《猴儿与少年》的小说风格是光明而热情的，是诚挚而动人的，浸透了王蒙真诚的历史唯物主义精神、昂扬的革命乐观主义精神和坚定的中国进步观，饱含着王蒙对民族与国家的忠诚热忱，而这正是自《青春万岁》以来，作为共和国文学的直接参与者、建构者、亲历者与见证者的王蒙所一以贯之的创作品格。

三、在非虚构式对话体中虚构诗性独语体小说

《猴儿与少年》为实现在时间点上的回溯自由与任意穿梭，采取了对话体叙事，小说一开篇便开门见山地交代了小说的主体内容是九十岁的外国文学专家施炳炎老人与他的小老弟王蒙的谈话："施炳炎教授、施炳炎副主席问王蒙：'说说我的一些事儿，给你提供点素材，你能听得下去吧？'王蒙说：'欢迎，谢谢，当然。'"这种带有个体随意性的"炳炎说"叙事，首先可以将时间与历史的缓急疏密进行人为地筛选安排，让回忆者与口述者施炳炎站在任何一个时间点回眸往日时都可以只打捞起极具有个体感性意义的片断闪回，而本应该在历史上十分重要的一声声惊雷、暴风以后的浓云密布、大起大落式的天翻地覆都在个体的感性过滤中变得不再重要，而只需在高密度的语言排列中被简略带过即可，作者因此便可突出大历史变迁中个体生命的感受与独特价值，并以此实现在个体生命中发现与重述历史的可能。其次，"炳炎说"时间闪回与

往事穿梭的自由性，以及施炳炎与王蒙对谈评议的随意性，可以让《猴儿与少年》十分自然地在言说与对话中将小说所覆盖的时间与空间延伸自由扩张，上至百年前的"五四"，下至尚未抵达的想象中的 2023 年，都可以因为对话体/谈话体的小说叙事结构而被容纳进篇幅并不算长的小长篇中。

而且，王蒙还在"炳炎说"中对叙事结构进行了嵌套组合，以"听说中的听说"与"往事中的往事"作叙事嵌套，既增加了小说的悬念与曲折性，又扩大了小说的潜在容量并增强了小说的可读性。比如王蒙在施炳炎的故事中嵌套进侯东平与侯长友一家的故事，又在侯长友的叙述中嵌套进猴儿哥侯家耀与猴儿三少爷的故事以及地主侯玉堂及其儿子侯守堂的故事，后来侯长友因斗殴致死事件进入精神病院后，施炳炎不仅借助"长友妻说"建构起对大核桃树峪与上游小堰涛村争端史的叙述，还借"长友妻说"得语焉不详、挤眉弄眼埋下了长友是否真有精神病的悬念，随后在精神病院中的"长友说"里，王蒙又嵌套进了欣安精神病院的历史以及侯守堂的传奇经历，同时还借助精神病院院长与医学专家们的口述，补充了 1960 年代侯长友因猴死父亡遭受精神创伤的往事，解开了侯长友为何罹患精神病的悬念。

这种对话体的小说叙事结构也直接影响了小说的语言特点，寿则多感、老则多忆的施炳炎回忆往事时使用的是高度抒情化的、个人化的语言，施炳炎与王蒙的对话也融合了夹叙夹议的语言风格，总体来说，这种类口述史的小说叙事，达到了一种类非虚构的叙事效果，但向来善于叙事探索与形式突破的王蒙，却又在小说的尾声部分突然反转，以虚构的暴露消解了类非虚构叙事的可能，这种在 1980 年代先锋叙事中常见的暴露虚构的方法，不仅以虚构的在场解构了非虚构式对话体叙事的可信性，还暴露了这部小说的真正本质是虚构性的诗化独语体小说。

在小说的倒数第二节（第 28 节《疑难与期待》）一开篇，王蒙就向读者暴露了小说的虚构本质，"王蒙听完了有关叙述，他说：'炳炎老啊，你说的我很感动，但是我告诉你，这样的故事，我不好写啊。后来，后来不能是这样一个后来啊，我们可以想象，后来长友又提高了一步，又有新格局和新境界。我们至少应该写写他的儿子啊……''太好了，'施炳炎为王蒙鼓掌，'你这不是已经构思完成了吗？写小说，就是要尽情发挥你的想象力啊，你的笔力雄健，可说是文胆如天啊！'"。紧接着，当小说人物王蒙向施炳炎询问侯长友是不是抗日老侯亲生子一事的真相时，施炳炎却以鲐背之年的听不太清楚、说不太清楚也转达不清楚的语焉不详、糊涂打岔动摇了侯长友身世的可信性，也连带着动摇了整个小说个体化口述史叙事的可信性。这种虚构的反转与小说虚构性的膨胀在小说的最后一节达到了巅峰，"王蒙觉得，施炳炎应该二〇二三年清明节再去北青山镇罗营大核桃树峪，他要陪他一块儿去。王蒙想象着二〇一三年他们到北青山镇罗营大核桃树峪的情景，不是过去完成式，而是未来想象式"，王蒙在整部小说的结尾部分，以未来想象式的虚构建构过去完成式的叙事时，以浮出纸面的正在进行的虚构解构了整部作品所营造起来的非虚构式对话体叙事，明明白白地告诉读者，这是他王蒙一个人的独语，小说中的王蒙是他，施炳炎是他，猴儿与少年也是他。

显然《猴儿与少年》延续了王蒙《闷与狂》式的诗化独语体小说风格，却又以复调式的主体间对话叙事，重写了个人史也重评了个人史背后的历史与时代。

四、在诗歌与小说的文本间讲述猴儿与少年的故事

王蒙这部小说的题目叫"猴儿与少年"，显然，"猴儿"与"少年"在小说中的特殊性正是理解这部小说的主题、进入这部小说文本深层的又一对关键词。那个绝不称臣、从不言败，意在活出自我、无忧无憾的猴儿三少爷，给予了艰难岁月中的施炳炎抵抗恐惧、焦虑与烦恼的莫大安慰："他感谢三少爷，三少爷的角色突然闯入他的生活，无所谓正误、无所谓是非、无所谓责任与后果，三少爷角色的非重要非确定性给他的生活带来了一种放松与相对感，给严正的争辩带来了庄周的齐物论……三少爷给他的严峻遭遇搅了局、打了岔，不能不说这对于他当时的不无较劲的神经质，恰如服用了两片镇静与安慰的艾司唑仑——舒乐安定，那是抗焦虑、抗紧张、抗恐惧及抗癫痫和惊厥的药物。又像是喝了一杯忘川奇茶，使他忘掉了许多烦恼。"而永远是带着那么信任、善良、亲近，那么林山僻野却又自来文明的笑容的核桃少年侯长友，用他的饱含着对自己、对他人都深信无疑的笑容给予了施炳炎苦难历程中最珍贵的信任与温暖，正是长友的出现"使炳炎感觉到了自己的过往经历与追求的存在与意义，感受到了知识与经验的尊严，感受到了对于世界的方方面面的趣味与好奇心"。将并不如烟的往事碎片与历史沉浮中打捞出来的"猴儿与少年"作为小说内容主体的关键部分，可见当鲐背之年的施炳炎回望六十、七十、八十年前的人生与历史时，他已经褪去了当时曾经经历过或可能经历过的境况中的浮躁与惶惑、忧惧与彷徨、愤懑与怨怼、哀恨与悲伤，而是只剩下了感恩与怀念、长情与留恋、幽默与幸福，此时的施炳炎与王蒙都是怀着温厚的平和、诚挚的感恩与浓烈的深

情在重述过去、想象未来。

因此，也就可以理解，《猴儿与少年》中为什么会有这样多篇幅、这样高频次出现的诗与歌：在全民炼钢的火红年代，以"一锹挖封建，一锹挖美蒋，再挖穷与苦，挖光傻与脏，还挖不识字，一定要扫盲"为代表的农民诗歌、红色歌谣，让施炳炎在那个人人作诗唱歌的年代发出了"唐诗宋词，宁有种乎?"的激情呐喊；受着诗情如魔的热情鼓舞，施炳炎也热衷地教大核桃树峪的农民唱起歌来，他将具有地域风味的新疆民歌《亚克西》、江苏民歌《杨柳叶子青又青》全部旧瓶装新酒，改成了时代新词，"山区的人民冲云天唉，生活一天一个样换。什么亚克西? 拉起锄头亚克西，什么亚克西? 背起花篓亚克西，拿起镰刀亚克西……"、"山野的人民全奋起啊，嗨! 嗨! 嗨! 嗨嗨嗨嗨谑! 改天换地换新颜，红旗飘飘呼啦啦地谑……"1959 年老旧大戏台上放映的电影《徐秋影案件》留给施炳炎最难忘的感染与记忆，不是案件的曲折悬疑，而是这个空穴来风的"案件"片子里最不重要的电影插曲《丢戒指》，这个闲情闲调儿的东北民歌以轻佻趣味的原态风流勾起了施炳炎难分难舍的往日情怀；还有在施炳炎梦中响起、梦醒后依旧念念不忘的青海山歌"花儿"与"少年"，"(合)凤凰山的(个)山头呀冲破了天，一眼呀(哪个)望不尽的是草原，草原上的红牡丹闹春天呀，春天的牡丹惹了少年。(女)少年人看上了红牡丹呀，(男)红牡丹爱上了少年……"当鲐背之年的施炳炎回忆与重述起大历史中的个人史时，他择取的重点是火红年代里的遍地风流，是浸透了激情的往事中的"津津有味"，是被诗与歌所环绕、所凸显的"机敏的猴儿，善良的少年"。当人至晚年，从耄耋走到了鲐背以后的时候，前尘往事中的是是非非、沉渣泛起都已变得无足轻重，只剩下了涤清荡净后"仰不愧天，内不愧心，忆不愧宏伟岁月"的清爽赤诚与无可阻挡、无法收束、无处不在、无时不有的诗意与诗情。

如果说《青狐》与《笑的风》中由人物所创作或引用的"小说文本"、"诗歌文本"对小说主体叙事的入侵，以两种字体的文本间互文暗示出了小说人物的命运、揭露了人物性格中的复杂性并以文本与语言的存在状态呈现出了个体存在的人性困境，那么《猴儿与少年》中诗歌文本对主体叙事的文本入侵则主要是用于抒情。总体来看，在非虚构式对话体叙事中虚构诗化独语体小说的《猴儿与少年》，本质上是高度浪漫化的、高度抒情化的诗性小说。王蒙为大核桃峰上的大核桃树所写的长诗，为施炳炎第九十二个元宵节所写的回忆歌，以及在小说最后所添加的具有总结性的自白式古体长诗，其主要功能并不在于嵌套叙事或文本互文，而在于直接性地以诗言志、以歌抒情："巨大沉稳，丰满弘扬，乡镇雷响。大核桃树，高山站岗，血脉偾张……安慰了你，洗涤了你，终于让你的船帆怒张！"大核桃峰上的大核桃树因为王蒙的长诗赞颂而具有了崇高的人格，王蒙借助宏伟芳香、雄壮淡定的大核桃树抒发的是"山穷水尽？当头一棒？仍然是柳暗花明，道路宽广"的"不可救药"的乐观主义精神；王蒙为施炳炎所逢遇的第九十二个元宵节所作的回忆歌"回忆生回忆，回忆何其多；我欲不回忆，忆忆君奈何？几番回忆罢，雄心未萧索。犹有少年志，犹有少时歌……人生须尽兴，琼浆细细喝"，本质上是在抒发自己老则多忆的感慨以及万岁青春歌未老的不灭激情；而王蒙在小说全文结尾处所作的七言古体诗"云淡风清近午天，群猴踊跃闹山巅。时人不识余心乐，将谓偷闲写少年……敲键疾书笔未残，抒新怀旧意绵绵，耄耋挥洒三江水，饕餮编修二百年！"既是对小说全文内容的提炼总结，也是对过去往事态度的直抒胸臆，更是对当下小说创作雄心的霸气宣言。

由此，便也可以理解《猴儿与少年》的整体小说语言风格。虽然，几乎所有的王蒙小说都具有一种风格鲜明的"王氏语言"特点，但王蒙不同时期的小说作品在语言风格上又各有不同，而王蒙近几年的长篇小说，每一部都在语言上极其讲究，尤其是《笑的风》与《猴儿与少年》。《笑的风》中汪洋恣肆的语言流、词语流，以充满悖论性语义的语词叠砌、并置、混合直接将语言的存在状态与小说主人公傅大成的个体存在状态相同构，以语言的悖论含混直观地呈现出了个体人生的悖论困境。而《猴儿与少年》则借助主体间对话叙事的优势，将意识流与语言流相融合，形成一种作家主体与小说人物主体既互相统一又能够进行自由对话的高度抒情性语言，这种高辨识度的、作为人物主体心灵表征与作家主体情感思维表达的自我对话式独语体语言，是王蒙长篇小说艺术形式与语言探索上的又一大突破。

（原载《中国当代文学研究》2022 年第 1 期）

王蒙在德国的译介历程与接受研究

张帆、高鸽

　　"人民艺术家"① 王蒙是德国汉学界译介研究最多的中国当代作家之一，迄今其德译作品共有88篇/部（含再版、转载和集录），无论体量抑或影响均堪称中国当代作家之翘楚。王蒙本人亦不无自豪地说："我知道我的作品走出去的面是算宽的"，"已经翻译了二十多个语种并在相关国家出版"，② 足见其海外译介实绩斐然。然而，相较于王蒙作品译介传播的规模与力度，国内相关研究却明显凋敝滞后，仅有寥寥几篇概览性文章，③ 而

----

① 王思北、周玮：《"人民艺术家"王蒙——热情澎湃地书写时代书写生活》，《人民日报》2019年10月9日。

② 王蒙：《作家为什么在公共领域消失》，见夏榆：《在时代的痛点，沉默》，上海三联书店2016年版，第93页。

③ 笔者所见仅有薛红云：《当代中国文学与文化研究的双重标本——王蒙作品的海外传播与研究》（《当代作家评论》2017年第1期）、朱静宇：《域外风景：王蒙作品在海外》（《中国比较文学》2012年第3期）、姜智芹：《旷达的灵魂：王蒙及其作品在国外》（姜智芹：《中国新时期文学在国外的传播与研究》，齐鲁书社2011年版）等。

针对单个语种或国别的专门研究则仅有在俄罗斯的译介传播。① 学界对"中国文学走出去"的佼佼者王蒙在"世界第一翻译出版大国"② 德国的译介研究尚付阙如。本文主要依据德国权威汉学杂志《东亚文学杂志》译介年谱、波鸿鲁尔大学卫礼贤翻译中心图书目录以及德国国家图书馆的数据信息,定量呈现王蒙在德国的译介历程与研究概观,进而定性分析其传播接受的向度,指出其影响已超越了狭隘的"政治屏蔽",拓展了德语读者的"期待视野",彰显出共情共性的艺术魅力。

一、王蒙作品德语译介史述

王蒙作品在德国的译介始于 1980 年。德国著名汉学家顾彬(Wolfgang Kubin)主编的《百花:中国当代小说集(第二卷:1949—1979)》收录了王蒙成名作《组织部来了个年轻人》,③ 顾彬指出"小说笔调幽默诙谐,有别于同时代以及后来很长一段时间内的中国作品,也消解了当时——甚至直到 1989 年——常见的激情式书写"。④ 可以说,顾彬中肯

---

① 据笔者陋见,仅有白杨:《王蒙作品在俄罗斯的翻译与研究》(《燕山大学学报(哲学社会科学版)》2018 年第 3 期)和白杨、白璐、张晶晶:《基于跨文化视域下的中国形象文化性研究——以王蒙作品在俄罗斯的传播为例》(《散文百家》2018 年第 3 期)。

② 陈巍:《从德国"国际译者之家"看中国文学走出去》,《文艺报》2017 年 4 月 12 日。

③ Wang Meng:*Der Neuling in der Organisationsabteilung*,übersetzt von Gerhard Will,in:Wolfgang Kubin(Hg.):Hundert Blumen.Moderne chinesische Erzählungen.Zweiter Band:1949 bis 1979,Frankfurt am Main:Suhrkamp Verlag,1980.

④ [德]顾彬:《二十世纪中国文学史》,范劲等译,华东师范大学出版社 2008 年版,第 276 页。

恰切的评价无疑深谙王蒙作品真味，并就此拉开王蒙在德国译介热潮的大幕。① 在 1980—1989 年间，王蒙共有 5 部个人文集与 32 篇译文在德国译介出版，考虑到在此十年间中国现当代文学德语译文总共不足四百篇的景况，② 王蒙作品的这一译介体量令人叹为观止。

1981 年，德国汉学家安德利亚斯·多纳特（Andreas Donath）主编《风筝飘带：中国日常故事》小说集，由达姆施塔特/诺伊维德赫尔曼·鲁赫特汉德出版社出版，1984 年法兰克福乌尔施泰恩出版社再版；该选集"旨在向德语读者展示一个亟待重视的发现，即中国文学风格的更新以及从批判现实主义精神出发重获新生的中国叙事"。③ 该书名家名篇云集，却独以王蒙小说《风筝飘带》命名，足见王蒙已被奉为中国新潮美学的引领者与佼佼者；其创作"不单单表现了个人的一种先锋的姿态"，更"代表了整个新时期文学的前进"方向，"是开拓性的，里程碑式的"。④1983 年，德国汉学家鲁道夫·瓦格纳（Rudolf Wagner）主

---

① 事实上，顾彬对王蒙推崇备至，对其作品译介用力甚巨。据时任中国作协外联部负责中德交流的金弢先生所记："顾彬对王蒙一向非常敬重"。"在他眼里，王蒙不仅是一位名作家，而且还是一位长辈，一位领导。1985 年 4 月，中德作家在北京什刹海《文艺之家》举办两国文学座谈会，整个过程，顾彬对王蒙一直毕恭毕敬。"即便王蒙在发言中用长者的口吻对德国作家有提醒告诫之辞，顾彬也"丝毫没有动摇过他虔敬的神态"。参见金弢：《顾彬重炮猛轰中国作家》，（德国）《华商报》2008 年 4 月刊。顾彬主编的汉学期刊《东方向》和《袖珍汉学》，更是不遗余力地推介王蒙，成为王蒙德语译介和研究的重要阵地。

② 孙国亮、李斌：《中国现当代文学在德国的译介研究概述》，《文艺争鸣》2017 年第 10 期。

③ Andreas Donath：Nachwort，in：Andreas Donath（Hg.）：Die Drachenschnur.Geschichten aus dem chinesischen Alltag，Frankfurt am Main/Berlin/Wien：Verlag Ullstein，S.219.

④ 赵玫、任芙康：《旗手王蒙》，《文学自由谈》2003 年第 5 期。

编《中华人民共和国的文学与政治》收录王蒙小说《悠悠寸草心》，[①] 由著名的法兰克福苏尔坎普出版社出版；鲁道夫·瓦格纳"考证《悠悠寸草心》里的'理发'师影射'立法'，唐师傅的唐表达了作者对于汉唐盛世的向往等，索隐法走向了世界"。[②] 如此精辟的解读，令王蒙本人深感欣慰。[③] 对于王蒙要言不烦、别有意趣的微型小说，德国汉学界同样颇为关注，将其定义为"当前社会结构中反抗与嘲讽的微型速记式表达，是对变革阶段的深刻聚焦"，[④]"这种题材在西方文学中也很流行，即在社会压力下，人们更喜欢譬喻式的话语，作为充分表达讽刺思想的语言形式"，[⑤] 以此凸显王蒙文学的世界性要素。德国汉学家赫尔穆特·马汀（Helmut Martin）等主编《王蒙及其他作家微型小说：中华人民共和国讽刺文学》收录王蒙《越说越对》、《维护团结的人》、《互助》

① Wang Meng：Das dankbare Herz，übersetzt von Rudolf G.Wagner，in：Rudolf G. Wagner（Hg.）：Literatur und Politik in der Volksrepublik China，Frankfurt am Main：Suhrkamp Verlag，1983.

② 王蒙：《墙的这一边》，《中国作家》1997 年第 4 期。

③ 据王蒙先生自述：1985 年西柏林举行的关于他的小说的讨论会上，瓦格纳教授分析《悠悠寸草心》里的主人公是理发师，"理发"谐音"立法"；姓唐，唐是过往中国的一个兴盛的国号。因而断言"寸草心"是呼吁通过加强法制来振兴中华，也真是"没了治了"！见王蒙：《王蒙活说红楼梦》，作家出版社 2005 年版，第 173 页。

④ Charlotte Sunsing & Helmut Martin（Hg.）：Wang Meng u.a.Kleines Gerede.Satiren aus der Volksrepublik China，Köln：Eugen Diederichs Verlag，1985，Rückseite.

⑤ Helmut Martin：Chinas kürzeste Kurzgeschichten，in：Charlotte Sunsing，Helmut Martin（Hg.）：Wang Meng u.a.Kleines Gerede.Satiren aus der Volksrepublik China，Köln：Eugen Diederichs Verlag，1985，S.117.

以及《小小小小小》4篇小小说，①1985年由科隆欧根·迪德里希斯出版社出版；编者在后记《中国微型小说》中评价道："即便是在微型小说中，作家王蒙的小说也格外短小精悍，他善于表达且乐于探索，有意通过荒诞的图景唤起人们的觉醒意识。"② 随着王蒙在德国声誉日隆，1985年5月，他率领中国作家代表团出访德国，参加在西柏林举办的"地平线85"世界文化艺术节。是年，联邦德国专门召开王蒙作品在海外的首次专题研讨会。如此隆重的高规格礼遇，实属罕见。

尤为值得一提的是，创刊于1955年的德国经典文学杂志《季节女神》1985年第2期集中译介刊登王蒙《雄辩症》等四篇小说以及游记《浮光掠影记西德》，并在1989年第3期再次刊登《扯皮处的解散》与《夜的眼》两篇小说。③ 伦敦《泰晤士报》称《季节女神》是德国最具判断力的长寿杂志之一，王蒙被权威的《季节女神》杂志两次专题推介，既

---

①　Wang Meng：Je mehr Gerede，desto richtiger/Einer，der für Eintracht sorgt/Gegenseitige Hilfe/Klein，klitzeklein und nochmal klein，übersetzt von Helmut Martin，in：Charlotte Sunsing，Helmut Martin（Hg.）：Wang Meng u.a.Kleines Gerede.Satiren aus der Volksrepublik China，Köln：Eugen Diederichs Verlag，1985.

②　Helmet Martin：Chinas kürzeste Kurzgeschichten，in：Charlotte Sunsing，Helmut Martin（Hg.）：Wang Meng u.a.Kleines Gerede.Satiren aus der Volksrepublik China，Köln：Eugen Diederichs Verlag，1985，S.117.

③　Wang Meng：*Vier Minigeschichten*（*Krankhafte Eloquenz*，*Einer der für Eintracht sorgt*，*Gegenseitige Hilfe*，*Je mehr Gerede desto richtiger*），übersetzt von Helmut Martin，in：DieHoren，Nr.2，1985；Wang Meng：*Westdeutschland*，flüchtige Impressionen，übersetzt von Nelly Ma，in：Die Horen，Nr.2，1985；Wang Meng：*Die Auflösung der Abteilung für Haarspalterei*，übersetzt von Helmut Martin，in：Die Horen，Nr.3，1989；Wang Meng：*Das Auge der Nacht*，übersetzt von Michaela Herrmann，in：DieHoren，Nr.3，1989.

是肯定，亦是褒奖。此外，极具思想深度和批判性的德国《日报》1985年6月19日刊登王蒙小说《常胜的歌手》，①荣登德国全国性非文学类大众报刊，亦印证了王蒙作品在德国的译介热度。

在单行本方面，1986年由北京外文出版社出版了王蒙首部德译小说集《蝴蝶》，代表作中篇小说《蝴蝶》还以广播剧的方式在全德播出，②迅速提升了王蒙在德语世界的知名度。柏林/魏玛建设出版社1988年重新编选翻译王蒙文集，即以《蝴蝶梦：小说集》命名。③顾彬认为"《蝴蝶》为中国男性问题提供了一份令人吃惊的样本"。④苏珊娜·布什曼（Susanne Buschman）从文学价值与现实意义两个方面评价《蝴蝶梦：小说集》，认为该文集"使感兴趣的德国读者意识到，中国正在发展一种新型叙事文学"。⑤

1987年，德译王蒙文集《夜的眼：小说集》由苏黎世联合出版社出版，同年由柏林/魏玛建设出版社再版。《夜的眼》是王蒙短篇小说代表作，在同汉学家高利克（Marian Galik）的对谈中，王蒙坦陈"一九七九年我的小说《夜的眼》的发表是重要的"。⑥德国汉学家瓦勒莉娅·迈（Valeria May）对小说标题有着深刻解读："'夜的眼'是指某

---

① Wang Meng：*Die stets siegessichere Sängerin*，in：Die Tageszeitung，19.06.1985.

② ［德］顾彬：《二十世纪中国文学史》，第276页、第317页。

③ Wang Meng：*Ein Schmetterlingstraum. Erzählungen*，übersetzt von Irmtraud Fessen-Henjes u.a.，herausgegeben von Fritz Gruner，Berlin/Weimar：Aufbau Verlag，1988.

④ ［德］顾彬：《二十世纪中国文学史》，第318页。

⑤ Susanne Buschmann：Wang Meng muss man kennen，in：Chinaheute，23.10.2008.

⑥ 王蒙、高利克：《有同情心的"革命家"》，见《王蒙文集》第27卷，人民文学出版社2014年版，第255页。

人看到了他人看不到的东西，因为诸多事物皆藏身于黑夜当中。就其象征性意义而言，可将其理解为干部对中国公民隐瞒自身财富。机缘巧合之下，陈呆看到了那套装潢华丽的房子，于是他对中国社会状况有了醍醐灌顶般的认识。"① 除《夜的眼》外，该选集亦收录《布礼》、《海的梦》等王蒙经典作品，封底印有："在其小说中既无光辉的英雄，亦无无辜的受害者。"② 可以说，上述理解是深刻而透彻的。

德国文学家尹瑟·考奈尔森（Inse Cornelssen）等编（译）王蒙个人文集《说客盈门及其他故事》，收录王蒙《说客盈门》、《春之声》、《失恋的乌鸦二姐》、《我们是同类》、《谁的乒乓球打得好?》、《常胜的歌手》、《不如酸辣汤》、《听来的故事一抄》、《吃臭豆腐者的自我辩护》、《南京板鸭》、《相见时难》、《脚的问候》、《不准倒垃圾》、《最宝贵的》、《深的湖》等共 19 篇小说，并按照"个人命运"、"政治寓言"、"人际之间"、"世代更迭"等主题分类，1989 年由波鸿布洛克迈尔出版社出版。这些故事虽然"关乎独立个体的言说，但却并非个体肖像画，而是着重描写其超越个体层面、反映中国人民集体状况的处境"，既"辛辣讽刺而又温情脉脉地揭露了那个时代的曲折与危机"，也体现了王蒙 1976 年后的"文学发展脉络"。③

---

① Valeria May：Textanalyse von Wang Mengs Kurzgeschichte "Ye de yan"（"Das Auge der Nacht"）und Kritik der deutschenÜbersetzungen，Masterarbeit an der Johann Wolfgang Goethe-Universität Frankfurt am Main（InstitutfürOrientalische und OstasiatischePhilologien），2006.

② Wang Meng：Das Auge der Nacht，übersetzt von Ulrich Kautz，Zürich：Unionsverlag，1887，Rückseite.

③ Inse Cornelssen：Nachwort，in：Wang Meng：Lauter Fürsprecher und andere Geschichten，herausgegeben von Inse Cornelssen und Sun Junhua，Bochum：Brockmeyer，1989，S.202-203.

1990 年代，受政治、文学等各种因素影响，中国文学德语译介热潮逐渐退却，"其他的时代主题比如对两德统一进程的反思、欧洲一体化的影响和全球化的快速发展在德国社会的讨论中占据了主导地位"，并且"全球化带来的后果已经显示了出来，图书市场越来越向美国集中，越来越受制于美国"。① 在此背景下，中国现当代文学德语译介数量由 1980 年代的 525 部 / 篇骤降至 341 部 / 篇。② 但值得注意的是，王蒙作品在德国的译介逆潮而上，以 2 部译著 / 文集与 39 篇译文的数量，占据 1990 年代中国现当代文学德语译介举足轻重的份额，继续肩起德译中国现当代文学的旗帜。

而这一令人艳羡的译介实绩，首功当推德国汉学家马汀·沃尔斯勒（Martin Woesler）。他在此十年间发表《1991—1992 年的中国政治文学：王蒙的"早餐革命"：〈坚硬的稀粥〉译文及对一场荒谬论争的记录》和《"散文是对自由的渴望"：1948—1992 年间作为散文家的中国前文化部长王蒙》两部学术论著，③ 并附王蒙《坚硬的稀粥》、《我爱喝稀粥》、《写作与不写作》、《当你拿起笔》等作品德译共计 23 篇。沃尔斯勒的研究

---

① [德] 雷丹：《对异者的接受还是对自我的关照？——对中国文学作品的德语翻译的历史性量化分析》，李双志译，见 [德] 马汉茂等编：《德国汉学：历史、发展、人物与视角》，大象出版社 2005 年版，第 595 页。

② 孙国亮、李斌：《中国现当代文学在德国的译介研究概述》，《文艺争鸣》2017 年第 10 期。

③ Martin Woesler：Politische Literatur in China 1991-1992.Wang Mengs "Frühstücksreform"：eine Übersetzung der Erzählung "Zäher Brei" und die Dokumentation einer absurden Debatte，Bochum：Brockmeyer，1994；Martin Woesler："Der Essay ist die Sehnsucht nach Freiheit".Wang Meng，ehemaliger Kulturminister Chinas，als Essayist im Zeitraum 1948 bis 1992，Peter Lang，1998.

进一步推动了王蒙德语译介，使之相较 1980 年代更加丰富多元，长短篇小说、散文、时政杂文与古典文学研究齐头并进，蔚为大观。学术随笔《蘑菇、甄宝玉与"我"的探求》和《发现与解释》先后在德国汉学期刊《袖珍汉学》1990 年第 1 期与 1991 年第 1 期译介发表。①《袖珍汉学》专注中国人文科学，是德国译介、研究中国小说、诗歌与散文的桥头堡，在德语区深具影响力。该刊物自 1989 年创刊以来共刊登七篇王蒙译作，另有《十字架上》、《来劲!》、《坚硬的稀粥》、《阿咪的故事》以及王蒙讽刺小说代表作《冬天的话题》等五篇。②

1994 年，王蒙作品德语译介最具分量的"重头戏"——《活动变人形》由瑞士瓦尔德古特出版社出版，③ 这是迄今王蒙唯一一部被译介到德语国家的长篇小说。此前，该著曾先后三次以节译的形式在德国发表，④

---

① Wang Meng：Pilz, Zhen Baoyu und seine Suche nach dem "Ich", in：Minima Sinica, Nr.1, 1990；Wang Meng：Entdecken und Erklären, in：Minima Sinica, Nr.1, 1991.

② 5 篇文章分别翻译发表在《袖珍汉学》1989 年第 1 期、1989 年第 2 期、1989 年第 2 期、1990 年第 2 期和 1996 年第 2 期。

③ Wang Meng：Rare Gabe Torheit, übersetzt von Ulrich Kautz, Frauenfeld：Verlag im Waldgut, 1994, Rückseite.

④ 顾彬主编的德文杂志《龙舟》1987 年第 1 期刊登《活动变人形》第四章，译者玛蒂娜·尼姆布斯（Wang Meng：Mutationen, übersetzt von Martina Niembs, in：Drachenboot, Nr.1, 1987）；奥地利汉学家艾恩斯特·施瓦茨主编：《爆裂坟墓：中国小说集》收录由其本人翻译的《活动变人形》第二章和第三章，1989 年柏林新生活出版社出版（Wang Meng：Spiel der Verwandlungen, übersetzt von Ernst Schwarz, in：Ernst Schwarz（Hg.）：Das gesprengte Grab.Erzählungen aus China, Berlin：Verlag Neues Leben, 1989）；德国汉学期刊《东亚文学杂志》1991 年总第 11 期登载《活动变人形》第二章，乌尔里希·考茨翻译（Wang Meng：Eine Morgentoilette, übersetzt von Ulrich Kautz, in：Hefte für ostasiatische Literatur, Nr.11, 1991）。

最终，由"中华图书特殊贡献奖"得主德国著名汉学家乌尔里希·考茨（Ulrich Kautz）以《难得糊涂》为名整本翻译。遗憾的是，王蒙另一部著名长篇小说《青春万岁》虽被德国汉学家屡屡提及，但至今尚无德文译本，主要原因在于其"体量"过于庞大。"德国出版社之所以经常不同意我们汉学家所推荐的优秀作品，是因为中国小说的篇幅太长，吓住了出版商，使他们不敢出版……王蒙的《活动变人形》一书，中文有370页，可我的德文翻译有600多页，这对德国出版社和德国读者来说，显然是长了。"但考茨认定《活动变人形》是难得的佳作，"最后终于还是得以出版了。不过，经过王蒙的认可，删减了一些篇幅"。①

21世纪以降，中国现当代文学在德国翻译整体式微，2004年甚至仅有一部德译中国文学作品问世。②王蒙德语译介相较于20世纪八九十年代出现了断崖式下滑，二十年间仅有《落叶》、《苏州赋》、《坚硬的稀粥》、《我爱喝稀粥》、《话说这碗"粥"》、《关于〈坚硬的稀粥〉的一些情况》、《获奖作者感谢信》、《王蒙对"来信"的反驳》、《民事诉讼状（征求意见稿）》九篇作品被译介刊发。其中，《坚硬的稀粥》四十年间先后四次重刊，顾彬赞叹王蒙"用爱惜而又嘲讽的视角看待当代"，使该小说"具有了持久的生命力"。③

---

① ［德］高立希：《我的三十年——怎样从事中国当代小说的德译》，《外语教学理论与实践》2015年第1期。

② ［德］高立希：《我的三十年——怎样从事中国当代小说的德译》，《外语教学理论与实践》2015年第1期。

③ ［德］顾彬：《二十世纪中国文学史》，第279页。

二、王蒙在德国的研究述评

王蒙因丰富的译介备受德语学界青睐，形成了以汉学家为主导，辅以德国日耳曼学家、中国问题专家、德国各大报刊记者等共同参与的研究群体，以其译著与文集前言或后记、汉学著作、汉学期刊书评等为载体，主要从以下角度展开了广泛且深入的接受研究。

一是王蒙作品的西式"现代性"与中国"本土化"。1970年代末至1980年代初被视为"王蒙迄今为止最具文学创造力的阶段，……他努力追求具有个人特色的主题、形式与风格。……明确地转向了对'现代性'艺术手段及形式的开放与接受"。[1] 其作品"既不详细勾勒主人公外貌，也不按照时间顺序梳理串联事件，而是主要采用反思、思想的自由联想、内心独白等间接描写手段；散文式的插入语使其描写更具哲理深度"。[2]《夜的眼》采取"单一视角叙事，藉此将主人公的意识置于中心地位，并使其成为一切外在描写与事件的过滤器……文中大量使用间接内心独白，以期在叙述者不露痕迹的干预下，通过第三人称叙事再现人物思想。故主人公的精神世界取代了情节，成为小说焦点"。《布礼》"间或使用直接内心独白揭示主人公的心理活动；其另一形式实验即放弃线性叙事与历时叙事……主人公一生中的四次决定性变化均伴随着重大历史事件的发生，二者被以拼贴形式并

---

① Fritz Gruner：Nachwort，in：Wang Meng：Ein Schmetterlingstraum.Erz？hlungen，herausgegeben von Fritz Gruner，Berlin/Weimar：Aufbau Verlag，1988，S.534.

② Fritz Gruner：Nachwort，in：Wang Meng：Ein Schmetterlingstraum.Erz？hlungen，herausgegeben von Fritz Gruner，Berlin/Weimar：Aufbau Verlag，1988，S.534.

置"。① 王蒙此类创作手法"极大丰富了中国当代叙事文学的艺术表现形式",② 其"对情节的弱化与对内心的强调,无疑在中国叙事文学史上迈出了开拓性的一步"。③

然而,也有德国汉学家审慎地强调,倘若把王蒙小说的创新之处简单地归结为受到西方意识流影响不免有失公允。汉学家鲁茨·毕克(Lutz Bieg)提醒德国读者,虽然"外国文学对王蒙的影响,尤其是他对欧美文学以及德国文学的接受值得深究,但在'西化王蒙'之外,最重要的自然还是由其本我传统塑造的中国王蒙"。④ 顾彬亦注意到王蒙"笔下的'意识流'仿佛已经脱离了(叙事者的)掌控而独立运作,拥有了不同于'间接引语'或者'内心独白'的性质……在王蒙晚近的杂文和小品文中也能发现这一现象"。⑤ 可以说,这样的评价是极其准确且富有启发性的。21 世纪之后,蔡翔、李杨等中国学者陆续著文阐发相似的观点:即从 1980 年代王蒙貌似脱离主流叙事、表面无序的"意

---

① William Tay:Wang Mengs modernistische Erz？hlungen,in:Die Horen.Zeitschrift für Literatur,Kunst und Kritik,Nr.3,1989,S.233-234.

② https：//www.amazon.de/China-entr？tselt-m？chte-Politik-erz？hlen-ebook/dp/B06X-SNNCZC/ref=sr_1_1？__mk_de_DE=？M？？？？&dchild=1&keywords=China+-+entr？tselt%3A+Ich+m？chte+Dir+et-was+über+Politik+erz？hlen&qid=1596253385&sr=8-1,2021-8-15.

③ William Tay:Wang Mengs modernistische Erz？hlungen,in:Die Horen.Zeitschrift für Literatur,Kunst und Kritik,Nr.3,1989,S.234.

④ Lutz Bieg:Anekdoten vom Abteilungsleiter Maimaiti."Schwarzer Humor" der Uig-uren-Volksliterarische Elemente im Werk Wang Mengs,in:Die Horen.Zeitschrift für Literatur,Kunst und Kritik,Nr.3,1989,S.224.

⑤ [德] 顾彬:《二十世纪中国文学史》,第 316 页。

识流"中依然能够读出主流意识形态建构的"现代化叙事"。如蔡翔在《专业主义与新意识形态——对当代文学史的另一种思考角度》中剖析《春之声》的"意识流"叙事，"在这种貌似漫无规则的意识流动中，我们仍然可以感觉到叙述者的思路其实非常明晰：北平、法兰克福、慕尼黑、西北高原的小山村、自由市场、包产到户……'意识流'在此所要承担的叙事功能只是，将这些似乎毫不相关的事物组织进一个明确的观念之中——一种对现代化的热情想象。严格地说，这是一种相当经典的'宏大叙事'，只是，它经由'内心叙事'的形式表露出来"。① 然而，王蒙的良苦用心在 1980 年代的语境中并未获得认可，但无可辩驳的是，"王蒙作品在 1980 年代的中国掀起了一波浪潮，关于文学现代主义的论争随之而来"。② 而与王蒙现代派创作手法水乳交融的是其小说创作思想或意识的"形变"。据顾彬考证：长篇小说《活动变人形》的"标题来源于 50 年代德语地区的巧克力包装。这种包装后来也流传到日本，上面画有身体各部分可以替换的人形。王蒙在日本看到，人形的下部（脚）和上部（头）一旦互动，整个人或者中间部分的身子就会变成另一个人形。'活动'这个词也可以进行政治解读：人在政治运动中每进行一次政治活动就会变一个人，最后连自己都不知道自己是甲还是乙，

---

① 蔡翔：《专业主义和新意识形态——对当代文学史的另一种思考角度》，《当代作家评论》2002 年第 4 期。

② Valeria May: Textanalyse von Wang Mengs Kurzgeschichte "Ye de yan" ("Das Auge der Nacht") und Kritik der deutschenÜbersetzungen, Masterarbeit an der Johann Wolfgang Goethe-Universität Frankfurt am Main (InstitutfürOrientalische und OstasiatischePhilologien), 2006.

哪里是'头',哪里又'扭了腿'"。① 通过《蝴蝶》的张思远、《不如酸辣汤》的 O 教授等形象,王蒙将"形变"——事物或思想的流动性与不可把握性表现得淋漓尽致。②

其二是贯穿王蒙创作的现实批判与理想品格。尹瑟·考奈尔森直言,"就那些对文学研究兴味索然的读者而言",王蒙小说的"意义在于其对生活情景的如实描写。从这些故事中,我们可以更加了解中国,了解其不足之处,亦即发展中国家的典型缺点,了解其瓶颈,即其在通往梦寐以求的美好未来的道路上种种咎由自取的陷阱与障碍,以及这个国家及其人民拥有的巨大机遇"。③

德国汉学家卡尔·海因茨·波尔(Karl Heinz Pohl)赞扬王蒙"善于以令人印象深刻的隐喻刻画时代的社会矛盾",在《夜的眼》中,"'羊腿'一词成为贯穿全篇的主线",它不仅是"联结城乡关系的纽带,体现了 20 世纪 70 年代末中国城乡之间确存的贫富差距",而且"小说借'羊腿'将民主与富裕划上等号,暗示民主承担着争取更大繁荣的任务"。瓦勒莉娅·迈进一步指出"这一主题的高潮在于陈杲与'小伙子'的会面。……作家把'小伙子'一角设定为官宦子弟,让他享受着就其

---

① [德] 顾彬:《二十世纪中国文学史》,第 317 页。

② 详见 Gisela Mahlmann:Wang Meng:Worteaus der Ferne.PekingsKulturministersuch-teZufluchtimAbseits,in:Die Zeit,7.1990. [德] 顾彬:《二十世纪中国文学史》,第 317 页。[德] 顾彬:《圣人笑吗?——评王蒙的幽默》,王霄兵译,《当代作家评论》2004 年第 3 期。

③ Inse Cornelssen:Nachwort,in:Wang Meng:Lauter Fürsprecher und andere Geschicht-en,herausgegeben von Inse Cornelssen und Sun Junhua,Bochum:Brockmeyer,1989,S.203-204.

身份而言似乎理所应当的优渥生活，但他仍不餍足……王蒙以此痛斥‘文革’后中国社会状况”。① 德国著名汉学家弗里茨·格鲁纳（Fritz Gruner）亦直言：“其基本关切在于揭示真相、展现个体观念与社会现实之间的矛盾，但又不使矛盾绝对化。”② 他的文字“展现了受鞭笞后的创口、留下的疤痕、失去的光环，以及走向‘新的彼岸’的巨大希望”。③

其三是王蒙作品的自叙传悲情色彩与“伤痕”疗愈。据弗里茨·格鲁纳细致考证，“很多时候，小说家王蒙都与其主人公融为一体。他所叙述的，都是他自己曾以某种方式经历过的”。④“第一部长篇小说《青春万岁》据其在共青团的政治工作经验写成，短篇小说《组织部来了个年轻人》亦然”，青年王蒙的“文学兴趣与政治热情齐头并进”。然而，“对特定官僚主义现象、对党内某些职能部门的自满与自大的犀利剖析”使得王蒙屡遭劫难，这“是他不得不与之融为一体的不同寻常的人生之路：他无时无刻不在想着它们，念着它们，为它们哭泣，为它们

① Valeria May: Textanalyse von Wang Mengs Kurzgeschichte "Ye de yan" ("Das Auge der Nacht") und Kritik der deutschenÜbersetzungen, Masterarbeit an der Johann Wolfgang Goethe-Universität Frankfurt am Main (InstitutfürOrientalische und OstasiatischePhilologien), 2006.

② Fritz Gruner: Nachwort, in: Wang Meng: Ein Schmetterlingstraum.Erz? hlungen, herausgegeben von Fritz Gruner, Berlin/Weimar: Aufbau Verlag, 1988, S.530-531.

③ Inse Cornelssen: Nachwort, in: Wang Meng: Lauter Fürsprecher und andere Geschichten, herausgegeben von Inse Cornelssen und Sun Junhua, Bochum: Brockmeyer, 1989, S.202.

④ Fritz Gruner: Nachwort, in: Wang Meng: Ein Schmetterlingstraum.Erz? hlungen, herausgegeben von Fritz Gruner, Berlin/Weimar: Aufbau Verlag, 1988, S.532.

欢笑，它们也奠定了王蒙写作及其风格的根基"。①《夜的眼》的主人公是"一位被放逐边疆二十年的作家，在恢复名誉后重返曾经生活过的城市"。② 以新疆为背景的《鹰谷》"直接再现了王蒙的个人经历，主人公与作者近乎合二为一"；③《买买提处长轶事》亦是如此，"在其第一人称叙述者——一位作家——背后不难看出王蒙本人的影子"④。王蒙"通过对事件的描述与交织的心理联想，阐明了过去与现在的事实"⑤。而"由中国作家撰写的文学作品借由自身的感受、想法和视野反映了中国的社会生活，也为德国读者提供了另一种理解中国社会生活的可能"⑥。

德国中国问题专家吉塞拉·玛尔曼（Gisela Mahlmann）亦称王蒙惯于将亲身经历与体验"杂糅到写作中：与他同代的父辈们虽屡遭谴责与放逐，但并未失去对共产主义的信仰；而儿子们则属于在'文革'中

---

① Sun Junhua: Einleitung, in: Wang Meng: Lauter Fürsprecher und andere Geschichten, herausgegeben von Inse Cornelssen und Sun Junhua, übersetzt von Sun Junhua, Inse Cornelssen, Helmut Martin und Hillgriet Hillers, Bochum: Brockmeyer, 1989, S.IV-V.

② William Tay: Wang Mengs modernistische Erz? hlungen, in: Die Horen.Zeitschrift für Literatur, Kunst und Kritik, Nr.3, 1989, S.233.

③ Fritz Gruner: Nachwort, in: Wang Meng: Ein Schmetterlingstraum.Erz? hlungen, herausgegeben von Fritz Gruner, Berlin/Weimar: Aufbau Verlag, 1988, S.532.

④ Lutz Bieg: Anekdoten vom Abteilungsleiter Maimaiti. "Schwarzer Humor" der Uiguren-Volksliterarische Elemente im Werk Wang Mengs, in: Die Horen.Zeitschrift für Literatur, Kunst und Kritik, Nr.3, 1989, S.225.

⑤ Fritz Gruner: Nachwort, in: Wang Meng: Ein Schmetterlingstraum.Erz? hlungen, herausgegeben von Fritz Gruner, Berlin/Weimar: Aufbau Verlag, 1988, S.532-533.

⑥ Anne Engelhardt, NgHong-chiok: Vorwort, in: Anne Engelhardt, Ng Hong-chiok (Hg.): Wege.Erzählungen aus dem chinesischen Alltag, Bonn: Engelhardt-Ng Verlag, 1985, S.4.

受到蒙蔽、进而迷失自我的一代……两代人之间的代际冲突成为王蒙故事的一道主旋律"①。

值得庆幸的是，坎坷艰难的流放岁月并未抹灭王蒙"对生活的热爱和对真实的追求"，他虽命途多舛但信念坚定，德国学界对此高度肯定，激赏"真善美从一开始就决定了王蒙后期文学创作的基本基调。它们赋予了王蒙坚强的意志力，让他熬过了那段黑暗的岁月，也塑造了他坚定不移的乐观生活态度。这些也对其随着时间推移而日渐成熟的文学思想起到决定性作用"。②《布礼》中"维护美好与人性的力量，击退邪恶与非人道的力量，体现在主人公对改变现状永不放弃的信心，体现在他对党、对人民、对革命的信任……他仍然牢记着彼时流行的布尔什维克青年礼"。③《海的梦》结局"奏响了希望之声；《春之声》的标题预示着'政治之春'将为主人公带来'个人之春'"。④ 鉴于王蒙乐观、温和、包容、风趣的创作基调，顾彬坚称"王蒙本人其实并不算伤痕文学作家"⑤；吉塞拉·玛尔曼亦认为"相较于七十年代末大肆书写毛泽东时代的愤怒、

① Gisela Mahlmann：Wang Meng：Worte aus der Ferne.Pekings Kulturminister suchte Zuflucht im Abseits，in：Die Zeit，7.1990.

② Sun Junhua：Einleitung，in：Wang Meng：Lauter Fürsprecher und andere Geschichten，herausgegeben von Inse Cornelssen und Sun Junhua，übersetzt von Sun Junhua，Inse Cornelssen，Helmut Martin und Hillgriet Hillers，Bochum：Brockmeyer，1989，S.II-III.

③ Fritz Gruner：Nachwort，in：Wang Meng：Ein Schmetterlingstraum.Erz？hlungen，herausgegeben von Fritz Gruner，Berlin/Weimar：Aufbau Verlag，1988，S.533.

④ William Tay：Wang Mengs modernistische Erz？hlungen，in：Die Horen.Zeitschrift für Literatur，Kunst und Kritik，Nr.3，1989，S.235.

⑤ ［德］顾彬：《二十世纪中国文学史》，第 311 页。

伤痛与失落的所谓的伤痕文学，王蒙的风格更加平和。"①

此外，王蒙作品中的德国元素和西式幽默拉近了德国读者同中国及其国民之间的距离，催生了共情。弗里茨·格鲁纳研究指出："王蒙著名短篇小说《组织部来了个年轻人》据说受到歌德《少年维特之烦恼》的影响，那时他刚刚读过这部作品。根据王蒙自己的说法，他对从歌德到海因里希·伯尔与安娜·西格斯的所有德语文学都很欣赏……短篇小说《悠悠寸草心》提及赫尔曼·沃克以德国为背景的小说《战争风云》，《春之声》中也有一些德语片段以及对德国音乐和歌曲的回忆。"② 顾彬补充道："无独有偶，长篇小说《活动变人形》以 1980 年 6 月 17 日在港口城市汉堡拜访名为史福岗的汉学家开篇。"③ 对德国的想象性书写，大多发生在王蒙未曾踏访德国之前，这必然激发德国人的好奇和兴趣。而王蒙小说的"智识性"幽默艺术恰恰正中德式幽默的口味。"在招引读者发笑方面"，王蒙"不仅是（'文革'后）最早的一个，而且也是最有成就的作家之一"。"我们或许可以这样来阐释作者：他所需要的只是心灵的和平。而他获得这种和平的方式不是通过伤痕文学式地重新理解历史，而是借助于幽默，用智力来向一个曾经不人道的体制示威。"④ 面

---

① Gisela Mahlmann：Wang Meng：Worte aus der Ferne.Pekings Kulturminister suchte Zuflucht im Abseits，in：Die Zeit，7.1990.

② Fritz Gruner：Nachwort，in：Wang Meng：Ein Schmetterlingstraum.Erz？hlungen，herausgegeben von Fritz Gruner，Berlin/Weimar：Aufbau Verlag，1988，S.533.

③ Wolfgang Kubin：Großer Bruder Kulturminister.Begegnungen mit Wang Meng，in：Wang Meng：Das Auge der Nacht，Zürich：Unionsverlag，1987，S.277.

④ ［德］顾彬：《圣人笑吗？——评王蒙的幽默》，王霄兵译，《当代作家评论》2004 年第 3 期。

对苦难与不公，他"并非麻木不仁，并非明哲保身"，他"找的一个武器是讽刺与幽默……荒诞的笑正是对荒诞的生活的一种抗议"。①

综上所述，王蒙作品德语译介至今已有四十载，期间既有1980—1990年代难以企及的高峰，也有新世纪以降相对低迷却又不乏亮点的低谷，其代表性作品几乎悉数被译介到德国，是德译中国现当代文学繁荣的中流砥柱。德国学界对王蒙文学创作的研究基本克服了单调滞后的猎奇性、争议性解读而逐渐向多元同步的文学性、审美性研究过渡，不断丰富拓展德语读者的"期待视野"，可与国内王蒙研究互参互证。

（原载《当代文坛》2022年第1期）

---

① 王蒙：《我在寻找什么?》，见北京市社会科学研究所北京市文艺年鉴编辑编：《北京文艺年鉴1981》，工人出版社1982年版，第246页。

王蒙旧体诗中的"李商隐情结"

赵思运

王蒙曾经这样概括自己的形象："王蒙是'现代派'的风筝。王蒙是停留在 50 年代的古典。是幽默。是象征。是荒诞。是始终坚持现实主义。是永远的少共布尔什维克。是乡愿。是尖酸刻薄。是引进了西方的艺术手法食洋不化。是党官。是北京作家群的'哥们儿'。是新潮的保护人。是老奸巨猾。是智者。是意识流。是反官僚主义的先锋。是一阔脸就变。是儒。是老庄。是魔术师。是非理性。是源于生活。是'三无'（无人物、无情节、无主题）……"[1] 王蒙在小说里呈现出来的自我形象是"杂色"的，他钟爱过鲁迅，沉迷过曹雪芹，酷爱过老庄和李商隐。而王蒙潜得最深的人格镜像则藏在他的旧体诗中。如果对王蒙的旧体诗进行披文入情的细研，就会发现"李商隐情结"才真正构成了他的

---

[1]　王蒙：《蝴蝶为什么得意》，《人民文学》1989 年第 5 期。

灵魂镜像。

一、王蒙的"李商隐情结"

真正构成 1989 年以后王蒙灵魂深处的人格镜像的，应该是《红楼梦》和李商隐，尤其是李商隐。

1992 年，王蒙谈到 1989 年的心态变化："大约是 1985、1986 年，正式要我去文化部工作时，我就对人说过，要是有时间，我一定要写一部我对《红楼梦》体会和看法的书。当时却不可能，行政工作、社会活动，还有自己现实题材的文学创作使我无法抽空潜心此事。1989 年秋天，我离开了文化部的工作岗位以后，就觉得可以有一段完整的时间来读读书，在某种意义上说，这也是对自己心态的一种调整，但这种调整也不是说不做什么事。我就一头扎到《红楼梦》当中去了。"[①] 几乎同时，王蒙在 1990 年 3 月份开始，密集发表关于李商隐研究的文章，一直延续到 21 世纪初。1989 年 9 月 4 日获准辞去文化部部长职务之后，王蒙以生命的冲刺状态，完成了大量关于李商隐和红楼梦的论文和学术随笔。王蒙的"李商隐情结"潜藏得或许更深，发表多篇李商隐研究论文：

1990 年 3 月，《旧体诗的魅力》，《读书》1990 年第 3 期；

1990 年 3 月，《雨在义山》，《中国文化》第 2 期；

1990 年 7 月，《一篇〈锦瑟〉解人难》，《读书》第 7 期；

1990 年 7 月，《通境与通情——也谈李商隐的〈无题〉七律》，《中

---

① 於可训：《王蒙评传》，武汉大学出版社 2009 年版，第 518—519 页。

外文学》第 4 期；

1990 年 10 月，《再谈〈锦瑟〉》，《读书》第 10 期；

1991 年 1 月，《对李商隐及其诗作的一些理解》，《文学遗产》第 1 期；

1991 年 11 月，《〈锦瑟〉的野狐禅》，《随笔》第 6 期；

1991 年 11 月，《〈锦瑟〉重组三首》，收录线装版《绘图本王蒙旧体诗集》；

1995 年 5 月，《混沌的心灵场——谈李商隐无题诗的结构》，《文学遗产》第 3 期；

1997 年 3 月，《李商隐的挑战》，《文学遗产》第 2 期；

1997 年 12 月，《重组的诱惑》，《读书》第 12 期；

2002 年 7 月，《说"无端"》，《安徽师范大学学报》第 4 期。

这些李商隐研究成果，先后收录进《双飞翼》①和《心有灵犀》②。王蒙在 1996 年由三联书店出版的《双飞翼》前言中说："一翼是《红楼梦》，一翼是李商隐的诗。我对这双飞翼情有独钟。在出版了《红楼启示录》以后，仅把新写的谈'红'与说'李'的文章汇集为这本小册子。"③2002

---

① 关于李商隐部分，收录的篇目有：《一篇〈锦瑟〉解人难》、《再谈〈锦瑟〉》、《〈锦瑟〉的野狐禅》、《雨在义山》、《对李商隐及其诗作的一些理解》、《通境与通情——也谈李商隐的〈无题〉七律》、《混沌的心灵场—谈李商隐无题诗的结构》。

② 王蒙《心有灵犀》2002 年 4 月由人民文学出版社出版。其中关于李商隐部分，收录的篇目有：《李商隐的挑战》、《雨在义山》、《通境与通情——也谈李商隐的〈无题〉七律》、《混沌的心灵场——谈李商隐〈无题〉诗的结构》、《对李商隐及其诗作的一些理解》、《一篇〈锦瑟〉解人难》、《再谈〈锦瑟〉》。另外，旧体诗评论《重组的诱惑》，也与李商隐密切相关。

③ 王蒙：《双飞翼》，生活·读书·新知三联书店 1996 年版，扉页。

年 4 月，王蒙的《心有灵犀》由人民文学出版社出版，主要内容是关于《红楼梦》和李商隐的。

对于李商隐的词句，王蒙极其熟稔。他在《〈锦瑟〉的野狐禅》、《混沌的心灵场——谈李商隐〈无题〉诗的结构》和《重组的诱惑》中，反复将《锦瑟》的句、词、字进行重组装置成七言体、长短句体和对联体。七言体为：

> 锦瑟蝴蝶已惘然，无端珠玉成华弦。
>
> 庄生追忆春心泪，望帝迷托晓梦烟。
>
> 日有一弦生一柱，当时沧海五十年。
>
> 月明可待蓝田暖，只是此情思杜鹃。①

长短句为：

> 杜鹃、明月、蝴蝶，成无端惘然追忆。日暖蓝田晓梦，春心迷，沧海生烟玉。托此情，思锦瑟，可待庄生望帝。当时弦一柱，五十弦，只是有珠泪，华年已。②

对联体为：

> 此情无端，只是晓梦庄生望帝。月明日暖，生成玉烟珠泪，思一弦一柱已。
>
> 春心惘然，追忆当时蝴蝶锦瑟。沧海蓝田，可待有五十弦，托华年杜鹃迷。③

王蒙还把李商隐的诗集句成两首诗：

---

① 王蒙：《诗歌　译诗　论李商隐》，人民文学出版社 2014 年版，第 445 页。

② 王蒙：《诗歌　译诗　论李商隐》，第 446 页。

③ 王蒙：《诗歌　译诗　论李商隐》，第 446 页。

其一

来是空言去绝踪，月斜楼上五更钟。

身无彩凤双飞翼，心有灵犀一点通。

月照半笼金翡翠，麝薰微度绣芙蓉。

碧文圆顶夜深缝，凤尾香罗薄几重？

其二

锦瑟无端五十弦，东风无力百花残。

春蚕到死丝方尽，蜡炬成灰泪始干。

沧海月明珠有泪，蓝田日暖玉生烟。

蓬山此去无多路，只是当时已惘然。①

王蒙还积极参加关于李商隐研究的学术活动，如 1992 年 11 月出席广西首届中国李商隐研究会学术讨论会，发表讲话，推选为名誉会长。1996 年 10 月 1—3 日，出席烟台中国李商隐研究会第三届年会，并作学术演讲《李商隐的挑战》。1997 年春，在绍兴兰亭做学术演讲《重组的诱惑》。1998 年，主编《李商隐研究论集》，由广西师范大学出版社出版。1998 年 10 月 3 日，出席河南博爱县中国李商隐研究会第四届年会，并作学术讲话。2002 年 4 月 13—15 日，出席安徽芜湖中国李商隐研究会第六届年会及国际学术研讨会，做学术报告《说"无端"》。就在出席广西首届中国李商隐研究会学术讨论会期间，王蒙还创作了新诗《锦瑟》：

那一天，突然坍塌，

---

① 王蒙：《诗歌 译诗 论李商隐》，第 454 页。

诗人的软弱的手指，

指向

宇宙的严密六合，

石头滚滚落地，

无声。

鸺鹠的毒牙已不再尖厉，

红楼女子不再侍酒，

牡丹不再凋零和开放，

细雨也不再潮湿。

恩宠与冤屈，还有爱情，

浮沉的陷阱，还有寿夭寒通，

推开，

一文不值。

四季的车轮，

也不再转动。

石破天惊！

世界瓦解了，

群星滑落太空，

灵魂的颤抖就这样

震响起⋯⋯

终于震响了，

五十六个字的

绝唱

那个叫作李商隐的精灵的诗。

1992 年 11 月写于广西平乐县，时参加李商隐研讨会。①

从以上王蒙的李商隐符码清单，以此，足见他对李商隐的沉迷之深。他说"长期以来在中国处于主流地位的意识形态是贬低李商隐的，但很多杰出人物又非常喜爱李商隐。比如毛泽东，还有郁达夫、张爱玲等。"②

二、王蒙"李商隐情结"的成因

王蒙对于李商隐的沉迷，绝不止于文字魔方的游戏，之所以称之为"李商隐情结"，原因大概有二。

其一，借李商隐表达未竟的文学理想和文化理想。

他在 2005 年 10 月 26 日的安徽师范大学的演讲《门外谈诗词》中详细举例阐释"诗言志"的时候，首先就是介绍的李商隐。接下来的是龚自珍、秋瑾、王国维、邓拓、陈寅恪、聂绀弩、钱钟书，我们注意到，王蒙所列举的诗人都有深刻的政治情怀。那么，李商隐有什么政治

---

① 王蒙：《诗歌 译诗 论李商隐》，第 241—242 页。

② 王蒙：《诗歌 译诗 论李商隐》，第 469 页。

情怀呢？王蒙也认识到："综观义山的一生，并未遇到类似屈原、司马迁、李白、杜甫、韩愈、柳宗元乃至王安石、苏轼那样的政治挫折、政治危难、政治险情，除了在派别斗争中他的某些行为'表现'为时尚所不容以外，他没有获过罪、入过狱、遭过正式贬谪"，"他显然缺少政治家的意志与决心，尤其缺少封建政治家的认同精神"①，但是，王蒙在深处又看透了李商隐诗中的政治情结。王蒙在比较李商隐与温庭筠之后说："一句话，李商隐的作品更有分量。而这种分量的一个重要的因子乃是政治。有政治与无政治，诗的气象与诗人的胸怀是大不相同的。""李商隐在政治上是失败的，甚至连失败都谈不到，因为他根本没有获得过一次施展政治抱负，哪怕是痛快淋漓地陈述一次政治主张的机会。但这种无益无效的政治关注与政治进取愿望，拓宽了、加深了、熔铸了他的诗的精神，甚至连他的爱情诗里似乎也充满了与政治相通的内心体验。"②王蒙为了强化这些理解，还在文字下面加了着重号。王蒙敏锐地发现李商隐在《安定城楼》一诗中表达的"凌云志"与"入扁舟"之间两难的矛盾心态。联想到王蒙主政中国作家协会和文化部多年，在人们充分认可他的成就之余，他在个人文学才华的表达与国家文化改革进程之间，存在着怎样的龃龉？文化改革进程中遭遇了哪些力量阻遏，从而给王蒙留下怎样的心灵痕迹？他自己是否留下了深深的遗憾？他是否从李商隐于牛李之争夹缝中的苟延残喘心态之中获得了感情共鸣？这些都值得我们挖掘。

---

① 王蒙：《诗歌 译诗 论李商隐》，第 412 页。
② 王蒙：《诗歌 译诗 论李商隐》，第 431—432 页。

其二，借李商隐的诗作，获得卡塔西斯的审美心理疗效。

大概是李商隐通过城池叠嶂、曲径通幽的缛丽意象，深情绵邈地传递出的那种自恋情结，那种可意会不可言传的难言之隐，深深吸引了王蒙。王蒙说："如果说诗的艺术可以成为一种健康的因素调节的因素'免疫'的因素，那么，从世俗生活特别是仕宦生活的观点来看，那种深度的返视、那种精致的忧伤、那种曲奥的内心、那种讲究的典雅，这一切不也同时可能是一种疾患、一种纠缠、一种自我封闭乃至自我噬啮吗？"① 在某种程度上，李商隐的这种"忧伤"和"疾患"具有美学上的卡塔西斯（katharsis）作用，净化读者的心灵。王蒙或许是在李商隐这里获得了自恋情结的观照——王蒙的"千里马情结"直到晚年还是"老骥伏枥，壮心不已"，不也是一种自恋情结吗？同时王蒙经过半个多世纪风雨沧桑的磨砺，其忧伤与疾患情绪在李商隐的诗作面前也获得了宣导。

李商隐诗中的"夭折意识"，是王蒙的天才发现！他在李商隐的"皇都陆海应无数，忍剪凌云一寸心"（《初食笋呈座中》）、"浪笑榴花不及春，先期零落更愁人"（《回中牡丹为雨所败二首·其二》）拈出"夭折意识"，读出了"这样痛心疾首的诗句，无意于仕途的读者同样也会为之一恸"的痛彻感受。王蒙说："笔者甚至要问，开成三年，二十五岁的李商隐对于'先期零落'的体验，不是太'超前'了么？"② 非常巧合的是，王蒙由于《组织部新来的青年人》而遭到全国性的大批判，在1958 年 5 月被错划为"右派"，1934 年出生的王蒙，当年也是 25 岁！（此

① 王蒙：《诗歌 译诗 论李商隐》，第 417 页。
② 王蒙：《诗歌 译诗 论李商隐》，第 433 页。

处，李商隐和王蒙均为农历纪年）这究竟是巧合，还是冥冥之中灵魂的神秘共振？

三、王蒙"李商隐情结"的意象呈现

王蒙"李商隐情结"通过一系列意象呈现出来。王蒙和李商隐有很多共通的意象，如"蝴蝶"、"蝉"、"秋"等。"庄生梦蝶"典故，既是李商隐诗中多次出现的，也是王蒙最有体会的。王蒙曾把自己比作"蝴蝶"："我作为小说家就像一个大蝴蝶。你扣住我的头，却扣不住我的腰。你扣住腿，却抓不住翅膀。你永远不会像我一样地知道王蒙是谁。"① 他的中篇小说《蝴蝶》关于自我的迷失与寻找，既带有老庄意味，又以现代性反思超越了老庄。

"秋蝉意象"是联结李商隐和王蒙的最鲜明的诗意符号。

王蒙在《雨在义山》、《对李商隐及其诗作的一些理解》等文章中，至少5次论及李商隐的"蝉"意象，多次引用《蝉》和《送丰都李尉》展开分析。这两首五律如下：

> 本以高难饱，徒劳恨费声。
>
> 五更疏欲断，一树碧无情。
>
> 薄宦梗犹泛，故园芜已平。
>
> 烦君最相警，我亦举家清。

—— 《蝉》

---

① 王蒙：《蝴蝶为什么得意》，《人民文学》1989 年第 5 期。

> 万古商於地，凭君泣路岐。
>
> 固难寻绮季，可得信张仪。
>
> 雨气燕先觉，叶阴蝉遽知。
>
> 望乡尤忌晚，山晚更参差。
>
> ——《送丰都李尉》

　　尤其是前者《蝉》，托物寓慨，以蝉的餐风饮露写自己的高洁操守，不是"居高声自远"的自信，而是"高难饱"、"徒劳恨费声"的清贫境遇，"五更疏欲断"与"一树碧无情"反衬，更添悲凉。联想到自己政治抱负无望，宦海漂泊，田园将芜，更加感慨"我亦举家清"。这首诗从蝉写自喻，引申自己身世之悲，最后人蝉合一，隐显分合，章法层递。其曲径通幽之妙，被钱钟书抽丝剥茧地剖了个分明："蝉饥而哀鸣，树则漠然无动，油然自绿也。树无情而人有情，遂起同感。蝉栖树上，却恝置（犹淡忘）之；蝉鸣非为'我'发，'我'却谓其'相警'，是蝉于我亦'无情'，而我与之为有情也。错综细腻。"[1] 王蒙在论述李商隐诗作的漂泊、阻隔、迷离、忧伤基调时，不时地引用《蝉》的诗句。他对于《送丰都李尉》中"雨气燕先觉，叶阴蝉遽知"也是带着自己的灵魂的温度去感知，他竟然能够极其敏感地感受到"且疑且惊，无定无力"的情绪，蝉能够"遽知"、"叶阴"，更是暗含着"一种夏将尽晴日将尽的触目惊心的颤抖"。[2] 王蒙着实是在以一种类似于"自恋"的痴迷，去感触李商隐的"自恋"。

---

① 萧涤非、马茂元、程千帆等编：《唐诗鉴赏词典》，上海辞书出版社1983年版，第1050页。

② 王蒙：《诗歌　译诗　论李商隐》，第412页。

王蒙之所以对李商隐的"蝉"意象如此敏感，大概是由李商隐的蝉意象隐喻出来的个体命运感，引发自己波澜壮阔的命运的共鸣，触发对于共和国知识者苍茫命运的思考。于是，就有了王蒙在 1994 年创作的《咏蝉八首》。① 这组诗不仅凝结着王蒙个体生命历程上所遭受的磨难，同时也深刻地折射出共和国时期知识者所曾经历的坎坷历程，强烈表达了知识者张扬自我、为民族健康而鼓与呼的爱国热忱。

《咏蝉八首》其一，首联就说"咏蝉佳句多，蝉数复如何？"确实，从《诗经，七月》的"五月鸣蜩"始，文人之蝉蜩之诗文，何其多矣！而且，大多数文人咏蝉诗，从宋玉的《九辩》之"燕翩翩其辞归兮，蝉寂漠而无声"到虞世南的《蝉》之"居高声自远，非是藉秋风"，从骆宾王的《在狱咏蝉》之"无人信高洁，谁为表予心"到李商隐的《蝉》之"薄宦梗犹泛，故园芜已平"，一脉相承地表达了安贫守志、秉持高洁的精神传统。王蒙的《咏蝉八首》正是延续了传统文人的寄寓风格，同时又具有个体境遇、时代辙迹的独特性。颈联的"难饱犹难饱，蹉跎自蹉跎"，乃承李商隐"本以高难饱"之意。"倚风风已黯，泣血血将白"高度概括了蝉的命运之不幸，隐喻着与王蒙同代的知识者声声泣血的爱国心声，他们为了共和国的健康发展，喋血呼唤。他们虽遭磨难与挫折，但是仍然保持内心本色，拒绝"翩翩效粉蛾"。

《咏蝉八首》其二，借蝉表达了知识者在极左时期遭到"噤声"、"铩羽"之时，不甘于难得糊涂，修炼"成仙"，而是张扬自我良知，坚持为人民歌哭："岂如率性唤，不唤待何年？"其四，运用欲抑先扬的手法，

---

① 王蒙：《诗歌　译诗　论李商隐》，第 278—280 页。

先极言知识者的浪漫豪情:"倒海翻江志,蝉鸣可破天。先声吞日月,老调动关山",但是,在一次次的政策躁动之中,这些"牛鬼蛇神"最终是"蹦跳一阵子,潮落水尤蓝"。

其五状写蝉"知蜕通渊道,无宅任自然"的品性,寄予了王蒙自己参悟人生之后率性自然、了然无碍的生活状态,对于自己的本心之表现,已经不在乎外界的"听恼"还是"相容"。

其六将蝉人交融、无我合一的诗境拓展到了高潮:

> 想哭恁痛哭,要叫便欢呼。
>
> 鸣止皆天籁,律节岂计谋?
>
> 响翼生而就,高声唱便出。
>
> 何劳糠稗妒,损肺伤肝无?

任意歌哭、了无羁绊,一切都按照自己内心的"律节",无论鸣止,均随天籁而出。此时的王蒙,已经彻底抛却了李商隐的"徒劳恨费声",将已经承受抑或即将承受的灾难,已经置之度外,从而进入化境。

其七和其八则是从蝉已交融状态下,抽身回到现实和历史具体境遇之中,对蝉的命运进行审视,也隐喻着"极左"时期知识者曾经遭受的迫害。在当代中国特殊的历史时期,"蝉"被作为害虫被围剿。同时,知识者在历史的艰辛探索过程中,经受了极大的磨难,一些良知分子要么被妖魔化、自我污名化:"自病恶声噪",陷入无止境的自我忏悔;要么是"人夸佳音雀",变成唱廉价赞歌的孔雀,二者都是知识者的自我异化。虽有极少数清醒的知识者,"大梦我先觉",但是,对于极左力量来说,先知先觉者反而成了"大罪孽"!他们面临的处境是"深文复周纳",精神状态是"哀怨将哭绝"。其八罗列了多种捕蝉的手段:"或伸长竿粘，或掘土三尺。拔翅裂蝉体，涂炭成笑谑。玩赏掌中泣，人性可疑也！"最后，王蒙用了四个"苦"——"蝉类苦其多，蝉身苦其弱，蝉寿苦其短，蝉声苦其烈"——概括蝉的悲剧生存王蒙的《咏蝉八首》其实是融合了个人生命遭际和一代知识者时代境遇的"断肠曲"。

王蒙在状写"蝉"的命运时，离不开一个特定的季节——秋。确实，无论是李商隐的诗，还是王蒙的诗，"秋"是一个很重要的季节意象。

王蒙延续了历代文人的"悲秋"传统，同时，又有新的变构，甚至颠覆。王蒙1994年创作的《秋兴》凝结了"悲秋情结"：

> 昨日蝉鸣如海啸，今夕蟋蟀啼伤调。
>
> 促织唧唧天渐清，盛夏未已已秋风。①

这首诗是一首深刻而冷峻、厚重而驳杂的心灵史诗，既有个人生活状态和心理状态的勾画，又有历史的沉痛反思。他戳破了皇帝的新装："始而得意吹死牛，顷而怕惧叩血头。黑马踢蹬也成器？小棍新衣充皇帝。"又想借鲁迅的笔锋割掉现实中的毒瘤："即使鲁迅文如刀，庶几割掉几脓包？赵太爷、阿Q装扮贩迅翁，文章到底是书生。"面对"文深如海风波高，白鲨出没（海）狗夜嚎"，"也曾惹祸因文事，摧眉折腰是是是"。王蒙永远是自信的："也曾自负才与华，漫天遍地织云霞。也曾夜梦生花笔，闪闪珠肌四十里"，也是积极乐观的："急流勇退古来难，心未飘飘身已还"，"旧事烟云唯过眼，回眸一笑百结展"。尽管有时"深文周纳批出花"，但是他定然是"问他东南西北风，心静气朗坐船中"。

整首诗的内在情绪起伏跌宕，自信、豁达、辛酸、等闲、绝望、愤

---

① 王蒙：《诗歌 译诗 论李商隐》，第281页。

怒，等等各种情绪，瞬息万变，迅速反转，以迅雷不及掩耳之势，卷起千堆雪，惊涛拍岸！但是，最终是难以压抑的悲秋：

> 夏去秋来很自然，嘈嘈切切错杂弹。
>
> 一年豪雨今朝多，文章由心非由他。
>
> 仰天长啸复高歌，四顾茫茫心如割。
>
> 此情可待成超脱，问君此意——
>
> 呜呼，百年一世挥椽扛鼎笔酣墨饱之作能几何？
>
> 花甲之年拨心曲，遥想读者泪如雨！①

1998年，王蒙的《七律五首》之《言说》："兴风何物疆为界？取火全凭血作丹。百代悲凉君记取：如焚情志恁堪怜！"还有《七律五首》之《风起》："文墨断续哀风雨，笔力奔突叹鬼神。漫笑书生徒字纸，杜鹃啼血也惊魂。"均为悲秋之气集聚不散。2001年春的《山居》②，一派超脱之情，"从此乐农家，自动下乡山"，表达"到此乐观止，性本爱丘山"的感情。虽有"人生几场雨？树高几阵风？"的慨叹，但是"明月净秋山，清风拂蔓草。秋虫声唧唧，慰我舒烦恼"。而到了同年秋天创作的《明月落山中》，明显体现出"伤秋"之情："草虫叹入秋：唧唧再喁喁。月华哀人间：惶惶复剧剧。"又有诗句：

> 皓月无遮蔽，喜极泣从中。
>
> 不知悲何自，涕泪不可停。
>
> 或谓月美甚，感极发悲声。

---

① 王蒙：《诗歌 译诗 论李商隐》，第283页。

② 王蒙：《诗歌 译诗 论李商隐》，第313—318页。

或谓秋殊爽，甚爽已近冬。①

但是，王蒙之所以是王蒙，而不是李商隐，是因为王蒙不仅有李商隐的"秋蝉"之悲，延续了传统文人的"悲秋"文脉，而且也在悲秋之中，蕴含着现代知识者的旷达人格，如他在 2009 年创作的《己丑秋涂鸦》中所写：

> 年年盛夏游海洋，击浪何止三千里。
>
> 如鱼如鳖甚撒欢，且浮且走皆适意。
>
> 王峰抬举赠我诗，诗之飘飘然后喜。
>
> 老王七十五芳龄，拂波挥臂伏而起。
>
> 蹬脚何干雅与俗，洪茫只求勿沉底。
>
> 但愿来年再弄潮，摇摇荡荡醉仙子。
>
> 穿涛求句更涂鸦，听凭狗刨并劣迹。
>
> 自在有双老共少，蓬莱未遥心同体。②

这种乐观主义心态与王峰的赠诗《观王公纵浪北戴有慨遥呈》相映成趣：

> 汪洋一片已惊秋，叉脚蒙公枕浪遒。
>
> 如意令成解佩令，逍遥游是汗漫游。
>
> 南皮君有南华态，北戴河空北溟愁。
>
> 脱略英雄多似此，涤它霜雪半盈头。③

换句话说，王蒙不仅继承了古典诗词中的"悲秋"传统，而且也富

---

① 王蒙：《诗歌　译诗　论李商隐》，第 321 页。

② 王蒙：《诗歌　译诗　论李商隐》，第 327 页。

③ 王蒙：《诗歌　译诗　论李商隐》，第 327 页。

有变化地延续了古典诗词中的"颂秋"传统。从宋玉的"悲哉，秋之为气也"（《九辩》），到曹丕的"秋风萧瑟天气凉，草木摇落露为霜"（《燕歌行》），到曹植的"秋风发微凉，寒蝉鸣我侧"（《赠白马王彪》），再到杜甫的"无边落木萧萧下，不尽长江滚滚来"（《登高》），马致远的《天净沙·秋思》，传统文人精神基因里的悲秋情结。李商隐即是这条流脉上的醒目的风景。其实，关于"秋"还有一条"颂秋"传统。陶渊明的"采菊东篱下，悠然见南山"（《饮酒其五》）和"秋菊有佳色，裛露掇其英。泛此忘忧物，远我遗世情"（《饮酒其四》），哪有悲秋的影子?! 唐太宗的"菊散金风起，荷疏玉露圆"（《秋日》），李白的"我觉秋兴逸，谁云秋兴悲?"（《秋日鲁郡尧祠亭上宴别杜补阙、范侍御》），还有他的《秋登宣城谢朓北楼》："江城如画里，山晓望晴空。两水夹明镜，双桥落彩虹。人烟寒橘柚，秋色老梧桐。谁念北楼上，临风怀谢公。"王蒙正是在古典传统的全面接续与现代生活体验的碰撞中，获得了富有个人特色的风格。

（原载《中国当代文学研究》2022 年第 2 期）

"黄金时代"的叙事与抒情

——评王蒙的长篇小说《笑的风》

吴义勤

王蒙是一位有着强大思维活性和持续艺术创造力的作家，他的作品以鲜明的时代感和深邃的思想内涵，紧密关联着当代中国历史的发展和美学的变革与创新，成为当代文学史的重要标志，是透视当代中国及其文学言说的一面镜子和一扇窗口。从 20 世纪 50 年代开始至新世纪，王蒙创作了《青春万岁》、《活动变人形》、《恋爱的季节》、《失态的季节》、《蹉跎的季节》、《狂欢的季节》、《这边风景》、《闷与狂》等数十部长篇小说，体现了旺盛而持久的创造力。近年来，王蒙"在'青春激情、革命激情、历史激情'的多重激荡中"①，展现出更为丰沛的创作活力，奉献了《生死恋》、《奇葩奇葩处处哀》、《邮事》等一系列新作。2019 年 9

---

① 温奉桥、姜尚：《静拔生命之摆或超越生死之维》，《中国当代文学研究》2019 年第 3 期。

月被授予"人民艺术家"称号的王蒙，年底在《人民文学》发表了他的
《笑的风》，进而在 2020 年将这部中篇以"只重于大于而不是轻于小于
夏季原作的力度"砥砺、修订为"一个真正的新长篇小说"① 由作家出
版社推出。王蒙于耄耋之年所创作的这部新长篇与其以往的思想和创作
有何关系？与其所说的"小说黄金时代"② 有何关系？本文拟由此入手，
对这部小说的叙述基质、美学品格及其在王蒙思想与文学谱系中的位置
和意义进行探讨。

一、时代性与历史感的文学表达

《笑的风》以 1958 年至 2019 年这 60 年间主人公傅大成的人生经历
和命运轨迹为主线索，讲述那些围绕着他而发生的生活和情感故事。傅
大成与白甜美、杜小娟的婚姻、爱情、家庭生活和遭遇是主要内容。由
于时代、政治和家庭成分等原因，正读高中的傅大成与比他大七岁而又
没知识少文化的渔村女子白甜美结婚成家，并生育一儿一女。1979 年，
已具有一定文学影响的傅大成，在北京参加文学创作座谈会时，遇到世
家名门出身的作家、诗人杜小娟，与之一见钟情，几经波折，最终与白
甜美离婚与杜小娟结婚。但小说的目的并非讲述一个平庸的"婚外恋"
或"始乱终弃"的模式化故事，而是将人物置于时代风云变幻的背景和
现实中，通过一个个具体的人的命运，通过他们的婚恋、家庭的破裂与

---

① 王蒙：《笑的风》，作家出版社 2020 年版，致读者。
② 王蒙：《出小说的黄金时代（跋）》，见王蒙：《笑的风》，第 275 页。

重组，透视 60 年间中国社会现实生活的沧桑巨变，重新思考和辩证"时代与人"的关系。

《笑的风》在描述当代中国人的生活伦理和情感，关注其生活、思想、情感和观念意识及其变化着、发展着的形态和状态的同时，也在关注时代，关注中国当代历史与现实的发展着、变化着的形态和状态，所以小说有着将现实与历史相牵连，将个人与时代相牵连的思路设计：作家既在呈现当代中国历史发展和变革的现实，也在表现着另一种现实——人的现实，人的情感、心理以及爱情、婚姻、家庭等伦理观念的现实。小说以新世纪新时代的中国为立足点从整体上对一个长时段的历史进行宏观观照，讲述这段历史的沧海桑田和人世与情感的曲折涌动、千回百转。包括夫妻之情、父女、父子、母女、母子之情在内的交错纠缠的情感关系，是小说的主体内容，也是勾连小说脉络、推进小说情节演进的动力。时代"外部现实"和人的"内部现实"相互牵连、彼此渗透，前者带给后者的机遇和命运，后者如何呼应、顺应或感应前者，二者的交互关系、沟通情境如何，正是《笑的风》所要表达和思考的。

《笑的风》呈现了作家与生俱来的语言感觉和成熟老到的文字技艺，写得驾轻就熟、举重若轻，洋洋洒洒、下笔万言。挥洒自如的文字背后，是王蒙对自己所经历的半个多世纪的历史与现实的总结，是对个人与时代、中国之难分难解的纠缠的感喟和慨叹。在谈到发表、出版于 1993 年、1994 年、1997 年和新世纪初年的《恋爱的季节》、《失态的季节》、《蹉跎的季节》、《狂欢的季节》等"季节系列"长篇时，王蒙曾说："它是我的怀念，它是我的辩护，它是我的豪情，它是我的反思乃至忏悔。它是我的眼泪，它是我的调笑，它是我的游戏也是我心头流淌的血。它更是我的和我们的经验。它是我的过程，它是我的混乱和清明，它是我的寄语和诘难。它是我的纪念和旧梦、新梦、美梦和噩梦。它是我的独语、狂语、呓语、禅语和献辞。它是我的软弱和顽强，理智和痴迷。"①《笑的风》固然不似"季节系列"那样具有王蒙自叙传的印迹，没有那么多的"噩梦"和"流淌的血"，也不突出"辩护"、"忏悔"、"混乱"乃至"诘难"，但在"怀念"、"豪情"、"眼泪"、"调笑"、"游戏"、"旧梦、新梦、美梦"和"我和我们的经验表达"上，它确是王蒙的或王蒙式的：除此一家，别无分店。这部小说有着与青年时代王蒙的《青春万岁》、《组织部新来的年轻人》相似的青春、爱情、理想、追求，有着与中年时代王蒙的《杂色》、《春之声》、《海的梦》相似的斑驳与生机，却少了些《活动变人形》的无法摆脱的压抑和难以克制的尖锐与沉重。

在更深层更根本的精神气质和思想意识上，《笑的风》接续和发展的是"季节系列"，而在修辞造句和语感上，它展现着"新时期王蒙"小说如《闷与狂》的典型风格。这部小说具有突出的语感性，在并不复杂的故事讲述中，作者充分利用汉语的语言、文字特性及其历史文化蕴含，释放出汉语本身的能量。小说大量引用、化用古典诗词，并对其进行情境化、心境化改造，以契合小说人物的心灵、情感和他们的小说家和诗人身份。大量同义词、近义词甚至反义词等词汇的并置、铺排，在造成滔滔不绝语流的同时，也揭示了人物或矛盾游移或激昂欢快的心理、情感。这可以说是"新时期王蒙"语言表达先锋性探索的延续和发

---

① 王蒙：《长图裁制血抽丝》，见湖北省文艺理论家协会编：《文艺新观察》2001年第1辑，长江文艺出版社2001年版，第11页。

展。《笑的风》的阅读快感和审美体验，首先便是来自这一与人物处境、心境和时代生活气息相呼应相匹配的语言运用。这是对语词稳定内涵和使用规则的少许偏离，通过对语言惯性的游离和词汇的陌生化连接，产生语义的扩张，是对人物心境、处境和时代情境、氛围的充满张力地延伸和发掘，正是在语词的灵活自如地调配、使用中，展现了作者的情感、体悟和思想的可能性。

《笑的风》既是语言的"呈现"，也是作家主体形象的"表现"和"展示"。就前者而言，它是能指的，语言呈现了其本身的活性和魅力，也是所指的，它指涉着人物、时代和历史；这种语言是自在的，也是自为的，从中可以感受到汉语语言、文学和文化的内蓄力量，也可以感受到创作主体的心境、心态、心灵的状态和力量。小说语言出之以描写，出之于的超级"能指"，充分扩大了其"所指"区域。就后者而言，《笑的风》的语言，蕴含作者进入个体深层情思、深入时代氛围和传统文化内部的坚韧，体现着具有一贯先锋性品质的作家对既有言说方式的扬弃和超越。小说展示了一个鲜明的，在当下与历史、在"新时期"与"新世纪"、"新时代"自如穿行的"王蒙语言形象"，洋溢着一个正在从事艺术创造的主体的乐观、自豪与自信。

《笑的风》是作家的历史记忆，是作家所处和所理解的"伟大时代"及"小说黄金时代"对历史的言说。个体记忆在言说中、在文字的流淌和激荡中复活，历史在时代的观照下获得新的生命。王蒙仍然是那个青春的、理想的、包容的、先锋的王蒙，他试图通过让汉语的符号的力量从被漠视被压抑中重新生长，在成长中的"个人"和"生活"维度上，对50—70年代和80年代以来的"历史转换"，进行自然化、人性化和情感化的链接，获得一种当代中国历史的整体感。在这一历史叙述建构中，当代中国社会和历史内部的差异性，以"发展"和"进步"的形式得到表现。如果说，在对 50—70 年代的处理上，小说主要采用家庭化和社区伦理化的方式，写出传统文化和民间伦理在激进时代对"共同体"的维系，写出"动荡年代的平安与幸福"，用叙述者的话说，在"政治运动如火如荼，高亢入云"的严峻形势下，傅大成"渐渐意识到他与白甜美的婚配是一件好事"，尽管没有古今中外文学中描写的罗曼司的浪漫，没有情话情诗，没有自由的"现代爱情"，但在白甜美和一儿一女两个孩子构成的家庭中却获得了乱世中难得的安稳和幸福，"他们平安幸福地度过了动荡的年代！"而对八九十年代以来中国社会和情感的处理，小说主要借助服饰、用具、物件、饮食、娱乐形式、节庆聚会、旅游出行乃至家常寒暄、人情礼节等写实性、社会性、艺术性、语言性的各种记忆载体，来进行丰富多样、摇曳多姿的表现。如此一来，小说在傅大成和白甜美、杜小娟这条婚恋、情感和家庭伦理线索之外，又通过各种记忆载体的互相渗透、重叠，揭示了 1958 年至 2019 年这 60 年间中国社会的价值共识和群体意识。

小说通过富有标识性的事物、事件，在人的情感和家庭状态描述中，建立起小说的时代感，又通过人物情感和命运的悲欢离合写出当代中国历史的起承转合，在长时段叙述中建立更深层的历史感，将个人的生活故事和情感故事，讲述为一个更具庞大品格和世界视野的中国故事。小说写道："到处是生活，到处是时代，到处都撼动着历史趋向的变革与调整，点点滴滴，蓬蓬勃勃吵吵闹闹，纷纷乱乱。中国人的生活，正在迈上一个新的平台。"这段文字出自白甜美、傅大成夫妇创办"相思"棋牌茶室，无意中与李谷一"乡恋"无缝接轨而引发的感慨和议论，它巧妙地把 1979 年边地小城萌发的新机与京沪大城市、党的十一届三中全会、港澳台歌曲、日本电影、帕瓦罗蒂乃至整个中国正在发生的历史性变迁联系起来，将"个人"、"生活"与"时代"、与"历史"联系起来，将"中国"与"世界"联系起来，傅大成、白甜美"不只是躬逢其盛，而且是趁盛势直冲云天"，"他们的茶室搭对文艺快车，攀上历史巨轮，……主要是想定了四个现代化"。总之，"小地方小人物小茶室随着历史的节拍而摇曳多趣"，"什么叫伟大的时代？那是一个让鱼鳖村的贫农儿子，不但上高中，而且上大学，不但当干部而且写诗，不但坐飞机而且蓬拆拆跳起舞来的时代呦！"小说写中国作家参加西柏林艺术节，有两个细节颇有意味。通过写外国观众观看昆曲演出，写"人情与艺术的共鸣"，接着写到君特·格拉斯家做客，"他的经历相当符合当代中国的人民化理论观点，是社会生活锤炼出了这样的一个怪诞创新、独树一帜的作家"，"用中国的说法，生活是创作的源泉，人民是文学的母亲。格拉斯作证"。作者在这里并未以"人的文学"否定"人民文学"，也未固守"人民文学"的狭义界定，而是在寻找"人情"与"人民"的内在沟通性。这个细节的症候性意义，不仅在于它直接贯穿和连通了 50—70 年代的"革命中国"与 80 年代"改革开放中国"和 90 年代"市场经济中国"，更在于整部小说的叙述都是以此为价值理念基点而展开的。

正是因为有着讲述"大故事"的欲求和意图，《笑的风》便不再局限于讲述"小故事"、"小悲欢"，而是要讲述"大时代"、"大历史"。如何由"小"致"大"，由"小"见"大"？如何在有限的篇幅内，容纳中国与世界、社会与文艺、历史与现实，如何处理流动的、多维面的历史与"个人"及情感、心理等"内心"的深层、复杂的关系？小说的处理方式是，通过傅大成、杜小娟等的个人经历和感想，通过他们的人生体验、历练和感悟，连接外部的、动荡的时代风云。这种处理虽然是王蒙的长处和强项，但也面临着诸多艺术上的新难题与新挑战。傅大成、白甜美和他们的儿女，除了在离婚这一事件上的矛盾关系之外，他们的生活和情感片段能否有效地纳入更广大复杂的人物关系中，能否牵连更广阔深厚的中国现实生活？傅大成和杜小娟的爱情、婚姻主要以北京上海开会、书信往来、诗歌小说互通心声、世界各地旅游等方式展开，其与傅前妻白甜美和儿女的故事之间是否可以建立起更紧密的情节联系？傅大成的中学同学赵光彩也是与当代中国历史发展密切相关的人物形象，他的相对独立的故事能否更丰满地展开并与傅大成的故事"交叉互补"从而成为复杂历史叙述和"大故事"的一部分？时代改变了人物的命运，使人、事、情和家庭偏离了原有的轨道，王蒙在书写这种种改变带来的刻骨铭心的经验、体悟、思考、慨叹的同时，也总是试图写出历史与人心的幽深、时代与历史对人的意识和情感结构的深层影响。无疑，《笑的风》以王蒙式的"小说智慧"呈现了在个人经历、体验与时代、历史风云间别有意味的张力或疏离关系。

二、个人体验、中国经验与"世界"视野

如果说，60 年的中国经验和个人体验是《笑的风》所要表达的主要内容，那么将中国经验充分"个人体验"化，是王蒙一以贯之的美学

追求。与其五六十年代和八九十年代的作品不无相似的是，《笑的风》同样呈现了王蒙式的个人主观性和对时代的敏感神经，个人的经历、体验强烈地渗透和融贯在他对人、事、情、境的书写中，以个人／历史与体验／判断的融合以及浓郁的抒情诗意色彩化解了叙述的沉闷。

有研究者指出，"王蒙是一个历史意识很强的作家，但他笔下的历史却是一部心灵化的历史"①，"王蒙的思想是个人体验和历史判断的共同产物"②。王蒙的思想并不出之以玄奥的思辨，他刻意回避某种理念的阐述和传达。《笑的风》蕴含的思想与20世纪中国的历史和文化、现实密切相关，是对自身体验和经验、感知的总结，是一种对这种总结的平和而理性的表达。即便有象征或特别的寓意，也不会让读者被"晦涩难解"带来的沮丧所困扰，陷入"阐释的难度"。如何释读"笑的风"这一时时浮现于文本之流中的词组或意象，便是突出一例。无论对这个内涵较为含混的标题作何解读，无论是傅大成如厕之夜偶然听到风中传来的清脆活泼天真烂漫的笑声"风因笑而迷人，笑因风而起伏。然后随风而逝，渐行渐远，恋恋不舍"，还是傅大成赴京参加创作座谈会，与中文系学生联欢，听到杜小娟唱歌时，联想到曾听过的《哈萨克圆舞曲》的感受："哈哈，融笑入歌，融歌入笑。歌笑旋风，阵阵吹过。"抑或二人在畅游欧洲时"快乐的风啊，快乐的风啊，大笑的风啊！"的"新时期的新生活"的畅意和幸福感；无论是苏联电影插曲《快乐的风》，还是《人民文学》"卷首"中所写小说"旋起五十余年的时代之风"，无论

---

① 於可训：《〈青春万岁〉的精神现象学——王蒙创作的文化心理阐释之一》，见《当代文学：建构与阐释》，武汉大学出版社2005年版，第264页。

② 南帆：《后革命的转移》，北京大学出版社2005年版，第36页。

是"风声笑语，青春无限"还是"声如响雷笑如风"，"笑的风"都以其可触摸的感性、可理解的质朴，让读者在释然、坦然中感受到王蒙不无忧伤、喟叹的喜悦、欣慰、恬淡和悠然，"笑不待风而自御，笑不待诗人而自然成诗。道法自然，诗发自然，笑当然最自然"。《笑的风》是王蒙"最自然"的"笑"的"诗"，这首"诗"发自个人的历史记忆和现实体验，来自"人心"，是时代春风对"人心"的鼓荡和激发，也是"人心"对"时代"的反映和回应。作家不仅是在回忆历史，也是在抒发对生活的生命体验，这种体验不是"逝者如斯夫，不舍昼夜"的已逝或惜时之感，而是新的生命与时代、历史的共同生长感，"新的生命正在萌发，生命永远鲜活纯美"，即便笑声会随风而去，"新的笑声多半会无待而自来"。这种心境来自于王蒙式的理想主义和乐观主义、来自于对当代中国历史进步和发展的认知与信心："从此改革开放与发展建设疾风含笑，春潮澎湃，富民强国，仰天长啸。"小说"饱满的不仅仅是中国和中国人所经历的历史生活信息，更在于看似随处溜达的视角和活泛如水的语言之上，在主要人物的履迹和奇闻中，旋起五十余年的时代之风"。《人民文学》"卷首"所写，点出了这部小说与中国历史、现实的关系，王蒙的思想和表达襟连着历史与现实中的中国和中国人。正是这一关注和观照，使小说那些先锋性修辞、表述成为了整体叙述中的局部，成为"大故事"讲述的某种权宜性策略，以"非典型性先锋"避免了成为"典型"先锋小说所皈依的"悬浮的所指"命运。

《笑的风》讲述"中国和中国人"的故事，兼顾故事、情节、人物形象等传统现实主义要素和叙述语言的情绪性流动（所谓"活泛如水的语言"），既注意作为叙述对象和表述内容的客观真实性，又浸入叙述者的情感真实、情绪真实和心理真实，不让"中国和中国人"的故事被朦胧含蓄的主观印象和心理色彩所淹没，不让"怎么写"、"怎么反映"（即"看似随处溜达的视角"）覆盖"写什么"、"反映什么"（即"中国和中国人所经历的历史生活信息"和"五十余年的时代之风"）。小说既要"反映"、"再现"，也要"反应"、"表现"，它要把王蒙的个人性、主体性和心理性内容作为改变"反映"、"再现"之机械、僵硬弊端的不可或缺的"革命性潜力"因素，在更个人化的更高层面上"反应"历史和时代。

"体验"是连接"经验"和"符号"的关键性介质。如何在"经验"、"体验"和"符号"之间建立自由、和谐的交流互通关系，让三者共同笼罩在艺术的光辉中，是作家孜孜以求的目标。《笑的风》中体现了强烈的主体介入欲望，这种主体对"时代中国"的介入，使得小说叙述具有了透明化效果。它们往往以抒情性议论的形式中断着延续和推动着叙述的语流、节奏。

社会主义的古老巨大中国在经过大动乱之后走向新时期。

二十世纪八十年代，青烟家家冒、再再冒、坟坟冒、呼呼地冒。

他正骑在向现代化全球化地球村小康大康富强民主文明疾奔的时代骏马上，冲啊，喔！

这是一个大发展大变化的时代，是一个突然改变了许多，倒塌了许多障碍的时代。

这是一个大开眼界的时代，这是一个怎么新鲜怎么来的时代，这是一个突然明白了那么多，又增加了那么多新的困惑与苦恼的时代。

　　此类文字，俯拾皆是。甚至生下来就被母亲送养、长达四十一年未曾见面的立德在见到母亲后，也表示"他理解母亲爱母亲，为自己的母亲骄傲，为改革开放欢呼，改革开放万岁！"并下了"历史性结论性断语"："他有一个伟大的妈妈，伟大中国缺少的正是这样的敢想敢干敢说敢做的妈妈，这样的母亲会使中国人的精神面貌焕然一新，会使中国成为全新的中国。"一个人、一位母亲和一个民族、一个国家，在"伟大"这一点上联系在一起。在小说结尾，傅大成去看望回家养老的中学同学赵光彩时说："反正我们没有白活，我们赶上的是高潮再加高潮，前进接着前进，创新接着创新。"跟孔子、李白、柳宗元、王安石、王阳明、曾国藩等古人和李大钊、瞿秋白等今人相比，"我们就算活得有声有色的了。我们比古人差的不是环境也不是运气，是自己的本事、智慧和品质。再说这说那，那是不公正的"。不仅是作为"个人"的"我"，"我们"同样不能辜负这个伟大的时代。

　　不同于此类叙述者不可遏制地直接现身，通过故事情节和人物塑造来体现"个人"与"时代中国"之间的感应，也是《笑的风》的更为重要和巧妙的叙述方式。1979年春傅大成赴京参加作品研讨会的感受——"改革开放，返老还童，重温好梦"，不仅属于39周岁的傅大成，也属于它的创造者、时年45周岁的王蒙。王蒙特意安排自己创造的人物与刘心武、贾大山、陆文夫、方之、邓友梅、张弦、从维熙和王蒙自己等"已经歇菜二十多年已经四五十岁的当年'青年作家'"见面，共同响应"'写吧，加油吧，解放自己吧'的号召"。王蒙还安排傅大成读自己的小说《活动变人形》，让他了解形形色色的"五四"氛围中成长起来的知识分子，感受新与旧的文化冲突，思考包办婚姻与自由恋爱问题。这是 2019 年的王蒙将个人自己重新纳入那个鼓荡人心的文学时代的实践，也是王蒙以当下心境、认知重新梳理这个伟大时代的实践。在小说中，王蒙将对中国和世界的观照有意识地纳入个人体验、感受、领悟、思索和想象中，将对历史的社会性摹写转化为"个人化"文学形式，出之于个人化形象体系和符号形态／系统。从横向的叙述语言层面看，《笑的风》包含着作家 60 年对人世风景的个性化感受与体验，小说叙述的中国的沧桑巨变和历史风云明显打上了王蒙的"体验"烙印，这些人世风景和表现它们的语言，涌动着作家的心境、情绪和态度，共同分享着作家的"自由"。

《笑的风》讲究语言文字趣味，注重从感觉、印象和视角等层面的变化，以"笑的风"作为贯穿小说的线索和烘托情绪氛围的意象，从骨子里、整体上有着对生活和人生诗意般的热爱和把握。正是这种对个人、心理和情感真实在叙述中存在和生长权利的确认和坚持，使得这部讲述"中国和中国人"故事的小说，具有了充分"响亮"的艺术性。叙述、语言的感觉化，映照出"个人"的影子，成为当代中国历史进程在主体的时代意识和审美意识中投射的"映像"或印痕。这决定了《笑的风》蕴含的既不是纯粹的传统工具论语言—文学观，也不是先锋意义上的语言—文学自足观。作为"新时期"最早的"展示了一种新的语言形态"并"产生了一种示范作用"[1]的中国式现代主义文学代表作家之一，王蒙对语言的理解可以说无人可比，《笑的风》同时写出了语言—文学作为创造的自足乃至能动的一面，"现实"不再被语言—文学所反映，语

---

[1] 张卫中：《新时期小说语言探索的三个维度》，《中国当代文学研究》2020 年第 1 期。

言—文学不再被动地反映现实，"现实"能被"语言—文学"创造出来，或者说，"语言—文学"能够领先或引领现实。如小说所写："生活产生文学，文学要模仿，要书写生活的映象。也有时候文学走在前面，它虚构了事件，而后生活现实模仿了文学。"小说不仅列举了张爱玲《色戒》和此后上海真实发生的刺杀事件和电视剧《加里森敢死队》播放后中国出现的与此类似的匪徒作案，还通过小说人物傅大成思考"爱情与爱情文学的关系"——究竟是先有爱情后有爱情文学爱情诗爱情故事，还是更多的人通过爱情文学"才学会了去爱恋、去相怜、去怀春，去风流，而不仅仅是配种站的操作呢？"傅大成坚持与白甜美离婚，跟他的文学阅读有很大关系，从鲁迅的作品和巴金的"激流三部曲"，从《长恨歌》、《钗头凤》、《牡丹亭》到《罗密欧与朱丽叶》、《安娜·卡列尼娜》、《假如生活欺骗了你》，而他与杜小娟由北京到上海再到西柏林的见面、旅行和书信往来，也是文学造就的机遇、情缘和命运，她是与他"共同读过或者听过，感动过或者陶醉过舒曼、克拉拉、勃拉姆斯的音乐"的"艺术的与文学的加外国语的知音与伴侣"。最终"小娟的文学，引领了也创造了他们的生活与命运。生活与命运终于落实了报应，经过文学的路径，落实的结果将带来什么新的文学或者是非文学的契机呢？"在他们看来，文学与爱、生命因"自由"和"创造"而紧密牵连。

将傅大成和杜小娟联系起来的是"文学"。80 年代是文学的春天，是"个人"和"生命"意识被发现的时代，而文学是个体生命意识的觉醒的表征，是个人恢复生命感受和中国生命苏醒的标识。小说特别写到对健全"身体"的发现和欣赏、面对与爱恋，是"正常"、"开朗"，是"诚实的生命的颂歌，是古老中华的一个现代性进展"。鲁迅《狂人日记》

和郁达夫《沉沦》式的"身体 / 国族"隐喻在 70 年后的"新时期"得到了奇妙的文学呼应。这是"新时期"向"五四"的回归，也是"（文学）"中国向"世界（文学）"的再次敞开。从北京到上海再到西柏林，从国内到国外，小说藉助主人公和他们的文学同伴们的"文学行旅"，见证着中国（文学）的变化，见证着也参与着"中国与世界"关系的刷新与建构。

西柏林是一个"奇点"。它是一座城市，是欧洲也是世界政治地理和文化地理的交汇处，它便是一个"世界"的具体而微的缩影。中国作家和世界作家、中国文学和世界文学在这里碰撞、交融，它也是傅大成与杜小娟爱情发生质变的地点，"改革开放的中国"和由它催生的"新时期文学"在这里被"世界"认识、评价和认可。作为一座城市，"西柏林"是物质性的存在；作为东西方政治、文化、艺术交融、交错的所在，它是思想与精神的存在。在这里，"中国紧联着世界，世界注视着中国，他傅大成祖宗的坟头，伟大中国人祷告祖先以求保佑的坟头，大冒青烟喽您哪！"尽管与"伟大世界伟大事业伟大人物"相比，傅大成只是一个微不足道的小人物，但也与闻"大人物大时代大事件"之事之盛，"他正在变成一个越来越个儿大的土豆儿"。置身西柏林，面对夜生活丰富的城市，傅大成的感慨中包含着经由"世界"对"中国"的重新发现和认知："与欧洲的资本主义相比，社会主义中国是多么健康与省心啊。"在这个"世界"中，"个人"深切体验了"个人"与"世界"和"中国"的同步行进、彼此呼应："世界呀世界，你是多么有意思；中国啊中国，人们是多么有机遇；大成啊大成，古今中外，谁能赶上你这样的八面来风、五月开花、春阳普照、万年不遇、千年不再的了不起的缘分!"、"个人"不仅在"中国/世界"的空间中确认自我,也使自己在"时代/历史"中再次获得深度主体生成和存在体验。"个人"见证了一个时代一个世界的发生之初,感受到无形却有力的历史和生命、文学的创造与发展潜能。

三、"革命的第二天"与"诗情词意"

在王蒙看来,我们所处的时代是一个"到处都有故事、天天都有情节,有人物、有抒情、有思考、有戏的小说黄金时代",他自问"你的小说对得起你的时代吗?"[①] 既要"如实"书写这个时代,自不能回避那些值得怀恋的"如意"之处。记忆和回味过去的生活和历史经验,固然为自己曾经的糊涂、愚蠢、懦弱和无知而感到尴尬、懊悔和遗憾,"喜上眉梢的同时,难道不多多少少地感觉到悲从心来吗?"但也正如傅大成在考虑创办一个以甜美命名的中国婚姻博物馆时所想:"不必那样强调悲剧,是悲剧也不宜说什么太多的悲呀伤呀哀呀痛呀什么的,小知识分子的悲剧感其实是太廉价了,……所有哭天抹泪、怨天尤人的家伙那里,有几个人配说自己的生活是悲剧呢?不是丑剧闹剧已经难能了。""能变成亲切的怀恋的往事,是幸运的往事。能亲切地怀恋往事的人,不但是幸运的,而且是最最善良的人。而最不幸的人是,回首往事的时候只有冤屈和怨怼,只有恶毒和诅咒。""悲剧"是不必强调的,"悲剧感"是廉价的,任谁也不愿做一个"最不幸的人",那么,接下来的

---

① 王蒙:《出小说的黄金时代(跋)》,见王蒙:《笑的风》,第 275 页。

问题是，作为伟大时代伟大历史的"幸运"的见证者和参与者，如何书写"幸运的往事"和时代？

王蒙在《笑的风》中延续了《青春万岁》、《组织部新来的年轻人》、《春之声》和"季节系列"等小说的抒情诗意追求。他"往往是以写诗的心情来写小说的"，其作品常饱含"诗情词意"①。他用小说抒写这个时代的革命、变革和改革，这个时代的创新、创意和创造，这个时代人的歌哭欢笑和柔情、温情、激情。

这是一个叙事的时代，也是一个抒情的时代。如果说叙事组织的是对这个时代的本质性认知，那么，抒情的功能则在于对时代本质性的吟咏和歌唱。在文学与非文学、诗与散文、此时代和彼时代之间并无截然的界限。生活、时代和历史都是"一种文学的视角"，文学可以反映生活，也可以创造生活和历史。风云激荡的革命是诗，"后革命"同样是一个有"诗"和"抒情"的"小说黄金时代"。

早在1982年，评论家吴亮就指出，从艺术表现上看，王蒙"又提供了两个世界：一个是呈现于外的世界——它喧喧攘攘、忙乱变动、光怪陆离、千演万化；另一个是收缩与隐藏其内的世界——它凝定着，有着节律，有着步奏，它恒在，它冥冥中支配和注视着人世的变化。王蒙的前一个世界是开放的，接纳所有的印象，他描写它们的时候几乎是毫无偏心，写得草率而又细致、粗野而又优雅；写得诙谐而又严谨、尖刻而又宽容。王蒙的后一世界则又为自己的观念国土划了疆界，这条疆界使他的思想趋于稳定。他并不随风倒，无原则地接受所有新思潮。相

---

① 王蒙：《诗情词意》，见《王蒙文集》第7卷，华艺出版社1993年版，第647—648页。

反，他维护民族传统、强调人的和谐，相信进步，提倡谦让、宽容、勤勉和耐心；他厌恶空话而倡导做事，并在精神生活和感情需要的意义上增强我们频遭打击的自信心——我们有很多好的、珍贵的东西和品质，而不应老是悲叹万事不如别人。""这一切，在王蒙看来，是社会进步的内在条件。进步是缓慢的，但进步仍然是进步。"① 尽管吴亮的判断已经过去将近 40 年，但仍有助于我们对《笑的风》的理解。这部小说仍然呈现了王蒙的思想和文学世界中存在的两个世界的矛盾。在前一个世界中，他崇尚革命、理想、青春、激情，希望能用理想主义、浪漫主义和革命热情、青春激情，来摆脱庸俗的纠缠、世俗的消磨，走出日常的泥淖和失去激情的平庸。《青春万岁》、《组织部新来的年轻人》藉助共和国初期年轻人的革命、建设与浪漫、爱情、美的紧密关联传达了这一点。在经历了冰冷、严峻的现实和"迷惘、痛苦乃至恐怖"② 的体验之后，王蒙在更多沧桑感和反思意味的《恋爱的季节》中仍然怀念着那个年代特定的明朗、乐观、积极、昂扬、单纯、快乐的氛围，散发着激动人心的热烈气氛和清新朗健的时代气息。

　　如果说，"季节系列"是革命历史的深沉反思和怀旧式的伤感的结合，那么《笑的风》则是对历史和现实举重若轻的纯净、流畅叙述和某种略带感伤的温热情感抒发的交融。这其中有王蒙的个性、性格和气质因素，如其自言："我身上有两种倾向或两种走向都非常鲜明，比如一种是幽默，一种是伤感……我非常真实地感受到这两种力量，既有幽

---

① 　吴亮：《王蒙小说思想漫评》，见吴亮：《文学的选择》，华东师范大学出版社 2014 年版，第 153—154 页。

② 　王蒙：《访苏心潮》，《十月》1984 年第 6 期。

默的，讽刺的，解脱的，尖刻的甚至恶毒的情绪，另一方面又有伤感的，温情的，纠缠的，原谅的，永远不能忘却的情怀甚至于自恋。"①此外，还有王蒙的思想因素在起作用，他对俄苏文学如《钢铁是怎样炼成的》、《拖拉机站站长和总农艺师》和艾特玛托夫《别了，古利萨雷》、《白轮船》、《一日长于百年》及契诃夫《草原》的喜爱，使其不仅受到社会主义现实主义影响，也受到人道主义、理想主义、浪漫主义、批判现实主义等思想和美学的影响，他对欧美现实主义和现代主义文学包括意识流、荒诞派小说的兼收并蓄，也从风格、手法等方面影响了其创作：夸张、变形、亲切、幽默、纯净、清爽、简洁、含蓄、明快、优雅、从容等。王蒙对契佛"怨而不怒、哀而不伤、乐而不淫、讽而不刺"②的作品尤其欣赏。当然，在与外国作家的心会中，也隐含着王蒙对中国古典诗学的独特感悟。他认为，"李商隐的诗特别是抒情诗常常是忧伤的，但读他的诗获得的绝对不仅仅是消沉和颓唐的丧气"，王蒙欣赏李诗中"中国式的'乐而不淫，怨而不怒，哀而不伤'的诗艺、诗美、诗教"，因此，在他看来："真正的艺术（有时还包括学术）是具备一种'免疫力'的，它带来忧愁也带来慰安与超脱，它带来热烈也带来清明与矜持，它带来冷峻也带来宽解与慈和。"③王蒙不仅用中国古典"诗情词意"的优美、飘逸转换了"意识流"小说的朦胧晦涩、艰深芜杂，也用中国古典"温柔敦厚"的诗教改造了历史记忆和文化反思书写的严峻、激烈，使他的那些"反思小说"具有别样的精神蕴含和美学质地。《笑的风》对"温

---

① 《王蒙、王干对话录》，见《王蒙文集》第 8 卷，第 570 页。
② 王蒙：《我为什么喜爱契佛》，见《王蒙文集》第 7 卷，第 440 页。
③ 王蒙：《雨在义山》，见《王蒙文集》第 8 卷，第 359—360 页。

柔敦厚"的诗教有延续也有衍生、发展。从文体上看，它是一部小说，从叙述因素构成和主体精神气质上看，它则是一部寄托着作者历史思索的时代随想录和沉思录，是情感丰沛、激情洋溢的诗、歌、曲。小说文本里镶嵌着杜小娟署名"鸢橙"的诗《只不过是想念你》、解放前学生运动歌曲、丹麦或芬兰的民歌、歌曲《花好月圆》、歌德词舒伯特曲的艺术歌曲、电影《马路天使》插曲、1990 年阿凤唱红的歌、Z 城人根据苏联赫鲁晓夫时期故事编的民谣、1991 年杜小娟为紫丁香女子乐团当红大歌星写的歌等等，这些华丽多彩、琳琅满目的"诗、歌、曲"，成了小说内在情绪和旋律的催化剂。而整部小说也仿佛是一首交响曲，时而激越，时而高亢，时而曲折，时而欢快，时而悲伤，时而舒缓，最后又终归于平静。

不同之处在于，新中国成立后出生的傅大成、杜小娟，没有"季节系列"主人公们参加革命斗争的经历，他们的"革命"主要发生在个人心灵和思想观念层面，尽管他们同样"受到了革命的教育"，但小说更多叙述了其"思想革命"与文学阅读的密切关系。相对来说，傅大成主要接受的是"五四"新文学的影响，杜小娟则因城市知识分子家庭出身和个性方面的原因，其文艺视野更为开阔，叛逆性、革命性也更为突出，"我渴望的是革命、文学、爱情和变革"，"我行我素，要与男人合力生一个孩子"，六岁时与父亲讨论要孵一个鸡蛋，"我期待孵出生命的伟大神圣"并"绝对不听父亲劝阻，我以命相争"。她欣赏中日女性作家小说中"女性的革命与献身的急迫，离开自己平平淡淡的丈夫，唾弃了平庸和安宁。她们选择的是背叛与革命"。她瞧不起不会虚构的作家，对生活得狼狈不堪却"虚构得才华横溢"作家顶礼膜拜。她会用捷克共产党员作家伏契克的话祷告。她不怕困难不怕麻烦，"如果生下来就一帆风顺，那与安心享受在蜜罐子兼骨灰罐子里的福分又有什么区别？"她将自己十九岁时的"第一个革命行动"生下的儿子送给了别人，二十一年后，她更希望自己的儿子参加了拉美革命家切·格瓦拉的游击队。此时青春的、理想的甚至革命的杜小娟，是傅大成眼里的"神明"。

但二人感情危机的种子并非不存在。早在西柏林时，杜小娟对张爱玲《色戒》里的故事和中情局女特工与卡斯特罗的罗曼司咏叹调的热衷，在大成看来是"可怕的八卦"，让他感到与以前相比杜小娟"怎样的大异其趣"。从杜小娟《无法投递》中对于安徒生《海的女儿》的引用，到当她写出《孵蛋记》而渐渐遗忘"海的女儿"时，当她与儿子、儿媳和孪生孙子一家沉醉于祖孙三代的天伦之乐，成为一个"真正的慈祥老奶奶"时，傅大成感到"那种已经获得了完成了固化为结婚证书了的爱情是多么平庸与乏味"，"爱情成了眷属以后，永远再追不上写起来唱起来演起来跳起来乃至画起来的美妙与理想"，"理想实现不了，你宁愿为理想而献身，理想实现了，你永远不会全面与长久地满意再满意，欢呼再欢呼"。与傅大成的自始至终的"文学情结"不同，杜小娟在与失而复得的儿子相认后，在后辈儿孙面前很难说"有什么激越的抒情和表演"，"大成反而觉得，小娟有了变化，与过去标榜自己的文学、英语、爱情浪漫相比，她现在更大的关注是做妈妈和奶奶，是吃喝、炊事、玩具、儿童医学营养学与教育学"。她关心烹调烹饪中华料理秘籍。从50—70年代到80年代，是政治革命、阶级斗争时代到思想解放、文学革命的时代，革命、青春、爱情、生命连同理想主义、浪漫主义，伴随着反叛、变革的激情与梦想，点燃起照亮世俗和庸常的火光。当杜小娟由"海的女儿过渡到演变到海的老祖母"时，那个热切向往革命、神往切·格瓦拉和伏契克的林道静般的杜小娟消失了，仿佛曾经高声宣示"我是我自己的，他们谁也没有干涉我的权利"的子君（鲁迅《伤逝》）回归凡俗平庸的日常生活。

这就是"革命的第二天"的生活。它是非文学的、非诗的，傅大成在此时失落了"文学"的感受和"爱情"的体验。从80年代到90年代和新世纪，中国文学也经历了这样一个世俗化过程，而这个过程正是傅大成、杜小娟从相识、相恋到结婚成家和杜小娟立德母子相认的过程。由于个人的、家庭的、时代的诸种内外因素，使得青春、激情、浪漫、诗意、理想主义逐渐远去。但对于傅大成（及王蒙）来说，惶惑带来失落、灰败，也带来更深层的思考："什么是货真价实的爱情？有没有货真价实的文学？非文学是不是其实也是一种文学的视角呢？"在"革命的第二天"，爱情、文学这些理想主义者所牵念的东西能否担当其革命性的召唤和救赎功能？

王蒙的信仰和他在当代历史中的遭遇，使他既看到了革命、理想的崇高和神圣，又看到其中存在着解放性与压抑性、纯净性与芜杂性、秩序性与暴力性、理念性与非理性、自由与束缚等彼此纠缠、无法摆脱的悖谬状态。他在"季节系列"小说中表达对平凡人生状态的认同，如《失态的季节》中人物钱文所感叹的"做一个平庸的人是多么幸福呀！"革命是为求得民族解放和人民解放，是求得独立、民主、自由和切实的生存生活和生命，这不仅是抽象宏大的信念和信仰，也是最基本最日常甚至庸常却又不可脱离和超越的常识，一种关乎日常生活、情感和伦理的，与高调、抽象不同却又不虚妄、浮夸的生活维度。王蒙意识到"生活本淡淡，何必怨词人"。所以，他会描述这样的细节：杜小娟庄严肃穆地学唱《天伦》主题歌，会让大成落泪，深感"天伦重于泰山，人心深于北海，母子祖孙情撼天地，老老幼幼所愿，慷慨牺牲奉献！"他会让自己心爱的人物在不可挽回的爱情和青春的悲痛、伤感中遗憾却又平和地分手。他会让傅大成对白甜美突然逝去感到持久愧疚，让傅大成由自己与白甜美婚姻和白甜美的命运遭遇引发对女性与时代、历史关系的反思。这是对女性和那些被历史遗忘的弱者、牺牲和平凡人物命运的关注。

创作《笑的风》的王蒙，还是那个写出了《青春万岁》、《春之声》、《躲避崇高》和"季节系列"的王蒙。《笑的风》是王蒙在宏大的史诗意识、历史意识退场后的"后革命"散文时代，从个人体验出发，立足个人内在主体性，以诗意的感受将日常琐碎的个人感觉和生活感受重新纳入社会人群和整体性想象的美学实践。小说在一个整体性意义和价值被质疑乃至被掏空的世界，以个体和生活意义的点滴捕捉和攫取，重构了一个精神超越和意义回归的史诗／抒情诗的世界，为身在"散文世界"的小说如何面对和言说时代，如何处理小我与大我、"抒情"与"叙事"、"有情"与"事功"、"史"与"诗"、史诗性和抒情性之关系，提供了独特而有益的镜鉴。

（原载《小说评论》2022 年第 2 期）

地理之变与王蒙的叙述特色

陈　露

一

　　"地理视角"是一种起源久远、相对成熟的文学研究视角。西方最
早的"地理文化"理论，是孟德斯鸠《论法的精神》（1748）第十四章
对"法与气候性质的关系"的叙述。他在将欧洲的北部与南部、印度人
和中国人因气候而产生的性格差异加以比较后，认为"不同气候下的不
同需求，促成了不同的生活方式，不同的生活方式导致不同的法律"和
地域文化风俗。① 此后，斯达尔夫人、丹纳等文学社会学家在其知识生
产中进一步建构、完善文学史研究的"地理视角"。这一方法论也对中

---

① ［法］孟德斯鸠：《论法的精神（上卷）》，许明龙译，商务印书馆 2009 年版，第
　　241—248 页。

国现当代文学史研究产生重要影响。当代文艺批评家南帆也发现："作家所喜爱的固定空间往往是一个村落，一个乡村边缘的小镇，如此等等。通常，乡村社会拥有更多严密的社会成员管理体系，宗族、伦理、风俗、礼仪、道德共同组成了乡村社会独特的意识形态。对于许多作家说来，乡村社会的文化空间轮廓清晰，版图分明，相对的封闭致使他们的叙述集中而且富有效率，这些作家的心爱人物不至于任意地出走，消失在叙述的辖区之外。"[①]但是在具体的文学史研究中，文学家居住地的"地理之变"为"地理视角"的文艺批评提出新的课题。在当代文学史中，由于复杂的历史、个体因素的综合作用，外省作家在祖国边疆地区留下了诸多优秀的作品，如公刘、白桦、彭荆风之于云南，闻捷之于新疆等。不过，假如作家从没离开过故土，或再次返回故土，则在这种因缘际会的时空转换乃至区域性的文化转场下，作家的地理处境趋于"陌生化"，进而影响其文学书写和创作。

1963 年底，王蒙决定从北京到新疆落户，但他意识到"决定去新疆与写出新疆写好新疆之间应该有不短的距离"，"我之所以提出去新疆是由于我对生活的渴望。渴望文学与渴望生活，对于我是一而二、二而一的东西"。[②]这段话包含着王蒙"功能性"的辩证法，"功能性"的生存智慧，没有这个功能，"新时期文学史"中的王蒙将呈现出另一种文学面向。王蒙《夜的眼》写主人公陈杲久居边地二十年，对北京这座大城市的视觉冲击和喧闹无法适应，对即将到来的新生活也隐隐感到

---

① 南帆：《城市的肖像——读王安忆的〈长恨歌〉》，《小说评论》1998 年第 1 期。
② 《王蒙自传》第一部《半生多事》，花城出版社 2006 年版，第 220 页。

不安：

> 这么多声音，灯光，杂物都堆积在像一个一个的火柴匣一样呆立着的楼房里；对于这种密集的生活，陈呆觉得有点陌生、不大习惯，甚至有点可笑。和楼房一样高的一棵棵的树影又给这种生活铺上薄薄的一层神秘。在边远的小镇，晚间听到的最多的是狗叫，他熟悉这些狗叫熟悉到这种程度，以致在一片汪汪声中他能分辨哪个声音是出自哪种毛色的哪一只狗和它的主人是谁。再有就是载重卡车夜间行车的声音，车灯刺激着人的眼睛，车一过，什么都看不见了。临街的房屋都随着汽车的颠簸而震颤。

主人公的独特感觉重现了作者真实的心境。他后来回忆说："到站台上送我们的达四十多人，车内车外，竟然哭成了一片。芳一直哭个不住。新疆，我们有缘，你对我们有恩，客观上，正是新疆人保护了我，新疆风习培育了我，新疆的雄阔开拓了我。"[①]对一场普通的离别，王蒙妻子芳却因此"哭个不住"了，因为她不敢想这辈子还会"重返"故乡北京。当然，这也是王蒙没想到的，"归来"是那代作家的精神感受，这种奇迹在历史上可谓少之又少。[②]

不难看出，由于作者地理位置的改变，北京——新疆——北京，地理因素在作品里屡屡改变和转换作者（叙述者、主人公）的生活处境，使他对本来应该熟悉的环境产生了匪夷所思的"陌生感"。由此看，久居边地的陈呆已经忘记了他"过去"的生活，寄寓地的环境整合了他，

---

① 《王蒙自传》第二部《大块文章》，花城出版社 2007 年版，第 38 页。

② 《王蒙自传》第二部《大块文章》，第 1 页。

使他把"熟悉"的变成了"陌生"的地方。在某种程度上说，这并不是
王蒙刻意为新时期文学读者设置的阅读障碍和感受的辩难，而是由于地
理位置的转场与变迁，使他不仅变成了新疆的来客，也成为边疆的归
人，小说的作者自己及其要刻画的人物陈杲，已然错把自身当成北京的
客人。

在新时期，文学史家更愿意把王蒙这种故意欲说还休，以"心理、
情绪、意识"的不规则流动组合小说叙事的写法，定义在"被放逐"的
命运而引发的地理之变上。诚如洪子诚指出，这些人，有的是从北京流
徙到了山西（从维熙），有的从省城落魄到了农场（张贤亮），有的从省
文联被遣送回家乡（高晓声），无一例外成为"正常社会中的'弃民'"。
地理之变不仅使他们"被迫与地域主流文学规范保持一段距离"，而且
"身处社会底层的实践，又使他们对中国现实的真实情状获得切近深入
的体察"。这些因素聚集在一起，便产生了整体意义上的"地理性"效
应。①

在小说《夜的眼》的首尾，王蒙无意识地将人物亲见的事物——灯
光、公共汽车、售票员、夜班工人、民主、羊腿，迅速置入记忆的滤镜
之下。从而，1979 年的"灯光"与"售票员"的意义，是在二十年后
的对比中生成的。在"两个北京"的对比框架中，它们不仅以"我观"
而"着我之色彩"，无形中也带上了"感时"和"忧国"的历史性。"故
国八千里，风云三十年"之所以会被王蒙当作创作方法，就在于它们的
对比，在时间与空间的双重维度反复展开的参差对照。既是 1979 年与

---

① 洪子诚：《中国当代文学概说》，北京大学出版社 2010 年版，第 87 页。

1949 年和 1957 年的对照，也是北京与新疆、北京与北平、1979 年与 1957 年"两个北京"的对照。在这个意义上，《布礼》正是进入《夜的眼》的一把钥匙，只有在与《布礼》和相关自述性材料的对读中，才能真正理解"灯光"与"售票员"之于作者个人命运的隐喻意义。与此同时在《夜的眼》中，叙事者将陈杲对城市灯光的"震惊"，归因于边远小镇的匮乏。正如作者所说："如果不是阔别十六年，如果不是已经习惯于生活在伊宁市解放路二号或者乌鲁木齐市南梁团结路东端高地，如果不是到京后我们夫妇常常彳亍在例如王府井大街上观看天是怎样变黑的（此时我们在北京还没有'家'），也许不会有这种对于街市灯火的感受。"①

二

然而，人们发现，王蒙原来并不是总是把北京"陌生化"的。1950 年代王蒙初登文坛时，写的其实是北京题材的小说。王蒙原籍河北省南皮县，1934 年出生在北京沙滩。在北大时，他的室友是何其芳和李长之，王蒙名字就是何其芳所起。他们兄妹几人，皆生长于北京。他小学就读于北京师范附小，初中在平民中学，高中读于河北高中（办在北京，统称"冀高"）。中华人民共和国成立后，王蒙先后在北京团市委和东城团委工作，在中学部任组织方面负责人。应该说，王蒙是"地道"的北京人。② 王蒙出生在这里，长大后又在这里工作，他的亲戚也散布在附

---

① 《王蒙自传》第二部《大块文章》，第 49 页。
② 《王蒙自传》第一部《半生多事》，第 7—11 页。

近，无形之中，他作为"老北京人"是无疑的。这种地理环境所养成的北京人身份，必然会在他后来创作的作品《组织部新来的青年人》的叙述特色中反映出来。

1956 年，王蒙创作了小说《组织部新来的青年人》①，某种意义上说，《组织部新来的青年人》主人公林晨身上似乎有王蒙的影子。虽然小说不能与作者个人传记完全画等号，但是，从文学史规律看，作者的个人经历，尤其是其所熟悉的地理环境、风土人情，几乎必然对其文学书写产生重大影响。作为一个北京"本地"的青年干部，王蒙笔下的林晨熟稔于北京的地理环境和人文风物，这一点在小说中有着多方面的表

---

① 关于王蒙小说《组织部新来的青年人》的题目和版本问题，在此有必要做点说明。1956 年《人民文学》第 9 期发表王蒙的小说《组织部新来的青年人》，随即引起热烈反响，1956—1957 年间，作者王蒙、《人民文学》编辑部、李希凡、艾芜、谢云、彭慧、林颖等发表一系列文章讨论这一小说。这一小说的题目曾为《组织部来了个年轻人》，但是发表之前，由《人民文学》主编之一秦兆阳修改为《组织部新来的青年人》，并改动其中部分内容。此时《组织部新来的青年人》这一题目，确无争议。而进入 1980 年代以来，部分文学作品选集将该小说题目为《组织部来了个年轻人》。基于对文学史史实的尊重和在场性的原则，本文采用 1956 年《人民文学》刊发该小说之名称——《组织部新来的青年人》。参见王蒙：《组织部新来的青年人》，《人民文学》1956 年第 9 期；李希凡：《评"组织部新来的青年人"》，《文汇报》1957 年第 9 期；王蒙：《关于"组织部新来的青年人"》，《新华半月刊》1957 年第 11 号；艾芜：《读了"组织部新来的青年人"的感想》，《文艺学习》1957 年第 3 期；谢云：《"组织部新来的青年人"》，《文艺报》1956 年第 20 期；《人民文学》编辑部整理：《"人民文学"编辑部对"组织部新来的青年人"原稿的修改情况》，新华半月刊 1957 年第 11 号；林颖：《关于"组织部新来的青年人"的讨论》，《文艺学习》1956 年第 33 期；郭铁成：《应尊重文学史的基本事实——关于〈组织部新来的青年人〉与〈组织部来了个年轻人〉》，《文艺争鸣》2005 年第 4 期。

述。例如，作品描写了北京 3 月雨雪纷纷扬扬的景象，一位年轻人从三轮车上下来，准备去区委报到。当他欲付车费时，三轮车车夫却说："您到这儿来，我不收钱。"先不谈作品内容，仅仅从这一幕就能看到，作者对这里的地理环境是十分熟悉的。与此同时，林晨是一个刚入机关的年轻人，他的领导和同事，则大多来自全国各省市。他看新单位附近的景色是很平淡的，也无好奇心。所乘三轮车的车夫，也像他一样，对人使用十分客气的敬语"您"。虽然林晨告别了旧社会，在新社会参加了革命工作，一切对他当然很新鲜的，与众不同。不过，这个单位周围的环境，却没有发生本质性的变化，跟他从小长大的环境，原来竟一模一样。此外，在某种程度上，这篇小说中相对松弛、自如的叙述格调也与北京的地域文化相契合。林晨问接他的组织部干部赵慧文的话就很有意思。赵比他大几岁，参加工作也早，资历深，可陈晨对她说话，用的是平起平坐的语气：咱们区委会尽干什么呀？回答：什么都干。他又问：组织部呢？回答：组织部就做组织工作。接着问：忙不忙？回答：有时候忙，有时候不忙。不难看出，林晨语气中的平稳乃至"局气"显现出"地域的色彩"，抑或是说，这是北京文化中的"地域无意识"在小说叙事中的反映和折射。

如果说，王蒙写《组织部新来的青年人》时因为生活未发生任何变故，在小说中以"北京人"自居是自然而然的，那么 1982 年，也就是他经历变故重新回到北京之后的第三年，作者在《相见时难》这部新中篇中的叙述语调，却很快回到了《组织部新来的青年人》的写作原点。作品写的是，一对北京发小翁式含和蓝佩玉，几十年后在国外的重逢。此时蓝佩玉是华侨，翁式含是革命干部。在几十年间，两人恐怕都经历了翻天覆地的巨变。在 1980 年代初的视角里，"高级华侨"一般都会是被人仰视的对象，可作者写到跟她初次见面的情景，却还是他过去写小说时十分松弛、自如，甚至无所谓的眼光和语气。作品开篇，叙述国际机场"名目繁多的航空公司"，"荧光屏幕上密密麻麻的飞机起飞时刻表"，在绿光闪烁中，四周都是咖啡、可口可乐、番茄汁、热狗、沙拉、巴黎香水与南非豆蔻等等，在刚刚开放的国人看来，皆是无比新奇的景象。但作者的"意识流"思维，却从这里返回北京，从太平仓绕一个小胡同，黑漆门上是一副对联，而且称那里才是"物华天宝，人杰地灵"。通过对比王蒙前后两期的文学创作，可以看出，地理之变并非单纯使得作家的叙事在地域转场中发生置换，也不是消解其文学记忆甚至使得其既往的文学史景观"陌生化"、意识"游牧化"，而是使其地理记忆得以珍藏并幻化出新的文学图景。

从地理学的角度看，历史地理学研究的范围，包括以下四个方面：历史自然地理、历史人文地理、区域历史地理和历史地图。谭其骧先生指出，对清代以前"中国历史地理图"的历史保护性的抢救和保存，是极为重要的，"历代疆界、政区、城邑、水系等各项地理要素的变迁极为复杂频繁，而文献记载或不够明确，或互有出入，要一一考订清楚，并在图上正确定位、定点、定线"。① 这些说的都是地理的"不变性质"。这种对不变生活的"定位、定点、定线"，是对时代相袭、历史传承精神的特殊强调。在王蒙看来，这对翁式含和蓝佩玉，都是独一无二的地方。所以，他才会在翁式含见蓝佩玉之前，在叙述芝加哥机场周围的环

---

① 谭其骧主编：《中国历史地图集》，中国地图出版社 1982 年版，"前言"第 1 页。

境时，用的竟然是和《组织部新来的青年人》一样平淡无奇的语调。在一定程度上讲，这种变与不变的结合才是地理视角下王蒙小说叙事的重要特色。

可惜的是，在 1950 年代，曾经提携帮助过王蒙的文坛前辈，例如萧殷、秦兆阳、唐挚等评论文章中，都没涉及作家的"北京题材"，留意其作品的地域性。像今天的文学史教材一样，这些评论家的关注点，更多放在王蒙创作的社会历史意义上。一方面，这是由于当时王蒙对自己创作的定位造成的，"少共情结"一度，或者也是他一生创作的关键词；另一方面，他在创作过程中，只是把自然地理环境，当作人物的陪衬来处理，而没有作为主要叙述方面来安排，也有一定的关系。① 某种程度上，这反映了过去和今天文学史认知的历史相似性。(当然指特定作者) 可见，这类文学史认识不那么愿意从"知人论世"的角度来研究作家，当然它也跟曾经发生的历史"社会历史色彩"比较浓厚的环境有一定关系。但是，"重读王蒙"的意义就在于，研究者不应只留意作家创作的"有意识层次"，同时也应注意这个"意识层面"之外的"无意识层次"。而对笔者来说，这种无意识层次，就是作者没有作为重心、而实际存在，同时又能指认出其地理之变而激发的叙述特色的重要参照。

好在 1982 年，擅长细读作品的上海年轻批评家程德培，眼光独具地在《相见时难》这篇王蒙怀旧的小说中，嗅出了作者"北京题材"和

---

① 参见萧殷：《读〈青春万岁〉》，《文汇报》1957 年 2 月 23 日；秦兆阳：《达到的和没有达到的》，《文艺学习》1957 年 3 月号；唐挚：《谈刘世吾性格及其它》，《文艺学习》1957 年 3 月号。

鲜明"地域性"的气味。他提醒说："然而，这'对比'除了一定的严酷之外，毕竟是过于皮相了。小说的深刻，作者的追求并没有停留在表层，而是透过表层深入其中，探索更为隐蔽、更为复杂的"东西。批评家指出，联系翁式含和蓝佩玉的纽带是北京，而他们的分离，也在这里开始。对两人来说，刻骨铭心的与其是历史之变，还不如说，这种巨变，正是这一地域历史变迁的真实写照。因为对于他们来说，其他东西都可以放弃，而唯一不舍和难以离开的，却是"这一个地方"。①

三

前文已经指出了《夜的眼》主人公陈杲对北京地理环境的不适感，并进行了适当分析，事实上，这一现象仍旧可以归纳为王蒙文学"叙事之变"这一问题域之中。目前的文学史教材，倾向于将王蒙文学叙事"之变"，归结于植根于作品文本的社会外部因素。诚然，在新时期"历史反思"的思维模式中，尤其在这种文学思潮的推动下，从"社会外部"来分析"内部文学文本"，会是必然的结果。但研究者却没有注意到，一个作家的创作在吸收社会思潮的因素时，也会受制于所在地域文化、风俗和语言的影响，尤其是那些把"外地"不自觉地当成"本地"的作家，更是如此。据王蒙回忆，他 1964 年后在伊宁县下面生产队下放劳动时，受到新疆房东老夫妇的关照。他帮他们干活，吃当地特有食物，还自学

---

① 程德培：《扎根在现实的土壤上——谈小说〈相见时难〉》，《文汇报》1982 年 9 月 24日。

了维吾尔语，这种特殊经历，让他对本地文化、风俗人情有了深刻的了解。他新时期相关题材小说之所以产生了一种异质性审美效果，受到读者的欢迎，与本地的地理环境有直接的关系。① 由此可见，研究者们只注意到外部社会因素刺激的功能之变，却没有注意到，这种变化，也有地理环境更深沉的熏陶。

　　1980 年，当王蒙把组织人事关系终于转回他的第二故乡北京，在痛定思痛之后，开始创作长篇小说《青春万岁》："一九五三年深秋的一个晚上，在离北新桥不远的一幢新建的二层小楼里，当时担任共青团的干部的十九岁的我，怀着一种隐秘的激情，关好那间办公室兼宿舍的终年不见太阳的小屋的门，在灯下，在一叠无格的白片艳纸上，开始写下了一行又一行字。"他意识到，北京才是自己人生的起点，也是文学创作的终始点，所有元素都离不开这里的一切一切。他还满怀思念地继续写道："我的第一个文学教师是我的姨母。一九六七年她来到新疆伊犁我当时的家，几天之后因为脑溢血而长眠在那里。我至今记得她如何为小学二年级的七岁的我的第一篇作文添加了一个警语式的结尾。"② 王蒙父母关系不好，虽然都爱这个孩子。姨母是妈妈亲姊妹，一生未婚，长期与他们住在一起。因此，姨母既是这个家庭主人之间紧张关系的"润滑油"，实际又担负起了"另一个母亲"的角色。从知人论世的文学史研究方法看，这个姨母不仅是家庭，也是王蒙所成长的这座城市的一个"地域"的"替代物"。因为人们对家庭的认知，一定程度上也表现出对

①　《王蒙自传》第一部《半生多事》，第 239—270 页。
②　王蒙：《王蒙小说报告文学选》，北京出版社 1981 年版，自序。

成长地方的认同和相信。这是一个"组合式"的地理环境。尤其是当作者经历了诸多历史之变、地理之变，重返这座故都的时候，这个"组合式"地理环境，才对他产生了一个巨大的、特殊的意义。

其实，写《夜的眼》的时候，作者更多渲染了人物对北京地理环境的不适感。这确实具有文学史家们所说的"社会历史意义"。不过，重新观察王蒙其他涉及新疆生活的小说会发现，久而久之，他无意识里也在把"新疆"当作自己的"第二故乡"来感受和认同的。比如《葡萄的精灵》这篇作品，他以王民的视角讲述了房东穆敏老爹坚持不用酒药酿制葡萄酒的故事。在这一叙事情境中，叙述者由小说中的一个人物取代，他"感受、观察、思考，但却不像一个叙述者那样对读者讲话，读者乃是通过这个反映者性格的眼光看待小说的其它人物和事件"[1]。由于无人承担叙述者的角色，因此场景仿佛在读者面前展开。在不同的季节，穆敏老爹的葡萄酒呈现出不同的样态，然而谁也不知道这酒最终能否酿制成功。在这里，限知视角的运用令小说情节的推进充满悬念。限知视角要求对每件事的叙述都"严格地按照一个或几个人物的感受和意识来呈现。它完全凭借一个或几个人物(主人公或见证者)的感官去看、去听，只转述这个人物从外部接收的信息和可能产生的内心活动，而对其他人物则像旁观者那样，仅凭接触去猜度、臆测其思想感情"[2]。这种视角最大的特点是能够"充分敞开人物的内心世界，淋漓尽致地表现人物激烈的内心冲突和漫无边际的思绪"[3]。然而在小说结尾，作者竟从这

---

[1] 罗钢：《叙事学导论》，云南人民出版社1994年版，第163页。

[2] 罗钢：《叙事学导论》，第163页。

[3] 胡亚敏：《叙事学》(第2版)，华中师范大学出版社2004年版，第27—28页。

曾被他戏谑为"盐酸"的葡萄酒中体会到了夏的阳光、秋的沉郁、冬的山雪和春的苏醒，乃至伊犁河谷的葱郁与辽阔。因为，这酒酸涩之中仍然包含着往日的充满柔情的灵魂。

当我们将这一例证作为本文前两部分的"交叉参照物"来加以审视，不难得出两点结论：第一，如果完全按照目前文学史家对王蒙创作"社会历史"意义的定位，那么它们得到的是历史反思的结论，牺牲的却是王蒙作品文本的"独特性"；第二，假如依据"地理环境"理论，再结合"知人论世"传统学术方法，指认他的作品大多是"地理环境"所孕育的成果，这种判断，也是失之于偏颇的。换言之，在对王蒙小说重新进行文学史的审视和阐释的过程中，致力于文学史的"接受"再次"陌生化"固然是可资追寻的目标，但是，这也容易偏向片面地理、地域理论的庸俗化倾向，而舍弃了王蒙半生生涯中确实存在的"社会历史因素"，继而失之于构建一个"完整的王蒙"，甚至陷落于误读和强制阐释的泥淖。于是，《夜的眼》、《组织部新来的青年人》和《葡萄的精灵》在这里，恰恰既联结了王蒙从北京至新疆的文学旅行，构成了王蒙文学版图中的"地理之变"，也构成了地理之变中的"不变"——即代表了作者根深蒂固的"北京情结"。如果说，作为两部文本视野和地域文化底色差异极大的作品，《夜的眼》和《组织部新来的青年人》彰显了地理之"变"和"不变"对王蒙小说创作的重大影响，那么《葡萄的精灵》则更类似于王蒙小说地理之"变"与"不变"的中间物。这三部作品足以否定文学史教材对王蒙作品意义的简单化认知，增加了作者精神世界和作品文本的丰富性、多层性。

在某种程度上，程德培那种排除"对比法"的解读对于这种"自传性"的观察，于文学史认知的处理方式而言具有一定合理性，也是真正契合作家文学史价值的一种有效的研究。王蒙这代人，在新时期之初的文学舞台上，是无可争议的"主角"。不下功夫去研究这一代人，就很难真正懂得"新时期初期文学"是怎么"发生"的。对于这一问题，当下已经有研究者关注和探讨。就"归来者"的主体视角而言，强烈的自我书写意识，是以自我正名的意图、为时代留史的心愿、为中华民族伟大复兴而奋斗的历史责任感等多种因素融汇而成。具体到不同作家，情况又会出现新的变化。文学研究还需要更多人们"人所不知"的稀见材料逐步被发掘，被甄别，被证伪，才能更进一步地深入下去。到目前为止，不仅是王蒙，也包括其他归来作家的当代文学史料建设，是远远不够的，有的地方，甚至是相当匮乏的。也是这个原因，才导致了文学史教材在判断时流于表面，或只是社会历史著作的附庸，至少还缺少强大的自我证明的力量。因为，从古代文学史、现代文学研究史研究的规律来看，一般都是先有史料建设，其次才开始进行文学史研究的。如果恰好相反，就只能是目前这个局面。

（原载《当代文坛》2022 年第 6 期）

身体美学：王蒙《猴儿与少年》的艺术超越性

朱自强

我歌颂肉体，因为它是岩石

在我们的不肯定中肯定的岛屿。

……

它原是自由的和那远山的花一样，丰富如同

蕴藏的煤一样，把平凡的轮廓露在外面，

它原是一颗种子而不是我们的掩蔽。

——穆旦《我歌颂肉体》

王蒙新作《猴儿与少年》蕴含"猴性"和"少年性"，与"身体性"视域有着内在、深层、紧密的联系，本文试图以此来讨论这部在王蒙小说创作中具有独特而重要意义的小说。

阅读《猴儿与少年》，我之所以从"猴儿"与"少年"联想到身体，是因为我曾经撰写过《童年的身体生态哲学初探》这篇论文。我在文中说："生态学的教育就是使童年恢复其固有的以身体对待世界的方式。身体先于知识和科学，因此，在童年，身体的教育先于知识的教育，更先于书本知识的教育。""承认、尊重身体生活，就是承认、尊重歌唱、跳跃、嬉戏的孩童的生活方式，就是回到童年生命本真的状态，也就是回到人类生命本真的状态。"① 在我的认知图示里，"身体"处于如此重要的地位，所以，自然在距离身体生活最近的"猴儿"和"少年"这里，感受到、认识到王蒙《猴儿与少年》的身体美学。

一、王蒙心里"乐"的是什么？

在我试图理解《猴儿与少年》的意义时，这部小说结尾处改写自程颢《春日偶成》的那首诗浮现在脑海——"云淡风清近午天，群猴踊跃闹山巅。时人不识余心乐，将谓偷闲写少年。"这首诗一开始引起我的注意是因为诗中出现了小说题目中的"猴儿"（"群猴"）和"少年"。但是，后来更让我关切的是诗的后两句："时人不识余心乐，将谓偷闲写少年。"王蒙只将程颢的后两句诗改动了一个字，将"学少年"改成了"写少年"。也就是说，王蒙也许像程颢一样认为，如果"时人"将《猴儿与少年》看作是"写少年"的小说，那就是"不识余心乐"的一种阅读。

那么，王蒙的这部小说"乐"的是什么？王蒙的文学世界丰富、深邃、博大。《猴儿与少年》也是如此。这部小说表现的"乐"，就像第八

---

① 朱自强：《童年的身体生态哲学初探》，《中国儿童文化》第 2 辑，浙江少年儿童出版社 2005 年版。

章写了"七个我"一样，也不会只有一个。另外，一部十万字多一点的小说，有二十九个小标题，不可谓不散。那么小说的意义核心是什么？王蒙心里最重要的那个"乐"是什么？

我的猜测是，王蒙创作《猴儿与少年》，要表现的那个最重要的"乐"，就是身体的快乐。小说中描写、表现了大量的"身体"生活以及与身体直接相联系的"劳动"生活。通过对这些关于"身体"和"劳动"生活的艺术表现的凝视，我几乎可以确认，王蒙是一个能够充分地感受和享受身体快乐的人。他在《猴儿与少年》中，将自己的身体美学投射在了小说主人公施炳炎的身体之上。《猴儿与少年》所表现的身体快乐超越了单纯感官的快乐，而是身心一元的快乐。

何谓身心一元的快乐？当我们置身于大自然之中，一定会产生精神的愉悦，这是以身体为基础和源泉的愉悦。比如，眼睛之于碧海蓝天，肌肤之于清风微抚，耳朵鼻息之于鸟语花香。当我们置身于游戏、体育和劳动活动之中，精神的快乐更是与身体的快乐合而为一。而在文学的美学表现中，"身体乃是比陈旧的'灵魂'更令人惊异的思想"①。

王蒙多次说过，他在一个艰难的时候到了新疆、到了伊犁、到了农村，但是，在那儿他确实得到了快乐。王蒙所说的快乐，就是身心一元的快乐。王蒙在离开新疆多年以后，还有两句维吾尔族谚语让他念念不忘。其中一句是：除了死以外，其他的都是"塔玛霞儿"。王蒙解释说，游戏、散步、歇着、唱歌都叫"塔玛霞儿"。可见，在维吾尔族人的人生观中，人生的快乐都是与游戏、散步、唱歌这些身体生活相联系着

---

① ［德］尼采：《权力意志》，张念东、凌素心译，商务印书馆1996年版，第152页。

的。另一句谚语说的是，如果有两个馕，一个可以吃掉，另一个应该当手鼓，敲着它跳舞。王蒙所体认的这两句关于人生快乐的谚语，其幸福感都与"身体"有关。因此我才选择了穆旦《我歌颂肉体》中的一句，借为本文的题头诗。在《猴儿与少年》的美学表现中，经过生命历史的泥土的滋养，"身体"不是对生命的"遮蔽"，而是已经成为发芽、开花、结果的一颗"种子"。

《猴儿与少年》是一部身体美学——将"身体"作为审美对象的文学。王蒙的《猴儿与少年》是他的身体美学的一次强力表达。在87岁的耄耋之年，以小说强力表达自己的身体美学，这堪称是一个文学创作上不多见的"事件"。在这个意义上，《猴儿与少年》成为王蒙十分重要的、具有超越性的作品。王蒙通过书写《猴儿与少年》，展示了自己作为小说家的一个新的艺术形象。对"身体"美学的确证，是对人的生命的重要确证。书写身体美学的《猴儿与少年》是王蒙的健全的人性观、人生观的一次独特而有力的表现。

创作《猴儿与少年》，是王蒙最尽兴的一次语言书写。小说创作的语言作为一种书面语，与口语相比，它与身体的联系已经更加让人难以觉察。不过，王蒙在创作《猴儿与少年》时，语言与身体更加靠近。毕飞宇说："……无论是写小说还是读小说，它绝不只是精神的事情，它牵扯到我们的生理感受，某种程度上说，生理感受也是审美的硬道理。"[1] 很多研究者指出了王蒙小说创作的总体风格是语言的"狂欢"性。我想进一步指出的是，王蒙的狂欢性语言是一种"身体"的语言。这种

---

① 毕飞宇：《小说课》，人民文学出版社 2020 年版，第 16 页。

"身体"的狂欢性在《猴儿与少年》的语言表现中可谓登峰造极。

我读《猴儿与少年》的文字，特别是面对那些如烟花升空，噼啪闪烁、目不暇接的一连串的押韵诗、押韵文、押韵曲，还有用之乎者也的"乎"，用归去来兮的"兮"，用"柒不楞登"、"捌不楞登"来咏歌的句子，似乎看见了王蒙的"身体"正在那里"手之舞之"、"足之蹈之"，感受到的也是"身心一元"的愉悦。

二、施炳炎与"身体"的"猴儿"和"少年"

在小说中，"猴儿"与"少年"，都是身体性存在。王蒙通过"身体"的书写，将"猴儿"和"少年"与施炳炎这一人物紧紧地连在一起，通过书写身体性的"猴儿"和"少年"，塑造着施炳炎的"身体"形象。

小说中的施炳炎因为"摊上事儿了"，于 1958 年来到北青山区镇罗营乡大核桃树峪村下放劳动。大核桃树峪村身处山区，四面环山，毫无平地，是一个需要"身体"的生存环境。在这里，"不独山羊与野鹿，还有野兔山狸山鸡山獾，加上一般家养的马牛犬猪，都善于爬山。上了山都是得心应脚，如履平地"。而猴子呢，"它们熟练地爬高就洼，攀援随势，蹬崖跃涧，轻脚熟道，出出没没，捡捡拾拾，翻翻找找，顺手牵羊，大享方便，活力闹山川"。

在大核桃树峪村，人得向上述动物们学习。施炳炎在这方面是有学习的天资的。小说写道："来此后，施炳炎的腰、股、膝，从大腿根儿到腿肚子到脚后跟到脚趾，都在发生戏剧性变化。莫非他的祖先给他遗留下了猿猴的基因？他的远远说不上发育良好的下肢，为什么走在山路上，踩到硬石滚石湿滑草皮泥泞险径与各种坡度上竟然没有任何为难，却只感到趣味与生动、新鲜与舒展，尤其是扎实与可靠呢？"在王蒙笔下，施炳炎简直就要变成"猴儿"了。王蒙还让施炳炎不无得意地想："为什么，其他的'下放干部'今天这个扭腰，明天那个崴脚，一会儿这个肝颤，那个两眼发黑喘不上气儿来。而他施炳炎却是这么溜，按二十一世纪十几年的说法，他怎么到了伟大的小山沟，是这样 666 呢？"读这样的文字，读者不禁会想，在那样一个年代，具有"猴性"身体，对于知识分子的生存是多么重要的一件事情。《猴儿与少年》后记的题目就是"回忆创造猴子"，我们是否可以说，小说主人公施炳炎其实就是王蒙创造出的一个"猴子"。

小说对施炳炎与"少年"的亲密关系的描写，也是从"身体"写起的。

"那天赶上了他与核桃少年侯长友与一拨孩子来到这棵大树下。施炳炎向孩子们学习爬树，他勇于攀援，他敢于与大树亲密接触，拥抱摩擦火烫，他不怕跌撞，他碰青额头、擦伤胸膛，血迹斑斑，他扎破手指与小腿；他摸到手上触到脸上的，是体表布满含毒纤维的多足花虫洋剌子，它们是鳞翅目剌蛾科中国绿剌蛾、黄剌蛾、梨剌蛾的幼虫。它们的火一样的热情烧得人脸颊生痛，好一个痛快过瘾！"对于一般的成年人，这样的爬树过程显然不是一个享受的体验，但是，王蒙塑造的施炳炎，却感受到了"好一个痛快过瘾"，显然怀揣的是一颗少年心。

就在爬树的过程中，"炳炎看到了一个远处似乎是猴儿的活物，一闪而过。他叫了一声。什么？孩子们问。猴子，施炳炎答。……什么样的猴子，少年长友非常注意，他在意上心，追问炳炎。炳炎乃又上树，长友也再次爬树爬高，遍寻猴子不得，与炳炎二人相觑遗憾。炳炎后悔，看到蹿蹿跳跳的活物没有认真追踪"。施炳炎与少年侯长友的交往，一开始就有"猴儿"参与其中。

施炳炎是如何评价这次与"少年"侯长友的相识呢？"是一次巧遇，不，是伟大的机遇，是一次非同一般的感动和温暖。"将"向孩子们学习爬树"视为"伟大的机遇"，既是对"少年"致敬，也是对爬树这一身体生活的致敬。因为与少年的交往，"在山村，在核桃少年身边，出现了第五个小老施：活泼喜悦，健康蓬勃，豁然无忧，欣欣向荣，春光明媚，东风和顺，阳光少年，童心无边，爱心无涯，信心钢钢地响。"

作为持着"儿童本位"这一儿童观的儿童文学研究者，王蒙对"第五个小老施"的书写，令我精神为之一振。王蒙的少年观（儿童观）具有从儿童这一生命存在汲取思想之源的倾向，令人想起中国现代文学中，以周氏兄弟、郭沫若、冰心、丰子恺等人所代表的"发现儿童"的传统。两者之间，即使不是一脉相承，肯定也是多有牵连。

李敬泽敏锐而深刻地指出："王蒙的小说一直有'猴性'、有少年性，直到此时，八十七岁的王蒙依然是上天入地的猴儿，是永远归来和出走的少年。他如一个少年在暮年奔跑……"①"如一个少年在暮年奔跑"，这一来自身体的矛盾修饰式比喻，既是暮年王蒙的"精神"形象，也是暮年王蒙的"身体"形象。

---

① 李敬泽：《猴儿与少年》"推荐语"，见王蒙：《猴儿与少年》，花城出版社 2022 年版，封底。

三、《猴儿与少年》的"劳动"美学

根据"身体美学"的倡导者理查德·舒斯特曼的观点，身体美学的核心之一是通过身体进行"创造性自我塑造"。[①] 在《猴儿与少年》中，王蒙一直表现着"身体生活"对施炳炎的精神自我的塑造。施炳炎通过"身体"而超越自我、重塑自我是《猴儿与少年》的重要主题。

《猴儿与少年》最关键的词语就是"劳动"，与"身体"直接相联系的"劳动"。王蒙喜欢"劳动"这个词，他甚至谈及创作时，也把自己说成是"劳动者"、"劳动力"。与其说他喜欢"劳动"这个词，不如说他喜欢"劳动"这件事。

理解"劳动"这个词语的内涵时，王蒙更看重的是"体力劳动"。他在小说里写道："是的，社会主义，头一条就是劳动，马克思主义就是劳动真经。要爱脑力劳动与体力劳动，尤其是体力劳动。大心理学家巴甫洛夫说过的。由此可见，没有从事过体力劳动的人，至少是一个残缺的人、遗憾的人、不完整的人、孬弱的人，寄生、无能，至少是走向懒散的人，是没有完成从猿（鱼、海豚……）到人的进化的亚次准人前期人。"小说里还说："……另一种体验，雨季造林，成就了逍遥奔放、自由天机、恢宏驰骋，天地大美，道法自然，是劳动成就人文的狂欢嘉年华……"

当王蒙写下这些话语时，他也许觉得自己就是一个"完整的人"。

---

① ［美］理查德·舒斯特曼：《通过身体来思考》，张宝贵译，北京大学出版社2020年版，第29页。

当我们读到这些话语时，可以肯定地说，王蒙的劳动观是健全的。王蒙是真正劳动过的人。单三娅就说过："很难想象当时瘦弱的王蒙能当多大的劳力，但他确实受惠于体力劳动锻炼，他的肩臂胸都挺厚实，不单薄，至今八十大几的年龄，不大出现肩疼腰疼这样的问题，直让我这个六七十岁的人惭愧。他回忆过在大湟渠的龙口会战，写到过扬场、割麦、植树、浇水、锄地、挑水、背麦子、割苜蓿、上房梁……这些要劲的活儿他全干过！"①

王蒙受惠于体力劳动的不仅仅是"肩臂胸"等身体，还有更重要的健全的人性观。在小说中，施炳炎通过"伟大的劳动"，"换一个活法"。王蒙写道，"劳动使猿猴成人，使弱者变成强人，使渺小之人成为巨人"。他借施炳炎的话夫子自道："施炳炎为自己的劳动史而骄傲，而充满获得感充实感幸福感成功感！劳动是他的神明，劳动是他的心爱，劳动是他的沉醉，劳动是他的诗章！""他明明是城市小鸡屎分子。他今天忽然发现了自己的坚强、自己的潜力、自己的累不死也折不断的身子脖子关节四肢……"正是因为王蒙将"劳动"看得如此重要，对"劳动"如此挚爱，他才在小说中，表达对当下这个时代的离身体生活、劳动生活越来越远的人性异化的忧心忡忡——"机械化自动化智能化舒服化正在分担人的劳动，人的劳动能力人的五官四肢五脏六腑肌肉骨骼从而弱化退化，我的娘老子，人啊，人，请不要作废了报废了人体自身呀！"

身体是"自我"的根基，没有身体感受，难以建立起真实的、积极的、和谐的自我。海伦·凯勒的身体感受的痛苦是表象，而对身体障碍

---

① 单三娅：《又到伊犁——王蒙笔下的新疆》，《文汇报》2021年8月28日。

的超越才是她身体感受的本质。还有史铁生，他的那种独特的"自我"和人生体悟，只能以他的身体生活为根基来确立。王蒙也是如此。如果没有"劳动"来创造王蒙的身体，他所获得的"自我"将是另一个"王蒙"。《猴儿与少年》艺术生命力的源头，就来自王蒙被"劳动"创造出的"身体"。没有"劳动"，就没有《猴儿与少年》身体美学。

在小说中，最让王蒙铆足了劲儿来写的就是"伟大的劳动"。写劳动，他用的笔墨最多，投入的情感最深，歌咏的声音最大。越是写身体生活的"劳动"，王蒙那洋洋洒洒、信马由缰的语言叙述，就越是恣意放纵，越是节奏鲜明、韵律铿锵。在小说的"劳动"书写笔墨中，最有特色，也是最尽兴的，是"雨季造林"一章。王蒙用"语言"的放纵和狂欢来表现身体、思想、情感的放纵和狂欢——"猛打猛冲，挖树苗，带泥土，溅泥水，抹皮肉，成花脸，染衣裤。三下五除二，装车，上车，雨中行车，其乐何如！半是树，半是土，半是苗，半是汤汤水水，半山是渚；半是叫，半是笑，哀莫哀兮有错误，乐莫乐兮栽大树！"

王蒙在《猴儿与少年》中创作了大量的押韵文。其中一段可称为"劳动之歌"——"劳动美，劳动逍遥，夏练三伏，冬练三九，却又行云流水，行于当行，止于可止。劳动累，拓荒黄牛，触处生媚。劳动壮，力拔山兮，高亢嘹亮。劳动乐，不食嗟来，温饱嘚瑟！青春岂可不辛劳？汗下成珠娇且骄，七十二行皆不善，土中求食最英豪。"

《猴儿与少年》对劳动的审美表现其来有自。获得茅盾文学奖的《这边风景》的创作始于 1974 年，至 1978 年完成初稿，直到 2013 年才得以出版。《这边风景》中就有很多关于劳动的表现。令人惊异的是，在创作这部小说的 20 世纪 70 年代的中后期，王蒙就已经形成了健全而审美的"劳动"观。小说中写道："里希提现在进入的这个'轨道'，是远比演戏或者作诗更伟大更根本也更开阔的一个事业，这个事业就叫作生产，叫作劳动。"接着，王蒙在里希提和乌甫尔的劳动中发现了"美"——

> 一个跟在他们后面的年轻的社员，抬头看了并排前进的他俩一眼，自言自语地赞叹道："真漂亮！"

> 漂亮，什么叫作漂亮呢？他们根本不会想到自己的姿势漂亮与否。他们忠诚地、满腔热忱而又一丝不苟地劳动着；他们同时又是有经验的、熟练的、有技巧的。所以，他们干得当真漂亮。也许，真正令人惊叹的恰恰在这里吧！忠诚的、热情的和熟练的劳动，也总是最优美的；而懒散、敷衍或者虚张声势的、拙笨的工作总是看起来丑恶可厌。

不过，在表现"劳动"美学方面，《这边风景》显然没有《猴儿与少年》那样专注和用力。就与劳动有关的情节来说，最与《猴儿与少年》的"劳动"表现相近的是小说《失态的季节》的部分文字。这部小说的第八章和第九章所写的"七天当中有五天是下雨"的"造林"，情节上与《猴儿与少年》的"雨季造林"几乎是一致的。而且，《失态的季节》写到"最需要改造的人们"挑水上山时，作家情不自禁的抒情与《猴儿与少年》的抒情也是相似的。但是，如果认真比较、细加体会，两者在内容和形式上又有微妙的不同。《失态的季节》在赞美"劳动"时，还留着诸如"思想改造"一类的时代印记——钱文就是这样想："只有劳动才能赎罪。只有劳动才能净化自己的心灵。只有劳动才能不再白白吃劳动人民种植出来的粮食。只有劳动才能在当前的大好形势下不算是完全虚度光阴……"而在《猴儿与少年》中，对"劳动"的歌咏似乎与具体时代具体的"思想改造"无关，它献给的更是纯粹的"劳动"本身。在艺术表现形式上，与《失态的季节》的抒情喜用感叹号不同（最抒情的一段六百来字的文字里，就一口气用了八个感叹号），《猴儿与少年》更喜用歌韵来抒情。与感叹号相比，歌韵的抒情来得更"审美"，情感表达得更眉飞色舞，因此，也就更让人陶醉。

在《猴儿与少年》中，王蒙对身体的劳动的赞美是彻底的，因为只有在《猴儿与少年》中，"劳动"的表现才成为王蒙进行自我确认的一种方法，只有在《猴儿与少年》中书写的"劳动"，才超越了"劳动改造"，升华至小说主人公的"创造性自我塑造"这一更高的文学审美的高度。

四、"身体"的"施炳炎"：王蒙的镜像自我

要理解《猴儿与少年》的意义，要阐释王蒙在《猴儿与少年》中表达的身体美学，就要弄清楚小说家王蒙与小说主人公施炳炎之间的关系。

《猴儿与少年》是带有一定的元小说色彩的写作。小说是以年过九十的外国文学专家施炳炎"与小老弟王蒙谈起"他的"从一九五八年开始的不同的生活历练"这一讲述形式来书写的。但是，耐人寻味的是，呈现施炳炎的讲述内容时，小说家王蒙并没有用第一人称"我"来叙述，而是一律用"施炳炎"、"炳炎"、"他"，也就是说是用第三人称来叙述的。这样一来，围绕"施炳炎"这个人物发生的故事，甚至是"施炳炎"这个人，就不是由"施炳炎"自己从内部交代出来的，而是被作家王蒙从外部观察乃至审视出来的。

王蒙曾说过一句十分重要的话："活到老，学到老，自省到老。我

是王蒙，我同是王蒙的审视者、评论者。我是作者，也是读者、编辑与论者。我是镜子里的那个形象，也是在挑剔地照镜子的那个不易蒙混过关的检查者。"① 也可以说，《猴儿与少年》里的"施炳炎"实际就是王蒙的分身。在小说中，"施炳炎"是"镜子里的那个形象"，而"小老弟王蒙"（也可以说是隐含作者王蒙）则是"那个不易蒙混过关的检查者"，一句话，《猴儿与少年》是小说家王蒙对"自我"镜像的一次"审视"。

在王蒙的写作面前，新批评的"忘记作者"这一主张是行不通的。读《猴儿与少年》，很难像新批评所主张的那样，将注意力从作者那儿完全转移到文学文本上来。作为小说家的王蒙太强大。他的小说互文性太强，总是让我想到作家王蒙身上来。于是，我就在"施炳炎"身上看到了许许多多与作家王蒙的重叠和关联。

1958 年，是《猴儿与少年》叙事的焦点和原点。这一年，施炳炎到山区的大核桃树峪村下放劳动，而王蒙也是在同一年到同是山区的北京郊区门头沟肃堂公社桑峪大队接受劳动改造。王蒙在新疆度过了 15 年，其中，1965 年至 1971 年，王蒙在伊犁地区农村劳动生活了 6 年。在小说中，歌唱伊犁的歌曲《亚克西》被施炳炎"不费吹灰之力"，改成了"山区的人民"的《亚克西》。施炳炎像王蒙一样，也沉醉于苏联小说，耽读庄子。施炳炎也和我在有限的生活接触里所看到的王蒙一样，"爱吃、爱看、有兴趣"。施炳炎和王蒙一样，有周游世界的经历。作为一个外国文学专家，施炳炎对数学竟然有这样的认知："……人间最最伟大的是数学，饱含着苍穹的崇高、真理的威严、人类的悟性、数

---

① 王蒙：《一辈子的活法——王蒙的人生历练》，北京出版社 2011 年版，第 366 页。

字的绵绵，情感的无依无靠、智慧的无垠与有误，这样的学问啊——它就是数学。"而我们知道，小说家王蒙酷爱数学，对数学有很深的领悟。施炳炎是外国文学教授，而王蒙在 28 岁时也在北京师范学院当过教师，后来也一直是学者型作家。

还有很重要的一个证据，那就是涉及"施炳炎"的感觉、感受的描述都是王蒙式的！这就触及了小说人物的语言与小说家的叙述语言之间的距离问题。显而易见，王蒙在创作《猴儿与少年》时，一反小说创作的常态，而消弭了两者之间的距离。"施炳炎"的自我叙述，其语感不折不扣用的是小说家王蒙的语感。

虽然委婉，但却非常有力地证明"施炳炎"就是王蒙自己的，是王蒙在《后记》中说的一段话："一个即将满八十七岁的写作人，从六十三年前的回忆落笔，这时他应该出现些什么状态？什么样的血压、血糖、心率、荷尔蒙、泪腺、心电与脑电图？这是不是有点晕，晕，晕……"① 王蒙说的这"六十三年前的回忆"显然指的就是王蒙自己的回忆，而在小说中，写施炳炎，正是从"六十三年前"，即施炳炎"摊上事儿了以后"的"一九五八"年开始写起的。正因为王蒙笔下的施炳炎不是别人，而是王蒙他自己，所以"六十三年前的回忆"才会影响到他的"血压、血糖、心率、荷尔蒙、泪腺、心电与脑电图"，所以才会"晕，晕，晕……"

当然，作为镜像自我，"施炳炎"与王蒙的最大契合还是两者的"身体"自我。像"施炳炎"一样，王蒙的自我也是由身体生活，特别是由

---

① 王蒙：《后记 回忆创造猴子》，《猴儿与少年》。

身体的"劳动"生活塑造出来的。"从今天开始，他开始是另一位施炳炎青年同志，傻小子施，咬牙施，叫作能够吃大苦耐大劳的施……""而二十世纪一九五八，兴奋乐观砸不烂推不倒碾不碎的大壮施炳炳、炳炎炎、炎施施，是血性满怀的施还是筋骨如铁的施，哈哈，还是经打经摔的施。"……读这一段段文字，我感受到的不仅是施炳炎的自负，而且更是王蒙的自负。在王蒙那里，我一直感觉到他有一种颇为与众不同的自负。现在我似乎明白了，他最有质感的与众不同的自负也许很大程度上是来自"身体"，来自"劳动"的自负。至少可以说，对于王蒙的"自我"建构而言，以新疆生活为底蕴的"身体"生活，与以"少共情结"为原点的"政治"生活具有同等重要的意义。

温奉桥说，王蒙把"《猴儿与少年》发酵成了'陈年茅台的芳香'，《失态的季节》、《半生多事》中的那种'失态'的不平感、'置之死地而后生'的悲壮和决绝都消失了，王蒙与命运和记忆达成了新的和解。和解是超越，更是一种新的历史观、生命观的达成……"[1] 我想说的是，也许像《猴儿与少年》这样，在"身体"的层面上与历史和命运达成的和解，才是真正的，也是最终的和解。

通过塑造"施炳炎"这个"身体"的镜像自我，王蒙终于完成了对自身历史的价值确认。这不是普希金的诗中说的"那过去了的，就会成为亲切的怀恋"，而是朝向现实、朝向未来的，因为历史岁月镌刻在"身体"上的，绝不仅仅是记忆，它还是并更是生命的继续。与观念上的和

---

[1]　温奉桥：《王蒙长篇小说〈猴儿与少年〉：1958·猴儿与魔术师》，《文艺报》2022 年 1 月 5 日。

解相比，"身体"的和解是更彻底的和解，因为"身体"是不会骗人的，而观念则未必比"身体"更为可靠。

在《猴儿与少年》中，87 岁的王蒙对"身体"的肯定，对"劳动"的歌唱，这难道不是王蒙对自己有磨难的人生的最终极的肯定?! 有文尾诗为证："少年写罢须发斑，猴儿离去有猴山，此生此忆应无恨，苦乐酸甜滋味圆。""苦乐酸甜滋味圆"一句里的"圆"，是"大团圆"的"圆"，是"圆满"的"圆"，这一个"圆"字，蕴含的是一种多么透彻而达观的人生哲学啊！

总之，作家王蒙是"施炳炎"的审视者，而被审视者"施炳炎"就是作家王蒙的"身体"的自我。很显然，王蒙对这个"身体"的"自我"镜像十分满意。正如王蒙在《后记》中所说的，小说有明显的"自恋情调儿"。这自恋，王蒙当然是通过对"施炳炎"的表现来实现的——"听着施大哥的滔滔不绝，王蒙说：'太难得了，您这一辈子，不管嘛情况、嘛年纪，您总是一个劲地津津有味！您是神啊，您的人生观事业观就是津津有味啊！'"

《猴儿与少年》的"身体美学"不仅对王蒙自己的小说创作具有艺术超越的意义，对于当代小说创作，也平添了一道独特而珍贵的审美风景。既然作为王蒙的镜像"自我"的施炳炎年过九十，都依然"不管嘛情况、嘛年纪"，"总是一个劲地津津有味"，我们当然更可以期待 87 岁以后的王蒙，90 岁以后的王蒙继续为读者们"津津有味"地书写"津津有味"的新作。

（原载《中国现代文学研究丛刊》2022 年第 10 期）

编 后 记

今年是"人民艺术家"王蒙先生从事文学创作 70 周年。自 1953 年创作《青春万岁》始，在 70 年的创作生涯中，王蒙记录的不只是个体从少年到耄耋的岁月变迁，更承载着中国当代文学的波动沉浮。因而站在当下的位置，重新回顾、检视王蒙研究的历史成果，观照王蒙之意义，打开我们对王蒙的新的理解，就成为需要且必要的选择。而值此之际，汇集王蒙研究的代表性文章，对王蒙其人其文进行整体性的感知与深描，就为我们重新理解王蒙，理解当代文学，乃至理解当代中国提供了新的契机与可能。

本书编选的是新时期以来学界对王蒙研究的代表性论文，共计 49 篇。大致以期刊论文或节选著作的发行时间为线索，希望借此呈示出王蒙研究在不同时段的差异面向及其历史流变。对于编者来说，选本的编纂不仅是阅读和择取资料的过程，也是对具体对象的重新思考与总结，也正因此，选录的文章可能也投射出了编者的某种"偏见"，而编者也希望藉由选本的最终形态参与到王蒙研究的对话当中。

需要说明的是，与王蒙迄今近 2000 万字的创作实绩相较，王蒙研究的学术成果同样蔚为大观，只是因为篇幅的限制，编者不得不作出一定的取舍。对于很多在各种选本中多次出现的重要文章，编者只能忍痛割爱，不再重复收录，即使已被选录文章的学者，也仅收录一篇，相信这也是选本编纂难免的遗憾。此外，本次编选在兼顾各个研究面向的基础上，侧重展现近些年来青年学者的研究成果，期待为读者呈现出王蒙研究的新可能与新面貌。

在本书编选的过程中，编者尽量修正了有些文章中个别笔误，还有注释上的一些明显疏漏，文章内容则未作任何修改，只对文章和注释的格式作了技术性处理，如删去了"摘要"、"关键词"，统一了注释的格式、信息等，这也是需要向读者说明的。

由于编者的能力所限，难免会有一些错误和疏漏之处，恳请各位作者和读者朋友不吝赐教。

温奉桥　常鹏飞

2023 年 6 月 16 日　中国海洋大学

责任编辑：陈佳冉

封面设计：木　辛

图书在版编目（CIP）数据

王蒙与中国当代文学 ／温奉桥，常鹏飞 选编 . —北京：
人民出版社，2023.10

ISBN 978－7－01－025920－8

I.①王… Ⅱ.①温…②常… Ⅲ.①王蒙－文学研究－文集

Ⅳ.① I206.7-53

中国国家版本馆 CIP 数据核字（2023）第 170423 号

王蒙与中国当代文学

WANGMENG YU ZHONGGUO DANGDAI WENXUE

温奉桥　常鹏飞　选编

人民出版社 出版发行

（100706　北京市东城区隆福寺街 99 号）

北京盛通印刷股份有限公司印刷　新华书店经销

2023 年 10 月第 1 版　2023 年 10 月北京第 1 次印刷

开本：880 毫米 × 1230 毫米 1/32　印张：25.875

字数：593 千字

ISBN 978－7－01－025920－8　定价：168.00 元（上、下）

邮购地址 100706　北京市东城区隆福寺街 99 号

人民东方图书销售中心　电话（010）65250042　65289539